海峽兩岸現當代文學論集

徐國能主編

臺灣 學生書局 印行

感謝教育部、國科會
贊助舉行本次會議及出版本論文

序

高柏園

傳統是重要的，我們是通過傳統對過去加以掌握，對現在加以實踐，對未來加以設計。傳統說明了我們的特色與發展，傳統是自我定位的基礎所在，而「文學與美學學術會議」正是淡江中文的傳統之一。

眞、善、美是人類生命的重要內容，也是人類文明永恆的追求目標，而文學又是貫串其中頗爲特殊的存在。首先，文學不像科學，完全以客觀眞實或知識做爲探討的對象，文學可以以物理事實爲對象，但卻能自由地超越事實之限制，而呈現出多元、多層次的眞實觀。易言之，科學的眞實也只是某種眞實觀下的產物，並不具有絕對的價值優先性。即就生活世界而言，眞正讓我們感動的，卻是意義與價值的世界。這也可以說是文學對科學的含容與超越。其次，文學當然也可以討論價值與道德上的善惡問題，只是文學並不必限制在一種制式而抽象的理論討論，而是以種種具體之情境與語言，讓吾人身歷其境，並在其中充分感受情境的複雜與意義的多元及多層。同時，通過情意的安頓，文學不只是讓我們了解善惡，而且更在行動中選擇價值、創造價值。就此而言，文學感人之深刻與生動，遠非擅論普遍之理的哲學所能企及。第三，美做爲藝術之追求對象乃是一既存之共識，不同的形式成就不同的藝術與美學。問

題是，由於藝術乃是以形式加以展示，因此，對那些未能熟悉此種形式的人而言，藝術就不免高遠而深奧，以至難以掌握與欣賞。相對而言，文學的形式雖多，然而其根本意象仍能明白淺顯地由文字加以表達，若再配合音樂、舞蹈，則美的表現就更容易爲一般人所接受。同時，文學對美的表達與掌握，也不下於藝術的努力。由此看來，文學在美的範疇中，仍具有十分特殊而重要之地位與意義。尤有甚者，我們若如史作檉先生將美學視爲人類一切思想之後設基礎所在，則美學又不只是論及美，而且根本就是一種形上學，是一切文明文化之母體所在。淡江中文所舉辦的「文學與美學學術會議」，在呼應文學與美學課題的同時，也企圖爲眞善美的整合，以及人類文明的形上基礎，同進行深度之反省。這樣的努力，是因爲淡江中文並不只是「中國文學系」，更是「中國文化系」，她有豐富的內容與高度的整合力，淡江大學是以無圍牆，象徵廣納百川的開放胸襟，而中文系正是以文學美學會議，具體而微地呈現不捐細流的包容氣度。

「江山留勝跡，我輩復登臨」，這樣的傳統與理想是經過時間與努力而逐步完成與實現的。龔鵬程、王文進、周彥文、崔成宗，以及此間的師生同道，共同爲這樣的會議與理想，做了具體的努力與貢獻，如今回想之餘，更興吾人感懷之情，久久難忘。現在第八屆文學與美學會議，在徐國能、周彥文兩位教授的努力下，呈現出淡江中文一貫的理想與熱忱。無論主與客、論主與講評、主席與來賓、主辦教授與工作同仁，都爲此會議與理想，提供甚深甚深的貢獻，整個會議呈現出眾志成城的壯美，而個別的畫面又皆有柔美的細膩與婉約，身爲會議成員的一份子，亦覺與有榮焉。最後，要再

次對所有會議相關人員，敬致謝忱。「你我心淡江心，淡江心天下心」，此吾所勉所願者也。

高柏園　中華民國九十二年十二月十五日
于淡江大學文學院

江山如有待

徐國能

民國三十八年國府遷臺，兩岸的文學各自揚鑣。

臺灣方面，在政局的大動盪下，歷經了五○年代的反共愛國文學，六○年代的現代主義與七○年代的鄉土論爭，及至八○、九○二十年間，大量吸收了世界文學的藝術經驗，新詩、小說與散文各騁其妙，成就了一番榮景，又因 1987 年解嚴後大陸作品的開放，以及資訊化、全球化的衝擊，於今的文學面貌可說是豐富而多元的。

大陸方面，在歷經了建國十七年的沉澱與文革十年間的蕭條，1966 年以後有了新的發展，在政治的主題上有「傷痕」與「反思」文學的出現，並隨著經濟制度的改變而出現了所謂「改革開放」文學，之後西方資本主義進駐中國市場，亦挾帶了西方思潮東來，現代主義、先鋒派應運而生，當時另有回歸傳統文化思考的「尋根派」，大陸文壇亦可謂多彩多姿。

及至新世紀的來到，華文創作在世界文壇大放異彩，我們站在這新的里程碑上，回顧過往半世紀的文學來路，驚訝地發現，兩岸文學雖然在五十年前各奔前程，但其內涵卻有諸多的相似，如政治與反政治的寫作、西化與反西化的浪潮、地域鄉土的重省、傳統文化的新生等，兩岸都一致經歷了這些激盪，並且同在今天，兩岸文

壇一同面對的都是商業、性別、網路、全球化等議題對文學創作的介入。因此在今天，兩岸文學的對比研究，一方面是從異中求同，主在思考文學發展與藝術形成的共通解釋；另一方面則是同中求異，旨在辨析作家們獨到的藝術才華是如何創造了一個又一個不可被複製的文學意境。

第八屆文學與美學國際學術研討會在民國九十二年十月十七、十八兩日於淡江大學召開，這次的主題訂爲「兩岸現當代文學」，就是期待對上述的理念作一次實踐。

這次的論文有極其鴻觀的論述，如楊昌年教授提出現代華文文學積極轉化古典文學的觀察，有其歷時性的思考縱深；王潤華教授則從文化、經濟的角度來解釋亞洲華文世界的一致現象，屬於共時性的全面思索。

另外針對文類特色而作出的研究如簡政珍教授專論現代詩的「空隙」藝術，潘麗珠教授則示範了現代詩「聲情」的可能度向。又以主題而論，同樣是吃，焦桐教授展示了汪曾祺閑雅精博的飲食美學，而鍾怡雯教授卻以「饑餓」作爲觀察主題，兩文相對，更顯深沉動人。在這次會議中，也有以時代爲主的論述，如張瑞芬教授專論六〇年代現代主義底下的散文發展，我則以姜貴爲五〇年代的小說縮影來談「反共文學在臺灣」的意義。也有對各別作家作出縝密析論的，如趙衛民教授對其師趙滋蕃美學思想的詮釋，崔亨旭教授將梁啓超啓蒙思想對詩學的影響作了鋪陳，陳大道教授細心地指出林海音「純文學」的深層指涉，張瀛太教授則分析了朱西甯最重要的遺作《華太平家傳》的美學意識，而王安憶不愧爲當今兩岸最受歡迎的作家之一，此次有范宜如教授與李桂芳教授分別就其空間

隱喻與自傳體小說作出了評議。

　　除了上述的研究方向，幾個相當重要的文化議題在本次會議中亦未嘗缺席，如謝靜國教授論及消費社會，張光達先生亦從成英姝的小說發揮了這個影響文藝至深的文明現況；此外蕭振邦教授談自然書寫，這相對於陳大為教授以「都市」為議題的論文，格外具有參照意義；而林積萍教授從選本思考文化權力，胡衍南教授從「女體」切入，解構了陳映真的小說神話。這些引人深省的討論，都為兩岸文學提供了一個研究支點。

　　所謂「舊學商量加邃密，新知培養轉深沉」，我們希望這本小書能夠為兩岸文學的研究工作提供一些幫助。

　　最後，我在這裡要感謝提供論文的學者，以及負責主持與討論的諸位先生，因為你們的智慧而使得本會以學術之名而無愧。當然，會議前後，許多師長的指導、友朋的襄贊，都是無以為報的感謝。在紛擾的年代，文學顯得奢侈，而在文學裡面，我感到自己是何其輕盈而豐足。

海峽兩岸現當代文學論集

目　錄

現、當代華文創作之
承傳與轉化

楊昌年*

前　言

　　文學創作發軔於思想、語言，又因種族之不同而各具特色。雖然我們能夠兼通並使用各種文字，但若忮求要在流利達意之外更臻優美藝術的峰極，自非使用熟稔且與種性相合的母族文字不克爲功。這是我華人寫作之所以使用華文爲宜的基本原理。

　　中華文學發展，以一九一九年的五四文學革命爲分水嶺，從此由舊有古典蛻變而爲新的現代。新文學與舊文學並非相對而是相連。舊文學是新文學的源流根植；新文學是舊文學的延伸發皇。在新文學進展的過程中，儘多有蛻變舊有的轍跡。本次會議的主題之一——文學的承傳與轉化——可說是一條必應循行的康莊。新舊文學亟應研究、比較、連結；我們要去束之高閣的古典倉儲中檢點菁華，移來新文學待墾沃土中翻新發皇。期望我華族文學的進展，在

＊　　臺灣師範大學國文系兼任教授

厚實的源承昭明之後，更能承祧開展爲滾滾壯闊的長江大河。

　　可否容許我依多年研究、教學、評論的一點微末心得，就此角度作拋磚之引，提供爲與會諸君子作爲參考。

一、古典詞彙之沿襲使用

　　適度的古典使用非但不見艱深而能以精鍊使得篇章著力。詞彙之沿襲例如：樂蘅軍「其中有一些由於藝術機緣，『乃蔚爲大樹』」「倩娘『不堪悒抑之甚』『委頓病榻』而靈魂卻悄然亡命來奔」。「一那一段文章最是『言深意永』，「傳法象外」的「悟情見道」的至文」。「然而自從帕拉圖的筵話篇和斐德羅篇用宏文偉詞暢述了『愛情三昧以降』」。❶

二、意象之通變

　　如洛夫❷詩作：「我抓住自己如抓住一把／未喝血之前／即已折斷的／劍」。通變自杜甫〈蜀相〉中的「出師未捷身先死／長使英雄淚滿襟」。又陳勤詩作〈歸〉：「兄弟！不要再流浪了！不要再流浪／臉色已如此之憔悴，像一片，秋天的落葉／那間童年的小屋，你一定還能記起／屋前的榕樹，也已亭亭如蓋了啊！兄弟！」❸通變自歸有光的〈項脊軒志〉中的末段「庭中有琵琶樹，吾妻死之年手植，今已亭亭如蓋矣。」

---

❶ 樂蘅軍（1934－）現代散文家、評論家。例見《古典小說散論》〈浪漫之愛與古典之情〉1976 臺北純文學版。

❷ 洛夫（1928－）本名莫洛夫，現代詩人。

❸ 陳勤（1931－）現代作家、畫家。

三、修辭手法之承祧蛻變

這一線最是采姿繁美，大有可爲。貴重不在沿襲使用；而在技法的更新蛻變。如：

㈠頂真

古典詩崔顥〈黃鶴樓〉中的傳世名句：「昔人已乘黃鶴去，此地空餘黃鶴樓，黃鶴一去不復返，白雲千載空悠悠。」影響到新月詩人徐志摩的〈再別康橋〉：「輕輕的我走了／正如我輕輕的來／我輕輕的揮手／作別西天的雲彩。」可貴之處在徐氏的更新，相同（似）詞語的使用突破原有技法。非僅爲句與句的連接，更進爲段與段的連結：如四段末「沉澱著彩虹似的夢」與五段首的「尋夢」。五段末「在星輝斑爛裏放歌」與六段首的「但我不能放歌」。

㈡意對

王國維《人間詩話》評李太白「純以氣象勝」。研究他技法靈妙之一，在揚棄「形對」破格而改用「意對」（意象之對稱）。如〈子夜秋歌〉中的：「長安『一片』月，『萬戶』擣衣聲」。後世悟得亦復不少，抽樣如東坡〈江城子〉中的：「『十年』生死兩茫茫，不思量，自難忘。『千里』孤墳，無處話悽涼……」陸游〈訴衷情〉中的：「當年『萬里』覓封侯，『匹馬』戌梁州……」迄至現代已見翻新，抽樣如鍾鼎文的詩作：「『千古』的明月，『萬里』的旅客／寂寞的孤城，似甕／今夜裏，一時同在褒城／『一城』的月色，如銀。」❹

---

❹ 鍾鼎文（1914－）現代詩人、評論家。例見〈褒城月色〉。

㈢設問

古典中以此表現著力者，至今更新以長句氣勢增強效果，如柯翠芬的：「是不是因爲古老的紙傘在意象之中已與水色山光溶爲一體？否則我爲何常常想起花深無地的煙雨江南？是不是因爲古老的紙傘在思念中已與追念懷溯揉成一片？否則我爲何常常想起唐詩宋詞裏的繾綣深情？」❺

㈣歧義

在古典散文中所顯見的歧義，至今使用更能由多角（解說）擴展至多面（立場之改換）。古典例如小晏〈鷓鴣天〉中的「今宵剩把銀釭照，猶恐相逢是夢中」。解說角度可有「眞實相逢猶疑是夢」、「與君同夢」、「惟恐夢醒失落之苦，寧願無夢」。現代例如黃宜敏❻的小詩〈雨〉：「可知／點點滴滴／濕透你的都是／冰涼的／我！」。意象排比，更進到你（人）、雨（我）立場的歧變。

㈤媒體

雖然媒體的改變已由音樂性、視覺美等進展到人性（含原型的飢餓，性原型）與恐怖（暴力、死亡）。但曩昔熟用的技法同時也已改變以新樣呈現。音樂性例如俞平伯❼的詩作〈悽然〉：「鏗然起了／嗡然遠了／漸殷然散了……」音樂表現由單一進展到具備由重而輕、由濃而淡、由集而散的層變。視覺美方面，俞平伯在詩作〈憶

---

❺ 柯翠芬（1957－）現代散文家。例見《隨吟記》〈隨意小札〉1985 臺中晨星版。

❻ 黃宜敏，現代作家。

❼ 俞平伯（1900－1990）新文學早期詩人、散文家。

十七）中表現尤屬新力：「離家的燕子／在初夏的一個薄晚上／隨輕寒的風色／嬝嬝的飛向北方海濱來了／。雙雙尾底蹁躚／漸漸褪去了江南綠／老向風塵間／這樣的剪啊！剪啊！」。二段二句「漸漸褪去了江南綠」，竟然就是當代影視中的「淡出」手法。較之古典的「離恨恰如春草，更行更遠還生」。❽「離愁漸遠漸無窮，迢迢不斷如春水」。❾「樓高莫近危欄倚，平蕪盡處是春山，行人更在春山外」。❿視覺感受由綿延無際，突破具備為更為鮮活的動態。

㈥轉折

這是由最早「六義」之一的「興」演變而來的技法。古典曲文例如《董西廂》中的：「君不見滿川紅葉（A），盡是離人（C）眼中血（B）」（由紅葉聯想－淚血－離愁）。《王西廂》中的：「曉來誰染霜林醉（A），總是離人（C）淚（B）」（由醉紅－淚血－離愁）。《牡丹亭》中的：「遍青山，啼紅了（B）杜鵑（A）」（由杜鵑花紅－杜鵑鳥啼－不如歸去的鄉愁）。「荼蘼（C）外，煙絲醉（B）軟（A）」（由柳條之軟－醉－花色如酒荼蘼的開放）。現代的轉折手法如劉大白的詩法：「歸巢的鳥兒／儘管是倦了／還馱著夕陽回去（A）／雙翅一翻／把斜陽掉在江上／頭白的蘆葦（B）／也粧成一瞬的紅顏了」。⓫意象轉折的軌跡是：由倦鳥馱帶夕陽－白蘆衰老的聯想－白蘆沐浴夕陽呈紅，短暫的紅顏是為「夕陽無陽

---

❽　李煜〈清平樂〉。

❾　歐陽修〈踏莎行〉。

❿　歐陽修〈踏莎行〉。

⓫　劉大白（1880－1932）新文學早期詩人。例見〈秋晚的江上〉。

好，只是近黃昏」。

及至當代，手法更進為以分號連接的層進：抽樣如戈壁的散文：「也許就要在經歷了那種雪花紛飛的刻骨鄉愁之後，返回溫潤家園的血脈才會知足而流動了抑或是在久久的語文扞格之後，特別渴望重溫那一份同文同種、斯土斯民的親切；更或許是我自己深知，那誤置在魏的客將廉頗，屬於他『思用趙人』的情懷。竟已穿透時空，躍動在我胸中」。「……無論是今日裏一室相聚的磋摩效應；或是嗣後『江闊雲低』中的回顧檢點；更許是『白頭僧廬』展卷摩娑的憶念空寥」。⓬柯翠芬的散文：「然而我是愛酒的。也許只為了酒上的詩情、蒼涼與絢麗；抑或只是為了一種低迴不去的纏綿；更或許只為了酒液本身的一種澄澈」。⓭

四、創作原則的開拓進展

古典創作經驗累積下的諸多原則，在沿用中不斷延伸，拓展而形成新樣。雖然源頭不變、精神一貫，但改變的幅度早已大異與前，有如牛車巷陌至今改為多線車道的通衢。重點如：

㈠餘味

「有餘不盡」既是古典散文創作奉行不二的圭臬。原理在及時止歇，避免蛇足；到了現代，作者們已認知到創作不僅是作者的自我表現，同時也必需尊重讀者，創作重在不說明什麼的情形下說明一些。由此具備的效應有二：一是免除說教的主觀招致讀者們反

⓬　戈壁（筆者筆名）〈十四人集序〉
⓭　同註❺。

感；二是提供寬廣的想像天地，讓讀者們自去翔游，藉以獲得可貴的「自得」。有餘不盡原是古典散文的創作原則，至今業已延伸拓展爲散文、小說、戲劇各種文體全予尊重的要領。「沒有結尾」「結尾飄渺」已是眾所循行的，源自古典的新變。

（二）朦朧

　　雖然古典也有如福祿貝爾「一語說」那樣的「活字點眼」。如：「紅杏枝頭春意『鬧』」、「淚『滿』春衫袖」，以選字的切當爲作品增力。但同時也知準確的負面難免有扼阻讀者想像的缺失。由此，與此相對的「朦朧」原則也同時具備發展，忮求以似眞如幻的境界來引領讀者。古典散文之中，膾炙千古的名句如柳永〈雨霖鈴〉中的：「今宵酒醒何處，楊柳岸曉風殘月」，是以「語悲而景麗」的破格點染而成的底色朦朧。再如周邦彥〈蘭陵王〉中的「津堠岑寂，斜陽冉冉春無極」，是以「語悲而景明」的破格點染而成的迷濛悵觸。

　　迄至現代，這一原則已發展成小說創作中「氛圍」點染的要領。小說氛圍既是作品之所以引人入勝的神秘關鍵，而由「朦朧」形成的「謎」，正是氛圍構織形成的重力之一。近代名作中，沈從文的中篇《邊城》，藝術佳妙即在於此。筆者曾作析評，了解《邊城》要由宿命、鄉土的「表」，通過色塊沉黯而又亮麗的閃爍的氛圍，歸結抵達到人格、道義的「裏」。這一篇的「形」雖是翠翠與兩兄弟淒美無奈的情愛；但「神」的歸結，仍是沈從文以歷史透視，憶念中對湘西沅水人事的強烈悲憫。迄至結尾：「這個人也許永遠不回來了，也許『明天』回來！」謎留在萬千關懷主角的讀者心頭，謎的不解造成讀者的想像懸宕。氛圍的渲染成功，就在這源

於朦朧的原則。

㈢淡

筆者從事古典文學理論、批評的整合研究、搜材歸納，歷時四年。這才了解到「濃後之淡」、「先濃後淡」的至理。今先舉古典論評家的金言於後：

南宋包恢：

> 詩有表裏淺深，人直見其表而淺者，孰為能見其裏而深者哉！猶之花鳥：凡其華彩光燄，漏洩呈露，燁然盡故於表而其裏索然絕無餘蘊者，淺也；若其意味風韻，隱然潛寓於裏，而其表淡然若無外飾者深也。❹

元王義山：

> 吾聞詩之天，不在巧與新，纖穠寫淡泊，清峭寓簡淳。……坡翁所謂接纖穠於簡古，寫至味於淡泊，唐子西所謂無意於造語，而因事以陳辭……❺

元方回：

---

❹ 包恢（宋孝宗淳熙九年（1188）—宋度宗咸淳四年（1268））例見《敝帚稿略》卷五〈書徐致遠無弦稿後〉

❺ 王義山（宋寧宗嘉定七年（1214）—元世祖至元二十四年（1287））例見《稼村類稿》卷三〈跋楊中齋詩詞集〉。二例見卷五〈遵上人南浦詩序〉。

古五言詩今罕見，把看愈久愈精神。何能筆不有斯作，似覺
眼中無此人。政用整嚴藏細潤，元從冷淡去清新，著鞭更與
追陶謝，莫向齊梁踵後塵。**⑯**

明陳獻章：

> 作詩尚平淡，當與風雅期，如飲玄酒者，器用瓦爲扈。**⑰**

明沈守正：

> 情至則作，作則稱情而止，故其佳者入人意肺，可啄可
> 飲。……夫平淡者，詩之眞，而情之始也，故足傳也。**⑱**

明陶望齡：

> 詩者，意之極，而談者，詞之極也。其入深者，其出必淡，
> 其造成端也是難，其成章也似易，不知者率然而淡之，未能

---

⑯ 方回（宋理宗寶慶三年（1227）－元成宗大德十年（1306））例見《桐江
續集》卷十〈夏自然希賢惠五言古體久之以律體和謝〉。

⑰ 陳獻章（明宣宗宣德三年（1428）－明孝宗弘治十三年（1550））例見
《白沙子》卷五〈對酒用九日韻一首〉。

⑱ 沈守正（約明神宗萬曆（1573）中人）例見《雪堂集》卷四〈盧室吟草
序〉。

知其工也……⓳

清葉燮：

> 語有之，絢爛之極，仍歸平淡。予則以爲絢爛平淡，卻非二
> 事也。眞絢爛則必平淡，至平淡則必絢爛……⓴

文學創作通過人、事、景、物題材，通過文字排列組合的藝術而傳情至理。「形」的講求原非最要，重在眞切自然的「神」的發表。平淡至文，有如古典詩中唐人崔護的「去年今夕此門中，人面桃花相映紅，人面不知何處去，桃花依舊笑春風」。詞作中朱淑貞的〈生查子〉：「去年元夜時，花市燈如畫，月上柳梢頭，人約黃昏後。今年元夜時，月與燈依舊，不見去年人，淚滿春衫袖」。這一原則，迄至現代已多有移植開展。詩作如抗戰時葛珍⓯〈一個人〉的末段：「這是一座墳／很低／土已漸漸鬆了／這是一個荒涼的地方／很少人來到／只有秋風／每年回來／在他墳頭蓋上幾片落葉」。全無雕飾，而能自然眞切，「可憐無定河邊骨，猶是春閨夢裏人」，使人溢興抑塞之悲。

「淡」的原則當然也可拓展進入到小說，如馮文炳的〈竹林的

⓳ 陶望齡（約明神宗萬曆（1573）中人）例見《歇菴集》卷十四〈湯君制義序〉。

⓴ 葉燮（明熹宗天啓七年（1627）－清聖祖康熙四十二年（1703））例見《巳畦文集》卷八〈南疑詩集序〉。

⓯ 葛珍：抗戰時詩人，餘不詳。

故事〉。㉒這一篇不同於作者具備「澀味」特色的小說體散文,被評為是「淡然如夢」的雋品。氛圍一如主角三姑娘的竹布單衣「顏色淡得同月色一般」。「淡」的統攝之下包羅清寒生活的平和之美,自然景物的鮮麗、瑣事的真切傳神,以及死亡意象通過淡化處理的無言之悲;引發讀者們對這位淑靜女郎的欣賞關切,對乏飲人生的同情悲憫。在「淡」的底色之上織起謎霧未明,如三姑娘的兩位亡姊、老程之死,以及最後,最使人懸念未解,感到不足的三姑娘嫁後的情況……。姊、父亡故的未敘或可說是簡省,而最後一點竟是類同戲劇手法的「停格」。「謎」以不足的忖度點染氛圍;而「淡」則以自然深刻的藝術來感染讀者,兩層互動,構成為此一佳構。

五、文體的相關與其它

當意識流取代了小說中的敘述成份,逐漸成為不可或缺的常用文體,甚至也滲進到散文,或以意識流短篇小說出現時;筆者忽然發現:這一種「想到哪裏寫到哪裏」的新樣,屬於它動作、對話、形容、感覺等等全予混列的規格,可不就是我們漢魏樂府詩的翻版?

當宋、元話本流行之際,說話人為了生意經,難免會有懸宕、拖沓,又怕聽眾們不耐煩,所以偶然也會故示玄機:「各位看官,此人作惡多端,日後必將自食惡果,捉將官裏去,斷送老頭皮,此是後話,表過不提」。這種話本小說中屢見不鮮,在我們總以為是

㉒　馮文炳(1901－1967)筆名廢名,三、四十年代散文、小說家。

毫不重要的，屬於它作者（說話人）跳出來講話的方式，誰會想到，其實正與現代小說中「後設」的新手法如出一轍！

舊時代有過一種「斬尾」式的諧趣詩。如：「充軍到遼陽，見舅如見娘，兩人齊下淚，三行。」「太守勤求雨，萬民皆歡愉，半夜推窗望，明月。」當時只以爲是博君一粲的，從沒注意到它有什麼價值！如今想來，它這高潮出現立即戛然而止的型構，可不就與現代的「極短篇」創作手法同理！

結　語

當我們由現代回溯到古典的時候，發現古典與現代的臍連堅韌而明晰，古典絕非無用而可以棄之如敝屣，束之於高閣的，儘多有輝光熠熠可供移植、承祧、蛻變的；又多有貌不驚人，但若換上羅衫，即成佳麗。如我們就舊有去研究改裝，很可能將會化腐朽爲神奇。

由現代回溯古典，倉儲之中遺產豐富如此！看來我們要做的事太多。而由另一方面而言，是否還應循著古典到現代的流程，將沿途的荒廢樓臺，甚至片瓦拳石，再行審視、比較、研究一番！又數千年來的文學批評，各家經驗，金言繁富，汗牛充棟，有誰去整理歸納、研究、連結、發皇！

蕪文至此，惟願吾同道中人垂青於此，共同致力。希望我華夏文學，在千禧之後的新世紀中長足進展，躋列今世先進國族文藝之林，大放光芒！

二〇〇三、八

趙滋蕃的美學思想

趙衛民*

摘　要

　　趙滋蕃為五十年代著名小說家,並長期關注文學理論,本文企圖尋索他的美學思想。他從尼采生命哲學的角度重新審視康德美學,一方面以美學的生物學基礎,反對康德的形式美學,一方面以尼采酒神的戴奧尼索斯式醉狂,架上的康德的崇高,這可以說是趙滋蕃對美學的貢獻。衡諸當時美學界所能達至的成果,雖有如此比附者,然而以動、靜說尼采的日神及酒神,實粗糙。這可以看出趙滋蕃在美學界的勝出,而他的成就只有以法國新尼采學的角度,才得以衡量。這條自康德到尼采的崇高線,也吸引了李歐塔,而德勒茲與德希達俱別有會心,也就看到趙滋蕃直覺式的領悟,已逼近了當代的高度。

關鍵詞:生命力、自然、眞理、崇高、狂醉、韻律、神經、心境、存有學、激情、本能、混亂

---

*　　淡江大學中文系專任教授

趙滋蕃（1924~1986）是二十世紀五十年代著名小說家，以《半下流社會》、《半上流社會》、《重生島》、《海笑》、《子午線上》（以上瀛舟版）等長篇小說名世，另外還有中、短篇數冊。由於他於六、七十年代擔任中央日報主筆，並以筆名文壽撰寫專欄，亦以文壽雜文知名於世，出版散文集十餘冊。自六十年代末期擔任中國文化大學中文系文藝組教授，開設「小說原理」、「美學」、「文學批評」等課程，於八十年代中病逝於東海大學中文系系主任任內，著有《文學原理》（東大版）及《文學與美學》（道聲版）等書。

對於趙滋蕃，有三樣事情應予確定。第一、他的文學身分：無論是他小說、散文，甚至文學理論的成就，應予肯定。第二、他的文學地理，他從小在德國長大，少年時回大陸，青年時到香港，中年時到臺灣。他有三大洋五大洲的寬闊，這些文學地理與豐富的生活經驗、閱歷，與他的文學作品結了不解之緣。第三、是他的文采與他的疾病，《重生島》這部小說不但獲罪於香港政府，也使他在文學創作的顛峯時期得了高血壓；《十大建設速寫》雖然得了國家文藝獎，換來的卻是：糖尿病。所以梵谷說：我病愈深，我藝愈進。趙滋蕃一生可以說是盡其才氣，盡其精氣，拿出生命的銳氣，把人生當成戰場來搏鬥，他的疾病也與他的文采共棲，到最後，也可以說，死於《文學原理》上。

趙滋蕃可以說並未度過他的晚年，他的口頭禪是：老得太快，乖得太慢；他的一生都是在對強權而戰，他認為有權力的地方就有壓迫，但是有權力的地方也有抵抗，他的文學著作是歷史的參與也是歷史的見證。

趙滋蕃的美學思想，主要在《文學原理》一書，《文學與美學》的論文均已收於其內。另外也遍布在他的小說與散文甚至課堂筆記中。本文將以《文學原理》中〈文學的美學〉、〈陽剛與陰柔〉與〈小說創作中的美學基礎〉三章爲主要參考資料，以其他資料爲輔佐。本文也只涉及美的問題，不涉及小說理論的問題。

一、問題的提出

在〈小說創作的美學基礎〉一文中，趙滋蕃寫道：

> 故小說中最美的部分是理想，最能表現「意味深長」的也是理想……小說家筆下的所架構的世界，以及小說家憑虛構作用與創造的想像力所安排的人物活動細節，好讓讀者將感情移入。讓讀者神遊其中，留連忘返，不忍釋手。讀者將會發現，有些獨特的生活經驗，是他們完全沒有接觸過的；有些生活經驗，社會現象，是他們天天看到，卻熟視無睹的；有些東西，是他們留意過，但觀察得並不如此深刻的；有些事物，是他們原本以爲無甚意義，無甚價值，但一經小說家大筆點醒，才恍然大悟，始認爲是非常有意義和價值的。（頁234）

這美學基礎，牽動了小說創作的原理和技巧，值得省思。

粗看一下，趙滋蕃似乎重視讀者的移情作用。這裡當然可以考慮到讀者反應理論中所重視的審美經驗。「觀看者的情感可能會受到所描繪的東西的影響，他會把自己認同於那些角色，放縱他自己

的被激發起來的情感，並爲這種激情的宣洩而感到愉悅，這就好像他經歷了一次淨化。」❶由於認同於角色，激情得到宣洩，而經歷淨化。故審美經驗從移情作用起，而終於淨化作用。爲什麼能達到淨化作用呢？是因爲從生活經驗被提升到審美經驗。

「有些獨特的生活經驗」是重視生活的廣度面，是基於「愛好生活」而產生的。故作者表達獨特的生活經驗，而讀者享受這些經驗。「天天看到，卻熟視無睹的」像是俄國形式主義所提出的「陌生化」技巧，「正是爲了喚回人對生活的感受，使人感受到事物，使石頭更成爲石頭。」❷不過趙滋蕃於此似乎重視的是生活經驗的探索和發現，並在其中尋索深刻的意義與價值，這些「意味深長」的，正是能提昇人生上升的理想。換言之，人生的理想作爲經驗的指引。

小說家有審美經驗，讀者可以感受審美經驗，以豐富他的生活。而什麼是審美經驗呢？一言以蔽之曰：人生的理想。那麼人生的理想如何足以成爲審美經驗？

二、美是什麼

美就是審美經驗。但趙滋蕃似欲舉出審美經驗是有生理學基礎的。「我們的主觀需要，就含蘊著美的可能性。」（頁 65）以此作爲基礎，應該是非理性的美學觀，但他在相對部分也取認理性主義

---

❶ 漢斯·羅伯得·耀斯《審美經驗與文學解釋學》，顧建光等譯，上海：上海譯文出版社，1997，p.31。

❷ 什克洛夫斯基等《俄國形式主義文論選》，方珊等譯，北京：三聯書店，1989，p.6。

的美學。

> 美的感覺和審美經驗，半來自遠古本能的遺傳，半來自文明
> 的進展。前者證明動物和人類，同樣具有美感；後者證明了
> 美的標準、美的欣賞和對美麗的事物所作的種種解釋，可以
> 隨時代、地域、種族、歷史文化傳統、社會風尚、文明程度
> 等，而發生相對的變動。（頁66）

「動物和人類，同樣具有美感」，就是提出美感的生理基礎。
「愛好美，是爲了吸引異性」。（頁67）看來又不限於生理基礎，
而視心理和生理爲共同作用的領域。甚至向心理感受集中，而由心
理感受引發生理感。這就是他所說的：「美在最原始的階段，就是
一種感覺。」（頁66）這樣，本能是基礎，本能和感覺又幾乎同義
詞，不過還應該加上一句是強度的感覺，這兩者融合在「生命
力」，也就是在春天時「萬象都帶有一種生氣，萬物都具有一種愉
快的預示」（頁66）。美的感覺和審美經驗，應該是生命力勃發的
感受，另一半則隨時間、空間而變動。

這樣，就清楚趙滋蕃的美學觀是與理性主義美學不相合的。所
謂理性主義美學，簡單說，「故人的概念比任何個人要眞實些，美
的概念比任何一朵鮮花要眞實些。」（頁77）如果認爲理性主義是
求眞的活動，雖然他引用彼拉多總督審判耶穌時說的一句話：「眞
理是什麼呢？」（頁76）來質疑「眞理」的可能性，畢竟把求眞和
求知的活動交給理性主義。這樣的結果是促成對理性主義美學的攻
擊，和將美與眞分家。

對理性主義美學的攻擊，以包姆嘉登（Alexander Gottlies Baumgarten，1714~1762）和萊布尼茲（Gottfried Wilhelm Leibniz，1647~1716）爲鵠的，另外追溯到心理學家佛爾夫（Baron Christian Von Wolff，1679~1764）。另外例如攻擊菲希特（J. G. Fichte，1764~1814）的「美不存在於自然界，而存在於美的靈魂之中。」（頁 86）這由我們前面所說的，本能是基礎，對於「美不存在於自然界」，當然是持反對的立場。趙滋蕃也視克羅齊（Benedetto Croce，1866~1952）只是製造問題，而沒有解決問題，因爲「他認爲美是成功的表現，醜是不成功的表現。」（頁 87）換言之，什麼是成功的表現是很難衡定的。

另一方面，趙滋蕃卻又對提倡性心理學的靄理斯飽含同情，認爲可以另成一格。靄理斯指出：「凡刺激和激發有機體的東西便是『美』的。故光輝、韻律和輕觸是美的。」（頁 87）這從趙滋蕃的本能或生命力的觀點來看，反倒視爲可以接受的生理學基礎。而他獨衷老子《道德經》第二章：「天下皆知美之爲美，斯惡已。皆知善之爲善，斯不善已。故有無相生，難易相成，長短相較，高下相傾，音聲相和，前後相隨。是以聖人處無爲之事，行不言之教。」他對這句話所蘊含的眞的可能性，如「有無相生」等一句並未仔細的討論，而遽歸之於自然主義的態度。

> 美醜之難辨，就在觀察者不能按照事物的原有樣子予以觀察。保持常態，使主觀和客觀結合，無意識和有意識結合，不必著粉施朱，也不必增長減短。而美醜之間有一判別的標準，那就是「恰到好處」。（頁88）

　　趙滋蕃可以說放下了對眞的討論，而視此為理性主義求知的態度。其實如果「按照事物的原有樣子予以觀察」，這更是道家美學的積極態度，不過那就不是事物的原有樣子，而是「事物的原始活動」了。而他以「無為之事，不言之教」的這種道家實踐，認為可使「主觀和客觀結合，無意識與有意識結合」，術語不一定精確，但很容易意會。這也就是他的一半說，即本能與理性的結合，人文與自然的結合。

　　由於放下了對眞的討論，他心目中的美就成為：

> 眞者幻之，實者虛之，是人類審美經驗的結晶……此一「實者虛之」的審美態度，對求眞活動的兩大傳統原則——眞理之首尾一貫原則，與眞理之通體相符原則，幾乎處於針鋒相對的地位。(頁79)

　　其實如果再追問，如果「眞者幻之，實者虛之」了，我們又如何知道這種「保持常態」或「恰到好處」的美是眞的呢？這兩者已牽涉到實踐修養的工夫，這裡可見美是不能放過眞的問題的。只是趙滋蕃說本能的活動突破理性主義的立場，放下了求眞的活動，首先就把「眞者幻之，實者虛之」了。另一方面，又對「事物的原有樣子」心有戚戚，或者說要突破人文主義的限制，就視「主觀和客觀的結合，無意識和有意識的結合」為重要的原則了。

　　不能忽視生命或本能的基礎，他以此來突破理性的限制，這是一半。另一方面又承認理性的理想，這是另一半。趙滋蕃似欲要調和理性主義與非理性主義。

理想即是實際生活現象在其最和諧最完美的發展中，所能達
到的極限。是人生的一切可能性或潛能，在實際生活中自由
體現，它是實際存在。（頁89~90）

以旺盛充沛的生命力，去創造「人生的一切可能性或潛能」，
當然得突破現實生命和扭曲和限制。無怪乎他說：「美搏聚了我們
的理想，並以之評價生活，就好像那種生活已實現了一樣。」（頁
90）這也就是他非常同意歌德所說：「在自然界，只有為自然律所
證明為真的東西，才是美的。在雕刻中、繪畫中，美是自然的各種
精緻……在藝術中顯示那理想之美的程序。」（頁 90 引）雖然他沒
有去討論所謂自然律，但是自然顯然是本能或生命力。藝術以自然
為基礎，以去顯現理想之美，而歌德卻視自然的真也即是美的。看
來「真者幻之，實者虛之」是說我們人生的希望與夢想。

三、崇高與美

理想之美，涉及康德（Immanuel Kant, 1724~1804）的美學，一方
面，趙滋蕃以美學的生物學基礎，❸來反對康德的形式美學。他認
為康德：

比較偏重形式而忽視內容，他（康德）強調：在事物中是有審

---

❸　尼采說：「美與醜是屬於生物學的；被證明有害於人種的，似乎便醜。」
　　見威爾·杜蘭《哲學的趣味》，胡百華譯，臺北：協志工業叢書，1980，
　　p.216。

美意義的，僅僅是形式；而內容並不影響美的印象。(頁88)

　　那麼趙滋蕃心目中的「內容」是什麼呢？很清楚就是這作為生物學基礎的本能生命力。這也可以使我們看清楚他對尼采 (Friedrich Nietzsche, 1844~1900) 美學的垂青了。

　　日神所孕育的阿波羅精神，代表了明麗、和諧和形式，具有寧靜的智慧，這兒呈現著陰柔之美。酒神所孕育的地奧尼蘇士精神，代表了激情、沉醉和爆發的生命力，具有醉狂的力量，這兒呈現著陽剛之美。這兩種精神相激相盪的辨證過程，乃有尼采《悲劇自音樂精神中誕生》(1870) 的宏論。(頁107)

　　日神注重形式，而忽略了內容，則具陰柔之美。而酒神代表了「激情、沉醉和爆發的生命力」，這就與我們前面的討論相一致了。雖然他引女詩人胡哈 (Ricarda Huch) 的說法：「阿波羅精神，流注到文學與藝術之中，則以古典風格偏勝；地奧尼蘇士精神，則以浪漫風格偏勝。前者簡樸具明朗的形式，近陰柔之美。後者激情而具不明確的形式，近陽剛之美。」(頁107~108) 看來簡便得近乎模糊，因為尼采就強調兩種美學精神的融合：「在戴奧尼索斯式狂醉有性欲和色情；在阿波羅式並不缺少。兩種情況裡必有一種拍子的分別——在一定狂醉感覺中的極度平靜，要被靈魂最平靜的姿態和形式裡的洞察力所反省，古典風格基本的是這種平靜的表

示。」❹看來尼采是由韻律概念來融合這兩種精神的「拍子的分別」，這其實也是趙滋蕃認爲尼采的最高概念即韻律概念的原因。❺不過尼采更注重古典風格是事實。這裡雖不適合進入尼采美學的討論，但可以看出趙滋蕃顯然是以尼采美學中的戴奧尼索斯式醉狂，架上了康德的崇高（sublime），在這裡實是趙滋蕃對美學的貢獻。

美學家朱光潛（1897~1986）也曾討論過尼采美學與康德美學的關係，在這方面，趙滋蕃似已落後。朱光潛說：「剛性美是動的，柔性美是靜的。動如醉，靜如夢。尼采在《悲劇的起源》裡說藝術有兩種，一種是醉的產品，音樂和跳舞是最顯著的例子；一種是夢的產品，一切造形藝術如圖畫、雕刻等都是。」❻用動靜來套上尼采的酒神與日神，康德的崇高與美，看來是粗糙且任意，可以說他對尼采的了解是模糊的。這馬上就引起他好友梁宗岱（1903~1983）的抗議：「照朱先生的引用推論起來，則一切音樂和跳舞都是崇高與或雄偉，一切雕刻都是秀美或嫵媚了。」❼不過梁宗岱將力量的崇高譯爲精力的崇高，似接近尼采的酒神，但他只就自己所領會的說，「要感受這種力的崇高便不能單靠我們的感官，單靠我們的直覺，我們得要運用我們的心靈，一步步循著思想的步驟，智慧的途徑，仰之彌高，鑽之彌深。」（見前書，頁 130）看來又落入了康德

---

❹ Friedrich Nietzsche, "The Will to Power." trans. by Walter Kaufman, (New York: Random House，1980) p.216.

❺ 引自趙衛民《尼采的生命哲學》，臺北：名田出版社，2003，p.4。

❻ 朱光潛《文藝心理學》，臺北：開明書店，1974，p.238。

❼ 梁宗岱《詩與真》，臺北：臺灣商務印書館，2002，p.124。

理性美學的範圍。邢光祖也有一文談〈陰陽與剛柔〉，他並未談論康德的美學，而他由尼采美學來談，當他談到日神與酒神時，他的區分也與朱光潛無二致：「前者的徵象是秩序，後者的徵象是動盪；前者是靜態的，後者是動態的。❽靜與動之分，很難切中尼采美學的義蘊。這均可以看出趙滋蕃的勝出。

四、崇高與眞

由前所述，趙滋蕃由尼采的戴奧尼蘇斯酒神的狂醉，來談康德的崇高。這點既明，無怪乎他說：「美的主觀成分與非理性成分，實遠多於客觀成分與理性成分」（頁123）但他在同頁中說：「當下即是，不需通過分析與推理而能直接認知對象的本質。」將美歸爲主觀（本能或生命力），把眞歸入客觀（對象的本質），眞又似乎是美的權利了。尼采所談論的本能，是有直覺能力的，能在瞬間帶出事物主要特徵，❾不過由於趙滋蕃對眞的問題的猶疑，美與眞的問題並未得到眞正的處理，這裡終究存在著某些原始的晦澀。

由於趙滋蕃重視尼采的生物學基礎，就很重視博克（Edmund Burke, 1729~1797）在神經的張弛中區分崇高與美的方式：「雄偉的事物會激動神經；而美麗的事物，則使神經處於輕鬆和安逸的狀態。」（頁115所引）於是出現了博克、康德、尼采和混合式的說法：

---

❽　邢光祖《邢光祖文藝論集》，臺北：大漢出版社，1977，p.256。

❾　同❺，頁88~89。

> 萬象森羅，而美，坦然展露著。……他們有時使我們感到驚
> 喜交集，使我們的神經處於激動的狀態，又有時使我們感到
> 賞心悅目，使我們的神經處於輕鬆和安逸的狀態。於是，我
> 們親切地感受到陽剛之美與陰柔之美。換言之，我們的美感
> 經驗，就在我們神經的張弛二重奏中運轉；故興奮以後的寧
> 靜，涵蓋著一切美感經驗。（頁110）

　　萬象森羅正是對象的本質，既然只坦露出美來，顯然趙滋蕃放
棄了真的問題。故而萬象或是坦露出陽剛之美或陰柔之美，他所著
重的是審美經驗的問題。前者是康德崇高與美的問題，後者先說博
克的生理學基礎，即「神經的張弛二重奏」，再說尼采的韻律存有
論，即「一切興奮後的寧靜」，尼采的說法是「在一定狂醉感覺中
的極度平靜。其實這「一切興奮後的寧靜」也近於詩人華滋華斯
（William Wordsworth, 1770~1850）的說法：「詩起於沉靜中所回味得
出的情緒。」朱光潛也由此談論酒神的熱情和日神的冷靜，❿不過
他由尼采美學來談康德的美學，像驀然興會，燦閃的靈光，又歸結
入康德的理性主義美學中。只有趙滋蕃在此堅持著「經驗直覺」，
不提及人格或目的論的詞兒。換言之，非理性主義的立場是堅定
的。

　　進一步說，崇高與真的關係是如何呢？在康德看來：

> 崇高因此並不在任何自然事物，而只在我們的心靈，就我們

---

❿　引自趙衛民《散文啓蒙》，臺北：名田出版社，2003，p.46。

意識到我們是優越於在我們之中的和沒有我們的自然（只要它影響我們）。一切都在我們之中刺激了這感覺，例如自然的威力召喚了我們的力量，因此稱為（雖然不合適的）崇高。只有以假定這在我們之中的理念，並參照於它，我們才能達到那存有的崇高觀念，在我們之中產生了尊敬。⓫

簡言之，自然的威力所召喚的人類主體力量，是理念尊敬的法則，是道德律，這使我們自有限的感性領域提升到無限超感性領域中，而使我們的心靈相對優越於自然。那麼，真只存在於我們的心靈中。大體上，席勒（J. C. F. Schiller, 1759~1805）也順之而談，也更簡潔：

只有那種對象才是崇高的，面對著這種對象作為感性本質我們屈服，但是作為理性本質，作為不訴說自然的本質，我們感到對於它我們是絕對獨立的。⓬

這種理性優於自然的立場是很清楚的，真自然在理性一邊。大體上，朱光潛與梁宗岱在這條線上。

趙滋蕃的堅持非理性主義的立場，使他不能同意這條標準。似乎找到更容易判別崇高與美的方式。

⓫ Immanuel Kant, "Critique of Judgement." trans. by J.H. Bernard, (London: M Acmi LLAN, 1914), p.129.

⓬ 弗里德利希・席勒《秀美與尊嚴》，張玉能譯，北京：文化藝術出版社，1996，p.184。

具陽剛之美的事物與作品，首先總給人以短暫的驚奇，當緊
張的神經鬆弛下來之後，才會出現泰然的喜悅。這種驚喜交
集的情緒反應，使陽剛之美帶有動態的本質和迴避的態度。
我們的心境是複雜的，有變化的。這跟我們欣賞陰柔之美
時，心境是單純的，始終一致的，也大不相同。（頁113）

他不放在心靈上談，而放在心境中談，更近於海德格（Martin
Heidegger, 1888~1976）「在世存有」的說法，這也可見趙滋蕃的慧
心，我們的生命總是在世界中活動的。另一方面，他也堅持生命機
能的神經活動線，緊張與鬆弛的二重奏。由驚奇到泰然，猶如由興
奮到寧靜，均可說是心境。這雖然使崇高中有簡潔的判別標準。但
崇高的「動態的本質」屬自然的一邊，「迴避的態度」屬然人的一
邊，這模糊的語言就使得康德所說「自然的威力召喚了我們的力
量」這種勝義落了空，也使崇高與真的關係更加晦暗不明。這毋寧
是趙滋蕃對真的問題猶疑未決，美與真分家的結果，致對真採取了
「迴避的態度」。

趙滋蕃想從崇高問題的歷史縱深，作寬角度的掃描，是有很大
的氣魄。他從尼采美學的角度，重新探索崇高問題，的確使康德的
崇高美學有別開生面的透視角度，似乎逼近了存有學的立場。這可
以看出他的調和立場，或者是乾脆說，以尼采的酒神之眼看康德的
崇高，但是由於他保持美學家的立場，對真的問題猶疑甚至迴避，
致使崇高與真也分了家。

不從大哲學家的立場而言，他在衡量傳統文論的混淆與精粗，
在脫離理性主義美學的討論上，均有如輕舟已過萬重山。他能就問

題討論問題，在美學界以一先鋒的姿態朝向非理性主義進發，而這些問題並未得到應有的回應。這主要也與七十年代文學或美學與哲學的分家有關，當時文學與哲學的確保持涇渭分明的態度。哲學界如於牟宗三或唐君毅主要還從德國理性主義如康德、黑格爾來會通中國哲學。海德格存有學於八十年代初始在臺灣發生影響，七十年代中、末期的文學理論，開始引進現象學、結構主義思潮，也是到八十年代中葉，與解構主義的登場匯爲巨流。可以說，趙滋蕃的這些文章寫成未久，這些大系統的掃描尙未得到應有的認識與評價，文學理論的舞臺和背景正迅速的拆換，忙於引介新思潮的流派了。趙滋蕃所觸及的崇高與眞的問題，卻又採取迴避的態度，尤其結集也在八十年代中葉，當時也有生不逢時之感，迅速地被遺忘。

五、後現代的崇高

這個問題的解決，我以爲解決的關鍵在大的哲學系統，海德格學與新尼采學如德勒茲（Gills Deleuze, 1925~1995）和李歐塔（Jean-Francois Lyotard, 1924~）等對尼采的重新認識，尤其李歐塔才重新拾起崇高的問題。換言之，尼采和海德格對崇高的問題多少是緘默的，忙於構建自己的哲學。

另外，還可以再指出一點，就是趙滋蕃在思考崇高問題上所逼近的極限。德勒茲對崇高的看法是：

> 崇高的情感是在變形或醜陋（無限或權力）面前被體驗到的。一切的發生就彷彿想像力與它自身的界限相衝突。被迫達了

它的極限，忍受了一種將它帶到它能力的極至的暴力。❸

雖然德勒茲在注解康德的崇高觀時，仍注意到理性功能的不一致，但對「自然的變形和醜陋」別有會心。趙滋蕃卻把「自然的變形和醜陋」，轉成社會的缺憾與陰暗：

> 作品中醜的描寫，使我們感受到生活中的缺陷和陰暗，內心的急躁與衝突；激起讀者的反感，在含淚的嘲笑中，鎮定意志的狂熱，並恢復正常的自我平衡。（頁9）

理性和各機能的不一致，現在由尼采意志的狂熱到平靜處來說，這就是他以尼采美學來處理崇高問題。至於尼采思想中真的問題，海德格花費十年時間整理四大卷《尼采書》，就引發了兩大思想體系的爭議，也祇有到新尼采學再予以解決了。趙滋蕃對真的問題欠缺臨門一腳，卻在某些直覺的感應間觸動那條神經。

例如，在德希達（Jacques Derrida, 1930~）解構主義眼中的崇高是如何呢？

> 在崇高感中，愉快只是不直接地湧出，它來在抑制、囚禁、壓制之後，這使生命力（Vital force）被擋住。這種保持隨後

---

❸　吉爾·德勒茲《康德與柏格森解讀》，張宇凌等譯，北京：新華出版社，2002，p.64。

有粗暴的流瀉滲溢，是更爲強而有力的。❹

美是生命力，而崇高是「使生命力被擋住」，再「更爲強而有力」的「流瀉滲溢」。這「生命力」豈非是本於尼采嗎？又豈非是趙滋蕃之所本嗎？也難怪趙滋蕃說：「當緊張的神經鬆弛下來，才出現泰然的喜悅。」而且甚至神經刺激的說法，博克也影響了尼采，德希達也引述了尼采敘述隱喻的過程：「一個神經刺激首先謄寫入第一個意象！第一個隱喻！」❺這也是趙滋蕃之所本了。

李歐塔向以提倡「後現代的崇高」著稱，他的崇高觀試圖融合康德、尼采、海德格，我們只關心新尼采的視角。

> 激情（enthusiasm）的本質：人們所感受到的亢奮激情是崇高的情感樣式：是崇高的情感，而不是對崇高的感受。❻

視「亢奮激情」爲「崇高的情感」，亢奮激情難道不是尼采的本能或生命力嗎？它不僅只是「感受」，而是「情感」，所以趙滋蕃以「心境」來說，也是有勝義的。

如果說，說康德到尼采（甚至海德格）的崇高線貫穿了李歐塔，

---

❹ Jacques Derrida, "The Truth in Painting." Trans. By Geoff Bennington. Q Ian Macleod. (Chicago: Univ. of Chicago 1987), p.103.

❺ 引自 Jacques Derrida, "of Grammatology," Pref. By Gayati, Spivak, (Lodon: John Hopkins Univ. 1974), pxxii.

❻ 胡繼華譯，收入利奧塔〈歷史的符號〉，汪民安等編《後現代性的哲學話語》，浙江：浙江人民出版社，2000，頁 11。

一點也不爲過。

> 這「實在的缺席」將意味什麼？如果我們要使它解放於純粹
> 的歷史詮釋？這句子清楚地關係到尼采稱爲虛無主義的。我
> 正是在尼采的透視主義前、在康德的崇高主義前看到了它的
> 變調。特別是，我認爲崇高美學是現代藝術發現其起動力
> 處，以及前衛的邏輯發現其公理處。**⓱**

這「實在的缺席」就李歐塔來說，正是後現代的渾沌不確定
處。他甚至在尼采的虛無主義發現到它，一切無價值、混亂，然而
在尼采的透視主義，個人的有限視角被那種無形式的混亂所震驚，
正是在這裡是崇高美的起源。也是在這裡，趙滋蕃說是緊張的神
經，而我們現在已可知道趙滋蕃小說的起動力了，正是「崇高美
學」。

或許趙滋蕃對崇高的觀念只能放在後現代的視野裡來平衡。眞
的問題在生命力的部分解決了，在自然的一部分放下了。但我們說
過這部分，他已將之轉爲社會中的缺陷與陰暗。當他在長篇小說
《重生島》中抗議香港政府在中國人的土地將罪不至死的中國人流
放時至荒島等死時，他敘述著：「六〇年代，人們卻對飛彈、火箭
戰慄，對軍隊、警察、法律和移民局戰慄」時，**⓲**它所面對的不是

⓱ Jean Francois Lyotard, "The Postmodern Explained." (Minneapolis, Univ. of Minnesota, 1993), p.10.

⓲ 趙滋蕃《重生島》，臺北：瀛舟出版社，2002，p.38。

「實在的缺席」是什麼？它所喊出的「戰慄萬歲」不正是崇高情感的來源嗎？他在美學中所放下的另一半的眞的問題，在小說寫作中（甚至在生命的經驗中），他已直覺地感應到了。李歐塔在那篇〈歷史的符號〉中所說的，正是這樣的經驗。也正映證了趙滋蕃的「崇高的情感」。

> 激情作爲人類歷史經驗的價值：正是在最野蠻最無節制的缺
> 陷所造成的混亂與無序之中，自然最大限度地喚起了崇高的
> 觀念。崇高最重要的決定因素正是不確定性，即無形式性。❿

　　趙滋蕃所面對的歷史經驗，也正是「最野蠻最無節制的缺陷所造成的混亂與無序」。社會（也即是我們周遭的自然）「喚醒了他崇高的觀念，他把這些經驗，寫入他的小說當中。

　　趙滋蕃在德國長大，高中時回到大陸，正是對日抗戰的時期。大學時響應十萬青年十萬軍的號召參加作戰，後回校就讀。不旋幾，國共戰爭爆發後直到大陸淪陷，又被迫流離香江。所有小說都在面對這杌隉不安的、混亂無序的時代。他的小說，正是崇高美學的創作。

---

❿　　同❻ p.295。

結構與空隙
——臺灣現代詩美學初探

簡政珍*

結構的辯證

　　詩可能是最難以規範的文類。關鍵在於詩大體上是意象思維，而意象本來就不是常理邏輯可以「管教」。這並不是說，詩可以隨意爲之，可以無所不爲。詩常在規範下「適度」的逸軌，敞開了人的視野，讓閱讀充滿了驚喜。但最大的驚喜，不是詩對既有體系的全然瓦解，而是在體系的拉扯下，和體系作揶揄的對話。沒有現有的規範，詩反而無法顯現創意。這是詩和既有體系的辯證關係。

預設的結構

　　若是以現有的體系試圖規劃詩的疆域，這是以預設結構來統籌詩的生存空間。而所謂預設結構也可能是散文的結構，以散文的思維來干擾詩的想像。但想像仍然要有「逼眞」的說服力，「逼眞」的展現不是散文式的推演，也非散文邏輯的印證。以結構的「完整

---

*　　中興大學外文系專任教授

性」與「必然性」來檢驗詩作，從好的方面看待，可以剝下某些詩作造作的面具，但也可能阻礙了詩想應有的呼吸。詩是一團活水，有波痕，也有漣漪。散文邏輯所規範的書寫，可能是溫馴恭謹、水波不興。顏元叔七〇年代對洛夫詩作的評斷方式，頗有建設性的一面，但「完整性結構」的要求，對某些意象的詮釋也留下一些傷痕。❶

圖像與結構

但是刻意跨越散文藩籬的詩作，有時反而陷入另一種藩籬的困郁。如標榜後現代、女性主義、殖民論述等各種主義的書寫，導致各種書寫的框架。圖像詩的寫作也是如此。表面上，以文字「模擬」圖像似乎有所創見，但嚴格說來，圖像所呈顯的「意義」比之文字可能觸及的意義，明顯地稀疏單薄。但這些詩，很容易和某種主義如「後現代」攀結，有些批評家也最方便地將其放在評論的探照燈下。五、六〇年代林亨泰的一些圖像詩，以及八〇年代後的夏宇、陳黎、林燿德等人為主義或是理論生產的圖像詩，經常成為評論的焦點，但和這些詩人的其他「正常」的詩作相較，有時雖然略有趣味，這些詩大都只能一笑置之。陳黎的〈戰爭交響曲〉（《島嶼邊緣》112-14）如此，林燿德的〈金字塔〉（《都市終端機》248-49）、〈夢之薨〉裡的圖像（《都市之薨》179-81）也是如此。

非圖像的圖像詩

事實上，在七〇年代，對於詩壇所流行的圖像詩，有些評論家就已經作了深沈的觀察。袁鶴翔先生在《中外文學》裡說道：

---

❶　請參閱顏元叔的〈細讀洛夫的兩首詩〉。

西方語言缺乏圖形性，故西詩必須從字距結構安排與意象字的結合來造成形、聲、意的綜合效果……。相反地，中國文字本來就具有圖形性，形、聲、意俱在文字之中，故不須依賴形式上「故意」的安排來達到預期的效果。……刻意在形式上追求西化的詩句，反而常有東施效顰的惡果。❷（袁鶴翔 67-8）

　　張漢良的〈論臺灣的具體詩〉是七○年代有關圖像詩的重要論述。他認爲當時的具體詩（圖像詩）雖有少數可取之處，大多數的詩都是「陳腐的圖形安排」。張漢良轉述上述袁鶴翔的立論後舉出王潤華「象外象」的七首詩作爲圖像詩的「典範」。正如張漢良所說，王潤華的這幾首詩「是作者的『説文解字』」，利用中文本身的象形以及文字的組合，展現了形與意深沈的人生觀照。試以第二首的〈武〉爲例：

　　　我的鞋子
　　　踏著你昔日的足跡尋找
　　　你底威武──
　　　荷戟行至
　　　國史館前
　　　當我抬頭
　　　你卻只剩下一支足

---

❷　張漢良的〈論臺灣具體詩〉也引用了這段文字。

一把戈
懸掛於精武門上

　　正如張漢良所說，這首詩融合了「武」字的兩種意義：「止戈為武」與「履帝武敏歆」裡「循跡」的含意。詩中，武者尋跡所效法的另一個武者的威武，拿著兵器追隨。卻發現詩中的「你」只剩下一支足、一把戈，被國史館收藏，在館前的精武門展示。武者的被解體，是武者的悲劇，但這正是武者本來的宿命，因為武者止戈，一方面武者讓彼此不動干戈，另一方面只有自己封劍不武才能成武。但一旦沒有殺伐戰事，武者何用？只能以殘存的肢體作紀念性的展示。詩中「一支足」與「一把戈」並排，把「武」字的兩種含意並列，也意味尋跡武者行徑後，以換喻後的殘缺，作為人生悲涼的結局。

　　整首詩將文字的造形，推展成人生悲劇的書寫，智巧應和深度，是一首內容與形式皆屬上乘的「圖象詩」。整首詩的美學效果以中國文字的象形結構為基礎。張漢良說：「這種視文字本身為對象（object），而非後設（meta-）的語言系統，正是具體詩最充分的理論系統，這也惟有象形的中國文字才能做到。」（張漢良82）

　　也許王潤華的「說文解字」，給其他詩人帶來靈感，也許後來的詩作在美學的空間裡聽到回響。路痕在九〇年代也寫了一些類似的詩作，展現了詩心的機巧與深度。試以一首主題和「武」及「戰」有關的〈忍〉為例：

　　不能忍的時候

把心拿掉

留下一場無人的
戰爭

（《路痕》：24）

　　短短幾行，利用「忍」字上下的組合，延伸出人世奇謬的風
景。人不能忍的時候，大都是怒火中燒，無心為他人著想（「把心
拿掉」），而引發一場戰爭。但是既然戰士已經有身無心，能算是
完整的人嗎？所以這是「一場無人的戰爭」。同樣著眼戰爭「武
事」，王潤華的〈武〉以及這首詩和一些以表象排列成「戰爭」的
圖像詩相比，如陳黎的〈戰爭交響曲〉，展現了迥然不同的美學深
度。

圖像詩的自省

　　路痕的另外一首詩〈拆字〉更「具體」以字的拆解，說明中國
文字「圖象」的奧秘：「『猜』這個字／是一條年輕的狗？／或是發
情的狗？／（還是青年牽著狗？）／如果你問婚姻／可能犯『桃花』／
如果你問事業／可能會夾著尾巴／如果／你相信拆字／我就笑你／傻
瓜」（《路痕》129）。詩裡藉著「青」與「犬」所組合的「猜」
字，作詩的嬉戲式的結構進展。從「猜」字是否「是一條年輕的
狗」開始，提出一連串玩笑式的問題。最後以「如果／你相信拆字／
我就笑你傻瓜」作結束。「拆字」只是部首筆畫的組合，若是以此
來預言人的命運，一切可能太過認真，反而造成生命的誤謬。詩從
文字到人生，再對字的「著像」輕輕地嘲諷，是中文獨特的文字結

構促成對圖像的逆向思考。

　　八、九〇年代由於「後現代」疾風勁草，風尚所及，大部分的詩人很難對這個主義免疫。其實，詩人有當代意識是寫作源源不絕的能量。但是在此地的時空，大多數的創作家或是批評家所謂的「後現代」，大都停留在「表象」的形似，而非其中深沈的內涵。江文瑜也寫了一些「形似」的圖像詩如〈金針〉（《阿媽的料理》35）、〈螞蟻上樹〉（《阿媽的料理》36）。但在 2001 年學院詩人群選集《千年之門》發表了一首〈屋裡的圖像詩〉，可以算是王潤華、路痕進一步對圖像詩的反思。整首詩如下：

　　　　如果寫一首地震圖像詩

　　　　題目訂為「道路」

　　　　畫面上只看見「首」和「足」

　　　　「道」砍去了部首

　　　　「路」遺失了偏旁

　　　　再以電腦排版將「首」和「足」散滿視窗

　　　　自我麻醉讀者可以想像浩劫後截斷的道路

　　　　只剩下殘破肢體

　　　　未來的詩集增多一首詩

　　　　詩壇累積一首圖像詩

　　　　佔據副刊一角

　　　　大眾和以前一樣不讀詩

　　　　災民仍露宿在帳棚下

我依舊躲在屋裡

　　這一首藉由非圖像的安排導引出圖像的可能性。在這裡，圖像的關鍵事實上是文字的延伸。「道」、「路」由「首」、「足」的部首與偏旁所構成。以「道、路」與「首、足」的文字關係爲基礎，再和詩的第一節結尾的意象映照：「可以想像浩劫後截斷的道路／只剩下殘破的肢體」。文字的拆解原來是暗喻地震中道路的肝腸寸斷以及人體的支解。這首模擬的圖像詩原來在語文的知識裡延伸出人生痛苦的場景。這是詩「存在」之所在。

　　這首詩最重要的「詩性」，是詩中人自我揶揄的語調。引導「截斷的道路」與「殘破的肢體」兩個意象的是這樣的詩行：「再以電腦排版將「首」和「足」散滿視窗／自我麻醉」。一方面，首足散滿視窗意味：環視窗戶（視窗）周遭，無處不是斷肢殘臂。但是進一步看，這些悲慘的景象只是電腦視窗的構圖。另一方面，「再以電腦排版將「首」和「足」散滿視窗／自我麻醉」也是詩中人的自我調侃。電腦的構圖畢竟不是眞實的世界。這些圖像也許只是自我安慰自己在關懷人生，說穿了，卻是一種「自我麻醉」的假象。因爲，悽慘的圖像畢竟只是電腦構圖，看久了不免「麻醉」沒有感覺。

　　第二節的敘述以這個嘲諷的基調繼續開展。「未來的詩集增多一首詩／詩壇累積一首圖像詩／佔據副刊一角」，似乎暗示創作是以他人的苦痛作代價。對悲慘生命的投入卻是個人「又一首」作品的完成、一張郵局來的稿費匯票以及整個文學史裡累積的紀錄。詩中人此時似乎分成另一個自我，來審視反諷寫詩的自我。更反諷的

是：大眾仍然不讀詩，「我」仍然膽怯地躲在屋裡，害怕另一個地震。整首詩以對圖像的思考，造成詩結構的推演；以詩人藉由圖像的自諷，深化詩想。

「有形空白」的結構

和「圖像」一樣，「有形的空白」也是「後現代」許多詩人所要自我展示的標籤。表面上，這些詩可以檢驗詩結構的可塑性。但機械化的模擬反而導致「形而下」的詩作。中青代詩人如陳黎、焦桐、向陽、林燿德、陳克華等都有不少的「形式實驗」之作。向陽的〈一首被撕裂的詩〉：「□帶上床了／□□的聲音／□□的眼睛／□□尚未到來」，在詩行中留下的空白讓「上床」以及「到來」的主體存疑。「聲音」與「眼睛」的主體也在空白未知。

陳黎的〈爲兩臺電風扇的輪旋曲〉：「你說，不能再忍受了／這沒有愛的，痛苦人生／我不知道如何再現，變化／你那微言深意的主題／如果電風扇甲把它翻成／□□□□□□，□□／□□□□□□□／電風扇一吹出□□，□□／□□□□□□□□□／這沉默以對的是否就是／人生？曲子的主題你知道／不是你我獨創的」（《貓對鏡》：55-56），所留下的空白不只是詞而已，可能是整個動作，要讀者積極的參與完成。詩中留白的位置，是電話翻轉可能帶來變異倒置，意味情愛過程中的詭譎以及可能的峰谷交錯。讀者的介入增加詩人自我意識之外的可能性，因此當空格填滿時，已經是半個作者。

「填空格」流風所及，讓有些書寫「標準格局」的詩人，偶爾也有類似之作，葉紅的〈嬉戲——愛的練習曲〉就是個典型的例子：「我拖著嬉嬉哈哈的愛／愛推著吵吵鬧鬧的你／當我字抓到愛字

/是□□/當愛字抓到你字/是□□/撞成一堆就讀做：/愛□，或我
□你」（《藏明之歌》70-71）。這首詩的留白處，非常清楚，該
填的字也是固定答案，和陳黎的詩行不同。（答案分別是：「我
愛」、「愛你」、「我」、「你」、「愛」）。留白處暗示不論你我，
愛的難以啓齒。但整體說來，意義不大。葉紅其他的詩作大都比這
首優秀。機械性形式上的模擬並不一定能進入「後現代」的堂奧。

空隙中的美學

無形的空隙

　　相對於「有形的空格」，「無形的空隙」是詩「形而上」的精
神領域。所有的詩都留下語言的空隙，即使目的論的寫作也會留下
些許空隙，讓讀者回味。五、六〇年代的超現實詩作「有意地」以
「曲折的隱喻」構築空隙。八〇年代以後優秀詩作裡的空隙則兼容
自然感與語言的豐富性。

　　假如在「空格」裡，詩人要求讀者作有形的填寫，無形的空隙
則是激發讀者的潛在力。讀者不能改變既有的文本，但文本經由讀
者「具體化」活動，卻敞開廣泛的美學空間。有關空隙的美學，文
學思想家以哲（Wolfgang Iser）在「隱藏讀者」（The Implied
Reader）的觀點極富參考價值。

　　以哲認爲文本中「未書寫的部份」才是最重要的文本。但所謂
「未書寫」是由「已書寫」透露玄機。讀者要從「已書寫」看出
「未書寫」的部份，而這一部份的展現就是美學最豐富的空間。由
於這一部份是讀者的「發現」，讀者變成文本「具體化」的實際參
與者。但假如文本的堂奧來自讀者，美學與詩作何干？表面上，如

此的閱讀的確把美學視爲讀者的專利，因爲以哲說讀者所考慮的是美學問題，作家所考慮的是藝術性的問題。但是兩者互爲因果。藝術性的深度強化美學的層次，美學探索的縱深凸顯作品藝術性的內涵。沒有豐富內涵的作品決不可能有豐碩的閱讀。

　　一首豐富的詩，讀者的詩路之旅絕非風平浪靜，平順無奇。讀者會面對層層疊起的障礙，讀者需要將語意的「空隙」塡補才能繼續他的閱讀之旅。詩行中語意岩石的克服，而能讓閱讀之流繼續向前奔湧，也就是以哲空隙美學的呈現的關鍵。讀者塡補空隙使讀者類似一個創作者，雖然原有詩行沒有任何外表的改變。在這樣的理念下，詩行的趣味與「藝術層面」在於其中可能潛藏的空隙。但好的詩作又能讓這些空隙纖細豐富而不是刻意爲之。

　　朵思是八○年代之後無論創作的質與量都值得重視的女詩人。試以她的〈生活〉中的詩行爲例：「一路跋涉在黑白相間的琴鍵上面/伴奏的星光，使青絲漂成白髮」（《飛翔咖啡屋》8）「一路跋涉」和「黑白琴鍵」銜接之間，有語意上的空隙。讀者勢必要感受到演奏生涯是山水跋涉的人生之旅，才能滿足其中的空隙。也就是琴音詠歎人生、帶走人生，伴奏的星光也「使青絲漂成白髮」。星光和白髮的並置，也顯現了自然如一，而詩中人的人生已時不我予。

　　空隙檢驗讀者的想像力以及對文字的敏感度。朵思如上的詩行，一般的讀者大都能將其語意的間隙塡補。只有將空隙塡注完滿，讀者才能感受到整首詩的結構。換句話說，無形的空隙是結構的重要部份。一個無法塡補空隙的讀者，也無法感受到詩作「形而上」的結構。陳克華詩作豐碩，但相較於九○年代有關性器官及

「肛交」粗俚的書寫，以及近年來質地虛柔的抒情作品，他八○年代的《星球紀事》堪稱是他的頂尖之作，整本詩集富於韻致的空隙。試舉他的一首〈IV 中耳炎的病因探討〉為例：

> 每晚我關上心房的一千扇窗子
> 將詩的蚊蚋隔絕在外
> 一如縫合一千張嘴
> 讓聲音飽漲
> 寂寞的病菌滋生
>
> 終於溢出雙耳，是經年膿腫的
> 中耳發炎而已。
>
> （《星球紀事》122）

　　一般讀者匆匆讀這首詩，只覺得是一首有關中耳炎的敘述而已。詩的趣味在哪裡呢？本詩的「詩味」在於意象環鍊的銜接造成空隙的填補，而空隙的填補後，完成詩的敘述結構。整首詩可以說是以「聲音」為主要意象，由意象引發敘述。首先，詩的蚊蚋會「嗡嗡」作響，被隔絕在外，如嘴巴的縫合，不能出聲。但刻意禁止的無聲實際上讓聲音積壓飽漲。病菌會「寂寞」，因為無聲，因為不能呻吟。病菌顯現於雙耳，是因為耳朵和聲音有關。耳朵已經膿腫發炎，是累積的沈默病毒之所致。這是第一層次的空隙以及空隙的完成。

　　第二層次所顯現的空隙是這首詩意義之所在。心房有一千扇

窗，有如一千張嘴，暗示詩人的敏感度。詩人能吸納外在眾多的音聲（猶如觀世音菩薩？），而卻將自我與外在隔絕。去除詩的聲音，也正如對詩人內在自我的呼喚裝聾作啞。這樣刻意壓制的聲音，並不表示聲音永遠歸於靜寂。它會溢滿腫脹，成為病菌，讓自我不再有能力聽到外在的音聲。先前「不願」聽聞，變成當前的「不能」。以聲音的弦外之音誘引讀者對空隙的介入，也引發出詩隱藏的意涵。

解構的縫隙

以上陳克華的〈中耳炎的病因探討〉的空隙雖然大致已經填滿，詩中的前兩行：「每晚我關上心房的一千扇窗子／將詩的蚊蚋隔絕在外」仍然留下一些待解的語言間隙。詩人為何要將詩的蚊蚋隔絕在外？詩的蚊蚋究何所指？詩人排除有關詩的一切是否一種矛盾？詩的蚊蚋是在滋養詩還是干擾詩？其中語言的空隙可能是內在的歧異（disjuncture），可視之為解構的縫隙。

以哲讓讀者在空隙裡發現語意的寶藏，而促成結構的銜接進展。解構的空隙則是讓讀者感受到文字間意象間語意的斷層。德希達認為語言本身是縫隙的組成。語言甚至傾向自我消解。文字對既定方向意義的投射必然身陷縫隙。在解構學的眼光中，意象本身就佈滿縫隙。羅斯伯（Loseberg）說：詩的語言「在意象的縫隙中，陳述本身與自然世界的隔離」（109）；「知識依賴所伴隨的錯誤」（同上）。羅斯伯進一步探討以現象學為基礎而朝解構學發展的著名學者狄曼（Paul de Man）。他說狄曼早期的現象學的思維是：「意識藉由詩語言獲得一個矛盾位置而造就其獨特的地位」，狄曼由此走上「一個負面道路，以暴顯出本質連結的錯誤」的解構之旅

（同上 115）。

以狄曼為例，主要在於說明現象的存在總存在著存在的縫隙。以哲的空隙事實上是以現象學為立足點。以上所轉述的「隱藏讀者」，其最重要的最後一章，定名為「閱讀的過程」（The Reading Process），副標題「現象學的門徑」（A Phenomenological Approach）。假如以哲的空隙是讓讀者探索出詩中的語意隱藏的存有，德希達以及後期的狄曼是在語言裡發現語意夾雜的裂縫。上述陳克華的詩句所引發的兩個問題，正是語言內在縫隙裡的春秋。詩人要將「詩的蚊蚋」隔絕在窗外，是詩人對有關詩的一切，欲拒還迎，欲迎還拒。現實人生裡，當詩的動因嗡嗡作響，詩人可能在某種瞬間想拒絕寫詩。可是一旦詩被拒絕，詩人何以為詩人？另一方面，「詩的蚊蚋」也暗藏對詩提出另一個面向。詩所貢獻給人生，都是精神的提升？答案既是也非。詩可能是蚊蚋，既吸血又傳病毒。

反過來說，語言中的裂縫也造就了詩的可能性。因此，縫隙也可能是結構的一部份。符號學者李法帖爾（Michael Riffaterre）對於「風格語境」（stylistic context）有這樣的看法：

> 風格語境是語言的模式突然被無法預測的元素中斷，這些干預所形成的對比，是風格上的刺激。裂縫絕對不能詮釋成為關係斷裂的準則。對比風格上的價值在於讓兩個衝突的要素建立關係，假如在接續中沒有連結，就沒有效果產生。換句話說，風格上的對比，正如其他語言上的有用的對立，創造了結構。（Riffaterre "Stylistic Context," 171）

李法帖爾雖然有後期符號學的思維，其縫隙的觀念畢竟更趨近以哲，而非德希達。但是這段引文裡「無法預測的」（unpredictable）的理念已經有解結構的影子。事實上，假如他的「裂縫」可以填補，裂縫就成為以哲的空隙。假如不能填補，就成為德希達的縫隙。上述的引文意味裂縫可以創造結構，故趨近以哲，但「無法預測的」因素，也意味結構可能無法預測。「風格語境」的意義，並不全然是結構的產生，而是結構在「有」「無」交融中的可能性。若是有，所謂意義已非固定化的意義；若是無，也非意義全然崩解的虛無主義。

假如以結構與解結構揉雜的後現代情境審視現代詩，八〇年代後的詩壇有豐碩複雜的景致。即使所謂的「古典抒情詩」也不盡然「傳統單純」。詩人深沈地活在語言中，不論詩的題旨多麼「抒情」，多麼「古典」，詩語言有意無意之間也可能暴顯縫隙。劉洪順的《古相思曲》的詩，顧名思義，大都從詩行發出「古典抒情」的韻味，但偶爾詩作向「現代」或是「後現代」傾斜，縫隙在語意間於焉而生。試以他的〈曬衣〉為例：

> 美與醜的軀體
> 把你們靈魂不要的
> 汗水，統統留給我
>
> 誰在泡沫中期待我的
> 變形、新生——
> 　抽打

槌　打

痛了一夜
還未飛去

（《古相思曲》35）

　　第一節收集汗水的是穿在身上的衣服。不論軀體的美醜，所有
的汗水都由衣服吸收。但所謂「汗水」是軀體釋出「靈魂不要的」
東西。從句型上，汗水和靈魂相對立，但汗水實際上來自軀體。所
以假如因為標榜靈魂而棄絕汗水，軀體是否也因為是「非靈魂」而
應該捨棄呢？

　　第二節表面上是將髒臭的衣服槌打，以求新生。但是新生的環
境是在「泡沫中」。泡沫指涉的是肥皂泡沫。但實際物質的「肥皂
泡沫」和文字本身的「泡沫」存在著語意的縫隙。這一節在說明再
生的可能也暗示不可能。

　　第三節「痛了一夜/還未飛去」。痛是因為衣物被槌打，被槌
打是因為希望去除汗臭而再生。「飛去」可能是「再生」的動作。
因此，「還未飛去」是否意味還未再生？另一方面，被槌痛後，
「還未飛去」是否意味仍然繼續願意忍受未來的槌打？再一方面，
如果衣服乾了飛去，沒有了主人，可能在曠野甚至是水溝裡降落，
喪失主人的衣服，可能很快變成破布，怎能說是再生或是新生？

　　假如上一節的「無形的空隙」被填補的語意是一種完成，是個
句點，這裡解構的縫隙裡經由探討後，是層層疊疊的問號。假如句
點是結構的完成，問號是否意味沒有結構？解構是暴顯結構的縫

隙，但並不意味所有結構的崩解。以上三個詩節的循序進展，很有層次。個別意象的縫隙仍然在這個大結構裡存在。解構學非虛無主義的道理也在此。事實上，解構的縫隙消解了我們習以為常的「正負」二分法。羅斯伯對狄曼的思維如此結語：「由於模擬在真理處理過程中之必要，正如文法與修辭的關係，狄曼的文學語言以更大的完整度存在，這裡所謂的完整度既非正面的邏輯和文法，也非文學修辭的負面真理所能含蓋。」❸（Loseberg 116）

空隙的戲劇性結構

空隙或是縫隙表面上是結構的終止，實際上反而是語意的填充後造成結構的延續。空隙可能是字裡行間戲劇性的變化。八〇年代以後中青代詩人的作品裡，意象比前行代濃密。這是詩藝進展的現象，非常可喜。但同樣詩人作品雖然詩行濃密，但有時讀來卻是意象機械化的排比，缺乏生趣，有的卻峰迴路轉，令人驚喜，關鍵在於戲劇性的有無。吳長耀、田運良、張國治等人的作品，一般說來，讀者所盼望的就是語言空隙中的戲劇性。以田運良的兩首詩為例：

第一首：〈大聲朗讀自己最後的羅曼蒂克〉：「但，我終於將不再為純潔的詩寫詩/我也終將寬恕一切羅曼蒂克/好比原諒錯愛般在臨時搭建的詩稿裡/整理回憶和往事……/然後一一遺忘。至於還未朗讀完的情意，就/留給將來吧」（《為印象王國而寫的筆記》71）

---

❸ 文法與修辭是狄曼在〈符號學與修辭〉（Semiology and Rhetoric）裡討論的重點。

第二首：

請挪開妳踩在我思考上的美麗

妳懸虛的嫵媚
一腳隨意踩在我未設防的封建意識上
半壁江山遂毀於紅粉驚艷。
假使妳已經心滿意足而想離開的話
請記得帶走足印；
和我的傷景、殘跡。

（《為印象王國而寫的筆記》82）

　　第一首個別詩行都有新鮮的意象或是文字，如第一行的「不再為純潔的詩寫詩」，第二行的「寬恕一切羅曼蒂克」，第三行：「臨時搭建的詩稿裡」。但整首詩的行進似乎是無波無痕，最後在可結束可不結束中結束。整首詩似乎欠缺一些戲劇性，因而讀者可能留在對文字的觀望，而較難主動投入詩中的人生之旅。

　　但第二首詩迥然不同。「妳的嫵媚」踩在詩中人未設防的封建意識上，「半壁江山遂毀於紅粉驚艷」。「封建意識」將讀者帶入自古以來帝王毀於江山美人的層層記憶。江山已毀，美人滿意地離開，但詩中請對方帶走那些可能觸景生情的記憶痕跡。「足印」呼應第二行的「踩」，事實上，「殘跡」也是被踩過的鑿痕。整首詩比第一首富於有機的動態。詩行與詩行之間的敘述連接成類似有具體的事件有關，但最主要是意象所形成的互動環鍊。語意間的空隙

如「未設防的」造成漫不經心的江山被毀,「驚豔」呼應「嫵媚」,「驚豔」是女子的豔麗造成的驚惶失措,毫無抵抗力。經由空隙語意的填補,推動事件敘述的連貫性。

在結構上,第二首共六行,每三行一個轉折。前三行到江山被毀達到最高潮,緊接的三行從高峰往下滑落,最後以足印與殘跡作為無奈的結束。讀者在第三與第四行間感受到其中轉折的空隙,才能眞確地體會詩的戲劇性韻味。

假如文學是哲學的戲劇化,戲劇性也成為詩書寫的必要。臺灣現代詩多年來在語言上有兩種絕然的不同型態。一種以文字的稠密度取勝,一種是文字平白無奇,但呈現戲劇性的發展。在《笠》詩刊發表的比較好的詩大都屬於後者。但事實上,即使文字豐富細緻,詩的結構仍然需要戲劇性。以上述田運良的第二首詩來說,所展現的戲劇性並不是極具強度,但是和第一首相比,美學效果已經別有雲天。

戲劇性所顯現的美學效應可從孫維民如下的詩進一步印證。一般說來,孫維民的詩也不擅長戲劇性,但下列這首詩兩節間留白所產生的空隙,讓人生呈現兩種戲劇性的對應與對比,類似兩個鏡頭裡並時存在的人生。第一節裡的暗示性愛的「雲雨」所呈顯的天色,在第二節裡由「天色的隱喻」裡呼應後,拉開人生舞臺的兩種景致,兩節之間的留白空隙劃開了楚河漢界:

　　傍晚

　　同居的男女已經回到八樓租屋

打開便當。雨雲準時靠攏移近
巷口又堆滿一天的垃圾了：
床墊，花束，保險套，果皮

其實不遠的嘉南平原，這時
一列火車通過天色的隱喻離去
乘客身旁的空位坐了全部的行李
服務生推著餐車，聲音呆板

（《異形》：111）

空隙中的「禪」

以另一個眼光看待，空隙可能是詩中隱藏著禪意，因爲那是一種沈默無語但充滿玄機的狀態。洛夫出了一本「禪詩」，周夢蝶的詩被許多批評家稱爲最富於禪意。假如禪是無語的禪意，洛夫和周夢蝶大部分的詩作的是「說禪」而非禪。周夢蝶的詩尤其如此。隨便翻閱他三本詩集的三首詩爲例：《還魂草》中〈圓鏡〉的結尾：「千山外，一輪斜月孤明／誰是相識而猶未誕生的那再來的人呢？」（120）；《十三朵的白菊花》中〈鳥道〉的結尾：「識得最近的路最短也最長而最遠的路最長也最短／樹樹秋色，所有有限的／都成爲無限了」（133）；《約會》中的〈竹枕〉的結尾：「再拜竹枕你／再拜松田聖子你。之否？／是你，是你使我不修而脫胎換骨的！橫身以百千萬偈／偈即菩提。誰道枯木未解說法？」（65）。第一首，看到、感受到明月常在，而人陷入輪迴，誰是如今相識而來世將再相遇的人呢？第二首是「說明」有限與無限的辯證；第三首

更是「說明」竹枕枯木也解佛法之大道。這些明言何來禪機？

　　真正有禪機的是語言中的空隙，如周夢蝶〈荊棘花〉的開頭：「本來該開在耶穌的頭上的／卻開在這裡」（《十三朵的白菊花》80）；而這樣的空隙正是好詩的特質。換句話說，禪不離生活，大部分穿透人生又有語言的空隙的詩作，大都有禪意。周夢蝶的詩是放在傳統典型禪詩的情境裡，遠離人生，而擁抱山水的抒情。是因為山水的選擇，給讀者與批評家類似典型禪境的假象，事實上，他的語言平白直敘如散文，甚少在空隙裡留下回味的「禪意」。〈荊棘花〉開頭的詩行在他的詩中是少數的例外，正如荊棘開在人的頭上是鳳毛麟角。❹

　　洛夫的「禪詩」也有「說」的痕跡，如「牆上一根釘子有什麼可怕／可怕的是那／釘進去而且生鏽的一半」（《洛夫禪詩》131）。這是用意象說禪；與其說是禪，不如說是語言的機智。但是這些意象還是比周夢蝶的詩要富於禪意，因為語言留下空隙，因為這是生活中的禪機，而不是迴避人生歸隱山林。❺

---

❹　周夢蝶有極少數有關人間的詩作。面對人間，如何詩化現實是對詩人極大的考驗。大部分詩人不是議論，就是將詩散文化，沒有語言的空隙，更沒有所謂禪機，如〈除夜衡陽路雨中候車久不至〉裡，這樣的詩行隨處可見：「然後，由小南門左轉直奔衡陽路／衡陽路。為各式各樣行人的腳而活／使命感極重的──／今夜，卻是為誰？」（《十三朵白菊花》155-56）；「說真的！我並不怎麼急著要回去／反正回去與不回去都一樣／反正人在那裡家就在那裡／此外的一切／一切的一切一切的一切的一切／都顯得很遠很遠──」（159）

❺　一般人習慣將佛經與禪悅的清明狀態，用遠離人間的山水呈現。因此，所謂禪詩經常就是山水詩加上一些禪理說教。事實上，稍有念佛禪修的人都

趙衛民有一首詩〈時間許下諾言〉，最後一節有這樣的詩行：「如果不懂靜寂的力量，話語是已枯乾的澀果，/時間將不會產生香氣」（《猛虎和玫瑰》143）。不懂靜寂，語言已枯乾，這幾乎是海德格「沈默是眞言」的迴響。眞言會被說教的言語掏空。禪意盡在沈默中，在語言的空隙中存在，不是山水場景的陳列加上「說禪」。沈默不是無話可說，而是語言的飽滿狀態；它不議論，不「演說禪機」。尹凡寫了一些眞正有禪意的禪詩，❻其中的〈靜坐〉的結尾是：「寂靜是無有根據的/聲音/才會聽見/一說即不中」（《吹皺一池海市蜃樓》140-41）。

空隙的密度

詩質的稠密度造成空隙的密度。但是一首詩的美學空間，似乎有潛在適度的空隙密度，過多會造成填塞而有「做詩」的痕跡，過少則詩質稀鬆，幾近散文。當代年輕輩的詩人（如誕生於七〇年代）在接受既有的詩傳承中，風格的求變，以及在網路上的實驗，有時會無形中讓詩產生過稠的密度。語言與意象會比較曲折，但和五、六〇年代有些超現實詩不一樣的是，這樣的曲折是豐富的想

體會到：山水是個比喻，而不是變成逃避人生的目標。佛法要求出離心，出離是不戀眷「我的這一生/身」。但出離之前，是對人生的關懷與捲入。「開悟」必須基於「慈悲」，慈悲的對象是眾生，因而絕對是入世的。打坐能禪定令人欽佩，但最高的禪定在生活中分分秒秒的當下。最高的修行者，不是獨自歸隱山林，而是出家後，以普渡眾生為志。

❻ 請以尹凡這首〈有情〉和周夢蝶大部分的「禪詩」對照閱讀：「一切有情人歡喜在如此熟悉的小徑/邁輕步徜徉碎石路面，卻在/襟袖交會處，遮阻一雙蜂蝶/不覺花海變桑田」（《吹皺一池海市蜃樓》138）。這首詩還是有隱含「說」的感覺，但隱約多了，至少不是議論。

像，而非想像欠缺的遮掩。楊佳嫻如下的意象似乎有超現實的想像：「微笑，向一尾受傷的蛇/只有自己才能聽見，自己在身體裡/扣下扳機」（《屏息的文明》45）。但是如下的詩行則是濃密的空隙：「我們且在盯視螢幕而怔忡的夜晚/錄製老靈魂咬著指甲，搜索身體每一個房間/來來回回的腳步。難以成眠，難以放棄/掌中握著華髮早生/江水浸蝕臟腑的皺紋/有多久了轉頭不去看所有的數字/時間的鞭尾打熄我們取暖的燈，煙煤紛飛/會窒息正在春天的諾曼第登陸的/一萬首年少的歌」（同上 41）。意象層疊曲折進行。這些意象都可以從人生找到傍依的感受，只是比一般的詩行濃密。以「老靈魂咬著指甲」、「江水浸蝕臟腑的皺紋」這兩個意象爲例。人的無奈空虛所以咬著指甲，表象身體的動作，實際上是靈魂狀態使然。江水引發情感波動，臟腑回應產生肌肉的皺紋，正如水之波痕。這些詩行一個濃密的意象緊接另一個濃密的意象，讀者幾乎沒有喘息的空間。濃密本身也部份來自隱喻的傾向，如「時間的鞭尾」、「諾曼第登陸/的一萬首年少的歌」。這些意象濃密的組合是想像力的發揮，但似乎也會讓讀者這是「寫出來」、「做出來」的情境，也因而反諷地造成偏離人生的嚴肅感。讀者可能讚賞詩行的想像力，但讀者也可能會覺得在閱讀一首「書寫」的人生，有別於眞實的人生。**❼**

　　但是《屏息的文明》也有不少意象較鬆緩的詩作。〈傾耳〉、

---

❼　當然，所有「書寫的人生」都是有別於眞實人生。但同樣在書寫領域裡，還是有眞實人生「觸動感」的差距。以上楊佳嫻的意象比較傾向「發明」，有別於抓住人生細緻處的「發現」。

〈屏息的文明〉、〈在北京致詩人某〉等都是。〈傾耳〉裡的詩行:「細數整個森林的年歲/忽然,我們也跟著老去了/在相沿成習的典籍中/變成不在被翻閱的底頁」(同上 75)。〈在北京致詩人某〉裡的詩行:「幾百年了/這雪落了這麼久/卻連一片殷紅的屋瓦都沒有蓋住/我觸摸樹葉,想像遙遠島嶼/總是夾層在綠意間的陽光/呼吸之際,霜花就融去/手指端是沒有脈搏的寒冷」(同上 87)。❽這些詩行和鯨向海〈通緝犯〉一詩的結尾:「不可能更好了/一點點出名的感傷/到處都是時間的糾察隊」(《通緝犯》188)一樣,詩句與意象並不爭奇奪豔,但卻比較貼近人生,比較能引起生命深處的共鳴。詩的存在在於其間的空隙,但有意的大量製造空隙,卻不一定提升詩質。詩質的體驗並不全然等於空隙的填滿。意象的濃淡之間如何調適,是美學存在的空隙。❾

---

❽ 其實,楊佳嫻這兩段詩行,和她上一段自己的意象相比比較鬆弛,但比起很多詩人的意象已經濃密多了。

❾ 過度濃密的文字以及適度的空隙可以從另一位七〇年代誕生的高世澤的兩種詩作爲例,前者的詩質反而不如後者:「懷中溫一壺酒在港口搜索果敢出海搏鬥的硬漢/遞一壺酒彼此讚頌比魚訊期多七倍的豪情/而自己第一船的煙仔魚溫飽村南無依七口/一船苦候半旬的龍蝦治癒北村土伯突發的心疾/……兄弟們堂皇的洋房如一枚街上急走的金幣/滾燙的熱汗在額頭上耕赤道的雨季」(《捷運的出口是海洋》:〈一個老人之死〉117);「因誤食一頓過量的昨日/未及以左腦細胞消化/右腦細胞排泄/只好一路從迷惘的黑眼睛/開始嘔吐過酸的思想」(《捷運的出口是海洋》:〈失眠〉135)。

詩存在的空隙

　　詩以空隙確認自身的存有。沒有空隙，也沒有詩，即使這個空隙是語言的縫隙。詩有空隙是因為詩不是制式的語言。詩在夾縫中求生存，在政治文宣、在官場噴灑的口沫的空隙中書寫存有。詩並不逃離現實，但不是複製既有的現實，而是填補被制式體制遮掩的現實。現實體制下表現的現實實際上是現實的匱缺（Lyotard 77）。詩不一定要像阿德諾（Adorno）在他的《美學理論》（Aesthetic Theory）裡所說的那樣：「對現存社會的反制就是真理」（Adorno 279），詩的存在的確是現實社會所聽到的「雜音」，因為詩不是散文邏輯的推演，也非目的論的工具。雖然詩人立志以書寫平衡現實的殘缺，詩人自知一旦詩經由吶喊，詩即消解自身的存有。筆尖不是刀尖，詩不是街頭流闖的文宣。對於社會的反制，詩的語言是一種沈默，由於沈默，詩中充滿空隙。

　　因此，語言是詩人專注的對象。反諷的是，語言的關注時常被世人視為遠離現實。其實詩的語言，正如上述，是現實的文本化，是補足既有的現實。詩學家華卓普（Rosemarie Waldrop）說：「當我說詩是對語言的探索，這並不意味詩從社會退縮，因為語言是社會共享的結構，而社會的「他者」是詩」（54）。這一段話導出兩種層次。一、語言是社會所共享，專注於語言也間接專注於社會。二、詩的語言是「他者」，除了一般「共享的」語言，還有另一個層次，詩的空隙就在這一個層次。事實上，也就是因為空隙的存在，語言與社會才有源源不絕的生命力。十九世紀美國的詩人哲學家愛默生（Emerson）說：人的腐化所顯現的是語言的腐化。詩語

言能賦予社會的活力，在於詩不是被動或是複製式的模擬，不只是反映，還有反應。反應的是注入現實裡的活水。華卓普說：「我的關鍵字是探索與維繫：探索森林不是爲了可以販賣木材，而是瞭解世界讓世界保持生命力。」（46）詩、社會、現實保持生命力的關鍵在於人對於語言空隙的興趣與專注。

空隙蘊含寶藏，語言的空隙編織文本與人生的結構。詩與詩人的存在也仰賴這樣的空隙來延續存有。是什麼樣的「人生構圖」，須文蔚以如下的詩行描寫人生：「我要如何從連環圖畫書的空隙中/尋求你隱藏的眞意？」（《旅次》：〈連環圖畫書〉）連環圖畫從來不是眞實的寫影，部份是人生的幻覺，夾雜部份稚幼的塗寫。在這種似眞似幻的圖像中，空隙又再進一步撤離眞實。這時我怎能在其中「尋求隱藏的眞意？」詩人爲何不直接將其散文化，不提供任何語言的空隙，而成爲：「人生佈滿眞實的幻影，人與人之間已經沒有眞意」？後者的處理，使詩從第二層次，又掉回第一層次。詩變成訊息或是目的代言人。第二層和第一層之間在於空隙、美學的有無。而美學正是生命力的展現。假如語言墜入第一層次，詩已經消失，也沒有了詩人。

如此看待，我們可以進一步瞭解爲何須文蔚以如下的詩行描寫死亡：

凌遲

死亡正以進行式的速度
慢慢迎向生命

> 和婚禮一樣
> 在撕裂與痛苦之後
> 充分地完成
> 愛
>
> (《旅次》56)

第一行「死亡以進行式的速度」，「進行式」是持續在任何當下逼近，但是逼近生命的姿容卻被描寫成「慢慢迎向」。「進行式」是持續逼來，難以躲避的態勢，「慢慢」又讓生命無形中已經陷入必然的黑暗，因為這是「凌遲」。但一個悲劇性的動作，用的卻是喜劇的措辭「迎向」，這當然是「死亡」的觀點。「迎向」喜劇的語調為下一行「婚禮」作準備，而達到「死亡」被比喻成「婚禮」震撼性的高潮。但是「婚禮」的喜劇卻是馬上氣氛倒轉，緊接著「撕裂與痛苦」。純粹就文意似乎是有意的對比，印照人生，卻是一幅新婚之夜的景象——新娘肉體被突破的狀態。有了這樣的痛苦，才能「完成/愛」。整首詩將各個相對的理念與感覺自然地相互滲透。但彼此滲透後，異中有同，同中有異。「死」經由「痛苦」和「愛」結合，但結合後，「死亡」是生命的結束，而「愛」是另一個生命的開始。再者，同與異的抉擇很難定奪。參照常理，沒有人願意祈求死亡的快速來臨，但慢慢的死亡是更大的痛苦，因為這是一種凌遲。

另外，本詩所留下最大的空隙是：死既然以愛作比喻，我們要問：上蒼讓我們死為何是一種愛？這是否暗示：我們並沒有意識到生命是一種持續的痛苦；是否也意味人生大都是「恨」的累積，只

有死才能將其消解，因而死是一種愛？這些感受是詩對讀者所引發的聯想，但是它保存一種不被填滿封閉的空隙。

鴻鴻有一首詩〈錯誤的飲食程序〉間有一段這樣的詩行：「過早地吃下了/早出晚歸的頻率/和一次完美的婚禮」（《在旅行中回憶上一次的旅行》47），將吞嚥的飲食和完美的婚姻相對應，情形有點像上面死亡與愛的對應，給讀者帶來強烈的新奇感。但細看之，兩者略有不同。在鴻鴻的詩行裡，婚姻與食物一樣，過早成婚或是過早下肚，兩者都必然「迅速地腐爛/放出毒氣」（同上48），兩者幾乎是彼此全然對應的隱喻。但是在須文蔚的詩行裡，愛與死除了對應的相似外，其中存留著複雜岐異的縫隙。

須文蔚詩裡愛與死的同異交揉是讀者閱讀後可能的理念歸納，但理念歸納本身並不是詩，否則整首詩可以散文化成：「人生痛苦與快樂，死亡與結婚，本質上是相同的，都是一種凌遲。」差別在於，詩中同異或是異同之間演變的步幅與韻律，是詩美學的焦點。抽掉這些「韻律」所顯現的戲劇化過程，詩的語言立即從第二層次墜入第一層。任何對詩的詮釋，若是只是在抽析其中簡化後的主題、意念、感覺，而忽視其中文字與文字、意象與意象之間、在演變過程所呈顯的韻致，都是停留在語言的第一層次。如此的閱讀，也忽視了「過程中的韻致」是詩中主要的空隙。沒有這些空隙，也沒有這首詩。

詩不能被簡化成理念。意象也不是物象的複製，因為它存在於詩行的戲劇性空間裡。華卓普引用著名的藍鳩（Langer）的一句話：「讓我們有趣的象徵也是我們關照的對象，讓我們注意力轉移」。華卓普繼續說：「它〔象徵〕讓我們從既有的指涉中轉移，

從既有的象徵中轉移。詩正是如此，讓我們將文字視爲專注的對象，成爲富於肉感的軀體，使詩不只是交易的籌碼」（Waldrop 59）。❿雅克愼（Jakobson）說：詩學的功能使得文字「可以觸模」（Closing Statements: Linguistics and Poetics 356）。

詩淪爲「交易的籌碼」是因爲詩常被引用來表示使用者的文化身份。但「引用」經常是將抽析出其中被簡化的主題。文字是可以觸摸到生命的「軀體」，不是意念的代用品。詩的閱讀也不是還原成文字指涉的象徵，文字或是意象在詩中已經是個生命體。語言的意念化、指涉化，也是在扼殺詩的空隙，詩的存有空間。

在詩的天地裡，因而是意象與理念的分野，是意象與物象的釐清，是概念化的現實與詩語言中的現實的辯證。在此，有兩點值得注意。一方面，詩內在的文字或是意象不能單獨抽析出，而將其視爲外在現實與理念的等同物。另一方面，詩的文字不能被意念化喪失詩的生命，但是詩的生命又有現實的參照點；正如上述，對文字的關注，並非遠離現實。詩的生存空隙就是這兩種思維辯證交融的空間。試以馮青的〈經驗轉譯密碼者的困擾〉進一步說明：

> 昨天我的殘夢被池塘挖走了
> 留下坑坑洞洞的斗室在地球儀上
> 今天的雨卻從蓮子心裏立起來
> 我的噴泉像是整座宇宙的幕落

---

❿　藍鳩這裡引文的出處是她的《哲學新調》（Philosophy in a New Key），頁 61。

若干年後
阿 P 和我
在跑不動的高速公路上相遇　但互不相識
我們的脈動很微弱
沒有心──跳

（《快樂或不快樂的魚》126）

　　池塘怎麼挖走殘夢？坑洞的斗室留在地球儀上是什麼樣的狀況？這些意象都不是外在現實裡的物象真實的寫影，因此意象的詮釋不是將其還原成「指涉物」。但現實人生的瞭解確有助於詩的瞭解。也許殘夢所依歸的是一個池塘光景，因此殘夢無著。由於「挖走」的動作，所以有「坑坑洞洞」的意象。真實的斗室並非佈滿坑洞，但是殘夢似乎「挖空」生存的空間。而地球上無不是這樣的空間。地球儀的意象和真實世界裡的地球儀，有同有所不同。不同的是，只有意象才可能容納斗室，但是對這個意象的體會，需要有真實的地球儀作參考。

　　雨怎麼從「蓮子心裡」立起來？噴泉如此的大小怎麼可能是「整座宇宙的幕落」？同樣，這些意象的瞭解都是需要和真實事件產生思維的辯證。內在空隙的填滿也在於問題式的啟發。雨落蓮子，打在蓮蓬上，當雨絲不斷成為直線，是不是就是從「蓮子心立起來」？從「我的噴泉」水的噴灑中，似乎看到自己一生終局的幕落。這裡噴泉和雨水一樣，跟所牽連的客體，在視覺上都成倒置的關係。噴泉往上，布幕往下落。雨水往下落，卻在蓮子心站立。至於這一詩節的後半段，在跑不動的高速公路相遇，沒有心跳等意

象，也是在虛實交叉印證的過程中，體現詩趣。也許是靈魂未來的忘年之約。沒有心跳，因為已經死亡。但是既然「無心」，彼此的相約還能說是情事嗎？無心何情？在語言的空隙裡含有縫隙。詩為何這樣寫是讀者詩之旅的動因。讀者在旅程中，是體會到「詩不只是要表達經常的思考，而是要表達從未如此表達的一切」（Waldrop 47）；但更最重要的收穫是讀者藉由縫隙的填補、意義的完成、而看到自己思維與想像力。這是對自我的驚覺，也是以哲所說的：藉由文本的閱讀，讀者閱讀到真正的自己。（The Implied Reader 294）詩藝所提供給讀者的閱讀美學是，一方面讀者可以從所謂「表達從未表達」的詩境中感受詩的趣味；另一方面，讀者在文本的映照下看到被遮掩的本真。

　　假如詩的藝術展現可以解釋成廣義的美學，詩美學的成就也在於充實讀者的閱讀美學。不論空隙或是縫隙，都是詩美學依存的空間。以空隙反觀結構，空隙是詩的主要結構。書寫空隙是詩人的存在結構。因此，詩人在詩行裡寫下空隙。

參考書目

Adorno, Theodor. *Aesthetic Theory*. Eds. Gretel Adorno and Rolf Tiedemann. Trans. Robert Hullot-Kentor. Minneapolis: University of Minnesota Press, 1984

de Man, Paul. "Semiology and Rhetoric," *Allegories of Reading: Figural Language in Rousseau, Nietzsche, Rilke, and Proust*. New Haven: Yale University Press, 1979, pp. 3-20.

Iser, Wolfgang. *The Implied Reader: Patterns of Communication in Prose Fiction from Bunyan to Beckett*. Baltimore: The Johns Hopkins University Press, 1974.

Jakobson, Roman. "Closing Statements: Linguistics and Poetics," *Style in Language*. Ed. Thomas A. Sebeok. Cambridge: MIT Press, 1960, pp. 350-77.

Langer, Susanne. *Philosophy in a New Key*. New York: Mentor Books, 1948

Loseberg, Jonathan. *Aestheticism and Deconstruction*. New Jersey: Princeton, Princeton University Press, 1991

Lyotard, Jean-Francois. *The Postmodern Condition*. Minneapolis: University of Minnesota Press, 1984, p.77

Waldrop, Rosemarie. "Alarms & Excursions," *The Politics of Poetic Form: Poetry and Public Policy* Ed. Charles Berstein New York: Roof Books, 1990. 45-72

王潤華，〈象外象〉《創世紀詩刊》第 32 期（1973 年 3 月）、第

33 期（1973 年 6 月）

田運良，《爲印象王國而寫的筆記》，臺北市：文鶴，1995 年

向　陽，〈一首被撕裂的詩〉《新世代詩人精選集》簡政珍編，臺
　　　　北市：書林出版公司，1998 年，頁 297

朵　思，《飛翔咖啡屋》，臺北市：爾雅出版社，1997 年

江文瑜，〈屋裡的圖像詩〉《千年之門——2001 年學院詩人群選
　　　　集》，白靈編，臺北市：萬卷樓圖書有限公司，2002 年，
　　　　頁 164

江文瑜，《阿媽的料理》，臺北市：女性文化，2001 年

周夢蝶，《十三朵白菊花》，臺北市：洪範書店，2002 年

周夢蝶，《約會》，臺北市：九歌出版社，2002 年

周夢蝶，《還魂草》，臺北市：領導出版社，1978 年

林耀德，《都市之薨》，臺北市：漢光文化，1989 年

林耀德，《都市終端機》，臺北市：書林書店，1988 年

洛夫，《洛夫禪詩》，臺北市：天使學園網路有限公司，2003 年

孫維民，《異形》，臺北市：書林書店，1997 年

袁鶴翔，〈略談比較文學：回顧，現狀與展望〉，《中外文學》第
　　　　2 卷第 9 期，62-70

高世澤，《捷運的出口是海洋》，臺北市：九歌出版社，2003 年

張漢良，〈論臺灣的具體詩〉《創世紀四十年評論選》，臺北市：
　　　　創世紀詩雜誌社，1994 年，頁 69-86

陳　黎，《島嶼邊緣》，臺北市：皇冠出版公司，1995 年

陳　黎，《貓對鏡》，臺北市：九歌出版社，1999 年

陳克華，《星球紀事》，臺北市：元尊文化，1997 年

須文蔚，《旅次》，臺北：創世紀詩雜誌社，1996年

馮　青，《快樂或不快樂的魚》，臺北市：尚書文化出版社，1990年

楊佳嫻，《屏息的文明》，臺北市：木馬文化，2003年

葉　紅，《藏明之歌》，臺北新店市：鴻泰圖書，1995年

路　痕，《路痕》，臺北縣新店市：詩藝文出版社，1996年

劉洪順，《古相思曲：劉洪順詩集》，臺北市：漢藝色研，1990年

顏元叔，〈細讀洛夫的兩首詩〉，《中外文學》第 1 卷第 1 期，
　　118-134

鯨向海，《通緝犯》，臺北縣：木馬文化有限公司，2002年

梁啓超的啓蒙主義詩論探討

崔亨旭*

壹、緒言

韓中兩國之間有著非常密切且歷史悠久的文化交流傳統。雖然如此，到十九世紀西方及日本軍事科學文明進入兩國以後，該傳統逐漸萎縮起來。但在二十世紀初，兩國同樣面臨混亂和變革交叉的時期，其交流未能完全斷絕，再度繼承了古代的傳統。此一時期的交流即以梁啓超等維新派人士對舊韓末❶開化派知識分子產生的影響爲其主要內容。簡單而言，韓國在面臨亡國之危的現實之下，許多知識分子讀梁啓超所介紹解說的西方學術思想以及他所樹立的啓蒙主義等思想，尤其就文學方面而言，可說梁啓超的文學革新思想及其作品對於韓國文學界的現代性發展產生了不少的影響。

一般認爲在舊韓末時期，韓國接受近現代西方新文明的主要渠道即爲日本，韓國近現代文學亦是如此。此外，梁啓超本身也受到

＊　韓國漢陽大學校中文科助教授
❶　主要指從乙巳保護條約（1905）到庚戌韓日合邦條約（1910）的大韓帝國末期。

了日本的影響。此是有許多韓國文人主動接受梁啓超所給的影響，因此當時的韓國文學不僅透過梁啓超接受西方和日本的影響，連梁啓超本身所給的影響亦接受不少。蓋此即起因於兩國長久的交流傳統、同病相憐的現實情況、當時兩國舊文學仍處於落後狀態以及梁氏與韓國開化派文人在身份和想法上較相似等種種因素。

總之，梁啓超爲中國近代最傑出的思想家和文人。他的政論及文學作品不僅對當時中國的政治、社會及文學革新運動有重大貢獻，而且被介紹到韓國後，亦引起強烈的反應和積極的影響。近來諸多韓國學者對此方面感興趣，且開始積極研究。在此種情況之下，本文亦擬先探討梁啓超的詩歌觀念，以作爲將來研究其對韓國的影響之基礎。

貳、中國啓蒙主義文學思想的形成

中國從十九世紀初，特別是鴉片戰爭前後開始就遇到極烈的體制弛緩和西方衝擊，在此種內憂外患的時代環境之下，許多知識分子早已開始對學術及文化思想方面的變化進行摸索，其代表性的思想潮流即爲以今文公羊學爲基礎的現實主義、進步主義。此即可稱爲中國啓蒙主義（Enlightenment）思想之萌芽。在此種傾向裡，晚清時期知識分子更積極地對應變化局面，因而在思想文化上全面地吹起新的風氣。其中帶著啓蒙主義色彩的維新派知識分子，在即將面臨民族存亡危機的情況下，更深刻地認識到頑固派的落後和洋務派的界限。於是繼承龔自珍、魏源等的社會變革、經世致用思想，此外中法、中日戰爭的失敗後有感改良制度的需要，終於形成了一種社會改良主義。

　　十九世紀末期，新的進步勢力即維新派，在思想方面積極接受
啓蒙主義等西方資產階級的新思想，以作爲改良運動的重要根源，
主張改革封建法律與社會制度。他們特別強調統治者要鼓吹資本主
義的發展，從而建立一個富強的民族國家（nation）。因此如何建設
民族國家該課題，從此即成爲橫跨中國近現代史的根本問題之一。
詳細而言，在從西方進來的啓蒙主義思想的影響之下，所謂的「啓
蒙」和「救亡」被視爲近現代中國仁人志士的歷史使命，❷進而他
們認爲民族國家的建立即爲實現啓蒙、救亡的現實途徑。而且在此
一過程中，他們還認識到文學及藝術的效用，於是如何通過文藝，
建設富強的民族國家即成爲當時文學最關鍵的問題。

　　在上述的改革過程中，梁啓超等維新派擔任著極爲重要的角
色。但由於他們推動的變法維新基本上是憑著封建統治進行自上而
下的改革，故無法完全脫離專制王朝的限制。因此維新派未能誘導
民眾方面的改革，無法實現自己的理想，結果難免碰到政治上的挫
敗。雖然如此，但他們卻以此失敗經驗爲一種教訓，以後即在學
術、思想及文學等諸多方面廣泛地展開改革運動，其結果在當時已
能夠得到大眾的呼應，而且亦影響到現代中國。在此種情況下，就
文學方面看，梁啓超等人的觀念和實踐活動雖是爲政治、社會改革
運動而推行的，但觀其結果，此種觀念和活動即決定中國近代文學
的發展方向，進而爲五四新文學運動作先導，在中國近現代文學發
展史上具有不可忽視的重要意義和價值。總之，改革派的愛國文人

---

❷　參見李澤厚《中國近代思想史論》，合肥：安徽文藝出版社，1994 年修
　　訂本。

即形成以啓蒙主義及與此密切聯繫的民族國家主義（Nationalism）❸為主要內容的文學思想，其代表梁啓超以文界革命、詩界革命、小說界革命及戲劇界革命的口號來積極展開。

所謂啓蒙本泛指使初學者或兒童得到基本的知識，又指通過宣傳、教育，使社會擺脫蒙昧和迷信而接受新事物，從而得到進步。但在歷史現象或思想潮流上而言，啓蒙主義的概念和範圍較爲具體。蓋此狹義的啓蒙主義即十五世紀時萌芽於英國和荷蘭，十八世紀時極盛於英、法、德諸國，特別於十八世紀後半期在法國形成全盛期，亦可稱之謂「十八世紀啓蒙」。

簡單而言，該啓蒙主義的主要內容即依據理性，以批判中世宗教性的蒙昧主義；依據自由、平等的近代政治社會主張以批判封建專制主義；並依據幸福主義以批判宗教性的禁欲主義。該主義特別強調我們人類用理性能解決社會上的重要問題，並能規定好人生的規範，進而能擺脫迷信和偏見，於是方能排斥未爲理性所承認的權威和傳統。此外，該主義確信科學才能最徹底地體現理性，故科學的思維方式即爲理性的思維方式。

然後，就廣義而言，啓蒙主義可以包括十八世紀之前的準備過程，也就是從十四世紀到十六世紀的西歐文藝復興和宗教改革，並且亦可包括十八世紀以後日本、中國、韓國等後進國家的思想解放運動等等。總之，可說啓蒙即以人們的理性爲基礎，其主義的目的在於宣揚近代政治社會主張，實現人們觀念的變革，促進近代政

---

❸　又稱民族主義、國民國家主義。

治、經濟、文化等諸制度的確立。❹

就中國而言，到十九世紀中國被納入世界資本主義體制時，梁啓超等進步派的知識分子才開始脫離以文化主義天下觀為中心的中華思想，進而認識到西歐中心的世界秩序與中國的現實。當帝國主義瘋狂侵略中國時，梁啓超將建設富強有力的民族國家看做實現近代化的必須條件。在此種認識之下，梁啓超積極要求知識分子當啓蒙者，去領導民眾，使他們成為民族國家的成員。

另外，在此種啓蒙事業的過程中，梁啓超又體會報刊與文學作品等媒體的效用。具體而言，他通過文學，試圖啓蒙民眾的民族國家意識，從而改革落後於西方及日本的中國社會。由於他主要在此一層次上看待文學，其文學觀念必帶著極為濃厚的啓蒙主義傾向。於是，他非常重視文學對政治、社會上的效用，從而給文學賦予一定的地位，然後探討文學的語言和形式問題。相比之下，他不太關心文學的美學特質問題。

其實，由於上述的啓蒙主義文學思想即為了追求教化民眾、啓蒙人文而要改革封建時期的舊思想，因此當然除政治、社會的改革問題之外，還要更重視人性的要求和個性的追求等「人」的啓蒙。❺然而，在近代民族危亡的關頭，文學自然無法注意到人性和個性

---

❹ 以上有關啓蒙主義概念的內容主要參考崔世廣《近代啓蒙思想與近代化》。（北京：北京航空航天大學出版社，1989年，頁8～13）

❺ 關於此一問題，有些學者提起明代中、後期由於普通市民的日常生活作為重要的題材得以廣泛地展開，人的解放作為重要的主題得以著力的表現等等的原因，為後世啓蒙文學的發展奠定了基石。（參見秦弓〈論中國啓蒙文學傳統〉，《文藝研究》，1993年1期，頁56～62）

的問題，而關心的是政治、社會等問題。梁啓超等人在戊戌變法失敗之後，更爲重視對民眾的啓蒙工作。對於如何更有效地「開民智」的問題認眞探索。結果，他們很自然地關心近代西方及日本文學和藝術在政治、社會進步中所起的作用，從而更注意到文學，尤其是小說和詩歌對中國民眾的影響，於是大大地興起了中國啓蒙主義文學思潮。

參、梁啓超對詩歌內容方面的要求
——政治、社會的改革

如上所述，中國啓蒙主義文學思潮爲梁啓超等維新派文人所主導而形成的，可說其核心即爲所謂「民族國家文學論」或「國民文學論」。此種以民族國家主義爲基礎的文學觀念，當然將民族、國家放在最優先的中心位置，而政治、社會問題必然居其首要地位。在此梁啓超還認爲民族或國民爲具有同一意識的群體，文學即爲以其群體爲對象並作爲宣傳、啓蒙政治、社會思想的重要途徑。而且此種文學觀還嚮往啓蒙對象亦即爲民眾可以容易接受的平易通俗的文學。

當時此種文學思潮的重要旗幟即爲「詩界革命」、「文界革命」、「小說界革命」等口號，此均爲梁啓超在變法失敗後三、四年間提出的。其中「詩界革命」則於一八九九年十二月在他往夏威夷的船上宣布的，以後他即以該口號爲出發點，開始成立較有系統的啓蒙主義詩論——詩界革命論。

在維新派文人當中，比梁啓超早開始引導詩歌改革風氣的首推黃遵憲。簡單而言，他反對當時詩壇的復古傾向，同時將耳聞目睹

察覺到有關西方文明的經驗和情感寫成新的詩歌。他說：

> 雖然，僕嘗以爲詩之外有事。詩之中有人；今之世異於古，
> 今之人亦何必與古人同？……其述事也，舉今日之官書會
> 典，方言俗言，以及古人未有之物，未聞之境，耳目所歷，
> 皆筆而書之。❻

在他對文學語言進化的徹底認識之下，提出以上的進步性見解，此可稱爲詩界的維新思潮。而且他還以所謂「新派詩」的形式進行不少的作品創作，並得到極高的成就。

黃遵憲之外，夏曾佑、譚嗣同等維新派文人亦試作稱爲「新詩」或「新學之詩」的新詩歌。此種新詩可說是在國家瀕於危亡時，幾乎是在他們盲目排斥舊學盡力宣傳新學，以追求思想解放的過程中產生的一種產物。在此，所謂新學包括現實改革性的公羊學、佛學、基督教及從西方進來的所有思想、文物。❼總之，新詩

---

❻ 黃遵憲〈自序〉（錢仲聯《人境盧詩草箋注》，上海：上海古籍出版社，1981年，頁3）

❼ 關於他們創作新詩的過程及新學的內容，參見梁啓超《飲冰室詩話》第60則與〈亡友夏穗卿先生〉等文章。例如，梁啓超對於新學的內容及其熱狂的追求說：「到我們在一塊兒的時候，我們對於從前所學生極大的反動，不惟厭他，而且恨他。……簡單說，我們當時認爲，中國自漢以後的學問全要不得的，外來的學問都是好的。既然漢以後要不得，所以專讀各經的正文和周秦諸子。既然外國學問都好，卻是不懂外國話，不能讀外國書，只好拿幾部教會的譯書當寶貝。再加上些我們主觀的理想——似宗教非宗教似哲學非哲學，似科學非科學，似文學非文學的奇怪而幼稚的理

可說是為宣傳新學，而把它作成一種韻文，而且此與黃遵憲的新派詩一起共為近代中國詩壇探索新的方向。

　　透過黃、譚、夏等人的先導，一直到梁啓超的詩界革命論，維新派的啓蒙主義詩論即體系化正式成立，其出發點與歸宿主要在於政治、社會的改革。茲今仔細地探討如下。

　　梁啓超在《夏威夷遊記》中，首先全面批評長期以來中國詩壇的復古、模倣的風氣，接著提出詩界革命的目標與綱領。他說：

> 欲為詩界之哥倫布、瑪賽郎，可不不備三長。第一要新意境，第二要新語句，而又須以古人之風格入之。❽

他要求新世界的詩人應當成為其拓荒者，同時提出為實現此一目標而必須具備的三項條件即對詩歌內容、形式、風格上做明確的要求。

　　有關此三項要求的理論，可說是梁啓超詩論的骨幹，其中第一個要求即為有關詩歌的內容。具體而言，在如前章所述的時代背景之下，梁啓超認為文學必須為啓蒙民眾、改革社會而服務，為此不得不先將文學的內容改成「新的」。他將此新的文學內容以「新意境」一詞概括，❾認為詩歌創作一定要通過新內容的反映，符合近代社會發展的需要，因而將此一要求放在首要位置。

想。我們所標榜的『新學』就是這三種元素混合構成。」（梁啓超〈亡友夏穗卿先生〉，《飲冰室文集》之四十四，頁21～22）

❽　梁啓超《夏威夷遊記》，《飲冰室專集》之二十二，頁189。

❾　所謂「新意境」可以說是適用於文學全盤的概念。

　　依據梁啓超自己的解釋，新意境首先指「西歐的意境」。他說：

> 宋明人善以印度之意境、語句入詩，有三長俱備者。……然此境至今日，又已成舊世界。今欲易之，不可不求之於歐洲。歐洲之意境、語句，甚繁富而瑋異，得之可以陵轢千古，涵蓋一切，今尚未有其人也。……吾雖不能詩，惟將竭力輸入歐洲之精神、思想，以供來者之詩料可乎？❿

在上文中雖未直接說明新意境的概念，但是可見此即指近代西歐的精神、思想及文物，可說是與所謂的「歐西文思」相通，⓫亦即西歐文學的思想內容。此可分爲三種具體內容來說明。

　　第一、新意境不僅包括近代西歐的新政治、社會、學術思想與自然科學方面的成就，而且以這些爲基礎，還擴展到爲中國近代化需要的諸多精神與思想。其詳細內容可見於《夏威夷遊記》與《飲冰室詩話》等著作。首先，西歐的政治、社會思想成爲新意境的最重要因素。梁啓超在流亡日本時期，親自察覺到西學深入影響到明治維新以來相當發展的日本文化，於是他一方面傾向於明治新文化，另一方面通過日譯西學書籍，積極地接受西歐文明，其結果此即成爲新意境的代表因素，尤其是亞里士多德（Aristoteles）以後的

---

❿　梁啓超《夏威夷遊記》，《飲冰室專集》之二十二，頁189。

⓫　梁啓超在《夏威夷遊記》中評價日人德富蘇峰時說，「善以歐西文思入日本文，實爲文界別開一生面者。」（《飲冰室專集》之二十二，頁191）

西方政治、社會思想更爲重視。⑫例如，盧梭（Rousseau）與孟德斯
鳩（Montesquieu）等人本身亦成爲詩歌的題材，此外有關美國共和
政體、英國功利主義、法國共和主義及德國國家主義之類的內容亦
出現於諸多詩篇中。⑬而且，梁啓超還強調德、法兩國之愛國詩歌
與其立國精神有密切關係，又常常引用有關女權平等的詩篇。⑭其
次，西方的哲學思想與以進化論爲首的自然科學成就及物質文明亦
成爲新意境的重要因素。茲今舉個代表性的例子如下：

> 人境盧集中有一詩，題爲「以蓮菊挑雜供一瓶作歌」，半取
> 佛理，又參以西人植物學、化學、生理學諸說，實足爲詩界
> 開一新壁壘。⑮

上文爲梁啓超對於黃遵憲詩歌的評述之一，其中佛理實即佛家因果
輪迴之說，與進化論以及物質不滅定律相附會者。⑯又梁啓超曾推

---

⑫ 梁啓超曾發表〈亞里士多德之政治學說〉一文，（1902 年 11 月 4、30
　　日，《飲冰室文集》之十二，頁 68～78）又在其詩〈次韻酬星洲寓公見
　　懷二首並示遁庵〉其二中云，「我所思兮在何處？盧孟高文本我師。」
　　（《飲冰室文集》之四十五卷下，頁 12）另外，維新派文人莊智由亦有
　　題爲〈盧騷〉的詩歌。

⑬ 有關美國共和政體的內容見於〈二十世紀太平洋歌〉中，其他則見於〈壯
　　別二十六首〉其六之注文。（《飲冰室文集》之四十五卷下，頁 17～19
　　及 5）

⑭ 詳細的內容參見《飲冰室詩話》第 7、50、76 則。

⑮ 《飲冰室詩話》第 40 則。

⑯ 見連燕堂《梁啓超與晚清文學革命》，頁 164～165。

黃遵憲的〈今別離〉四章爲千年絕作，其內容大致分詠輪船、電報、照相及兩半球之畫夜相背，❶由此可知物質文明及近代自然科學知識亦包括新意境範疇之內。

第二、有關鼓吹愛國主義的內容亦成爲新意境的重要部分。具體而言，蓋維新派人士繼承龔自珍以來的愛國主義，尤其是啟蒙主義文學思想即在文學救國的觀念上形成的，於是，愛國精神、憂民情懷亦自然地發揮於新意境，而此比上述的西方政治、社會思想更受重視。此外在同一脈絡裡，尚武精神及爲國犧牲的志氣等等亦深受重視。例如他在《飲冰室詩話》中評黃遵憲與康有爲之詩歌說：

> 往見黃公度「出軍歌」四章，讀之狂喜……其精神之雄壯活潑、沈渾深遠不必論，即文藻亦二千年所未有也。詩界革命之能事至斯而極矣。……讀此詩而不起舞者必非男子。❸

> 南海有〈登萬里長城〉一詩，……讀之尚武精神油然生焉。甚矣地理之感人深也！❸

愛國、憂民及尚武本爲中國詩歌的傳統題材，但到此時由於外勢不斷侵略，中華的自尊心受深刻的傷害，自然成爲中國人民廣泛共鳴的題材。

---

❶　見《飲冰室詩話》第 29 則。
❸　《飲冰室詩話》第 54 則。
❸　《飲冰室詩話》第 70 則。

　　第三、蓋梁啓超一向保持重視現實的立論傾向，因而反映中國與世界政勢之內容亦成爲新意境的重要因素，使詩歌能符合時代的要求。例如，他盛讚黃遵憲的〈羅美國留學生感賦〉、〈朝鮮嘆〉、〈琉球歌〉、〈越南篇〉，強調不止於「詩人之詩」，進而推黃遵憲爲詩史、詩界革命的典範。❷

　　由以上可知，梁啓超對於詩歌內容方面要求表達的思想與意境中，自西方進來的政治、社會、學術思想及自然科學方面的成就大多爲中國傳統詩作中所未有的，但這些因素在重視愛國主義與現實主義的立場上即與中國傳統的詩歌題材相結合，結果形成具有鮮明的時代特色的詩歌內容。因此可說，新意境是西方文明以及它適應於中國近代化的要求而形成的追求與意志，並不是西方文明的單純移植。

肆、梁啓超對詩歌語言及形式方面的要求
──普及與進化

　　如前章所述，梁啓超詩論即第一要革新內容，第二要革新語言及形式。❷例如，他在《飲冰室詩話》中說：

> 過渡時代，必有革命。然革命者，當革其精神，非革其形式。吾黨近好言詩界革命。雖然，若以堆積滿紙新名詞爲革命，是又滿洲政府變法維新之類也。能以舊風格含新意境，

---

❷　見《飲冰室詩話》第33則。
❷　第三，要繼承而發揚中國古典詩歌的優良風格，即傳統詩歌之美學要求。

斯可以舉革命之實矣。苟能爾爾,則雖間雜一二新名詞,亦
不爲病。㉒

　　從字面上看,很容易誤解他的詩界革命論專指精神——內容的革
新,而並不重視語言及形式的革新,但其實不然。蓋他所謂「非革
其形式」並非忽視詩歌形式上的革新,而是對詩界革命之前夏曾
佑、譚嗣同試作新詩時,過分執著於新名詞等新語句的一種反省,
亦可說他反對只重形式及語言而不重內容與其精神。

　　綜合梁啓超的論述來看,其實他更爲重視詩歌的語言及形式問
題,除前章所提的新語句之外,他還提出一些新的要求。因爲他確
信通過語言及形式的改革能提高藝術的感化力,最後才能有效地開
啓民智、改革社會。梁啓超的要求,大致可分爲以下四方面來探
討。

　　第一、提倡運用新語句與口語、俗語。如前面所述,夏、譚等
維新派文人作詩以引入一些音譯新名詞等新語句爲重要問題,從而
介紹西方新事物與觀念,梁啓超的出發點則亦然。㉓新語句的運用
即爲他所謂詩界革命三大綱領之第二,具體而言,新語句先以「歐
洲之語句」爲主要因素,之後再包括夏、譚等人常用的經書、子書
中生澀的詞彙及佛典語之類,因此新語句可包括新名詞即西歐、日

㉒　《飲冰室詩話》第63則。
㉓　他剛開始主張詩界革命論時,在《夏威夷遊記》中說過:「讀之不覺拍案
　　叫絕。全首皆用日本譯西書之語句。如共和、代表、自由、平權、團體、
　　歸納、無機諸語皆是也。……如天衣無縫……亦幾於詩人之詩矣。(《飲
　　冰室專集》之二十二,頁190)

本的政治、社會思想與自然科學的翻譯詞彙以及有關宗教的詞彙。
但是，梁啓超則不止於此，他還進一步要求此新語句與新意境及舊
風格和諧，即中國詩歌固有的美學特質，使詩歌藝術保持自然而不
生硬的美感。

而且，梁啓超在確信的進化論基礎上，追求「言文一致」，主
張「文學進化論」，❷從而強調活用口語及俗語的問題。在此點他
亦受黃遵憲的影響。眾所周知，黃遵憲早就以進化論的價值觀爲基
礎，堅持「我手寫我口，古豈能拘牽」❷的信念，進而屢次表明要
積極活用口語和俗語，並親自實踐以努力打破詩歌的語言拘於雅俗
之制約。梁啓超亦將「以民間流行最俗最不經之語入詩，而能雅馴
溫厚」，❷視爲詩界革命的最高境界之一。

第二、提倡活用民歌的體裁。梁啓超由於不信奉尊古尙雅，因

---

❷　例如，他在《新民說·論進步》（1902）中說：「文字爲發明道器第一要
　　件，其繁簡難易，常與民族文明程度之高下爲比例差。……言文合，則言
　　增而文與之俱增，一新名物新意境出，而即有一新文字以應之，新新相
　　引，而日進焉。言文分，則言日增而文不增，或受其新者，而不能解。或
　　解矣不能達。（《飲冰室專集》之四，頁 48）又在〈小說叢話〉第一與
　　九則中說：「文學之進化有一大關鍵，即由古語之文學變爲俗語之文學是
　　也。各國文學史之開展，靡不循此軌道」，「凡一切事物，其程度愈低級
　　者則愈簡單，愈高等者愈複雜，此公例也。故我之詩界，濫觴於三百篇，
　　限以四言，其體裁爲最簡單。漸進爲五言，漸進爲七言，稍複雜矣。漸進
　　爲長短句，愈複雜矣。長短句而有一定之腔，一定之譜，若宋人之詞者，
　　則愈複雜矣。由宋詞而更進爲元曲，其複雜乃達於極點。（阿英篇《晚清
　　文學叢鈔》小說戲曲研究卷，頁 308～309 及 312）

❷　〈雜感〉（《人境廬詩草箋注》，頁 42～43）。

❷　《飲冰室詩話》第 39 則。

此並不介意詩體之雅俗，進而追求詩歌語言的通俗化。在此種傾向裡，他又提倡效法民歌，強調積極運用其體裁。在中國民歌中，他特別關心自己故鄉的粵謳。㉗例如，他說：

> 鄉人有自號珠海夢餘生者，㉘熱誠愛國之士也。……頃仿粵謳格調成新解心數十章，……其新解心有自由鐘、自由車、呆佬祝壽、中秋餅、學界風潮、唔好守舊、天有眼、地無皮、趁早乘機等篇，皆絕世妙文，視子庸原作有過之無不及，實文界革命一驍將也。㉙

《詩經》以來，每當詩歌的生命力消失時，總是從民歌獲得新的活力，在此可說此一傳統又再度發揮。

在梁啓超主張活用民歌以追求詩歌通俗化之過程中，黃遵憲又起了相當重要的作用。黃遵憲於一九〇二年八月寫信給梁啓超建議創作內容上「棄史籍而採近事」、形式上「斟酌於彈詞與粵謳之間」的所謂「雜歌謠」。㉚梁啓超本特別重視通俗民歌與小說對政治社會啓蒙的影響，㉛故率然響應此倡議，立刻在《新小說》誌裡

㉗ 粵謳爲廣東一帶的民間說唱之一，又稱粵謳解心唱。（見張永芳〈粵謳與詩界革命〉，《華南師大學報》1985 年第 4 期，頁 86）

㉘ 指粵謳的代表作家招子庸。（見鄭振鐸《中國俗文學史》下，頁 453～455）

㉙ 《飲冰室詩話》第 67 則。

㉚ 見〈與梁任公書〉（《人境廬詩草箋注》，頁 1245～1246）。

㉛ 梁啓超在流亡日本之前，一八九七年已曾闡明「日本之變法，賴俚歌與小說之力。」（〈蒙學報演義報合敘〉，《飲冰室文集》之二，頁 56）

特闢「雜歌謠」專欄。總之，粵謳本以吐露個人情感與宣揚封建倫理爲主要內容，新粵謳則充滿著愛國主義，帶著鮮明的政治色彩，❷因此其結果，內容上亦符合於啓蒙主義詩歌主張。

第三、提倡詩歌與音樂結合。梁啓超不僅關心效法通俗民歌，進而積極追求詩歌與音樂的結合，該問題即成爲他論詩主張中最重要的問題。茲今詳細地討論如下。

首先，黃遵憲又在該問題起了關鍵作用。即他先建議梁啓超效法民歌，然後他自己實踐該建議，創作許多其代表性的作品，因此促進一些歌詞體韻文盛行的風氣。此種韻文可稱爲「歌體詩」，包括當時流行的以「歌」及「謠」、「曲」、「詞」爲題的韻文之類，❸實與當時的一般詩作不同。但黃、梁等維新派文人爲了更有效用地進行啓蒙工作，有意以此類作品作爲新的詩歌，大力提倡、積極創作。蓋通俗歌體詩的提倡與創作成爲梁啓超論詩歌形式的重要路線，進而對於現代白話詩的形成及發展有一定的影響。

當時眾多維新派以及革命派文人❹大多有此類作品。就維新派代表人物而論，首先黃遵憲於一九〇二年秋創作〈軍歌〉二十四章與〈出軍歌〉四章寄予梁啓超。然後梁啓超即在《新小說》的「雜歌謠」欄裡登載〈出軍歌〉，並自己創作〈愛國歌〉四章。後來黃遵憲陸續創作〈幼稚園上學歌〉十章、〈小學生相和歌〉十九章等，在此前後，梁啓超則還作〈二十世紀太平洋歌〉、〈黃帝歌〉

---

❷　參見張永方〈粵謳與詩界革命〉，頁86～87。

❸　關於「歌體詩」定義，參見龔喜平〈近代「歌體詩」初探〉（《西北師範學報》1985年3期，頁16）。

❹　革命派文人即指秋瑾、高旭、馬軍武等人。

等，康有爲則作〈愛國歌〉、〈干城學校歌〉等等。㉟與此同時，梁啓超曾在《飲冰室詩話》中介紹黃遵憲〈出軍歌〉時，盛讚「詩界革命之能事，至斯而極矣」。㊱由此可見，梁啓超以通俗歌體詩爲中心，對於詩歌形式及語言的改革進行理論探索與實踐努力。

關於歌體詩問題，梁啓超既受到黃遵憲的啓發，且從啓蒙主義的角度出發，更加關心詩歌與音樂的關係及其相結合，甚至主張「今詩皆不能歌，失詩之用矣」。㊲當然在中國早已開始討論音樂的效用及其與詩歌的關係，㊳梁啓超亦認爲：

> 中國樂學，發達尚蚤。自明以前，雖進步稍緩，而其銃猶綿綿不絕。前此凡有韻之文，半皆可以入樂者也。《詩三百篇》，皆爲樂章，尚矣。如《楚辭》之〈招魂〉、〈九歌〉，漢之〈大風〉、〈柏梁〉，皆應弦赴節，不徒樂府之名如其實而已。下至唐代絕句，如〈雪想衣裳〉、〈黃河遠上〉，莫不被諸弦管。宋之詞，元之曲，又其顯而易見者也。蓋自明以前，文學家多通音律，而無論雅樂、劇曲，大率皆由士大夫主持之，雖或衰靡，而俚俗猶不至太甚。本朝

㉟　參見龔喜平〈近代「歌體詩」初探〉，頁 17。

㊱　《飲冰室詩話》第 54 則。

㊲　《飲冰室詩話》第 181 則（〈飲冰室詩話拾遺〉第 10 則）。

㊳　例如，〈詩大序〉說明詩歌發生原因時說：「詩者，志之所之也，在心爲志，發言爲詩。情動於中而形於言，言之不足故嗟嘆之，嗟嘆之不足故永歌之，永歌之不足，不知手之舞之，足之蹈之也。」此外，《荀子・樂論》和《樂記》等書亦討論有關音樂的本質及其對教化的效用。

以來，則音律之學，士大夫無復過問，而先王樂教，乃全委
諸教坊優伎之手矣。㊴

在此種認識之下，他以詩歌與音樂的重新結合爲中心，極力強調音
樂的重要性。例如，他說：

蓋欲改造國民之品質，則詩歌音樂爲精神教育之一要件，此
稍有識者所能知也。……若中國之詞章家，則於國民豈有絲
毫之影響邪？推原其故，不得不謂詩與樂分之所致也。㊵

可見他主要從以建設國民國家爲骨幹的啓蒙主義立場，主張詩樂結
合的效用論。

梁啓超又以如上的看法爲出發點，進而提出具體的解決辦法，
即軍歌和學校歌。他說：

頃讀雜誌《江蘇》，屢陳中國音樂改良之義，其第七號以譜
出軍歌、學校歌數闋，讀之拍案叫絕，此中國文學復興之先
河也。㊶

可知此與盛讚黃遵憲〈出軍歌〉之意念一脈相通。同時梁啓超特別

㊴　《飲冰室詩話》第 77 則。
㊵　同上。
㊶　同上。

強調軍歌和學校歌亦與新意境——詩歌的內容問題極爲密切有關。
即他從啓蒙主義的角度，將中國人所缺乏的尚武精神及愛國主義、
教育意志等新意境的主要因素積極鼓吹，從而企待國運上升。例
如，他說：

> 中國人無尚武精神，其原因甚多，而音樂靡曼亦其一端，此
> 近世識者所同道也。昔斯巴達人被圍，乞援於雅典，雅典人
> 以一眇目跛足之學校教師應之，斯巴達人惑焉。及臨陣，此
> 教師爲作軍歌，斯巴達人誦之，勇氣百倍，遂以獲勝。甚矣
> 聲音之道感人深矣。吾中國向無軍歌，其有一二，若杜工部
> 之前後〈出塞〉，蓋不多見，然於發揚蹈厲之氣尤缺。此非
> 徒祖國文學之缺點，抑亦國運升沈所關也。❷

又說：

> 今日不從事教育則已，苟從事教育，則唱歌一科，實爲學校
> 中萬不可闕者。❸

啓蒙、宣傳、教育均爲梁啓超畢生的事業，他以這些爲目的，特別
強調音樂的活用及詩樂結合的效用。

　　不僅如此，此種見解又與前章所述的詩歌語言之通俗化問題密

---

❷　《飲冰室詩話》第 54 則。
❸　《飲冰室詩話》第 97 則。

切相關，並且爲其改革提供新的方向。當時在音樂及唱歌教育方面，留日中國學生曾志忞即爲先驅之一，❹梁啓超即引用曾志忞論唱歌教育改革的主張說：

> 歐美小學唱歌，其文淺易於讀本。日本改良唱歌，大都通用俗語。童稚習之，淺而有味。今吾國之所謂學校唱歌，其文之高深，十倍於讀本，甚有一字一句，即用數十行講義，而幼稚仍不知者。以是教幼稚，其何能達唱歌之目的？❺

可見他強調唱歌必須要多用俗語和口語等一般民眾亦易懂的，即通俗性語言，才能使其啓蒙、宣傳的效果更加倍。❻

由此可說，梁啓超在詩歌的形式及語言方面，認爲若止於新語句的運用，無法實現立足於啓蒙主義、現實主義的詩界革命理想，於是他表示要按照音樂的要求改變詩歌的意念。

·第四、梁啓超又提倡長篇詩。此主要與西歐大文豪的意境以及

❹ 參見藏一冰《中國音樂史》，武漢測繪科技大學出版社，頁 191。梁啓超在《飲冰室詩話》第 77 則中說「去年聞學生某君入東京音樂學校，專研究樂學，余喜無量」，在此所提的某君即指曾志忞。

❺ 《飲冰室詩話》第 96 則。

❻ 關於此一部分，又可說梁啓超在建設中國近現代兒童文學專業中作開山闢路之功。(參見胡從經《晚清兒童文學鉤沉》，上海：少年兒童出版社，頁1～15。

其詩歌形式有密切關係。❹例如,他比較西歐與中國的長篇詩說:

> 希臘詩人苛馬,古代第一文豪也。其詩篇爲今日考據希臘史
> 者獨一無二之秘本,每篇率萬數千言。近世詩歌,如莎士比
> 亞、彌兒敦、田尼遜等,其詩動亦數萬言。偉哉!勿論文
> 藻,即其氣魂固已奪人矣。❹

> 最傳通者,最傳誦者,惟杜之〈北征〉、韓之〈南山〉,宋
> 人之稱爲日月爭光;然其精深盤鬱雄偉博麗之氣,尚未足
> 也。古詩〈孔雀東南飛〉一篇,千七百餘字,號稱古今第一
> 長篇詩;詩雖奇絕,亦只兒女子語,於世運無影響也。❹

可知他在與西歐的相比之下,認爲「中國之詞章家則於國民無絲毫
之影響」,在此點上,除中國文人忽視音樂的原因之外,沒有創作
史詩式長篇詩的傳統此原因亦起了重要的作用。由此可說,提倡以
長篇詩改革詩歌形式亦與前章所說的反映時局和影響世運之類的現
實主義詩歌內容問題有著極爲密切的關係。

---

❹ 梁啓超在《新中國未來記》第四回總批中說:必取泰西文豪之意境、之風
　格,熔鑄之以入我詩,然後可爲此道開一新天地」。(《飲冰室專集》之
　八十九,頁 56)
❹ 《飲冰室詩話》第 8 則。
❹ 同上。

伍、結語

本文針對梁啓超的啓蒙主義詩歌理論作一簡單的考察，其中對於詩歌內容、形式及語言等問題較仔細地探討，但對他所提出的第三大綱領──舊風格❺問題未作討論。綜觀梁啓超的詩歌觀念，可知他要求詩作中表達的思想和意境以及運用的形式和語言，確爲中國傳統詩作中罕見的。此全由於要實現民族國家建設等啓蒙主義目的。但在其過程中，起初他認爲不能忽視具有幾千年歷史傳統的中國詩歌固有的美學特質，於是他從傳統詩歌的風格中探索出新詩歌的美學源泉──舊風格。因此，表面上看，他的詩論主張難免有一種「舊瓶裝新酒」的矛盾。在此種情況之下，後來他在詩歌與音樂的聯繫中發現革命性的突破點，尤其由啓蒙、宣傳的效用，以軍歌、唱歌等歌體詩爲詩歌改革的重要途徑，亦可說，就啓蒙主義詩論而言，舊風格即爲次要的問題。

本文認爲將近現代史的重要特性與民族國家主義聯繫在一起的看法已獲得學界相當普遍同意。❺中國文學亦即大致相同。在此，梁啓超即扮演關鍵性的角色。他不僅成爲中國啓蒙主義的主將，而且爲實現其目的，對於詩歌等文學的革新專心致志、竭盡全力。當然，梁啓超的啓蒙主義、民族國家主義由於不能完全脫離維護特定政派權力的緣故，其詩論則過分強調政治效用，尤其有關創作的美學未所重視，可說自有其侷限性和一種本末顚倒的傾向。但是，總

---

❺ 又稱「古風格」或「古人之風格」。（見《飮冰室詩話》第 63、131 則等）

❺ 特別從 Benedict Anderson 提出「想像的共同體」概念以後。

的來看，梁啓超啓蒙主義詩論的歷史價值應當肯定的。此不僅在鼓吹社會改革、激勵民心、增強民眾的政治意識、營造中國近代化的精神氛圍方面引起重大作用，且作為從古代詩歌過渡到現代詩歌的橋樑自有其不能忽略的價值。尤其是他提倡的新形式及語言的詩歌，雖然還未成熟，無法取代傳統的舊詩而佔領詩壇，但此已突破舊詩的束縛，進而為白話詩的形成和發展奠定一定的基礎。

從文化邊陲與區域經濟閱讀 大陸臺灣等地邊緣文學新地圖

王潤華*

一、三種中國文化邊陲：
文化邊陲、國外邊陲與分離邊陲

　　探討儒家思想與現代東亞經濟的學者論述中，如王賡武的〈儒家思想邊陲上的小龍〉發現自古至今的繁榮經濟多產生於中國境內的儒家文化邊陲（cultural periphery），國外的邊陲（external periphery）與分離的邊陲（detached periphery）。在這些處於中國人/華人儒家文化邊緣的地方，經濟表現特出，這說明傳統的儒家價值觀念與中央的政治控制，往往會妨礙創意思考與冒險精神。相反的，邊緣位置可能具有決定性的因素，它能產生富有創新的思考，不但創造了新

---

*　　元智大學中語系專任教授兼系主任

的經濟，也創造了突破性的新文學。❶

　　所謂中國的文化的邊陲是指農工商的文化低微地位。同時他們所住的沿海的地帶，如廣東、香港、福建、浙江、臺灣的地區，都在中國邊緣地帶。自古至民國前，儒家學說居於中國文化的核心地位。這是儒家的士大夫具有的霸權話語。在士大夫統治之下的舊帝國，農工商社會地位低微，同時居於中國的沿海邊遠地區。由於遠離官僚控制的機構，與儒家文化中心保持距離，遠離中央權力，掙脫堅強意識形態的正統觀念，他們可以自由進行企業活動，而這些商業活動可能是嚴格的儒家思想與政府所不贊成或不准許的。因此在地理與思想邊緣地帶的商人，這種自由，給他們帶來創新、大膽的構想，往往神話般快速的建立起繁榮的經濟貿易。❷

　　換一種角度，從地理空間來閱讀中古典文學，我們也發現中國的邊緣地理與邊緣思考所造成的文化邊緣也是促使屈原的楚文學、唐代的邊塞文學、隱逸詩歌、流放文學產生，成為中國文學突破舊傳統的前衛作品。兩千年前，當儒家文化傳統與政治文化鞏固的建立在北方，史官文學統治著中國北方文化中心，遠離政治與儒家思想意識的嚴控與影響的南方，雖然原始落後，其原始的神話，神秘的幻想發揮了巨大的藝術創造力，楚辭的出現就是邊緣文學的爆炸威力，把儒家的理性文學炸碎。秦漢以後，以儒家理性精神為核心

❶　Wang Gungwu, "Little Dragons on the Confucian Periphery", *China and the Chinese Overseas* (Singapore: Times Academic Press, 1991)，pp.258272；王賡武，〈儒家思想邊陲上的小龍〉，《中國與海外華人》（臺北：臺灣商務印書館，1994），pp.307-326。

❷　同上，英文，pp.258-259；中文，309-310。

的文化/文學向四面八方擴大，楚文學的神話系統終于被解體，成爲弱勢文學。五四以後，沈從文企圖重建楚文學的神話系統。❸

　　唐代的詩人一旦走入平沙莽莽黃入天的邊塞，飛沙走石，八月飛雪，邊塞上大自然與中原的風光起了劇烈的變化，連大漠孤煙直，長河落日圓，黃河遠上白雲閒的景象也叫詩人嚇了一跳。西域塞外促使詩人重新結構幻想系統，重新尋找語言，於是他們邊緣的思維建構了新的地理風光與歷史文化。唐代的詩人即使住在首都長安文人大官，一旦失意丟官，貶放邊疆或歸隱山林，一夜之間變成圈外人（outsider），其社會邊緣思考也能創造出驚人的作品。柯慶明稱爲異域情調，我們現在成爲邊緣話語❹當時稱爲塞外、邊塞、山林、隱逸文學，大概都含有邊遠、遠離中心的意義。

二、國外/分離邊陲的漢/華文文學地圖

　　在中國的鄰近地區，日本、韓國、越南、臺灣在日本殖民時期，英國的殖民地香港，都曾受中國強大的儒家文化的影響，她們形成儒家文化中心的國外邊陲。另外距離中國域內的儒家文化邊緣遙遠或非漢族的國外邊陲之外，如東南亞，現在的歐、美、澳，近代以來由於大量的華人移民到遙遠的異國，又形成一個分離的邊陲。這二種邊陲都與儒家文化中心有關係，但又不密切，都形成強

---

❸　凌宇〈重建楚文學的神話系統〉《重建楚文學的神話系統》（長沙：湖南文藝出版社，19120-146）。

❹　柯慶明在，〈略論唐人絕句裏的異域情調：山林詩與邊塞詩〉一文中，稱它爲異域情調，見《境界的探求》（臺北：聯經出版事業公司，1977），頁 181-188。

大的經濟貿易區。進入現代，處在東亞的日本、韓國、臺灣、香港、新加坡，都遠離儒家文化的邊緣。儒家觀念或許有助於經濟化，❺但過多儒家學說/價值觀，或太接近儒家思想/政治中心，會成爲經濟發展的障礙。❻

現代的學者大多忘記了「國外邊陲」的漢文學版圖。中國文化邊陲的韓國、日本、越南等國家，曾長期使用漢字。創作了大量的作品，尤其在本國文字還沒有形成以前，形成一個漢字文化圈。即使在漢字基礎上，發展出本國文字以後，很多作家還是以漢字寫作。特別是漢詩，至到目前，還是文化教養的象徵。到了十九世紀，西方入侵，中國衰落，殖民主義與民主主義高漲，漢字與漢文學逐漸被殖民國文字與本國文字取代，漢文寫作的傳統便逐漸消失。自第二次世界大戰以後，隨著老一輩知識分子的凋零，漢文作品就更少出現了。❼

三、區域經濟與區域文學的興起

日本與四小龍的南韓、臺灣、香港、新加坡經濟與文學表現優越，1980 年代後中國的經濟崛起的沿海的邊緣，原因是由於中國中央權力下放，逐漸「去北京化」，遠離北京的政治權力中心。大前研一稱這種經濟區域作區域國家，應爲它的範圍可能落在一個國

---

❺ 杜維明主張儒家思想與東亞資本主義模式與儒家倫理，經濟繁榮有極大關聯，見《十年機緣待儒學》(Hong Kong: Oxford, 1999)，pp.79-99。

❻ 王賡武，同上，英文，259，中文 309。

❼ 王國良編《中華文化與世界漢文學論文集：文學絲路》（臺北：世界華文作家協會，1998）。

家之內，也可能跨越國界。❽這種富裕繁榮的景象，往往在政治與傳統文化首都之外的邊緣地區。

從這種區域經濟的興起現象，再看目前大陸、臺灣，甚至東南亞的華文文學地圖，它與邊陲經濟的發展，有很多相似之處，很多有突破的文學，多產生在「去中國化」的邊陲地帶。1949 年以後的臺灣、香港、東南亞，還有歐美澳等地區，現代主義的華文文學異軍突起，因為作家們能擺脫共產黨或國民黨的政治影響，在加上去中國化。最明顯的例子是在臺灣，當國民黨的反共文學橫行霸道的以暴力霸住文壇，被逼到邊緣的年輕作者，尤其少受儒家/中國傳統文化影響的外文系畢業生，冒出很多今天著名的作者。❾後來本土作者從臺灣邊遠地區帶來本土題材，以臺語重構來自北京的中國語文，於是全新的臺灣文學便出現了。❿東南亞也是在去中國化、本土化運動，用邊緣思想重構華語，重新幻想，重構東南亞的地理、歷史與文化，具有雙重傳統的華文文學才出現。⓫

在中國大陸，最明顯的，在 1980 年文學自由化以後，現代主

---

❽ 大前研一，李宛蓉譯，《民族國家的終結》（臺北：立緒文化，1998），
   pp. 121-154。
❾ 白先勇，〈二十世紀中葉臺灣的「現代主義」文學運動〉，《現代文學文
   論選》（香港：香港文學出版社，2003），pp.309-313。
❿ 洪明水，《臺灣文學散論》（臺北：文津出版社，1999）；陳芳明，《後
   殖民臺灣：文學史論及其周邊》（臺北：麥田出版公司，2002）。關於鄉
   土文學，見《民族文學的再出發》（臺北：故鄉文化出版社，1979）。
⓫ 王潤華，《華文後殖民文學》（臺北：文史哲出版社，2001）；黃錦樹，
   《馬華文學與中國性》（臺北：元尊文化，1998）；張錦忠，《南洋論
   述》（臺北：麥田出版公司，2003）。

義或後現代主義的文學發展，在內陸與沿海邊緣的發展最爲創新與
蓬勃。楊義的〈重構楚文學的神話系統〉發現湖南的鄉下邊緣地區
從沈從文、葉蔚林、孫健忠、韓少功、何立偉形成楚文學的系統。⓬
而在都市的邊緣，表現與書寫後現代文化現象的作家也與中國官方
的主流文學反抗而產生。⓭劉世傑的《走向邊緣的詩神》一書指
出，在中國大陸，從 1949 到反抗四人幫的 1970 年末，詩歌始終被
中心當作政治武器，詩人與詩歌都在政治與文化的中心，但是自從
中國自由化與資本化以後，詩人與詩歌也急速的邊緣化了。⓮

四、地球村，無國界，區域國家的文學

　　地球村，無國界，區域國家，已在不知不覺中形成。大前研一
的理論中，經濟區或區域國家的範圍可落在某一個國家的境內，也
可能跨越國界，延伸到不同的國家之中。⓯從區域國家觀點來看世
界地圖，國家只不過是一個單位。不同國家各自運用資源拓展經
濟，逐漸形成無國界的「區域經濟」。從區域觀點看大陸與臺灣，
甚至世界華文文學，由於區域經濟，區域文化生活的形成，「區域
文學」，無國界的文學書寫，也在形成中。譬如魔幻寫實小說幾乎
同時出現在中國、臺灣、新加坡、馬來西來，如 SARS 流感，互相

⓬　同前註❸。
⓭　葉瑞蓮，《中國當代文學中的後現代文化現象》（2003 香港大學中文系
　　博士論文），對先鋒派小說以後現代的現象來論述。
⓮　劉世傑的《走向邊緣的詩神》（太原：山西教育出版社，1999），pp.10-
　　25。
⓯　前註❽，pp.124-125。

感染。臺灣的張大春、宋澤萊、林燿德，大陸的莫言、韓少功、葉之蓁、馬來西亞的黎紫書、新加坡的希尼爾與張揮。**⑯**

五、創意來自邊陲

在文學方面，正如後殖民理論所指出，邊緣性（marginality）現在已成為一股創造力，一種新的文化視野。**⑰**一向被邊緣化的作家，目前已開始引起中心的注意了。歐洲重要的文化霸權中心的諾貝爾文學獎頒給第三世界作家如馬奎斯（Gabriel Marquez, 1982）、索因卡（Wole Soyinka, 1986）、高行健（2000）、奈保爾（V. Naipaul, 2001）、柯慈（J.M. Coetzee, 2003）等，表示邊緣性作家在殖民全球化與本土性的衝擊中，他們邊緣性的、多元文化的思考文學作品，逐漸被世界認識到是一種文學新品種，其邊緣性，實際上是創意動力的泉源。

其實所謂作家或文學的邊緣，其情境往往是隱喻性的。屬於一個國家社會的人，在同一個社會的人，可以成為局外人（outsider）或局內人（insider），又時屬於地理上的邊緣，有時是出於精神上的邊緣。所有一流、前衛的知識分子或作家，永遠都在流亡/邊緣，

---

⑯ 臺灣方面，見陳正芳，《臺灣魔幻現實現象之「本土化」》（輔仁大學比較文學研究所 2002 年博士論文）；大陸方面，見葉瑞蓮，《中國當代文學中的後現代文化現象》；新加坡，見王潤華，《重新華文學到世界華文文學》（新加坡：新加坡潮州八邑會館，1994），pp.202-212, 229-242；馬來西亞，見王潤華，《華文後殖民文學》，pp.225-226。

⑰ Bill Ashcroft and others, *The Empire Writes Back* (London: Routledge, 1989), pp.12-13.

不管身在國內或國外，因爲知識分子原本就位居社會邊緣，遠離政治權力，置身于正統文化/文學之外，這樣知識分子/作家便可以誠實的捍衛與批評社會，擁有令人歎爲觀止的觀察力，遠在他人發現之前，他已覺察出潮流與問題。古往今來，流亡者都有跨文化與跨國族的視野。⓲

　　所以這一張有關大陸、臺灣、及其他地區的邊緣文學新地圖時很難畫出來的。像我的《世界華文後殖民文學》、黃錦樹的《馬華文學與中國性》、趙學勇等《新文學與鄉土中國：20 世紀中國鄉土文學》⓳、《臺灣魔幻現實現象之「本土化」》、《中國當代文學中的後現代文化現象》都是開始努力製作邊緣的區域性的中文/華文文學新地圖。

⓲　Edward Said, "Reflection on Exile," in Russell Ferguson and others (Eds), *Out There: Marginalisation and Contemporary Cultures* (Cambridge, MA: MIT Press, 1996; Edward Said, "Intellectual Exile: Expatriates and Marginals," *The Edward Said Reader*. ed. Moustafa Bayoumi and Andrew Rubin (New York: Vintage Books, 2000), p.371.

⓳　趙學勇等《新文學與鄉土中國：20 世紀中國鄉土文學》（蘭州：蘭州大學出版社，1993）。

汪曾祺的飲食美學

葉振富[*]

　　汪曾祺是一位美食家，這一點可以成立，應該沒問題。然則究竟要如何才能稱得上是美食家？我以爲最要緊的條件是能知味辨味，進而描寫出飲食滋味；其次需充滿飲食熱情。

　　他有點瞧不起不識飲食的人，〈食豆飲水齋閑筆〉敍述「有一個劇團的伙食辦得不好，演員意見很大。劇團的團長爲了關心群眾生活，深入到食堂去親自考察，看到菜牌上寫的菜名有『螞蟻上樹』，說『啊呀，伙食是有問題，螞蟻怎麼可以吃呢？』」在他心目中，不懂飲食者等於是沒有文化的人。

　　甚至對清代美食家袁枚，也不免露出鄙夷神色：「袁子才這個人我不喜歡，他的《食單》好些菜的做法是聽來的，他自己並不會做菜」。袁枚的食譜的確頗多別人家的菜，這不能算是缺點，而且我不能苟同袁枚不會做菜的說法。

　　袁枚所撰《隨園食單》可謂總結了明清文人食譜的重要著作（逯耀東，36），他在自序裡說是「四十年來，頗集眾美」的飲食經驗，雖然他在那裡品嚐到美味，就命家廚去學，「余都問其方略，

---

* 　中央大學中文系專任副教授

集而存之」。不常下廚，不見得就對烹飪陌生，他在〈答相國〉說：「傳說調羹之妙，衣鉢難傳。而易牙知味之稱，古今同嗜。謹以三寸不爛之舌，仔細平章。凡一切蒸鳬炙鴰，鴨臚羊羹。必加去取之功，列長名之榜」。一個人如此熱情於飲膳，又累積數十載的仔細品嚐經驗，不可能完全不懂廚藝。不過也不一定，只能算是推論，我一時找不到袁枚掌過勺的證據。

深刻的人情入味

一九八○年代起，汪曾祺發表了一系列飲食散文，並於一九九二年初次編成《旅食集》出版，陳思和認為汪曾祺的飲食散文風格師承周作人，當時中國正積極推動「改革開放」政策，社會上吃風盛行，各種奢靡習氣日益嚴重，「他在各地光臨豪華宴席的機會不會太少，見識也一定甚多。但汪曾祺的談『吃』風格基本上不脫家鄉土產小菜，興趣所在內蒙新疆雲南一帶的地方食物，毫無炫耀『國宴』人士的一副蠢相。他雖然對時下流行的腐敗吃風未置一詞臧否，但以他的清淡之美文，表達了滔滔衝浪中的一道清流（453）」。說「清淡」，自是汪曾祺飲食書寫的一大特色；至於「清流」，則彰顯了文本的社會座標。

整體而言，汪曾祺的飲食書寫是一種深刻之味，其深刻，是通過描寫能力，和所營造的人情具現出來的。

他在〈菌小譜〉裡說吃過最深刻的菌子是乾巴菌，「這東西像一個被踩破的馬蜂窩，顏色如半乾牛糞，亂七八糟」……「洗淨後，與肥瘦相同的豬肉、青椒同炒，入口細嚼，半天說不出話來。乾巴菌是菌子，但有陳年宣威火腿香味、寧波油浸糟白魚鯗香味、

蘇州風雞香味、南京鴨胗肝香味,且雜有松毛清香氣味」。這一段話先描述乾巴菌外觀之醜,復連續用四種聞名天下的葷食來形容其菌味,最後才加上松毛的清香氣,彰顯出乾巴菌豐富而變化無窮的氣味。最高明的,莫非「入口細嚼,半天說不出話來」,舉重若輕,帶著戲劇性,準確描寫乍然面對美味時的驚詫和歡喜。

此文語調輕鬆,一派優雅,從容;然則我們閱讀時應當稍稍理解所敘述的時空背景:那是一九六〇年前後,汪曾祺被下放張家口沽源縣勞改,在寂寞荒涼的塞北,終日畫馬鈴薯圖譜、口蘑圖譜(崔普權,186)。在這篇散文中,他提到口蘑,也是舉重若輕,「白蘑味極鮮。我曾在沽源採到一枚白蘑做了一大碗湯,全家人喝了,都說比雞湯還鮮。——那是『三年困難』時期,若是現在,恐怕就不能那樣香美了」。輕鬆的一句話,以艱困的時代,對比出素湯的清淡滋味。那滋味其實是一種深刻的苦味,卻有效隱藏、節制了不堪追憶的悲懷,從而使那碗湯更加鮮美。

這種美學手段,即使描寫飢餓,也通過食物的芳香,透露深刻的人性。〈黃油烙餅〉寫的是飢餓之況味,和懷念的滋味。小說的主人翁蕭勝七歲以前跟奶奶在老家生活,爸媽分發到遙遠的塞北工作,有一段敘述很含蓄地表現了貧窮:

爸爸去年冬天回來看過奶奶。他每年回來,都是冬天。爸爸帶回來半麻袋土豆,一串口蘑,還有兩瓶黃油。爸爸說,土豆是他分的;口蘑是他自己採,自己晾的;黃油是「走後門」搞來的。爸爸說,黃油是牛奶煉的,很「營養」,叫奶奶抹餅子吃。土豆,奶奶借鍋來蒸了,煮了,放在灶火裡烤

　　了，給蕭勝吃了。口蘑過年時打了一次滷。黃油，奶奶叫爸
　　爸拿回去：「你們吃吧。這麼貴重的東西！」爸爸一定要給
　　奶奶留下。奶奶把黃油留下了，可是一直沒有吃。奶奶把兩
　　瓶黃油放在躺櫃上，時不時地拿抹布擦擦。

後來奶奶死了，爸爸收拾奶奶的遺物，把還能用的鍋碗瓢盆都裝在
一個大網籃裡，那兩瓶完全未用的黃油也裝了進去，帶著蕭勝回口
外團聚。這時候我們都還不知道那兩瓶黃油到底有多麼美味，它們
像神明一樣被供奉著，擦拭著，奶奶越寶貝著不吃，我們越覺得
饞，張力越足，飽滿著期待的芳香。

　　這篇小說出現的食物很多，包括：小米麵餅、玉米麵餅、蘿蔔
白菜、白麵饅頭、大烙餅、悶茄子、豬頭肉、土豆、口蘑、鯽魚、
草仔粥、紅高粱餅、甜菜葉子湯……以上是人民在景況好的時候吃
的；景況差時，那些粥、餅多摻了糠。至於幹部，則無所謂景況好
壞，他們吃羊肉口蘑、燉肉大米飯、黃油烙餅。小說敘述幹部在南
食堂用餐，「社員」則在北食堂打飯，北食堂的人總是驚嘆著南食
堂飄過來的香味，那食物通過對比，帶著政治性，有力地批判了政
治和社會。

　　蕭勝在家裡吃紅高粱餅，饞竟陡萌，逐問爸爸「他們為什麼吃
黃油烙餅？」

　　　「他們開會。」
　　　「開會幹嘛吃黃油烙餅？」
　　　「他們是幹部。」

「幹部爲啥吃黃油烙餅？」

「哎呀！你問得太多了！吃你的紅高粱餅子！」

這段對話太精采了，一連串饞著口涎的問話，充滿了喜感，笑聲的背後，卻令人泫然欲淚，那烙餅不但含蓄而嚴厲地批判階級的不平等、社會的不公不義，小孩的問話也令父母、讀者爲之鼻酸，使那兩瓶尚未動用的黃油蘊蓄了更濃郁的芳香，和更多期待，立刻將情節推向高潮。媽媽聞言，忽然站起來，取出奶奶未動用的黃油，製作了兩張黃油烙餅放在蕭勝面前，說：

> 「吃吧，兒子，別問了。」
>
> 蕭勝吃了兩口，真好吃。他忽然咧開嘴痛哭起來，高叫了一聲：「奶奶！」

爸媽安慰他趕緊吃，別再哭了，蕭勝就這樣一邊流淚一邊吃黃油烙餅，眼淚流進了嘴裡，使那甜甜的烙餅竟含著淚水的鹹味。懷念的意思，食物般，飽滿著人情之美。

汪曾祺的飲食書寫之所以迷人，很重要的原因在於表現出深刻、細膩的人情之美。他談蠶豆，談自己在民間文藝研究會上班時，每天都看見一個老人賣爛和蠶豆❶：

> 他捧著一個腰圓的木盆，慢慢地從胡同這頭到那頭，啞聲吆

---

❶ 蠶豆曬乾後，浸水生芽，加鹽及香料煮熟，北京人謂之「爛和蠶豆」。

> 喝著：爛和蠶豆……後來老人不知得了什麼病，頭抬不起
> 來，但還是折倒了頸子，埋著頭，賣爛和蠶豆，只是不再吆
> 喝了。又過些日子，老人不見了。我想是死了。不知道為什
> 麼，我每次吃爛和蠶豆，總會想起這位老人。我想的是什麼
> 呢？人的生活啊……

細述賣蠶豆的老人如何佝僂、沙啞，如何病弱，終於消失，他不去
形容那蠶豆如何可口；而是轉了一個彎，透露悲憫的心情，感嘆生
活的艱辛、生命的無常，藉著不忍之心，表現記憶中的爛和蠶豆之
味。

　　乾蠶豆入鍋炒，相當堅硬，北京叫「鐵蠶豆」，沒有一口利牙
恐怕咬不動，汪曾祺寫鐵蠶豆，並未直接評論其口味，講的還是人
情——他的老師沈從文先生在中老胡同住的時候，每天有一個騎著
自行車賣鐵蠶豆的從後牆窗外經過，吆喝「鐵蠶豆」：

> 這人是中年漢子，是個出色的男高音，他的聲音不但高、
> 亮、打遠，而且尾音帶顫。其時沈先生正因為遭受迫害而精
> 神緊張，我覺得這賣鐵蠶豆的聲音也會給他一種壓力，因此
> 我忘不了鐵蠶豆。

含蓄地，藉著賣食的吆喝聲，描寫沈從文遭受政治迫害時的壓力，
使沈重的鬥爭事件，因故意不直接控訴，故意輕描淡寫，而有了更
深刻、飽滿的張力，這種美學手段正是卡爾維諾一再強調的輕逸
（lightness）。

　　輕逸，是汪曾祺的修辭藝術，他擅長使用這樣的敘述手段，通過人情的追憶，深刻化所描寫的飲食。〈故鄉的食物〉敘述了炒米、焦屑、鴨蛋、鹹菜茨菇湯、虎頭鯊、硨螯、螺螄、蜆子、野鴨、鵪鶉、斑鳩、鶩、蔞蒿、薺菜、馬齒莧……帶著濃厚的懷鄉味，例如他講到家鄉戶戶都有裝炒米的罈子，一般人用香煙罐頭舀炒米，他的祖母卻別出心裁用柚子殼，「我們那裡柚子不多見，從頂上開一洞，把裡面的瓤掏出來，再塞上米糠，風乾，就成了一個硬殼的缽狀的東西。她用這個柚子殼用了一輩子」；「炒米和焦屑和我家鄉的貧窮和長期的動亂是有關係的。」汪曾祺完全沒有煽情地細述艱困的生活經驗，反而輕描淡寫地，只以「她用這個柚子殼用了一輩子」這句話表示祖母的節儉持家。

　　戰亂和貧窮，人們物質缺乏而倍加疼惜，種種記憶經過歲月的發酵，回味起來乃彌足珍貴。那炒米，原是極尋常的食物，由於祖母珍惜一個柚子皮，製作為舀米工具，使炒米散發著誘人的氣味，隨歲月而濃郁。正如英國詩人華滋華斯所說，詩起於「由沈靜中回味起來的情緒」（emotions recollected in tranquillity），感受情緒是實際生活裡的事，回味情緒才是藝術的事。

　　黃子平認為「故鄉的食物」乃二十世紀中國文人抒寫不竭的懷鄉主題，他們「離鄉背井，漂泊異地異域，因而寄鄉愁於食物，不厭其煩地敘寫自己的味覺記憶，這構成了一種頗具獨特意味的文化現象（41）」。他從文化脈絡的角度去分析，指出他們在文章中常引用前人的著述和風物志，其功用乃為凸顯某種食物之源遠流長，其來有自，如今再也難以品嚐，鄉愁難抒因此竟到了非常嚴重的地步，思鄉與思古疊合，個體生命記憶就納入社會記憶之中（42）。

前述炒米和焦屑，個人情感便融合了風雨土地、動亂家國。

以文化脈絡證諸汪曾祺的飲食散文，確實所言不誣，例如他談論「切膾」，一開始就例舉《論語·鄉黨》，說明「膾」在春秋時已相當普遍；接著舉《齊民要術》、杜甫詩、《東京夢華錄》、關漢卿作品，說此物一路到明代都被提及；後來忽然就沒有人提了，「到了近代，很多人對切膾是怎麼回事，都茫然了」。

〈端午的鴨蛋〉述及家鄉高郵的鹹鴨蛋如何質細油多，蛋白柔嫩，不像他鄉的鴨蛋入口如嚼石灰，本來「我對異鄉人稱道高郵鴨蛋，是不大高興的，好像我們那窮地方就出鴨蛋似的！」後來吃多了別處的鴨蛋，遂興起曾經滄海難為水的感喟，「我在北京吃的鹹鴨蛋，蛋黃是淺黃色的，這叫什麼鴨蛋呢！」他這樣吹噓，害我覺得高郵的鹹鴨蛋說不定比我們淡水的鹹鴨蛋可口，因為那蛋飽含著汪曾祺童年生活的點點滴滴，和故鄉的人事掌故，已然多了一種深刻的滋味，那鴨蛋，有著懷念的表情。

懷念是「情」，家鄉的鴨蛋是「景」，汪曾祺的飲食書寫擅長營造這樣的情景交融，這道理如同行為派心理學家所謂的「條件造成的反射」（conditioned reflex）。〈鹹菜茨菇湯〉說從前下雪天，家裡常喝鹹菜茨菇湯，「我小時候對茨菇實在沒有好感」……「那一年我吃了很多茨菇，而且是不去茨菇的嘴子的，真難吃。我十九歲離鄉，輾轉漂流，三四十年沒有吃到茨菇，並不想」。後來在老師沈從文家吃飯，沈從文邊吃茨菇邊稱讚「這個好，格比土豆高」，也許是受到老師吃菜講究「格」的啟示，也許是因久違而竟萌生的思念，他開始嚴重地愛上茨菇，「我很想喝一碗鹹菜茨菇湯。我想念家鄉的雪」；顯然，這是懷舊懷人懷鄉的感情，加上想像，滲入

茨菇的滋味裡。汪曾祺的飲食美學，如此這般地帶著各種濃厚的感情。

又如〈韭菜花〉，一開始即引五代楊凝式的〈韭花帖〉，說「韭菜花」這樣的雖說極平常，但極有味的東西，是應該出現在文學作品裡的」，「極有味的東西」就應該載入文學，可見他對文學裡的飲食之重視。文學作品裡出現的食物累積了歲月、文化的滋味，影響了汪曾祺的審美意識。楊凝式身為高官，收到朋友饋贈的一點韭菜花，竟興奮得寫信表示感激；因為楊凝式為一點蔬菜所萌發的感謝之情，我們直到今天才能欣賞、臨摹這帖行楷瑰寶，而他對韭菜花的喜愛、對朋友的感恩，遂千古留傳。

汪曾祺通過種種人情掌故，拉開飲膳的文化景深，賦予食物感情，深刻食物之味，結構出食物的美感。

粗菜細做的美學手段

美食家總是親近庖廚的，烹飪之於汪曾祺是休閒活動，帶著繪畫、寫字般的閒適感，又如戲劇演出般慎重，充滿了創作的喜悅，他在〈食道舊尋〉談及買菜做菜：

> 客人不多，時間充裕，材料湊手，做幾個菜是很愉快的事。成天伏案，改換一下身體的姿勢，也是好的，——做菜都是站著的。做菜，得自己去買菜。買菜也是構思的過程。得看菜市上有什麼菜，捉摸一下，才能搭配出幾個菜來。不可能在家裡想做幾個什麼菜，菜市上準有。想炒一個雪裡蕻冬筍，沒有冬筍，菜架上卻有新到的荷蘭豆，只好「改戲」。

> 買菜，也多少是運動。我是很愛逛菜市場的。到了一個新地
> 方，有人愛逛百貨公司，有人愛逛書店，我寧可去逛逛菜
> 市。看看生雞活鴨、鮮魚水菜、碧綠的黃瓜、彤紅的辣椒，
> 熱熱鬧鬧、挨挨擠擠，讓人感到一種生之樂趣。

這段文字透露了汪曾祺的烹飪觀，買菜是他的一種生活方式，除了可以舒展筋骨，趁機運動，並觀察人情世故、生活百態，更因為所見的各種菜色，引發了即興創作的靈感。

這令人想到英國廚藝家伊麗莎白‧大衛（Elizabeth David）。她的散文〈義大利魚市場〉描寫黎明前的威尼斯市場，「每一樣蔬菜和水果，還有魚，都帶著深得不自然的顏色和如印刻般清楚的輪廓，各自閃耀著自身的生命之光」；「一把亮金色的筍瓜向人炫耀它粉紅色的典雅」；和各種活蹦亂跳的海產，魚身的條紋、色澤，閃著新鮮的光芒，場景恍如「欣賞一齣前所未有的精采芭蕾舞劇（65）」，我們彷彿聽聞嘈雜的吆喝、交易，與海洋的氣味，不僅令人食慾蠢動，也令人精神感動。

汪曾祺逛菜市場時領悟到生之樂趣，他的飲食文學也意在歌頌生命的種種美好，〈《旅食與文化》題記〉最後贊歎：「活著多好呀。我寫這些文章的目的也就是使人覺得：活著多好呀！」

汪曾祺不擅烹大菜，比較拿手的是家常小菜，〈做飯〉一文斷言「做菜要有想像力，愛捉摸」，他使用干貝烹製「燒小蘿蔔」，即是逆向操作，以昂貴的食材為背景，表現賤價的蔬菜，標準的「粗菜細做」動作。又如「拌薺菜」（或菠菜），他自述作法：

薺菜焯熟，切碎，香干切米粒大，與薺菜同拌，在盤中用手搏成寶塔狀。塔頂放泡好的海米，上堆薑米、蒜米。好醬油、醋、香油放在茶杯內，薺菜上桌後，澆在頂上，將薺菜推倒，拌勻，即可下箸。佐酒甚妙。沒有薺菜的季節，可用嫩菠菜以同法製。

這道涼拌原是很普通的菜，汪曾祺的細緻在於將材料都切得米粒般，復搏成寶塔狀，推倒，既照顧到口感，也製造了食趣。他擅製的另一道菜「干絲」是這樣的：

大白豆腐乾片爲薄片（刀工好的師傅一塊豆腐乾能片十六片），再切爲細絲。醬油、醋、香油調好備用。干絲用開水燙後，上放青蒜末、薑絲（要嫩薑，切極細），將調料淋下，即得。這本是茶館中在點心未蒸熟之前，先上桌佐茶的閒食，後來飯館裡也當一道菜賣了。煮干絲的歷史我想不超過一百年。上湯（雞湯或骨頭湯）加火腿絲、雞絲、冬菇絲、蝦籽同熬（什麼鮮東西都可以往裡擱），下干絲，加鹽，略加醬油，使微有色，煮兩三開，加薑絲，即可上桌。

煮干絲不厭濃厚，汪曾祺在另一篇文章〈豆腐〉說大白豆腐不易遇見，只好以豆腐片或百頁切絲代替，「口感稍差，味道卻不遜色，因爲我的煮干絲裡下了干貝」。這道菜顯然是「雞火干絲」，應是淮揚菜「雞湯煮干絲」演變而來。重點不在菜名，仍在於粗菜細做的製作精神。價賤的豆腐乾是主角，先以精細的刀工切片，再用雞

湯加干貝，慢慢煨，務使各種鮮美的滋味滲入豆腐乾裡，犧牲了較昂貴的食材，成就廉價的東西。可見在汪曾祺的心目中，天地萬物無分貴賤，要緊的是如何表現。

對汪曾祺來講，想像力是美味的關鍵之一，這道理跟文藝創作一樣。他沒吃過清代揚州的名素菜「文思和尚豆腐」，卻老想著要嘗試做，於是想像素菜葷做──用豬油煎，用黃豆芽吊湯，再加入上好的口蘑或香蕈、竹筍、蝦籽，用極好的秋油，以文火熬成。

舌頭的想像力和勇氣

〈豆腐〉一文是十分精采的豆腐話語，上下古今，暢論各種豆腐料理的作法、特色，非行家莫辦。其中提到高郵新出的一道名菜「雪花豆腐」，他覺得此菜猶有改善的空間，乃出主意給家鄉的廚師：加入蟹白（雄蟹白的油，即蟹的精子）。這種創意，充分表現飲食的想像力，也體現了粗菜細做的精神。蟹白成就了一塊平凡的豆腐，使豆腐變得珍貴。

「塞肉回鍋油條」也是汪曾祺的發明，他很得意地說可以申請專利。〈做飯〉一文提到此菜作法：油條切段，掏空內層，塞入肉茸、蔥花、榨菜末，下油鍋重炸。我自己試做過，油條重炸後更加酥脆，外酥內嫩，的確是頗富想像力的作品。

欲支撐想像力，恐怕舌頭得具備冒險犯難的勇氣，敞開胸懷品嚐新的美學試驗，開拓自己的審美經驗。〈四方食事〉文末指出吃食的民主風度：

　　有些東西，自己盡可不吃，但不要反對旁人吃。不要以為自

己不吃的東西，誰吃，就是豈有此理。比如廣東人吃蛇，吃
龍蝨；傣族人愛吃苦腸，即牛腸裡沒有完全消化的糞汁，蘸
肉吃。這在廣東人、傣族人，是沒有什麼奇怪的。他們愛
吃，你管得著嗎？

他強調一個人的口味要寬一點、雜一點，「南甜北鹹東辣西酸，都
去嘗嘗。對食物如此，對文化也應該這樣」。表面上是談論如何尊
重別人的吃食，其實是一種看待文化的態度，一種審美態度，一種
追求心靈自由的態度。

　　〈吃食與文學〉中就主張舌頭必需具備嘗試的勇氣，「從北京
的豆汁到廣東的龍蝨都嘗嘗」，「一個文藝工作者、一個作家、一
個演員的口味最好雜一點」，尤其是老作家，「不要偏食。不要對
自己沒有看慣的作品輕易地否定、排斥」，口味在此轉喻爲美學視
野和胸襟氣度，虛心看待新觀念和新作法。

　　他對於有人不吃苦瓜頗覺洩氣，呼籲大家口味要雜一點，口味
雜即意味著胸襟開闊，表示寬廣的生活興趣，也代表了勇於試驗、
探險的精神。

崇尚原味、自然、新鮮

　　汪曾祺提到羊肉的吃法時，認爲手把羊肉最好吃，尤其以內蒙
的羊肉最佳，因爲內蒙的羊吃了草原上的野蔥，生前已經解了自己
的膻味，「我以爲不膻固好，膻亦無妨」。這是知味者言。那膻
味，其實可以通過烹飪手段予以處理；然則，羊肉本來就膻，完全
沒有膻味，不知變成什麼肉？

〈干絲〉一文批評揚州人喝茶愛喝「雙拼」，將龍井、香片一起泡在壺裡。在他心目中，龍井是龍井，不容香片橫加干擾。可見他對飲食的基本要求是存其本味。

他本來不吃苦瓜，後來經一位詩人朋友捉弄吃苦瓜，從此竟開始吃了。他在〈四方食事〉指出，北京人的口味很保守，「原來是不吃苦瓜的，近年也學會吃了。不過他們用涼水連『拔』三次，基本上不苦了，那還有什麼意思！」即便是不甚愛的苦味，他也認為要加以保留，因為那就是食物的本味。

〈故鄉的野菜〉提到周作人同名散文裡所引的兒歌：「薺菜馬蘭頭，姐姐嫁在後門頭」，說「很是嚮往」。馬蘭頭是江南野菜，汪曾祺家鄉高郵的人不大吃這種野菜，他究竟嚮往什麼呢？陳思和認為，大約是周作人筆下流動的那股民間生氣。汪曾祺的作品陰柔優美，略帶感傷，描寫食物時往往又俗話俗說，流利而有精神（453）。

俗話俗說的修辭策略，自然是存其本味，以準確刻畫描寫客體的面貌。他愛吃野菜，雖然野菜往往帶著些許苦味，不但因為野菜清火，更重要的是新鮮。他還強調，敦煌變文、打棗杆、桂枝兒、吳歌，乃至《白雪遺音》等等，「是野菜。因為它新鮮」。野菜在這裡被他暗喻為俗文學，更是一種象徵，代表了活蹦亂跳的生命力，大膽，放蕩，和不落程式、不受常規束縛的創意。

野味跟野菜一樣，汪曾祺都賦予了美味的想像。他在短篇小說〈異秉〉提到王二熏燒攤子上賣一種叫「鵽」的野味；散文〈野鴨·鵪鶉·斑鳩·鵽〉裡除了盛讚野鴨子肉又細又酥，不像家鴨每每肉質太老，並考據了鵽，說「鵽肉極細，非常香。我一輩子沒有

吃過比雞更香的野味」。在汪曾祺的飲食系譜裡，野味幾乎成為自由、浪漫、活力、創意的符碼，恐怕還沒品嚐就已經覺得美味了。

〈手把羊肉〉提及在達茂旗吃過「羊貝子」，羊貝子即是全羊，乃蒙古人招待貴賓所設，整隻羊投入水裡煮四十五分鐘即成，因為尚未全熟，一刀切下去，還會沁出血來，「好吃麼？好吃極了！鮮嫩無比，人間至味。」狂喜之情，難以遮掩。

最能徹底保留原味的食物，莫非生食。汪曾祺顯然酷嗜生食，尤其是「生猛」蟹蝦，不必烹飪，最多就用酒醉死蟹蝦。「下生蟹活蝦一等的，是將蝦蟹之屬稍加醃製。寧波的梭子蟹是用鹽醃過的，醉蟹、醉泥螺、醉蚶子、醉螺鼻，都是用高粱酒『醉』過的。但這些都還是生的。因此，都很好吃」。總而言之，這些東西之所以好吃，是因為沒有烹熟，保留了原汁原味。他在此文繼續申論：

> 法國人、俄羅斯人，吃牡蠣，都是生吃。我在紐約南岸吃過鮮蚌，那絕對是生的，剛打上來的，而且什麼作料都不擱，經我要求，服務員才給了一點胡椒粉。好吃麼？好吃極了！
> 為什麼「切膾」生魚活蝦好吃？曰：存其本味。
> 我以為「切膾」之風，可以恢復……當然，我也不主張普遍推廣，可以滿足少數老饕的欲望，「內部發行」。

坦白說，吃生鮮蚌加胡椒粉，其實不怎麼高明。不過，可以想見，他如果嚐過「刺身」肯定會立刻愛上它。「存其本味」的美學主張恰恰印證了汪曾祺文學藝術的素樸風格。

汪曾祺知味，也甚為敢吃，〈豆汁兒〉一文自述是個「有毛的

不吃撢子，有腿的不吃板凳，大葷不吃死人，小葷不吃蒼蠅」的人，敢於挑戰各種食物之味。不過我對他的某些意見持保留態度。

他在〈肉食者不鄙〉中談東坡肉，「東坡肉其實就是紅燒肉，功夫全在火候。先用猛火攻，大滾幾開，即加作料，用微火慢燉，湯汁略起小泡即可。東坡論煮肉法，云須忌水，不得已時可以濃茶烈酒代之」。這段話有問題。首先，東坡肉不能等於紅燒肉，蘇東坡關於豬肉的烹製法僅見諸〈豬肉頌〉，這篇文章很短，總共只有61 字，他只說「少著水，柴頭罨煙焰不起。待他自熟莫催他，火候足時他自美」，並未像汪曾祺說的「完全不加水」；而且蘇東坡也沒說用濃茶烈酒代替水，尤其是豬肉加濃茶，沒說過的話不能代替他胡謅。

加酒是正確的，雖然蘇東坡自己未點明。東坡居士不可能不知道烹調豬肉最好加點酒進去。中國歷代文化中，大概只有戮力於釀造各式美酒，他自釀的酒，有文字可稽的是「羅浮春」、「萬家春」、「眞一酒」、「蜜酒」、「桂酒」、「天門冬酒」、「中山松醪」（齊士、趙仕祥，239），美食家兼廚藝家，好客又喜歡美酒佳餚，乃自釀自用，沒有理由不知道酒在烹飪中的重要。此外，黃州不僅豬肉好，竹筍也甚佳，而竹筍是燒豬肉的好配料，善烹如蘇東坡自然知曉。

汪曾祺對豬肉恐怕有一點外行，他的口味自然是偏北方，甚至認為較理想的烤乳豬吃法，是「抹一點甜麵醬捲薄餅吃，一定不亞於北京烤鴨」，言下之意北京烤鴨仍勝過烤乳豬。這話太武斷了。何況，烤乳豬是烤乳豬，烤鴨是烤鴨，為什麼烤乳豬要學烤鴨捲薄餅吃？熱呼呼的白米飯難道就不好嗎？再則，吃肉太依賴甜麵醬，

豈不是干擾了烤乳豬滋味。

汪曾祺最愛吃的魚是石斑和鱖魚。他斷言淡水魚中只有鱖魚能夠和石斑媲美。這恐怕也有問題。首先，石斑種類何其多，不會如他所說的只有紅斑、青斑兩種；其次，淡水魚之味勝過石斑者不在少數，這點早有公論。可見汪曾祺對魚的認識不足。

然則瑕不掩瑜，現代中國作家中，汪曾祺委實是深諳飲食之藝者，他的文藝創作實踐了自己的飲食美學，他的飲食創作為中國現代文學開創了另一番氣象。

引用書目

王文浩輯注，《蘇軾詩集》，孔凡禮點校，中華書局，北京：中華書局，1999。

孔凡禮點校，《蘇軾文集》，中華書局，北京：中華書局，1986。

汪曾祺，《汪曾祺全集》，北京：北京師範大學出版社，1998。

汪曾祺、汪朗，《四方食事·胡嚼文人》，南寧：廣西人民出版社，2003。

袁枚，《袁枚全集》，南京：江蘇古籍出版社，1993。

陳思和，〈試論現代散文創作中的談「吃」傳統〉，見焦桐、林水福編《趕赴繁花盛放的饗宴：飲食文學國際研討會論文集》（446-458），臺北：時報文化，1999。

崔普權，《名人談吃》，北京：北京燕山出版社，1999。

黃子平，〈「故鄉的食物」：現代文人散文中的味覺記憶〉，《中外文學》31·3(2002·8):41-53。

逯耀東，〈明清時期的文人食譜〉，《中外文學》31·3(2002·

8):27-40。

齊士、趙仕祥，《中華酒文化史話》，重慶：重慶出版社，2002。

Calvino, Italo・ *Six Memos for the Next Millennium*□ Trans□ Patrick Creagh, Cambridge: Harvard UP, 1988□

David, Elizabeth・ *South Wind Through the Kitchen: The Best of Elizabeth David*・ 方彩宇、陳青孋譯，臺北：臉譜出版，2000。

私語的歸宿──閱讀王安憶、
陳染和嚴歌苓三部
「女性自傳體」的長篇小說

李桂芳*

> 「當我書寫身體（the body），我沒有看見什麼令人覺得特別
> 的事。但以我的身體（my body）投身於我曾經生活過的經驗
> 來寫作，特別的是：我看見關於傷痕、毀滅、褪色、危險、
> 失落和那些曾經使我雀躍的諸多事物……，如此說，身體使
> 我自曾經賜予我的主要透視裡揚起，而我的身體則減低了我
> 受到所有崇高斷言的誘惑。」（Adrienne Rich 1984；1994：215）

　　我們將藉由觀察九〇年代中國「女性寫作」的問題，並特別著
重於「自傳體」（autobiographic）小說的創作現象來看女作家如何書
寫自我的系列群像，更將透過「女性次文化」的細微探勘，以期反

---

*　　輔仁大學比較文學博士候選人、淡江大學中國文學系兼任講師

省近期有關女性書寫的課題。我所要探討的小說文本分別是：王安憶的《紀實與虛構》（1996）、陳染的《私人生活》（1998）和嚴歌苓的《人寰》（1998）三部長篇小說。由於，此三部小說皆以第一人稱「我」爲敘述觀點，並企圖回歸女性主體爲書寫對象，從而藉由「後新時期」❶中國個體書寫的範疇來看，關於女作家創作自傳體小說之於「主體」與「身份」位置的反思。

從個體書寫何以有異於現階段男作家的作品，到女性以個體書寫相映歷史的新意，凸顯女作家在書寫自我意象的同時，如何透過敘述我展露對女性主體與身份的困惑。特別是女作家描寫糾葛的母女關係，在性別意識的分裂以及書寫過程中情感移轉的潛向。我也將進一步討論：中國當代女性書寫的文化心理與其書寫型態所顯示的寫作共通性與侷限性何在？也同時透過此一寫作系列的考察，觀察當代中國婦女對於「性別解放」問題的認知，其中來自於表達真實自我與現實身份之間的分裂意向，同時也反映在自傳體小說的書寫行徑，它總透露出女性自我呈現過程中認同的多重地形，以及跋涉其間女性特有的孤獨與憂傷，成爲當代女性書寫的心靈密錄。

---

❶ 自 1985 年之後，關於「後新時期」諸多的小說創作，呈現出相當多元化的複調現象。從「先鋒」小說、「新寫實」小說，以致「女性小說」等諸多小說書寫類型的重新界義，同時也反映出此間的創作理念深受到西方話語的影響。倘若，仔細審視此股蓬勃的創作，以及連帶地運生的批評思潮，更甚而重新反思創作話語與批評生產的關係時，本文所選用的三部小說文本均爲九○年代之後的女性創作，進入九○年代之後，中國現代化的具體生活經驗如何具體地改變了大眾生活，特別是女性創作者在此間文化生產關係上所扮演的角色，一樣受到相當的注視。（Larson 1997：202-203）

一、從「妳」的敵意到「我是誰?」: 女性、自傳體小說與歷史

> 「我懷疑『你』在我們的語言中,從最初最初,在先語言階
> 段,它們是用來指控的。它指出『你』是異類,是『我』的
> 對立。『你』本身就含有相對『我』的敵意……這個『你』
> 所具有的力度,所含的指控,譴責、排斥;以及對於『你』
> 所含的一切異己性的感嘆,絕不是下面的詞句可以表達
> 的。……它很完滿。它是發言,不是提問。它本身是個疑問
> 到解答的起承轉和。」(嚴歌苓 1998:160)

吉爾摩(Leigh Gilmore)在《自傳書寫:女性主義理論下的女性
自我呈現》(*Autobiographics: A Feminist Theory of Women's Self-
Representation*)一書中特別指出女作家在自傳書寫的過程中,透過自
我呈現(Self-Representation)的表達途徑,通常也是嘗試重寫文類的
可能,女作家進而重新審視性別位置在成長史中的標誌意義,以突
出主體位置的關懷面向,特別是有關「人」和「女性」命題的反
思,以及正視性別場域裡如何之於女性身份的一種醒覺:

> 「對於『人』和『女性』的關注,變更以及重新處於一種位
> 置,但是,歸結為幾個昇起的重要問題則是:何種政治可能
> 達至一種普遍性的主體?或者,認同的再現過程是通過這樣
> 的問句:『我是__?』和『我相信__?』」(Gilmore 1994:230)

　　從「我是誰？」懷疑身份（Identity）爲始，也是鬆解意識型態建構下的主體論。女性自我的呈現透過敘述位置的移轉，也是詆毀男性權力網路的「僞」女性意識的反省。當我們討論女作家與自傳書寫的關係時，Gilmore 提醒我們女作家在處理「主體」和「眞相」（truth）、「眞實」（reality）以及「認同」（identity）的關係時，乃是藉由散漫無章的權力論述網的結構，以重寫主體的可能一反過去男性書寫主導下的女性主體位置（Gilmore 1994：18-19）

　　我們觀察中國新時期以來的小說書寫境遇，同樣一開始就碰觸到此相同的書寫命題。關於「人的解放」，❷在力圖打破國家意識型態的話語規範之後，特別是進入九〇年代，評論界大多注意到「先鋒」小說、「新寫實」小說在歷史前進道路上的趨於同流。❸然而，關於「女性解放」的命題，卻容易被放置到人的問題來思

---

❷　「大寫之人」的破產，意指中共建國以來受到國家意識型態所箝控的人物形象——爲後新時期以來的小說敘述所瓦解，人物描寫的規範不再受限於寫實主義的傳統，從而朝向個體化書寫，是爲了對抗歷史的大傳統，也是回歸到人的問題的在反思。

❸　若從閱讀的興味說起，評者大多認爲中國當代寫作在九〇年代之後，由於小說家深諳後現代語言遊戲的策略，被圖解化的人生與魔幻的歷史相互並生，以形式感爲書寫風標的當代小說，多少以顚覆歷史爲趨近的目標。從「傷痕」到「尋根」，繼之「先鋒」而「新寫實」，中國作家一路企圖解蔽傳統現實主義寫作型態的盲域，也同時暴露出長期遭受政治意識型態箝制的寫作心理，如何向現實裸露眞實的謊言，並一再透過敘述來解套現實爲語言策略。這些書寫型態的同流，也反映了家史書寫的蓬勃發展，不論是以街坊淫猥軼事爲搬演的蘇童、格非等人，還是莫言富豔難蹤的高密母土，男性作家熱情不減的家史創作，帶來新時期以降歷史敘述走向個體化書寫的高潮。

考，而忽略了由女性自我反思歷史位置與書寫的關係。❹我們讀見一批在九〇年代崛起的女性作家群，她們對個體書寫的熱衷實有別於男性作家，這個問題普遍反映在關於自傳體小説的書寫。我們應該注意的是：中國當代女作家群的書寫，如何與歷史形成差異的對話？女性自傳體小説與性別重塑的關連性如何別立此一文類的殊異，以及女作家的身份位置與性別認同，是如何影響自傳體小説的書寫。對於 Gilmore 提出有關女性自傳的「眞相」與「身份」問題，也同時希望透過自傳書寫與主體位置的辨明，以理解傳統論述壓力之下的女作家，如何解脱女性身份的桎梏，特別是主體形塑過程底下隱幽難見的潛意識影響（Gilmore 1994：80）這也是我們進而討論八〇、九〇年代以來，中國女作家不同於男性文本中呈現的歷史主體與書寫位置的重心。

當所有生產話語與歷史現實決裂，所有的眼神卻又與告別的年代相逢，九〇年代中國女作家在書寫型態上的個殊性，已然有別於新時期以來的新歷史主義❺的發展。周曉揚在〈女人與『家』一論

---

❹ 萊森（Wendy Larson）曾在〈女性與欲望話語〉（Women and the Discourse of Desire）一文指出：女性主義在當代中國的個體書寫意義上，分別來自於毛話語生產機制下的個體再反思，以及學院機制的養成，助長了相關文化文本中的女性意涵的探討，特別是「性政治」（sexual politics）一向被視爲社會主義國家的禁忌，在大眾文化的興起之後，女性角色扮演著相當重要的精神寓意，而更爲重要的是，女性藝術創作者對性別概念的重新反思與突破，更加跨越了馬克思主義架構下的限定意涵。（Larson 1997：201-203）

❺ 大多數的評家認爲「新歷史主義」的趨向，除了是八〇年代中期以後中國當代小説的歷史經驗外，作家大量以個體化的書寫以抵抗長期受陷於現實

當代女性文學的漂流身份〉一文中指出：八〇、九〇以後的中國女性寫作問題，徘徊在中心與邊緣的世界，從而形成漂流的身份：

> 「女性作家也和全體知識份子一樣處於『非完整化』和『邊緣狀態』，而不可能已經躍入『中心』，達到『完整』，相反她卻與整個文化界如影隨形經歷著由文化的斷裂而造成的情感和心靈的創痛。因此，她以『漂流』的身份徘徊於對古典和現代價值的認同之中，不能體驗『自性』的存在，反而表現了『主體的非中心化』」（周曉揚 1998：51）

周曉揚提出一系列有關女性寫作的問題，是不是在所謂「主體的非中心化」的理解上產生定義的混淆，還是根本上的前理解就一直無法跳脫對女作家性別位置的質疑，甚而，不願給定女性寫作主體新的歷史位置——這也是總結了如陳曉明所指出的「勉強的解放」這類的批評觀點，現階段評論無法顧及女性在書寫自我的位置

主義的書寫規範，更重要的是突出「民間立場」的重要性，以有別於「官方意識型態」與「知識份子話語」的寫作型態，陳思和特別提出「民間立場」在九〇年代小說創作的轉折，即代表知識份子話語在迅速即起的市場經濟下敗陣下來，轉而觀察此一時代具有的「相對主義的複調結構」，也凸顯歷史於此轉折的新標。參見陳思和，〈逼近世紀末小說〉，收入王曉明編《二十世紀中國文學史論》（1997：444-446）。然而，相對於女性與歷史的關係，是否也如同男作家撤離了歷史的軌道？女性在拆解歷史與重建歷史的過程，特別不同於男性的是女性的書寫經驗一直受到歷史的壓抑，此間偏離歷史的航向，到底回到「人」的問題還是「女性」的問題？正是當代女性書寫與歷史意識必須面對的問題。

與歷史意義的解放，往往將「女性」第一優位犧牲在歷史架構的總前提。究竟「性別」與「主體」位置的分判與比重孰爲輕孰爲重？而兩者在女性寫作所佔得的歷史意義該是如何？這裡，牽涉到主體觀的認知，並非全然以主/客體的對立來呈現，而是女作家透過自我內在的省思與解放，在一個強調人的覺醒的年代，她便不應該是被犧牲在歷史現實的中心話語上，或者説，女作家的身份位置，對於新時期以來的創作現象，如何有別於男性作家對人的命題的思考，女作家在這樣的歷史時期下又重新做了怎樣的反省與質疑？

史畢瓦克（G. C. Spivak）在〈從屬者可以説話嗎？〉（Can the Subaltern Speak?）一文中討論到印度傳統文本中關於寡婦自殺的例子，率多無法眞正超越歷史的意識型態，而眼睜睜的看見自殺的寡婦走上殉身的命運，特別是這個例子隱含了對婦女保護的宗旨，但卻又同時令我們想到相同事件卻不一樣的歷史。特別是檢驗父權制的虛僞性格，正視婦女犧牲在歷史前提之下，卻又被保護之名所蒙蔽的事實。（Spivak 1988：92-94）當我們面對亟欲建立主體的歷史聲浪，因而忽視的是對歷史方法學的新思考，從而歷史前進的道路或躓或頓，而使得尚未建立的女性主體反而淪爲另一種剝削。史畢瓦克的發問，更是針對這樣的主體困局提出異質的歷史思考。

當大多的男性文本以女性形象作爲獻祭歷史的肉身時，他們極盡描摹之能事，也不過更暴露他們企圖以如此豐麗的女性肉身想像，來取代新時期改革以來的精神魔魘。❻史畢瓦克指出正是這種

---

❻　對於歷史閹割的控訴與焦躁，形成了八〇年代中期以後先鋒和新寫實小説作家難以名狀的創作衝動，當毛語備受解消的動能一一取消之後，父子秩

男性帝國欲望的宰制，導致女性主體無法真實的誕生：

> 「佛洛依德把婦女當作是代罪的羔羊，如此深刻而雜混的作
> 法，其實是對一種原初的、持續的欲望所做的一種反動，這
> 樣反動結構所形成的形式，便在於把這種表達歇斯底里的女
> 性欲望主體，全然透過男性帝國主義式的統治欲望，形成一
> 種女性的誘惑。」（Spivak 1988：92）

　　史畢瓦克指出：男性帝國欲望的「統治型態」，展現在書寫的
差別，將有效地區隔男／女作家對歷史思考與主體變動關係的釐
清。我們注意到新時期女作家的出現，在同是家史的書寫策略下，
女作家更有宏願回到歷史「創世」之初的母系想像之中，她們一反
男性文本的尋根歷史，透過自傳體小說的書寫，更孕育出頗富女性
意味的寫作型態。女作家透過此一書寫命題反映了主體之於現實歷
史的空缺。西蘇（Hélène Cixous）強調藉由個人潛意識到歷史原始景
幕的探勘，使得女性的溯源式追索歷程，突顯出女性自我內裡蠢動
的秘密，因而，幾乎爲了達到創世神話的建立而努力的：

序的傾頹，使得男性文本之中的父子關係，演變成慾望爭逐的仇鬥氛圍。
但是，作爲男性向歷史復仇的慾望主體，卻是男性文本中不斷以狂想形式
出現的女性肉身想像，如蘇童、格非等人小說中大量的虐女儀式，使得女
性形象成爲男性慾望主體獻祭歷史的肉身，也成爲遭受父系歷史放逐的幽
靈；另一種女性的形象，則是不脫地母生芽的風銳感，如莫言的《豐乳肥
臀》中將古老的母性形象不斷變形，又回復原始的女性圖像，都仍是以男
性投射的女性形象爲主。

> 「內裡（dedans）在這裡與神話相知相識，在這裡藉由夢境習
> 得敘事的秘密，也在這裡和驅力（drives）相互撞擊……這些
> 總是具有史詩般的氣魄，雖然是仍為成形且危險的史詩。」
>
> （Cixous；李家沂譯 1996：78）

　　相較於男作家的書寫型態，女作家對自身主體位置的覺醒以及擅於自傳體的書寫，實與女作家對主體身份的認同有關。王安憶自陳「沒有家族神話，我們都成了孤兒。」（王安憶 1996：75）王安憶以「紀實與虛構」的方法論書寫主體認同的成長史，從信仰到破滅的歷史轉折，已然隱含了自傳體的書寫，從來就是擺盪在真實身份與書寫現實之間。一個人來自一個城市的上海外來戶的孤獨，如同書名一般，王安憶說的也是上海的故事。就書寫策略而言，在長篇的敘事企圖上，「奇數」為首的章節是王安憶對鋪寫上海外來戶的個人點滴回憶，而「偶數」章節寫的卻是以歷史溯源式的筆法，有意建構母系家族神話，以重構新的歷史經驗。由此可見，王安憶對個人記憶與城市心理的描述，在這樣說故事的氛圍裡，王安憶想去釐清的也是這一遭歷史經驗與個人記憶相關的事件，在拆撤了與現實的關係時，「自我」還剩下些什麼？❼雖然，小說中的「敘述

---

❼　在王安憶的創作自述裡，她清楚的表明這是關於故事與人身相互遠去的敘述方式「她所在的位置十分不妙。時間上她沒有過去，只有現在空間上，她只有自己沒有別人……故事不故事對於她不在那麼重要……其實她只要透徹了這縱橫面的關係，這是一個大故事，這是一個大故事，這縱和橫的關係正是一部巨著的結構。」王安憶的創作自述裡，顯示了作為一名女作家對於創世神話的嚮望，其中透過虛實相間的創作手法，其實也醖含了女

我」不必然等同於王安憶，但是，透過「文本」與「作者」近乎形同複製的身份（母姓茹氏、上海外來戶、知青圈等），也可窺見王安憶此部作品的自傳意味。

　　相對來說，陳染的自傳體小說，則更充滿了絕對化的女性個體經驗，都是「對於往昔零零碎碎的記憶斷片的執著描摹……是因爲那些對我並不是一頁頁死去的歷史，而是活的橋樑，一直延伸到我的今天。」（陳染 1998：85）陳染更爲徹底的回歸以女性爲書寫對象的寫作策略，讀她的作品反倒看不見如王安憶企圖去建構母性系譜的創世宏願，而是充斥在文本之間無數分裂的個體慾望，隱喻了女性經驗裡特殊的身體記憶，而書寫的執拗與偏離的形成，則是陳染令人難以親近的特殊筆調。在《私人生活》裡的主角倪拗拗，光是名字就令人感到皺眉的困惑，而文本之間更是反覆分裂無數的精神困境，使得作爲新生代女作家的陳染比起前輩作家更有餘裕專注女性私人生活的全部，愛情、親情，或者是退化到現實背後的生活氣味，在小說記述了父母離婚事件與父親的離去，反倒成爲女性成長的開始。當然，其中也跋涉了和母親更爲漫長的內心戰爭「終於使我在這一文明戰場的廢墟上，真正像個成年女人一樣站了起來。」（陳染 1998：116）對於家庭價值的徹底否決與質疑，成爲主角生存下去的心理前提與前兆，陳染透過回到身體內部的書寫聲音，成就她不同於其他紀實筆調所呈現的故事性。

　　海外華文女作家嚴歌苓發表《人寰》時即說「我沒有足夠的體

性作爲書寫主體企圖書寫中心撤離的意欲，同時也是重新建構自我主體的開始，講述的內容不那麼重要，重要的是講述的方法。（1997：31）

力說英文。英文必須是那個年輕力壯的我說的。我講中文是退休，是退化，是我向孩提期的退化。」（嚴歌苓 1998：91）嚴歌苓小說中那名四十五歲的中年婦人，不斷回到童騃時代與一位父執輩戀人的諸多情事，透過時光追逝之戀以尋求精神匱缺的治療，在海外居住地的中年婦人，對著美國心理醫生吐露曾經稚嫩卻也蠻荒的愛情，它彷似珍藏在共和國的革命史裡，同時也包含對父親形象無止盡的崇拜與愛戀。在海外的女作家不光是嚴歌苓，近年陸續有作品發表的女作家如虹影、友友、查健英等人，其實，在她們的作品之中大多流露出來自第三世界女性在西方世界中種種擺脫不盡的掙扎與困惑，❽我以為其中所產生的書寫效應不僅是女性個體失落的一種疏離的醒覺，更多是來自文化位置所帶來的衝擊，特別是我們觀察到嚴歌苓書中綿延不盡的情戀，幾乎與共和國史等長的相思，在化身為年長的戀人形象之際，也多少吐露出家國女子在飄洋渡海之後，對於故國的孺慕之情，儘管，她所書寫的對象是自她身上已然退化的孩提記憶。

這些私密性極高的話語陳述，隱約透露出自傳體小說的主角／敘述者與女作家相互混合的書寫語碼，在此自傳體小說的生產過程下，正是我們探究自傳體小說的敘述事實，如何與小說情節以及作

---

❽ 旅居英國的虹影即曾致友人的信中提及，面對異域生活的心情「海外作家除了需面臨的存活問題，還得對異域文化採取毫不敵視的態度，這個人不僅站在邊緣的邊緣，而且還必須自我樂觀，不管我們承認不承認這點，遠離自己的文化，無論是自願的或是被迫的，對我們來說，就是一個不可改變的帶摧毀性的挫傷，甚至是致命的。」（轉引宋瑜，〈特別的聲音〉，1998：244-245）

者身份發生相互對話的間隙，也正由此書寫網絡的交錯綜合，我們
進一步發現擺盪在性別與文類之間的書寫方式，如何在醒覺的書寫
位置下，完成現階段女性解放的歷史意義。同時，對於現階段歷史
累積的意識型態進行顛覆，這些正是這一批書寫策略，異於同代男
作家的發聲的可能。

　　女性創作者如何掙脫她者的歷史法則，進而取得主體的位置，
或者，對性別本質的思考，在這批建構女性神話的書寫開端，也反
映了如何在歷史能量與個體欲望相互尋求解壓的狀態下，女作家的
發聲，如果必須藉由欲望他人的形象來滿足個體尋求自立的可能，
那麼，來自現實的否定能量，又是如何再現於書寫的軌跡上？這正
是 Cixous 所言的女性主體的強調到歷史集體潛意識的探詢過程，
將成為書寫歷史衝撞意欲下的完整足跡。（Cixous 1997：351）

二、否定的「是」與佔有的「零」：
母/女身體遺傳的分裂與統一

　　　「這墨跡很像一張地圖，空心地圖，彷彿正象徵著居住在我
　　們這個球體上的人們的一些特徵——虛空、隔膜、破碎及渴
　　望。頂角上，彷彿是一對雌雄對峙的山羊，盤踞在性別的終
　　極，既嚮往佔有，又對立排斥，中間斷裂的溝壑，是無底的
　　黑洞；左右兩端是兩隻怪獸，背道而馳、狂奔猛跑。」（陳
　　染 1998：6）

　　陳染小說中這位住進療養院還兀自檢驗自己病歷的倪拗拗，在

歷經母親與禾寡婦相繼亡逝的事實後，一點一滴的崩潰了。倪拗拗與母親、禾寡婦之間相互糾葛的記憶與愛欲故事，其實比書中主角與各段男性的愛情經驗來得深刻。倪拗拗獲得自我成長意識的開端，卻從住進精神病院中耽看一滴擴大渲染的墨跡想像為始。滴落的墨汁顯現出一個女性身體的想像，在現實裡無法佔據的虛空，全耽溺於一滴墨汁的想像，因而找到初萌的自我。陳染以女性身體的想像，一步步碰觸女性自我的寫作，使得暈開的墨跡也像女人的子宮，它賦予了女性生育的角色，卻也讓女人在自我與他者的角色扮演上，從來都像撕扯在兩端的巨大毀滅感一般，倪拗拗的欲望對象模模糊糊，而跌撞在初萌的愛欲情境底，床上躺著兩個年齡相距好一段的女子，倪拗拗親吻禾寡婦涼軟如桃的雙乳，也似女嬰愛嬌似地徜在母親的胸懷：

> 「這個女人是一座迷宮，一個岩洞的形狀，我掉進了這個輪
> 廓，我們的身體，狹窄的空間，佈滿了黑暗……前方的危
> 險，使我們不得不停下來脫下衣服，丟掉身上的重負，同黑
> 暗擠在一起。我們為彼此觸碰到的感覺所壓倒，我們被推到
> 了存在的邊緣……」（陳染 1998：41）

倪拗拗圍繞在女性生活的私語裡，雖言從小就否定家庭存在的功能性，其實也是對父權制下女性家庭生活的一種徹底的棄絕。女性身體與文本敘述欲望的交互溶滲，成為女性心理觸摸的文本形式，也是抵制女性為現實邊緣的逸離方式，它僅僅存在於女性相濡以沫的身體撫摸裡，陳染筆下的墨汁想像，透過女性成長與身體相

互交換的密史，從而達至文本與身體連結的秘密，在黑暗的對立想像裡，猶如 Cixous 強調女性身體與文本之間的關連：

> 「書寫：好像我有不斷追尋喜悅的衝動，充分感受驅動肌肉的力量與和諧。享受懷孕分娩與母子喜悅。以奶味的墨水傾瀉而出的喜悅（jouissance），即文本的誕生。」（Cixous；蕭嫣嫣譯 1996：60）

Cixous 強調的女性特質與文本創作的衝動，在女性身體的穿越過程裡達至神秘的探勘。然而，這樣特殊的女性書寫的衝動，一逕就以想像的密碼鑲嵌在文本的語碼之中，而與女性烏托邦的追尋結合爲一嗎？我們觀察到不論是嚴歌苓筆下向心理醫生求助的中年婦女，或是陳染筆下進入精神療養院的倪拗拗，甚而是，眞實生活裡的王安憶，都曾因精神衰弱而住院療養一陣，❾小說主角或是眞實作者，幾乎都面臨到罹患「失語症」的焦慮與惶惑，否定的現存感，若不單將女性純視爲爲父權自身反射的否定命題的話，女作家透過自傳體書寫所傳達的失語焦慮，如何傳達語言在文本之中的斷裂性？耽溺又自省的靈魂昏暗之獄，是如何從模糊的意識與混亂的自我喪失中，找到重塑女性主體的可能？

這三部長篇小說均不約而同的選擇語言的轉易與斷裂來敘述主

---

❾ 王安憶的精神不穩定狀態發生在八九年天安門民運之後，因此大約停筆了一年多。集體性的文化創傷，加上個人的創作心理危機，導致王安憶在信仰破滅之後，被瞬間粉碎的世界所擊毀。

角的成長史，作為一種來自現實存在的否定意味，「我」是現實扮裝的「妳」，永遠要鬧分裂的主體，為找尋「我是誰？」，選擇自現實家園出走，亦同時交換了不同變造身份的可能。吉摩爾提到關於自傳與女性主體的認知過程，若不承襲自男性傳統對於整體性的完足認知，更多的時候可能是攸關於女性現實身份位置的突破與改變，致使女性主體陷於分裂的情境，而這也是我們觀察自傳體小說的面向之一。處於九〇年代全球資本化經濟體系下的中國婦女語碼，如何展現其內在欲望的女性成長史，逃離不開的身份建構，帶給女作家群的反思，則是女作家亟欲建立與母系家族有關的對話空間相關，此一追尋明顯也反映在對母親形象的文本尋求。

　　小說中看似在現實裡找不到出路的女主角，終須在內心生活裡建立自我認同，來自自我面貌的追尋，以及母親形象的建構，成為女作家率先汲取的話語對象，王安憶就是從母姓茹姓家族的溯古寫法，找到了蒙古草原上的先祖形象，❿寫到先祖流放南地的歷史，難以忘懷也要深深抵住的是「我母親流浪的歷史其實是從這時開始的，我們再不會知道，什麼才是我們真正的故鄉，這是我們家永遠的絕望。」（王安憶 1996：182）母親形象始源的追尋，換來的是無止盡的憂傷與反覆的流離。

　　因此，當我們在小說中讀見一行行怵目驚心的失語病患，對著早已失落的現實基面喃喃自語時，漫漶蕪枝的想像，如何被熟悉的

---

❿　王安憶的矛盾凸顯在難以母系家族史作為追尋始源想像的起點，然而，所有先祖形象的要階角色仍為男性族人，王安憶不遺餘力的鋪寫男性族人的彪炳功業，卻仍然將母親形象放逐於歷史之外，從而，這樣追尋與表現上的差異，可視作王安憶書寫策略的矛盾感。

腳印找到的佇立地圖？像陳染站立在虛空的女性位置，也幾乎要以封閉的自我想像向內射殺體內的母親形象，最為極至的例子正是陳染筆下的倪拗拗與母親的相處經驗，近乎被鎖在一處封鎖的警戒線，主角倪拗拗與病中的母親話家常，卻掩不住想像的線索在腦海裡纏繞：

> 「她們永遠都處於一個封閉的『牢籠』裡，視自己的孤獨和個性為神聖，她們聚攏在一起卻都在為自己的孤獨哀鳴，既不互相傾聽，也意識不到她們正在互相窒息。」（陳染1998：165）

女兒說出很輕的句子，卻都像是在母親的子宮裡敲打耳膜的回音。當小說主角在自我認同的過程中，勢必要追尋一處可回歸的母體開始，頓時安謐的撫慰，同時也展現出誕生自歸零身體的掙扎與困惑。追尋母史不論是從文化、語言或身體的記憶出發，女兒們與母親的認同如何建立？女作家筆下的母女關係，透露「理想母親」的集體潛意識，也蘊含了自母體分離之後的哀傷與流連。不論王安憶、陳染在母女關係的面向呈顯出怎樣的不同，這些說來既尖銳又親密的私語空間，多少透露出女作家在主體建立過程下的掙扎與矛盾，與母親身體的遺傳，在既分裂又統一的書寫話語下，走出她們纏繞的記憶迴圈，多少也呈現女作家的書寫型態，在追求女性主體建立的解放意義下，並未完全釋放出壓抑的歷史能量，而母系家族史的建構是否為另一個烏托邦？因而，有關母親形象的追尋，也一

併產生了想像的矛盾。⓫

三、無限纏繞的記憶迴圈：
記取憂傷與孤獨的姿勢

> 「這些晦暗不明的嫌惡的快感不知道暗示著什麼，和我們的
> 身體和精神的哪一部份有著關連，我的好奇心變得十分怪
> 誕⋯⋯在日頭高照的街道上，我們這幾個小人兒就好像陽光
> 裡的陰影，勤勉地挪著腳步，走到哪裡，陰影就到哪裡，所
> 有背弄裡的，牆角壁縫裡的陰沈，都灌注進我們的身心。」
>
> （王安憶 1998：59）

　　當隱蔽的心靈秘史，必須藉由「女性自傳體」的集體書寫來完
成，此一現象說明了當代中國女作家群透過女性文類的書寫行徑，
表達了她們在新時期歷史意識解放之後的主體認同。由於，女作家
群反覆地書寫個人記憶、家庭史、情愛歷程等私語的行徑，彷彿在
一切失落的國度裡，用銘刻抵制遺忘的時間，私語的書寫國度，真
是她們生存的歸宿？還是此一文類在建立自我（性別）認同時，也
同時洩露出她們一次又一次在戀父與畏母的情結之間徘徊，甚而，

⓫　莫依（Toril Moi）在《性與文本的政治》（*Sexual Textual Politics*）一書
　　中指出：Cixus 所刻意強調的善母形象（the Good mother）和母親之聲
　　（the voice of the Mother），並沒有解決想像的矛盾性（Imaginary
　　contradictions），它進而根本忽略了物質因素，同時意識型態的封閉，也
　　形成權力劃分下的曖昧。（Moi 1985：124-126）

回歸文明前史的重複與永恆的追求，在匯出歷史框架以後，能夠替女性主體找出新的歸宿嗎？

唐小兵在〈憂鬱的抗拒與違抵：王安憶憂傷年代中的後現代〉（Melancholy against the Grain: Approaching Postmodernity in Wang Anyis Tales of Sorrow）一文中指出：王安憶的憂傷書寫面對的是跨國後現狀況的一種抵制的情狀，這樣的抵制，以大量書寫憂傷的筆觸來完成（Tang 1997：198-199）而王德威亦是從憂傷的角度，來解讀王安憶的憂傷書寫與女性的性別位置有很大的關連（王德威 1998：6）不論是怎樣的一種憂傷的情懷，王安憶在《紀實與虛構》之中吐露的不只是憂傷的情態，更多是來自個體的孤獨感，來自孤獨幾乎已經盤據成一種生存的本能，王安憶之於物態的鋪陳到了近乎迷戀的地步，當物態的世界一點一滴的消失，換來的就是空缺處處的當下。

嚴歌苓筆下向心理醫生求診的中年婦女，幾乎用盡可能書寫，或者，訴說的方式來表達自己與賀一騎長達數十年的「不倫」情感，深深投注其中而沒有任何隔閡的是記憶版圖裡再度還原的戀人形象，既高大又崇高的戀人形象，近乎與國家歷史同齡的情人，主角和賀一騎的感情不肯毀去的不只是愛與恨同為幻象的構築的基地，也包括了主角對於國家/男性/父親三位一體的形象近乎拉鋸的愛恨心態，縱然是齊眉舉案，到底意難平。陳染則更有興趣書寫女性次文化的細部書寫與情感經驗，陳染透過特殊的女性話語建立起細微變化的女性情誼，關於女性次文化的連結與形成，造成了陳染女性書寫的特殊性，同時也來自於蠡測出女性書寫與語詞、記憶之間的關連。

關於記憶的形式，也正在不同的身份印記上顯露出來。王安憶

迷戀上海街弄城市的風光，因以物的記憶連結她的生存基調；而陳染則是大量鋪排對於身體記憶的書寫；嚴歌苓則是夾雜在中文和英文的話語意識上，說明了語言的記憶來自於第三世界無根的放逐，而標誌在體內關於文化身份、血緣、情感的承襲，則成為無法拒絕的感傷記憶。女性的認同取決於多重面貌的自我地形，不僅自傳體敘述我的內在告白，也來自於對「妳」指稱詞的控訴與質疑，而如果「她」的連結，可以來自所有女性角色加入之後的介入與連結，那麼，這裡的女性賦形是如此的多重而複雜的，如何改寫記憶存在的形式，女作家的記憶形式，透過對於書寫客體的掌握，不斷地充斥在大量的文本情節當中，私語記載的可能不僅是她們執迷著戀的形式，也是脫離這一切記憶形式難以抵制的糾葛之所。

這些關於女性身體記憶的表現方式，或者，寫作性格的不斷重複性格會不會成為「一種自戀式的展示—被觀賞的物性女性，再一次顯示出非主體性的從屬性」（潘延 1999：74）談論女性自戀的基礎，到底基於怎樣的自我反射？她們喁喁私語於歷史暗隅的邊緣創作是無法走出歷史情結的鞭傷？還是書寫永遠像烙身的愛慾留痕，每每觸碰就要流離而感傷？中國當代女性書寫的文化心理與其所呈顯的共通性與侷限性，在這三篇自傳體小說中出現的不論是來自物，或者身體，或者是詞語的記憶，它們都與不斷重複的記憶軌跡有所關連，女性書寫空間的創造，在於文本與敘述的轉移之間，而隔絕孤獨的心理空間成為她們共同的記憶宿命，女性空間透過書寫繁殖個體的生命欲力，或者，透過孤獨所創立的女性書寫，她其實正是透過文本身份的再造，從而還原了真實生活中的女性位置。

當她們不斷尋找時間分程的路標，她們與記憶相互牽扯的線索

愈易形成話語的封閉性格，暗自縈繞成孤絕的內心世界，深深抵住的是邊界對立之後怎樣的反抗？我們看見當代女性作家的書寫系列其所呈現的創作內/外阻力，其實是這些無限循環的憂傷姿勢，它成為被記憶的時刻，也影響了女性書寫在心理空間的意義，女性身體被憂傷的情感所佔，成為她們在書寫文本之中繼續衝撞欲力的可能，而當代女性書寫的特殊情調，同時也像是繁衍私語的陌生女子，自體內放逐於家/國之外。

四、讀見一個人沒有故事的遠去：
當代中國女性書寫的矛盾

> 「『一個人沒有故事的遠去了』。這是一個帶有總結性的不是故事的故事，她就是我。她將我想在紙上造房子的過程從始至終走了一遍，是一個自傳性的紀錄，甚至帶有一定的超前預言性。」（王安憶 1996：281）

從當代中國女作家的書寫系列，我們發現另一種書寫歷史的可能。對於新時期以來中國作家極力告別極權時代的毛語，女作家群嘗試以文革記憶作為失語現存的反映，從而回應國史的書寫。就女性形象的自我書寫與革命性，記憶在現實的虛構中重組，依此排比出來的歷史圖像異於現階段男性作家所書寫的歷史象徵。但遭致大部分文評家質疑的問題是：有關中國女性形象的解放問題，在偏於私人話語的書寫之後，仍然處於封閉的話語體系，而這一批女作家自始至終並未真正從中解脫出來。陳曉明即認為九〇年代的中國女

性解放問題，正是這樣疑惑下的產物：

> 「如果說，女性只能停留在自我的內心世界才能反抗父權制
> 的象徵秩序。那麼，這種『反抗』的方式是否又意味著對男
> 性／女性等級的重新默認呢？男性永遠是外部的理性秩序
> （他永遠在場），而女性僅僅是內部的非理性的幻想之流（她永
> 遠不在場），只有當她『不在』（absence）時，才構成對男性
> 『在場』（presence）權力秩序的有效否定？」（陳曉明 1994：7）

多數評者亦持相類的看法，並集中在女作家集體書寫的自傳體
小說的討論，質疑「自傳體小說」在歷史的相對應關係上，其實，
失卻了自我發聲的位置。如鄭曉芒認為：九〇年代的女性寫作透過
回憶和記載個人歷史的私人生活來作為女作家的書寫中心，其實是
當代女性文學的一種誤置。（鄭曉芒 1999：172）如果，我們理解
「第三世界婦女」的形象是透過這樣意欲拯救女性話語的目標前進
的話，那麼，同樣的 Spivak 質疑印度婦女形象的問題，我們也可
以拿來這裡試問：我們是在用西方的女性主義批評來拯救中國父權
制下的中國女人嗎？如果是，那麼還原到中國社會我們希冀的新女
性形象有可能透過怎樣的寫作實踐，取得新的自我嗎？如果不是，
那麼婦女形象再度被邊緣化的批評策略，實際上是否隱然驅逐了歷
史實境的中國婦女，我們又應如何面對這些關於書寫欲望、詮釋權
力與歷史意識之間的掙扎與裂隙呢？

女性自我的發聲位置，或者，她的發聲位置在哪裡？甚而，文
本意識之間如何免於意識型態的複製，這都是我們繼起要處理女作

家如何運用自身文化身份與表達方式的不穩定感,以及自傳體小說與創作主體之間的關連性的問題。特別的是我們觀察到來自文化身份的一種不安感,正如宋瑜討論到文化身份作為觀察的海外女作家的寫作,近乎趨於徘徊在中心/邊緣的一種瑣碎的欲望書寫。⓬而王安憶居住在上海、陳染在北京,嚴歌苓來自上海而目前旅居美國,這些體現在她們身上的女性位置,又與文化身份產生什麼樣的關連?王安憶甚感榮耀的是母親茹志鵑的姓氏,令她倍增殊異而著力去建構女系族史;嚴歌苓對中、英文的精神分析,多少也吐露出來自第三世界國家的女性在美國獲取自我認同的掙扎過程;而陳染看似撤除一切文化性別的身份,又何嘗找到真正的女性?而又是誰才能真正為中國婦女發聲呢?

同樣的我們再回到吉摩爾的討論上,關於女作家在書寫過程中將主體與身份交錯運用於敘述策略上,進而剖析女性書寫與自傳身份的真實,並不應然存在對等的關係,連結到女性主體在歷經自我認同的變動過程,我們如何評估性別角色與身份空間的認同關係?這樣的認同關係會在重新書寫的自傳體裡發現真實的女性身份嗎?這正是歷經了身份論述在空間遞移下的轉移主張,除非文本空間歷經身份認同的改變,否則一切重新組構而出的新的主體,並不能真正看見女性的面目,一切都銷匿在黑幕的隱藏裡,難道我們只是再

⓬ 「作為一群自願的出走者,她們由世界的邊緣(第三世界)逃向中心(第一二世界)企圖進入而困難,恰恰在於她們雖然脫離了第三世界的處境,並不能真正進入中心的文化處境中,她們徘徊於中心的邊緣。因此作為客旅者和寫作者,以及不得不在日常生活的瑣碎窘迫雜亂的慾望網絡中,編織新的起點的女人。」(宋瑜 1998:240)

度回到被歷史書寫掩蓋的女性主體，而從來沒有經過轉折而改變了認同？

如同西蘇説：一旦社會和文化的力量，又以受壓抑者的姿態返回，那麼，這一股受抑力量的回返，正與理性的社會對峙著。我們當然不希望看見女性寫作可能被壓抑的歷史，因而，再度重複了女性「在自己的歷史中，始終被迫緘默，他們一直在夢境中、身體中間和無聲的反抗中生活」（西蘇 1997：201）女性書寫的烏托邦，如果能夠回到西蘇所説的從內部不斷流放的語音：

> 「她獨自敢於並期盼從內部——那個她這個流浪者不斷聽到回到前語言的回音所在地，去發現它讓其他語言既無保存，也未知死亡的粲粲之舌的語言來説話。」（西蘇1997：356）

有關「後新時期」的女性主體位置的複雜性，不僅來自於政治意識型態的解放問題，而中國婦女的語碼，形成解放歷史以來加諸在當代婦女身上的沈重壓力，她的主體是復返或是破除，除了透過女性書寫的文本再造過程，從個體的歷史潛意識到歷史潛意識的探勘，夾雜在女性、身體、文本與歷史之間相互含混與力圖移轉的書寫力量，在在顯見這三部自傳體小説的書寫，在力圖探索女性意識的發萌過程，從來在壓制的邊境上試圖透過女子的私語「必須書寫自我」。我們透過三部九〇年代誕生的女性自傳文本，觀察到女性在捨離了身份建構的歷史障閉後，如何透過個體潛意識，進而打破主體建構過程中的盲域，因而，體驗到一種新的主體的誕生，正是私語的終極，完成了最後的歸宿。

引用書目

Cixous, Hélène. "The Laugh of the Medusa", Feminisms: an anthology of literary theory and criticism, Robyn r. Warhol ed. Macmillan, 1997.

Gilmore, Leigh. *Autobiographics: A Feminis Theory of Women's Self-representation*, Ithaca: Cornell Up, 1994.

Guillen, Claudio. "Genres:Genology", *The Challenge of Comparative Literature*, Cola Franzen trans. Cambridge: Harvard UP, 1993.

Jost, Francois, "Genres and Forms, Prolegomenon C," in *Introduction to Comparative Literature*, Indianapolis and New York: The Bobbs-Merrill Company, 1974.

Larson, Wendy. "Women and Discourse of Desire in Postrevolutionary China: The Awkward Postmodernism of Chen Ren" in *Boundary 2*, 1997:201-223.

Moi, Toril. *Sexual/Textual Politics: Feminist Literary Theory*, 1985.

Rich, Adrienne. "Notes toward the politics of location" (1984) in *Blood, Bread, And Poetry*. New York: Norton. 1994.

Spivak, Gayatri. Chakravorty. "Can the Subaltern Speak?", Nelson and L. Grossberg eds. Marxism and the Interpretation of Culture, Macmillan Education: Basingstoke, 1988.

Tang, Xiaobing. "Melancholy against the Grain: Approaching Postmoderrnity in Wang Anyis Tales of Sorrow", in *Boundary 2*, 1997:177-199.

王安憶，《紀實與虛構》，臺北：麥田出版公司，1996。

王德威，《如何現代，怎樣文學？》，臺北：麥田出版公司，1998。

王曉明，《二十世紀中國文學史論》，北京：新華，1997。

艾曉明，《當代女性小說選》，甘肅：甘肅人民，1993。

李奭學，〈家史與族史的辯證法：王安憶的『紀實與虛構』〉，《聯合報·讀書人》46 版，1997/03/24。

宋瑜，〈特別的聲音：對海外大陸女作家的文本透析〉，《中國現、當代文學研究》，1998/01。

朱崇儀，〈女性自傳：透過性別來重讀/重塑文類？〉，《中外文學》26：4，1997/09。

孟悅、戴錦華，《浮出歷史地表》，臺北：時報，1993。

周曉揚，〈女人與『家』：論當代女性文學的漂流身份〉，《中國現、當代文學研究》，1998/08。

周蕾，《婦女與中國現代性》，臺北：麥田出版公司，1995。

陳染，《私人生活》，臺北：麥田出版公司，1998。

陳龍，〈自傳性：現代女作家『女性寫作』的途徑〉，《中國現、當代文學研究》，1998/01。

張京媛·《當代女性主義文學批評》，北京：北京大學，1992。

張頌聖等，「女性書寫與藝術表現·Ⅰ」，《中外文學》28：4，臺北，1999/09。

黃逸民等，「法國女性主義專題」，《中外文學》21：9，臺北，1993/02。

嚴歌苓，《人寰》，臺北：時報，1998。

〈論王安憶『紀實與虛構』中的虛構與紀實〉，《國文天地》13：
　　3，1997/08。

潘延，〈歷史、自我與女性文本〉，《中國現、當代文學》，
　　1999/09。

劉毓秀等，「法國女性主義專題·II」，《中外文學》24：11，臺
　　北，1996/04。

戴錦華，〈陳染：個人和女性的書寫〉，《當代作家評論》，
　　1996/03。

蕭嫣嫣，〈論法國女性主義的文化空間〉，《中外文學》二十一卷
　　第九期，1993/02

───，〈我書故我在──論西蘇的陰性書寫〉，《中外文學》二
　　十四卷第十一期，1996/04。

Cixous, Hélène.李家沂譯，〈從潛意識這一幕到歷史的那一景〉，
　　《中外文學》二十四卷第十一期，1996/04。

現代詩歌聲情藝術
及其美學義涵

潘麗珠[*]

摘　要

　　詩歌，詩歌，詩既與歌連稱，「歌」之具體方法為何？現代詩歌之聲情表現，主要呈現出「朗誦」與「歌詠」兩種風貌，此二種風貌與詩歌流播息息相關，吾人如欲加以運用，可以注意哪些技巧問題？詩歌之聲情藝術其美學旨趣與表現基礎何在？有何美育功能？上述諸問題之思索與答案之尋求，即為本論文論述開展之張本。本文以羅門〈麥當勞午餐時間〉、杜十三〈自彼次遇到妳〉為例，說明現代詩歌聲情藝術之表現與流播的可能。

關鍵詞：現代詩歌、聲情藝術、朗誦、歌詠、美育、詩歌美學

---

* 　臺灣師大國文系專任教授

一、前言

近年來，筆者受到本師邱燮友教授的鼓勵，在其所著《美讀與朗誦》（邱燮友，1991）一書的基礎上，努力於詩歌聲情之相關研究，在教育部所支持的「詩歌吟誦創意教學行動研究」專案的研究過程中，以及筆者多年授課的經驗裡，注意到一般年輕朋友對於現代詩歌的聲情表現「詩歌朗誦」極感興趣，也開始注意古、今文學知識與聲情流播之關係，使得筆者的現代詩課程教學之概念轉化，不單是現代詩歌文本內容的鑑賞，更是詩歌聲情表現方式的傳播與提倡，而吾人對現代詩歌聲情的把握及操作方式，常常有助於我們對於詩歌文本內容的理解、掌握與深化。而從研究的角度觀之，詩歌，詩歌，詩既與歌連稱，「歌」之具體方法為何？現代詩歌之聲情表現，可以呈現出怎樣的風貌？吾人如欲加以運用，必須注意哪些技巧問題？詩歌之聲情藝術其美學旨趣與表現基礎又何在？有何美育功能？另外，從現代詩歌的朗誦角度反思，當代詩人的創作是否忽略了聲情流播的要素、忽略了朗誦者的需要？這些問題都是本文論述的重點。

二、現代詩歌聲情藝術之表現

以聲音來詮釋、表現詩歌的情意，稱之為「詩歌聲情」，從古代典籍所載歸納，有「讀、誦、吟、唱」四種基本表現方式（「弦」、「舞」則為附加之表現方式，但當「弦」加「唱」，在現代詩即成了「歌詠」）（潘麗珠，2001）：

「讀」，就是像說話一樣，但比說話更講究聲音的抑揚頓挫，

以及情感的美化、深化、清楚化，不過，不能偏離自然。所謂「抑揚頓挫」，指聲音的高、低、小停頓、大休止。我們平常說話的確是有情緒的，例如稱奇或表達難以置信的語言情緒，和等人等得不耐煩的語言情緒當然不同；又如激動不已時，和悲傷難忍時的語言情緒也大不相同。「讀」文章的時候，就必須把文章的語言情緒刻畫出來，注意同一句中也可以有抑揚頓挫的設計，而不是只在不同句子裡考慮抑揚頓挫。好比鄭愁予詩「我打江南走過」一句，可以是「我打」兩字音低，「江南」兩字抬高，「走過」兩字又降低；也可以是「我打」兩字音抬高，「江南」兩字更高，「走過」兩字降低；據此類推。哪個詞的聲音要抑、或揚，全看讀文章者的體會，我們必須多所嘗試，以找出最合乎文章情韻的讀法。然後，語言情緒的刻畫決不能誇張到有失常人接受的範圍，否則，就不能算是成功的、好的讀法。而「讀」是一切聲情表現的基礎。

「誦」，從「甬」字得聲。「甬」，「隆起」的意思，因此「誦」就是把關鍵字詞或句子的聲音抬高、拉長，但絕不可以每字、每句都抬高音或拉長音，因為聲音的「長、短」或「高、低」，都是相對的觀念，沒有短、低，就顯不出長、高。許多人對「朗誦」敬而遠之，不敢領教，原因就出在「朗誦」一旦陷入「字字爭誦」（每字都拉長音、抬高音）或「句句爭誦」（每句都拉長音、抬高音）的表達形式中時，便形成了「長嚎不已」的慘狀，令人渾身起雞皮疙瘩，自然便「保持距離」，引不起接近的興趣了。

「吟」，從「今」字得聲，嘴形沒有張得很大，是一種沒有譜的、自我性很濃厚的哼哼唱唱，有極大的空間可以發揮創意，只要順著文字聲調去發展音樂旋律，使字調和聲腔完全結合，不讓字調

倒了即可。（例如把「煙波」哼成「眼波」、「花已盡」哼成「華衣錦」等等就是「倒字」；幾年前有一首流行歌曲〈妳知道我在等妳嗎〉，唱起來變成「妳知道我在瞪妳媽」，就是倒字所引起的笑話。不過，流行歌樂著重旋律性更甚於語文的要求，所以應該另當別論。）這種方式，使用國語、閩南語、客家話、廣東話、四川話……任何一種漢語方言，都可以行得通。

「唱」，從「昌」得聲，嘴形張得很大，是有一定的腔調、固定的節拍可供依循的表現方式。一般所謂的唱調，無論是創制或經過整理，都有確定的聲腔旋律，換句話說就是「有譜」的，因此，唱的人按譜行事，伴奏的人也照譜行腔，無論節奏快慢、旋律高低，都有定規，所以許多人一起合唱也不成問題。而且，因唱調是現成的，某些詩歌作品套用已有的唱調來表現，不失為一種拉近表現者與聽眾距離的方便方式。

而無論是「讀、誦、吟、唱」哪一種聲情表現方式，都必須以表現文字情意為最重要的依歸，也就是說，聲情是為文情而服務的。此外，「讀」或「誦」可以夾帶「吟」或「唱」以求表現有所變化，「吟」或「唱」時也可以夾帶「讀」或「誦」，塑造不同的趣味。例如當代詩人渡也的作品〈蘇武牧羊〉（見爾雅出版社《流浪玫瑰》頁一〇六）一詩，融入同名之歌唱（例如以之襯誦）應該極為合適。至於「弦」詩，是以器樂表現詩情；「舞」詩，是以肢體舞蹈表現詩意；此兩種方式可以附麗於「讀、誦、吟、唱」之中。

現代詩歌聲情藝術的表現形式大抵可分為兩種：「朗誦」與「歌詠」。以下分而論述之——

(一)現代詩歌聲情的表現形式之一：朗誦的形式與技巧

朗誦，是能夠正常發出語音者人人得而表現之的一種形式，講究的是「聲音情感」與「文字情意」的「對味兒」，與音色好壞與否關係不大，與音速快慢、音長長短、音高高低、音準與否、音聲強弱則關係密切。

現代詩的朗誦形式，一般分為「個人朗誦」和「團體朗誦」兩種。「個人朗誦」宜盡量遵照原詩的形式進行，技巧著重在運用恰當的聲情詮釋對詩篇情感的體會，讓個人以聲入情、因聲顯境、凸顯風格。「團體朗誦」的形式則活潑多變，教室裡的教學活動和舞臺的表演設計，二者有別。

1. 個人朗誦的技巧

一開始不要急著開口，要面帶微笑地等站穩了、大家都靜下來準備聆聽了才出聲。報題宜字字相連，例如〈夜讀曹操〉，應讀成「夜—讀—曹—操—」，而不要讀成「夜、讀、曹、操」。接下來，題目與正文之間宜有大停頓，而詞句的音準、抑揚頓挫都要講究（亦即找出每句的關鍵字詞、每段的關鍵句，推敲抑揚頓挫的安排，以及字詞間的緊連性），句中的關鍵語詞和詩小節中的關鍵句子，才以「誦」的方式將音抬高、拉長，大部分還是以「讀」的技巧為主。詩小節之間的分段處宜顯現出來，此時可以用眼神或肢體動作，在聲音暫停之際使舞臺不至於冷場。朗誦須背稿，空出雙手以表現肢體語言，肢體語言的表現重點在於輔助刻畫文情與聲情，不誇張、不彆扭，自然地做出來。如有需要，可以在舞臺上稍稍走動，但宜以中心位置為準，不要太過偏離。

此外，個人朗誦宜以原詩樣貌呈現，重要詞、句可以反覆，但

不宜增添過多詩句以外的詞語或文句。至於詩歌的題材，最好選擇適宜朗誦者的年齡及經驗足以勝任者，譬如高中生或國中生若獨誦洛夫的〈愛的辯證〉、或淡瑩的〈西楚霸王〉，究竟能夠理解多少文情是較令人懷疑的。朗誦詩歌是美好愉悅的事，我們不希望孩子們努力地老氣橫秋，「為解新詩強說懂」。還有，如遇比賽，所選的詩歌作品的「年齡」不應太老，選來選去如果都是詩人十幾、二十年前的作品，彷彿我們的詩人很不長進似的，也對不起詩人。而且，不能和時代脈動扣合的詩歌作品，聲情表現得再好也是不容易引起聽眾共鳴的。

2.團體朗誦的技巧

「團體朗誦」的基本技巧分為：獨誦、合誦、輪誦、複誦、疊誦、滾誦。「團體朗誦」就是將這些基本技巧加以錯綜變化，揉合運用：（潘麗珠，2002）

⑴獨誦：一個人朗誦，是最基本的技巧，也是最重要的技巧，對於詩句的玩味、讀法的推敲、節奏的掌握、聲情的表現等，要細細斟酌。

⑵合誦：一群人一起朗誦，故也有人稱之為「齊誦」。這一群人可以是三人、五人、十人、二十人或全員。合誦最重要的要求是整齊，不能有人「放砲」。合誦易顯現磅礡的氣勢。

⑶輪誦：一句一句分組（人）輪流朗誦。有兩種情形，分兩種效果。所謂「有兩種情形」，一是不同句子的輪誦，另一是相同句子的重複（此即「複誦」），後者往往是為了凸出該句子的重要性；所謂「分兩種效果」，視接句的快或緩而產生不同的趣味，輪誦接得快將塑造緊張、迅捷的效果，接得慢則有舒緩、悠然的味道。因

此使用輪誦技巧要看所想塑造的效果或情味是什麼。

⑷疊誦：不同組別輪流朗誦時，聲音有交疊的情形者，謂之疊誦。使用疊誦，會塑造喧嚷、繁複的感覺，聲音若聽不太清楚，在疊誦前或疊誦後，「獨誦」或「合誦」一次，有助於聽眾的了解。

⑸滾誦：又叫「襯誦」，一組聲音較小做襯底，另有一較大的聲音是主要的誦聲。做襯底的聲音可以是讀或誦或吟或唱，相對的主要誦聲也可以是讀或誦或吟或唱。滾誦的聲情效果極為獨特而豐富，往往能夠塑造聲音的立體感。

適合團體朗誦的現代詩，宜符合「內容要明朗、文字要順口、主題能動人、長度要適中」等原則。（潘麗珠，2003）畢竟朗誦詩是以聲音喚起聽者的共鳴為要務，詩歌內容若不明朗、文字若不順口，即不容易達成此一目的，而聲音的速度極快，接收者若來不及意識或理解到文字內容，效果必然大打折扣。至於動人的主題也是為了引發聽者的興趣，尤其切合社會脈動的作品更易吸引聽眾的注意。所謂「長度要適中」，則是考慮到時間的因素，如果參加比賽更不能不注意。（潘麗珠，2003）

㈡現代詩歌聲情的表現形式之二：歌詠的方式

「歌詠」的方式有二，一種是音樂家為現代詩的譜曲，如早期徐志摩的〈再別康橋〉，余光中的〈昨夜妳對我一笑〉，民國六、七〇年代的一些校園民歌如〈偶然〉、〈橄欖樹〉等，或是歌手齊豫《天使之詩》專輯裡所收錄的如〈傳說〉（余光中作）、〈雁〉（白荻作）、〈牧羊女〉（鄭愁予作）、〈春天的浮雕〉（羅門作）、〈風〉（三毛作）等等，又例如臺語歌謠〈戲棚腳〉（吳念真作）、〈春天ㄟ花蕊〉（路寒袖作）等等，都是膾炙人口的詩歌！這些作

品的聲腔旋律，無疑交織、湧動著現當代詩人、作曲家、歌唱者與演奏者的心血，聲音美感較為悅聽、風格相對較為華麗，較具有詩歌聲情流播的優勢，往往能夠形成一時的風潮，使「詩」以「歌」名，引起廣泛的注意，甚至長久的記憶。

「歌詠」的另一種方式，則是「行吟」，依「腔隨字轉」（字調轉樂調）的方法，將現代詩如古典詩歌的長短句一般，「吟誦」出來（潘麗珠，2001），就像月下獨酌的李白「我歌月徘徊」的「歌」樣。此種聲情表現方式不須受到樂譜的拘限，長音短音的處理、音階高低的調整、節奏快慢的變化、裝飾聲腔的有無、何種語言的使用，全視吟誦者對詩歌作品的理解與詮釋，創意可以揮灑的空間極大，極有表現性，但一般人對之較為陌生，不太習慣。此方式較適合情詩作品，尤其是適合一人獨自沉吟的情詩。以下，即是「朗誦」與「歌詠」的示例。

三、現代詩歌聲情藝術表現之示例

以下示例，一為羅門〈麥當勞午餐時間〉，筆者曾於所著《雅歌清韻》一書中處理過，但未將詩稿處理的樣貌呈現出來，（潘麗珠，2001）此次的呈現，只是詩稿處理的一種可能，有興趣者可以舉一反三，進行多樣化的處理；另一為杜十三詩作、李泰祥譜曲、林文俊演唱的〈自彼次遇到妳〉。前者係「朗誦」方式，後者則為「歌詠」。

㈠示例一：**羅門〈麥當勞午餐時間〉**

一、

一群年輕人＼帶著風＼衝進來＼被最亮的位置＼拉過去＼同整座城＼坐在一起＼＼窗內一盤餐飲＼窗外一盤街景＼手裡的刀叉＼較來往的車＼還快速地穿過＼迷妳而帥勁的＼中午

二、

三兩個中年人＼坐在疲累裡＼手裡的刀叉＼慢慢張開成筷子的雙腳＼走回三十年前鎮上的小館＼六隻眼睛望來＼六隻大頭蒼蠅＼在出神＼整張桌面忽然暗成＼一幅記憶＼那瓶紅露酒＼又不知酒言酒語＼把中午說到＼那裡去了＼＼當一陣陣年輕人＼來去的強風＼從自動門裡＼吹進吹出＼你可聽見寒林裡＼飄零的葉音

三、

一個老年人＼坐在角落裡＼穿著不太合身的＼成衣西裝＼吃完不太合胃的＼漢堡＼怎麼想也想不到＼漢朝的城堡那裡去了＼玻璃大廈該不是＼那片發光的水田＼＼枯坐成一棵＼室內裝潢的老松＼不說話還好＼一自言自語＼必又是同震耳的炮聲＼在說話了＼＼說著說著＼眼前的晌午＼已是眼裡的昏暮

1.詩稿處理之一種可能

一、

一群年輕人	（三、五或十人一起合誦，顯示「群」的意義）
帶著風	（接續第一句仍用「合誦」）
衝進來	（同上，語速宜快）
被最亮的位置	（獨誦，且與下句緊接一起）

拉過去　　　　　　　　（獨誦，「拉」字宜拉長音，以顯示「拉」的味道）

同整座城　　　　　　　（全體合誦，因爲是「整座城」，與下句緊連一起）

坐在一起　　　　　　　（合誦）

窗內一盤餐飲　　　　　（「合誦」結合「輪誦」，詳「說明1」）

窗外一盤街景　　　　　（同上）

手裡的刀叉／較來往的車　　（獨誦，語速適中即可）

還快速地穿過　　　　　（獨誦，語速稍快，以呼應「快速」）

迷妳而帥勁的　　　　　（獨誦，語速適中，「而」字音略長以示轉折，聲音宜亮）

中午　　　　　　　　　（獨誦，語速適中，聲音宜亮）

　　　　二、

三兩個中年人＼坐在疲累裡　　　　（獨誦，稍蒼勁的聲音，具「疲累」之感）

手裡的刀叉＼慢慢張開成筷子的雙腳　　（獨誦，「慢慢」重複三次）

走回三十年前鎮上的小館　　　（四人「疊誦」，從「三」字疊起，詳「說明2」）

六隻眼睛望來＼六隻大頭蒼蠅　　（「輪誦」加「複誦」，詳「說明3」）

在出神　　　　　　　　（獨誦，語速稍緩）

整張桌面忽然暗成＼一幅記憶　　（另一人獨誦，兩句緊接，注意「暗」字宜沉）

那瓶紅露酒＼又不知酒言酒語＼把中午說到＼那裡去了　（換另一人獨誦）

當一陣陣年輕人＼來去的強風　　（合誦，宜鏗鏘有力）

從自動門裡＼吹進吹出　　　　（合誦，「吹進吹出」迴環複誦，詳「說明4」）

你可聽見寒林裡＼飄零的葉音　　　（獨誦，末句語速宜稍緩）

　　　三、

一個老年人＼坐在角落裡　　　　　（獨誦，末句語速宜稍緩）

穿著<u>不太合身的</u>＼成衣西裝　　　（另一人獨誦，兩句宜緊接，因根本是一句）

吃完<u>不太合胃的</u>＼漢堡　　　　　（又一人獨誦，兩句宜緊接，因根本是一句）

怎麼想也想不到　　　　　　　　　（全體合誦）

漢朝的城堡那裡去了　　　　　　　（一人主誦的「襯誦」，詳「說明5」）

玻璃大廈該不是＼那片發光的水田　　（同上）

枯坐成一棵＼室內裝潢的老松　　　（獨誦，兩句緊接，語速宜緩）

不說話還好　　　　　　　　　　　（另一人獨誦，語速適中）

一自言自語　　　　　　　　　　　（同一人獨誦，「自言自語」迴環複誦）

必又是同震耳的炮聲＼在說話了　　（全體合誦，兩句宜緊接）

說著說著　　　　　　　　　　　　（「輪誦」加「複誦」，詳「說明6」）

眼前的晌午＼已是眼裡的昏暮　　　（獨誦，兩句宜斷開，末句語速漸緩）

2.說明

(1)「窗內一盤餐飲＼窗外一盤街景」以「合誦」結合「輪誦」的方式，展延成「窗內一盤餐飲＼窗外一盤街景＼窗外一盤街景＼窗內一盤餐飲＼一盤餐飲＼一盤街景＼一盤街景＼一盤餐飲」的頂針形式，塑造出人來人往、快速用餐，用餐也成為街景，而街景也成為餐飲的一部分的意趣。

⑵「走回三十年前鎮上的小館」使用「疊誦」，這是因爲「記憶」的特質使然。當我們回想時，思緒並不規律，而是紛紛杳杳，甚至有些思緒會重疊。使用「疊誦」，恰好可以傳遞這樣的韻味。

⑶「六隻眼睛望來＼六隻大頭蒼蠅」重複一次，全員分成兩組「輪誦」，以凸出「六」字的意味，以及「眼睛望來大頭蒼蠅」的突兀、卡通效果。

⑷「吹進吹出」展延成「吹進吹出＼吹出吹進」，分兩組以「合誦」的方式「輪誦」，是爲了呈現自動門的風因一再開、關而不斷進、出。

⑸「漢朝的城堡那裡去了＼玻璃大廈該不是＼那片發光的水田」以「想不到」三字「襯誦」處理。這是爲了深化「怎麼想也想不到」的意蘊。

⑹「說著說著」以「輪誦」方式重複四次，藉以凸顯老人自言自語、自語自言，絮絮叨叨的寂寞形象。

⑺詩的第一節開頭，以全體學生合誦，而第二、三節則以單人獨誦，正是因爲第一節是「一群年輕人」，而第二、三節變成「三兩個中年人」及「一個老年人」的緣故。（「三兩個中年人」，也是稀稀疏疏地分開坐，並不是一塊兒坐著。）

⑻這首〈麥當勞午餐時間〉，筆者在處理時並沒有採用極爲繁複的朗誦技巧，這是爲了方便聽眾初步的聆賞與了解，若在實際的教學課堂中運作，詩稿處理會比此例複雜得多。到了詩社的表演活動或到舞臺上進行朗誦比賽時，則又比課堂運作更爲繁複。

㈡示例二：杜十三〈自彼次遇到妳〉
——李泰祥曲 · 林文俊演唱

自彼次遇到妳／著開始了我的一生／是前世註定的命運／咱
兩人相閃在滿滿是菜仔花的田埂中／雖然無知妳的芳名／但
是永遠留著妳的身影／在阮的心內／妳是寒冬的日頭／妳是
黑暗中的月光／妳親像妖豔的紅花／置風中搖動微笑／滿面
的春光／滿面的春光／有彩霞／有天星／有海湧／自彼次遇
到妳／妳是我不醒的夢／妳是我不醒的夢／真想未攔遇到妳

1. 歌譜：李泰祥譜

（音樂示範）

2. 行吟譜：潘麗珠譜

（現場示範）

　　＊　　　　＊　　　　＊　　　　＊　　　　＊

　　以上「團體朗誦」與「行吟歌詠」的處理原則，可以總結一句
重要的話語：形式與內容的美學統一！形式，指的是所運用的各種
技巧；內容，指的是詩句的精神意旨；兩者的相互搭配、扣合，
「以聲寫意」（以朗誦之聲，傳達詩的文字情意）是詩歌朗誦最重要的
美學要求！

四、詩歌聲情藝術的美學旨趣與美育功能

素來，談詩與畫之間的關係者多，而論詩與音樂之關係者少，箇中原因不難理解，蓋音樂較圖畫抽象，且繪畫留存後世之具體資料，除文字記載之文獻外，音樂殊難紀錄故也。然詩歌的繪畫性與音樂性，是詩歌文學極其重要的兩個藝術面向，本不應該偏廢。音樂（人籟屬之）之美與音樂的美育功能，使詩歌聲情聯結美學成為可能。以下，試論現代詩歌聲情藝術之音樂性與美學的關係。

㈠現代詩歌聲情藝術的美學旨趣與表現基礎

《論語·述而》記載孔子：「在齊聞〈韶〉，三月不知肉味，曰『不圖為樂之至於斯也。』」很早就清楚地為音樂感人之深做了充分的見證！這樣的流風，到了元代劉績《霏雪錄》也記載：「唐人詩一家自有一家聲調，高下急徐皆為律呂，吟而繹之，令人有聞〈韶〉忘味之意。」「音」與「味」可通感，本為美學基本常識，《論語》所記，顯示孔子具有此種生命共感；而《霏雪錄》所述則又進一步聯結了詩、音與味，甚至凸出了詩的音樂性美感，並流露了詩之音樂性的美學命意：藝術創造及感動人心。我們以或讀、或誦、或吟、或唱的方式傳現詩歌的聲情樣貌，其間涉及文字的理解與詮釋，以及聲音的情感滲透、發揮與表現，因此各人自有各人的體會與主體性創造。詩歌聲情具有獨立的審美價值，對人的身體有奇妙的治療作用，筆者於〈古典詩歌聲情藝術及其美學義涵〉一文中，論之甚詳，（潘麗珠，2001）此不贅言。

然而，詩歌的聲情藝術關乎表現者的創造力，乃是因為：曲調的生命，本為表現者所賦予！如果詩歌是審美客體，聲情藝術即是

審美主體的創造表現，聲情美感的產生，關鍵在於審美主體（人）對詩歌客體的體會，以及融入客體的歌吟誦讀的表現。此表現關乎審美主體對詩歌的詮釋能力與表現技巧。那麼，審美主體如何表現詩歌的聲情美感呢？可以從五方面來說：

1. 字正音準的「傳意」意義

　　無論任何地區、何種語音，詩歌聲情倚靠語言傳遞訊息與情意，語言的字音是否正確，關乎接收者能否明白的至緊要處。尤其中國字一字一音，聲調一誤，字義即變，聽者不小心就可能會錯意。

　　所謂「字正音準」，亦即無論使用任何地區之語言，都必須要求發音準確、聲調清楚。國語的聲母吐字要嚴格區分ㄓㄔㄕ和ㄗㄘ厶、ㄐㄑㄒ和ㄗㄘㄙ、ㄖ和ㄌ、ㄋ和ㄌ、ㄏ和ㄈ的差別，而韻母的ㄢ和ㄤ、ㄣ和ㄥ、ㄟ和ㄝ也要讀正確。聲調部分，第二聲陽平的「35：」調和第三聲上聲的「214：」調，在該抓緊時須牢固（尤其是句末時），第四聲去聲的「51：」不可陰平化。這就是「字正音準」的要求。

　　以閩南語誦讀或歌吟時，更要注意「語音和讀音」的問題。例如「換」字，閩南語有ㄨ開頭和ㄏ開頭的兩種念法，在讀詩或吟詩時，要念ㄏ開頭的音才對。又例如「一」字有ㄧ和ㄐ兩種開頭的念法，吟詩時要念ㄧ音開頭的才對。諸如此類，閩南語的語音和讀音問題遠比國語複雜，若弄不清楚，就會貽笑大方。

2. 行腔圓滿的「美聲」意義

　　這一點和詩歌的行吟、歌唱密切攸關，讀或誦的行腔問題較小。說到行吟詩歌，行腔要講究韻母的歸音，也就是要注意韻頭、

韻腹、韻尾，以杜十三〈自彼次遇到妳〉詩中的「妳是寒冬的日頭」句的「頭」字爲例，韻腹是「ㄚ」、韻尾是「ㄨ」，行吟或歌詠時定要照顧到才算準確。所謂「行腔圓滿」，可以從「調裡氣息」、「依準情意」、「精進技巧」三方面講求。（潘麗珠，2001）

調裡氣息：朗誦或歌詠詩歌時，氣息的調理是十分重要的，有些句子雖然分成二、三句，卻必須一口氣念下來，或是形成音斷而氣不斷的實質，例如〈麥當勞午餐時間〉的「整張桌面忽然暗成／一幅記憶」，要連讀下來才行。至於要使氣息能夠在詩歌朗誦或歌詠時運用合乎需要，則必須鍛鍊腹式呼吸之方式。讀誦吟唱時控制好氣息之使用，在適當的大小氣口換氣或偷氣，久而久之，累積了經驗，就能做到發聲響亮、飽滿、圓潤、優美且行腔圓活、動聽。而農讓氣息調整到盡爲吾用的理想狀態，平時宜多做以腹部深呼吸的吐納練習，即一般所說「鍛鍊丹田」的呼吸。

依準情意：所謂「情動於中而形於言」，詩歌聲情之表現，其聲音的高低、長短、輕重、抑揚、頓挫、斷續、急徐等等，都會影響到對作品的詮釋。反過來說，作品本身思想情感的起伏變化，必得靠聲音的高低、長短、輕重、抑揚、頓挫、斷續、急徐等等來傳現。一首詩歌有其情感基調，但細緻地玩味句與句、段落與段落之間的情感起伏，能夠使詩歌聲情更加細膩、動人。

精進技巧：這裡要強調的是「收音的講究」。歌詠時句末字尾不能收得太快、太硬，應讓氣流慢慢地由強到弱，聲音漸漸地從字腹過渡到字尾。講究收音，才不會感覺收束倉促、草率，聽起來軟弱無力。

3.以聲摹情，情靈逼肖

人的聲音可以表現情感，可以顯現歡聲、疑聲、怒聲、厲聲或驚聲等等，而這些聲音都可以用來細膩地表現作品的情韻。詩歌的聲情表現很重要的一個觀念就是：運用聲音傳達作品的情意以感動聽者。如李泰祥譜〈自彼次遇到妳〉，「妳親像妖豔的紅花」句，就眞的是「妖豔」的感覺與聲響，聲情好極了。

4.因聲顯塑詩境畫意

所謂「因聲顯塑詩境畫意」，就是運用聲音的抑揚頓挫、語速的疾徐變化和腔調的婉轉曲折，塑造、再現出作品的意境，令聽者有如親臨眼見一般。詩人寫作之時，往往賦予作品特定的背景情境，好比向陽的〈菊歎〉：「所有的等待／只爲金線菊……尤其金線菊／是善於等待的／寒冬過了就是春天／我用一生來等待你的展顏。」歎的季節在寒冬，李泰祥將整首作品處理得沉穩、安靜而美麗，「有壓抑的奔放，有器樂和人聲的交會，這些素材和情懷描繪出生命的驚嘆號！」（李泰祥，〈自彼次遇到妳〉VCD）總之，詩歌是有情境的，如何因聲顯塑情境，以帶領聽者進入作品的意境、領略美感，也是詩歌聲情表現一個具詮釋性的重要課題。

5.以創造力凸顯風格

詩歌的聲情表現，是一種具有創造性質的藝術鑑賞活動，其特殊處就是能充分地顯示表現者不同的個性與鑑賞層次。有人自覺音色不好，便對詩歌的讀誦吟唱缺乏信心，可是詩歌聲情表現聽的不完全是音色，更看重的是韻味。每個人的聲音條件不盡相同，讀誦吟唱的方式也互有差別，再加上生活體驗、思想情感、性格特徵、審美趣味、藝術修養和師承背景不同，難免表現方式有異，但無論如何，只要能夠正確、深入地鑑賞作品，越多所玩味與咀嚼，就越

能夠掌握作品的音樂美和意境美。

　　然後，在這樣的基礎上凸顯出自己的風格，自能塑造一種聲情的美感，引發聽者的注意力。如何善用聲音，發揮所長，是詩歌聲情表現藝術關乎再創造以凸顯風格的一個要點。

㈡詩歌聲情藝術的美育功能

　　詩歌聲情藝術的美育功能，自古即有相關記載。《禮記·經解》篇：「其爲人也，溫柔敦厚，詩教也；……其爲人也溫柔敦厚而不愚，則深於詩者也。」詩教功能在於使人溫柔敦厚，然必須「不愚」，才眞是「深於詩者」。何以詩歌能夠使人溫柔敦厚？與詩歌的音樂性大有關係。具體說來，詩歌聲情藝術的美育功能，可從以下幾點論述之：

　　1.聽覺與視覺共同運用，提高學習詩歌的效益

　　我們如果觀察一般學生背書的情形，可以發現他們絕大部分是默背、不出聲音的，結果是等考試過後，很快就忘掉所背的文章。爲什麼會這樣？因爲默背課文只運用了視覺的學習效能，而單一地依賴一種感官的學習方式，其成果必然大打折扣。現代化的學習策略，講求的是多元化的綜合學習方式，也就是運用多種感官的學習效能，以增進學習的速度，增長記憶的時間，增強記憶的正確性，此之謂「高效率的學習」。早在南宋，朱熹即說過讀書有三到，《朱子語類》第十卷寫著：

　　　　余嘗謂讀書有三到：心到、眼到、口到。心不在此，則眼看不仔細，心眼既不專一，卻只漫浪誦讀，決不能記，記亦不能久也。

「心眼專一」加上「口到」，口到有聲，聽覺就可發揮作用，這樣就能記得長久，因為：眼看作品，口中或讀或誦或吟，作品文字所顯示的意義和作品語言所具有的聲音分別作用於我們的眼睛和耳朵，我們的情感會被聲音所激起，同時我們的思維、理解和想像，開始活躍起來，依據視覺、聽覺和聯合感覺所提供的意象，憑藉平時累積的各種知識和體驗，喚起了強烈而深刻的記憶，對學習有極佳、極大的幫助。試以吾人背寫岳飛〈滿江紅〉詞為例，若是一邊輕哼，一邊背寫，速度上便順利許多，如若單純背寫而不哼，就無法那麼順利，其道理是一樣的。

2.幫助學習者確實掌握文字的情韻與詩歌的音樂性

以教師的立場來說，文章的情韻如果只在字義修辭謀篇上分析、解說，而不透過聲情的示範教導，充其量，只是二分之一的文情教學，不能稱得上全面的語文教學。這就難怪我們的學生絕大部分不知道該怎樣朗讀文章，不知道該如何吟誦詩歌。而極珍貴的誦讀藝術與傳統，就這麼漸漸失傳，越來越沒有後繼者了。全面的語文教學，兼顧「文情」與「聲情」，教師若能透過聲情的示範教導，必可幫助學習者確實掌握文的情韻與詩的可歌性。因為在考慮以何種音色、音速（快慢）、音高（抑揚）、音長（長短）、音強（強弱）來表現詩文情韻才對味時，對文字句意的理解已悄然進行。美學大師朱光潛於《談美書簡》中說：

　　過去我國學習詩文的人大半都從精選精讀一些模範作品入手，用的是「集中全力打殲滅戰」的辦法，把數量不多的好詩文熟讀成誦，反覆吟詠，仔細揣摩，不但要懂透每字每句

的確切意義，還要推敲出全篇的氣勢脈絡和聲音節奏，使它
沈浸到自己的心胸和筋肉裡，等到自己動筆行文時，於無意
中支配著自己的思路和氣勢。這就要高聲朗誦，只瀏覽默讀
不行。這是學文言文的長久傳統，過去是行之有效的。

雖然談的是自學者的學習，卻提醒我們：教師對學生的教導，若能
使他們熟讀成誦，反覆吟詠，一定也可以讓他們推敲出全篇的氣勢
脈絡和聲音節奏，使它沈浸到自己的心胸和筋肉裡。則文章的情韻
自然胸有成竹，詩的音樂性也了然於心，對於「詩」與「文」的區
別，除了形式方面的理解，音樂性的差異也就能夠因為實際操作而
明白。

3.陶冶學生性靈，變化其氣質

動人的聲情，具有「陶冶性靈，變化氣質」的美育功能，音樂
教育的功能此為其一。豈不聞：「腹有詩書氣自華？」這話雖然說
的是多讀詩書，但怎麼讀進心裡去而能反映在外表的氣質上，還是
跟詩文聲情的學習與表現有關。筆者認為晚清況周頤《蕙風詞話》
卷一的一段話說得好：

> 讀詞之法，取前人名句意境絕佳者，將此意境締構於吾想望
> 中。然後澄思渺慮，以吾身入乎其中而涵泳玩索之。吾性靈
> 與相浹而俱化，乃真實為吾有而外物不能奪。

性靈能夠和前人名句意境絕佳者相浹而俱化，終於此意境真實成為
自己所有而外物不能奪，天下最好的財富莫過於此！俗話說給孩子

一條魚不如教他釣魚，筆者則認爲教孩子釣魚不如培養他有智慧的頭腦、有性靈的情懷，讓他自己判斷該做什麼、該怎麼做，且做的時候怎樣擁有人的尊嚴與格調。而要性靈能夠和前人名句意境絕佳者相浹而俱化，吟詠諷誦是很重要的工夫，甚至可以說是陶冶性靈的不二法門。因爲純粹的「看」，容易忘，以聲情表現幫助學習則不容易忘，不容易忘則可產生持久的效果，一旦身體力行，化於內心的性靈便自然而然地指導其行爲，外顯的氣質就不一樣了。葉聖陶十分肯定吟誦會讓孩子達到一種境界，終身受用不盡。他在與朱自清合著的《精讀指導舉隅》的前言中說：

> 吟誦的時候，對於研究所得的不僅理智地了解，而且親切地體會，不知不覺之間，內容與理法化而爲讀者自己的束西了，這是最可貴的一種境界。學習語文學科，必須達到這種境界，才會終身受用不盡。

因此，筆者一再地倡導詩文聲情觀念，且在教導學生時讀、誦、吟、唱親身實踐，良有以也。

參考文獻

邱燮友（民80），美讀與朗誦，臺北：幼獅文化公司

潘麗珠（民86），現代詩學，臺北：五南圖書公司

潘麗珠（民90），千禧龍吟，臺北：幼獅文化公司

潘麗珠（民90），雅歌清韻——吟詩讀文一起來，臺北：萬卷樓圖書公司

潘麗珠（民 90），古典詩歌聲情藝術及其美學義涵，臺灣師範大
　　學《國文學報》第 30 期，P.127--162
潘麗珠（民 91），現代詩的聲情教學。《臺灣詩學季刊》第 38
　　期，P.3-15
潘麗珠（民 92），美的觸發──現代詩教學（以聲情教學為
　　主），臺灣師範大學實習輔導處舉辦之「研討會」論文

林海音純文學甤聲初探

陳大道[*]

摘　要

　　林海音（1908-2001）在光復後的臺灣文壇以及國語教育，有舉足輕重的地位。曾任《聯合報》副刊主編十年、發行《純文學月刊》四年、組織「純文學出版社」廿七年，以及國小一、二年級國語課本主編廿六年。本文主要目的在於探索林海音的創作與出版理念背景；成長於旅居北京的臺灣家庭，林海音中產新貴的出身，因父親過世而轉差，身為長女，她進入成舍我創辦的「北平新聞專校」半工半讀，畢業後在該校之《世界日報》擔任記者，並與報社從事翻譯的北平世家子弟夏承楹結婚。遷居臺北之後，夫妻倆一切從頭開始經營家庭與事業。本文主張，林海音以「純文學」為名的出版事業，有中國三〇年代作家的影子在其中，也可能受到日本與美國文壇的影響。

---

*　　淡江大學中文系專任助理教授

前 言

　　臺灣光復初期，學校教育從殖民地時期的日文，轉爲中文的青黃不接時期，來自北平，❶具備完整學、經歷，並體悟職業婦女在現代都市生存法則的林海音（1908-2001），迅速地在臺北的職場上站穩腳步。依據林海音之女夏祖麗所編〈林海音大事年表〉，海音在北京的學歷，先後爲「師大第一附小」、「春明女中」、「北平新聞專科學校」，曾在北平《世界日報》擔任記者的她，以臺北《國語日報》銜接編寫生涯，爾後擔任《聯合報副刊》主編、《純文學出版社》經營者、並且長期擔任國立編譯館國小一、二年級國語課本的主稿。❷

　　民國八十九年林海音次女公子夏祖麗著《城南走來——林海音

---

❶　按，北京、北平，廿世紀上半葉，林海音居住當地時，稱爲北平。她的許多作品亦是以北平稱呼今日的北京，故本文沿用林先生舊例。

❷　追溯林海音從北京就開始的工作生涯，擇其要者依序爲：十六歲（1934）就讀「北平新聞專科學校」期間擔任《世界日報》實習記者，十九歲（1937）《世界日報》正式記者主跑婦女新聞，廿二歲北平師範大學圖書館編目工作，廿七歲（1945 抗戰勝利）重回復刊的《世界日報》主編婦女版。卅一歲（1949）主編《國語日報》週末版，卅五歲（1953）《聯合報》副刊主編十年後（1963）離開《聯合報》。四六歲（1964）受聘爲臺灣省教育廳兒童讀物編輯小組第一任文學編輯隔年辭職，四九歲（1967）創辦《純文學月刊》，五十歲成立純文學出版社廿七年後（1995）結束，五二歲（1970）加入國立編譯館國小國語科編審委員會，主稿一、二年級國語課本廿六年後（1996）離職。夏祖麗《從城南走來——林海音傳》，（臺北：天下文化），頁 453－459。

傳》，❸是目前所見資料最豐富、最詳盡的林海音傳記。該書詳細
敘述本名林含英、婚後冠夫姓為夏林含英的林海音女士，出生於日
本大阪，之後跟隨臺灣苗栗籍父親定居北平，自幼喜愛閱讀的她，
在北平接受中國新式白話文教育，又選擇「新聞記者」為職業，並
與北平師範大學外文系畢業，在報社擔任英文編譯的同事夏承楹
（筆名何凡）結婚。返回臺灣之後，曾經在民國四、五〇年代擔任
聯合報副刊主編，之後又以「純文學」為名，創辦月刊與出版社，
活躍於臺灣文壇。夏祖麗《林海音傳》有勵志作用，證明林海音在
臺灣文壇與出版界的成就，絕非偶然。

　　林海音熟練的中文雖然毫不「歐化」，但她受到國外影響卻不
容小覷。她自敘文學風格的養成，要追溯到小學時候就因林紓翻譯
的外國小說，開蒙她對文藝的愛好。❹之後，中學時期，她開始接

---

❸　夏祖麗《城南走來——林海音傳》（臺北：天下文化），民國 89 年 10 月
　　初版。

❹　林海音《我的京味兒回憶錄》〈訪母校·憶兒時〉以林海音一九九〇年返
　　回母校「師大第一附小」為背景，回憶六十多年前小學生活的閱讀習慣，
　　云：「教室的另一頭是圖書室，書架上是《小朋友》、《兒童世界》雜
　　誌，居然還有很多商務印書館出版的林紓、魏易用淺近的文言所翻譯的世
　　界名著，像《基督山恩仇記》、《二孤女》、《塊肉餘生記》、《劫後英
　　雄傳》等等，我都囫圇吞棗地讀過，可見得當時我白話文還沒學好的時
　　候，已經先讀文言的世界名著了，奇怪不奇怪！」頁 229。以上內容，在
　　同一部散文集的〈家住書坊邊〉重複出現，內容稍有不同，云：「課外讀
　　物給我印象深刻的是商務印書館所出版林琴南翻譯的世界名著。我們今天
　　仍沿用的西洋名著的書名，大都還用林譯書名。尤其是一些名著改編電影
　　在中國上演，皆採用林譯書名為電影名，如《茶花女》、《黑奴籲天
　　錄》、《塊肉餘生》、《劫後英雄傳》、《雙城記》、《基督山恩仇

觸施蟄存等人編輯的《現代》雜誌。❺晚年，她在一次接受大陸傅
光明訪問時，回憶二、三〇年代印象最深的中外作家，包括中國
「凌叔華、沈從文、蘇雪林、郁達夫」，俄國「屠格涅夫、陀斯妥
耶夫斯基」，英國「狄更斯、哈代」，德國「歌德」，法國「莫泊
桑、巴爾札克」以及日本「谷崎潤一郎、川端康成、林芙美子」。❻
在以上她所提到作家之中的女性，可被解釋為性別上有認同感的對
象，然而，二、三〇年代魯迅、巴金等左派色彩作家缺席，沈從
文、郁達夫、川端康成帶有資本主義色彩的出線，不僅吐露她本人

記》、《俠隱記》等等，皆非原著之名，而是林琴南給起的。（按，中
略）我讀小學三、四年級時，林譯小說還在盛行，我們那小圖書室就可借
閱。我囫圇吞棗，竟也似懂非懂的讀了不少林譯。沒想到我這個尚未接觸
中國新文藝的小學生，竟先讀了西洋小說，這也真是怪事了。」，頁54。

❺ 林海音〈家在書坊邊〉，形容進入中學之後的閱讀習慣，云：「北新書局
和現代書局則是我上了中學以後在琉璃廠吸收新文藝讀物的地方。我小學
畢業後父親過世，母親是舊式婦女，識字不多，上無兄姊，我是老大，讀
什麼書考什麼學校都要我自己做主，培養我讀書（不是教科書）的興趣，
可以說『家住書坊邊』——琉璃廠給我的影響不小。現代書局是施蟄存一
些人辦的，以『現代』面貌出現，我訂了一份《現代》雜誌，去看書買書
的時候，還跟書局裡的店員談小說、新詩什麼的，覺得自己很有文藝氣息
了。同上，頁59-60。

❻ 傅光明〈生活者林海音〉有一段訪問林海音的文字，傅光明以「您開始創
作的時候，有沒有模仿過程，或受誰的影響？」林海音回答：「我寫作沒
有模仿過別人，但是新文學二、三十年代的作家，我閱讀他們的作品，正
是我讀初中對新文藝開竅的時代。那時中外作品真是豐富，中國的我喜愛
凌叔華、沈從文、蘇雪林、郁達夫等，外國文學則俄國的屠格涅夫、陀斯
妥耶夫斯基、英國的狄更斯、哈代，德國的歌德，法國的莫泊桑、巴爾札
克、日本的谷崎潤一郎、川端康成、林芙美子等等，琳瑯滿目，使我貪婪
地吞讀著。」，傅光明〈生活者林海音〉，《一座文學的橋》，頁179。

寫作風格的傾向,也與戰後臺灣政治局勢有相呼應之處。縱然保守的文藝政策,或許有其排除異己的不名譽一面,林海音亦險些受害(本文稍後將會提及),但她沒有因此推崇左派的魯迅,換言之,她對資本主義有相當的接受度。

齊邦媛〈超越悲歡的童年〉指出「林海音作品中所呈現的是一個安定、正常的、政治不掛帥的社會心態」。❼然而,齊邦媛所謂「不掛帥」的社會心態,莫非是一種世故成熟的表現;翻開中國近代史來看,林海音這位臺籍赴北平「留學生」前輩,從五歲到三十歲居住北平的這段期間內——民國十二年到卅七年,❽先後發生北洋軍閥明爭暗鬥、文壇左翼右翼路線之爭、日軍佔領、國共內戰等種種事件。林海音的《城南舊事》可被視為是一部歡樂童年的作品,❾然而其中〈蘭姨娘〉一段中,熱情激動的年輕學生在北洋軍閥時期為了政治理想殞命,有以下的情節:

> 從早上吃完點心起,我就和二妹分別站在大門口左右兩邊的門墩兒上,等著看「出紅差」的。這一陣子槍斃的人真多。除了土匪強盜外,還有鬧革命的男女學生。犯人還沒出順治門呢,這條大街上已經擠滿了等著看熱鬧的人。
>
> 今天槍斃四個人,又是學生。學生和土匪同樣是五花大綁坐

---

❼ 齊邦媛《城南舊事》〈序〉,頁1。

❽ 1923 年至 1948 年林海音居住在北平,〈林海音大事年表〉《城南走來——林海音傳》,頁 453-455。

❾ 林海音《城南舊事》,重新排版(臺北:純文學,民 58)。該書初問世於民國 49 年,光啟出版社出版。

> 在敞車上，但是他們的表情不同。要是土匪就熱鬧了，身上
> 披著一道又一道從沿路綢緞裝裹來的大紅綢子，他們早喝醉
> 了，嘴裡喊著：「過十八年又是一條好漢！」……是學生就
> 不同了，他們總是低頭不語，群眾也起不了勁兒，只默默的
> 拿可憐的眼光看他們。❿

得勢者上臺、失勢者下臺的遞換速度頻仍；是棲身於此地的臺籍作家張我軍，以「亂都」為名，出版詩集〈亂都之戀〉的靈感所在。⓫

　　民國四十二年到五十二年在臺北擔任《聯合報副刊》主編的林海音，在因「反共」而瀕於法西斯邊緣的大環境底下，提拔年輕的作家，企圖將文藝從政治口號中獨立出來，民國六〇年代之後的鄉土文學論戰，她又冷靜地置身事外；在左派無產階級專政、與右派軍國主義的兩極之間，林海音心中自然有一把尺。看慣皇位爭奪、列強入侵老北京居民的心態，似乎林海音在兒時就已經學到了。

　　相對於共產世界，民國三十八年之後的臺灣，比較能夠提供「藝術至上」的唯美主義稍微寬廣的活動空間。林海音將她的出版社命名為「純文學」。單就字面來看，似乎「純」的「文學」是其宗旨，「不純」的文學就比較不容易被該出版社接受；換言之，這當中隱隱約約有一種標舉「文學至上」的成見。我們知道，四庫全書「經」「史」「子」「集」的排列順序，或多或少保留傳統官方

---

❿　林海音《城南舊事》，頁 163－164。

⓫　「當時正值二次直奉戰爭，北平人心惶惶，」張我軍〈亂都之戀〉小序，
　　張光直編《張我軍詩文集》，（臺北：純文學，民 64），頁 203。

看輕文學類——「集」部的含意。然而印刷業的成果，不單使得
「經」「史」「子」「集」以及大大小小各種韻書的普及成為可
能，不入四庫之林者，屬於文學類的通俗小說，如「水滸」「三
國」「金瓶」「西遊」等四大奇書，更是廣為人知。科舉廢止之
後，入藝文界而成名的文人，包括林海音童年喜歡閱讀的商務印書
館林紓、《孽海花》作者與「真美善書局」創辦人曾樸、以及臺灣
早期報人連雅堂等，皆是。

文人走向報業與從事文學創作，不僅發生在科舉廢止之後的中
國，也是工業革命以來的世界文化潮流。歐美著名作家，包括法國
戈蒂耶與波特萊爾、美國愛倫波、英國王爾德，都是實例。日本也
是這股潮流的奉行者，林海音就曾經以記者身份，在北平訪問過當
時身兼報紙專稿作家的林芙美子。然而，中國現代化程度，在不及
西洋、東洋的情況下，擔任記者工作的林海音，對於現代化的副產
品——「為藝術而藝術」體認的程度如何，是一個耐人尋味的問
題。

一、北平留學生與文藝青年

林海音的父親林煥文是日據時期攜帶家眷到中國求發展的臺灣
知識份子，不幸他在海音年僅十二歲的時候就病逝。⓬林海音以長

⓬　《傳記文學》〈民國人物小傳〉，記敘林海音的從出生到赴京的過程，
　　云：「林海音，原名含英，小名英子，筆名英、音、阿英、阿音、小林、
　　海音、林海音，後以林海音行，英文名 Amy，臺灣苗栗人，祖籍廣東蕉
　　嶺，客家人，民國七年四月二十八日生於日本大阪。父煥文（彬南），臺
　　灣總督府國語（日語）學校師範部畢業，任新埔公學校（今新埔國小）教

女身份代替母親發言，以她和弟妹的「讀書」爲理由，寫信婉拒祖
父要求他們回臺灣。她在寫給祖父的信中，表達她們不願返鄉接受
日本教育，乃肇因於厪叔死於大連日本監獄中，父親因爲料理厪叔
後事，導致病情惡化等等的結果。⓭

　　一念之間，命運轉變。童年時期被動的跟隨父母到北平，並且
在當地就讀林海音，上了中學，遭遇父喪，她主動要求繼續留在北
平唸書。雖然今、昔海峽兩岸的主客觀環境完全不同，但是單就
「求學」這一點來看，林海音的例子，實在開留學北平之先河者。
日後她在臺灣文壇上的表現與影響力，竟可算是留學北平的成果驗
收。

　　林海音在一封信寫給作家鍾理和的信中，用北平的「女學生」
和「女太太」來形容自己的形象。她並以此形象區分自己和一九三
〇年以後因爲其他理由去北平的臺籍人士的不同。信中云：

　　　知道您（按，鍾理和），也是從肇政（按，鍾肇政）先生那裡，
　　　他說您曾經旅居北平，是客家人，就給我更多的親切感。因
　　　爲我想，在北平應當是我認識的，但是您來信說的時期是三

員，學生有吳濁流等人，後改任頭份公學校教員，民國六年，年三十，拋
下元配張氏，女清鳳、昭鳳在臺灣，與年僅十六之新夫人黃愛珍前往日本
營商；母黃愛珍；含英居長，有同母弟妹六人，弟燕生、燕璋，妹秀英
（櫻）、燕珠、燕瑛、燕玢。十年，隨父母返回臺灣，先後居於頭份、板
橋。十二年，父親不願在日人統治下生活，挈婦將雛離臺前往北京，任郵
政總局日本課課長。」《傳記文學》，第八十卷，第二期（臺北：傳記文
學，民90），頁140。
⓭　《林海音傳》〈第二章由大阪揚帆〉，頁45。

十至三十六年，那時本省人到北平去的非常非常之多，而那時我已結婚，不在媽媽面前，就少見到許多同鄉了。先父是民國十二年由日本到北平，家母帶著小小的我後來也去了，光復後的三十七年才回來，您算算，我在那個地方待了多久？還能算是『旅居』嗎？我的生活習慣、人情完全是北平味兒的，您在北平六年，應當對那裡的女學生或女太太有些印象的，我就是那個樣子！誰能想到我的爸爸是頭份人，媽媽是板橋人呢？回家去，姪兒們都說：『唐山阿姑來了！』」。❹

林海音在北平接受的是新式教育。她在散文〈訪母校・憶兒時〉說：

> 我們是中國新文化開始後第一代接受西洋式的新教育，音樂、體育、美術，都是新的。❺

引文所謂的「新教育」，乃是有別於中國傳統的私塾教育。（林海音觀念裡北平的新教育是「西洋式」，如果換做是在臺灣，無庸贅言的就是「日本式」教育取代了私塾教育）。悠久中國私塾傳統教育在新式教育體制普及之後，一去不返。在重視學童課外讀物的新教育體系底下，提供學童適合他們閱讀的西方翻譯故事，也是理所當然，當年

---

❹　《林海音傳》，頁 165。
❺　《我的京味兒回憶錄》〈訪母校・憶兒時〉，頁 232。

林琴南翻譯作品如《茶花女》、《黑奴籲天錄》、《塊肉餘生》、《劫後英雄傳》、《雙城記》、《基督山恩仇記》、《俠隱記》隨著新式教育逐漸普及，爲當時的學童們耳熟能詳。**⓰**

　　林海音讀小學的一九二〇年代，閱讀翻譯小說是新奇的經驗。這種經驗的滿足，除了來自學校圖書館之外，她的父親也爲子女們訂購兒童讀物，這些讀物無疑也有助於培養她閱讀方面興趣。《林海音傳》形容父親林煥文先生將兒童讀物帶回家時，長女英子（海音小名）喜悅的情形，云：

> 每個星期六，煥文先生便把英子訂的《小朋友》、《兒童世界》帶回家。一進門，揚著首上的雜誌對屋裡嚷著：「英子，《小朋友》來嘍！」英子不知在門口張望多少回了，她等不及要看《小朋友》上王人路翻譯的〈鱷魚家庭〉。在臺灣當過幾年小學老師的爸爸平日嚴得很，唯獨看書，他不管，只要英子開口，要買什麼書，訂什麼雜誌，爸爸沒有不答應的。**⓱**

林培瑞〈一、二〇年代的傳統式都市通俗小說〉引用資料指出，直到一九二〇年代早期，在中國的書籍銷售市場上，一份雜誌的價錢大約是一毛到四毛錢，一本書的價錢大約是三毛到八毛錢。**⓲**這樣

⓰　同註**❹**。

⓱　《林海音傳》，頁36。

⓲　陳大道譯，林培瑞（Perry Link）'Traditional-style Popular Urban Fiction in the Teens and Twenties', *Modern Chinese Literature in the May Fourth Era*

的價格對於當時一個家庭在娛樂上的開銷年平均僅有一元的情況而言，顯得相當昂貴。父親爲子女們購買讀物的作法，除了反映出家中的經濟狀況，也可視爲是父親在子女教育方面的投資。

　　小學畢業之後，林海音就讀春明女中，這個決定，也是基於父親亡故之後，家中經濟緊縮的實際考量。⓭不再被童年讀物吸引，轉而對於新文藝的興趣日漸濃厚。⓮自幼養成的讀書習慣，使得她會流連於書店之內，而施蟄存等人編輯的文學雜誌《現代》，也進入她的閱讀世界。㉑久居上海的施蟄存，晚年曾接受臺灣作家林燿德訪問。㉒他不滿意林燿德以「新感覺派」來稱呼他的作品風格，堅持自己是現代派。㉓

(Harvard University, 1977)，引用 Factory workers in Tangku / Sung-ho Lin New York: Garland, 1982 Reprint. Originally published: Peiping: Social Research Department, China Foundation for the Promotion of Education and Culture,（北平：1928），頁 64、84。淡江大學《中文學報第八期》（臺北：臺灣學生書局，民92），頁 179－180。

⓭　「英子進入福州人辦的私立春明女中就讀。進入春明，除了住在南城方便外，還有一個原因是特別優待福建學生，一般學生的學費要二十五元，福建學生只要繳十八元。」〈文藝少女林含英〉《林海音傳》，頁 53。

⓮　「等我長大了，進了中學，當然更喜歡閱讀新文藝作品和翻譯的西洋作品，《小朋友》就不知道什麼時候從我的讀書生活中消失了。」〈訪母校・憶兒時〉，《我的京味兒回憶錄》，頁 233。

㉑　林海音〈家在書坊邊〉，同上，頁 59－60。

㉒　鄭明娳・林燿德專訪〈與新感覺派大師施蟄存先生對談〉，《聯合文學》6卷9期，1990年，頁 130－148。

㉓　施蟄存云：「不論在國內或臺灣，許多人都拿『新感覺派』這個名詞來套我們的作品，我個人對『新感覺派』這個名詞並不以爲然。……三〇年代外國文學傳入中國比較多，我們在上海的人接受的機會也多，自然不免

　　在林海音接受傅光明訪談紀錄裡，她舉出自己喜愛的的中國作家名單，包括凌淑華、沈從文、蘇雪林、郁達夫。整體來看，中國作家魯迅、巴金、老舍等人的缺席，代之以凌淑華、蘇雪林兩位女性，沈從文、郁達夫兩位男性，可以體會出她對於女性的認同，以及對於普羅文學的冷淡。以蘇雪林爲例，她雖然出生於清末，並且一生主要從事於教學與學術研究，自云「不想做一個文學家」。❷❹晚年在臺南成功大學度過的蘇雪林，著有《我論魯迅》，早在大陸時期就和魯迅打筆戰，是著名的反對魯迅人士，對於左派文士極爲痛恨。❷❺林海音選擇蘇雪林作爲自己喜愛的對象，一方面透露出她早年的政治傾向，另一方面也解釋魯迅在臺灣難有一席之地的原因。

　　行伍出身的沈從文，以一隻浪漫的筆，將讀者帶入朦朧的湘西水鄉。他的作品在臺灣曾經長期被禁，他的作品在臺灣的書店中消

受到影響，這些受影響而寫出來的作品就硬要叫他是新感覺派小說，我是不以爲然的；如果說是現代派還可以接受。」同上，頁 135。

❷❹ 「我自開始寫文章時，便不想做一個文學家，若說我薄文學家而不爲呢，也未嘗不可以。我是喜歡學術的，只想在學術上有所成就。」蘇雪林〈關於我寫作和研究的經驗〉《蘇雪林自選集》（臺北：黎明文化，民66），頁 104。

❷❺ 「共匪戰場上成功之速，實由於十餘年前，他們鼓吹無產階級革命文學，利用了一個紹興師爺魯迅，霸佔了整個文壇。對日抗戰尚未發生前，新文壇已成爲清一色的共匪天下，青年們思想百分之九十九赤化不待論，中年人爲了懼怕左派蠻橫不講理的手段，心裡雖不贊成共產主義，嘴裡決不敢反對，因此全國智識階級都算倒向共匪了，政界各機構的匪諜潛伏無數，請問行政工作如何施行？軍隊裡也有赤化份子，請問仗怎麼打？」蘇雪林〈文學作用與人生〉，同上，頁 119。

失——因為，沈氏滯留大陸；他本人也在大陸的文壇缺席——因為，沈氏被歸入「資本主義」一派。❷

　　郁達夫留學日本多年，返國後以《沈淪》一書，備受爭議，卻也因此而成名。他在〈《雞肋集》題辭〉中，指出《沈淪》在國內問世時，「純文學」作品仍然很少。換言之，他可以算是首開純文學先河者。〈《雞肋集》題辭〉云：

　　　　當時國內雖則已有一班人在提倡文學革命，然而他們的目標，似乎專注在思想方面，於純文學的討論創作，還是很少。在這一年的秋後，《沈淪》印成一本單行本出世，社會上因為還看不慣這一種畸形的新書，所受的譏評嘲罵，也不知有幾十百次。後來周作人先生在北京晨報副刊上寫了一篇為我申辯的文章，一般罵我誨淫，罵我造做的文壇壯士，纔稍稍收斂了他們痛罵的雄詞。過後兩三年，《沈淪》竟受了一班青年病者的熱愛，銷行到了貳萬餘冊。❷

引文中提到周作人為他所寫的申辯文字。這段文字其中有云：

---

❷　「十年前，我開始研究沈從文時，其名字以不為年輕一輩所知。其著作在大陸，因其『反動』幾乎絕版；在臺灣，又因其『投共』全部遭禁。兩相比較，初覺驚詫，繼感滑稽，從深處看，終不免使人悲涼。」凌宇《沈從文傳》，〈序文〉頁 2－3。

❷　郁達夫〈《雞肋集》題辭〉，《郁達夫散文集》（臺北：陽明，民72），頁 272－273。

> 我臨末要鄭重的聲明，《沈淪》是一件藝術的作品，但它是
> 「受戒者的文學」（Literature for the initiated），而非一般人的讀
> 物。有人批評波特萊耳的詩說，「他的幻景是黑而可怖的。
> 他的著作的大部分頗不適合於少年與蒙昧者的誦讀，但是明
> 智的讀者卻能從這詩裡得到真正希有的力。」這幾句話正可
> 以移用在這裡。❷❽

周作人將郁達夫與波特萊耳（又譯波特萊爾）相比。法國波特萊爾以
世紀末的頹廢唯美風格著稱，是「為藝術而藝術」的代表。如此看
來，周作人對郁達夫風格的體認，乃是從世紀末作品得到聯想。同
一篇評論文字當中，周作人還引用郁達夫自己的話說：

> 不曾在日本住過的人，未必能知這書的真價。對於文學無真
> 摯的態度的人，沒有批評這書的價值。❷❾

郁達夫曾經於民國廿五年底訪問過臺灣。黃得時對他的印象，
包括具有流暢的日文能力，以及因為個人主義色彩濃厚而與左傾分
子不合。❸⓪黃得時指出，日本帝國大學經濟部畢業的郁達夫是一位

---

❷❽　周作人評論《沈淪》的文字，見於劉心皇〈關於郁達夫〉，《郁達夫・當
　　代世界小說家讀本 43》（臺北：光復，民 76），頁 17－18。

❷❾　同上，頁 18。

❸⓪　黃得時〈郁達夫與臺灣〉錄有黃得時與郁達夫的對話。其中黃得時詢問：
　　「魯迅和閣下不曾聯合，在創造社內說是由於個人的感情，有種種說法，
　　不知到底如何？」郁達夫回答：「我的態度迄今不變，我不喜歡搞宗派等

深受日本人喜愛的作家，作品呈現日本所謂的「私小說」風格。
云：

> 郁達夫作品所寫的，不是虛構的故事，而是偏重身歷其境，
> 如日記、記行等的身邊雜記式的題材，所以很受日本人偏好
> 所謂「私小說」的一部份作家激賞；加上郁達夫的白話文用
> 字秀麗、行文流暢，令人讀起來覺得如水同從上流下一樣
> 的，毫無澀滯的地方，彷彿像讀日文一樣的感覺，所以極受
> 日本人的愛好。㉛

如果林海音曾經熱情地投入左派陣營，那麼中國共產黨應該比
國民黨對她更具有吸引力；她可以選擇留在北平，而不是返回臺
灣。然而，從她提到的中國「凌叔華、沈從文、蘇雪林、郁達
夫」，日本「谷崎潤一郎、川端康成、林芙美子」作家名單中，看

等，也未曾和創造社吵過架，不過由於趣味關係，一會兒離開，一會兒又
合在一起是有的。有人攻擊我是個人主義者，我也不以爲意。實際上，當
時的創造社中，以青年左傾分子居多。」。黃得時形容郁達夫來臺演講的
場面，云：「臺灣日日新報主辦的郁達夫演講會，是在廿三日（按，民國
25 年 12 月）下午七時半，在鐵道大飯店的餘興場舉行。因慕名而來的聽
衆特別多，尚未到達開會的時刻，全會場已擠得滿滿的，名副其實的『沒
有立錐之地』。時間一到，畢業於日本帝國大學的郁達夫，由臺灣日日新
報的主筆大澤貞吉的簡單介紹之後，在滿場的鼓掌聲之中，出現講壇，用
極爲流暢的日語，演講『中國文學的變遷』。」黃得時〈郁達夫與臺
灣〉，《郁達夫·當代世界小說家讀本 43》，頁 270、271。
㉛ 同上，頁 264。

得出她不是對中國發揮極大影響力的普羅文學愛好者。

二、中產階級新貴與世家的第二代

　　林海音在《城南舊事》〈後記〉裡形容她自己與家人的生活態度，並且陳述自己受到父親性格方面的影響。云：

　　　　在別人還需要照管的年齡，我已經負起許多父親的責任。父親去世後，我們努力渡過難關，羞於向人伸出求援的手。每一個進步，都靠自己的力量，我以受人憐憫爲恥。我也不喜歡受人恩惠，因爲報答是負擔。父親的死，給我造成這一串倔強，細細想來，這些性格又何嘗不是承受於我那好強的父親呢！❸❷

文末所云「父親的死，給我造成這一串倔強，細細想來，這些性格又何嘗不是承受於我那好強的父親呢」，這一段文字透露出父親對她的影響。在林海音筆下，林父帶有傳奇性質的一生，是傳統讀書人在新時代奮鬥出頭的例子。這其間沒有「資本家」與「無產階級」的尖銳對立，而是一名接受新式教育洗禮的臺灣知識份子，憑著自己的努力，提升家人生活水準的經過。

　　《城南舊事》描述在北平郵政總局擔任日本課課長的父親，❸❸如何讓家人渡過一個又一個溫暖的北方寒冬。《林海音傳》敘述林

---

❸❷　《城南舊事》，頁237－238。
❸❸　同註❽。

海音父親在世時，「新潮」、「洋派」是童年林海音家給人的印象：父親會料理「壽喜燒」（sukiyaki）、家裡有日本製的手搖冰淇淋桶，日製留聲機、唱片等。❸❹林父曾經在故鄉當過小學老師，擁有日據時期「臺灣總督府國語學校的師範部」的學歷，是在日本教育系統體制下接受「新式」教育的知識份子。❸❺藉由父親早年在臺灣教過的學生，林海音散文〈一位鄉下老師〉，拼湊起英年早逝的父親，「當過幾年小學老師」的形象。❸❻然而，這位十九世紀末、廿世紀初的年輕人，在遇到進入板橋林本源家族工作的機會時，就辭去教職離開客家村，之後在板橋娶了當地女子黃愛珍為二夫人。❸❼

---

❸❹ 《林海音傳》，頁28－29。

❸❺ 林海音〈一位鄉下老師〉云：「七十二年前的春天，新埔公學校來了一位年輕的老師林煥文先生，才二十歲，剛從臺灣總督府國語學校的師範部畢業。他的履歷書上寫的戶籍是「新竹廳竹南一堡頭份庄」，不知怎麼被分發到新埔教書了。這位年輕的老師，不但精通漢文、日文，也寫得一筆好字，而他的外表，更是英俊瀟灑。他瘦高的個子，英挺煥發，眼睛凹深而明亮，兩頰略高，鼻樑筆直，是個典型的客家男兒。（中略）煥文先生英俊的外表和親切的教學，一開始就吸引了全班的鄉下孩子們。他們都記得他上課時，清晰的講解和親切的語調。他從不嚴詞厲色對待學生。他身上經常穿的是一套硬領子，前面一排五個扣子的洋服，洋服是熨得那麼平整，配上他挺拔的身材，瀟灑極了。按現在年輕人的口氣來說，就是：『帥！』其實那時是一九〇八年，還是滿清末年，離開他剪掉辮子，也還沒多久呢！」《我的京味兒回憶錄》，頁32。

❸❻ 〈一位鄉下老師〉云：「關於我父親在新埔小學教書的這兩年情形，我是不會知道的，因為那時沒有我，我還沒有出生，甚至也沒有我母親，因為我母親那時還沒有嫁給我父親；我母親是在六年以後才嫁給我父親的，而我是在八年以後出生的。有關父親的一切，差不多全是吳濁流和蔡賴欽兩位先生常跟我提及的。」，《我的京味兒回憶錄》，頁35。

❸❼ 「一九一三年，煥文先生在頭份公學校教了一陣子書後，正好他在板橋林

不久，林煥文攜帶愛珍到大阪從商，林海音在當地出生，而林煥文
又轉往北平求發展。㊳身爲林家長子的他，終於在北平安定落戶，
並且將弟弟、弟媳與侄兒接來北平。㊴

　　「鄉下小學老師」與「北京城郵政總局課長」，何者社會地位
比較高？自然是見仁見智的問題，然而，「北京」這個數百年故
都，在漢人心目中，有其高貴的象徵意義，在北平長大的林海音，
怎會不知，這一點，她的散文〈舊時三女子〉透露出來，云：

　　本源家做總管的堂兄林清文要離開，就推薦他去接任。於是煥文先生離開
　　頭份，北上板橋，留下原配張氏及清鳳、昭鳳兩個女兒在家鄉。板橋不像
　　頭份、新埔是客家村，板橋是閩南人的天下。爽朗慷慨、愛交朋友的煥文
　　先生很快融入了閩南社會，結識不少當地的文人雅士。（中略）多情瀟灑
　　的煥文先生和小她一半的愛珍，在板橋開始了小家庭生活。」《林海音
　　傳》，頁23。

㊳　「一九一七年，三十歲的煥文先生帶著以懷孕的愛珍，離開臺灣到日本求
　　發展。他在當時的商業中心大阪城定居下來，開了一家東城商會，作網球
　　拍線和縫衣針的生意。一九一八年農曆三月十八日，愛珍在大阪絹笠町
　　『回生醫院』產下一名健康白胖的女嬰，取名含英，小名英子。（中略）
　　在日本住了三年，他們又舉家遷回了臺灣，那時愛珍已懷了老二。回到臺
　　灣不久，愛珍就在頭份生下了老二秀英。煥文先生把她們母女三人安頓在
　　頭份，就隻身坐船到北京去了。在北京，煥文先生在日本人的報紙《京津
　　新聞》找到工作，又回到臺灣接家人。」同上，頁24－25。

㊴　煥文先生後來考入工作較穩定的北京郵政總局，擔任日本課課長。這時英
　　子的祖父林臺先生要他最小的兒子炳文，就是最疼愛英子的屘叔投奔大哥
　　煥文。炳文在大哥的安排下，進入郵政總局工作。隨後，屘嬸帶著獨子朝
　　楨從故鄉頭份來和丈夫團聚。而英子早逝的二叔昌文的獨子，大英子八歲
　　的阿烈哥也由祖父安排渡海來京，投奔大伯父煥文。自此，林臺先生四個
　　兒子，有三房在北京定居。」同上，頁25－26。

我還在小學三年級的樣子，祖父、祖母到北平來了。那時父親、四叔（按，屘叔）——祖父的最大和最小的兒子都全家在北平，從遙遠的臺灣到「皇帝殿腳下」的北京來探親和遊歷，又是日據時代，是一件不簡單的事，我想那是祖母最最風光的時期了。❹

祖母的造訪，怎比得上長年定居北平的林海音，更是那麼接近「皇帝殿腳下」。而林家子弟生活環境的改變，完全是林煥文先生跨越客家、閩南、日本、北平不同社會闖練的結果。

除了自己的女兒之外，林煥文在短暫的教書生涯中，啓蒙的另一位小說家是臺灣文學的奇人吳濁流。林海音散文〈一位鄉下老師〉云：

> 吳濁流先生，後來也成了作家，並且創辦《臺灣文藝》雜誌，他人雖已去世，《臺灣文藝》卻至今還發行著。他在《無花果》一書中，曾寫了父親的一段：『對一年級級任林老師，是打心裡尊敬著的，林老師走後，對於每一位老師都不能心服。林老師是國語學校出身的，並且是書法家，午間休息的時候，時常都在寫字。這時候我總是在老師的旁邊，爲他做研墨、拉紙的工作，所以特別被疼愛。老師祇教了我們一年，第二年就回他的故鄉去了。和老師分別的時候，不僅是我，全班學生都在教室裡嚶嚶地哭泣。老師也感於學生

---

❹ 〈舊時三女子〉，《我的京味兒回憶錄》，頁45。

的情，陪著哭泣的場面，在過了五十多年的現在，還鮮明的
留在我的腦海。』吳濁流先生在創辦《臺灣文藝》的時候，
不住的跟我說：『是做了你爸爸的學生，才有這樣的傻勁
啊。』❹

　　中產階級的舒適家庭，在父親過世，家道中落，不能再雇用車
夫、老媽子，而且搬到給福建、臺灣鄉親免費居住的晉江會館，家
境大不如前。❷失去父親的林海音，也失去一般少女所擁有的美麗
幻想。在學業、工作、家庭的多方壓力之下，讓早熟的她，更為實
際。她在一篇文字中，比較自己與好友張秀亞兩人的差別時，說
道：

> 秀亞和我最談得來的就是回憶小女生時代的讀書生活。我們
> 處相同時代，又同在北方，同樣喜愛文藝；但有一點我和她
> 不太一樣的，就是我青少年時代沒有少女的夢幻，幾乎一點
> 點都沒有，她卻說她的少女夢幻時代可有一段很長很長的時
> 期。我倆雖然同是『凌迷』（凌叔華），但是她所喜愛的另一
> 位三〇年代著名女作家黃廬隱女士的名作《海濱故人》，我

---

❹　同上，頁35—36。

❷　《林海音傳》有一段形容她們靠著父親生前服務的郵局撫卹金清苦的日
　　子，云：「家裡苦，不再穿新衣了。有時，他們會穿臺灣鄉親的衣服，還
　　有幾次實在熱不過去，愛珍只好拿出幾件煥文先生的衣服，叫會館鄉親的
　　長班老王拿去當了，換點錢用。」《林海音傳》，頁51。

卻看不下去，這大概就是她的夢幻色彩濃的緣故吧！❹

　　早熟的林海音，努力闖練的結果，終於事業有成，重新享有父親帶給他們的中產新貴的生活。她毫不隱藏自己對於新發明、新產品的崇拜，甚至有名言流傳，云：

　　善用現代家庭電器，可節省許多時間和精力，真要感謝家電的發明者，就像基督徒要感謝主一樣。❹

林海音也是華服的擁戴者，她的女兒夏祖麗指出這是她受到外公（林煥文）與外婆（林黃愛珍）的影響。云：

　　含英像爸爸媽媽，一生愛穿漂亮衣服。❹

夏祖麗形容外婆與親戚會面時的穿著，云：

　　身高不到五尺的她，足蹬「小花園」訂做的特小號半高跟鞋（她是纏足又放的），身穿臺北衡陽街山東人開的綢緞莊的花綢料子、找福州裁縫做的旗袍，戴著金絲邊眼鏡，頭髮平整光滑地向後梳個髮髻。在當時，本省老太太很少有她這種氣

❹　《林海音傳》，頁 67。
❹　鄧佩瑜〈頌永恆·念海音〉，《一座文學的橋》，頁 61。
❹　夏祖麗《從城南走來──林海音傳》，頁 88。

派打扮的。**㊻**

《城南舊事》的正文之前，林海音在父親林煥文先生的照片底下，形容自己父親的衣著打扮，云：

> 這是英子的爸爸，三十五歲到北京去時的照片，英俊瀟灑。爸爸講究穿著，一衣一鞋一塵不染。

次頁，英子與母親、弟妹的照片，云：

> ……英子這時完全是北京小女孩的打扮，衣著講究是爸爸的安排。

另一頁，英子與弟弟，妹妹們合照的照片，亦云：

> 五個女孩身上的新衣，全是爸爸在瑞蚨祥自己挑選的上好料子做的。**㊼**

林海音的夫家，流露著另一種貴氣。她的公公夏仁虎乃係前清舉人出身，曾任國會議員、財政部次長及國務院秘書長，精通詩文

㊻　同上，頁138。
㊼　《城南舊事》（臺北：純文學，民74）。

詞曲，❹並且納了一位唱戲的旗人子弟林曼卿爲妾。❹嫁入夏家的英子，面臨一種和以前完全不同的生活方式。《林海音傳》云：

> 這個中國舊式大家庭雖然有許多老規矩，但這些規矩的後面
> 是這個書香世家的文化底蘊。這和離鄉背井、孤兒寡母的林
> 家不同，林家在北京沒有根，林家的根在臺灣。聰慧的含英
> 是個敏銳的觀察者，她天生有志氣，很快就融入這個家庭，
> 她在夏家，在夏承楹身上見到世面，看到了一個深厚開闊的
> 人生。當時和夏承楹來往的一群朋友，都是和他一樣的世家
> 子弟，家學淵源，勤學努力。聰明的臺灣姑娘，在北京落戶
> 的夏家見到了真正的京派作風。❺

貴冑的生活品味，除了努力之外，還要面對時空環境轉變的考驗。父親去世後，家中經濟陷入拮据，尚未嫁入夏家之前，夏家已經因爲國民政府來到，有了轉變。❺林海音與夫婿回臺灣，又遇到

---

❹ 同上，頁 75。

❹ 「林曼卿是滿州旗人家的姑娘，雖然不知道她是鑲的哪顏色的旗，確知她是個良家女兒。民國以後，旗人子弟無以爲生，被送去學戲的很多，也不算稀罕。林曼卿的哥哥學拉胡琴，妹妹學唱，但畢竟是保守人家，不忍心自己的女兒在舞臺上搔首弄姿的演花旦，就選了不容易大紅大紫，也不容易上大軸戲的老旦來學。」〈閒庭寂寂景蕭條〉《我的京味兒回憶錄》，頁 156。

❺ 《林海音傳》，頁 89。

❺ 「公公北伐前在關外做官的那個時期，該是姨娘最風光得意的年代了。……東北物產豐富，公公也時常給家裡帶來許多貴重的東西，像阿

海峽兩岸隔閡，更拋棄在北京城產業。縱然有「皇帝殿腳下」豐富的唐山經驗，也必須要找到工作才能解決，眼前面臨的生計問題。林海音本人在《綠藻與鹹蛋》小說集〈序〉文，云：

> 我幾乎是從上了岸起，就先找報紙雜誌看，就先弄一個破書桌開始寫作。[52]

而林海音與夫婿，與北平舊識洪炎秋聯絡上之後，[53]憑著《世界日報》培養的工作經驗，駕輕就熟地加入《國語日報》的編輯群。《林海音傳》云：

> 《國語日報》裡許多人雖是國語專家，但不會辦報，排字房的人都是當初在福建省排書版的，與報版不同，因此湊合著出一天報，就停兩個星期。在報社工作過的夏承楹正是他們

膠、人參什麼的，無非都是在官場上人家送的禮品罷了。……北伐成功，新的時代開始，公公自宦海隱退，享受他的晚年了。」〈難忘的姨娘〉《我的京味兒回憶錄》，頁 172-173。

[52] 齊邦媛《城南舊事》〈序〉引用，頁 1。

[53] 「夏承楹一擱下行李，就南北奔波地去找工作了。他去找先回臺灣的洪炎秋，當時洪先生正在辦《國語日報》，便要他加入一起辦報。當年洪炎秋和張我軍在北京辦人人書店時，夏承楹也是股東之一。但夏承楹想先到各處走走，多瞭解臺灣的情形再做決定，他到中南部跑了一趟後又回到臺北，洪炎秋對他說：『承楹，你不要再找了，就來幫我辦報吧！』」《林海音傳》，頁 111。

需要的人才。❺

先生工作穩定，林海音也開始她的寫作生活。《林海音傳》第六章
〈ㄅㄆㄇㄈ，得吃得喝〉形容重拾紙筆，展開文字工作的林海音，
云：

> 有一天，她在附近彎彎曲曲的巷弄中忽然發現了一間矮屋，
> 是《公論報》分銷處之類的地方，她趕緊買了一份，發現副
> 刊的內容很和她，於是每天出門買一份《公論報》成了一件
> 快樂的事，也興起投稿的「老毛病」。稿子很快地刊出了，
> 都是些讀書雜記。當時她也常給《中央日報》、《中華日
> 報》和《國語日報》寫散文，並且為電臺撰寫「主婦的話」
> 的播音稿。❺

　　林海音的作品很快地在報紙上出現，她以中文寫作，介紹臺灣
的鄉土風物。對她而言，臺灣是「故鄉」，所有故鄉的事物，都是
久違、而且亟欲瞭解。❺本省知識份子雖然熟知臺灣民俗典故，但
受限於在日本教育底下成長，難以有流利中文寫作能力。而林海音
在北平曾經長期從事新聞寫作工作，深知「翳文」的箇中三昧，所

---

❺　《林海音傳》，頁 111。

❺　《林海音傳》，頁 127。

❺　她曾經參加過「臺灣青年文化協會」主辦的〈夏季鄉土史講座〉，講員都
　　是臺大教授和文獻會編纂，在八十位學員中，她是唯一的女性。《林海音
　　傳》，頁 128。

以，她快速的脫穎而出。她回憶當年健筆如飛的情況，云：

> 那時我年少體健，在工作家事之餘，似乎還有的是精力。燈
> 下握筆，思潮如湧，幾乎每天都能爲報紙寫個數千字的短
> 篇。雖說是爲生活找些貼補，但主要還是爲興趣。**⑤⑦**

夏承楹亦形容林海音夜半不寐、振筆疾書的影像，云：

> 我有時午夜夢迴，透過縱橫交織的蚊帳，看見她還伏在窗前
> 小桌上，一燈熒然下，猶自振筆疾書。夏天是腳下一盤蚊
> 香，冬天是腿上一條氈子。明知熬夜不是健康的生活習慣，
> 然而既沒有其他時間可資利用，也祇有聽其自然。奇怪的
> 是，近年作品反而多於從前，不知是爲環境所迫呢？還是熟
> 漸生巧？**⑤⑧**

　　一九五五年她的第一本作品《冬青樹》集結出版，頗受好評。
主題豐富並且有〈鴨的喜劇〉、〈三隻醜小鴨〉、〈小紅鞋〉、
〈小白兔〉等童話式的題目。當時的文學評論家司徒衛稱讚林海音
中健全新女性的形象，跳出傳統林黛玉式的「弱女」與潘金蓮式的
「蕩婦」，指出「林海音女士筆下的女性，給予我們一種新鮮的感

---

⑤⑦　《林海音傳》，頁134。
⑤⑧　〈海音的第一本書《冬青樹》〉，《一座文學的橋》，頁96。

覺。」❺❾

三、文學與政治

　　民國五十二年四月廿三日，林海音受到她所主編《聯合報》副刊上的一則現代詩〈故事〉的牽連，離開《聯合報》。這首詩描述一位漂流到一座小島的船長，迷戀島上富孀，因而不願返家。此「船長」被認為有影射當時總統之嫌，因此這次事件又被稱為是「船長事件」。❻⓿

---

❺❾　《林海音傳》，頁143。

❻⓿　夏祖麗《林海音傳》有〈故事〉作者王鳳池紀錄，云：「風遲本名王鳳池。出事後曾有人認為『風遲』乃『諷刺』之諧音。『王先生，我可不可以請問您，當初為什麼會寫這首詩？』我（按，夏祖麗）問他。『我少不更事，不知避嫌啊！』他有點懊惱地說：『我當時讀了古希臘荷馬史詩奧德塞有感而做。我投寄「聯副」，五天就見了報。警總認為這首詩影射總統，裁定感訓三年。我個人固然身心受創，而林海音先生無辜連累去職，使我覺得罪孽深重。三十多年來，午夜夢迴，仍會砰然心動。我不知道如何補過，每次想到這件事，內心就惶恐，激盪不止。我只有默禱林先生健康常受、幸福安寧。』……在電話結束前，我對七十一歲的風遲說，雖然母親因為刊登了他的一首詩而離開《聯合報》，但母親從來沒有怨恨過他的，因為我瞭解母親。『唉！』他嘆了一口氣說：『我對不起林先生，我百身莫贖啊！』通過電話第三天，我收到風遲寄來的臺灣警備總司令部在民國五十二年（一九六三）十月二十三日的『警審聲字第二六號裁定書』影本，王鳳池被交付感化三年的理由是：『因不滿現實，於本年四月二十三日以筆名「風遲」撰寫「故事」白話詩一首，發表於臺北市《聯合報》副刊，影射總統愚昧無知，並散佈政府反攻大陸無望論調，打擊民心士氣，無異為匪張目。案經本部保安處查覺，訊據被告坦承無隱，並剪附《聯合報》之副刊，送經軍事檢察官偵查，認被告思想偏激言論荒謬，有矯正之必要，聲請交付感化前來。』」同上，頁186－188。

船長事件過後，林海音以「純文學」爲名，重新在藝文界站起。也許正如她的丈夫何凡〈創刊序〉所云這是「幾杯苦茶」之後的靈感，（見次節）。但是，這與當時美國大學校園的風氣，有互相呼應之處。美國學者貝費拉達（Gene Bell-Villada）在《爲藝術而藝術與文學生活》（*Art for Art's Sake and Literary Life*）指出，二次戰後美國在以反共爲藉口的麥卡錫主義籠罩下，作風特異的俄國作家納布可夫（Vladimir Nabokov, 1899-1977）得以脫穎而出。貝費拉達形容納布可夫標舉的寫作風格，不僅反對共產主義，甚至反對傳統俄國寫實主義的作品。❻❶因爲他與親人是第一批因爲共產主義專政，而

---

❻❶ 「在納布可夫的一生中，他是一位純藝術家，除了反共之外，他遠離所有社會與政治因素。他唯一支持的是文學藝術，延續福樓拜一派寫作完美散文的傳統。當居住美國的時候，他精雕細琢地在每一張 3×5 英吋的紙張上，只寫一個句子。當然塑造錯綜複雜的雙關語以及謎語，成爲他的註冊商標。雖然面對任何與王爾德有關的事物，他都裹足不前，納布可夫在一次的訪談中形容他自己的立場，大致上與「爲藝術而藝術」相同，無論他多麼可能地不喜歡這個句子。在知識領域中選取這樣一片天地的納布可夫，不但拒絕藝術領域裡討厭的蘇維埃官方路線，同樣也把自己與更大的俄羅斯文學遺產——十九世紀初批評家 Belinsky 以來文學社會用途論説——劃清界限，更寬廣的西歐左派的期待，也在他摒棄之列。納布可夫在他所有公開聲明中，堅持文學幾乎完全分離於——理念、社會、歷史，以及被他視爲是非常丟臉而重複地駁斥的「人類利益」（"human interest"）。納布可夫早期的小説中，事實上是他用來直接闡明美學信條的工具。例如 *The Gift*，是在俄羅斯以及移民文學中，一篇高度特殊化的小團體爭執的例子，透過 Chernyshevsky 對社會的藝術提出激烈抗爭。同樣地，*The Real Life of Sebastian Knight*，透過由許多平庸人員充斥而成的目標，嘲笑以歷史觀點思想的批評家，同時暗指藝術、甚至道德爲優等，那嘻笑作家們與集體共有的不幸如飢荒、失業、或戰爭，保持一層很高的

距離。雖然納布可夫沒有寫什麼批評論述，他的見解在他俄文作品英譯本的序文中、在面談中，以及從他康奈爾授課時期開始編輯死後才出版的 *Lectures on Literature* 中，招搖（或刺耳）且清楚地表達。不讓人訝異的，納布可夫在他的文學分析中，大部分拒絕智能的、歷史的或社會背景的事情。已經消失的是那些福樓拜、喬伊斯和其他偉大現代主義者的躊躇與矛盾的企圖，那些偉大現代主義者他們努力解決真與美和諧的方式，或甚至道德與藝術的方式——『寫實』（"Reality"）納布可夫通常以聽來聰明的評論說，這是個始終存在於引號之內的字。」原文云："Throughout Nabokov's entire life he was the pure artist, standing aloof from all social or political causes (save for anticommunism). His sole commitment being to literary art, he carried on the Flaubertian tradition of making perfect prose. Grafting his novels a sentence at a time — on 3 by 5-inch cards during his U.S. phase — and of course fashioning the intricate puns and puzzles that became his trademark. Though balking at any association with Oscar Wilde, Nabokov in an interview once described his own position as roughly akin to that of "Art for Art's Sake," however much he may have disliked the phrase itself." With this choice of intellectual terrain Nabokov was not only repudiating the hated official Soviet line on the arts but was also differentiating himself from a larger Russian legacy — reating from the early nineteenth-century critic Belinsky — of social usefulness in literature, as well as from the broad political expectations of the western European left. Nabokov in all his relevant public statements insists on the absolute separation of literature from almost everything else — from ideas, society, history, and from what he repeatedly dismisses with high contempt as "human interest." ' " Some of the earlier Nabokov novels actually serve as direct expository vehicles for his aestheticist doctrine. For example The Gift, a highly specialized account of sectarian squabbles in Russian and emigre literature, offers a polemic, via The Diffusion of the Doctrine in Chemyshevsky, against social art. Similarly, The Real Life of Sebastian Knight, through the target furnished by its mediocre hack, Goodman, mocks historically minded critics while implying artistic and even moral

失去家園的人。㉖

　　我們可以推測林海音二次戰後美國文壇的氣氛，有所知悉。因為，縱使她本人沒有大學英文系的學歷，但是何凡常年從事西洋譯介工作，她與臺大外文系教授齊邦媛的交情好，作品《城南舊事》透過齊邦媛的英譯，被介紹到國外。

---

superiority for the smirking writer who remains at a lofty remove from collective ills like famine, unemployment, or war — Ayn Rand for the aesthetes, one might say. Although Nabokov did not write much criticism, his views come through loud (some would say "harsh") and clear in the prefaces he wrote to the English versions of his Russian work, in interviews, and in the Lectures on Literature that were compiled posthumously from his teaching years at Cornell. Not surprisingly, Nabokov in his literary analysis mosdy shuns matters of intellectual, historical, or social background. Gone are those tentative and contradictory attempts of Flaubert and Joyce and other of the great Modernists, who wrestled with ways of reconciling truth with beauty, or even morals with art. ("Reality," Nabokov often quipped, is a word that always belongs within quotation marks.)" Gene Bell-Villada, *Art for Art Sake and Literary Life* (University of Nebraska Press, 1996)，頁 191－192。

㉖　「生長在俄國沙皇時期最富裕、最有權勢、歷史悠久的家族之一，青少年的 Vladimir 與他近親家人，在 1918 年革命之後逃到德國。靠著變賣一些母親的首飾，Nabokov 得以在 1920 年代進入劍橋大學學習俄國文學，之後，這位年輕人加入柏林非常大的俄國海外人士社區。」原文云："After growing up as a son of one of Czarist Russia's richest, most powerful, and long-stablished clans, the adolescent Vladimir with his immediate family fled the Bolshevik Revolution for Germany in 1918. The sale of some of his mother's jewels in the early 1920S helped finance Nabokov's undergraduate studies in Russian literature at Cambridge University, after which the young man rejoined the fairly large community of Russian expatriates in Berlin." ，同上，頁 190。

林海音中產階級努力工作，尋找突破的性格，對於靠「鬥爭」起家的共產主義，應該有其絕緣性。然而，她「反共」的情緒，應該不如納布可夫那般的深。因爲，面對祖上累世富貴，轉眼煙消霧散，納布可夫「反共」的理由，與其說是爲了俄國民眾，更是切身地爲了自己的家園。(63)翻開「反共」的歷史來看，希特勒在「反共」之後，順勢席捲歐陸各國，日本軍閥在肅清共產黨之後，迅速向外擴充，這些以「反共」爲名的法西斯主義，林海音曾經親身經歷，因爲，她的父親就是在處理遭到日本軍閥害死的叔叔後事之後，一病不起。在「極左」與「極右」之間，林海音作品褪去了濃

(63) 「納布可夫的回憶錄中，事實上沒有提到那些當時經濟狀況比較差的人們的生活，除了一些熱愛他父親的忠心農奴們，讓人想起的熱情、準封建的回憶。吾人無法從納布可夫的描述中認識非貴族民眾的生活，他們掙扎地求生，是沙皇體制的受害者。吾人只看得到納布可夫在散文寫作本身之外的有興趣之處，他豪奢的生活——鄉村度假屋、英國牙膏、梨牌（Pears）肥皂——他上流社會的童年經驗；他表示這些是革命之前所過的生活，這些不是抽象的政治原則或必須之物，但不經意地，卻是一種用來否定共產革命個人的故事。」原文云：「Nabokov's memoirs contain virtually no reference to the lives then being led by the less than rich, except for some glowing, quasi-feudal evocations of the many loyal peasants who loved his father. One would not gather from Nabokov's account that nonaristocratic Russians were barely surviving and were being set upon by the Czarist police. But then Nabokov's sole interest (aside from his prose style) lies in the sumptuous joys — country houses, British toothpaste, Pears soap — of his upper-dass boyhood; *this* is the life we led before the revolution, he says, presenting it not as an abstract political principle or desideratum but as a personal narrative that, just incidentally, helps discredit that revolution.」同上，頁259。

烈的色彩，誠如齊邦媛所云「林海音作品中所呈現的是一個安定、正常的、政治不掛帥的社會心態」。

《林海音自選集》第一篇作品〈春酒〉，她質詢「反攻大陸」的國策。該文描寫第一人稱的主角向大陸來臺的「要人」——丈夫不願走動的長輩徐三叔拜年的景況。當作品進入尾聲之時，圍繞在一群外省人之間的作者，出現以下的疑問、迷惑，以及終於清醒的過程：

> 啊！大家都等著打回大陸（等誰打？），在做種種打算（如此打算！）我還在夢寐中。我也彷彿被這愉快的情緒所影響，心神飄過了臺灣海峽——扔在大陸的妹妹，年邁的翁姑，無數的親友——我竟不知是喜，是悲，在恍惚中，那隻鑲著紅寶石的蔥蔥玉指，舉著一杯琥珀色酒伸過來了：「你也乾一杯，少奶奶，等到反攻大陸，就都有辦法了，老六（按，第一人稱主角的丈夫）還愁沒個稅局局長幹幹！你們也不至於這麼苦了，臺灣這點點人，大陸不夠分的！」我舉起杯子，忽然想起方才客人們的話，內定的省長，三河縣的小張媽兒，一路回家的家庭老師，現在徐三嬸又派給他一個稅局長！但無論如何，我要感謝徐三嬸的美意，仰起脖子，一飲而盡，我心裡好堵得慌！
>
> 告辭出來，走在無人的黑巷裡，我的雨鞋踥著爛泥（按，中略）。我急急向前走，走到小巷盡頭的一盞暗黃的街燈下，靠著電線桿子，用手使勁向胸口下按，可是按不住了，我一哈腰，張開嘴，向著臭溝就是一陣亂哇哇，心中的齷齪，都

隨著臭溝水流走了。感謝臺北的明溝,它的用途這麼大!等
我直起腰來,吸一口涼氣,才知道「傾吐為快」的滋味如
何。我這時完全清醒了,也弄清回家的路到底該怎麼走,我
差點而被徐三叔家的一熄春酒攪糊塗了。**㉔**

四、「純文學」與日本影響

「純文學」是否等同於「為藝術而藝術」?**㉕**這個中間出現一
些饒有興味的問題。首先,「純文學」很可能是眾多從日文譯介到
中文的名詞之一。**㉖**林海音的丈夫何凡,在《純文學月刊》發刊詞
中,對於「純文學」的命名由來,則有以下的說明:

　　刊名起先擬稱「文學」,後來發現已有先手,於是加上一個
　　「純」字,這不是說旁人不純或是比旁人更純,而是由於規

㉔　林海音《林海音自選集》(臺北:黎明,民64),頁5—6。

㉕　「純文學(Belles lettres)與『應用文』相對,即作品以欣賞娛樂為主,
　　而非有實用之目的。嚴格說來,除了標榜『為藝術而藝術』之作,文人筆
　　下無不帶有目的。儘管如此,此術語之一般意義當不至含混——雖然個別
　　用於指作品亦有令人為難之處。大多數的詩、虛構作品、劇作、隨筆都屬
　　此一範疇。古代許多哲學、歷史、評論,乃至於書信、科學著作,有的是
　　散文,有的是詩,已被列入文學經典,但因其實用目的甚明,故不屬於純
　　文學。」《名揚百科大辭典》。

㉖　日本吸收中國古籍的結果,使得我們不必到學校學習日文,就能接受到很
　　多日文譯介的中文字,例如國父孫中山先生,在日本看到「革命」二字,
　　雖然因為此二字出於「湯武革命」,但,卻是日本人從中國古書中整理出
　　來的名詞。

章所限，必須避免雷同。也許這使人想起「純喫茶」來。
「純喫茶」者，飲茶坐談而外，不作他想；「純文學」也是
一樣，文學以外，不予考慮。而況當初是幾杯苦茶引起的靈
感，茶與文學也是適當的配合。又據《辭海》上說：「近世
所謂文學（literature）有廣狹二義：廣義泛指一切思想之表
現，而以文字記敘之者；狹義則專指偏重想像及感情的藝術
作品，故又泛稱純文學，詩歌、小說、戲劇等屬之。」「純
文學」於此得一依據，不算是嚮壁虛造了。❻

由引文可知，該月刊原本計畫用「文學」一詞刊名，只因爲已有刊
物取名爲「文學」在先，基於「避免雷同」的原則，改以「純文
學」爲名。可是，《純文學月刊》的出版方向與《辭海》對於「純
文學」所下的定義，兩者「不謀而合」卻不避諱，那麼《純文學月
刊》的命名「純文學」的字典定義，就不能再說其中完全沒有人爲
因素在內了。

在臺灣大型中文辭典如《大辭典》、《中文大辭典》、《名揚
百科大辭典》等，都有收錄並且解釋「純文學」這個名詞的意義，
但是，臺灣辭書引用這個名詞的英文名稱，pure literature（《中文大
辭典》）❻都沒出現在英語世界的大英、大美百科全書，或專業的
Dictionary of Arts（《藝術辭典》）之中。雖然如此，「pure

❻ 夏承楹《純文學月刊》〈發刊詞〉（臺北：純文學，民56）。

❻ 「純文學（pure literature）只詩歌、小說、戲劇等主情之文學，與雜文
學，應用文學對稱。」《中文大辭典》。

·198·

literature」竟與「純文學」一詞出現在日本諸橋轍次的《大漢和辭典》之中。云:

> 純文學(pure literature)只詩歌、小說、戲劇等主情之文學,等美文文學。

從編寫年代來看,《大漢和辭典》比臺灣的《中文大辭典》等辭典出現為早,如此看來,「純文學」一詞的概念,來自日本的可能性比來自西方為大。然而,從《大辭典》、《名揚百科大辭典》兩辭典使用法文「belles-lettres」解釋來看,❻❾則「純文學」一詞有受到法國唯美主義影響的可能。

　林海音求學過程中,不曾出現接受日本教育的紀錄,不過,我們都必須面對「日文」是她出生時的語言的事實。林海音的日文程度為何?夏祖麗《林海音傳》並未未加以著墨,不過,在林海音本人晚年作品《奶奶的傻瓜相機》的〈成長相本〉,有一幅她與日本女作家林芙美子的合照,並附有一段介紹林芙美子的文字,云:

> 奶奶(按,林海音自稱)一直從事報館記者生活。有一年日本著名女作家林芙美子到北平,報館派奶奶做訪問。奶奶本來

---

❻❾　「純文學(belles-letters)文學用語。指小說、戲曲、詩歌等感性的唯美的文藝作品,有別於專門技術或科學論文的寫作。『純文學』是法文「美文」(belles-letters,英文作 fine-letters)的意譯,閱讀純文學是為欣賞其運作與藝術技巧,而非為獲得知識或其他立即效應的目標。」《大辭典》。

就夠矮了，這位同宗林芙美子更矮。芙美子文章很好，命運
很苦：什麼苦事兒都幹過，女工、女僕等等，但是好文章使
她成爲日本歷史上的名作家。❼⓪

引文中林海音稱林芙美子爲「同宗」，換言之，林海音訪問對象的
姓氏爲「林」而不是「林芙」，這個單字姓在日本人以複姓爲多的
社會裡，算是少數。謝冰瑩〈懷念幾位日本朋友〉也提到了當年以
《放浪記》風靡日本與中國知識界的女性作家林芙美子。❼❶不過，

---

❼⓪ 林海音《奶奶的傻瓜相機》（臺北：民生報，民83），頁239。
❼❶ 「大約是民國十九年左右，崔萬秋先生翻譯林芙美子的《放浪記》在上海
出版。我看完之後，以爲這是一篇小說，絕對不會是作者的自傳；後來問
起崔先生，他認眞地回答我：「放浪記的確是林芙美子的自傳，一點也不
假。」二十五年春天，當我在東京一個婦女座談會上，和林芙美子認識之
後，兩人都有相見恨晚之感。我們談得很痛快，在談話中，也證實了放浪
記的眞實性。「林芙女士，《放浪記》確實是你的自傳嗎？」「眞的，是
我一些不幸的遭遇，怎麼？你覺得奇怪嗎？」他睜大著眼睛問我。「我佩
服你的精神，你是一個勇敢的、偉大的女性！」「偉大？太慚愧了，談不
上；倒是勇氣，我是有的，既然有這種生活經驗，爲什麼不把它寫出來
呢？」立刻，我的腦子裏湧上了《放浪記》中的一段，他和一位嫖客的對
話：「你爲什麼不付我夜度資就走？」「我——我沒有錢。」「哼！豈有
此理！沒有錢，也想來尋開心嗎？女人難道應該無條件地供你們男人玩弄
的嗎？不行！不行！不付清錢，絕不放你走！」在這短短的幾句話裡，包
含著林芙美子多少辛酸和侮辱，多少眼淚和悲傷；同時也說明了她的個性
和反抗精神。爲了生活，她不得不暫時忍辱犧牲，出賣靈肉；然而女人並
不是弱者，更不是只供男人玩弄的金絲雀，結果，那個男人後來終於向別
人借了錢來，付給林芙美子。」謝冰瑩《我在日本》（臺北：東大，民
73），頁31-32。

謝冰瑩卻把她的姓氏讀為「林芙」。美國日本專家唐納多·金
（Donald Keene）的作品 *Dawn to the West* 出現的林芙美子姓名的羅
馬字拼音是 Hayashi Fumiko，而 Hayashi 是日文姓「林」はやし的
正確發音方法，可見林海音的說法正確，而謝冰瑩則否。

　　林芙美子在日本大受歡迎，是工商業發達的日本光怪陸離的社
會現象之一。唐納多·金指出，林芙美子處女作《放浪記》的成
功，並不在於她的寫作技巧，而是她毫不遮掩的描寫自己與男人的
關係，以及辛苦賺錢的過程。❷芙美子曾經因為訂閱左派報紙，被
捕入獄九天。唐納多指出，芙美子對於政治沒有興趣，從她的作品
中看來，她最關心的是如何把自己從經濟困境、粗暴男性，以及傷
人流言中解放出來。❸《放浪記》出版後，暢銷六十萬冊，芙美子
經濟稍稍寬裕，就於 1931 年搭乘西伯利亞鐵路赴歐，主要停留的
城市是巴黎，其間曾花了一個月時間遊覽倫敦，隔年返國。❹唐納
多·金指出，芙美子在中、日戰時為《每日新聞》撰稿，是南京淪
陷後第一位入城的日本女性，她又搶先進入了剛淪陷的漢口市。芙

---

❷　原文云：" ... the success of the book with the general public was due not to
　　Hayashi's use of new literary techniques but to the absolute frankness with
　　which she described her relations with men and her struggles to earn money."
　　Donald Keene, *Dawn to the West*, 'The Revival of Writing by Women', (New
　　York: H. Holt, 1984)，頁 1140。

❸　原文云：" ... in fact she had almost no interest in politics." & "If one had to
　　judge from her publications, one would conclude that her chief concern was
　　liberation from financial worries, brutal men, and bothersome gossips."同上，
　　頁 1141。

❹　同上。

美子的報導內容爲何？唐納多・金沒有說明，不過他指出，芙美子的暢銷作品《放浪記》在戰時遭日本政府查禁，因爲主題不符國家政策。**⑮**二次戰後，芙美子依舊拼命的寫作。除了趕寫小說《飯》之外，她還同時爲一家報紙、三家月刊寫連載，以及許許多多的消費性刊物的寫專題。唐納多・金認爲她是操勞過度而死──她寫稿的拼命程度不下於早年流浪的時期的操勞。**⑯**

　　林海音當然與林芙美子不同。身爲父母眼中的乖女兒、學校裡的好學生、報社的好記者、夏家的好媳婦、好母親，林海音與運途多遷的林芙美子會面，兩人除了同爲女性、都是姓「林」、皆以從事寫作爲業之外，罕有交集之處。身爲北平《世界日報》記者的林海音採訪林芙美子，一償中學時代閱讀《放浪記》的好奇心。〈林芙美子訪問記〉在林海音工作的《世界日報》刊出時，中、日兩國關係緊繃，《世界日報》老闆同時也是北平新專校長成舍我，從上海寫信回北平，「對含英在反日情緒正高昂之際，竟去訪問一位日本女作家，頗不以爲然。正在這次含英倒沒有那麼委屈了。因爲她發現成先生當時給日本牙醫看牙，都因反日而半途而廢，她還能覺得委屈嗎？」夏祖麗《從城南走來──林海音傳》，如是說。**⑰**

---

⑮　同上。

⑯　原文云："Mayashi died while still writing her most ambitious novel, *Meishi* (Food). At the time she was simultaneously publishing one newspaper and three monthly magazines serials, as well as many articles for popular consumption. She had driven herself mercilessly, in her last years no less than in the days of her vagabondage." 同上，頁 1146。

⑰　夏祖麗《林海音傳》，頁 73。

除了與林芙美子的訪談之外，在北平時期的林海音與日本的關係似乎並不密切。她在散文〈蕃薯人〉中回憶北京給她的第一印象，以及曾經穿著日本和服出現的她，給當地人的第一印象，云：

> 到了北京先住在前門外珠市口的謙安客棧，旁邊是當時北京最大的第一舞臺。門口熱鬧極了，人行道上的攤子，馬路上來往的行人、車輛。我呢，穿著一身薄絨布黃底紅格子小和服，站在謙安客棧的門口看熱鬧，竟有路人過來要掀開我的衣服看，因為他們說日本衣服是不穿褲子的。❼❽

然而，自幼林海音念得是北平當地學校，而非日僑小學，入社會之後，她進入中國人開的報社上班，又嫁給《世界日報》的同事夏承楹。❼❾生活上與日本的接觸，主要在於「娘家」這邊。林海音散文〈蕃薯人〉不僅對於自己家庭的分析，主要還介紹早期移居北平的臺灣人生活，與其根究他們在法律上是日本國民，❽⓿不如說他們已

---

❼❽　〈蕃薯人〉《我的京味兒回憶錄》，頁 23。

❼❾　《林海音傳》云：「多年後林海音回憶說：『別人戀愛，這個那個的，我們沒有。人家說，你一定有很多人追求，其實，我是不隨便讓人追的。我們就是兩個人玩在一起，他寫，我也寫，志同道合嘛！』兩人都會寫，一定有精彩的情書吧！『情書，他寫給我的信像電報文，沒有多餘的字。』含英回答說。但夏承楹的說法是：『每天見面還寫什麼信？寄一封信要好幾天才能收到。』」《林海音傳》，頁 78。

❽⓿　「在北京讀小學時，含英的籍貫寫的是爸爸的祖籍廣東蕉嶺；爸爸去世後，他們的籍貫改為媽媽的祖籍福建同安。當時大部分北京的同學朋友只知道他們是福建人，卻不知是臺灣人。那時臺灣在日本人的統治之下，在

融入北平的社會。❽此外,《林海音傳》形容從北平返回臺灣故鄉的林海音,一面努力找工作,一面必須從日本文獻中,認識自己血緣上的故鄉。❽

在傅光明與林海音的訪談中,除了林芙美子之外,林海音另外舉出的兩位作家是川端康成與谷崎潤一郎。一九六八年獲得諾貝爾文學獎的川端康成,讀書時成績優異,曾經念了一年的東京帝大英文系,然後轉日文系。❽他早期與橫光利一等文友合辦《文藝時

北京的臺灣人是日本的子民,北京的日本領事館名冊裡還有他們的名字,偶爾會來林家走動。抗戰勝利之後,日本人投降了,當時在中國大陸上,有些人便把對日本人的氣出在住在大陸的臺灣人身上。多年後,有一次談到籍貫這件事時,林海音語重心長地說:『我們總得安一個地方啊!』這句話,也包含了許多無奈與心酸吧。」《林海音傳》,頁108-109。

❽ 林海音因為籍貫問題,在北平陷落於日本手中時,被朋友開了一句無心的玩笑,讓她非常難過,《林海音傳》云:「那年,北京淪陷在日本人手裡,在一次集會中,大家憤慨地談到日本問題,一個朋友自以為很俏皮地對她說:『你是日本人,應當高興啊!』她當時臉漲紅了,心中充滿了憤怒,但是無言以對,僅僅回答對方說:『我不會忘記你今天說的這句話。』」《林海音傳》,頁107-108。

❽ 「每天,含英不是出去找工作,就是從東門走到新公園的省立博物館看書、找書,急著認識自己的家鄉。博物館的藏書多半是日文的,含英帶著一本筆記本,隨手摘錄下東西,那兩本筆記本他保存了許多年。其中日文的《民俗臺灣》是她最好的參考資料,由於不能外借,她竟然連每期的細目都抄下來。當時臺北寧波西街有家鴻儒堂也賣日文書,含英曾花了八塊錢(在當時已是高價)買了一本二手的日本作家池田敏雄寫的日文本《臺灣家庭生活》,這本書至今她仍保存著。」《林海音傳》,頁110。

❽ 「川端求學的過程十分順利,豐川小學畢業後,以第一名成績進入大阪市茨木中學,然後考入學子們豔羨的「一高」。一九二○年(二十一歲)考進東京帝大英文科。翌年轉入日本文學科。」〈捕捉女性心理與美感的聖

代》雜誌,作風是走親西方現代主義的路線,在日本被稱爲新感覺派。⑭之後,他刻意在作品中細膩地經營日本特色,因而獨樹一幟。鍾肇政評論川端康成作品云:

> 綜合言之,似乎可以說,川端的作品,內涵是東方的,手法則是西歐的——當然這只是一種很空泛而且籠統的說法,並且也是屬於筆者個人的。⑮

以上鍾肇政對於川端康成的介紹,與林海音心目中的川端應該差距有限。谷崎潤一郎是著迷於中國古老文化的日本作家之一。他的纖細柔美,以及對女子纏足的迷戀,呈現藝術至上的瑰麗色彩。

結　論

白先勇《臺北人》裡國民黨時期的前朝貴冑,算不上是善寫北

手〉,川端康成著·余阿勳等譯《伊豆的舞孃》(臺北:志文,民75),頁2。

⑭ 「在日本文壇有『小說之神』美譽的橫光利一也在一九二五年發表了一篇文章,其中有謂:『未來派、立體派、表現派、達達派、象徵派、構造派,如實派等的一部份,這一切我都認爲是屬於新感覺派的。』以橫光利一爲首的新感覺派就這樣打出了她們的鮮明的旗幟。橫光與川端,加上他們陣容裡的十幾位新進氣銳的健將,發行一個同人雜誌《文藝時代》,以此爲據點,展開了他們的藝術活動。」鍾肇政〈川端康成小論〉,《水月——川端康成短篇小說選》(高雄:敦理,民74),頁9。

⑮ 鍾肇政〈川端康成小論〉,《水月——川端康成短篇小說選》(高雄:敦理,民74),頁14。

平小市民的林海音關切重點。她柔性地處理「純文學」的問題，如
同她隱惡揚善地記取林芙美子勤奮工作的優點，而忽略芙美子的其
他部分。

撐起純文學的大纛，也有助於行事方便。在民國五十年代，政
治低氣壓的陰霾之下，《純文學月刊》有許多「創新」，其中最值
得注意的一項就是「引介三〇年代作家及作品」。《林海音傳》指
出當年的政治環境，這是一項不易的工作。❽⑥海峽兩岸情況緩和之
後，林海音回憶當年介紹三〇年代作家所面臨的風險，不禁心生感
慨。❽⑦

善於適應環境的林海音，自詡為「生活者」。她的「純文學出
版社」不僅刊行杜國清譯波特萊爾《惡之華》，也有彭歌譯皮爾博
士《人生的光明面》。看來，林海音的「純文學」傾向於康德與席
勒一派，將美與道德結合的「唯美」，而不是將其分離的法國頹廢
者以及納布可夫激烈式的「唯美」。❽⑧

---

❽⑥　「由於大部分活著的三〇年代作家都在大陸，當時在臺灣研究三〇年代作
　　家為不可碰觸的禁忌；而當時大陸對外封閉，許多作家下落不明，生死未
　　卜，很難掌握正確資料。既使在這種困難情形下，林海音還是盡可能在兩
　　年內介紹十八位作家、四十九篇作品。」《林海音傳》，頁273－274。
❽⑦　「那時氣氛有異，我硬是仗著膽子找材料、發排，『管』我們的地方，瞪
　　眼每期查看。」「看現在編輯先生這麼輕鬆放手編排的兩岸三邊的文藝微
　　文、轉載、破口大罵等等，真令我羨慕不已，而且怪我自己『予生也早』
　　了。」《林海音傳》，頁275。
❽⑧　由康德與席勒提倡的崇高理論，到了法國頹廢派詩人手中，有很大的不
　　同。「雖然這位德國思想家（按，康德）與他劇作家信徒（按，席勒），
　　有提出對美的接受能力為步入道德成長與市民教育的第一步，但是法國的
　　詩人與他們的盟友聲稱美並不是通往任何目的地的第一步，而是自給自足

　　包天笑《釧影樓回憶錄》追憶三〇年代成舍我從北平帶領一群受過良好訓練的年輕人，南下上海辦報。❽《林海音傳》也敘述到成舍我南下，仍不忘督促北平《世界日報》的報務，在北平兢兢業業工作的林海音，若是不注意上海的新發展，還會受到責罵，這些都證明林海音是親身經歷時代洗禮的知識青年。❾

的、全然足夠的，甚至是唯我論的經驗。」原文云：“Where the German thinker and his playwright-disciple had propounded a receptivity to beauty as the necessary first step toward moral growth and civic education, the French poets and their allies claimed beauty not as a first step toward anything at all but as a self-contained, all-sufficient, even solipsistic experience.”，同註❻，頁 56。

❽　包天笑〈記上海立報〉《釧影樓回憶錄》云：「先是上海新聞界傳出一消息，說北方的新聞界，將到上海來開設一報館，……遲至一二月，又傳北京確有人要到上海來辦報，說是小型報而有大報風度的，擁有資本甚厚，到上海來，要別樹一幟，不是和上海新聞搶生意，而是要向上海新聞界吹進一點新空氣，因此那種傳言，亦頗為上海讀報者所注意。」「……立報上錯字極少。再說他們的排字房，都不是上海招集的，而是成舍我從北方帶來的一班青年子弟，都是訓練過的，有相當文字知識，大概是初中畢業程度，頗喜寫短文，……。」包天笑《釧影樓回憶錄》（臺北：龍文，民79），頁 584、588。

❾　林海音在成舍我主辦的《世界日報》工作，很有壓力。她回憶當時的情形，云：「舍我師對我這半實習的學生，也一樣的要求很緊，就連他到上海、南京去看他那兩個報紙《立報》和《民生報》時，也不放過每日閱讀北平的報紙。他把《世界日報》和其他各報來做比較，尤其是對於北平的另一家大報《北平晨報》上的新聞，逐一比較。我那時專跑婦女、教育這類新聞。他如果看見北平晨報登了一條什麼消息，世界日報沒有，而這條新聞是屬於我工作範圍的，他那航空寄回的新聞比較批閱本子上，就要大批一陣。為了這，我常常哭。我覺得我很努力，對本分的工作一絲也不會偷懶。別人有的新聞，有時也不是非有不可的，但是我敬畏師長，不敢辯

　　廿世紀末，在研究中國三〇年現代派（一稱新感覺派）之風潮之中，有許多相關作品產生，包括李歐梵的《上海狐步舞》蒐集當時最具代表性的作家施蟄存、劉吶鷗、穆時英等人的短篇作品成書；劉吶鷗（本名劉燦波）生平作品集，由他的故鄉臺南縣政府出版；彭小妍《從張資平到劉吶鷗》，描述資本主義下的上海文壇狀況；廿世紀末林燿德曾經遠赴上海，訪問三〇年代以現代主義寫作而聞名的施蟄存，然而，施蟄存當年在上海創辦的《現代》雜誌，卻是文藝青年時期林海音的讀物。

　　三〇年代流行於日本的新感覺派，雖然走西歐路線，與普羅文學相對抗。但是為首之人橫光利一，日後右傾，成為軍國主義者。林海音選擇林芙美子、谷崎潤一郎，再加上中國的郁達夫這種「私小說」風格濃厚的作家，她自己的《城南舊事》也有濃濃的自傳成分在其中，由此可見，她對「私小說」有某些認同。民國五、六〇年代，臺灣、美國關係密切友好，林海音也以文人身份赴美訪問，這些蛛絲馬跡都可以看出，「純文學」的產生，除了林海音本人的學、經歷之外，也有日本與美國的影子在其中。

* 本文為九十一年度國科會計畫：「臺灣都市詩及理論之發展（1949－2000）」之部分成果。

　　解，只有哭泣。我也知道，從全班學生中挑選我出來正式跑新聞，是對我的期望高。但是哭是非哭不可，因為有時確實委屈了我。」林海音〈我的採訪學及其他〉，《我的京味兒回憶錄》，頁184－185。

消費社會的文學敘事

謝靜國*

一

西方著名馬克思主義評論家詹姆遜（F. Jameson）在〈後現代主義與消費社會〉一文中精確卻不無嘆息意味地指出：

> 一種新型的社會開始於二次大戰後的某個時期（被冠以後工業社會、跨國資本主義、消費社會、媒體社會等種種名稱）。新的消費類型：人爲的商品廢棄；時尚和風格的急速變化；廣告、電視和媒體以迄今爲止無與倫比的方式對社會的全面滲透；城市與鄉村、中央與地方的舊有的緊張關係被都市被市郊和普遍的標準化所取代；超級公路龐大網路的發展和駕駛文化的來臨──這些特徵似乎都可以標誌著一個與戰前社會的根本斷裂。❶

---

*　淡江大學中文系兼任講師

❶　詹姆遜《文化轉向》，胡亞敏等譯，北京：中國社會科學出版社，2000年初版，頁 19。

眾所皆知，二次大戰改寫了世界歷史的扉頁，尤其自後冷戰時期美蘇兩大陣營在國際地位的權力消長、第二世界的陸續解體、乃至於網路由最初的軍事目的幾變而為現今幾乎可謂唾手可得的便利工具，一種西方（美國？）文化霸權（cultural hegemony）的搶取豪奪或者蠶食鯨吞，讓甚囂塵上的「全球化」（globalization）聲浪乃至反其道而行的全球化悖論以及本土化（localization）運動率皆相繼如火如荼地在世界各地展開。位於東亞的中國，在 1978 年十一屆三中全會後，也逐漸在這樣的全球化過程中，佔了一席之地，而這次會議有關經濟建設方面的重要結論，則如同詹姆遜所說的，它標誌著與前代中國社會的一個「根本斷裂」。

十一屆三中全會時，鄧小平發表了《解放思想，實事求是，團結一致向前看》的著名講話，這篇被視為該次會議最重要的一篇改革宣言，集中表現在未來幾個施政的明確方向：解放思想、發揚民主、向前看以及研究與解決新問題。鄧小平強調工作重點的轉移，要從昔日以階級鬥爭為綱的狀態走向一個以經濟建設為中心的狀態，新時期的政治路線，是要在二十世紀內把中國建設成一個社會主義的現代化強國。至於工作的細節，「一個中心，兩個基本點」成了當時最具代表性的綱領，前者以經濟建設為意旨，後者則包括了改革開放和四個堅持，其中尤以改革開放為首要之務。改革開放包含了「對內搞活」和「對外開放」兩個具體的方向，「對內搞活」意味著要將過去停滯不前的國內經濟重新運轉起來，向將近三十年的窮困道別，是一種內在機制的重整與再造；「對外開放」則係企圖打開長期在經濟上閉關自守的狀態，盡可能地吸收外商的資

金和技術，以此改變中國長期落後的經濟和困窘的民生問題。❷

　　十一屆三中全會以後，中國在極快速的狀態下由一個普遍貧窮的國家，躍升爲（經濟發展力）亞洲第一，「實現了從溫飽型社會到小康型社會的歷史跨越」。❸改革開放前的中國，以強大的政治權力控制甚至否定經濟——沒有商品交換的自由主義市場經濟，一切國有化經營。❹執政者採用一種表面上藉政治手段控制或分配生產資料，而更具深層意義的卻是同時控制了人民的存在意識和存在方式。隨著中國經濟的重大歷史轉型，改革開放後的中國，業已具備現代都市的組成條件和生活形態。

　　費瑟斯通（M. Featherstone）曾經指出，大量的生產指向消費、休閒和服務，而符號商品（symbolic goods）、影像和訊息也在急速擴張的社會，基本上便可稱之爲「消費社會」（consumer society）。在談到消費社會的最基本構成「消費文化」（consumer culture）時，他著重地指出它的雙重核心：一、就經濟的文化維度而論，符號化（symbolization）與物質商品（material goods）的使用是溝通者（communicators）而不僅只是實用性（utilities）；二、文化商品的經濟方面，供給（supply）、需求（demand）、資本積累（capital

❷　參考武國友《十一屆三中全會紀實》，北京：解放軍文藝出版社，2001年初版2刷，頁199～210。
❸　張宏發編《裂變與整合——中國社會年報 2002 年版》，蘭州：蘭州大學出版社，2003年初版，頁3。
❹　因此我們能在蘇童《紅粉》、莫言《白棉花》等時空背景定位在改革開放前的小說中，看到架上幾乎空無一物，或者僅有少數簡單日用品點綴的「福利社」。

・211・

accumulation）、競爭（competition）和壟斷（monopolization）等市場原則都操控在生活形態、文化產品與消費的領域之內。❺

讓我們回顧中國改革開放後的幾個重要社會現實。改革開放的理想施行十年後，費瑟斯通所說的消費社會的型態已經在中國成形。1988 年被稱為「電影王朔年」，當年王朔共有四部小說被改編成電影，❻由於商業上操作的成功，緊接其後（雖然未必盡與王朔有直接關係）的諸如中國第一部大型電視連續劇《渴望》、《北京人在紐約》等，都改寫了中國廣大影像消費群眾的視覺心態，而其中有關國族論述的部分，更是專家學者津津樂道的話題，然而落實於普羅大眾心理的，恐怕更多是簡單化的城市想像（其中包括金錢、物質、都會愛情和出國想像）。同樣是 1988 年，張藝謀帶著《紅高粱》叩關柏林電影節，並以此擒獲金熊（柏林電影節最高榮譽），將中國（電影）推向國際，以影像「出賣」中國的聲浪也因此產生，「紅高粱」也開始成了西方人想像「中國」的符號。❼

·1993 年，中國經濟和文化轉型上極重要的一個分水嶺，它宣告了一個世俗化、商業化的全面降臨，許多「文化人」（作家和知識份子）敵不過商品大潮的巨浪，下海經商（如上述的王朔）；國際

---

❺ *Consumer Culture & Postmodernism.* London: Sage Publications, 1998, P21&P84.

❻ 這四部小說分別是：《一半是火焰，一半是海水》（電影同名）、《頑主》（電影同名）、《浮出海面》（電影《輪迴》）和《橡皮人》（電影《大喘氣》）。

❼ 因非本文重點，故不討論「出賣」中國之說是否公允。至於西方人對「中國」的想像在張藝謀每一部參加國際影展的作品和陳凱歌《霸王別姬》中皆可見其例。

跨國企業如：Kentucky、McDonald's、Kodak、Sony、Coca Cola……等，陸續將廣告招牌豎立在中國各大城市的街頭，降至二十世紀末，在京津、京滬、武漢等重要經濟特區內，我們更可以輕易地進出 Starbucks、Tesco、Carrefour、Watson's……。狂銷熱賣的「哈佛女孩」系列，再次燃起父母將子女送出國、上哈佛的雄心壯志，世紀末的出國旅遊熱，不得不令人想起 1993 年前後的移民潮，因為它們是如此地相似。改革開放後二十年的中國，已經由一個封閉的時空、國家機器壓縮的意識型態，褪變成因科技和物質文明而養成的開放和符號化的消費社會模式。

值得注意的是，中共十六屆三中全會於 2003 年 10 月 11 至 14 日在北京舉行，新一屆領導集體首次展現經改整體計畫，修憲建議案也首次提交中全會討論。其中「新五十條」是指引未來二十年，特別是未來十年工作的重要文件，內容涉及中國大陸社會主義市場經濟體制改革各個主要領域。做為對「胡溫體制」推動中國大陸政治及社會改革決心的檢驗指標，在經濟方面也做為改革開放 25 年後的一次階段性的經濟總結和再進，十六屆三中全會的經濟和社會推廣藍圖，引領中國進入更普遍的消費社會型態，應該不會只是一個空洞的口號。

二

雷蒙·威廉斯（R. Williams）曾說過：「感覺結構可以被定義為溶解中的社會經驗（social experiences in solution）」，「所關連的是一種雖然是古老形式的修改或更動，卻始終是正在浮現的形構（emergent formation）」，並且是在物質實踐（material practice）中發掘

「新的語義形象（new semantic figures）」，也就是在此際，它做爲一個聯繫前後兩代的橋樑的重要性亦由斯產生，而它有時會非常密切地連結到階級的興起，或者階級內部的矛盾（contradiction）、裂隙（fracture）或變質（mutation）。❽

　　進入消費社會時代，文學究竟產生怎樣的變化？時序進入 90 年代，評論界及文壇紛紛出現「60 年代作家」、「70 年代作家」、「新生代作家」、「晚生代作家」或者「文革後的一代作家」等試圖定義在 90 年代引起注目或討論的文壇新血的稱謂。然而只要讀過他們的作品後便不難發現，想要將上述這些標籤放在 20 世紀 90 年代的中國文壇，無疑是一件吃力不討好，甚至徒勞無功的工作。譬如：以「晚生代作家」含括 60 年代出生的韓東、魯羊、朱文、邱華棟、畢飛宇……等，卻不納入同是 60 年代出生的蘇童、余華和格非，只因他們早在 80 年代便已蜚聲文壇、高唱「先鋒」；而「晚生代」又加入了在思想觀念和藝術風格上呈現偌大差距的出生在 70 年代的作家：丁天、衛慧、棉棉、朱文穎……等，以及 50 年代末出生的何頓，更是讓人匪夷所思，一切只因爲他們在 90 年代才登上文壇，而若以「90 年代文壇作家」稱之，則似乎又將「老」作家視若無睹。筆者以爲，任何一個標籤都無法含盡這個時期文壇的各道風景線（不如考察進入消費社會後，這些作家們究竟有何不同的敘事風格），即便同屬於 70 年代人，彼此之間亦存在相當大的分歧。以丁天爲例：

---

❽　R. Williams, "Structures of Feeling", in *Marxism and Literature*., New York: Oxford U. Press, 1977. pp.128~135.

與其說她們是「用身體寫作」不如說「用身體炒作」更適
合。不過，在目前目力所及的十幾個美女作家中，棉棉、衛
慧又可算是最好的了，其餘的幾乎更是垃圾，大部分是些對
寫作是怎麼回事還沒搞懂的文學女青年跟著這陣風就開始出
書了。❾

我們可以從上述談話內容發現，丁天對 70 年代以降出生，同時被
冠以「美女作家」稱謂的一群都市新人類，有著莫大的歧視，而這
不過是新銳作家中的一例，我們從韓東、朱文等人的談話中，可以
發現他們對傳統文學秩序的不屑一顧，以及對自己乃至於作品的堅
持：

我們的生活之於我們的寫作，比以往的作家來說具有更大的
意義，它是一個整體性的東西，是一個相互交流的東西，生
活與寫作相互交流相互感染，這是肯定的。❿

我覺得我們這一代人寫東西寫得非常之深入，我剛才講到一
個敏感性問題，那種敏感已經細緻到分子的水平，對於這種
敏感，這種寫作與人之間的關係，寫心理上那種一觸即發的

❾　〈丁天：要用作品打動讀者〉，《閱讀導刊》記者孫媚採訪整理，收錄於
　　丁天《傷口咚咚咚》，北京：文化藝術出版社，2001 年初版，頁 290～
　　297。

❿　〈時間流程之外的空間概念──韓東訪談錄〉，張鈞《小說的立場──新
　　生代作家訪談錄》，桂林：廣西師範大學出版社，2002 年初版，頁 28。

感覺，是上一代作家絕對做不到的。⓫

　　我們從中除了發現韓東做爲文壇新血中的佼佼者所具備的自信外，同時也發現了他對那種抽象層次的「感覺」的強調。這種感覺結構的形成，如同上述威廉斯的說法，自然和城市的發展有關，丁天和韓東如此，韓東的好友朱文也有類似的情況。朱文曾言道：「我曾經說過一篇作品的形成我不認爲是我一個人寫的，這就是對這樣的一種感受的描繪」。什麼樣的「感受」在這次訪問中朱文並未進一步引伸說明，但就其訪問中所言的「生活和小說是分不開的」、不關心「智性的東西」、寫作的時候要在語言上「抵達某種情緒」，要有「自由精神」⓬這幾點線索來看，他的「感受」應該就是如同他的小說〈彎腰吃草〉中，對某個意象的刻意經營，以達到某種心領神會的內在溝通，而這一切均發生在城市。

　　進入消費時代，除了前文所述的大環境之外，我們可以在小說家的筆下一窺城市的面貌：

　　　　我還是慶幸我趕上了一個美好的時代，自從我寫作，我使用
　　　　的就是最好的電腦，鍵盤柔軟，儲存快捷。⓭

⓫　同上註，頁46。
⓬　〈寫作是作家最好的自我教育方式──朱文訪談錄〉，收錄同上註，頁 3 〜20。
⓭　周潔茹〈我想我是魚〉，《你疼嗎》，武漢：長江文藝出版社，2000 年 2 刷，頁 2。筆者必須附帶一提的是，網路做爲都市感覺結構的另一個新視界，在中國已經產生了相當大的回應，這從電影《網絡時代的愛情》在網

> 我被信息包圍了，淹沒了，所以我就特別絕望，就要抵抗，
> 就把這些大量的信息塞進小說裡。⓮

我們也可以從作家本身對自己作品人物的敘述，還原某些層面的都
會面貌：

> 他們絕大多數出生在七十年代之後，沒有上一輩的重負沒有
> 歷史的陰影，對生活有著驚人的直覺，對自己有著強烈的自
> 戀，對快樂毫不遲疑地照單全收。

> 在高度物質化的社會裡他們找到存在的理由。
> 我也許無法回答時代深處那些重大性的問題，但我願意成爲
> 這群情緒化的年輕孩子的代言人，讓小說與搖滾、黑唇膏、
> 烈酒、飆車、Credit Card、淋病、Fuck 共同描繪慾望一代形
> 而上的表情。⓯

費瑟斯通所說的消費社會，在他們的認知和筆下繽紛登場。縱使這
些作家的現身說法，或許仍舊只能代表他們這群「少數」對城市、
對當代的感受，但若由另外一個角度思考，從他們集體的銷售狀況

路上引起討論、榕樹下網路文學獎選拔、互聯網上誕生的寫手、乃至於因
小說改編成電影而產生票房效應（出書、周邊商品、演員身價等）的《藍
宇》，都是其中值得注意的例子。
⓮　〈天花板上的都市搖滾──邱華棟訪談錄〉，收錄同註⓾，頁 261、262。
⓯　衛慧〈我生活的美學〉，《文壇壞女孩》，香港：明窗出版社，2000 年 2
　　版，頁 154、155、162。

而言，這種「少數」似乎又代表了「多數」知音的共同心聲，甚至是新一代城市話語的實踐。

　　讓我們反觀學者、評論家對他們的看法：陳思和將 90 年代文壇稱做一個「無名」的狀態，意指「有多種主題並存」；❶李潔非則以 1994 年為分期，將「新生代小說」歸納出三個重要特徵：慾望造就的文本、平面寫作和大眾之眼與個人化敘述；❶陳曉明則認為，九十年代的文學敘事，找不到總體性的意識型態軸心實踐，也無法確認真實的歷史本質，更多的是一種表象式的概括，一種單純的文學話語，一種指向文學自身，或是與現實表象處於同一平面的符號秩序；❶張頤武則將 90 年代小說命名為「新狀態」，泛指「直接產生於我們目前所處的時代，並作用於我們當代的文化語境」。❶諸多評論或許寬容地指陳一個大時代的文學總體趨向，或許嚴厲地以傳統現實主義的文學精神斥責其虛無無根（這不正是都市肌理下必然產生的一種癥狀？），或許樂觀地期待一種文學新視野的誕生，但從他們遴選出的中國 20 世紀 90 年代代表作家和代表作品前十名名單中，全部都是 80 年代便已在文壇受到重視的作家這一點看來，在 90 年代文壇發足狂奔的新人，還有一場馬拉松要跑。

---

❶　〈試論 90 年代文學的無名特徵及其當代性〉，《中國現代、當代文學研究》，2001 年 4 期，頁 14。

❶　〈新生代小說（1994～）·〉，《中國現代、當代文學研究》，1997 年 8 期，頁 88～98&112～118。

❶　〈現代性的盡頭：非歷史化與當代文學變異〉，《現代性與中國當代文學轉型》，昆明：雲南人民出版社，2003 年初版，頁 233。

❶　〈「新狀態」的崛起〉，《從現代性到後現代性》，南寧：廣西教育出版社，1997 年初版，頁 111。

　　或許我們應該這樣看，中產階級溫和與保守的性格——即便這些一部份是以都會雅痞的姿態出現於文壇，並且以性的解放、貌似無所事事的閒蕩者、拜金女子或者邊緣人的立場站穩腳跟的新一代作家，他們「異端」的背後，「前衛」的表象之內，並無法具體看見諸如先鋒派作家那種對人性或者制度的更深刻的挑釁，反而更加擁護物質，以此與消費社會的合法化同構，神話化物質的魅力與崇高——與全球化和跨國資本主義形成一種共謀的關係，而這種關係被新一代的作家自覺或不自覺地吸納，甚至徹底地溶入都市的感覺結構，以無能為力或者樂在其中的態度面對這種時代的轉折。許多前輩作家（尤其知青作家）在都市待了十幾二十年，不寫都市或無法寫都市，似乎只能解釋其內在靈魂無法溶解於都市，而只能遙祭他們心靈的原鄉。❷

　　究竟這一批在 90 年代甫自文壇崛起或者站穩一席之地的小說家，如何深入都市的感覺結構與市民社會的內在肌理，表現城市土壤滋生出的人物形象及其命運？不同的文學社群自然有不同的創作面向與不同的維度，我們可以從下文的分析進行探索和研究。

三

　　「現在這個時代，一百個文人，文學家都比不了一個企業家，現在這個時代，我們的國家最需要的東西是科技，是經濟啊。」❹

---

❷　這些作家主要有賈平凹、韓少功、莫言、張煒、閻連科等，王安憶也是在《長恨歌》之後，才真正發現了城市。

❹　《在北京奔跑》，西安：陝西師範大學出版社，2000 年初版，頁 142。

這是魯羊小說〈在北京奔跑〉中的文字。小說指稱的是 1984 年至
1987 年之間，小說的敘述者「我」在北京讀書時，當地人的價值
觀，這應該可以替中國改革開放後，市場經濟的初步「成果」做下
註解。然而小說中這種抽象的「領悟」，還是要到 90 年代以後，
才變得具體落實起來。現代都市具備的貨幣、契約關係、人權抬頭
（平等、社會關係）等重要特徵，是做爲眾多商品符號載體的資本主
義社會不可或缺的要素，它具體到人與物之間的關係。韓東在〈美
元硬過人民幣〉這個短篇中，以他一貫的黑色幽默，製造一個符合
資本主義價值觀念中，幸福的核心家庭形象。小說男主人公杭小華
在結婚十年後的一次同學會上遇到了老同學成寅，孰料竟因此騷動
起自己的「十年之癢」。「有錢人」杭小華是個彬彬有禮的中年男
士，身上無一處不透露著小資情調，雖然稱不上大款，但在「沒錢
人」成寅的一再鼓吹煽動下，也不禁燃起了嫖妓的慾望。小說中如
何找尋妓女的過程以及杭、成二人因找尋妓女而各自演繹的心路歷
程是全文最高潮迭起的部分。杭小華既拘謹又放肆的念頭，對照成
寅這匹假的識途老馬橫泗的色欲，以及他「同學兼皮條客」的身份
扮演，襯托出兩人之間的「友情」是如何地讓人感動——這當然是
韓東的黑色幽默。小說最後，成寅將「壓箱寶」一百美元（三年前
僅有的一筆海外投稿所得，成寅將它捲成一小條，藏在衣櫃下層抽屜裡的一條
絲襪內）拿出來當嫖妓的費用，三餐幾乎不繼的他，這個舉動只是
因爲按耐不住杭小華在自己的床上嫖妓時，妓女發出的聲浪。成寅
對此有他的邏輯：

　　　　成寅解釋說自己早有此意，並非是即興而爲，兩個朋友睡同

一個女人，就會更加親密無間。他為加強朋友關係才決定這
麼做的，性慾原因倒在其次。況且他讓杭小華先來，已經是
禮讓三先了，實行了待客之道。㉒

小說中尋花問柳以及嫖妓的經過佔了極大的篇幅，這在中國描寫
「性」的小說中是未見的，韓東以朋友（情義 vs 金錢）、妓女（性慾
vs 婚姻）陳述當代經濟發達社會的一個斷片，並由此幽了當代社會
扭曲的價值觀一默。

　　同樣是幽情慾一默，卻呈現出完全不同的文學走向。莫言少數
涉及城市題材的近作《師傅越來越幽默》中，以一名老職工下崗後
的生活為敍事主幹，描述下崗工人老丁被政府欺騙強迫下崗後，在
昔日學徒的慈惠下，以公園偏僻處的一臺報廢公車開了一間林間小
屋，而這間小屋成了在此地幽會的青年男女發洩性慾的場所。小說
細膩地描繪老丁從害怕到習慣再到張狂（好比收工回家後，忍不住和自
己的老伴翻雲覆雨起來，還差點兒把老伴的腰給折了）的心態轉變，而原
本以為自己成了個體戶即將發大財的老丁，卻被一對似鬼實人的情
侶打回原形，他驚顫地飛奔到學徒處求救，還搬來了警察，最後竟
發現小屋內人去樓空（他原以為情侶在裡頭自殺了或者鬧鬼了，因此悄然
無聲）。莫言以老丁為縮影，不僅幽城市（有錢）人的情慾一默，更
深入地針對國家經濟和社會福利政策，由側面提出了質問與諷刺，
一個鮮明的重點在於他的關切點還是落在傳統現實主義中的宏大敍
事視角。

㉒　《我的柏拉圖》，西安：陝西師範大學出版社，2000 年初版，頁 320。

　　若將莫言這篇小說和朱文的〈人民到底需不需要桑拿〉比較，我們又會有新的文學發現。〈人民到底需不需要桑拿〉中的主人公也是一名被迫提前退休的下崗職工，他在下崗後，因為日子百無聊賴，又不想讓街坊瞧他不起，以為他成了無所事事的米蟲，便每天規劃散步的時間和行程，好讓自己不要老是待在家裡。在一次意外被裝修中的桑拿廣告燈管砸中腦袋後，他興起了調查市內究竟有多少家桑拿的構想。他花了好幾個月的時間終於調查出全市共有三千多家桑拿，但桑拿的數目在他交出「調查報告」後，仍持續不停地增加，更重要的是，沒有人在意他的報告，媒體甚至對他嗤之以鼻。小說沒有對政府政策的批判，卻只是平淡卻有力地鋪陳了一幅幅中產階級洗桑拿的舒服模樣，以及他們對「有錢」的歌頌。值得注意的是，小說點出了城市休閒結構的變化，而這樣的變化，與經濟發達密切相關。

　　在「人民富起來了」的社會，畢飛宇寫出了他對消費社會中異化（alienation）的憂慮。在〈九層電梯〉這個短篇中，小說敘述者「我」應該有作者一部份的成長經驗投射。小說主要藉女兒養的兩隻寵物貓耶蘿和布萊克漸漸失去——至少是「我」印象中的貓的野性（在小說中野性意味著原始的本能）為主幹，暗示人在都市當中亦逐漸失去了人的原始能力，就連運動都只能在公園騎自行車或者爬爬假山。「我」意識到「這世界真的變了。理不出頭緒了。」[23]但卻始終無力改變現狀。小說中無能為力的哀傷在結尾處推向極致，耶蘿死後，失去玩伴的布萊克當天夜裡就跳樓自殺，畢飛宇的城市寓

---

[23]　《祖宗》，北京：中國華僑出版社，1996 年初版，頁 244。

言讀來令人不寒而慄。

然而這並不表示畢飛宇否定他生存的時代與環境。前文曾經提到文壇新人對前代作家或者文學典範劃清界限的自覺行動，而這種觀念上的「斷」代，在畢飛宇〈雨天的棉花糖〉中強烈顯露。該篇小說描寫一則父子關係嚴重坎陷的故事，小說的主人公紅豆從小就是個覺得自己應該是女孩的男孩，但是家庭背景嚴重限制了他的未來發展，尤其是紅豆那個一心嚮往紅太陽與革命教條的父親，在傳統國家意識型態的玩弄下，提前結束了紅豆的生命。紅豆是小說中唯一沒有瘋的人，卻被送進了精神病院，最後抑鬱地死去，這一切只因他從戰場上被以戰俘的身份遣返回鄉，而不是如父親那般期待他戰死沙場。小說對父子兩代之間的價值觀做了無情的揭露與諷刺，而其中不難看出畢飛宇對新一代自由精神的重視。

如果說 60 年代出生的畢飛宇和韓東、朱文、吳晨駿等對城市還有一點擔憂，70 年代出生的作家，似乎將這種擔憂化為一種生活之必然，縱使他們不無例外地感覺到其中無法掩飾的虛無。

1995 年前後，陳染的《私人生活》和林白的《一個人的戰爭》在文壇和評論界掀起了一陣「女性私語」、「個人化敘事」乃至於相關的女性主義性別論述。20 世紀末 21 世紀初，一群生活在上海等大都市的女作家，進一步延伸或者攪亂了女性書寫的生態，其中尤其以衛慧、棉棉等人為著。

衛慧〈愛人的房間〉中刻意的分段敘述（小說每段標示編號，共七十八段，另加尾聲四段），對小說敘事的進行並沒有特別的加分作用，各段落之間的脈絡義或者孤立或者相連，除卻這些編號並不會影響閱讀。這些編號只是小說中那個孤獨到極點的女孩生命碎片

（fragments）的拼湊（collage），但終究無法還原她本來的面目，那個因父母墜機而意外得到一筆龐大保險補償金的年輕女子，不過是一朵悽愴的城市水仙，做著顧影自憐卻又偷窺意淫的無根生活。這種看似瘋狂的舉動，一幕幕消費社會的慾望寫照/實，其實早在她的中篇《像衛慧那樣瘋狂》中表露無遺，小說中在傳統道德眼光中畸零發展的愛欲情仇、文字敘述中間或出現的看似有理卻又無理的弔詭文字，以及處處瀰漫的布爾喬亞兼具波西米亞的豔異情調，都是衛慧視「瘋狂」爲「某種持久的現實，一種擺脱公眾陰影的簡單明快而又使人著魔的方法，也是保持自我、使人振奮、增添活力的東西」❷的表現罷了。

> 對我來説，我喜歡獨自面對屏幕（筆者按：電腦屏幕），看所有文字閃爍著消逝的寂寞。我把自己寫的小説，叫做寫在水中的字，因爲它們在不斷孤獨地消逝，沒有聲音，沒有終結……這種虛無的感覺，好像生命。❷

不同於衛慧的「瘋狂」，安妮寶貝在她美好的時代中，以先進的電腦科技豢養寂寞的靈魂。她的〈八月未央〉中，二十五歲的敘述者「我」能在十分鐘之內判斷一個男人是否會和她的一生有關，這種判斷依賴的還是高速化都市生活訓練有素的直覺，而非人生的

---

❷ 衛慧〈我生活的美學〉，《文壇壞女孩》，香港：明窗出版社，2000 年 2 版，頁 163。

❷ 安妮寶貝〈安妮寶貝自述〉，《八月未央》，北京：作家出版社，2002 年 17 刷，頁 286。

閱歷。小說中的都會休閒,如:迷戀身體的香味、酒吧、上網……等,和衛慧、棉棉、朱文穎甚至「老」一輩的陳染、池莉曾經描繪過的城市必備形象並無二致,但其中跳接得相當迅速的情慾戲碼（猶疑/游移在同性與異性之間的情慾光譜中）,庶幾成了網絡時代談情說愛的方程式:即時的亦是即食的,它迥異於陳染、林白這一批「老」作家將女性的身體當作一種性別政治的書寫與對父權體制的權力翻易的敘述策略,直探「性」的生物性意義,而這種情形在安妮寶貝這一代女作家筆下,卻是司空見慣。

我們幾乎可以篤定的說,王朔在中國 20 世紀 90 年代的文學現象流轉中,掀起市場（經濟）化文學的第一個衝擊波,即便他令許多人又愛又恨,卻終究是一個無法抹煞的事實,最直接的證明是,許多在二十世紀的最後十年受到文壇注目/側目的年輕作家,都承認曾受到王朔的影響,丁天甚至就曾說自己崇拜王朔。丁天的長篇《臉》裡頭有最新的變臉科技,讓人長生不老的科技幻想,電子郵件和行動電話在其中自然也扮演了重要的溝通媒介,性自然是不可少的,小說中的性有《查太萊夫人的情人》般的冒險刺激,卻更增加了都市感性,和衛慧、棉棉、周潔茹、安妮寶貝等 70 年代誕生的女作家一般,充滿了性的動物性本質。丁天曾說:「我總是想到我的讀者是一些比較年輕的人,他們躺在床頭,讀著感覺比較新穎,這樣我就滿意了。更沈重的思考我覺得不必要,我覺得讀小說就是為了休息。」㉖拋開前輩的「沈重」敘事,我們看到一朵朵飄在「水上」的文字,虛無縹緲,有一種悽愴之美,這與前輩作家的

㉖　〈少年的成長與感傷——丁天訪談錄〉,收錄同註➓,頁 303、304。

以「醜/丑」爲美，不斷向文化深處耙糞的敘事截然二分，更重要的是，寫作的功能性指向業已悄悄產生位移。

米歇爾·德賽都在〈走在城市裡〉一文中寫下這樣的文字：

> 他們行走，乃是體驗這個城市的一種基本形式。他們是行走者，身體隨著城市「文本」的厚薄而起落，他們書寫這個文本，但讀不懂它。
>
> 一個熙熙攘攘城市裡的實踐活動彷彿都有他們那種盲目無知的特點。這些移動而交錯的字句網絡構成一個多重的故事，沒有作者，也沒有觀者，它在空間軌道和變更的碎片中成形：就它與關於它的再現的關係而言，它仍然是平常的無限的他者。㉗

如邱華棟所說：「九十年代，中國社會的矛盾都在城市化中表現出來了，以城市爲背景的文學當然會應運而生」。㉘文學進入消費社會後，在新人、新觀念、新的感覺結構產生時，必然會產生文學/文化分流現象，文壇新人固然一時無法取代舊人的文學地位，但是他們以一種全新的敘述基點和視角，爲世人提供一種新的文學風景和城市圖像，直面當下成了他們書寫故我在的一種敘事立場。在直面當下之際，他們究竟是否讀懂了城市？或許從他們對城市的認識

㉗ 羅鋼、劉象愚主編《文化研究讀本》，北京：中國社會科學出版社，2000初版，頁 318。

㉘ 〈我的城市地理學和城市病理學以及其他〉，《中國現代、當代文學研究》，1997 年 12 期，頁 87。

當中，我們仍舊無法拼湊出城市的樣貌（這幾乎是不可能的事），而這些看似「作者」的他們，更深一層地看，也不過是被城市書寫。城市以一種強大的驅力驅使他們寫作，以寫作「再現」城市的某個「碎片」，「作者」成了城市生活中一名被虛無化或者被零餘化的「他者」。

　　但，這正是他們的意義。

四

　　曾幾何時，崔健的《一無所有》被眾人遺忘在 80 年代末，不再是對 70 年代（以前）的反抗和反諷；毛寧的《濤聲依舊》㉙在今天業已成了當年中國冒起的懷舊熱的一絲滄桑音響（絕響？），這無非是自改革開放以降，中國現代社會，至少是現代都市一切「向前看」的必然宿命。在〈全球化將加速中國社會變遷〉一文中指出：「中國正處於快速經濟『轉型』和社會『轉軌』過程中，容易發生各種矛盾集中和新、老矛盾交錯現象，構成中國特色的社會問題。」㉚這篇文章雖然著重在經濟問題的討論，但在經濟問題的籠罩下，我們同時發現它滋生和繁衍出新一代的文學變相。

　　90 年代的文壇新血，通過對宏偉敘事（grand narrative）的解構甚至拋棄，以個人化的生平，採一種孤高且直接的述寫姿態，為 80 年代以前聞名文壇的前輩作家，以及傳統現實主義中的美學範

㉙　崔健為中國第一位搖滾歌手，他的現身以登上工人體育館演唱為開端；毛寧則為 90 年代紅遍全中國的流行歌手，兩人所演唱的歌曲在當時均引起熱烈迴響，具有時代的指標性意義。

㉚　同註❸，頁 15。

型（本質主義的、歷史化的、國族的）進行解魅（disenchant）的工程，這正是消費社會中，兩代之間的文化跨越，以及都市感覺結構的消溶和聯繫。他們對「歷史」的態度本身就是「無」歷史化的，這個「無」既是形容詞，亦是動詞。他們對生存空間的表達，或者說他們的自律以及律他的「新」生存方式，正是透過一種對權力、性別、世代、靈魂與其他在消費社會中紛起的症狀（sickness）/徵狀（syndrome）進行再製與重組，而根本不需搖旗吶喊、衝鋒陷陣般地進行嚴肅的挑叛，因爲身體即書寫，而書寫即存在。他們在（消費）文化實踐與價值催生之際扮演「時代主體」的角色，儘管幾乎無一例外地帶有都會雅痞氣息和菁英姿態，但他們依舊賦予了當下以當代性（contemporariness），並且向一種新的無限性延伸，以表象（presentation）爲表述（presentment）和存在（presence）的依據。

持平而論，消費社會的文學敘事，文字本身亦淪爲一場場消費的盛宴，但這批作家顯然志不在此，因爲對他們而言，寫作已經變成一種文字的煉「金」❸術，即便在許多人眼中是文字屍體，他們依然可以從中借屍還魂。我們與其將之視爲文字生產的不斷增殖而文學意義的持續貶值的一種墮落，不如當作是一次寫作時代的飛翔，只是姿勢不同、方向各異罷了。甚至，我們可以推論，消費社會已開始形成一個新興的中產階級和公共領域，他們透過文字發表對當代的言論與情感，而這塊領域固然不足以做爲與政權對抗和戰鬥的號角，卻必然是通向當代城市的一道重要關卡。

---

❸　筆者在此將「金」分爲兩層含意：其一意指名利，即部分作家藉由寫作獵取虛名和財富；其二意指作家著意描繪物質社會的「金」碧輝煌。

　　20 世紀 90 年代以降，傳統小說的敘事聲調和注目焦點不得不挪出一條道路於一個全新的載體，只因它們已經無法承載過重的時代巨浪以及伴隨此一波波巨浪而至的新的小說肌理，即便這在「傳統」作家或評論家眼中恐怕是「消解深度」、「過度平面化」或者「弒父」的同義詞。一種「後現代」的標竿顯然簡化或低估了這種身處消費社會而不得不宿命地向資本主義的商品文化邏輯低頭，不得不臣服於都市感覺結構中，無處逃避卻又無處告別地成了其中一名微不足道的載物，因爲他們以直面當下生活爲主要的創作性格和敘事特徵，即便這直接證明了班雅明（W. Benjamin）所說的，在靈光消逝的年代，我們都將成爲勝利者（資本主義文化邏輯/市場經濟/全球化）的清單中的一枚灰燼。

　　2001 年 1 月 18 日《北京晚報》刊出了由幾位中國當代重量級評論家（如：陳曉明、李潔非、洪子誠等）組成的作家推選委員會所選出的中國作家「夢之隊」。被選出的五十位作家全部在五十歲以下，且其中大約有三分之一崛起於 90 年代文壇，但是一個令人不意外的意外是，五十人當中，沒有一個是 70 年代以後出生的作家，其中評審的標準與仲裁的文化/文學機制不言而喻，但筆者更有興趣且不無憂心的卻是報導中「讀者可以在網上猜，猜中了還有獎」㉜的字句，這豈不也是文學商品化的表現？文學/學術菁英的背書認證，加上市場經濟的強力行銷，評論家、作家與作品都成了一件件文化商品，在抽象的交換形式當中，評論家和作家也被迫變成其中的同類。

㉜　猜這五十位作家會自我推薦哪一篇作品。

論自然書寫與環境美學：以陳列《永遠的山》為例示

蕭振邦[*]

（修訂版）

大綱：

前言

一·是「自然寫作」或「自然書寫」？

二·「自然書寫」可以視爲某種文學？

三·自然書寫作爲文學的一種美學構想

結語

摘要：

本文主要的論述著力於：(i)說明自然書寫是文學，但是，其文本取樣空間遠比一般所想像的爲窄，換言之，有很多一般人所謂的「自然寫作」，其實並不能歸類爲「自然書寫」，而這也就必須重新討論並釐清「自然書寫」的定義；

---

[*]　中央大學哲研所專任副教授

(ii)嘗試在整理與檢視若干國人和國外學者與「自然書寫」有關的研究論述之後，為它提供較適切的定義；(iii)更進一步，嘗試透過特定的美學參考架構——生態藝術理論(一種環境美學陳議)，以釐清「自然書寫」具有文學地位的可能性。

關鍵字：

自然寫作、自然書寫、生態批評、「文學文本」、「『自然書寫』寫作」、替代論證、美學中介參考架構、體現、生態藝術論

前言

1. 在台灣，1900 年代以後，「自然寫作/自然書寫」似乎成為作家和若干論者的關懷主題之一，學界與坊間也出現了許多探究和論述它的作品，然而，到底「自然寫作/自然書寫」是什麼，它是否具有「文學地位」等等問題，目前仍然充斥著許多爭議。

2. 經過深入地考察，發現造成這些爭議的主要原因，還是在於由「自然寫作/自然書寫」實務過渡到「自然寫作/自然書寫」之知識的建構過程中，「自然寫作/自然書寫」本身作為一門「知識學」的基本知識分類綱領(taxonomy)並未被論者釐清之故！是此，**本文嘗試依循一般學術之「提問－探究－解題」的研究進路**，在整理與檢視若干國人和國外學者的「自然寫作/自然書寫」研究論述之後，為這個概念劃清界限，並提供較適切的定義。更有進者，也想嘗試透過特定美學參考架構，以釐清「自然寫作/自然書寫」具有文學地位的可能性。

3. 但是，特別要指出的是，以論述的主題有所專對故，我在文中預設了大家對「文學」本身擁有一定的共識和理解，而不再予以探究和討論。

一·是「自然寫作」或「自然書寫」？

1. 可以說，在西方學者論議的寫作體例中，〝nature writing〞的字面意義大體有兩種意思：(i)若就文學脈絡來看，它意指的是某種文學的「寫作」類型，通常，這類寫作活動本身即突顯了「創作」和「要寫成某種『作品』」的先在意向，國內學者通常以「自然寫作」來轉譯它；❶(ii)若就一般文字操作的脈絡來看，則〝nature writing〞不一定與「文學創作」意向有關，作者也不一定就先存有「寫成一件作品」的意圖，它只是某種單純與自然事件相關的記實或書寫，我認爲，若單就此一脈絡而言，它便應該轉譯成「自然書寫」。基本上，〝nature writing〞較寬泛的涵義(implication)，原本指的只是某種與「自然」相關的人類書寫。是此，我們先由「自然寫作」與「自然書寫」都有可能指的是〝nature writing〞的假設觀點作爲討論的起點，看看國人和國外學者的探究和論述，到底揭露了它的那些重要涵義。國人與國外學者的研究和論述可以概述如下。

   1) 國人，特別是台灣方面，關於自然寫作/自然書寫的討論，大致要遲至 1900 年代以後才有論者以「自然寫作」這一專有名詞作爲主題，而進行探究或論述。

---

❶ 相關見解的詳細溯根性考察，請參閱吳明益(編)，《台灣自然寫作選》(台北：二魚文化事業有限公司，2003，初版一刷)，頁一一。

a. 手邊可以找得到的較早文獻，即王家祥的〈我所知道的自然寫作與台灣土地〉(1992)。❷其文，並未意圖要在文學的知識分類綱領中為「自然寫作」找到定位，反而是依循某種「長期觀察記錄」的「自然寫作」基調，而刻意突顯作者與土地的深情互動及其涵義。他並指出：「自然文學(natural writing)又稱荒野文學(wilderness)。所謂自然主義的文學，便是以大自然為母體，以優美動人的文句，發人深省的哲思，紀錄自然中的生命型態，人與自然之間微妙或整體的互動。//❸基本上，它有一個基礎的文學架構、濃厚的人文精神、知識性或科學印證的專業觀點，但最重要的，它所具有的強烈來自心靈深處的反省、思考，經由觀察、紀錄等活動，而具備了一定的理論基礎，再加以邏輯辯證所思考出來的觀點，才是它最迷人之處。」此中，把「自然文學」等同於「荒野文學」看待，當然是一種錯置，但是，作者的確也揭露了「自然寫作」深涵的一套與人文精神相關的「文學架構」，以及呈現特定觀點的「理論基礎」，只是，作者在文中並沒有直接說明此一「架構」和「基礎」是什麼，他毋寧是藉由台灣「自然寫作」發展史的反思，間接地展示了它們的可能內涵。

b. 再來是陳建一的〈發現一個新的文學傳統──自然寫作〉

---

❷ 參見王家祥，〈我所知道的自然寫作與台灣土地〉，原刊於《自立晚報》，1992 年 8 月 28~30 日，第 19 版，本文引用文字，張貼於 http://ecophilia.fo.ntu.edu.tw/read/read/1997-0910h.html。

❸ 〝//〞此記號注明原文於此處另起一段。

(1994)，❹雖然他的「新的傳統」一詞很弔詭，但的確很創意地把「自然寫作」界定爲「就是自然語言與自然體驗辯證過程中延伸出來的一種文學類型」(陳建一，1994：84)。然而根據他的研究，卻進而推斷(陳建一，1994：86-7)，自然寫作其實與中國傳統文學無法直接形成有意義的連接網絡，也無法在西方自然文學中找到直接的淵源，因而自然寫作乃是台灣經驗的產物。這種推斷便突顯了他定義中「自然語言」這一概念的含混或歧義，我們可以試想，如果中西方的淵源都切斷了，那麼這種「自然語言」從何而來？更且，此界定中的「辯證過程」所指爲何，也會有爭議。❺

c. 陳慈美的〈自然寫作的經典——李奧波逝世五十週年專文之一〉(1998)一文中，❻她試圖把 Aldo Leopold 的《砂地郡曆誌》(*A Sand County Almanac*, 1949)置入由美國耶魯大學英文

---

❹ 參見陳建一，〈發現一個新的文學傳統——自然寫作〉，刊於《誠品閱讀》第 17 期，1994 年 8 月，頁八一～七。(亦刊登於《生態神學通訊》第 21 期。)

❺ 關於王家祥和陳建一文章中的論點及見解，吳明益先生都在他的博士論文《當代台灣自然寫作研究》中提出了更詳細的論述，以及他個人觀點的批評，而且他也配合了台灣文學的發展現況，提供了更具廣度的相關脈絡之理解資源，讀者可以進一步參考之。請參閱吳明益(研撰)，李瑞騰(指導)，《當代台灣自然寫作研究》(中壢：國立中央大學中文研究所博士論文，2003)。

❻ 參見陳慈美，〈自然寫作的經典——李奧波逝世五十週年專文之一〉，刊於《主婦聯盟會訊》第 125 期，1998 年 4 月，本文引用文字，張貼於主婦聯盟網，http://forum.yam.org.tw/women/backinfo/recreation/nature/land10.htm。

　　系教授 John Tallmadge 所分析重構的「美國自然寫作文類間
架」中，以突顯 Leopold 著作的特殊地位。大體上，此一努
力爲我們提供某種有關「美國的自然寫作」之較爲粗放的參
考架構：「在懷特和李奧波之間的一百五十年中，由於受到
浪漫主義的影響，自然寫作的演變大致可歸納爲兩大方向：
其一是如達爾文(1809-82)的《獵犬號航海記》(*Veyage of the
Beagle*, 1839)，或美國國家公園之父繆爾(John Muir, 1838-
1914)的《我在西拉的第一個夏天》(*My First Summer in the
Sierra*, 1911)等作品一樣，非常明顯的溶入作者個人的性格
特質，尤其是作者對土地和其中的生物情感上的回應，或驚
訝、或讚歎、或沉思、或敬畏。這些屬於作者的主觀感受和
觀察後的客觀記錄，交錯地在書中出現。另一種發展的方向
則在美國形成社會批判的傳統，這個傳統裡的基本概念，就
是以大自然純淨無瑕的道德爲標準，對照出文明的腐敗與墮
落，如：小說家庫柏，畫家柯爾、杜蘭等，而梭羅(1817-62)
的《湖濱散記》(*Walden*, 1854)則爲此傳統的佼佼者，針對
美國文化提出極爲嚴厲的批判，因而奠立美國自然寫作的風
格。」在此背景下，陳慈美簡介了《砂地邵曆誌》突顯出來
的特色和寫作技巧，並指出「塔馬其認爲，若要了解《砂地
邵曆誌》無窮的深度與廣度，應該要從文學作品的角度來檢
視才會看得清楚」。❼爲什麼美國學者會認爲要從文學作品
的角度來檢視《砂地邵曆誌》，才能看清礎它呢？「文學作

---

❼　參見同前註。

品的角度」所指為何？這是一些很有趣的觀點！

d. 美國加州 Santa Barbara 大學東亞語言與文化研究所教授杜國清在《台灣文學英譯叢刊·第八輯·卷頭語：台灣文學與自然·環境》一文中循學者專家的分析指出，「自然寫作/自然書寫」和「生態寫作」有所區別，前者「著重於描寫謳歌自然之美，重現（represent）自然景觀」，而後者則「著重於探討生態與人類之間的關係」。❽這種觀點，把「自然寫作/自然書寫」置入一種再現理論(或寫實主義)的美學架構之中，而有別於他所謂的「生態寫作」。其實，姑不論此一區分的範疇內涵是否恰當，可以說，僅就目前的寫作實務來分類，在有關自然寫作/自然書寫的相關作品之中，的確可以區分出「自然寫作/自然書寫」與「生態批評」這類不同的書寫文類！然而，在這種區分當中，「生態批評」與「自然寫作」或「自然書寫」畢竟是完全不同層級的概念(詳後文所論)。

e. 大陸作家李華新在〈荒野是人類的根基──讀《尋歸荒野》〉一文❾中引述了美國文學批評家 John A. Murray 的看法❿指出，自從 1978 年 4 月 22 日第一個地球日以來，一種

---

❽ 參見杜國清，2000，〈台灣文學與自然·環境〉，引自美國加州 Santa Barbara 大學世華文學研究中心網，http://www.eastasian.ucsb.edu/projects/fswlc/tlsd/research/Journal08/foreword8c.html。

❾ 參見明心網，http://xinsheng.net/xs/articles/gb/2003/7/31/22568.htm。

❿ Murray 的看法參見他自 1984 年開始編著的《美國自然寫作系列》(*American Nature Writing*)，在其 1996 年和 1999 年的著作中都附有篇幅極

曾經鮮爲人知的散文體──「自然文學」〔按：指「自然寫作/自然書寫」。〕──日益穩定地發展，並逐漸深得人心，到 1992 年，它已經成爲美國文學的主要流派，它同時也是美國文學中最令人激賞的一個領域。再者，可以歸結，20 世紀自然文學有兩個顯著的特點：(i)它不僅包括了文學中對美的追求，而且還對土地、自然界倫理觀有所回應。這也就是從美學的角度來描述人類與自然界所存在的某種倫理觀；(ii)它格外重視位置感──土地的支撐點，而這也是自然文學流派的一個精神的支撐點。在此一說明中，「自然寫作/自然書寫」被界定爲某種「散文體」式的作品(如是，「小說」就不包括在此一範疇之內了)，而且，特別突顯了此種文體所展現的「美學－倫理學觀」和對「土地」的重視。

f. 國內目前有關「自然寫作/自然書寫」論述較周詳而深入的著作，當推顏崑陽指導，吳明益研撰的博士論文《當代台灣自然寫作研究》。在這本論文中，作者分別針對台灣自然寫作文本及其文學涵義，循台灣文學發展現況作了深入的考察和反思，❶也試圖評價若干具有代表性的「自然寫作」作家

長的導論，請參閱 John A. Murray, *American Nature Writing, 1996*(New York: Random House, 1996)。

❶ 吳明益先生大約是台灣少數意識到，就 〝nature writing〞 這一概念的理解而言，「自然寫作」與「自然書寫」二詞應該有所區隔的研究者，但是，他仍然認爲在文學脈絡中所研究的對象就是「自然寫作」。下文幾段有關他的「解釋性的界義」之見解的論述中，凡是以「自然寫作」一詞出現

的作品。在他深入探究之後，爲「自然寫作」這一概念給出了一些「具有後設意味」的描述性定義(作者自己稱之爲「解釋性的界義」)，⓬十分值得參考，今條列並加檢討如下：⓭

a) 「以『自然』與人的互動爲描寫的主軸——並非所有涵有『自然』元素的作品皆可稱爲自然寫作」。這是針對構成「自然寫作/自然書寫」之作品的「內容條件」(符合之即呈現爲我們所認定的「作品內容」)加以描述，惜此一界定的後半部分使用了否定詞，而有淪爲消極定義之嫌，換言之，有了後半部分的否定，「以自然與人的互動爲描寫的主軸」這項原理就不能作爲「自然寫作/自然書寫」之本質區分的依據了。

b) 「注視、觀察、記錄、探究與發現等『非虛構的』經驗——實際的自然/野性體驗是作者創作過程中的必要歷程」。這是針對作者創作活動的「經驗底本」加以描述，並規範之爲「(自然寫作之)創作的必要條件」！其實這是

者，指的是吳明益先生的看法，凡是以「自然寫作/自然書寫」一詞出現者，則是我自己的說明或解釋。

⓬ 吳明益先生在給出這些「解釋性的界義」時，據他自稱並不是要給定某種「嚴格定義」，而只是要「解釋、描述本文主要討論的『當代台灣自然寫作文本』之意涵」(吳明益，2003：19)，是此，他所給出的應該是某種「描述性定義」，但是，由於又兼有解釋的要求，而不純然只是描述，反而深具反思和規範的涵義，職是之故，我把它稱爲「『具有後設意味』的描述性定義」。

⓭ 以下引用文字參見，引用書(吳明益，2003：27-31)。

　　對下文所謂的「個人敘述」〔按：應作「敘事」，以下均
改稱「個人敘事」。〕的經驗依據所作的一種次級界定。

c)「自然知識符碼的運用，與客觀上的知性理解成為行文的
肌理」。這是針對作者操作語文時，或者是重視「表意功
能」，或者是重視「表情功能」，以及與文字相關的「意
義向度」之取決的一個規範，簡言之，「自然寫作/自然
寫作」本身的「文字素質」乃突顯了某種「知性訴求」
(特別是「客觀認識」)的涵義(其語用上的「外指功能」乃
被重視，如是，乃不同於，譬如，「詩的語言」)。

d)「是一種以個人敘述(personal narrative)為主的書寫」。這
應該是「自然寫作」最重要的內涵之一──它就是一種
「個人敘事」！但是，這種「個人敘事」如何與一般所謂
的「日記」、「日誌」有所區隔呢？這裡應該有一些更深
入的探究與說明才是，吳明益並沒有於此再深入考察與分
析，這也使得他所作的「界義」，在這方面有所不足！

e)「發展成以文學揉合史學、生物科學、生態學、倫理學、
民族學、民俗學的獨特文類」。這是依循文學的知識間
架，考量「自然寫作」與其他知識領域可能具有的相互關
係(correlations)。這方面的界定原本就很難周延，蓋以其
取決於文本作者的經驗、學養和訴求均特未定也。是以，
是否不要列出各知識領域之細目，而改以「自然寫作/自
然書寫」之作者向度的考量作為界定的孔目為宜？而且，
此中有待說明的是，譬如，「文學」與「生物科學」這兩
個完全不同的學科，是透過什麼「中介」而嵌結在一起

(進而促使兩者衍生間接關係)的呢？事實上，如果在這裡試圖指出，「自然寫作」就是一個恰當的中介，那麼，我們便會墮入「循環定義」的困擾之中，蓋因吾人這樣進行的思考，正是在爲「自然寫作/自然書寫」下定義故。

f) 「覺醒與尊重——呈現出不同時期人類對待環境的意識」。這也可以視爲是針對創作活動之「經驗底本」的核心意義所作的一項規定，屬於「個人敘事」之經驗涵義的一個次級界定。

g) 總的說來，若前述分析無誤，則吳明益所作的「解釋性界義」，大體上，針對「自然寫作」的文本素質給定了兩個規範，並針對創作者——特別是深具「個人敘事」特色的創作活動——給定了四個規範。簡言之，在此項界定的努力中，他處理了「自然寫作」的「作品」和「作者」這兩個面相，但是，可以說，畢竟忽略了「讀者」這一面相！這也可能使此一定義有所遺憾，而不能使我們清楚「自然寫作/自然書寫」究竟所指爲何！

g. 國內有關「自然寫作」的相關研究作品也出現在幾次研討會，和相關的研究論文之中，然大體不出以上所討論的視域(perspective)，在此就不再綴述。❹而且，容或可以說，國人

---

❹ 舉例而言，國內相關的研究論文計有：(i)簡義民，《台灣「自然寫作」研究——以 1981-1997 爲範圍》(1998)，文中把「自然寫作」區分爲初期的「環保文學」、「隱逸文學」二種，以及後期的「觀察記錄」、「自然誌」與不能歸爲前面幾類的「其他類型」，請參閱簡義明(研撰)，張雙英(指導)，《台灣「自然寫作」研究——以 1981-1997 爲範圍》(台北：國立

　　大多未意識到，就〝nature writing〞的理解而言，「自然寫作」與「自然書寫」乃是有區隔的概念，一般人常常混為一談，或捨彼取此。

2) 在國外，〝nature writing〞基本上可以對照其「文學自然史」(literary nature history)而看到相應的同步發展，但是，有關「自然寫作/自然書寫」的嚴格定義也不多見(足見在界定上有其一定程度的困難)，以下分別敘述一些代表性的看法。

a. Ricard A. Lillard 指出，(i)傳統上說，**自然寫作/自然書寫是某種非虛構的寫作，它乃是抒情的、傳訊的和反治政的** (apolitical)；(ii)在 18 世紀以來的西歐和北美，已經擁有穩定發展的讀者和作者的歷史，而這些人關懷的事務是自覺地進行而沒有他人幫助或注意到的事務；(iii)時至今日，它時而已然成為「保育人士戰書」(conservationist battle book)的混血兒；(iv)自然寫作/自然書寫的主題多半與田園的、荒野

政治大學中大研究所碩士論文，1998)；(ii)許尤美，《台灣當代自然寫作研究》(1999)，文中則將「自然寫作」區分為「環保意識」、「簡樸生活」、「都市新精神」、「自然誌與地方誌的整理」幾種類型。請參閱許尤美(研撰)，李瑞騰(指導)，《台灣當代自然寫作研究》(中壢：國立中央大學中國文學研究所碩士論文，1999)；(iii)李炫蒼，《現當代台灣「自然寫作」研究》(1999)，文中則依據「自然寫作」的文本分析，而列出了「大地傷痕的印記」、「田園幽隱的懷想」、「自然觀察的書寫」、「歷史與空間的對話」、「綠色生活」等等創作類型之區分，請參閱李炫蒼(研撰)，呂興昌(指導)，《現當代台灣「自然寫作」研究》(台北：國立台灣師範大學國文研究所碩士論文，1999)。大體上說，以上三本研究論文都努力從「類型學」的觀點，嘗試釐清所謂「自然寫作」的內涵，雖所重各有不同，卻都有其參考價值。

的或半荒野的鄰近地區有關。**⓯**

a) 根據 Lillard 的意見，自然寫作/自然書寫並非文學分析、知識分類摘要、學問集結、討論地理演化的歷史著作、某種主題研究的著作、奠基於調查和旅遊之上的論文等等，而且，最好是，自然寫作/自然書寫的作品乃阻止了對自然事件有目的的多愁善感(sentimentality)、人格化和責難，阻止將人類的任何系統加諸其他物種之上。

b) **自然寫作/自然寫書乃是某種個人的陳述，通常是討喜的寫作(the literary)，透過一位精通人文與自然科學(特別是生態學方面的研究)的圓熟的觀察者，所講述的第一手有關自然觀察的報告。自然寫作者/自然書寫者期望他們的出現，對所觀察的自然的影響降至最低，他們只想要記錄而不是改變自然，只想理解而不是佔有自然；只想任其自然而不是取代自然。而且，通常所有的自然寫作/自然書寫著作都是歌頌生命的。**

b. Frank Stewart 則主張，如文學/寫作的自然史(literary natural history)所示，自然寫作/自然書寫乃試圖喚醒我們：正視自然！是以，我們首度完整而當下地「看見」整個自然，它嘗試要我們把握自然的實有物和生物的細節，及其整合性和整體關係。**關於這一類的書寫預籌了讀者的想像力，以便讓他**

⓯ 整理自 Richard A. Lillard, "The Nature Book in Action" in *Teaching Environmental Literature*, edited by Frederick O. Waage (MLA, 1985), 35-44。

們洞察平時無法經驗到的自然現象，而那些事物似乎是疏遠的、異類的，更且似乎對讀者本身而言也不具有個人的意義。透過我們知識資源的結合——隱喻和硬性測度、詩和知識分類綱領，簡言之，透過文學/寫作的自然史的揭示，吾人開始理解到自然世界首度爲我們預籌，作爲它的一部分，或者作爲外在於它的自覺者。在所有偉大的自然寫作/自然書寫著作中所啓示的都是這種「觀看方式」，此一啓示的涵義是，就自然史最完整的意含而言，它也是人類的歷史。因爲，部分與全體是不可分割的。❻

c. Ron Harton 指出，❼自然寫作/自然書寫意指的並不是任何敘述某種動物或「戶外事物」的寫作方式。自然寫作/自然書寫誕生於愛、尊重和敬畏。它在日常對自然世界的細密觀察之中發現主題，找到了那段時日中，關連於自然發展的呼聲(發言權 voice)。Harton 認爲：❽

a) 自然寫作/自然書寫起始於觀察。它記錄了作者所見到及再度見到的事物。它或許起於不經意的、運氣好的際遇，但是，唯有對那些深入觀看的人而言，它乃遠遠地超乎「不經意記錄下值得注意的細節」這回事。自然寫作/自然書寫通常也會在觀察中適度地加入別人的觀察和經驗，

---

❻ 同前註。

❼ 參見 Ron Harton, "What is Nature Writing?" in Naturewriting 網：http://www.naturewriting.com/whatis.htm。

❽ 以下看法整理自 Ron Harton, "Nature Writing for Reader and Writer" in Naturewriting 網：http://www.naturewriting. com/whatis.htm。

它也關注科學家所發現的事物，但是，焦點最後總是回歸到作者個人的觀察。作者是自然世界的一部分，也同時是他把讀者牽引進那個世界！

b) **自然寫作/自然書寫談的是自然，同時談的也是作者，是以，它同時是探究的與反省的。**自然寫作者/自然書寫者有可能深深感受到自然對他個人生活的影響，因此，他不只是試圖熟悉如何談論自然，也試圖向自然學習，就像一位學生接近可尊敬、可欽佩的老師一樣地接近自然。這種態度賦予自然寫作/自然書寫某種積極、激勵的調子。**自然寫作者/自然書寫者試圖學習並傳播在自然中發現的生命智慧。**

c) **自然寫作/自然書寫是一種有關「關係」的敘事。**它談的是形成我們的世界的相互嵌結關係(interconnections)和相互關連性(interrelationship)。它以理解、尊重、欽佩和愛的文字把人們與自然世界結合在一起，而這些文字或許以任何可能的寫作/書寫類型或風格而被形成。自然寫作/自然書寫的語言和形式具有多樣的變化，但是它們都試圖把作者在自然生活中的所感與所知分享給其他人。

d) **自然寫作/自然書寫也必須是積極的。**雖然它承認這個世界存在著各種挑戰、困難和悲劇，自然寫作/自然書寫卻呈現了這個世界中固有的希望——它把希望、信念與愛加諸文字而賦予這個世界，帶給讀者另一種視野。

d. 接下來，Harton 也提出了一些有關自然寫作/自然書寫技巧

方面的理念：**⓭**

a) 說故事的(storytelling)技術。此一技術源自於古典動物小說的傳統，而著重於自然生物的生活故事的敘述，其特色在於虛構地描寫生物境況，並加入了情結和角色化的構成要素，而趨向於擬人化敷陳。**⓯**此種技術所呈現的其實是作者心靈的重構，它是某種提供(道德)訓誡的手段。當然這種技術必須立基於相關的生物學、生物史、相關的實證研究或報導，以及個人的長期觀察經驗之上，並且要創意地配合與讀者在相同情境的感受相干的想像，才得以有效運用。

b) 自然寫作/自然書寫模範——Thoreau。《湖濱散記》的作者 Thoreau 提供了某種自然寫作/自然書寫的良好模範，不論是他的日誌或出版的作品都擁有自然寫作/自然書寫的三個基本要素：充滿洞見的個人觀察、哲學的反省與溫和、積極的精神。

    i. 自然寫作/自然書寫的基本要件——繼續寫日誌(Journal)。(i)寫日誌就是 Thoreau 自然寫作/自然書寫

⓭ 同前註。

⓯ Harton 的這項「寫作技巧」與他對「自然寫作/自然書寫」所作的描述性定義有衝突。簡言之，「客觀的觀察」與「『虛構的』、『擬人化的』敘事」無法並存於同一個分類原則之下！然而，事實上，文學中的確存在著以自然為題材的虛構敘事，例如，虛構的、以動物為主角的「動物小說」(傑克倫敦的《白牙》)，但是，它們不應該被視之為「自然寫作/自然書寫」，在嚴格的分類中，它們僅僅只是以自然題材為主要敘事對象的文學寫作。

的基本工具和技術，他所發表的作品都是直接由他觀察自然所寫的日誌發展成形的，這些日誌基本上也就是他觀察自然做的記錄；(ii)但是，Thoreau 的日誌也不限於觀察，更涵蓋了他個人的思想，特別是他的希望、情感和信念，他在日誌中結合了人類的生活和自然世界，這是自然寫作/自然書寫的本質。由於他創立了這種表述事物之相互關連性的風格，或許這也就是他被學者稱呼爲「第一位自然寫作者/自然書寫者」的原因；(iii)Thoreau 的日誌也講明了各種關連性，換言之，某種主體的身分確認(identify)，以及與自然世界的別異(differentiate)，也在日誌中被明白地表現。

ii. 自然寫作/自然書寫的基本要件——現在開始。Thoreau 的日誌開始於記述他回答 Emerson 的提問「我們現在正在做什麼？」我們現在可以做什麼，被記錄在觀察周遭自然的日誌之中。日誌成爲 Thoreau 的生活伴侶，那是他覺察自然和他自己的「自我－實現」途徑。

iii. 自然寫作/自然書寫的基本要件——積極的精神。在 Thoreau 有生之年並不被他的社會認爲是一位成功的人，他出版的著作在當時很少人讀，也對讀者的生活不構成任何衝擊。但是，即使他不曾出版任何著作，Thoreau 的日誌也顯示了其個人生命無從掩飾的成功。他的作品綻放了某種面對生命的積極精神，那是自然寫作/自然書寫中的另一個重要的構成要素。Thoreau

的寫作/書寫並不是著眼於為了讓別人接受(譬如，為了出版)而寫，反之，他毋寧是為自己而寫，出自於他自身所感受到的自然精神的圓滿性，是因為他處於自然的容受性和他與之交互存有的中心而寫。**這也就是自然寫作/自然書寫的精神。**

c) 摘要地說，Thoreau 的自然寫作/自然書寫模範是：(i)繼續寫日誌；(ii)記錄個人對自然所作的觀察；(iii)表述個人的思想、感受和理念；(iv)揭露何以所有的生命乃是嵌結與相互依賴的；(v)要積極、溫和，以及向所有的生命開放；(vi)現在開始。

e. Thomas J. Lyon 在他編著的《論自然的觀點：當代的呼聲》(*On Nature's Terms: Contemporary Voices*)一書中特別指出，**㉑** 透過四本標以「黑色標題」的書──Carolyn Merchant 的《自然的死亡》(*The Death of Nature: Women, Ecology, and the Scientific Revolution*)、**㉒** William E. Barrett 的《靈魂的死

㉑ 整理自《自然的態勢：當代的呼聲》之導論，參見 Thomas J. Lyon and Peter Stine(Editors), *On Nature's Terms: Contemporary Voices*(The Louise Lindsey Merrick Natural Environment Series: No. 13)(Texas: Texas A&M University Press, 1992)。

㉒ Carolyn Merchant 是美國加州大學的教授，她在《自然的死亡》一書中透過女性主義的觀點論述了 1500-1700 年代科學革命乃無可置疑地導致了某種人類對地球、科學與女性在社會中的地位之理解上的轉變，她強而有力地指出科學革命何以促使現代社會忽視地球上生命的有機整一性，以及忽視介於生態覺察的發展與女性權利的承認之間的重要嵌結關係。參見 Carolyn Merchant, *The Death of Nature: Women, Ecology, and the Scientific*

亡》(*The Death of the Soul: from Descartes to Computer*)❷³、

Paul R. Ehrlich and Anne H. Ehrlich 的《絕種》(*Extinction:*

The Causes and Consequences of the Disappearance of Species)

❷⁴、Bill McKibben 的《自然的終結》(*The End of Nature*)❷⁵

——的論述，已然揭示人類此刻正面對某種全球性的「環境

危機」，而人類對待自然的態度需要作一些修正！此間，自

然寫作/自然書寫——特別是以「作為某種『生態批判』的

訴求方式」❷⁶而呈現——乃重新提醒了我們本來與自然合一

Revolution(New York: Harper Collins Publishers, 1990)。

❷³ William E. Barrett 的《靈魂的死亡》，參見 William E. Barrett, *The Death of the Soul: from Descartes to Computer*(New York: Doubleday & Co., 1986)。在這本書中，Barrett 論述起始對 Dascartes 心物二元論之二元分裂 (dichotomy)思維模式的批判，進而更指出在「數位化紀元」人類可能面對 的更大災難——靈魂的喪失，探討了現代社會變遷——特別資訊社會鉅變 ——人類主體性的逐步淪喪。

❷⁴ Paul and Anne Ehrlich 的《絕種》是繼 Rachel Carson 的《寂靜的春天》 (*Silent Spring,* 1962)之後探討人類使用殺蟲劑對生態環境所造成的絕滅性 影響的一本學術性論著，參見 Paul R. Ehrlich and Anne H. Ehrlich, *Extinction: The Causes and Consequences of the Disappearance of Species*(New York: Random House, Inc., 1981)。

❷⁵ Bill McKibben 在《自然的終結》一書中透過地球的溫室效應、氣候鉅變 等等地球環境的病態，以說明人類所面對的危機，並相應地提出了他的環 保理念。他強調，在現代科技文明的導引之下，人類把自然「變成」了某 種「人工製品」或「經濟發展的副產品」，而錯失了自然作為擬似—宗教 的 (quasi-religious) 意義與價值之源頭的重大意含 (sense)，參見 Bill McKibben, *The End of Nature of Nature*(New York: Random House, 1989)。

❷⁶ 特別要指出的是，Lyon 在這裡提示的「作為某種『生態批判』的訴求方 式」，意指的是訴求駁斥諸如「人類中心主義」等等被視為偏頗的價值觀

的基本、動物的與單純的能力和本性，因此，嘗試重新開啓我們與生俱來的「野性」(wildness)(自然本性)之甚深的內在意識層，這乃是自然寫作/自然書寫緣起的動因。

2. 在概述了國人和國外學者有關「自然寫作/自然書寫」涵義的研究或論述之後，大致上可以重構並歸結如下之看法：

1) 若就文學這一知識學科中的「文本的類型義」來考察，在我國現有的書寫體例中並未見此類知識分類綱領的系統建構，對照其涵義或可解爲：(i)從文學作品的體例來看，類比於既有的抒情性質的田園、山水文學而言，它是一種「自然寫作」；(ii)就寫作者意識到「書寫文本」將成爲「文學作品」這一涵義而言，它是一種「自然寫作」；(iii)然而，就有關「『自然的書寫』寫作」而言，它有可能是某種科學記錄或報告，或者是環境倫理學者的生態領域之探究陳構，甚至是個人有關自然環境的雜感，則它只是一種「自然書寫」。因此，總體觀之，就 "nature writing" 文本的多樣性和跨越文學性來考量，宜稱之爲「自然書寫」。果爾如是，此一有關「自然書寫」的一般性描述界定，便把符合文學既有體例的小說文類，譬如，動物小說，排斥在外，可以說，其內涵和外延均特有所指。

2) 若就「文本的發生義」來考察，則相對於既有的一般性「自然寫作/自然書寫」文本，大體上可以區分爲：(i)單純爲了抒發作者的情感，而寫作出寄情山水、田園的作品，此固可稱之爲

和行動原則所採取的批判方式，與下文所要討論的「生態批評」(ecocriticism)，不可隨意混爲一談。

「自然寫作」；(ii)單純為了報導自然環境的實況，雖然隱含了其他的寫作涵義(例如，環保寓意)，則不適於歸類於「文學創作」，宜稱之為「自然書寫」；(iii)刻意為了揭露人與自然不可割截的「相互嵌結關係」(interconnections)而從事的寫作，其特質與其說是展示了某種文學性，不如說是呈現了一定深度的「哲學性」，此則宜稱之為「自然書寫」；(iv)嘗試透過寫作而體現人與自然一體的人類之共通感受，則可視為「自然寫作」，也可以視為「自然書寫」。

3)此中還要特別補充說明的是，「自然書寫」(或「自然寫作」)畢竟不同於所謂的「生態批評」，我們在知識分類綱領的建構中，必須嚴格地區分此兩者。關於這一點，特別是所謂的「生態批評」(ecocriticism)，可以分析說明如下：❷

a.所謂的「生態批評」乃是一種採取地球中心的(earth-centered)進路，對文學/寫作所做的介於文學與物理環境之間的各種關係的研究，基本上，它是一種後設批評，換言之，是針對「自然寫作」或「自然書寫」等作品本身所做的進一步之後設研究，因此，在層級上根本不同於「自然寫作」或「自然書寫」。

b.概要地說，就作為某種「文學研究」的觀點來看，一般「生

---

❷ 以下有關「生態批評」的分析說明，參考美國 Virginia Commonwealth 大學英文系教授 Ann Matthews Woodlief 所撰述的〈生態批評提出的問題〉(〝The Questions posed by Ecocriticism〞)，全文引自美國 Virginia Commonwealth 大學教學網，http://www.vcu.edu/engweb/eng385/ecocrit.htm。

態批評」所關切的議題大致上是：「物理構造在小說情節中扮演什麼角色？」、「在某一齣戲中所表現的價值，符應了生態學上的智慧？」、「何以我們有關土地的文學隱喻深深影響了人們對待土地的方式？」「何以能把自然寫作/自然書寫特性描述爲一種特定文學類型？」「是否種族、階級和性別的『地位』乃成爲新的批評範疇？」、「是否男人所寫的自然，不同於女人所寫的自然？」、「人類的讀寫能力是否影響了人與自然世界的關係？」、「荒野(wilderness)的概念一直在改變嗎？」、「環境危機是以什麼方式滲入當代文學與通俗文化？並且產生那些效應？」、「生態科學可能與文學研究有什麼關連？」、「科學自身如何開放給文學分析？」、「介於文學研究與各種和歷史、哲學、心理學、倫理學等學說相關的環境論述之間的相互孕育如何可能？」等等，由文學關懷向度逐步過渡到其他學問關懷向度的議題。

c. 一般而言，生態批評，甚至所有有關生態的評論性文字，乃分享了一個基本預設(assumption)，亦即，人類的文化乃與物理世界嵌結在一起，彼此交互影響。因此，生態批評也就把介於人類文化(特別是有關語言與文學/寫作的文化事態)與自然之間的相互嵌結關係當作主題，其立場乃一腳立足於文學領域，另一腳則站在土地之上，從而交涉了(negotiated)人類與非－人類。也因此，就文學理論來看，理論本身所檢視的不外作者、文本、世界(含其讀者)之間的關係，但是，在「生態批評」中所謂的「世界」，就不是傳統文學所指涉的「社會圈」了，而是涵蓋了整個生態圈(ecosphere)。是以，

這也就反喻了「文學」不只是漂浮在美學因子的世界之中的活動，而是置身於複雜的全球系統，在其中，物質、能量、觀念與感受都在無盡地互動著。

d. 這些觀點也出現在美國內華達州州立大學文學與環境學系教授 Cheryll Glotfelty 和美國伊諾州州立大學及芝加哥大學訪問教授 Reno. Harold Fromm 所編《生態批評讀本：文學生態學中的界標》(*The Ecocriticism Reader: Landmarks in Literary Ecology*)一書的導論之中，㉘不過，他們也特別強調，正如女性主義者的文學批評透過某種性別意識的視野來檢驗語言與文學/寫作，以及馬克思主義者的文學批評把某種有關經濟階級與生產模態之意識的覺察，帶入其文本的閱讀之中，而形成種種不同樣態的文學批評一樣，「生態批評」也只是採取了有別於以往之特定研究進路的一種文學批評。果爾如是，則「生態批評」明顯不同於前文所討論的「自然寫作」或「自然書寫」，前文所論及的「自然寫作」或「自然書寫」，基本上是第一序的、有關自然的書寫活動或實務，而這裡所討論的「生態批評」，基本上則是第二序的(甚至是第三序的)、有關「某一寫作實務或作品」的後設批評！兩者在概念的層級上固然有別，不可混爲一談。

3. 如上所論，可以作一小結，亦即，(i)一般所謂的「自然寫作」，

㉘ 參見 Glotfelty, Cheryll and Reno Harold Fromm(Editors), *The Ecocriticism Reader: Landmarks in Literary Ecology*(Athens and London: University of Georgia Press, 1996), pp. 3-14.

其實是一個含混的概念，會造成「含混」的根本原因就在於把作為文學的寫作分類原則，應用到其他不同的學科領域，以致此一寫作原則在其他學科領域之中並不能區分出其特定書寫活動的基本特質；(ii)就第一序的與自然相關的書寫活動而言，宜稱之為「自然書寫」，其內涵和外延都特有所指，換言之，有一些「虛構性的文學創作」反而不能包括在其中；(iii)就第二序的、伴隨著第一序作品(其及相關涵義)之研究的與自然相關的書寫活動而言，宜稱之為「生態批評」，它更貼近於「文學的(研究)寫作」，而不是「自然寫作/自然書寫」；(iv)再者，就 ˝nature writing˝ 一詞的理解而言，國人所揭示的對應概念似乎就是「自然寫作」，然而，果真如此理解，那麼在 ˝nature writing˝ 中，文學與其他學科領域廣泛而深度交涉的事實，就難以得到適切的解釋和釐清了。因此，我試圖把「自然書寫」視為文學討論的對象，以照應文學與其他學科領域交涉的事實，但是，這樣一來也就必須克服，廣納了其他學科領域之特色的「自然書寫」如何能被視為是一種「文學」的難題！下文針對此一困難加以分析說明。

二·「自然書寫」可以視為某種文學？

1. 如上所述，「自然書寫」所涵蓋的學科領域包括了科學、藝術、哲學、其他特定人文學科和文學，那麼，可以把它當作一種「文學」來看待嗎？這是一相當個棘手的問題。面對此一問題，我採取的解題策略是，把國人所討論的 ˝nature writing˝ 界定為「自然書寫」——其內涵與外延皆不同於「自然寫作」，以便去除使用「自然寫作」這一概念可能伴隨衍生的分類上的謬誤，然後再

嘗試證成「自然書寫」仍然是一種文學。

2. 為了解決前述難題，在這裡先行釐清所謂「自然書寫」的內涵。要之，經過前述探究之後，我嘗試界定「自然書寫」如下：

1) 「自然書寫」是一種以實際之(actual)自然界域為主要經驗場域的個人敘事(personal narrative)。這項界定為「自然書寫」給定了範疇和書寫活動體例。

2) 「自然書寫」呈現了：(i)主體有關自然的真實經驗——因此一定是生命自身有關自然的真實體驗之揭露或告白；(ii)與自然有關的各種間接傳訊之客觀經驗的反思——因此也一定有其與「確定性」相照應的知性訴求被仰賴。「自然書寫」以呈現這兩方面的事實、反思和感受為主要內容。這項界定也就排除了任何以自然作為場景或擬人化角色的虛構式寫作(譬如，「動物小說」等等)。

3) 「自然書寫」雖然是一種「個人敘事」，但是，此「敘事」只是手段，其目的在於透過各種回歸主體的反思、反芻、積慮、實踐和體證，㉔而把作為「經驗底本」的人類之自然經驗(甚至是經驗自身)的通性揭露出來，而且，此一「自然經驗通性」中所謂的「自然」，也就不只意指的是我們生存其間的「自然世界」，它乃包括了天、地、人、我之形而上和形而下的總體展示。「自然書寫」正是努力嘗試揭露與表述這種天、地、人、我的形而上和形而下的經驗通性，以及個人為了領會

㉔ 這裡所謂的「反思、反芻、積慮、實踐和體證」等詞語，都只是想要說明某種回歸主體的努力，可以用其他更精確的替代性(alternative)語詞取代。

類似體驗所做的相關奮鬥。這項界定乃釐清了「個人敘事」的涵義(譬如,不同於一般的「日記」),事實上,它已然由個人境域轉而通向某種「『自然』玄奧的整體」。

4) 再深入地說,「自然書寫」(活動本身)乃是某種「邀約」和「分享」眾人的文字書寫活動及相關的文字傳訊工作(譬之於環境破壞的實勘報告)——它邀約眾生一起來成為本然的自己,並且把書寫者自身與自然相關的深刻體驗挈出來與眾生分享,更且一并考量其感染力(或云文學效應),以期來者有以提撕。這項界定一方面釐清了「自然書寫」的功能,另一方面也照應到整體間架中「讀者」應有的分位。

5) 以上是我自己有關「自然書寫」的定義,但是,此一界說畢竟仍然十分形式化,因此,我嘗試以陳列《永遠的山》❸⓿這本書作為「自然書寫」的代表(之一),以便例示❸❶和佐證對照於一

---

❸⓿ 陳列,本名陳瑞麟,1946 年生於嘉義鄉下農村。淡江大學英文系畢業。1969 年移居花蓮,任國中教師 2 年,後因政治案件繫獄 4 年 8 個月。出獄後,以〈無怨〉獲第三屆時報文學獎散文獎首獎,翌年以〈地上歲月〉再獲首獎;1990 年以《永遠的山》一書獲第 14 屆時報文學獎推薦獎。曾任國大代表,目前定居花蓮。關於陳列的介紹,參見南方社區文化網,http://www.esouth.org/sccid/south/south990911.htm。《永遠的山》一書,參見陳列,《永遠的山》(台北:玉山社出版事業股份有限公司,1998,初版)。

❸❶ 正如我論文的副標題目是「以陳列《永遠的山》為例示」,可見「例示」在本文中的重要性。一般而言,「例示」顧名思義指的就是找一個足以代表的實例作為「樣本」,以概括所要說明的某件事情,然而,此中可能隱含的問題是:(i)依據單一樣本所作的「例示」,極有可能有流於「草率概括」的嫌疑,換言之,在歸納上站不住腳;(ii)如本文所示,原本所要解

本「自然書寫」作品，前述界定的適切性。

a. 簡要地說，當我們閱讀陳列的《永遠的山》時，很可能聯想到的問題是，他為什麼寫這本書？是什麼動力促使他寫這本書？他如何寫這本書？

b. 陳列的書寫是關於他個人在玉山國家公園斷續行走了一年的生活、思考、感受的實錄，他只是把他自己的見聞和深心的悸動，如實地道來(其中，陳列亦曾自述有一些困惑處，而那些所謂的「困惑」，其實都只是一些「個人見聞」與「客觀知識」是否有所符應的確認問題——「確定性」的商榷問題)。

c. 陳列的書類似某種「日誌」的集結，無疑的那是一種「個人敘事」，但我們也不難看出他筆端用力處，都走出了個人一己的境域，而通向天、地、人、我，並試圖去揭露某種人類的(自然)經驗通性。

d. 在陳列的陳述中，也不難看到許多有關他個人的期許，但

決的難題是關於某一種「寫作/作品」的「文類」之分類問題，那麼，選擇作為例示之「樣本」的概括原則如何能與前述「『文類』的分類原則」一致的問題，勢必是會面對的另一個棘手難題。是以，本文所謂的「例示」，乃特別強調了其更深層的意蘊，亦即，它是依據特定的觀點，提供給讀者一本「寫作/作品樣本」，並且透過要求讀者親自閱讀此一寫作/作品所可能提供的理解上的補充，以交互參照地應證我所提供的「樣本」，乃足以佐證我論述的見解不虛！是以，這種「例示」並不是論者片面提供的「寫作/作品之報導」，而意指的是，圍繞著某一特定寫作/作品(譬如，陳列《永遠的山》)，經由個人深入地閱讀它，而在論者與讀者之間所可能進行的一種(補足義的)交互參照/發明的特定互動。

是，他「期待」些什麼？又「許諾」了些什麼？此中我們也
不難體察到一位「自然書寫」者的眞情「邀約」和「分
享」！

3. 如是，果眞前述「定義」可以成立，那麼，接下來的問題是，經
過如是定義的「自然書寫」是否可以視之爲某種文學？

   1) 從常識來看，前述界定的「自然書寫」其內容和外延都特有所
   指，換言之，它可以照應許多書寫文本，而使得「自然書寫」
   本身變得更爲多樣化。

   2) 但是，若從文學本身的觀點來看，經過如是定義的「自然書
   寫」無異是一種十分「窄化」的書寫方式，與文學本身的豐富
   內涵不可同日而語！換言之，要把這種「自然書寫」當作一種
   「文學作品」來看待，是不是會減損了文學本身的豐富性？這
   是一種可能面對的質疑。

   3) 這就好比質問，陳列的《永遠的山》是「文學」嗎？《永遠的
   山》可以視爲某種特定的「文學作品」嗎？此中的評判，也衍
   生了一些主從和高下的評價爭議的空間。

4. 爲了解決這項困難，我嘗試提出一個有效的替代論證(alternative
   argument)❸❷，來疏解困境，並期使本文中所釐清的「自然書

---

❸❷　一般而言，「論證」(arguments)意指的就是「循『說理』的方式來說服別
人採信或思考某件事，或者採取某種行動」，而「替代論證」意指的是在
理論研究領域，各種見解的提出和說服工作，乃依循「競爭理論」方式推
陳出新，而「替代論證」正是針對某一既有的論證所提出的可能是更適切
的一個新論證，其原意隱含有「目前我們所看到的這些見解(由論證所提
供者)乃是可以選擇的(alternative)，是以，我特別推薦一種可能較適切的

寫」，在文學領域獲得應有的地位。

1) 如上所述，「作為一種既有的文學文本」與「作為『自然書寫』寫作」之間，的確有其差別，若從文學立場而言，果真要接受這種「『自然書寫』寫作」，那麼它應該算是一種「新文體」。果爾如是，其文學內涵及地位都應該重新加以考量和定位。

2) 是此，「作為一種既有的文學文本」與「作為『自然書寫』寫作」之間果真有其差別，換言之，它們並非同一領域或脈絡的概念，那麼，它們之間也就不可能具有直接關係！如是，如果我們試圖找出兩者間的關連性，甚至把兩者等同看待，那麼，就有必要找到一個強而有力的脈絡(含概念)作為中介來嵌結

新見解取代之」的意思。是此，要檢驗或批評某一「替代論證」(關於「論證」亦同此原則)，不只是單純依循不同的觀點，講出完全不一樣的看法就算數，果真如是做，只不過提出了某種可以並陳、並行的(parallel)的看法而已，並沒有構成為某種針對替代論證所做的檢驗或批評！通常，所謂的「檢驗某一替代論證」，意指的是相對於它所提出的見解而檢驗其使用的理由(或證據)是否為真，是否在價值上適切，而所謂的「批評某一替代論證」，意指的是經由周延的檢驗之後，提出另一個依據比原來論證(即指現在要取代的論證)所擁有的更好的理由、證據支持與說明的新見解。在文中我所謂的「替代論證」，指的則是在 "nature writing" 這一脈絡中，相對於一般論者把所謂的「自然寫作」視為某種文學類型的見解，我轉而提出把「自然書寫」視為某種文學類型的替代性見解。關於替代論證及其批評的詳細說明，請參閱蔡偉鼎(譯)，C. A. Missimer(著)，《批判思考導論：如何精進辯論》(*Good Arguments: An Introduction to Critical Thinking*)(台北：學富文化事業有限公司，2002，初版一刷)一書「替代論證」那一章。

(connected)它們，然後吾人才能夠透過其嵌結關係說明「自然書寫」的確是一種「文學」。是此，有什麼適當的中介？本文嘗試以美學脈絡及其涵蘊的審美/美感(aesthetic)概念作為中介以嵌結兩者，其主要原因可以說明如下：

a. 依自然書寫的主要特質來看，仍然是以主體與自然有關的感性/感受之興發為主要著力處，若是，則進一步分析此類活動之所以得以持續的動因，就不外乎是愉悅的滿足和智慧的開發——(i)就前者而言，可以納入，也勢必納入某種審美/美感愉悅的範疇來看待它，換言之，這也就必須在某種美學言說的脈絡中進行思考；(ii)就後者而言，智慧的開發必定以主體自身在自然中的定位，以及主體如何對待自然的態度的貞定作為主要內涵，那麼，這一類思考和經營往往會被歸入所謂的「環境科學」或「環境倫理學」的範疇來加以考量，如是，便有可能使書寫蛻變成某種理論性議論的建構或操作，那麼，它便與「文學」有所別異(或許，還可以納入前述「生態批評」文類之中)！因此，果真這類智慧的開發是自然書寫所不可獲缺的內涵，為了不讓它落入議論性文字的窠臼，那麼，我們可以概括地把握「主體自身在自然中的定位」，以及「主體如何對待自然的態度之貞定」兩者的核心訴求及特色——和諧，以之作為評估此類書寫的經緯，那麼，此類書寫的特色也就可以被納入美學的「和諧」之分類綱領(taxonomy)中了。果爾如是，統合以上兩者實皆說明了適合依循美學言說脈絡來考量自然書寫與文學的關連性。

b. 但是，接下來面對的問題是，如果我們憑藉現有的「美學」

脈絡——特別是一般所謂突顯「審美/美感」意識的美學脈絡——作爲中介來嵌結「自然書寫」與「文學」，那麼，就不免遭遇既有的典範衝突難題。簡言之，在文學領域中，一般美學或審美/美感的考量，只是其中的部分關懷而已，果眞我們以之作爲嵌結「自然書寫」和「文學」的核心考量，那麼，這樣做會不會根本扭曲了文學本身的涵義，而衍生所謂「稻草人式的謬誤」？

c. 然而，如果我們能夠找到或發明某種新美學典範，它不致於(有可能)扭曲文學本身的涵義，甚至還能拓展文學活動本身的可能意含，那麼，難題就能獲得解決，而前述「視『自然書寫』爲某種文學」的構想，也就得以成立。下文即說明此種「作爲適當中介的美學參考架構說」何以可能。

三·自然書寫作為文學的一種美學構想

1. 如前文所示，提問的問題尚未得到完整的解題，要之，其中的困難在於，若要正視一般美學和審美/美感概念只能作爲文學領域中的有限關懷這項事實，並且同時要解決因這種見解而造成本文在解釋上遭遇困難這項任務，則我們必得面對「**審美/美感訴求**」並非體現「**文學性**」的充分條件這項基本理念(rationale)，這也就是說，在文學創作中，體現審美/美感或訴求某種美學上的經營，一般來講，都有可能只能是某種附帶的**動機**，而不能是文學創作的基本目的！換言之，這也就是強調了美學與文學之間並沒有必然的關連性！果爾如是，如果我們要以美學或審美/美感概念作爲中介來嵌結「自然書寫」和「文學」，並進而把「自然書寫」視爲某種「文學」，那麼，就必須能找到某種排除前述

局限性，且能夠與文學「體質」相匹配的美學參考架構才行，這也就是說，想要解決「自然書寫是否是某種文學」的問題，也必須同時在美學與文學兩者之間找到一些好的理由、理念或原因來嵌結它們。

1) 現在，可以理解的是：(i)要解決前述問題，**一個有效的解題途徑就是**(換言之，還有其他的選擇可能性)，依據文學活動的能動者(agent)——作者與讀者，作為考量基點，找出他們所能服膺的或自主地體現的(embodied)某種行動原理或規範(亦即，某種文學行動——書寫和閱讀規範)的原動力來！❸要之，果眞能找到這種原動力，那麼，我們就能釐定文學的基本體質，吾人也就有理由要求自己及他人承認這種「文學規範」；(ii)再者，可以確定的是，**行爲的原動力和行動本身並不相同，可以說，某種行爲的原動力需要我們深自體察才能領會，換言之，需要透過人們自己在確定的實踐行動中有所感受或感通才能夠領會它。是以，當我們如是考量「文學」時，重點就在於考慮到底那一種(文學)活動有助於這類「感受」或「感通」的獲得，而這也就是吾人所以轉而選取美學參考架構的關鍵所在。**

2) 根據我的研究，Paul Crowther 在《藝術與體現：由美學到自我

---

❸ 這裡所謂的原動力，其實意指的就是某人所以會從事文學活動的「原因」，以及(持續)採取行動的力量來源。在我的理解中，此種「原動力」的論究，很難由因果關係或發生論的方式加以究明，而必須依賴條件關係或相互關係式的進路，才有可能較周延地論述它。

－意識》❸❹一書中提出了一種深具洞見的「生態藝術理論」，適足以做為前述議題的解題參考系。❸❺基本上，Crowther 透過生態觀點，經由人類的**體現**(human embodiment)而把人與世界之間的內在相互嵌結關係(interconnections)和存有論上的相互作用性(ontological reciprocity)加以闡明。在此不擬細部討論 Crowther 的見解，僅扼要地把他的主要看法整理圖示如下：❸❻

```
          ┌自我界定─追求自由─得獲自我界定上的安頓：得獲自適1──────────────────┐
          │      └尋找歸屬─欣賞他者──────────────────得獲他者的安適 │
自我意識需求─┤      ┌他者的承認─納入他者的結構─成為附庸     │         │
          │      │                 └得獲安頓1┘         │
          └自我創造─佔有或取用他者的資源而不違其原理┐                  │
                 └獲得自我表現上的安頓2──────得獲自適2──────────────┘
                                   自由地歸屬於世界──┘
```

a. 前面的圖式中，在「自我－界定」中所獲得的「第一種自適」，是偏重於主觀上的自我安頓，而在「自我－創造」❸❼

---

❸❹　參見 Paul Crowther, *Art and Embodiment: From Aesthetics to Self-Consciousness*(Oxford: Clarendon Press, 1993)。

❸❺　事實上，本文原初想參考 Crowther 的「生態論」提出一種可能說明文學活動之原動力的替代論證，但是，基於在建構此一替代論證時，於「『自我－意識』的需求」方面的說明猶待複雜的證成，那已非本文篇幅所能容受，因此，這項問題將另文討論，在這裡，僅例示此一參考系。

❸❻　關於 Crowther 的這些見解，比較簡要地呈現在其書導論之中，參見 Paul, Crowther, ＼ Introduction: An Ecological Theory of Art ＂ .in *Art and Embodiment: From Aesthetics to Self-Consciousness*(Oxford: Clarendon Press, 1993), pp. 1-11，而其主要論點則散見於全書各章。

❸❼　這裡要說明的是，Crowther 原本提出的說法是「自我－實現」，但是，這

中所獲得的「第二種自適」，則是偏重於主觀與客觀「存有論地相互作用」之統合的自我安頓，換言之，它必須在主體與外在世界的交互作用中達成，亦即，那是某種生態上的——人與環境之間創意性的一體安頓，那即是「自由地歸屬於世界」！

b. 再者，圖式中「找尋歸屬」——欣賞他者、獲得他者的承認，以及「自我－創造」等等所依循的原則——「佔有或取用他者(otherness)的資源而不違其原理」，都顯示主體的自我－意識需求(意指解開諸如「何以會覺察到『我』？」、「『我』到底是什麼？」，以及「『我』與其他人在本質上如何區別？」等等問題的需求)，乃必須與整個環境和諧共存、互動，它其實就是生態保存、保護與保全的第一原理。對照於這種生態美學原理，可以說，**它所彰顯、強調的主體體現之實踐需求，便有可能成為美學，乃至文學活動之行動規範及其實際行動的原動力之張本！而依據此種原動力之規範的把握，我們也就得以進一步去判讀特定的文學活動或文學。**

樣一來，我認為一定會衍生某種因為「彰顯了受造屬性，而榮耀了造物主」等看法的有關「造物主是否存在」的存在論難，因此，改以「自我－創造」來修正其見解。如是則應當不致再衍生上述困難，也同時圓滿地彰顯了「藝術創造」的實義。致於何以改以「自我－創造」進行闡釋，就不會衍生上述困難的說明，請參閱蕭振邦，〈後設美學概論〉，(2001)，於2001 年 5 月 4 日發表於文建會與淡江大學中文系主辦「第七屆文學與美學國際學術研討會」。

2. 總括地說，當我們考量「自然書寫」是否是文學時，可以重新審視其相關活動的行動規範和行動力之間的嵌結關係，此中，特別是藝術創造和審美/美感評鑑(都屬於某種自我－界定和自我－創造行動)皆適足以提供有效的解題參考系！而此一解題參考系有它值得我們注意的兩個側面。

1) 如前所述，此一解題中所提出的核心關鍵——依循行動規範而行動或主體自主地體現之行動的原動力，乃是來自於主體自身的界定和創造，它必然能滿足主體的「自我感」或「自我認同」要求，加上更重要的「自由地歸屬於世界」，這些都能匹配美學和文學活動的體質，而適足以作為進一步在認識氛圍作出判斷的依據。再者，一方面，這種解題正是因應當前環境危機之關懷的最佳解題，換言之，某種「環境美學」也就呼之欲出，有待進一步在理論上加以開發，並在價值加以貞定；另一方面，這樣的看法在一定程度上也解釋了何以「自然書寫」會在當前台灣社會興起的原因，而且，也可能帶引我們重新面對與考量文學活動的原動力何在等等更深層的、更基本的問題。

2) 這種「自我－界定」、「自我－創造」和「自由地歸屬於世界」的原動力既然是來自於主體在藝術創造和審美/美感評鑑氛圍上的滿足，那麼，整個行動的價值系統也就會從使用－價值(use-values)轉換到「無關乎利害的」(disinterested)的鑑賞價值上去。如此一來，無疑地就能把文學從「身陷娛樂」(只能是某種特定功能之訴求)的窠臼中拉拔出來，而得到正名。

3. 最後，依前文我所作的「自然書寫」定義，那麼，很明顯的是，「自然書寫」正是一種彰顯了前述原動力，而適足以展示「自我

－界定」、「自我－創造」和「自由地歸屬於世界」的一種活動，此誠如南方朔在〈評陳列《永遠的山》〉之評審感言中所云：「所有的作者，無論千言萬語，都不過是自己的某些側影。」(陳列，1998：9)可以說，「自然書寫」就是一種關乎生命的「自我－表達」，它乃是生命深層意蘊在文字上、文學上的深情揭露，其具有某種文學特色，也當無庸置疑。

結語

1. 本文可以歸結如下結論：

   1) 如果我們要提稱所謂的「與自然相關的寫作/書寫」，那麼，相對於「自然書寫」這一概念而言，「自然寫作」毋寧是一個含混的概念，基於知識學上的考量，「自然書寫」便是較合乎知識建構之應用要求的概念。但是，目前學界使用「自然寫作」一詞來表述這一概念的人似乎比較多，因此，本文嘗試構作一個有效的替代論證，以證成澄清此中混淆的可能性。

   2) 「自然書寫」的確是某種文學，但是，其文本取樣空間遠比一般所想像的為窄，換言之，有很多一般人所謂的「自然寫作」，其實並不能歸類為「自然書寫」。

   3) 要把「『自然書寫』寫作」視同「文學文本」來看待，有必要選取適當的美學參考系作為中介，以說明兩者間的關連性(relationship)，這也是本文之替代論證的主眼。

   4) 本文進一步嘗試、概略地說明了「生態藝術理論」(某種「環境美學」)可以作為此種美學參考系的理由和適切性，以證成本文提供之替代論證的合理性。

2. 這是我個人在八屆文學與美學會議所發表的論文當中，第一次真

正處理「文學與美學」的議題，其難度遠超過了我個人的負荷，因此，深深期待本文的研究能夠引發來者投入相關研究的興趣，進而對此一議題的釐清與發展眞能有所開拓。

引用書目(依引用先後序)

吳明益(編)，2003，《台灣自然寫作選》，台北：二魚文化事業有限公司，初版一刷。

王家祥，〈我所知道的自然寫作與台灣土地〉，原刊於《自立晚報》，1992 年 8 月 28~30 日，第 19 版，本文引用文字，張貼於 http://ecophilia.fo.ntu.edu.tw/read/read/1997-0910h. html。

陳建一，1994，〈發現一個新的文學傳統——自然寫作〉，刊於《誠品閱讀》第 17 期(1994 年 8 月)，頁八一～七。(亦刊登於《生態神學通訊》第 21 期。)

吳明益(研撰)，李瑞騰(指導)，2003，《當代台灣自然寫作研究》，中壢：國立中央大學中文研究所博士論文。

陳慈美，〈自然寫作的經典——李奧波逝世五十週年專文之一〉，刊於《主婦聯盟會訊》第 125 期，1998 年 4 月，本文引用文字，張貼於主婦聯盟網：http://forum.yam.org.tw/women/backinfo/recreation/nature/land10.htm。

李華新，2003，〈荒野是人類的根基——讀《尋歸荒野》〉，張貼於明心網：http://xinsheng.net/xs/articles/gb/2003/7/31/22568.htm。

Murray, John A., 1996, *American Nature Writing*, 1996, New York: Random House, Inc..

簡義明(研撰)，張雙英(指導)，1998，《台灣「自然寫作」研究
　　——以 1981-1997 爲範圍》，台北：國立政治大學中大研究所
　　碩士論文。

許尤美(研撰)，李瑞騰(指導)，1999，《台灣當代自然寫作研
　　究》，中壢：國立中央大學中國文學研究所碩士論文。

李炫蒼(研撰)，呂興昌(指導)，1999，《現當代台灣「自然寫作」
　　研究》，台北：國立台灣師範大學國文研究所碩士論文。

Lillard, Richard A., 1985, "The Nature Book in Action" in *Teaching Environmental Literature*, edited by Frederick O. Waage (MLA), pp. 35-44.

Harton, Ron, 2003, "What is Nature Writing?" in Naturewriting Web: http://www. naturewriting.com/whatis.htm.

——, 2003, "Nature Writing for Reader and Writer" in Naturewriting Web: http://www.naturewriting.com/whatis.htm.

Lyon, Thomas J. and Peter Stine(Editors), 1992, *On Nature's Terms: Contemporary Voices*(The Louise Lindsey Merrick Natural Environment Series: No. 13), Texas: Texas A&M University Press.

Merchant, Carolyn, 1990, *The Death of Nature: Women, Ecology, and the Scientific Revolution*, New York: Harper Collins Publishers.

Barrett, William E. 1986, *The Death of the Soul: from Descartes to Computer*, New York: Doubleday & Co..

Ehrlich, Paul R. and Anne H. Ehrlich, 1981, *Extinction: The Causes and Consequences of the Disappearance of Species*, New York: Random House, Inc..

McKibben, Bill, 1989, *The End of Nature of Nature*, New York: Random House, Inc..

Woodlief, Ann Matthews, 2002, 〝The Questions posed by Ecocriticism 〞 in Virginia Commonwealth educational Web: http://www.vcu.edu/engweb/eng385/ecocrit.htm.

Glotfelty, Cheryll and Reno Harold Fromm(Editors), 1996, *The Ecocriticism Reader: Landmarks in Literary Ecology*, Athens and London: University of Georgia Press.

陳　列，1998，《永遠的山》，台北：玉山社出版事業股份有限公司，初版。

蔡偉鼎(譯)，C. A. Missimer(著)，2002，《批判思考導論：如何精進辯論》(*Good Arguments: An Introduction to Critical Thinking*)，台北：學富文化事業有限公司，初版一刷。

Crowther, Paul, 1993, *Art and Embodiment: From Aesthetics to Self-Consciousness*, Oxford: Clarendon Press.

蕭振邦，2001，〈後設美學概論〉，於 2001 年 5 月 4 日發表於文建會與淡江大學中文系主辦「第七屆文學與美學國際學術研討會」。

書寫空間、消費美學與主體意識：成英姝的《好女孩不做》

張光達[*]

摘　要

　　本論文試圖透過臺灣新世代作家成英姝的短篇小說集《好女孩不做》為主要的論述對象，採取後現代消費美學、空間建構與主體意識的角度，探討後現代臺灣或世紀末臺北都會的書寫脈絡意義，以及書寫文本中所再現的消費空間/異質空間與美學語言、後現代臺灣社會的主體性與主體建/解構的意義，並加以分析消費空間、流行時尚與消費主體相互具有的創造性活動和魅惑力。論述分為三個部份，第一個部份探討城市的空間研究與後現代都市新人類的消費空間與情慾表達，第二個部份嘗試解讀或刻意誤讀小說文本中的後現代消費主體與主流意識形態的神話系統之間的對抗/收編現象，第三個部份則在小說文本的情慾想像上採取歪讀的策略，來析剔出文本脈絡間所

---

*　　作家

潛藏的同性情愫和異端身份認同。《好女孩不做》一書具體敘述消費主體與特殊環境/空間的實踐互動。

　　當王斑在其論文〈呼喚靈韻的美學：朱天文小說中的商品與懷舊〉中指出世紀末臺灣的朱天文小說文本在後現代高度消費與媒體世界裡，消費者模式的意象迴繞不止（348），而透過其身體和物品密切關聯的經驗，朱天文的書寫指出了一種透過緬懷想像過往的敘事所呈現出的追尋——韻味（aura）的失落導致懷舊模式傳統在小說中被愛恨交加地呈現（349）。而在同一個時期，比較年輕的小說作者成英姝同樣以後現代臺北都會的消費社會和生活方式爲書寫的脈絡（context），但是她對這個時代的生活方式與參與體認的姿態，卻呈現出與朱天文的小說書寫一個迥然不同的面向。如果說朱天文是以捍衛現代主義和現代思想的姿態撻伐後現代臺灣社會的資本主義消費文化（劉亮雅，196），對臺灣現代時期的精神的執著（或王斑所稱的懷舊模式），使她對後現代臺灣提出警語（208），那麼成英姝的小說書寫則單純的只是把這些後現代社會的危機指示當成是個人或「每個人」的生活方式，共同參與的事件，臺灣後現代社會的新人類不再擁有任何烏托邦思想，面對消費空間和流行時尚與生活格調結合在一起，主體與客體的依存關係擺盪在尋找認同的親近與冷嘲熱諷的疏離之間。

　　劉亮雅在〈女性主體、荒謬困境與女性書寫：成英姝的《公主徹夜未眠》〉一文中指出成英姝小說書寫的特色：「九〇年代的臺灣新小說家中，成英姝以鮮活潑辣的對白、富奇想卻又深具現實感的情節、幽默嘲諷的筆觸以及對糅雜、翻轉諸多文類的得心應手而

獨樹一格，令人不禁讚嘆她的慧黠世故。她簡約的文體具有新世代的節奏感，卻又帶著一種冷淡、疏離的效果，彷彿要隱沒作者的聲音與價值判斷。與此同時，她賦與她的許多人物一種輕狂大膽的氣質。」（114）之所以引錄這段文字，是因爲筆者認爲它是到目前爲止對成英姝小說最貼切的評析，寥寥幾筆卻能畫龍點睛，道出成英姝小說書寫的特色。劉這篇論文主要針對成英姝的第一本小說《公主徹夜未眠》作爲論述對象，但放在成英姝其後的兩部小說《好女孩不做》與《無伴奏安魂曲》中來看也頗爲中肯、適當。劉亮雅採取女性主體和女性書寫的閱讀視角，暗示女性作者用嘲諷的方式企圖掙脫性別體制的束縛，既造成女性的荒謬困境，也造成再現女性主體性的困難（132）。本文將以成英姝的短篇小說集《好女孩不做》中的小說文本爲主要的論述對象，採取後現代消費美學與空間/主體意識的角度，探討後現代臺灣或世紀末臺北都市的書寫脈絡意義，以及書寫文本中所再現的消費空間與（反）美學語言/效果、後現代臺灣社會的主體性與主體建（解）構的意義，並加以分析消費空間、流行時尚與消費主體相互具有的創造性活動或魅惑力。在論述過程中，城市的空間研究、後現代消費心理機制、符號學的神話理論、女性主義、性別理論將會一一被援引來論證補充筆者的觀點，試圖在多種理論視角的排比呈現中，呈現出成英姝小說文本的多重意義和面貌。

一、建構都會新主體：
後現代社會、消費空間與異質情慾

本文第一個部份的分析架構，將把焦點擺放在後現代都市新人

類的情慾表達與消費空間的主軸上，探討成英姝小說文本中的消費
空間與情慾模式（異性戀體制的異質空間、以及游移其中的商業化
的情慾/情慾的商業化）如何經由對主流體制的脫軌擾亂，而達到
解構與重構社會主體性的目的（或過程）。

　　在進入小說文本中對消費空間的細節解讀之前，且讓我們先回
顧後現代消費社會與空間的起源和理論。在工業資本主義發展的初
期，人的生活重心是工作和生產，工作角色或職業階層提供了都市
人主要的社會認同感。在二十世紀的八十年代過後，當社會邁入較
高的資本化程度，伴隨著區域經濟與都市空間的再結構過程，地方
傳統文化產業退位，城市中的文化結構開始浮現一種新的都市意識
形態（new urbanism），都市的新都會主體中產階級族群對工作以
外的活動如娛樂、休閒、運動投注高度的興趣，工作對這些都會新
主體來說不僅為了維生，而是為了消費。換句話說，都會的新主體
中產階級支持了環繞著有關「生活風格」（life style）的種種消費
活動以及都市空間的生產和調整。尤其在世紀末的二十年間，後資
本主義或全球資本主義階段，後現代城市如臺北迅速面對全球在地
化（glocalization）的資本主義流通，商品化的新消費主義扮演了
極其重要的關鍵作用，都市人的消費意識透過大量的商品流通，迅
速替代的都市消費品味，改變了人們的消費性格，商品意識逐滲透
後現代文化與美學的領域，生活在都市中的中產階級的主體認同感
整個朝向消費主義意識形態的轉移和形塑。消費被視為邁入後現代
社會的縮影，後現代都市主體生活重心的轉移，意味著消費慾望在
改變都市文化和主導主體性的形式內容，在這樣的發展情勢之下，
消費已經成為社會性行為不可分割的一部份，因此一座城市即是一

個名符其實的消費社會（consumer society）。❶

消費社會因爲其高度資本主義和商品意識的本質，使得在後現代的消費空間裡的流行商品，已經是一種經過篩選包裝和分門別類的消費模式，身處後現代都市空間的主體的選擇其實不多，一切已規劃好主導消費者的生活內容與慾望模式。因此都市裡的消費空間如百貨公司、酒店餐廳、咖啡廳、酒吧舞廳等場所，都在致力於提供城市人下班後一個休閒活動消遣形式的空間，以便他們能夠舒緩心靈的鬱結與解除工作的壓力，讓身心暫時逃逸到勞累的現實世界之外。從表面上看這些消費空間的設置都是用來解除消費者心理疲勞和現實壓力，而它背後的剝削機制和商品物化形態往往不易爲人察覺。從傳統主流體制的價值觀來說，消費空間常常被化約二分爲兩大類，一個是維持社會秩序、鞏固主流意識形態核心、保護市民身心健康的園地，如百貨公司、餐廳。另一個是會危及都市正常運作機制、情慾脫軌與製造罪惡的溫床，如舞廳、酒吧或卡拉 OK。這個二分法充滿了本質主義的盲點，是主流核心體制爲了鞏固自身的權益而建構出來的假象，如果我們以列斐伏爾（Henri Lefebvre）對社會空間的分析來看，主流體制——國家官僚和商品體系對消費空間的劃分，是一種空間的政治性收編，對現代性主體的文化經濟殖民，然而在具體空間（concrete space）的日常生活

---

❶ 以上對消費社會的歷史發展和演變的概述，主要依據張君玫、黃鵬仁譯，Robert Bocock 著，《消費》，臺北：巨流圖書公司，1996，頁 78－82。其他相關的文獻也可參考黃罶玲、夏鑄九著〈文化、再現與地方感：接合空間研究與文化研究的初步思考〉，收入陳光興編《文化研究在臺灣》，臺北：巨流圖書公司，2000 年，頁 27－70。

中，尚有邊緣或殘餘的所在，那裡結合了人的身體、慾望及記憶等印記，不斷地對空間的使用價值提出要求，對異質空間（比如主流話語眼中的酒吧舞廳）提出召喚，種種行動將導致資本主義空間規範的崩解，而相對於被商業、政治以及文字的力量所建構寫成的中心性，他提醒將那些被排除在外的群體寫進歷史，都市社會才能成爲整合差異、釋放歡愉及慾望的趨力所在。（轉引自黃麗玲、夏鑄九，38）傅柯（Michel Foucault）對都市現代性的異質空間（heterotopia）概念有著極爲相似的看法，他認爲異質空間由於並置了多種不同的、差異的主體，因而具有一種擾動的爆發力，是一種空間上不連續的斷裂縫隙，具有踰越和摧毀自足的秩序與系統。（轉引自張小虹，83）這些理論都在指出傳統空間觀念的不足，提供異質空間對社會主體所具有的正面功能，解構傳統觀念上視異質空間如酒吧舞廳爲墮落罪惡的淵藪。

　　成英姝的小說集《好女孩不做》對後現代臺北都會的異質空間的呈現也頗具特色，多篇小說如〈怪獸〉、〈女人的試煉〉、〈戀愛課〉將焦點擺放在都會裡的異質空間——酒吧或 PUB，尤其探討異質空間的異性戀情慾與商品消費行爲的〈怪獸〉，堪稱此中的代表作。〈怪獸〉中的都市中產階級的頹廢生活傾向和個人享樂主義風尚在 pub 中得到充分的發洩，在酒吧裡的頹廢男女均視朝九晚五的上班一族爲廢物，對他們來說，那些成天在辦公室裡埋頭工作的人只是裝模作樣，爲了擺脫現實體制的束縛，他們不惜辭掉工作，換來的是在酒吧裡形成一個次文化認同，釋放自我享樂情慾自主的意願，但往往這種生活卻形成頹廢被庸俗化、商品化，性慾被

物化和暴力的滲透，顯現出他們懶散無聊、不事生產的一面。❷在這裡男人比玩牌、鬥喝酒、把女孩、強調做愛，女人在這方面也不遑多讓，除了喝酒抽煙，便是比商品消費、比庸俗化的外貌氣質，成為異質空間的次文化特色。酒吧以「怪獸」為名，隱約在強調其異質性、邊緣化的次文化性格，不屬於主流世俗社會的價值觀，這些都市人無論是相識或不相識，都聚集在一個非主流、反世俗的休閒空間裡，其實是在用一種特殊方式來表現出個人特色的自我實現上，並且有意與世俗社會傳統價值觀有所區別。他們從現實社會的人群中走出來，以便凸顯他們的反體制和不同流合污，同時他們很容易的能夠融合和認同這個異質空間，讓他們可以情慾自主，尋找新的安身之所而不被注意。因此酒吧的邊緣性格符合他們的理想模式。成英姝似乎也很肯定酒吧的邊緣異質性，在另外一部小說《無伴奏安魂曲》中她曾如此敘述：「酒吧在某種程度上和地下秘密組織是很相似的，倒過來說，不像地下秘密組織的酒吧就不能稱之為酒吧。」（52）

這個異性戀關係的非主流異質空間，如果挪用傅柯的詮釋觀點，它的存在有兩種極端的功能，其一是創造一個真實存在的幻想空間，它們可能被誇張、扭曲、變形，以強化或對抗原有現實世界

---

❷　劉亮雅在〈世紀末臺灣小說裡的性別跨界與頹廢〉一文中採取世紀末臺灣性別跨界與頹廢想像的視角來解讀成英姝的小說《人類不宜飛行》和《好女孩不做》，探討成英姝如何藉小說文本來呈現世紀末臺灣的頹廢男和豪放女，文中對後現代都市主體的愛情與慾望、道德與背德、情慾政治與性別跨界的提出極為精彩的辯證剖析。劉文論成英姝部份見《情色世紀末：小說、性別、文化、美學》，臺北：九歌出版社，2001 年，頁 36－39。

中具有的空間意義，並且揭露所有的眞實空間都是幻覺的事實。
（轉引自林以青，103）在此，取名「怪獸」的 pub 中的情慾表達
就是一個明顯的例子，即表現出一個對應於現實世界中缺席
（absence）的部份，那些埋首工作的都市中產階級男女，只有在
類似「怪獸」的酒吧空間裡，才使得他們的情慾表達與享樂自主成
爲「眞實」（real）。其二是異質空間經常預設一個開關系統，以
隔離或使它們變成是可進入的。（103）而在小說〈怪獸〉中，只
有那些都市上班族辭掉工作後，把全副身家和時間揮霍在這個場所
裡，後現代消費主體的身份屬性透過眞正具有開關系統的異質空
間，才使得他們自身的存在成爲眞實，直接啓動了壓抑在主體深層
意識的慾望、夢想和願望的明顯表達。

　　不過，在這樣一個充滿了消費商品與流行文化所建構的主體身
份和認同過程中，如同俗話「反潮流也是一種潮流，反體制也是主
流體制常態的運作部份」，我們不禁要對這個「空間實踐」
（spatial practice）的成果和意義提出質疑。❸根據列斐伏爾的空間

---

❸　列斐伏爾（Henri Lefebvre）提出空間三元理論：空間再現（Representation
of space）、再現的空間（Representational space）及空間實踐（spatial
practice）。「空間再現」是指當權計劃者由邏輯思考出的空間
（conceptualized space, the space of scientists, planners, urbanists, technocratic
subdividers, Lefebvre 38）。「空間實踐」釋放出（secretes）該社會的空
間，以辯證、互動的方式解釋、實現、挪用社會空間（38）。「再現的空
間」則是「透過其相關意象和象徵所直接經歷的空間」（space as directly
lived through its associated images and symbols, Lefebvre, 39）。列斐伏爾的
空間理論的重要啓示是，由空間的角度來討論多種社會關係與建構的權力
中心。

研究論述，詮釋社會關係的「空間實踐」，建構社會空間的方式以
基層居民的日常生活實踐爲主，趨近於社會底層的物質現實，它一
方面很有可能積極改寫抗拒主流社會空間，但它另一方面也有可能
消極的解釋描述社會關係。（轉引自劉紀雯，407）換一個方式來
說，如傅柯指出的，在現實情境中，異質情慾的所在，不一定能夠
轉化成爲具有顛覆潛能的異質空間，在此傅柯創造了另外一個詞：
異類空間（other space）——來一般性地指稱異類情慾所在的空
間，而與傳統異性戀體制的「主流空間」相對照。（轉引自張小
虹，86）異性戀體制所掌控的主流空間，與異類情慾所在的異類空
間之間的關係，有兩個可能。一爲異類空間被主流空間所淨化、吸
納與收編，成爲附屬於異性戀體制計畫的一部份，異類情慾被某種
程度的同質化，如同這些都市現代性主體急欲脫離主流官僚體系的
同時，又面臨商品體系與流行文化的滲透和吸納，成爲資本主義消
費主義的一部份。二爲由於異類空間具有顛覆主流空間的危險，主
流體制必須時時擠壓、抹黑、排斥、邊緣化異質情慾，就像〈怪
獸〉中的異質情慾、頹廢慾望、揮霍享樂主義等異類表現形態，會
危及傳統主流社會的體制建構和合法性，必須抹黑爲不健康的人生
態度，危害社會制度穩定性，打壓和驅逐出主流社會階層所認可的
中心，在這個邊緣化的空間地帶，只能消極的解釋描述自身的認同
方式。

〈怪獸〉的主體建構與情慾表達大致上遵循了這兩個模式的運
作，成英姝並無意建構一個對抗主流體制的激進異質空間，或一個
帶有主體意識的政治性空間建構。成英姝以一種深具現實感的情
節、極其世故的說故事姿態、抽離及隱沒作者的價值判斷和聲音，

讓她那簡約流暢的文體中帶有一種疏離嘲諷的強調效果。其小說在
這樣一個對現實剝視、檢驗的描寫呈現中，一方面既諷刺了主流異
性戀社會造成的壓抑僞善，另一方面也嘲諷了急於擺脫主流現實體
制的邊緣主體性的脆弱庸俗的一面。〈怪獸〉中的男性角色如歐
陽、百威、小輔，縱情於酒癮，爛醉如泥，和女人做愛，顯現其頹
廢放浪的庸俗化、商業化，甚至做愛飲酒也被藉以炫耀，慾望表達
與情慾模式也被體制化。女性角色如第一人稱敘述者、Monica、玖
衣等都市新女性也同樣以抽煙飲酒爲能事，雖然她們在酒吧裡脫離
傳統社會體制對女性的束縛，但她們的情慾表達與主體意識再度被
商業體系和消費文化收編，而呈現出一種頗爲庸俗消極的頹廢行
徑。〈怪獸〉中的第一人稱女敘述者對這個糜爛頹廢的生活感到頹
唐、欲去還留，討厭「怪獸」的 K 先生雖然口口聲聲罵酒吧中人
爲廢物、白癡、垃圾，但不時找藉口上吧來喝啤酒，這些種種說明
或暗示了酒吧作爲異質空間的特殊魅力，非主流的異類情慾都可以
在這裡釋放出它的能量，面對這個誘惑的現代性主體很難拒絕和遺
棄它，卻只能認同後現代流行體系和消費文化的美學語言，表現出
另類消極的性自主。

　　第一人稱女敘述者與男友歐陽在「怪獸」裡的溝通往往答非所
問，多以失敗告終，有時也利用做愛來逃避人與人之間的溝通，個
人自主的享樂主義與個體的自我封閉性疏離感造成荒謬的人際困
境，一方面渴望在這裡尋找次文化群體的認同屬性，一方面又質疑
這個空間建構的存在價值。如同成英姝在一篇散文〈女人與酒〉中
對 pub 的飲酒文化現象所觀察到的：「這年頭喝酒變成一種潮流。
觀察周圍的人喝酒，很有意思，三五好友上 pub 小酌一番，放鬆心

情、減低壓力，又有時髦感，大家樂此不疲。有些個明明不會喝酒
的，偏偏迫不及待地把自己灌醉……也有，就等了酒酣耳熱來幹些
驚世駭俗的事，噁心得要命，清醒的時候相信做不出來，倒也不是
清不清醒的問題，而是氣氛造英雄。一個人天天上 pub 報到獨飲的
也有，享受眾人裡的孤獨，這種感覺我大約可以揣摩，我很喜歡發
呆，呆得厲害，每次都會因之想起《墮落天使》裡的楊采妮和金城
武。」（59－60）這一段話透露出 pub 裡的喝酒文化現象充滿了消
費主義、商品潮流化、頹廢性質和主體矛盾心理意識。「喝酒讓人
為所欲為，挫敗、羞恥、恐懼、自卑，都滾一邊去，由解放感取代
了。若你渴望親密又怕親密，不敢與他人融合又想與他人融合，酒
即成為最有用的工具，撫平衝突的有效方式。」（62）這種人際關
係的矛盾心理狀態，最常表現在後現代都市人的冷漠疏離身上，酒
吧裡的次文化認同可以藉喝酒的動作來把主體的疏離感與人際溝通
兩者結合起來，朝向一個後現代多元化、個性化、人性化的空間版
圖。看看臺北一些酒吧經營者對 pub 的期許：「在這個越來越開放
的社會裡，人與人之間卻越來越冷漠疏離，我們必須做的，就是提
供一個空間，在那裡可以去除人與人之間的隔閡，讓大家開心的在
那邊結交朋友、放鬆心情聊聊天，可以在那裡找到歡樂，可以在那
裡發生待在家裡不會有的體驗與際遇……首先必須做的，也是我覺
得未來 pub 應該必須努力的方向——抽離掉人與人之間的那道
牆。」（148）❹這樣一個過度樂觀的期許對照於成英姝的〈怪

---

❹ 臺灣 PUB 經營者兼藝人庹宗康的《鴉片與牛奶：PUB 的迷幻與真實》書
中把酒和音樂稱為 Pub 的靈魂，用了頗長的篇幅來分析介紹喝酒的分門

獸〉中的酒吧描寫，或許從來就沒有實現過，在後現代臺北都會的異質空間裡的主體性建構，因為其消費美學面向的滲透與文本的相互建構，所構成的社會語境（context）從來不是單一穩定的、不斷積極抗爭的過程，那裡展現了酒吧次文化的頹廢與精緻，其中的消費主體既不斷整合建構，同時又分裂解體的矛盾特質。

二、翻轉性別符號結構：
流行神話、意識形態與自我表述

〈怪獸〉中的第一人稱女敘述者因為缺錢、犯酒癮、沉迷頹廢揮霍的生活，毫無自主對男友獻上性與身體，甚至對朋友的未婚夫投懷送抱，只求滿足自己的私慾，最後卻落得被對方索求口交，飽受差辱。〈女人的試煉〉中的阿芙洛蒂因為貪圖男友娃娃臉的討喜長相和迷上他那種不羈的性格，與男友同居，一次又一次任由對方擺佈，聽從他的誘騙，賣淫牟利來養活他，最後卻被賣身、面對被拋棄的命運。這些沉迷在異質空間、擁抱異類情慾、自主或不自主的認同社會邊緣人的生活屬性的角色，集體表現出一種自我污穢、墮落頹廢的行為，他（她）們透過認同「現代制度的反叛者、制度

別類和專業技巧，通常吧裡的喝酒文化總離不開炫耀性消費（conspicuous consumption）與感官娛樂。吧裡強調的 FREE，本來提供一個空間讓消費者去除工作的壓力與現實的束縛，在這裡人與人之間可以放下假面，放鬆心情盡情歡樂。但弔詭的是，PUB 也時常搞小圈子，只歡迎某種年齡層的消費者，排斥其他不同世代的族群屬性。有些強調開放縱情、具包容性的吧卻封殺同性戀族群的加入，宣傳單裡所採用的字眼也深具歧視調侃的意味。

迫害下的犧牲者」的方式，來找到一條離開傳統主流、體制束縛的
路，和一條通往自我實現、毫無妥協的道路。但是透過這個新認同
形式與後現代資本主義相結合的疏離或迷失的理想化，這個新的自
我實現方式會形成一種新的意識形態，過早排除主體認同和心理意
識的（後）現代歷史社會向度。本來異質空間的建構因為主體的存
在，使得幻想空間成為真實，但是這個新的認同（無）意識和自我
理解，卻再度使得異質空間的現實變成超現實。如同桑塔格
（Susan Sontag）所評論的：「當偏離規範的下層社會的居民被驅
逐出封鎖區時──被視為不合禮儀、引起眾怒、傷風敗俗或單純只
是毫無助益之人而被驅逐時──他們就會成為藝術題材，日益強烈
地滲入公眾的意識，要求某種混亂的合法性，以及只會製造更大距
離的象徵式親近。」（轉引自 Schober，22）因此過於強調這些異
質空間的社會邊緣人的比喻方式，就如過早排除這些當代消費主體
與空間意識經常出現一種對社會不安和情慾騷動的魅惑張力，兩者
都無法令我們看清楚現代性主體與（後）現代文化結構間的相互關
聯和繁複性。

　　接下來我將要援引巴特（Roland Barthes）從符號學理論發展
出來的「神話學」概念，來析剔出成英姝小說文本中多重繁複的現
代流行神話模式。在人類文化的傳統裡，神話擁有如同大自然般崇
高完美、不容質疑的地位和屬性。探究傳統神話，人類能夠理解民
間基層人們心理的真實活動。而巴特卻試圖超脫這類傳統神話論
調，重新詮釋和解構神話的現代性及隱藏在現代日常生活裡的神話
意涵。巴特的神話學指出，神話（Mythos）是一種陳述
（Aussage），也就是說神話是具有傳達意旨的表述，任何一種可

提供解說的論述即爲神話。（85）根據他的看法，神話並非僅爲語言，它已超越語言學，而屬於符號學的範疇。（87）呈現神話的文字或符號極具變異性，並非永恆適用，傳達訊息的神話符號並不能定義神話本身，因爲每一個任意選擇的符號可被賦予不同意涵，也就是說，已經經過「處理」的符號客體是爲了傳達（Mitteilung）某種特定的意旨作用（Bedeutung）而刻意製造的。因此，巴特認爲探究神話應獨立於符號客體之外，而將焦點擺放在被有意識預設的意旨作用之上。（87）同時，神話並非天生自然存在，而是經由歷史（die Geschichte）所選擇出來的，歷史界定概念（Begriff），而概念即爲神話形式（das Bedeutende）的所指，也是神話形成的眞正動機。（98）神話概念會扭曲符號的原來意涵（Sinn），提供神話和潛藏其後的概念最佳的掩護，或造成無懈可擊的「不在場證明」（alibi），因而經常誤導人們對神話的深信不疑，讓人錯認神話眞正的意旨作用。（104）因此，巴特深信，神話如果透過不同形式不斷重覆某種概念，其背後其實隱藏著一種企圖，這正是解讀/解構神話的關鍵所在。（100）

巴特因此認爲，如果神話的表意符號用一種極爲自然的方式呈現概念，此時概念被人們視爲再自然不過，甚至天生本就如此，如此神話也就被極端地合理化。（113）換言之，神話的消費者誤視這種「自然關係」（Naturbeziehungen）爲事實眞相。（115）殊不知，「神話乃屬自然」這個說法在功能上是一個「政治行爲」（ein politischer Akt）。（148）

由此來看，神話具有兩種功能：其一爲描述并展示，二爲宣告衆人，賦予成規。（96）透過神話模式，企圖說服衆人並強迫人屈

從於其概念本身。（106）在後現代社會，神話透過科技、媒體、消費的輔助，它的僞自然本質和意識形態堂而皇之地滲入人類日常生活，在潛移默化間深遠地影響了人類的認知觀念，甚至被當作常態習性。解讀歷史社會文本（context），未加反思地全盤接收神話，意味著順應神話製造者，成爲意識形態的共謀。對巴特來說，解讀神話，應針對其意識形態進行解析剖讀，挖掘神話，即爲解構神話背後的意識形態。（148－149）❺因此，以下將採用巴特的神話學或流行神話概念，來解讀（包括刻意的誤讀）成英姝小說文本中的流行神話現象，並探究當代作家如何對現代神話進行批判性的書寫策略，來面對或消解其中的迷思。

成英姝在〈怪獸〉中如此描寫美麗女子 Monica：「百威跟一個女的坐在一起。他們說那是他正在把的一個女孩子，叫著 Monica。她穿著一件時髦的花毛衣，皮短裙，還有一雙長靴子。Monica 是一個模特兒。她真的很漂亮，艷光照人。很多女孩子都自稱是模特兒，人家說站在東區的樓頂上丟一塊石頭下來，就會打中一個模特兒。也有人說，走在東區的女孩子，你問她們，每五個有一個會說她自己是模特兒，但是你看她的長相，你不會相信她說的是真的。Monica 不一樣，她是一個氣質優雅的長腿姊姊，她長

---

❺ 這裡的「意識形態」概念乃根據阿圖塞（Louis Althusser）的經典說法，即社會上主流的意識形態實現於表微系統之內，而這個表微系統是從國家機器和特定的公共機構傳播出來的，由圖像和思想模式所組成，把領受者（客體）建構爲主體。意識形態藉此被定義爲活生生的關係，存在於「一般常識」的層面上，並且透過不自覺的結構銘記在心。（轉引自 Schober, 33）

的有一點像王靜瑩,又有一點像張敏。她看起來有點冷冷的。她也喝了不少啤酒,抽掉一包維珍妮涼煙,她又要了一包。……她的手指很好看,我一直在注意她用她的名貴打火機點菸的樣子。還有她的眼睛,她那睫毛很長的眼瞼半垂著。」(35)第一人稱女敘述者眼中的 Monica 的漂亮氣質是由商品、明星與時尚界大量出現的審美概念來界定的,除此之外,我們看不到文本中任何有關她的自我表述和主體意識,她的存在是為了男友百威的自我實現而無條件被動地配合,而在情慾表達上,她根本放棄了自主意識,一味滿足於男友旺盛的性慾和盲目接受自欺欺人的瞞騙。這種依靠大量商品、媒體、明星與影像機制所形塑建構的消費美學和流行文化的方式,任職模特兒的 Monica 並不是唯一的案例,另一篇小說〈天使之眼〉中的女主角「她」第一次賺錢就馬上買了時髦漂亮的衣服,享受於男友帶她去高級法國餐廳消費,對男友開車接送十足顯出虛榮心理。而男友對她的愛意則充滿了消費戀物(fetish)的心態,他看見她的時候注意的是她身上「穿著淺藍色有蕾絲花邊的迷你裙,白色帶小跟的尖頭鞋子」(54),他衝動得「想去摸她的頭髮,淡淡的顏色,潔淨又柔軟的頭髮」(54)。她的「叫人心碎的美」(60),她的美麗脆弱和溫柔,甚至令他過度迷戀不能自拔,戀物傾向造成他一種失去平衡的扭曲心理,「她是他的瓷娃娃」(60)。強調其優雅氣質和堅持其布波階級(Bobos)品味教養的他,實則充滿了資產階級的虛偽意識,迷失於流行神話的設計方式。❻另一篇小說〈女人的試煉〉中的娃娃臉刻意強調其藝術家品

---

❻ 布魯克斯(David Brooks)在《布波族:一個社會新階層的崛起》一書中

味和不向體制低頭的個性，阿芙洛蒂迷戀於娃娃臉的頹廢酷帥氣質，其實也是在揭發流行神話的結構設計，雖然成英姝在這些小說文本中較著墨於流行神話所激發的魅惑力。

如果我們想要對成英姝小說文本中的女性商品消費與美貌的流行神話模式嘗試進行解構，那麼首先要探討父系體制所建構的女性形象和女性神話，女性在其中大多以外在美貌和身體爲人際關係的最佳資本，來迎合男性的價值觀。小說中的女性如〈怪獸〉的第一人稱女敘述者、Monica 均迷惘於外在美貌，保持年輕貌美，客體化自我，藉此博得男人的歡心，也從中肯定其存在價值。這些女性將商品消費視爲其生活和生命的核心價值，把父系體制對流行神話與女性神話的結合意識形態，視爲一種女性的生活形式和存在價值的自然本質，而神話結構則令現代社會由眞實過渡進入意識形態的階段，把眞相掏空，由「僞自然」取而代之。同時透過後現代媒體、影視、科技大量輸導美貌的標準和價值，令商品消費的模式轉變成女性的自我定位上，將身體視爲消費品，益發使得這個迷思牢不可破。

又如〈男人討厭的女人〉中的美麗母親，「皮膚細白又柔軟」、「她是一個纖細的女人」（126），這個帶著自虐式的消瘦病（magersucht）雖然導因於失眠和憂悒症，但亦與社會文化的瘦

說：「在這個時代能夠崛起的人就是那些可以把創意和情感轉化成產品的人。這些高學歷的人一腳踏在創意的波希米亞世界，另一腳踩在野心勃勃和追求世俗成功的布爾喬亞領域當中。這些新信息時代的精英份子是布爾喬亞的波希米亞人，取兩者的第一個字，我們姑且稱他們爲布波族（Bobos）。」（徐子超譯，2-3）

身迷思不無關係。保持瘦身與苗條的身材已儼然是後現代女性「身體管理」（body management）中最重要的一項經營策略和運動規劃，其中的理想規範與消費慾望突顯流行神話與女性神話意識形態相結合的最佳展現。張小虹曾對此現象提出精闢的見解，首先後現代苗條論述與健康論述相結合，以健康、毅力、勤奮與成功為訴求，人依自己喜歡的形象創造自己。（95）苗條論述充分表現後現代社會中身體「塑合化」、「片斷化」與「商品化」的種種現象。（96）後現代的瘦身苗條的女性身體雖然被形塑為擺脫了傳統「瘦而弱」的病態形象，卻也同時臣服於女子以貌取勝的文化傳統，因此不宜一味完全排除女性參與者積極主動建構主體位置的努力和創造轉換苗條論述的可能，但也必須對苗條論述中以女性身體做為監控對象、強化女性外貌為主要資本現象作出批判。（98）因此，在苗條＝健康＝積極自信的前提下，苗條論述進一步擴展成道德論述：肥胖是惡，肥胖有罪，於是肥胖不僅是一種生理疾病，更被歧視為反映人格缺陷的心理疾病，肥胖的人必須為自己的外形負責，而其「臃腫走樣」的體態便成為懶散、無知、缺乏意志力和自我約束力的罪證。（95）

以這樣的一個理論視角來解讀成英姝小說中的胖女人，尤其是〈男人討厭的女人〉裡的胖女孩一角，就顯得格外彌足珍貴。〈男人討厭的女人〉中的美麗母親顯得脆弱被動，而相反的胖女孩則表現出另類的性自主，在公寓裡裸露上身跳韻律舞，十足的情慾自主和自我表述。她對愛情的看法也與《好女孩不做》中的其他女性角色迥然不同，其他女性如〈怪獸〉中的第一人稱女敘述者、〈女人的試煉〉中的阿芙洛蒂、〈三個女人對強暴犯的私刑〉中的古板的

女房客、〈惡鄰〉中的大女兒等人，都或多或少在腦海裡幻想著浪漫愛情，現實裡卻以性慾填充對愛情憧憬的落差。這些女性角色因為陷入傳統愛情神話的迷思，追求愛情浪漫的本質卻往往沉淪於浮泛的性愛關係，混淆了愛情與性慾，以致造成惡性循環。但是胖女孩卻認為：「愛情是彼此傷害。」（143），她對自我的情慾表達有著強烈的自主意識，不在乎別人的愛情觀與兩性之間的性愛關係，認為自慰可以是一種情慾表達的自我實現，充滿了樂趣和自主性，將愛情去神秘化和去神話化。她採取主動的姿態，喜歡觀看游泳池邊強壯結實的救生員，傳統父系體制裡兩性關係的角色行為和神話意識形態被置換和反轉，進而挑戰和解構主流男性觀眾對女性慾望、文本消費的主導地位，反過來主動控制敘述觀點的進行方式，這個觀看的主體意識形成「觀看的愉悅感」（Stacey,113）。

本來小說一開始以第一人稱男敘述者為主體（subject），而將其他女性排斥或物化為客體（object）（前者是胖女孩，後者如訓導主任的太太、教官的女朋友），從作者安排的敘述結構（narrative structure）中透過男敘述者的有「色」眼鏡來窺視、想像、界定、敘述，形成一場由男性自導自演的「文本強暴」（textual rape）的戲碼。弔詭的是，歧視和醜化胖女孩的第一人稱男敘述者，一方面厭惡她的肥胖，不斷藉寫信來貶低她的人格與形象，幻想她的無恥、懶散、淫蕩，令男人倒盡胃口（139），另一方面卻又在窺視胖女孩的過程中隱隱對之著迷，不斷否認她的存在卻又不斷藉寫信來證實她的存在。充滿男性沙文主義和性愛刻板印象的第一人稱男敘述者對拒絕減肥的胖女孩最後產生好感，但胖女孩毫無留戀的別他而去。成英姝對流行神話的美貌迷思與性愛關係

的剝視，至此形成一道最有力的批判、顛覆的作用，〈男人討厭的女人〉中的胖女孩角色翻轉了傳統兩性關係和性愛互動的模式，藉此也瓦解了流行神話的結構性權力意識形態。

　　誠如劉亮雅所觀察的，成英姝的《好女孩不做》中充滿對好女孩與壞女孩、規範與背德、愛情與性慾之間的辯證。（38）在〈男人討厭的女人〉中傳統上美女對醜女的優勢亦被翻轉，因爲後者較爲主動、強悍。（38）劉在這裡將評論視角放在小說文本中的性別意識與女性主體上，但成英姝的書寫關懷面向無論是消費空間或情慾主體，重點均不脫傳統異性戀關係的模式運作，以上採用神話學的意識形態批判或後現代消費社會的流行神話解讀/誤讀，更加能夠讓我們看清楚神話與意識形態的言論細節、深思其象徵性的語言、遺失的符號的繁複性。（Barthes，14）

三、再現邊緣主體屬性：
異性戀文本、社會異端與情慾想像

　　上一個部份我們以神話學與意識形態的概念來解讀成英姝的小說，我們也在小說文本的結構形式中嘗試讓各種不同的神話面向（流行神話、女性神話、愛情神話）變得可以閱讀，去重現它們的前後關連，並揭示差異與細節，讓這些多樣化的意義逐一清晰可見。在〈男人討厭的女人〉中的胖女孩因爲不符合女性神話的美麗標準而備受性別歧視，而第一人稱男敍述者的思想觀念則充滿了男性沙文主義與性暴力幻想症的刻板印象，這些強迫性異性戀機制（compulsory heterosexuality）的主流觀點和男權中心情慾想像的刻板印象（stereotype）在小說集中的其他篇章俯拾即是。成英姝以

略帶誇張滑稽的語氣來刻劃男性角色的沙文主義與性幻想，卻以一種近似成熟灑脫的視角來書寫女性角色的自我表述，再慢慢加以顛覆兩性的主體定位，表現出女作家對性別再現的反思。然而在致力於打破父權制下的兩性身體神話的固定形態與傳統意識束縛之餘，卻還有一種主流異性戀社會看待差異性取向的刻板印象揮之不去。在這裡我將對《好女孩不做》的異性戀文本採取「歪讀」（queer reading）的策略，❼探討異性戀文本中的同性情愫或情慾政治，以及指出性別神話的「同性戀恐懼」（homophobia）迷思。

〈惡鄰〉中觀念保守拘謹的寡婦觀察隔壁兩個留平頭的年輕人，留意到其中一個的一隻耳朵打了耳洞穿著耳環，看見兩人胳臂互相挽著互相調笑，就據此認定他們是同性戀，「彷彿看見了不可告人的秘密」（67），後來把這件事告知大女兒時，卻被女兒譏笑為孤陋寡聞和沒見過世面。這裡很明顯的呈現出母女兩代間觀念的落差和巨大的鴻溝。最後證明母親的猜測完全錯誤，其中一個其實是女孩子，母親「感到莫名其妙的一種挫敗」（68）。母親這個角色代表傳統異性戀體制裡的同性戀恐懼患者，對同性戀的主體產生恐懼和焦慮的心理，對同性戀的存在充滿了患（幻）得患（幻）失，僅憑想像來驗證傳統異性戀的刻板印象。成英姝藉母親一角從被主流異性戀機制建構的「理想」性別與性傾向認知所蒙蔽，以一

---

❼ 我這裡採用的是張小虹的翻譯，見她的〈女女相見歡：歪讀張愛玲的幾種方式〉中的一段話：「而在九○年代大放異彩的怪胎研究（queer studies），則更標榜著『歪讀』（queer reading）的樂趣，要從天經地義、理所當然的異性戀觀點中，開發幻化出各種慾望橫流的可能，既是性別政治的閱讀實踐，也是慾望遊戲、牽成的想像⋯⋯」（4）

種刻意不帶價值判斷的敘述觀點來指出想像與實際的認知差距,讓讀者在其中看穿所謂「理想」性別與性傾向的破綻百出。在〈女人的試煉〉中娃娃臉的朋友說唱片界有很多同性戀,又是另一個傳統主流對同性戀多偏向於文化藝術事業的刻板印象。娃娃臉一聽到同性戀就顯得慌慌張張,除了表現出同性戀恐懼的外在身體反應,還涉及了「變成同性戀」的心理焦慮與恐懼。主流異性戀人士最害怕的一點是,必須時時提防自己或他人(娃娃臉的朋友)「變成」同性戀的可能。因此,異性戀人士對於會「變成」同性戀的真正恐懼,不是同性戀者有多可怕,而是怕看見自己或他人的同性情慾可能,乃是對開放、變動與不確定的排斥。(張小虹,157)同性戀恐懼症的基本反應乃是混雜恐怖、恐懼、興奮,但又排斥的心理狀態。(趙彥寧,8)〈惡鄰〉中的母親與〈女人的試煉〉中的娃娃臉在提到同性戀時,語氣顯得慌張但又有一股掩不住的興奮,而急於撇清排除自己潛藏的同性情愫和慾望。主流社會往往因此把同性戀視為異端,「變成同性戀」的論述概念被象徵性地等同於疾病,同性戀會傳染,經過主流異性戀體制的污名化後成為社會通俗的看法,或者神話的普遍價值觀。同樣的情形在〈男人討厭的女人〉中的第一人稱男敘述者擔心他那英俊時髦的哥哥會變成同性戀,於是同性戀是一種傳染病,成為主流社會的刻板印象。而創造於歐美六○年代後同性戀平權運動中,使用「同性戀恐懼症」一詞以指涉異性戀霸權之特質,目的在精神病理化前述因應於同性戀之事實而產生的負面情緒與其外顯行動,以對抗並嘲弄反同性戀的行動與意識形態,並翻轉過去同性戀被精神醫療學科病態化之現象。(8)

　　同性戀被主流社會視為異端變態,他們的生活行為被界定於

「社會黑暗的角落邊緣」，這個異質空間的邊緣性異質性比起異性戀關係的異類空間，更具顛覆的意義，因此對主流體制來說，這個具有顛覆反抗的異端情慾，必須被轉化爲性的不可見性，而同性戀主體也被想像成無法再現的（the unrepresentable）性主體。成英姝的小說敘述聲音刻意中性、抽離、冷淡，偏向主流父權和異性戀的觀點。❽她甚至刻意採取傳統刻板印象的角度看待她的人物，再現

---

❽ 有趣的是成英姝在其散文〈誰怕同性戀？〉中以異性戀的眼光來看「同性戀恐懼」，先是承認同性戀者對主流恐懼的壓力：「很長一段時間以來，『恐同性戀症』怕同性戀會傳染、會侵犯『正常人』、會敗壞社會，造成同性戀者莫大傷害和壓力，然而我們這個時代，所謂的『恐同性戀症』有另外的新解：恐懼別人認爲我們歧視同性戀者。我們在對同性戀這個課題作任何回應的時候，都要小心拿捏，以免犯下政治不正確的罪行⋯⋯」（94－95）然後又重覆主流異性戀體制對同性戀歧視的內化觀點：「恐懼傷害了同性戀者脆弱的心。⋯⋯這又是一個弔詭的印象：同性戀者特別容易受到傷害。」（95）過後她又語重心長的提出：「爲何我們認爲同性戀者特別容易受到傷害？因爲眾所週知，同性戀者受異樣的眼光和異性戀霸權的壓迫太久了。然而，這種想法豈不是仍然把同性戀者放在『異樣』的位置上？」（95）在這裡成英姝對同性戀的立場顯得曖昧擺盪，如同她在小說文本中藉男性視角來觀看同性戀一般，異性戀男士對同性戀的恐懼中糅雜了好奇興奮的情緒，異性戀男人急於撇清否認其同性戀情慾的可能性，或許從中透露了異性戀男人所具有的同性戀傾向，只是在異性戀霸權的傳統大氣候下很難「現身」（come out），必須以一種以退爲進的策略方式隱藏其身份，藉反覆操作與學舌異性戀體制的話語觀念來暴露主流體制的性沙文主義和霸權建構，試圖從體制中鬆動並瓦解體制的目的。成英姝散文見《女流之輩》，臺北：聯合文學，1999 年，頁 92－95。在這裡張小虹對臺灣流行文化的「恐同/戀同」（homophobia/homophilia）的精神分裂現象的分析很值得參考，張援引 Jonathan Dollimore 的 perverse dynamic 與 Diana Fuss 的 inside/out 概念來論證主流異性戀文化/同性戀次

傳統父權和異性戀體制的意識形態，剝視並突顯這些人物行為的愚昧荒謬，嘗試顛覆和翻轉那些無法再現的（the unrepresentable）邊緣主體與異質情慾，顯然她也暗示了現代生活中的「每個人」無法完全逃離神話系統的意識形態控制。成英姝的小說書寫顯露出，社會主流的意識形態透過不同的消費模式與美學語言，把社會異端諸如同性戀、邊緣主體與異質情慾領受者建構為無法再現的性主體。意識形態藉此被定義為現代生活方式與社會實踐關係，同性戀次文化的情慾流動與顛覆性質被主流體制轉化為消費美學，透過部份自創風格與自我表述的主體意識和情慾想像，這個後現代消費主體仍算停留在神話信仰系統之內。

在〈男人討厭的女人〉中的第一人稱敘述者對於哥哥會變成同性戀，既感到擔心，然而口氣中卻也有一絲幸災樂禍。其實，他一開始就留意起哥哥的英俊樣貌：「我有一個哥哥，他跟我長得很不一樣，他有將近一百八十公分高。當然，我以後還會長，那不成問題。我哥哥的頭髮也很硬，但是卻很有彈性，可以輕易梳成時髦的髮型。他的身材比例很好，不需要怎麼鍛鍊，天生就像基努李維，臉也生得很正點。他在大學念電腦，但是他是個窩囊廢，他交過一個女朋友，連手也沒牽到，我敢說那個女的早就被人幹過一千次。如果他變成同性戀我也不會感到稀奇。」（125）異性戀的不規矩男性，在此對於規矩有禮的男性感到厭惡排斥，連帶的把這個排斥

文化兩者間的互動過程，指出這個自我/他者的「毗鄰」（proximity）與「類同」的心理認同。張文見〈同志情人，非常慾望〉，收入《慾望新地圖》，臺北：聯合文學，1996 年，頁 51－77。

的心理移植到同性戀身上。因此，對他來說，一個男人如果「變成」同性戀，是其最大的不幸，卻是他最大的樂事。這裡第一人稱敘述者與哥哥的張力關係頗值得玩味，代表異性戀的他雖然把代表有同性戀傾向的哥哥排除在文本敘述外（化為不可見性），但長相俊美、具有明星偶像條件的哥哥卻是敘述者在幸災樂禍哥哥的同性戀身份時，一再無法阻止自己去窺視哥哥的身體樣貌，以滿足自己的情慾想像。換言之，於此，同性戀雖然被異性戀逼走，但同性戀同時也頑強地附魔在異性戀身上。異性戀必須依靠同性戀的「魔性」來彰顯自身的性慾望與主體意識。異性戀對同性戀的幸災樂禍、排除異己並不表示他自己就可以倖免以難，如同小說文本中的敘述者的情慾騷動與身體想像必須被（書寫者）一再壓抑，以免喚起異性戀身上所附屬的同性戀慾望，應證了法絲（Diana Fuss）的名言：「異性戀與同性戀雙方都被彼此附身。」（3）

　　這裡展現由男敘述者（透過女性書寫者）的注視男性身體的這類目光，除了在〈男人討厭的女人〉中出現以外，還在〈戀愛課〉中由小伙子的目光梭巡酒吧裡的帥哥暗示這類注視的指引，目光的焦點是裹在流行商品或明星文化底下的身體細節，誘惑讀者去啓動解讀或歪讀明顯的情色想像與性慾需求。❾這種身體消費/消費身

---

❾　這是一個有趣又值得深入探討的現象，成英姝數次透過其女性書寫者的目光，看她筆下的男性角色看另一個男性角色，男性的看與被看充滿了慾望與情色想像，盡情表現在男性的美貌或身體衣飾上。這個女性書寫者的男性敘述者的視覺呈現打破了莫爾薇（Laura Mulvey）的「男性凝視」（male gaze）理論：男性主動觀看，女性則是被看，一切都在男性眼光的凝視掌握之中。莫爾薇假設異性戀男主角和男性觀眾所凝視的對象必是女

體的魅惑力是透過一種主體意識與消費美學的技巧手法辦到的。雖然他們彼此之間沒有發生任何色情或性交的相互作用，但是刺激性慾的內在主動力量會牽制外在的目光與想像，這些具有偶像明星般的美男子身體姿態一再與身體內一股情慾自主的力量結合在一起，並且透過這股力量勾劃出自我，而與週遭環境的定義相抗衡或混雜意義。後現代都市的現代性主體，透過消費美學的形式技巧與異質空間的身體表演，加以複製、重新編排和修改，來強調他們面對主流體制時的主體差異與自我意識。但是成英姝的小說書寫中一再重覆出現的主流神話與意識形態造成再現現代性主體性的困難，似乎暗示後現代新人類或每個人的生活方式與主體意識，最後還是會被主流話語以其他方式所吸收。消費者所實現的新生活的自我表述，代表的是一個從束縛的規範裡解放出來的生活，既具有政治性的效用，也強調心理上的情緒，明顯地表現出新生活的豐富性——後現

性，但是如果這個異性戀男人所凝視的對象是男性呢？如果觀眾（或書寫者）是女性而不是男性呢？有論者指出莫爾薇的心理分析符號學充滿了本質主義的盲點。（Taylor, 195）但是成英姝的「男性凝視」景觀同時也動搖了嘉曼（Lorraine Gamman）和瑪許曼（Margaret Marshment）的「女性凝視」（female gaze）理論：電影欣賞角度並不是都只爲男性而設，女性可以主動觀看，而被觀看的對象也可以是男性或女性，這裡包括了同性戀情慾。這個假設是女性觀眾或女同性戀者所凝視的對象或偷窺精神本質上並不專屬於男性特質。但是我們不禁要問：女異性戀觀看男異性戀與女異性戀透過觀看男同性戀觀看男異性戀，或者女異性戀透過觀看男異性戀觀看男同性戀，有什麼心理上的差異？化爲情慾想像時又形成怎樣的身份/慾望認同？這些問題在多重性別與性傾向的文化交錯間更形複雜，本文並不打算在此提出分析或解決之道，目的是在於指出成英姝小說文本脈絡間的美學語言與情慾想像的複雜幽微之處。

代都市的消費主義、流行文化的吸納與反叛、異質情慾的自主性與主體意識——來達到解構與建構社會主體性的目的。

結　語

　　空間與情慾的關係常常隱喻了社會關係。在臺灣小說文本的書寫空間裡，消費一向是一種製造的行為，後現代社會或世紀末的都市主體的渴望、恐懼或願望會透過商品美學來溝通，經過消費主體使用後這些物件或商品的意義會被轉換和變質。所以探討這個時期的文化空間與消費美學，最主要不在於探討做為商品時尚的物件在不同文化時期的流通，而是特別在描述物件裡面的主體意識與慾望軌跡，意即我們只能把物質性當作一種「剩餘物」（remainder）來感受與相互建構的過程。商品消費在這個特殊的環境下讓流行神話的意識形態系統顯得突出，流行時尚的美學語言藉神話學的概念把新人類的角色不著痕跡的改變與獲得注目，後現代都市新人類在媒體上被放大、被個性化、被理想化或被現代化成為「每個人」的一種象徵。在這裡現代性主體的異質性與對抗作用被美學化和普遍化——它被去除所有的關連性，變成一種新生活方式和個人生活品味的意識形態神話層面的延伸。

　　二十世紀末的臺灣小說，成英姝探討的異性戀關係與情慾想像，多觸及女性情慾與頹廢的高度關注，而潛藏文本脈絡底下的同性戀次文化、邊緣性主體與異質情慾的曖昧態度和修辭轉喻，透露出小說書寫與閱讀領受可能具有的矛盾複雜面向。消費美學與情色慾望在成英姝的筆下產生了繁複的敘述，在《好女孩不做》一書中具體敘述了大眾媒體的表演與消費者特殊環境的實踐互動。文本的

敘述一再挑撥反敘述，而連結兩者的便是認同與逃逸、解構與重構
的過程。

引用書目

王斑，〈呼喚靈韻的美學：朱天文小說中的商品與懷舊〉。《書寫
　　臺灣：文學史、後殖民與後現代》。周英雄、劉紀蕙編。臺
　　北：麥田出版公司，2000 年。343－359。

成英姝，《好女孩不做》。臺北：聯合文學，1998 年。

———，〈怪獸〉。《好女孩不做》。32－51。

———，〈天使之眼〉。《好女孩不做》。52－63。

———，〈惡鄰〉。《好女孩不做》。66－96。

———，〈女人的試煉〉。《好女孩不做》。97－110。

———，〈三個女人對強暴犯的私刑〉。《好女孩不做》。111－
　　122。

———，〈男人討厭的女人〉。《好女孩不做》。124－146。

———，〈戀愛課〉。《好女孩不做》。147－168。

———，《無伴奏安魂曲》。臺北：時報文化，2000 年。

———，《女流之輩》。臺北：聯合文學，1999 年。

———，〈女人與酒〉。《女流之輩》。59－64。

———，〈誰怕同性戀？〉。《女流之輩》。92－95。

林以青，〈文學經驗中的都會情境——以七〇年代的臺北為例〉。
　　《當代臺灣都市文學論》。鄭明娳編。臺北：時報文化，
　　1995 年。59－127。

黃麗玲、夏鑄九，〈文化、再現與地方感：接合空間研究與文化研

究的初步思考〉。《文化研究在臺灣》。陳光興編。臺北：
　　巨流圖書公司，2000 年。27－70。

庹宗康、張雅雅，《鴉片與牛奶：PUB 的迷幻與眞實》。臺北：
　　春光，2001 年。

張小虹，《慾望新地圖：性別。同志學》。臺北：聯合文學，1996
　　年。

———，〈臺北情慾地景：家/公園的影像置移〉。《慾望新地
　　圖：性別。同志學》。78－107。

———，〈同志情人，非常慾望〉。《慾望新地圖：性別。同志
　　學》。51－77。

———，〈我的體重是我的心情：後現代苗條論述〉。《後現代/
　　女人：權力、慾望與性別表演》。臺北：時報文化，1993
　　年。94－98。

———，〈恐同症時代〉。《情慾微物論》。臺北：大田，1999
　　年。156－158。

———，〈女女相見歡：歪讀張愛玲的幾種方式〉。《怪胎家庭羅
　　曼史》。臺北：時報文化，2000 年。3－26。

趙彥寧，〈看不見的權力：非生殖/非親屬規範性論述的認識論分
　　析〉。《戴著草帽到處旅行：性/別、權力、國家》。臺
　　北：巨流圖書公司，2001 年。1－24。

劉亮雅，〈擺盪在現代與後現代之間：朱天文近期作品中的國族、
　　世代、性別、情慾問題〉。《性/別研究讀本》。張小虹
　　編。臺北：麥田，1998 年。195－211。

———，《情色世紀末：小說、性別、文化、美學》。臺北：九

歌，2001 年。

───，〈世紀末臺灣小說裡的性別跨界與頹廢：以李昂、朱天
文、邱妙津、成英姝爲例〉。《情色世紀末：小說、性別、
文化、美學》。13－47。

───，〈女性主體、荒謬困境與女性書寫：成英姝的《公主徹夜
未眠》〉。《情色世紀末：小說、性別、文化、美學》。
113－135。

劉紀雯，〈城市－國家－愛人：《以獅爲皮》和《英倫情人》中的
疆界空間〉。《他者之域：文化身份與再現策略》。劉紀蕙
編。臺北：麥田出版公司，2001 年。399－428。

張君玫、黃鵬仁譯（Robert Bocock），《消費》。臺北：巨流圖書
公司，1996 年。78－82。

徐子超譯（David Brooks），《布波族：一個社會新階層的崛
起》。北京：中國對外翻譯公司，2002 年。

陳素幸譯（Anna Schober），《牛仔褲：叛逆、狂野與性感的自我
表述》。臺北：藍鯨，2002 年。

張雅萍譯（Lisa Taylor），〈從心理分析女性主義到大眾女性主
義〉。《大眾電影研究》。哈洛斯（Joanne Hollows）、賈
柯維奇（Mark Jancovich）編。臺北：遠流，2001 年。193
－220。

Althusser, Louis. *"Ideology and Ideological State Apparatuses." Lenin
and Philosophy and other essays.* London: New Left Books,
1971 年.

Barthes, Roland. *"Mythen des Alltags."* Deutsch von Helmut Scheffel. Frankfurt am Main: Suhrkamp, 1964 年. 85-151.

———. *S/Z*. Pans: Seuil. 1970 年.

Foucault, Michel. *"Of Other Spaces."* Diacritics 16:1(Spring) 1986/ 1967 年. 22-27.

———. *"Other Spaces."* Lotus International, 48/49, 1986 年.

Fuss, Diana. *"Inside/Out."* Inside/Out: Lesbian Theories, Gay Theories. Ed. Diana Fuss. New York: Routledge, 1991 年. 1-10.

Gamma, Lorraine & Margaret Marshment. *The Female Gaze: Women as Viewers of Popular Culture*. London: Women's Press, 1988 年.

Lefebvre, Henri. *The Production of Space*. Donald Nicholson-Smith(trans.), Cambridge, MA: Blackwell Publishers, 1991 年.

Mulvey, Laura. *"Visual Pleasure and Narrative Cinema."*, in Screen Editorial Collective, The Sexual Subject: A Screen Reader in Sexuality. London: Routledge, 1991 年. 22-33.

Stacey, Jackie. *Star Gazing: Hollywood Cinema and Female Spectatorship*. London: Routledge, 1994 年.

現實與虛構的向量探索
——臺灣爾雅版「年度小說選」編選標準探析

林積萍*

摘　要

　　「年度小說選」自一九六八年創辦，至一九九八年共出版三十一冊，連同回溯編選所出版的《五十六年短篇小說選》、《五十五年短篇小說選》，合計三十三冊，全部刊出短篇小說三百四十八篇。❶其間歷經二十六位編選人，入選作家人數為兩百一十五人。這些作品題材包羅廣闊，風格多變，顯現二十世紀後期臺灣小說豐富的面貌。而展現這些作品的關鍵者，正是「年度小說選」編選人。

---

*　黎明技術學院通識中心專任助理教授
❶　自《八十七年短篇小說選》劃下句點後，民國九十一年年再度出擊，由林黛嫚主編，書名為《復活》是八十八至九十一年度小說的合輯。共選出十五篇，暫不擬列入本文討論範圍。

　　「年度小説選」文學史中的重要史料，而探究編選人的編
選標準，釐清其文學觀念，對臺灣近三十年來的小説美學取向
應有廓清之效。文學的本體性為何，研究者之認知，往往決定
其取徑之路向，為人生而文學、為文學而文學間的爭論，反覆
出現。小説因其敘事特徵明顯，篇幅較長，利於表現「故
事」，能反映人生各種圖景，導致小説論者，偏向認識論文學
觀的傾向。小説的美學特徵為何？小説與人生的互動關係如
何？小説批評的正確性何在？短篇小説選提供了觀察小説編選
者對小説本體性認知的心靈話語，本文企圖透過「年度小説
選」編選標準的研究與整理，期能明瞭小説之美學真諦。

關鍵詞：年度小説選、編選標準、向量、小説美學、現實主義、人
　　　　　文主義

壹、研究方法

　　學術研究過程中，因著研究有所不同，所以必須選取適切的研
究方法。方法不一而足，其目的皆希望能具體有效的對所探討的對
象，獲致一定的成果。本論文標題訂為「現實與虛構的向量探
索」，所謂「向量」（vector）乃借用自物理學的名詞，其原始的定
義為：「是一有大小又有方向的物理量。」若將小説文類視做一向
量，那麼按照向量分析加法的平行四邊形法則，則可以將小説研究
用一向量分析圖形予以表示如下：

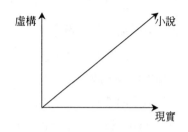

小說這種文類，可以說是虛構的技藝和現實的力量兩個力量共同作用所產生的結果，在進行文學研究的同時，應先正視內緣批評（internal criticism）和外緣批評（external criticism）的短處，前者易脫離歷史、文化脈絡的闡述，並將一些平庸的作品過度詮釋；後者則易將文學與社會、政治、意識型態等現實做短路式的連接，而化約了文學作品的豐富性。

　　文學研究整體性目標，必需透過內緣與外緣的整合才能到達。法國著名的社會學家皮埃爾·布迪厄❷（Pierre Bourdieu）在《藝術的法則──文學場的生成和結構》❸一書中，展現了跨越內、外緣批

---

❷　皮埃爾·布迪厄是法國當代著名社會學家。一九五四年畢業於巴黎高等師範學院。一九六〇年在巴黎大學人文學院擔任助教。之後在里爾大學任教三年，從一九六八年起，他擔任歐洲社會學中心主任至今。一九八二年成為法蘭西學院唯一的一名社會學教授。主要著作包括：《實驗理論大綱》、《區隔》、《教育、社會和文化的再生產》、《學術人》、《實踐的邏輯》、《換句話說》、《語言與符號暴力》等。

❸　皮埃爾·布迪厄著，劉暉譯《藝術的法則──文學場的生成和結構》（北京：北京中央編譯社，2001 年 3 月）。此書將 "field" 翻譯為「場」，本文採用張誦聖的翻譯「場域」。因張譯於臺灣較早，亦多為臺灣學者所採用。

評間鴻溝的企圖。布迪厄認爲無論內緣分析或外緣分析，都是一種非此即彼的兩難選擇，都有致命的弱點，都會導致作品分析的片面性。由於文學場域、權力場域、政治場域或社會場域的同源性，許多選擇都是雙重行爲，既是內部的，又是外部的，既是美學的，又是政治的。透過文學場域的分析，可以建立文學作品的科學，明白藝術的法則。

所以在討論「年度小說選」的編選標準時，能呈現文學研究的整體性眼光。

貳、「年度小説選」編選人紹述

歷年年度小說編選人分別爲隱地、鄭明娳、思兼（沈謙）、林柏燕、覃雲生、鄭傑光、洪醒夫、季季、李昂、詹宏志、沈萌華、周寧（周浩正）、李喬、馬各、丁樹南、馬森、亮軒、陳雨航、愛亞、雷驤、陳義芝、張芬齡、廖咸浩、保眞、焦桐、邵僩等二十六位。其中隱地與季季分別四度擔綱，詹宏志和周寧各編二次，回編二冊由馬各與丁樹南共同負責，覃雲生與鄭傑光合編一冊。

這二十六人中，以丁樹南生年最早（一九二三）；詹宏志、焦桐最晚（一九五六）。編選時的年齡，以鄭明娳、覃雲生最年輕（二十一歲）；邵僩最長（六十四歲）。外省籍十六位，本省籍十位。粗分其身份，爲職業編輯人者如：隱地、馬各、覃雲生、鄭傑光、季季、詹宏志、周寧、陳義芝、焦桐。爲作家者如：丁樹南、林柏燕、洪醒夫、李昂、沈萌華、李喬、馬森、亮軒、陳雨航、愛亞、雷驤、保眞、邵僩。爲學者如：鄭明娳、思兼、張芬齡、廖咸浩。許多編選人既是職業編輯，又是作家；或兼具作家與學者雙重身

份。

　　從以上的諸項統計資料看來，這群編選人，皆爲廣義的文化人，屬於社會中的文化菁英。王德威曾指出：年度小說選的編者爲一群菁英讀者。他們憑著專業素養、閱讀、評選每年的佳作，並儘量以平易的文字介紹給大眾。編者是專業讀者，但也更是「作者」。他們在篩選作品、匯集成書的過程中，已兀自「寫出」了他們對年來小說譜系的看法，以及文壇動態的感觸。❹實際上在每一本選集中，除小說作品外，序言、評介等文字，是編選人對整年小說提出的觀察報告，在編選過程中，絕對呈現了編選人的品味與素養。年度小說選雖是由三百多篇作品貫串，但也可視作，是由二十六位專業讀者所自組的歷史版塊，因此明乎編選人的選文準則所在，成爲本研究十分側重的議題。

　　從文獻的觀點來看選集的工作，劉兆祐〈從文獻的觀點看「文學選集」〉，指出在體例、態度與特色上的標準：

　　　一、在編輯體例上：

　　　　㈠卷前要有編輯的凡例，說明編選的旨趣、選錄的原則、
　　　　　選錄的範圍、起訖的年限等最基本的問題。

　　　　㈡要有完整的有關作者的傳記。包括作者的寫作歷程，作
　　　　　品風格及主要作品等。

　　　　㈢每篇作品應著明寫作的年代及原發表刊物的卷期等。如

---

❹　王德威，〈典律的生成〉，《典律的生成》（臺北：爾雅出版社，
　　1998），頁 10。

　　　果是根據別集的版本（版本項目包括別集的名稱、出版社名

　　　稱、印行年月、印行方式、版次等）。

　　㈣附錄與作家、作品有關的、公正的討論文字。

　二、在編輯態度上要公正。

　三、選錄的詩文，要具備「文獻」上的特色。包括：

　　㈠能反映一個作家風格的作品。

　　㈡能呈現一個時代的文學風尚。

　　㈢一部「選集」的諸篇作品，能依序表現文學與時代相互

　　　影響的脈絡。❺

以上述的文獻標準來檢視「年度小說選」，可以看到，在編輯體例

中的四項工作，皆多能達到，惟第二項，對作者的基本資料的呈

現，因限於篇幅，往往擇要述之。至於編輯的態度，「年度小說

選」的公正，是以一種特殊形式呈現出來，在皆為菁英讀者的素養

基礎上，因每一年的編選人皆獲充分授權，所以可以充分建構主觀

的小說譜系，若將每一年視為一橫切面，因三十年所累積所達到的

一種歷史的縱深，便形成了一種相當多面體的結構，可以互相對照

的角度連結前後的異同，一套大的敘事模式則依然可見，因而達成

一種客觀的效果。針對第三個面向，若以「文獻」特色來看「年度

小說選」，對反映一個作家風格的作品，可能略嫌不足，因「小說

選」的取材對象，並不以個別作家為單位。但對呈現時代的文學風

---

❺　劉兆祐，〈從文獻的觀點看「文學選集」〉，《文訊》第 23 期（1986 年

　　4 月），頁 45~46。

尚、表現文學與時代相互影響的脈絡而言，則是「年度小說選」起始便十分自覺的使命。

以下將以歸納的方式，先將每位編選人對「好小說」的觀念做清理，再將其中的同異加以論述。

參、「年度小說選」的定調之聲

一、隱地的構想

在思兼執筆的〈編選緒言〉之前，「年度小說選」前三年是由隱地獨立完成的，隱地起初是希望在成千成萬的作品之中，選出一些真正有價值的好小說，使作者嘔心瀝血的作品能得到大家的賞識。❻編第二年時，隱地自陳是將小說看得差不多與生命一般重要的人，對小說輯佚工作的構想，實源自對文學的熱情。有幾段話，交待了隱地的基本編輯動機與目標：

> 在外國，尤其是美國，它們的「年度小說選」編得很起勁，也很齊全，甚至每年還有一本新人選，使作家們智慧且溶入功力的傑作能永遠的留傳，同時，某一年的作品有某種特色，或某一年竄起了那幾位特殊的作家，都有詳細記載，這給大家很多方便，讀者由於瞭解作者的歷史背景，而提高了對其作品的閱讀興趣，另一方面，也提供了批評家評介時的最佳資料，且於若干年後，更可從「年度小說選」中看出小說風格的轉移及其流變和趨勢。一般來說，文學批評家建立

---

❻ 隱地，〈寫在「五十七年短篇小說選」之前〉，頁4。

的是理論上的準繩，編選人建立的，則是在大眾之間的實際準繩。

經過思索的結果，個人認爲小說中無論主題、人物、結構、情節或故事，其中至少有一項必須特別突出，這種突出是自然的，而不是造作的；如果認爲造作是必要的，也應不落痕跡。……

小說毫無痛楚的彌補了現實的缺陷，也帶給我們一種想像的生活，有時它更會成爲我們個人或社會的預言，此外小說能發揮警世作用，並進而潛移默化產生一種驚人無比的教育效能，這是我們老早就共知的，當然，小說最大的價值，還是在於它是一種藝術，人和貓狗不同，就是因爲除了吃和睡之外，還能接觸一點藝術生活。（〈「五十八年短篇小說選」後記〉，頁318~319。）

第一段文字中，顯示隱地對文學選集的功能的認識，「若干年後，更可從「年度小說選」中看出小說風格的轉移及其流變和趨勢。」已有將這份工作常期經營的打算。「編選人建立的，則是在大眾之間的實際準繩」一語，將編選人與專業文學批評家也做出區隔。然而所謂的大眾間的準繩，意味著是從實際作品中，以尋繹出佳作，讓這些佳作成爲範本。而在實際的操作上，應是讓作品反應出編選人的文學觀。可以說是編選人藉由小說向讀者展示某種範式。第二段文字則申述了擇取小說的實際考慮，入選作品必需在主題、人物、結構、情節與故事任一項中，表現突出。第三段話，則顯示文學所帶來人類心靈滿足的力量，應是做選集工作的終極關

懷。

二、〈編選緒言〉的主張

　　思兼爲「年度小說選」所撰寫的〈編選緒言〉，可說是爲「年度小說選」的定調之作。因隱地編選小說的熱忱，引起對「年度小說選」也存有相當理想與熱忱的年輕人的共鳴，思兼、鄭明娳與隱地討論下，「年度小說選編委會」於焉產生，思兼所撰〈「年度小說選」編選緒言〉，刊登於《六十年短篇小說選》前，將「年度小說選」的編輯目標敘述得更爲明確。以下針對〈編選緒言〉中提到的幾個面向加以陳述。

㈠「年度小說選」的意義

　　除了隱地所陳述的理由外，思兼進一步指出「年度小說選」的兩點意義：

> 第一、廿世紀以來，小說已經占據了世界文學主流的地
> 　　　位。這並不意味著小說已經壓倒了詩歌、散文、戲劇等
> 　　　其他種類的文學形式，也並非某些人對小說特別垂青。
> 　　　而是現代小說發展起飛之後，在形式方面兼容並蓄，在
> 　　　內容方面無限深廣，更能表現人們此時此地的思想、情
> 　　　感與生活；將現代人的心理、苦悶、矛盾、同情、被壓
> 　　　迫與被嘲弄作一個寫鏡。現代小說不但是反映人生、批
> 　　　評人生最適切的文學形式，且擁有最多的作者、作品與
> 　　　讀者。
> 第二、不只是外國將「年度小說選」當作一件正經事兒做
> 　　　得有聲有色；我們翻開中國文學史或者中國文學批評

史，更可以知道，選集對後世是如何地重要。從徐陵的
玉臺新詠、蕭統的昭明文學選、茅坤的唐宋八大家文
鈔、乃至於後來姚鼐的古文辭類纂等等，無不貢獻宏
大，影響深遠。如果「年度小說選」能夠做得理想，且
一直繼續下去的話，相信不但在當代能促進傑作的流傳
推廣與研究評介，後世更能從此看出這段時期文學主流
的梗概，給文學史留下了許多珍貴的資料。

在第一點中，傳達了兩個訊息，首先小說受重視是文壇的事實，小
說做為廿世紀最受青睞的文類，中外皆然；其次，肯定小說做為人
生寫鏡的功能，此與中國新文學中強調現實主義的主流，一脈相
承。第二點則從文學史的角度，肯定文學選集的功能，一部好的選
集，在教育功能外，亦兼具文獻價值。

(二)「年度小說選」的編選標準

　　茲將思兼提到編選的原則與理論基礎整理如下：

　　1.編選時所奉守的三個信條：

　　(1)一千五百年前蕭統在昭明文選中提出「事出於沉思，義歸
　　　乎翰藻」。

　　(2)四百年前莎氏比亞認為：文學要反映人生。

　　(3)一百年前阿諾德指出：文學要批評生命。

　　2.文質彬彬、內容與形式並重。如劉勰在文心雕龍知音篇提出
的文學批評標準：「將閱文情，先標六觀：一觀位體、二觀置辭、
三觀通變、四觀奇正、五觀事義、六觀宮商，斯術既形，則優劣見
矣。」值得借鏡。

3.釐清文學作品與流俗作品的分別：前者有思想，能表現人生，批評生命；而後者卻只有情節與故事，只能供給娛樂。溫徹斯特說：「文學作品既要自身俱備永久的趣味，且要有永久的眞理。」

4.對「年度小說選」期許：能選到眞能衝破人與人之間藩籬、促進人與人之間瞭解的好作品！我們更希望所有新的創作小說，都能突破舊作，超越前賢，以建立起眞正屬於我們這一代，代表我們這一代，表現我們這一代人類文明的文學。

思兼所標舉的選文標準，顯示出其學院派及人文主義的傾向，將小說選賦予更深沈的時代使命。並要編選人擔負起文學批評家的任務，鑑別出眞正的文學作品。

㈢實際編選工作

實際編選時的流程，設計如下：

1.在編選觀點相近的原則下，謀求其所同，尊重其所異，採取合作編選的方式。

2.主選者工作：

　⑴提出候選作品，可以盡量與其他編委討論，但負責最後取捨。

　⑵與入選作品之作者聯繫。請其校對或潤飾原作。

　⑶撰寫選集中每篇作品後的「附註」。內容包括簡略的作者和作品介紹，以及編者對此篇的探討，以明此篇入選的理由。

「年度小說選」除三冊（五十五、五十六、六十三）由兩人合編外，其他皆維持一人主選的情況，在遴聘主選人後，主選者皆得到

充份的授權，在「編委會」時代，「年度小說選」呈現同仁性質，編委會成員會彼此討論，直至第十冊，洪醒夫倡議由主選人獨力承擔，合作編選方式便告終。不過隱地與關心選集的文壇人士，皆會向該年主選人推薦佳作，主選者在「尊重其所異」的大前提下，擁有絕對的決定權。

肆、編選人的編選標準

雖有隱地與思兼雖爲「年度小說選」列出目標，但在形式上，卻從未有強制執行的壓力，因而每年的主選者，皆享有充分的選擇自由，我們將其對「好小說」的看法，先一一列舉如下，再歸納其間的意義。

一、編選人文學觀摘錄

㈠丁樹南（馬各）：「起碼藝術品的眞、善、美三要件可以作爲評鑑的基據。……小說之眞，大可以莎士比亞在創作上所堅守的兩個原則來說明，那便是『深刻地反映客觀世界的眞和主觀世界的眞』。……善者涉及小說的內涵理念。我以爲合乎『理』的理念無不爲善。……美大抵表現於形式。主要表現於作者對題材的剪裁、設計、鎔鑄等的藝術手腕。凡是眞、善、美三者得其一的小說，我們（指丁樹南與馬各）即考慮入選。」（〈五十五年短篇小說選編選後記〉，頁161。）

㈡鄭明娳：「小說是一種藝術，具有獨立的價值，但小說應該通過作者的情思，與人生接觸。換言之，作者要用

藝術的手法，表現他對人生的情思。」（〈六十年短篇小
說選編序〉，頁9。）

㈢思兼：「今年入選的七個短篇，都相當夠藝術水準，也
充分發揮了反映現實諷喻生命的文學使命。」（〈六十一
年短篇小說選後記〉，頁146。）

㈣林柏燕：「大致上說，臺灣二十年來的小說，以純文學
的眼光視之，則短篇勝於長篇。二十年來，談不上有何
偉構之長篇，而短篇則不乏與我們生存的時代環境，息
息相關之傑作。」（〈六十二年短篇小說選後記〉，頁306。）

㈤鄭傑光（覃雲生）：「短篇小說之被視爲藝術時日久矣，
可能是它以短小精悍的形式，呈露無限深廣的內容，不
僅表現了作者的人生觀、宇宙觀，精彩深刻的作品更爲
民族寶藏，人類共有之遺產。」（〈六十三年短篇小說選
序〉，頁3。）

㈥洪醒夫：「在所有文學藝術的表現方式當中，短篇小說
無疑是一個優秀又佔便宜的形式。……不是長篇小說，
卻有長篇小說利用故事情節吸引讀者的優點，不是詩，
卻可一部分或全部容納詩的意境，不是散文，卻比散文
更曲折引人，不是戲劇，卻可兼具戲劇的成分。」
（〈六十四年短篇小說選前言〉，頁8。）

㈦季季：「我相信一個對人類懷抱真誠的態度，對藝術懷
抱嚴肅的理想的小說家，他的心中必然有某種使命
感，……小說家還要有思考、想像、透視、創造的能
力；具有這些能力，才能寫下人類心靈活動的一部份記

錄。」（〈六十五年短篇小說選」編選序言〉，頁6~7。）

(八)李昂：「當我評定一篇作品時，它的藝術水準會是我最
　　先考慮的。……另外，除了作品的藝術水準外，它的時
　　代意義，也是我會考慮到的。一個偉大的作品，一定是
　　反應了它的時代精神、問題，以及風貌，然由此它會觸
　　及人類恆存的普遍狀況。」（〈六十七年短篇小說選編選緒
　　言〉，頁7~8。）

(九)季季：「以三十年作爲一個世代來回顧，是我這次的編
　　選重點之一。……然而，「忠實的反映現實」，決不是
　　它們被選入年度小說的唯一因素；小說應具有反映現實
　　的功能，而同時它必須是一種具備多種因素組合而成的
　　藝術品。素材的選擇、人物的塑造、情節的推展、文字
　　的使用、對白是否妥貼生動、氣氛的鋪陳、意象是否鮮
　　明……這些都是在選擇一篇小說時必須兼顧的。」
　　（〈六十八年短篇小說選編選序言〉，頁8。）

(十)詹宏志：「不朽的作品常常先屬於一個時代，然後才屬
　　於每一個時代。……因爲不朽的作品要『先屬於一個時
　　代』，文學乃往往要成爲某種文化產生的表白，或者成
　　爲該文化重要的事件與境況的一種可能反映；當一份文
　　學做到這一點，我們說它是時代精神的體現。」（《六
　　十九年短篇小說選·在我們的時代裡》，頁1~2。）

(土)沈萌華：「到了廿世紀，各種文學思潮蜂擁而來，仔細
　　考量，則不外乎從外在表面的觀察進入內在心理乃至潛
　　意識的剖析刻鏤。所追求的仍然是取其「眞實可

信」。……編選過程中，作品不論主題、背景、風格如
何，端視有否真實忠誠地表現了民國七十年臺灣社會的
世道人心，包括各階層的思想意識，生活型態，都市與
鄉村當前的風貌。」（《七十年短篇小說選·獨憐幽草澗邊
生》，頁6。）

(士)周寧：「這些『見證者』，在他們的創作世界裡，『關
懷人間』成為極其明顯的主題之一。」（《七十一年短篇
小說選·喜悅之種種》，頁3。）

(圭)李喬：「編者自訂一份編選標準：甲、總觀全體：(1)主
題高拔，現實社會性與人世普遍性兼顧。(2)技法創新，
形式獨特自成風格。(3)兼而考察作者是否潛力厚實，後
望可待。」（〈七十二年短篇小說選編輯報告〉，頁6。）

(齒)馬森：「一個小說家的首要任務是以高度的文字藝術來
傳達他自己真實的生活經驗和感受。」（〈七十三年短篇
小說選編選前言〉，頁7。）

(宝)亮軒：「文學作品的基本作用，仍然是以感性的藝術形
式，傳達知性無法達到的層次與範圍。……作者對人性
的悲憫、理會，是創作的動力；作者對人間各種價值體
系的觀察與心得，是題材的來源。」（〈七十三年短篇小說
選編選前言〉，頁6~9。）

(共)亮軒：「文學作品的基本作用，仍然是以感性的藝術形
式，傳達知性無法達到的層次與範圍。……作者對人性
的悲憫、理會，是創作的動力；作者對人間各種價值體
系的觀察與心得，是題材的來源。」（〈七十四年短篇小說

選編選前言〉，頁6~9。）

㈦季季：「小説家不論用何種方式寫作，總會在作品中給

　　出一個訊息。小説應該不止寫出一個故事或事件，它還

　　應該寫出人在故事或事件中的處境和感覺：歡樂或痛苦

　　或夢想或人性的扭曲與覺醒，並進一步呈現社會的面貌

　　或探看思想的潮流——過去或者現在的。」（《七十五年

　　短篇小説選·最後一節車廂》，頁11。）

㈧詹宏志：「我認爲臺灣近數十年的文學歷史，相當抑制

　　閱讀的『享樂』這一面；不管是主張『爲社會』、『爲

　　人生』、『爲藝術』的創作者或評論者·口氣都是嚴峻

　　的，態度都是悲憤淒苦的。……鑑於臺灣的評論活動的

　　禁慾性格，今年的小説選，我預備挑戰這種傾向的支配，

　　我預備給編選者一個放鬆的、伊庇鳩魯式的（Epicurean）

　　閱讀態度。……把『群眾性』、易讀、過癮，做爲對小

　　説的要求，並不是非分的，而是合於小説的傳統的。事

　　實上，當我把『享樂閱讀』與『群眾性』的要求加進

　　來，我仍然選的是所謂的『嚴肅創作』或『藝術小説』

　　——我並沒有離開『年度小説選』的傳統。——但是，

　　我換了方式來界定藝術企圖與媚俗作品：『享樂方式』

　　的不同。通俗作品希望給讀者直接的、迅速的滿足，藝

　　術作品卻希望『延宕』這種滿足。」（《七十七年短篇小説

　　選·閱讀的反叛》，頁5~8。）

㈨陳雨航：「對好小説最簡單的説法是：過癮和動人。再

　　進一步説明就是：文字、結構、情節、所描述的人物或

場景等等至少有一種頗具魅力，讀畢讓人感動或有所啓
迪。」（《七十八年短篇小說選·一個工作的報告》，頁3。）

㈩周寧：「不論怎麼說，小說作品必然受到它那個時代的
侷限。它多少是一種社會現象的反映。有著掙脫不掉的
束縛，而這些束縛又常常是它之所以與前與眾不同的分
野關鍵。」（《七十九年短篇小說選·閒聊答問》，頁7。）

㈡愛亞：「我只選好的小說！不論寫作者是新人老人。不
論主題意識如何。不論有無社會性。不論是否符合三一
律。不論內容是否荒謬。不論是政治小說、經濟小說、
魔幻小說……只要是好小說，我便選入年度。……我也
是寫小說的人，深知小說的背後常有故事，也深知小說
與作者密切的關係。」（《八十年短篇小說選·愛小說者
言》，頁4~5。）

㈢雷驤：「就成功的小說而言，既卓越的突出那些個別人
物的心性與浮沉，同時也基於他們與遭際的互動關係，
深切的廓顯了某一時代、某一階層角落的整體空氣。」
（《八十一年短篇小說選·編選者的話》，頁3。）

㈢陳義芝：「但越來、越來越讀不到『盡可能表現生活的
豐富與盡可能豐富地表現生活的願望』的小說了。……
莫泊桑、契訶夫沒有表現過的題材儘多，在不同的時空
領域，臺灣的小說家只要有獨特的視點和思想關懷，何
嘗不會誕生令人驚豔的新寫實力作。」（《八十二年短篇
小說選·小說一九九三》，頁4~6。）

㈢張芬齡：「閱讀小說，我們發現自己的外衣逐漸剝離，

一步步自鏡中窺見生命的影像，進而願意眞誠地參與創
作者的行列，分享他們的經驗，共同爲存在的課題進行
思索或尋求解答。……小說家不是政治家，亦非社會學
家，更非傳教士；他是生命現象的探勘者，以開掘人類
存在的處境，提煉人性珍貴的特質爲目標。」（《八十三
年短篇小說選‧編選緒言和導讀》，頁 2~11。）

㊄廖咸浩：「今年所選的十篇小說，相當能反映當前的臺
灣社會。但這麼說並不意味著我相信『老馬克斯下層至
上主義』與『小資產階級寫實主義』混血產製的粗糙
『反映論』。文學作品與社會的「反映」關係，其實應
該指的阿多諾所謂的：作者總會在某種層面上與社會形
成互動。因此，我們還是可以在我們過去一年最傑出的
小說中，看到這些優秀的心靈，曾經如何領受以及回應
社會的衝擊。」（《八十四年短篇小說選‧複眼觀花‧複音歌
唱》，頁 1~2。）

㊅保眞：「我對於好小說有三個鑑賞標準：首先是作品的
遣詞用字。其次是作品的敘事藝術造詣。最後是作品的
『意境』：小說是關於『人』的藝術，小說中的場景無
論刻畫得多麼細膩，人物不突出就不算成功。而所謂
『人物』，並非外在的容貌、衣裝、動作、語彙，重要
的是小說人物的內心世界。」（《八十五年短篇小說選‧第
三十一冊成績單》，頁 1~2。）

㊆焦桐：「小說要可口，作者得多用心計較敘述手段，少
對讀者布道，少配合理論設定主題。主旨莊嚴肅穆卻枯

燥的小說，很容易讓我厭煩。藝術作品的優劣，言人人
殊，我心目中讀來愉悅的小說，首先還是要能講出漂亮
的故事。一個編織美好的情節，就能夠激盪心靈活動，
產生感染力，無論是悲歡或欣喜，閱讀行爲總是予人愉
悅。」（《八十六年短篇小說選·享樂主義者的布道場》，頁4。）

㈥邵僩：「拿三十年『年度小說選』來說，因爲編選者的
理念、尺度不一，所選出來的作品便有風格上的迥異，
同時也顯現了繁花的各具其美。有人認爲：文學要反映
人生，文學要批評生命，文學作品既要自身具備永久的
趣味，且要有永久的眞理。但是過度的負荷使命感或者
太強調文以載道，卻會造成小說的僵硬、教條、窒礙。
回顧歷年選錄的作品，我們看不出枷鎖的存在，這可以
看出編選者的廣域視野和前瞻眼光。因此，『年度小說
選』的大部分作品，都能具有內涵性的哲思和意境，或
者強烈的創新意圖，值得一看再看。看了很多、很多的
小說，我覺得自己可以接受小說層次、階梯式的發展，
這樣讀者也可以跟上來，如果全部都是高水準的小說，
通路可能就被截斷了。所以要有雅量接受三類小說的共
存；那就是大眾小說、雅俗小說、殿堂小說。」（《八
十七年短篇小說選·人生·心靈別走》，頁7~9。）

伍、編選人揭示的小說美學

從前述引文中，大致可以見到「年度小說選」編選人心目中

「好小說」的標準，大體可以歸納出：人文主義、反映人生、文質兼備的三個共識。茲分述如下：

一、人文主義的呼喚

隱地認為人與其他萬物不同點，在於人能透過讀小說等活動，進行一種藝術的生活，而藝術之美，正是足以為人們在困頓、平庸的現實生活中，發揮一種提昇的力量。思兼在編選標準中，列舉莎士比亞與阿諾德等人之言為標的。在此，我們皆能感受到濃厚的人文主義氣息。隱地所持的文學觀念，與思兼在〈編選緒言〉中充滿人文精神的編選標準，成為後繼的編選人心目中的「傳統」，在編選人的編輯報告中，我們可以看到編選人不斷的與這個傳統進行對話，可以說幾乎是一致的採納同樣的視域，雖說編選準則中明言「謀求其所同，尊重其所異」，但經過上述的理解，所有編選者對小說評選的文化視域，「所同」的部份絕對壓過「所異」，在其中我們可以得見這一世代臺灣文化菁英所認知的價值觀。

十六世紀末莎士比亞的劇作與十四行詩是在西方的人文主義傳統中，最寶貴的財富。❼莎翁的劇作全面地表現了人的狀態，尤其是他寫的悲劇，呈現出人所能夠做的，不過是以堅韌不拔的態度來面對他的失敗。到了十九世紀的阿諾德，在他著名的《文化和無政府狀態》（Culture and Anarchy）中，提到文學的功能是充當對生活的批評，在人們身上培養追求完美的熱望，並認為「採取行動、幫助他人和樂善好施的衝動，消除人的錯誤、清理人為混亂和減輕人為

---

❼ Alan Bullock，〈文藝復興時期〉，Alan Bullock 著、董樂山譯《西方人文主義傳統》（臺北：究竟出版社，2000 年 11 月。），頁 75。

不幸的願望，要把世界改造得比我們降世時更好更快活的崇高抱負」，是文化的「主要的顯著的部分」。❽這種人文主義對文化藝術的看法，十分自然的能進入受過儒家洗禮的中國知識份子的視域中，而得到共鳴，實因人文主義以人為中心的哲學思考，揭示的是人類普遍的命題。

二、小說與現實

隱地在「年度小說選」的編選工作之前，便編了一本《這一代的小說——民國四十六年～民國五十六年》，思兼亦說要建立起真正屬於我們這一代，代表我們這一代，表現我們這一代人類文明的文學。強調「這一代」亦和「年度」的時間相扣合，藉由年度小說的年年編選，最終能形成「一代」的風貌。而「這一代」指的是人類的現實生活嗎？

小說與現實的關係自來密切，小說中許多場景與人物，往往讓人產生錯覺，產生移情，而達到一種審美情感上的滿足。梁啓超在著名的〈小說與群治之關係〉中曾說：「人之恆情，於其所懷抱之想像，所經閱之境界，往往有行之不知，習矣不察者；無論為哀、為象、為怨、為怒、為戀、為駭、為憂、為慚、常若知其然而不知其所以然。欲摹寫其狀，而心不能自喻，口不能自宣，筆不能自傳。有人焉，和盤托出，徹底而發露之，則拍案叫絕曰：善哉！善哉！如是！如是！」敘事體的小說除了讓人們對現實中不知、不察者感到新奇外，更對已知、已察者能藉小說家的生花妙筆和盤托

---

❽　Alan Bullock，〈十九世紀：眾說紛紜，各持己見〉，《西方人文主義傳統》，頁 202~203。

出，感到「善哉」和「如是」的滿足。

西方自柏拉圖的《理想國》中，即可見到「文學是摹倣現實世界」的主張，亞里斯多德更進一步指出，文學藝術除了摹倣現實的表象外，更進一步摹倣現實的內在。十九世紀左右興起的寫實主義與自然主義，亦是從「反映人生」、「模擬現實」的角度出發的。二十世紀初，我國現代小說深受寫實主義文學觀的影響，許多作家和讀者視對文學作品反映人生是天職。不過，自六〇年代後英美興起許多質疑的聲音，小說到底是否能將現實再現呢？龔鵬程〈小說創作的美學基礎〉：

> 我們曠觀整個小說史，就會發現小說家寫小說的方式、小說的型態、作者對小說的企圖和意見，無不奠基在他對現實的意見上，他創作小說，雖然不見得是意在抄襲、模擬或反映現實，其經驗人生及小說世界的底據，仍然脫離不了現實；對現實美與人為美之間關係的認定，也必然影響了小說的型態和內容，所以，小說與現實的關係，乃是小說創作的美學基礎之一。❾

無論是作者、文評家或讀者，皆不會滿足於小說只是機械式的反映現實，但小說植根於對「現實」的思考，則是其基本坐標，如何去處理小說和現實間的關係，正是小說家創作的重心所在。

---

❾ 龔鵬程，〈小說創作的美學基礎〉，《文學與美學》（臺北：業強出版社，1995 年 1 月），頁 135~136。

藉小說選記錄「這一代」的精神風貌，正是把握住小說家創作的企圖，皆是在應對現實的努力這一點上。更完整的說，「年度小說選」所應選擇的作品，應當能反映出我們這一代小說家，在對現實思考時所展現的各種獨到的眼光。無論是季季積極的將「年度小說」編成「觀照時代」體系之作，還是持較保留態度的編者，都肯定其立基於對「現實」的思考的聯繫。正如周寧指出：「不論怎麼說，小說作品必然受到它那個時代的侷限。它多少是一種社會現象的反映。有著掙脫不掉的束縛，而這些束縛又常常是它之所以與前與眾不同的分野關鍵。」通過「年度小說選」的這種編選模式，編者比作者更意識到時代的特性，自覺的突顯出「年度」的歷史意義。

在「年度小說選」第二時期（民國六十七年至七十六年）中，現實主義是最明顯的潮流，做爲對前二十年現代主義文學潮流的反動，臺灣文壇一下躍出許多社會小說、政治小說，呂正惠對臺灣現實主義作品的不夠成熟，曾很憂心的指出：「從技巧層面來看，七、八○年代的現實主義小說具體的表現出兩個重大缺陷：批評現實不免流於『譴責小說』，處理現實主義不免流於『內幕小說』。」❿因著政治的情勢，中國二、三○年代略有成績的現實主義小說被禁絕，連帶的西方十九世紀深厚的現實主義傳統也不再受到重視。呂正惠於〈七、八○年代臺灣現實主義文學的道路〉呼籲：

　　這就是二十年的現代主義霸權期所留下的弊病：大家以爲，

❿　呂正惠，〈七、八○年代臺灣現實主義文學的道路〉，頁 67。

只憑想像（其實是「幻想」）就可以寫出作品；大家不知道，寫實的訓練是一切文學的基礎。大家都在講喬伊斯或卡夫卡或卡繆，但是，大家都很少體會到，《都柏林人》、《審判》、和《鼠疫》的細節描寫有多生動。當我們看出，臺灣的寫實作品相當粗糙時，我們卻未能了解到，病源遠比我們想像的來得深——在現代主義的旗幟下，我們無意中拋棄了近代文學最主要的源頭：十九世紀的現實主義小說。而在西方，稍有文學常識的人都知道，喬伊斯與福樓拜的密切關係。⓫

在慨嘆現實主義作品的粗糙之際，不免令人反省幾個問題，若要表現我們這一代，是否必需尋現實主義途，倡議現代主義者，是否就無法反映世界的真相，這些爭論似乎在文學史中屢見不鮮。從「年度小說選」的作品分析，我們似乎看到現代與寫實作品的並現，王德威〈典律的生成〉中質問：

六〇年代末以來，鄉土運動與寫實文學掛鉤；文學的形式沾染了濃烈意識形態色彩。寫實一詞一方面似乎成了通透社會實相的不二法門，一方面也成為衡量作家道德立場的神奇標記，現代主義因此逐漸式微。

但小說美學發展果真是如此簡單麼？⓬

⓫　同上，頁 70。
⓬　王德威，〈典律的生成〉，頁 19。

八〇年代社會、政治小說的盛行，許多意識型態強烈而忽略小說藝術經營的作品，或許是令呂、王等批評家的憂心來源，不過進一步思索，臺灣小說的發展在七、八〇走向現實主義的道路，除了在廓清自我的認同，重建自身的歷史功用外，就小說本質與現實之間的關係應如何安置，可能是更需辨明的問題。

　　蔡源煌〈五四看臺灣文壇〉中指稱，在鄉土文學論戰過程中，鄉土文學的作家們針對現代主義提出了相對的現實主義。他認爲這場文學論爭是一場「惡性循環的歷史重演」，❸一九二〇年代「文學研究會」與「創造社」對寫實主義的論爭早已名噪一時，爲何到七〇年代卻再次重演，蔡源煌認爲要突破寫實主義的桎梏，必需對其理論基礎再做認識：

> 　　如果要對一九二〇年代到現在的文學做個評估，甚至我覺得若要突破多年來寫實主義的桎梏，作家不得不對「模倣理論」重新探討。過去這個理論是建立在「再現理論」（Representation）之上，而認爲人可以透過文字將現實再現於白紙上。這種理論現在已流於陳腐老調。近年來新的文學理論特別強調：以文字涵蓋現實，往往會有言不盡意的僵局，因此堅決不相信人對於現實的認知是完全客觀的，何況人用語言文字去表達他對外在世界的認知時，語言文字本身又是一張過濾網。譬如說，一個人會對他所看到的最有吸引力的

---

❸　蔡源煌，〈五四看臺灣文壇〉，《當代文學論集》（臺北：書林出版社，1996 年 12 月），頁 107。

　　部份加以發揮處理，有些部分某些人能明察其秋毫，旁人卻體會不到。總之，「再現理論」不可能完全實現，所以我竭力提倡「虛構理論」做爲饋補。小説創作無論用什麼手法都是出自虛構，虛構又絕不可能沒有現實做爲基礎。小説藉文字的鋪陳逐步堆砌成虛構的時空世界，這個世界像煞了我們生活的眞實世界，但我們仍必須認清這只是虛構的世界。作家融合想像和經驗的素材，將想要捕捉的現實虛擬出來，而人物的行動言詞也在字裏行間活躍起來。今天，我國的文學若想再度向前邁進，若想避免過去數十年來鬧劇式反覆重演的文藝理論爭執，必須重估再現理論，突破再現理論的囚籠。⑭

蔡源煌指出「再現理論」的囚籠，對鄉土文學論戰中的現實主義做了從文學原理上的思考。

　　對於現實主義的思考，亦是世界文壇常見的論爭議題，如法國文學批評家羅杰·加洛蒂（Roger Garaudy）在一九六三年發表的《論無邊的現實主義》，⑮便引起激烈的論爭。加洛蒂在分析卡夫卡的作品時，將卡夫卡所處的現實世界和他內心世界的種種矛盾詳加拆解，結論是：卡夫卡的作品描繪了資本主義社會中的異化現象，反映了在異化內部反異化的掙扎，所以卡夫卡亦是時代的見證人。加

---

⑭　蔡源煌，〈五四看臺灣文壇〉，《當代文學論集》，頁 112~113。
⑮　羅杰·加洛蒂著，吳岳添譯《論無邊的現實主義》（天津：百花文藝出版社，1998 年 10 月）。

洛蒂的分析，打破了卡夫卡為現代主義大師的文學史定位，也使他為人質疑：是否過分擴張現實主義理論。直接與加洛蒂論爭的俄國文學理家蘇契科夫指出加洛蒂的理論，因過份擴展現實主義的涵蓋面，反而取消了現實主義足以辨異的特質。❶加洛蒂在反駁蘇契科夫的論點時指出，「無邊的現實主義」的原理為：

(一)世界在我之前就存在，在沒有我之後也將存在。

(二)這個世界和我對它的觀念不是一成不變的，而是處於經常變革的過程中。

(三)我們每一個人對這種變革都負有責任。❷

除加洛蒂的宣稱外，布迪厄從深刻的社會學理論出發，將文學與社會相對應的真相揭露，也數度表明，文學並絕非獨立的王國，而是

---

❶ 蘇契科夫發表於蘇聯《外國文學》雜誌（1965 年第 1 期），上的〈關於現實主義的爭論〉一文中，斷言「『異化』同社會主義社會沒有、也不可能有任何關係」，認為「頹廢派的『成就』不可能『豐富』現實主義，也不可能把現實主義的邊界擴大到可以囊括頹廢派藝術的領域」，因為「頹廢派藝術傾向於把私有制社會和私有制的滅亡解釋成整個人類文化和全人類的滅亡。」所以他認為把頹廢派和現實主義結合起來是「離奇而無益的思想」。這種思想是關於藝術與現實相互關係的性質庸俗社會學概念的產物」，「如果我們徹底地把『無邊的現實主義論』應用於藝術的話，那就不得不把任何藝術作品看作現實主義的……從而取消了藝術認識現實和概括現實的必要性，亦即成為真正現實主義藝術的必要性」。他的結論是：加洛蒂的理論「對現實主義說來是有破壞性的理論」，「沒有推動現實主義理論前進，而適足以使它陷於混亂」。《論無邊的現實主義》，頁 5。

❷ 羅杰·加洛蒂，《論無邊的現實主義》，頁 6。

在文化生產場域中各種作用的表現。

小說與現實的關係無論應用何種方式對應，其中唯一無需質疑的，便是其間的確存在著對應的關係。六〇年代末，「年度小說選」在訂出編選標準之初的思考，是朝向人生與文學互動的層面擬定，思兼在〈編選緒言〉中表示，希望小說選能選出「屬於我們這一代，代表我們這一代，表現我們這一代人類文明的文學。」便明白表示了小說與現實間不可割斷的臍帶。八〇年代隨後現代主義出現各種對語言符號的質疑，黃凡、張大春努力用諧擬、置框、破框等後設技巧，企圖走出寫實的囚籠。我們可以肯定，藝術和現實的對應，永遠是創作者、讀者與文評家最有關心的議題。

三、虛構技藝的要求

從編選人的觀念清理中，可以發現，大概只有「文質彬彬」一條，是所有編選人沒有雜音、一致同意的編選準則。隱地強調入選作品必需在主題、人物、結構、情節與故事任一項中，表現突出，又強調這種突出是自然的，而不是造作的；如果認為造作是必要的，也應不落痕跡。思兼在編選標準中，除同意隱地的見解外，又提出蕭統在昭明文選中提出「事出於沉思，義歸乎翰藻」的選文準則，又說入選的作品應當文質彬彬、內容與形式並重。

歷來文學評論常被二分為外部批評與內部批評兩極，前者側重文學表現的外緣關係，將文學置於歷史、社會等背景中加以討論；而內緣則講究文學的本身的修辭等語言的本身的法則。若只執持一端，前者易將文學的本位解消掉，使文學淪為機械的反映工具，後者則易忽視語言當中豐富的社會性、歷史性的本質。蔡源煌〈文學評論何去何從〉：

要達成較完善的文學評論，應先去除二分法的思考：「健全的文學評論應該是在外緣和內在肌理兩者之間不斷地進行對質和辯證，互爲增補，唯有如此，才不至於偏執一端。就理論的層次來說，所謂內在肌理的剖析首應洞悉語言之本質，而語言絕不是無色無味或者是完全沒有社會性、歷史性、政治性的東西。自從阿圖塞（Althusser）揭櫫作者語言之多重決定因素以來，評論家相信，作者的主體是受多方面的因素制約形塑而成，而這些因素（包括廣義的意識形態和社會網絡的糾葛）也會反映在他的語言上。」[18]

所以小說家如何運用藝術形式「不落痕跡」來表達對現實的思考，非內容與形式並重不以爲功，文質彬彬亦正是破除二分法的一種思維。這樣兼容並蓄的編選標準，對日後的小說選工作能維持本身的主體性，有決定性的影響。七〇年代的各種論戰、八〇年代解嚴前後的社會變動、九〇年代大眾文化的喧嘩，都和「年度小說選」保持一定的距離，而這個與現實的距離，我們可以說是由編者對文質彬彬標準的執著而努力達成的。

陸、結語

正如邵僩所言：「拿三十年『年度小說選』來說，因爲編選者的理念、尺度不一，所選出來的作品便有風格上的迥異，同時也顯

---

[18] 蔡源煌，〈文學評論何去何從〉，《文訊》第 77 期，1992 年 3 月，頁 110。

現了繁花的各具其美。」「年度小說選」在一開始，因爲有前瞻性
的目標，能突出以文學性爲主體的審美態度，雖有人執著於反映人
生、批評生命（如季季等以小說選爲時代觀照體系）；有人隨著時代的
轉變調整腳步（如詹宏志從憂心三百年以後中國文學史寫法，到享樂主義的
新閱讀主張），正如前文提及選集的公正性時所指出，「年度小說
選」的公正，正是透過二十六位主編的接力賽，將各具其美的小說
之花，年年紮成不同花束，加以風乾彩飾，使讀者能永賞其姿。

「年度小說選」所逐漸累積的聲譽，有賴編選者的編選時的嚴
肅態度，隱地創立「年度小說選」時希望作者能視入選爲一種光
榮，這種期許的確也得到創作者的回應，如蘇偉貞的入選感言中
說：

> 於我充滿倦怠膠著的當下，〈倒影小維〉入選年度小說，是
> 否新一輪遊戲又將開始？帶著她獨有的徵兆權力，許我來年
> 可回頭看見自己的承諾。（《八十六年短篇小說選·新的可能？》，
> 頁 54。）

從蘇偉貞的話語中感覺得到，「年度小說選」在創作者的心目中，
已然具備了獨特的「徵兆權力」，而這種權力，對文學創作者而
言，應該是最不具威脅感的。「年度小說選」在創辦之初，以民間
之姿，避免了官方意識型態的干擾，編選標準以創作是尚，使得七
○年代的各種論戰，八○年代解嚴前後的喧嘩叫囂，都與「年度小
說選」保持某種距離，在強勢媒體時代，亦能藉爬疏較小的刊物，
篩選被忽視的聲音。王德威〈典律的生成〉：

> 「爾雅年度小說選」未必在臺灣文學界佔據主導的位置，每
> 年的出版也不能產生煽風點火的聳動效應。但這無礙它作為
> 現行文學典律的重要參考。小說選少了些鋒芒，多了份安
> 穩；也唯其如此，它能夠兼容並蓄，注視文學創新的每個高
> 潮。❶❾

「年度小說選」在文學場域中的特殊位置，是由其民間出版性質，
及結合文學菁英品味所造成的位置，對創作者而言，其所服膺的是
以文學為本位的審美標準，於是獲選作家雖感到小說選的權力性，
但能為其所認同，仍是許多作家最「無壓力」的榮譽。「年度小說
選」在多位編選人努力之下，早已在臺灣的文學場域中累積了豐厚
的象徵資本。

---

❶❾　王德威，〈典律的生成〉，《典律的生成》，頁7。

論陳映眞的小說及其女體描寫

胡衍南*

摘 要

　　陳映真從踏入文壇至今，扣除報導文學〈當紅區在七古林山區沉落〉不論，一共有 36 篇小說。從臺灣文學史的立場來看，他可以說是少數走過 1960 年代現代主義文學、1970 年代現實主義鄉土文學、並且在 1980 年代以降多元文化環境中持續創作的代表性作家。繼 1988 年陳映真創辦的人間出版社出版了他十五卷的《陳映真作品集》後，1998 年北京友誼出版公司出版了三卷本的《陳映真文集》、2001 年臺北洪範書局出版了六卷本的《陳映真小說集》，正式確定陳映真在當代臺灣文壇的分量。陳映真小說始終吸引著各式各樣讀者的目光，近半個世紀來也一直獲得評論家針鋒相對的討論，但是這不代表陳映真的小說已然完全為人們所理解，所以本文試圖全面檢閱作家迄今為止發表的所有小說。此外，陳映真的小說從過去到現在，一直或隱或顯地呈現出作家對女體的特殊耽溺，然而

*　　淡江大學中文系專任副教授

這個問題的討論卻是相當不足，將之做一釐清，或有可能為既有的陳映真小說論述提供一個全新的對照視角。

關鍵字：陳映眞、陳映眞的小說、女體描寫

壹、研究動機

從 1959 年處女作〈麵攤〉到 2001 年新作〈忠孝公園〉，陳映眞的小說創作生涯橫跨了近半個世紀。然而在扣除報導文學〈當紅區在七古林山區沉落〉不論的 36 個中、短篇小說中，無論是描寫知識分子憂悒、蒼白、嗜死、孤絕生命情調者如〈我的弟弟康雄〉，還是揭露資本主義欺罔本質的「華盛頓大樓」系列小說，或者是企圖還原歷史正義及人性尊嚴的〈山路〉，乃至於刻劃被扭曲的歷史所扭曲了的靈魂的〈歸鄉〉、〈夜霧〉及〈忠孝公園〉，陳映眞每個階段的小說創作都吸聚了讀者注視的目光。然而自從「鄉土文學」陣營在 1980 年代分裂為統、獨兩派之後，陳映眞逐漸遇到來自國民黨政權以外的本土勢力的批評；特別是當他暫擱創作之筆、轉而以「科學的社會主義」世界觀為戰後臺灣社會性質進行分析研究的近十幾年，本土派論者對陳映眞的「學說」更是不以為然。❶雖然沒有人否定他作為臺灣頂尖小說家的事實，反對者對他

---

❶　最有代表性的當屬西元 2000 年陳映眞和陳芳明在《聯合文學》打的筆戰，共有三組對話文章，分別是陳映眞〈以意識型態代替科學知識的災難——批評陳芳明先生的〈臺灣新文學史的建構與分期〉〉（《聯合文學》2000 年 7 月，頁 138-160）、陳芳明〈馬克思主義有那麼嚴重嗎？——回

的攻訐也多半未及於他的小說創作，但是他的哲學思考及意識型態畢竟引來太多是是非非的評論，這不免要使陳映眞小說研究受到一定程度的干擾。

　　陳映眞自詡是「屬於思想型的作家。沒有指導的思想視野而創作，對他是不可思議的。」❷同時也正因爲如此，作家本人常對自己的創作進行理性而深刻的分析，這一部分散見於他爲自己寫的書評文字，以及所接受的許許多多的訪談文章之中。然而其中最具代表性、也最有參考價值的是他以「許南村」爲筆名所作的兩篇自評：一是 1975 年 10 月復出文壇、爲遠景出版社兩本小說集《第一件差事》和《將軍族》寫的自序〈試論陳映眞〉；一是特地爲《中國時報》人間副刊主辦的「兩岸三邊華文小說會議」所寫、先行於 1993 年 12 月 19~23 日發表在人間副刊的〈後街〉。因此本文以下的討論，在一定程度上是與這兩篇文章互相「對話」的。不過誠如作家夫子自道，即便他是一個思想型的作家，「然而，他認識到、

答陳映眞的科學發明與知識創見〉（《聯合文學》2000 年 8 月，頁 156-165）；陳映眞〈關於臺灣「社會性質」的進一步討論——答陳芳明先生〉（《聯合文學》2000 年 9 月，頁 138-161）、陳芳明〈當臺灣文學戴上馬克思面具——再答陳映眞的科學發明與知識創見〉（《聯合文學》2000 年 10 月，頁 166-179）；陳映眞〈陳芳明歷史三階段論和臺灣新文學史論可以休矣！〉（《聯合文學》2000 年 12 月，頁 148-172）、陳芳明〈有這種統派，誰還需要馬克思？——三答陳映眞的科學創見與知識發明〉（《聯合文學》2001 年 8 月，頁 150-167）。

❷　許南村，〈後街——陳映眞的創作歷程〉，陳映眞，《陳映眞小說集 1：我的弟弟康雄》（臺北：洪範書店，2001），頁 13-29。以下引文茲不贅註。

並且相信，創作有一個極爲細緻而有一定程度自主性的領域。」雖然陳映眞沒有明言這是否爲精神分析學派所謂的「無意識」，但是大部分論者卻都把重心放在他有意而明顯的創作意圖上，鮮少對作家無意識那一個層面進行推敲探索，這無可避免地要使陳映眞小說研究畫地自限起來。更何況我們有理由懷疑，陳映眞（以及每一位作家）在分析自己作品時，也極可能有意或無意地略去什麼不提，因此爲了更準確地把握陳映眞小說的內核，針對他那兩篇文章所沒有談到、甚或過度詮解的部分進行研究也是必要的。

譬如，李歐梵在爲 1988 年人間版《陳映眞作品集》「論陳映眞卷」作序的時候提到，在陳映眞作品中許多夢魘意象和肉慾描寫（特別是女人的乳房）的片段中，他看到中國現代文學罕有的一種性的無意識，「這一種未壓抑的願望（desire）的衝動，恰和故事所描寫的『上層建築』相抗衡，形成了一種『張力』，但是和一般受佛洛伊德影響後的西方小說不同，這一種願望並沒有完全實現，也沒有得到解決，卻仍然隱藏在一些宗教性的意識叢中。」❸可惜的是，作家這個解不開的「情意結」，自李歐梵提出來之後並沒有得到評論界足夠的討論，陳映眞本人也幾乎沒有對此提出解釋，因此本文的寫作正是要嘗試解決這個問題。

關於陳映眞小說中的女體描寫，在研究上至少包括兩個部分：一是察看這個寫作特性在各時期創作分別以什麼面目呈現，一是窺探作家無意識深處不爲人知（甚至自己也不知）的渴望。不過以上這

---

❸　李歐梵，〈小序「論陳映眞卷」〉，陳映眞，《陳映眞作品集 14：愛情的故事》（臺北：人間出版社，1988），頁 19-21。

兩者的討論，都必須和整個小說寫作歷程聯繫起來才能談得清楚，因此勢必先對陳映眞的小說內容有著清楚的掌握。

貳、陳映眞小說的內容

在〈試論陳映眞〉裡，陳映眞把自己的作品以 1966 年爲中線分爲前後兩期。前期的特色是憂悒、感傷、蒼白而且苦悶，小說人物雖然帶有追尋烏托邦的激越渴望，但其改革理念的不徹底及空想性格，又往往迫使他們在行動上因爲懦弱而顯得遊移反覆，最後在矛盾中走上幻滅、墮落、甚至自殺的絕境，因此小說的情境大抵上是破落時代裡憂悶的殘局。至於後期的小說，陳映眞認爲從他投稿給《文學季刊》算起，在風格及意識上均有了截然的轉變，他開始以嘲弄的口吻、理智的凝視、以及「現實主義」的分析，批判過去那個耽溺於慘綠色調而無力介入實踐行程的自己及同時代人，具體的表現則可以在〈唐倩的喜劇〉、〈第一件差事〉等小說看出來。❹

不過其他論者並不完全接受陳映眞的分期方式，葉石濤的作法是將之分爲三期：入獄以前「帶著蒼白的知性與虛無」、「在寫實中常看到某種痙攣式的浪漫底發洩」的小說視爲第一階段；至於出獄以後著力於「整個第三世界和新帝國主義的關係」的跨國公司系列小說爲第二階段；至於〈玲瓏花〉以降，表現 1950 年代知識份子理想熱情、「極力維持民族的尊嚴和高貴人性」的小說則被視爲

---

❹　許南村，〈試論陳映眞〉，陳映眞，《陳映眞作品集 9：鞭子和提燈》（臺北：人間出版社，1988），頁 3-13。以下引文茲不贅註。

第三階段。❺呂正惠則是把陳映眞的小說分成四期，分別是自傳時期、現代主義時期、反省時期、以及政治小說時期，他等於是將葉石濤分期中的第一階段拆成三個系列，而將作家出獄以後的作品統統視之爲政治小說。❻葉、呂兩位論者都注意到，陳映眞坐監七年前後的作品呈現出相當程度的斷裂，因此都將之視爲作品分期的界線之一。❼不過作家本人並不刻意突出此點，反而認爲自己在入獄以前的 1966 年，在風格上就已經有明顯的轉向。本文認爲，將陳映眞 36 篇小說分成三、或四期稍嫌複雜了些，不妨照陳映眞自己的意思，把作品分成前後兩個階段即可；不過，本文並不同意陳映眞以 1966 年爲中線的標準，因爲從 1966 到 1968 年期間的作品仍有早期的風格，所以主張以他入獄七年爲界，將〈麵攤〉到〈纍纍〉的 24 篇小說視爲前期作品，至於〈賀大哥〉以後的小說則視爲後期作品。這個分期方式，大概和日本學者岡崎郁子是比較接近的。❽

一、前期：憂悒的抒情

　　虛無弱質的先知者、以及等待腐朽的幻滅者兩個角色的疊映，是陳映眞早期小說一貫的基調。這看似分裂的兩個形象，卻往往統

---

❺　葉石濤，〈序──論陳映眞小說的三個階段〉，《陳映眞作品集·小説卷》（臺北：人間出版社，1988），頁 19-22。

❻　呂正惠，〈從山村小鎮到華盛頓大樓──陳映眞的歷程及其矛盾〉，呂正惠，《小説與社會》（臺北：聯經出版公司，1988），頁 53-73。

❼　附帶一提的是，葉石濤和呂正惠的文章，都作於陳映眞〈歸鄉〉、〈夜霧〉、〈忠孝公園〉發表之前，所以自然沒有提及這幾部小說。

❽　岡崎郁子，《臺灣文學──異端的系譜》（臺北：前衛出版社，1997），第三章「陳映眞──對中國革命懷抱希望的政治作家」，頁 171-209。

一在某個問題人物身上、或是同時出現於同一部小說，因而形成陳映眞早期小說的魅力。拿〈我的弟弟康雄〉來看，康雄有在烏托邦建立貧民醫院、學校和孤兒院的理想主義熱情，但是用來支撐熱情信念的安那琪思想，卻終究抵不住來自宗教的道德的律，以致於當他犯了初生態的情愛慾念時，才發現自己陷入「求魚得蛇，求食得石」的絕望困境，最後只能選擇自戕來終結煎熬。至於〈鄉村的教師〉裡從南洋戰場退下來回鄉教書的吳錦發，曾經那麼熱烈地相信「改革是有希望的，一切都將好轉」，但當改革夢碎之後，淪爲一個喝喝小酒、看看通俗小說、最後因產生幻覺而自殺的青年。同樣的例子也出現在〈故鄉〉，敘述者的哥哥放棄了開業醫生的高尚地位，白天在焦炭廠做著保健醫師，晚上則洗掉煙煤在教堂用伏拜的、親切的聲音朗誦著大衛王的詩篇。但是這樣一個由理性、宗教、和社會主義合成的狂熱先知，卻在一場家庭風暴中殞落成爲一個賭徒，他的改革事業終於落得和普羅米修斯神一樣壯烈失敗的下場。再如〈一綠色之侯鳥〉裡的趙如舟，青年時代是一個信仰費邊社會主義、崇尚普希金人道主義的熱情家，老來卻只能靠狎玩色情寫眞、回憶輕狂往事逃離現世磨難，像是在「逐漸乾涸的池塘的魚們，雖還熱烈地鼓著鰓，翕著口，卻是一刻刻靠近死滅和腐朽。」

　　〈試論陳映眞〉從小說人物的社會關係爲他們的沉淪做了解答。陳映眞認爲，自己基本上是屬於「市鎭小知識份子的作家」，在歷史的轉型期，像他這種處在社會中間地位的階層和社會的上層有著千絲萬縷的聯繫，故無可能自外於他們預見的、終將頹敗的世界，但也同時因爲他們在行動上的乏力和弱質，使得憧憬已久的美麗新世界絕無到來的可能。至於他早期小說裡的人物，多半也是同

他一樣的出身，因此他們幾乎都是在誇大的自我形象中揮灑不徹底的改革熱情，結果也往往在投入實踐行程時發覺自己是行動的無能者，改革終究只能徒勞，所以最後只有在自責又自慚的愧疚下墜落至深淵。康雄如此、吳錦發如此、〈故鄉〉的哥哥、〈一綠色之侯鳥〉的趙如舟也都如此。即便是〈蘋果樹〉裡那個被敘述者揶揄挖苦、爲了逃避自己家的惡德而出走、寄望普世幸福能夠早日到來的大學生林武治，雖然那麼容易就相信美好的世界即將爲他而展開、也那麼輕鬆就從患了精神病的房東太太那裡得到安慰，但是在他犯了伊之後，「一種新的淒絕的寂寞盤踞了他的甫失童貞的心」，他彷彿看見「自己孤零零地沉落在一種茫茫的無極之中」，強烈襲來的失落感最後讓他只能「更焦慮地糾葛著伊了」。他們都有虛無的面龐，一樣用夢支持著生活──不論各自做的夢是迴盪福音的烏托邦、強健偉大的新中國、還是一顆會結果實的蘋果樹（茄冬樹）。

　　陳映眞以爲，處於歷史轉型期的市鎮小知識份子的沉淪是必然的，之所以沒有一個小說人物可以挺立於風雨之中，乃是「客觀上並不存在著這樣的人物」的緣故。而這客觀因素，施淑認爲和中國的破滅、和烏托邦思想本身的發展規律有關：

　　　　作爲日據時代精英思想的出路之一的「祖國」，這個解救符
　　　　號，在光復後的世界性冷戰中，由於中國統一的恍惚難期，
　　　　使得這個符號的意義變得曖昧不明。在這情形下，即使由於
　　　　感情或信仰，一廂情願地從心理上解消了產生烏托邦的歷史
　　　　悲劇的記憶，只保留烏托邦之所以爲烏托邦的美麗信念，卻
　　　　無法從事實上解消那被光復後的政治屠殺和白色恐怖復辟了

的過去的悲劇歷史。於是，馬克思筆下的革命幽靈重行遊
蕩，死者並未埋葬掉自己的死者，在弄不清自己的內容的情
況下，致死的懷疑成了那二度來臨的烏托邦的唯一合法解
釋。❾

誠如施淑所言，〈鄉村的教師〉的吳錦發堪稱箇中最佳典型。不
過，擁抱破滅的烏托邦、有著致死懷疑的人乃是作家自己，所以陳
映眞早期小說裡的人物，終要因為坐困個別的愁城而顯得蒼白、憂
悒、倦乏、厭棄、最終竟然成為一個無能者（例如〈獵人之死〉）。
康雄的父親將兒子的死解釋成：「上世紀虛無者的狂想和嗜死」。
撇開這一典型的安那琪美學信念，拿這個斷語觀照其他小說中或
死、或瘋、或者苟活下來的虛無者，那麼──「上世紀」指涉的是
他們眷戀於某個理想的（也許是想像出來的）、屬於前行代的（總之不
屬於當代的）美好氛圍，「狂想」則是不適應於現實所產生的狂飆
想望，「嗜死」的念頭則是在觸摸不著烏托邦、或是無法堅持負氣
式的狂想之後的救贖之道！

　　陳映眞本人對這群「虛無的先知」顯然是很同情的，甚至耽溺
於這群悒悒「英雄」蒼蒼的叛道姿勢而不願醒來，早期十幾篇小說
在這個主題上的驚人重複是最好的證明。（事實上從〈加略人猶大的故
事〉可以看出，作家對於現實中的、以及筆下的先知應該選擇走哪一條「正
路」也很茫然。）而他獨樹一格的抒情筆觸固然獲得許多讀者的擁

❾　施淑，〈臺灣的憂鬱──論陳映眞早期小說及其藝術〉，施淑，《兩岸文
　　學論集》（臺北：新地文學出版社，1997），頁 161。

護，但是市鎮小知識份子之所以困抑的嚴肅命題，卻反而在這種追悼的感傷氣氛中給解消掉了。就如論者所言：「對於小說中負載著問題的重擔的人物，多數時候，它的解說大過譴責，懷疑大過否定，痛楚大過批判，無可如何的態度大過情緒上的憎惡。」❿尤其〈故鄉〉對宛若「天使折翼」、被流放至凡間的哥哥的一段描寫，更不免讓人懷疑隱遁在敘述者身後的陳映眞，對「虛無的先知」形象充滿迷戀：

> 傳說中的我的哥哥，變成了放縱邪淫的惡魔。這時我突然想到那支據說比創造的太初還要早的故事來：魔鬼不也是天使淪落的嗎？思索之間，一向在觀念中猙獰恐怖的魔鬼，便也有著深闊如海般智慧的額和青蒼的臉，穿著一身玄黑的依利薩白時代的英國緊身，長著一副大的蝙蝠翅膀，或許還拖著一條粗黑帶鉤的尾巴罷。突然間，這魔鬼振翼而飛了，撲著陰冷的風，帶著如鐘鳴般的叛逆的笑聲，向雲湧的、暗黑的天際，盤旋著飛起。

不過陳映眞畢竟是現實意識強烈的作家，早些小說中那股百無聊賴、孤絕厭棄的情調，在 1966 年之後逐漸淡薄起來。最快也最直接的改變是在主題上，他將批判臺灣知識份子的小說〈最後的夏日〉和〈唐倩的喜劇〉，投稿給甫誕生的、標榜現實主義理念的《文學季刊》。對照起他同時期寫的短文〈現代主義底再開發〉、

---

❿　同前註，頁 162。

〈期待一箇豐收的季節〉，可以看到陳映眞除了嘲笑那些追逐西方思潮餘沫的文化弄潮兒，也揭露他們浮華、淺薄、短視以及僞善的心靈，等於是向現代主義教條論者的宣戰。按照他在〈試論陳映眞〉一文的說法，1966 年以後，他那契訶夫式的憂悒消失了，嘲諷和現實主義取代了過去長時期來的感傷和自憐的情緒，所以作品中也較少有早期那種陰柔纖細的風貌，問題意識也變得更清明了。然而這個自我分析顯得樂觀了些，如同沒有人相信他說自己「一直沒出過現代主義的疹」，⓫他在 1966 年以後、1968 年坐牢之前的幾部作品──包括已經發表的〈最後的夏日〉、〈唐倩的喜劇〉、〈第一件差事〉和〈六月裡的玫瑰花〉等四篇、以及後來入監期間友人代爲發表的〈永恒的大地〉、〈某一個日午〉以及〈纍纍〉──扣掉〈最後的夏日〉和〈唐倩的喜劇〉不算，其他恐怕都還殘有前幾篇小說的基調。

　　以〈第一件差事〉來看，厭世者胡心保似乎和前期小說人物一樣，終日懷疑「人生爲什麼能一天一天過，卻明明不知道活著幹嗎？」但是他在尋死前說：「活著也未必比死了好過；死了也未必比活著幸福。」則顯然把之前小說那種藉殉道以求救贖的悲劇色彩給沖消了。此項安排堪稱糾正了「虛無者的狂想和嗜死」這個美學信條，因此對作家而言不失爲理智的成熟。但是這樣的判斷過於簡單，胡心保和早些小說人物最大的不同，在於他只是個純粹的懷疑論者，作家既沒有交待他在現實上非死不可的理由，也沒有賦予他

⓫　陳映眞，〈現代主義底再開發〉，陳映眞，《陳映眞作品集 8：鳶山》（臺北：人間出版社，1988），頁 3。

令人同情的先知形象，讀者看到資質平庸的警員在兜了一個圈子後下的結論：「這是一種厭世的自殺事件。只不過是這樣。」不免也要覺得死者的遺言像是廢話一句。早期小說人物的赴死多少都有挑戰、叛逆的色彩，苟活的虛無者也有見證悶局的作用，但在〈第一件差事〉卻變成無論死活都顯得無所謂，讓人對死者及生者都很難付出同情。呂正惠將這篇小說的毛病講得很清楚：陳映眞在理智上想以寫實的明晰來處理題材，感情上又拋棄不掉知識份子的感傷心態，這就使得小說既沒有寫實的可信度，又喪失前期小說迷人的抒情本質。⓬

　　當然，這個時期的陳映眞確實也有心要走出一條新路，而且不僅是如〈最後的夏日〉、〈唐倩的喜劇〉那樣揭穿知識份子虛矯的嘴臉而已。在〈六月裡的玫瑰花〉，作家不只寫出參與越戰的黑人大兵和臺灣妓女之間相濡以沫的戀情，也批評了戰爭的不義及加諸於人性的創傷。〈永恒的大地〉則是把墮落頹唐、身體心理都垂垂病矣的父子兩人，對照起偷偷懷了別人的孩子、但卻樂觀地準備迎接新生的妓女，前者的瘋顛無理讓人對後者的逆來順受有更高的期待。〈某一個日午〉寫遠離五四人道理想的老父悼念因慾自殺的兒子，這一對父子猶如趙如舟和康雄的翻版，但是作家對父親的批判遠超過〈一綠色之侯鳥〉，對兒子的同情遠少於〈我的弟弟康雄〉，反而把誘惑少男的下女寫得強健而有韌性。〈纍纍〉則是作家繼〈將軍族〉之後，又一次處理外省來臺軍官的處境問題，小說將幾個升不了官、也回不了鄉的少壯軍人的愁苦和他們對穢慾的耽

⓬　呂正惠，〈從山村小鎮到華盛頓大樓──陳映眞的歷程及其矛盾〉。

溺聯繫在一起，倒也自有可觀之處。以上這幾部作品固然都有批判傾向，但是作家一寫到那幾個淪落、自棄、放逐的角色，仍不免要流露出多一點的興味，早期小說那種憂悒的情調在這裡還是可以看到。

二、後期：智性的凝視

陳映眞在 1968 到 1975 年間因思想問題入監，身陷囹圄的七年讓他重新思考了許多問題，因此復出文壇所寫的第一篇小說〈賀大哥〉，才能算是理性寫作的濫觴。❸

和〈試論陳映眞〉這篇論文一樣，〈賀大哥〉也是作家針對自己宗教貴族式的文人教養和小資產階級的拘謹性格，進行一種記憶上的清理。在召喚早已被自己或歷史埋葬掉的烏托邦理想的同時，重新對現世的改革投入積極、健康、理智的熱情，若說這是一種心理治療也不爲過。小說藉著賀大哥的偉大人格，強調了愛的自私及奉獻的義無反顧，等於間接否定了舊時在投入實踐前的猶豫。不過有趣的是，賀大哥這個理想形象，卻被設計成受到越戰創傷而形成的精神健忘症患者，這個「空白」的意含就很令人玩味。我們可以把賀大哥的付出，簡單地視爲一個戰爭屠夫的精神救償，精神健忘症則爲無意識的贖罪行爲提供學理上的解釋。然而陳映眞意在言外的是，無論有著什麼樣的過去，也無論期許什麼樣的未來，一個人、一個眞正的人都應該沒有理由的去愛、去相信人類，並且使自

❸ 必須特別說明的是，陳映眞一直是個抒情風格強烈的小說家，此處雖以「智性的凝視」概括其後期小說，但所謂的「智性」毋寧是相對的講法，因爲即便他最理性的小說也猶有抒情的成份。這裡意在凸顯一個事實：相對於早期的主觀，陳映眞後期小說的現實書寫是較爲客觀的。

己成為建設「美麗新世界」潮流裡的一滴水珠。包括作家自己、也包括他小說中每一個「虛無的先知」、甚至他們以外的所有人都唯有看清楚這一點，「才沒有了個人的寂寞和無能為力的感覺」，「並且也才得以重新取得生活的、愛的、信賴的力量」。

宗教理想主義的、人道主義的、馬克思主義的陳映真，從這一刻抖落了過去的感傷因子，成為一個更加理性、更重智性的作家。於是我們看到四篇發表於 1978 到 1982 年間的「華盛頓大樓」系列小說。

在這四篇小說，陳映真將其理智的凝視轉向當前人類生活方式及意識型態的深層結構——亦即資本主義制度之中。而且讀者開始看到，他自〈唐倩的喜劇〉發展起來的批判知識份子偽善行徑的能力，到這裡有了更深刻的、社會科學式的發揮。在〈夜行貨車〉，見到陳映真挪揄了資產階級自以為繼承了的貴族氣質及文化幽默感（例如摩根索的八字鬍和冷笑話），也看到他嘲弄企業子民的虛偽和懦弱。到了〈上班族的一日〉，看到作家成功塑造出黃敬雄這個有過憧憬、有強烈愛慾、但最終成為「副經理室關了又開、開了又關的那扇貼著柚木皮的、窄小的、欺周的門的下賤的奴隸」這個角色，也見到企業主管利用朋友道義緩和利益衝突的欺瞞本質。〈雲〉則見作家安排一個離開跨國公司、在商場中死命求取生存發展、然而還是不免要讓「這個迅速轉動的逐利的世界錘打、撕裂、剝削」的小商人張維傑，回憶一段自己被迫參與、最終和工人一起被企業主出賣的陳年往事，並且讓讀者體認到平時標榜民主開明的企業主，如何在遇到衝突時祭出「企業的安全和利益，重於人權上的考慮」一套說辭。〈萬商帝君〉則是塑造了兩個原本互有省籍情結、最後

卻共同向跨國企業效忠、並且視學生愛國運動爲「盲目的民族主義」的新一代「國際人」，也讓讀者反省「管理者應發展出適當的國際忠誠，以與各自對民族國家的忠誠互補」這樣的謬論。因此和之前的〈賀大哥〉比較起來，藉「華盛頓大樓」系列小說反省臺灣買辦型資本主義的陳映眞，不但思考格局擴大了，他的理智也更顯得成熟。

　　但這轉變卻不見得是陳映眞的讀者所樂見的，他日益成熟起來的理性（以及因而壓抑下來的感傷情調）、他對現實世界的強大批判（以及因而消失了的喃喃獨語），不免要讓原本一直追隨他、習慣他小說風格的讀者難以釋懷。作家本人經過長期的努力，讓自己從「虛無的先知者」及「等待腐朽的幻滅者」疊映的形象中走出來，從憂悒蒼白的抒情感性中蛻變出來，可是讀者也許尙能適應〈唐倩的喜劇〉式的、充滿機智的自我挖苦，卻不能接受從〈唐倩的喜劇〉以降日漸淡薄、乃至於在「華盛頓大樓」系列幾乎絕跡的抒情敘述（〈夜行貨車〉是其中的例外）。陳映眞在〈鄉村的教師〉曾對吳錦翔棄守理想、懷抱虛無的轉變賦予著名的解釋：

　　　　他的知識變成了一種藝術，他的思索變成了一種美學，他的
　　　　社會主義變成了文學，而他的愛國熱卻只不過是一種家族的
　　　　（中國式的！）血緣的感情罷了。

然而陳映眞或許沒有想過，他（及他的小說）一向爲讀者所熟悉的風格正是如此！寫作前期小說的時候，同樣虛無的他儼然把知識推理變成藝術感動、把哲學思考化爲美的感受、把對社會主義的熱誠轉

變成文學的感召、把他對國族的愛解釋成一種血緣的悸動。在白色戒嚴那個時代悶局裡，這樣的擠壓自然是無可奈何，卻也因此形成讀者之所以擁護陳映眞的理由。可是當作家決定叛離早期的頹廢意識，不再一味凝視著孤立底個人的、滴著慘綠色之血的、脆弱瘦小的心而自哀自憐，反而打算從社會的全局去看家庭和個人之沉落的時候，他的後期小說便要在藝術及意識上與前期小說有了總體的悖反：他的藝術「體系化」爲一種知識，他的美學「理論化」爲一種思索，他的文學「教條化」爲社會主義，他那些可能是家族式的（中國式的）血緣情感，被「昇華」爲一種愛國情熱！讀者對他的不習慣與不理解，評論家對小說的諸種批評，主要還是因爲這樣的悖反、以及因爲悖反而降低的藝術效果。

不過，陳映眞在 1982 年以後停止了「華盛頓大樓」系列的寫作計畫，轉而以 1950 年代臺灣地下黨人的愛恨生死、以及地下黨人第二代子女的「沉淪」爲主題寫下三篇小說：分別是 1983 年的〈玲瓏花〉和〈山路〉，以及 1987 年的中篇〈趙南棟〉。這個系列一方面恢復了前期小說陰柔纖細的風貌，一方面又避開了前期小說感傷、自憐的情緒。反過來講，這些小說一方面具備之前幾篇小說冷靜、理智的分析，另一方面又不若「華盛頓大樓」系列，讓經濟學式的分析吞蝕了作品的藝術空間。

打頭陣的〈玲瓏花〉，是由兩個純眞的小學生帶領讀者回到謎一樣的 1950 年代初葉，並且透過兩個男孩之間的互動，隱隱約約對那個左翼的高東茂老師產生好奇。很快地，我們便在〈山路〉看到比較清楚的地下黨人形象，雖然我們只是透過老婦蔡千惠寫給黃貞柏的信，想像那個作爲地下黨人典型代表的李國坤的「親切和溫

暖、他朗朗的笑聲、他堅毅而勇敢的濃黑的眉毛，和他那正直、熱切的眼光」，但是看到蔡千惠爲了替告密者的二兄贖罪、用惡狠狠的勞動努力撐起李國坤貧窮破敗的家，怕都不免要對那一群理想主義青年致上最高的敬意。到了〈趙南棟〉，陳映眞除了讓我們看到他所心儀的地下黨人如何慷慨就義，也對新生代的無知、以及依照感官生活的腐化行徑發出一聲長嘆──就像〈山路〉裡蔡千惠心裡那個質問一樣：「如果大陸的革命墮落了，國坤大哥的赴死，和您的長久的囚錮，會不會終於成爲比死、比半生囚禁更爲殘酷的徒然……」。

這批小說和陳映眞前期作品最大的不同，在於他筆下的先知者不再虛無。這個時代的先知者，是陳映眞歷史理解中最偉大的一代，即便大環境是如此野蠻地撲殺他們的熱情，但是爲了階級的解放和人類的平等，這群先知可以義無反顧地付出自己的生命，也從來沒有對自己的理想、爲美好烏托邦世界的到來發生過任何懷疑，所以作家才在小說裡那麼熱烈地歌頌他們。然而因爲那個時代已經遠去，少數未死的志士也垂垂老矣，所以陳映眞的追憶不免要藉由他最熟悉的抒情方式──這對習慣於他的讀者來說，他筆下的先知於焉有了更大的人格吸引力。但是另一方面，前期小說常見的感傷情緒，也從這時期的小說中汩汩流出，那是因爲陳映眞透過這些革命先行者的崇高形象，表達了他對中國革命可能墮落的憂悒（〈山路〉），也發出他對戰後一代沉淪自毀的嘆息（〈趙南棟〉）。陳映眞藉由對亡靈的召喚，也許無能改變不知理想爲何物的現實狀態，但是這發自於一個眞誠的、初老的人道主義者的抒情召喚，卻讓許多人覺得重新找到了他們曾經熟悉、一度以爲失去了的陳映眞。

　　自 1987 年的〈趙南棟〉之後，陳映真小說創作的筆歇了十餘年，直到 1999 年才交出新作〈歸鄉〉、2000 年的〈夜霧〉、2001年的〈忠孝公園〉。為什麼歇筆那麼久？他的講法是臺灣左翼必須針對臺灣社會性質進行徹底的分析，在缺少一群進步優秀的社會科學隊伍為其後盾的情況下，他只好擱下創作的筆投入這樣的研究。至於為什麼又提筆？他則說一來是受到好友黃春明復出的鼓舞，二來是配合《人間思想與創作叢刊》出版；此外，他也想看看現實主義是否真如別人所說已經走入絕境。❹

　　〈歸鄉〉寫的是留居大陸的臺籍前國民黨兵，當初被國民黨政府莫名奇妙地騙到內地打「共匪」，結果山河易幟之後又只能留在中國接受改造。如同老兵自道：「我在大陸做了幾十年中國人，這回回到臺灣老家了，沒有人認我這個臺灣人，還當我外省人！」被親人罵一聲「外省豬」的錐心之痛，沒有人能夠替他分擔，因為島上根本沒有幾個人知道大陸還有「臺灣人」、「臺灣兵」，因此他只有告別宜蘭礁溪這個「家」，回到大陸那個有妻兒愛孫盼著他回去的「家」。〈夜霧〉的故事架構頗似〈文書〉，寫的是某國民黨特務因為憂心受害者回來指證他，以致隨著國民黨政權的飄搖欲墜而日漸瘋顛、末了竟受不住折磨而問吊自己的故事，主角在小說中那種懷疑驚怕的心境，倒頗有一點魯迅〈狂人日記〉的味道。至於〈忠孝公園〉則是企圖心更大的作品，故事敘述採雙線並行。一支

---

❹　郝譽翔，〈永遠的薛西弗斯——陳映真訪談錄〉，《聯合文學》第 201
　　期，2001 年 7 月，頁 26-31。林麗如，〈以認真、嚴肅的態度思想與創作
　　——專訪陳映真先生〉，《文訊》第 196 期，2002 年 2 月，頁 79-82。

是講臺籍日本軍伕林標早年效忠日本天皇，戰爭結束後「一時失去了與日本人一起爲敗戰同聲慟哭的立場」，「憑空而來的『戰勝國國民』的身份，又一點也不能帶來『勝利』的歡欣和驕傲」，因而使他陷入矛盾的苦思。半個世紀之後，穿著日本海軍軍服向日本政府請求戰爭賠償已經十年的他，才終於發覺日本人根本不承認他是日本人，而象徵「臺灣人的天年」的民進黨新政府，也不願代這群臺籍日本兵向日本索賠，老人於焉發覺自己長期以來效忠的兩個對象都在欺瞞他、玩弄他。另一條支線是講發跡於日本扶植的滿州國、之後轉而投靠過國民黨、進而向共產黨輸誠、最後和國民黨一起敗逃臺灣的機會主義者馬正濤，竟在西元 2000 年政權輪替之後自認「成了墜落在無盡的空無中的人」，在不願意效忠民進黨政府、又害怕遭民進黨政府報復的情況下，八十老人最後以自殺了結投機的一生。如同李奭學說的，陳映眞除了藉這兩個老人交待一頁荒謬的歷史，也同時質疑了「忠」和「孝」的固有意含。❶❺

　　文壇對於陳映眞的復出是歡迎的，但是作家這一回給讀者的小說太沉重了，反而讓許多人不知道該怎麼去接受或拒絕他。呂正惠曾經說過，〈玲瑯花〉、〈山路〉、〈趙南棟〉帶給讀者的震憾是：「當歷史的厚厚的灰塵被掃清以後，我們突然面對了一個被掩埋三十多年的生命世界。」❶❻當時的他大概也沒有想到，歇筆十餘年後的陳映眞會交出〈歸鄉〉、〈夜霧〉、〈忠孝公園〉，讓我們

---

❶❺　李奭學，〈遊園驚夢——讀陳映眞的〈忠孝公園〉〉，《聯合文學》第201 期，2001 年 7 月，頁 32-33。

❶❻　呂正惠，〈歷史的夢魘——試論陳映眞的政治小說〉，呂正惠，《小說與社會》，頁 193-205。

又一次面對其他被遺忘經年的生命世界。然而陳映眞「親共」的
「統派」立場，不免讓某些論者對這幾篇小說不懷好意，對此王德
威則認爲，陳映眞對政治的投入「強烈凸顯一種宗教末世論者的孤
絕姿態」，從彌賽亞到馬克思，陳映眞是「經由宗教式的辯證，達
到決絕的政治信仰」。⓱此外，用「老靈魂」形容陳映眞及其小說
的南方朔，也以同樣深受西方古典基督教人文主義的知識心靈，爲
這一代讀者提供認識陳映眞的方法：

> 陳映眞的小說不曾只停留在人的行爲面和現象面，他一定深
> 深的去發掘人的靈魂深處。就以他最近約三篇作品〈歸
> 鄉〉、〈夜霧〉和〈忠孝公園〉爲例，它們都是在説靈魂的
> 沉淪與扭曲。臺灣寫白色恐怖的人已多矣，但再怎麼義正辭
> 嚴的控訴，再怎麼悲慘的故事，都不具正面超越的意義，只
> 有將這種經驗深化到靈魂層次，一切不幸的本源始可能出
> 現。〈夜霧〉和〈忠孝公園〉都寫到特務這種害人者的心
> 靈，他們爲何墮落以及他們的害人自害，靈魂的墮落是因爲
> 扭曲，而陳映眞絕大多數作品，都是在碰觸這個破碎、扭
> 曲，以及人使自己虫豸化的界面。而它的〈歸鄉〉和〈忠孝
> 公園〉在另一個層次，則是在談意識的被扭曲和希望人性重
> 近。他是這個時代的靈魂之鏡，可惜的是，我們這個時代卻

⓱ 王德威，〈最後的馬克思──評陳映眞〈歸鄉〉及其他〉，王德威，《眾
聲喧嘩以後：點評當代中文小說》（臺北：麥田出版社，2001），頁
185-193。

已愈來愈畏懼鏡中的自己。⓲

〈夜霧〉裡面的國民黨特務、以及〈忠孝公園〉裡面的林標和馬正濤，在現實中大概都不可能是陳映眞喜歡的人物，但是作家卻生動地讓讀者碰觸到這些靈魂。如同廖咸浩很早就指出的，陳映眞的小說是「對於特定歷史狀況中的受迫階級給予『歷史化』（即從該受迫者的歷史情境出發）的關懷」。所以不管是黑人、白人，不論是外省籍、本省籍，陳映眞都可以「把所有受迫的階級都整合在『反宰制』的前提之下。⓳

參、陳映眞小說中的女體描寫

現在可以談談陳映眞小說中的女體描寫。

任何一部文學作品都無可避免地會涉及對女體的描摹，何況陳映眞的小說在這一部分的比例上，並不見得比別人的作品多出更多，因此這個問題的討論或許被認爲多餘而別有用心。可是如果前引李歐梵的意見是正確的──即陳映眞小說對女體和肉慾的描寫，恰好和故事所描寫的「上層建築」相抗衡而形成一種「張力」──那麼這個討論就有其文學上的價值了。事實上在李歐梵之前，李昂早就注意到這個現象的特殊意含，她並且把陳映眞筆下的女性以「大地之母」來概括，認爲這些有著雲雲的長髮、豐腴的唇、溫柔

⓲　南方朔，〈踽踽的老靈魂──陳映眞〉，《中國時報·人間副刊》，2001年 11 月 20 日。

⓳　廖咸浩，〈論陳映眞〉，廖咸浩，《愛與解構──當代臺灣文學評論與文化觀察》（臺北：聯合文學出版社，1995），頁 172-177。

的乳房、修長的腿的女性，在床第間、在生活中安慰並緩和了小說中那些活在焦慮、恐懼中的男性，使他們在面對生存死亡或其他存在問題時減少了挫敗的感覺。❹李昂作爲一名優秀的女性作家，任誰都很難否認她敏銳地觀察力，雖然她的觀點不免以偏概全（這一點下文會深論），但是陳映眞小說中的女體描寫之值得探討，當不致引起太大的反對。

一、初生態的肉慾和愛情

在陳映眞的處女作〈麵攤〉、一篇改寫自大二英文作文習作的小說那裡，就顯露出作家在描寫女體（或其體態）時有意或無意的「細膩」筆觸。在這一篇僅只五、六千字的小說裡，作家將年輕麵攤女主人的舉手投足摹畫得相當仔細，其中最令人驚奇的，便是作家將婦人下意識的舉措———一面抱緊孩子、一面扣上胸口的鈕釦這個細節接連交待了三次。婦人的無意識行爲，可能和那個瘦削、有一頭森黑的齊整短髮、有男人少見的一雙大大的眼睛、困倦而充滿情熱的年輕警官脫不了干係，當然也可能和小市民面對執法者的畏懼有關，但是敘述者一連三次注意到、作家一連三次描寫了婦人的無意識行爲，就不能不令人猜測：這是否也反映了作家深層的情意結了。

在〈我的弟弟康雄〉，姊姊曾經這麼解釋康雄的自戕：「這少年虛無者乃是死在一個爲通姦所崩潰了的烏托邦裡。」「初生態的

---

❹ 高淳兒（整理），〈三十年代文學的承傳者——談陳映眞的小說〉，原載《愛書人》第154期，1980年10月15日。陳映眞，《陳映眞作品集5：玲瓏花》（臺北：人間出版社，1988），頁175-190。

肉慾和愛情，以及安那琪、天主或基督都是他的謀殺者。」本文前半段業已談到，陳映眞本人和他前期小說筆下的人物形象有著很大的重疊，於是我們甚至可以說：作家藉著創造前期小說的人物，讓體內那個有著「上世紀的虛無者的狂想和嗜死」傾向的自己，和小說中的康雄、以及其他同樣選擇赴死的人物一齊夭亡；但他也同樣藉著寫作，讓體內另外一個未及（或不敢）尋死的自己，和康雄的姊姊、以及其他苟活下來的人物不斷地「補償深藏於我內心的卑屈和羞辱」。因此，曾經困擾著康雄的「初生態的肉慾和愛情，以及安那琪、天主或基督」，應該也同樣困擾著我們的作家陳映眞。所以我們在接下來的〈故鄉〉看到，作為陳映眞化身的敘述者，是如何「不時地懷戀著我的俊美如太陽神的哥哥。」即便這太陽神流轉、殞落了，也被他尊成「由理性、宗教和社會主義所合成的壯烈地失敗了的普羅米修斯神。」但在另一方面，繼續過著波希米亞式生活的他，又如何「追逐著女子！追逐著像故鄉的小女人的女子！」試圖藉著不同形貌氣質的女友，拼湊起哥哥身邊那個女人、那個「細緻到我的血肉裡去的伊」。

　　於無意識領域困擾著陳映眞的「初生態的肉慾和愛情」，讓讀者在他的小說中看到一個個害羞、同時又壓抑自己慾情的處男形象，例如在〈故鄉〉那裡便是：「對著這樣一個披著長而散的髮，蒼白但在某一方面卻顯得飽實的，年紀同我不過上下的小女人，處男的少不更事，使我怎樣也抬不起頭來。」而足以令少男害羞的，尚不止於妙齡的少女，既然「媽媽一般的婦人」會奪走康雄的童貞，〈死者〉裡的舅母自然也會引起少男的不安：「伊穿著一件短小的貼身，和長及膝頭的寬闊的褲子。或許由於多年在市鎮上的生

活，或許由於他已是長成了的男性，覺得她竟很不適於這樣穿著，便不由得低下頭去了。」而舅母那個年輕的女兒，和礦夫躲在「礦坑的羅曼史在他裡面引起了新的蠱惑」，以至於敘述者不得不被她女性的身體所吸引：「素色的洋裝中，隱約地可以看見婦女的胸衣的複雜的帶子。」沙蕪在評到這篇小說時講得很好：愈是受到壓抑的性慾，愈會無時無刻顯出它不可抑止的力量，愈要在不適合它出現的悲愁場景（例如〈死者〉的喪禮），以闖入者的姿態現身。❹於是，這樣壓抑的、熾烈的慾望，到〈蘋果樹〉那裡於焉只能讓兀自做著自己的夢的林武治，不可抑制地侵犯了唯一和他分享夢中幸福的、患有精神病的女房東。

　　被「初生態的肉慾和愛情」糾葛著的苦悶，讓陳映眞決定痛快寫兩篇專講愛慾誘惑的小說。所以〈貓他們的祖母〉寫到，一個幼稚園保母如何在初嚐肉慾滋味之後，「便如此像一個古巴比倫淫神的少女犧牲一樣，含著熱情的微笑和死亡的恐懼，被投落於那火燒的洞窟裡了。」從此她終日生活在強烈的需求和滿足裡，面對外界的流言，她心裡也要不住地叫著：「風評算得什麼？」她極願意癱倒在男人優美的項背、惡魔似的眨眼底下，成爲男人愛慾的奴隸，因爲那會讓伊「重又感到傍晚的時候看著貓們狎戲時的那種無力的蠱惑的感覺。」和這個耽於慾情的少女作爲對比的，是〈那麼衰老的眼淚〉裡那個失去了青春的老人。一個有著略略發胖的臉、發著油光的肥而下塌的鼻子、以及肥厚的嘴唇、少了眼瞼的眼睛、總之

❹　沙蕪，〈陳映眞的小說〉，陳映眞，《陳映眞作品集 14：愛情的故事》，頁 32-52。

稱不上美麗的下女阿金，成為年紀剛過五十的男主人的蠱惑，這樣的蠱惑固然讓人益加覺得生命的衰老，但是「和這樣一個強健的青春共眠，康先生彷彿也感到豐滿的青春能夠滲滲地流入他的將老的軀殼裡去。」

不過，陳映真將自己年輕的肉慾和愛情，拿去套用在成年人、甚至老年人的身上，就要讓〈那麼衰老的眼淚〉這首慾望之歌失去了一點說服力：像康先生這樣年過五十、有教養、有事業、兒子已經上了大學的中年男子，怎麼那麼容易就對條件平庸的下女阿金有了慾情呢？就像他在〈文書〉那篇小說一樣，那個貪好漁色、一直在買賣的愛情裡尋求滿足的風流浪子，是如何第一次感覺到色慾以外的對於女子的愛情呢？答案竟是：「當我的手觸摸到伊的一小手把的乳房，一種從未知道過的愛憐之感，流遍了我的全身體。」如果不是過去死在他手裡的亡靈作祟，那麼這個男人之所以愛憐起這個女子、並且允諾給她一生的幸福，不就只因為「伊的一小手把的乳房」嗎？作家在結尾寫到仰臥在血泊的女子，「彎著一隻白皙的腿股，右胸染滿了鮮血，膠貼出伊那一小手把的乳房。」似乎更證明了這樣的推測，於是我們便更有理由懷疑，作家年輕的肉慾和愛情再次侵犯了情節發展的合理性。

然而更讓人好奇的問題是：女性的乳房會不會才是真正蠱惑陳映真的難解情結？因為從他第 12 篇小說〈文書〉開始，到完全展現智性思考的第 25 篇小說〈賀大哥〉之間，就有〈將軍族〉、〈淒慘的無言的嘴〉、〈兀自照耀著的太陽〉、〈最後的夏日〉、〈第一件差事〉、〈六月裡的玫瑰花〉、〈永恒的大地〉等小說都談到了乳房。在這其中，〈將軍族〉只是一筆帶過「小瘦丫頭兒」

發育不良的、「很瘦小的胸」；〈最後的夏日〉只是在男人飲酒閒聊時，把「一個能為自己的乳房起名字的那種女人」作為短暫的話題；所以這兩篇姑且可以不論。至於其他五篇小說，則可以分成兩組來討論：〈淒慘的無言的嘴〉和〈兀自照耀著的太陽〉這兩篇投給《現代文學》的視為一組，至於〈第一件差事〉、〈六月裡的玫瑰花〉、〈永恆的大地〉這三篇發表於《文學季刊》的是另一組。因為正如前面提到過的，陳映真認為他自 1966 年投稿給《文學季刊》之後，便開始改以嘲弄的口吻以及更多理智的凝視，去批判過去那個耽溺於慘綠色調、而無力介入實踐行程的自己及同時代人。

〈淒慘的無言的嘴〉寫的是「已然沒有了對於新的耶路撒冷的盼望」、「剩下的便似乎只有那宿命的大毀滅」的患了輕微精神疾病的青年。某一天他依例離開醫院漫步時加入了圍觀的人群，結果發現地上躺著一個企圖逃跑的雛妓的屍體，她的身上並且有著許多用起子鑿出來的傷口。接著小說寫道：「初看彷彿是一些蒼蠅靜靜地停著，然而每一個斑點都是一個鑿孔。剪開胸衣，露出一對僵硬了的、小小的乳房。有一隻乳上很乾淨地開了一個小鑿口，甚至血水也沒有。」這是青年第一次看見裸的女體，回院的路上，「我想起那一對小小的乳房，那印象幾乎有點像隔夜的風乾了的饅頭。」接著他忽然想起〈朱利·該撒〉中安東尼說的話：「我讓你們看看親愛的該撒的刀傷，一個個都是淒慘、無言的嘴。我讓這些嘴為我說話……」。於是乎，作家安排的這個象徵非常易解：雛妓身上被起子鑿出來的傷口，乍看像是一隻隻靜靜地停著的蒼蠅，但其實是一個個淒慘的無言的嘴；它們熱烈地噴張著自己，既是為死去的主人、也是為目睹過屍身的青年述說人生無奈的苦痛。後來青年夢

見：「有一個女人躺在我的前面，伊的身上有許多的嘴……」而這些嘴說著：「打開窗子，讓陽光進來罷！」而接下來的夢境是有一個羅馬人的勇士，一劍劃破了黑暗，讓陽光像一股金黃的箭射進來，「所有的霉菌都枯死了；蛤蟆、水蛭、蝙蝠枯死了，我也枯死了。」則暗示了青年即將走出陰霾。㉒這篇小說的象徵手法雖非獨創，不過一語雙關的設計倒也別有意味，可是女性的胸部卻很鮮明地烙印在青年的心上，這就不能說不是一種刻意了。

　　類似的情形可以在〈兀自照耀著的太陽〉看到。小說的場景在一個女孩病危的前夕，身為醫師的父母、他們的友人、以及女孩的家庭教師圍在身邊為之祈禱，並且懺悔著自己一貫的、中產階級的享樂生活。他們甚至首次發現：「我們都不曾活著。」反而是那些被自己女兒所同情的礦工──「我們所鄙夷過的人們」、「那些像肉餅般被埋葬的人們」、「那些儘管一代一代死在坑裡的，儘管漫不經心地生育著的人們」──才是真正活著的。陳映真筆下的虛無者，到這篇小說有了比從前更實際的反省，而且是由年輕的一代刺激了老的、勞動階級刺激了知識階級，這或許正是陳映真所期許的智性的發展。問題在於，作家卻又刻意凸出青年家庭教師的情慾，當他專心注視著病床上的女孩，「他逐漸地看見了裹在被單的伊的

㉒　不過小說隨後講到，醫生並沒有認真把青年的夢當作一回事，所以許多論者都認為這個小說人物雖然出院了，但是並未真正「康復」。參：米樂山（Lucien Miller），〈枷鎖上的斷痕──陳映真的短篇小說〉，陳映真，《陳映真作品集 15：文學的思考者》（臺北：人間出版社，1988），頁110-134；羅賓遜（Lewis Stwart Robinson），〈陳映真的沉思文學〉，陳映真，《陳映真作品集15：文學的思考者》，頁135-180。

胸，在輕微地卻不失規律地起伏著。」他「看著在被單裡隱約地起
伏著的稚氣的乳房，感到胸口止不住絞疼起來。」（和〈淒慘的無言
的嘴〉一樣，作家對於乳房的情意結，讓青年把目光落在女孩的胸上。）女
孩迷戀著她的家庭教師，然而這個青年眞正愛戀的，卻是女孩的母
親：「他第一次看見這個女主人，就是那麼不可自抑地變愛著了。
在他看來，那是一種深刻的絕望和嫻靜的感傷所合成的美貌。」每
當男女主人在家裡的舞會上跳著舞的時候，他只能「一任那種被友
愛、激情和適度的嫉妒加上酒的火熱，焚燒得使他耽溺在一種心的
陣疼裡。」基督教人文主義的理性反省、和馬克思主義的階級意識，
讓我們看到這些中產階級在故事末尾發願：「拋棄那些腐敗的、無
希望的、有罪的生活」。但是愛與慾的糾纏，卻讓作家另外發展出這
一段他所慣寫的不倫愛戀。這或許就是李歐梵所說的「張力」，但
是張力之所以形成，竟是理智的反思和慾情的耽溺拉扯後的結果。

　　這就要讓我們插進來談一下〈獵人之死〉。大陸學者黎湘萍特
別注意到常被評論家忽視、與〈文書〉、〈淒慘的無言的嘴〉、
〈兀自照耀著的太陽〉作於同一時期、而且都是投稿給《現代文
學》的這篇小說，他並且在對照〈加略人猶大的故事〉之後，提出
一個非常有意義的觀察：「如果說猶大的故事隱喻了陳映眞作爲社
會改革家與基督教人道主義啓蒙者二者之間的矛盾衝突，那麼獵人
阿都尼斯之死則象徵了陳映眞感情生活的矛盾衝突，即性與愛之間
不可兼得的苦悶。」㉓

㉓　黎湘萍，《臺灣的憂鬱：論陳映眞的寫作與臺灣的文學精神》（北京：北
　　京三聯書店，1994），頁 108。

〈獵人之死〉的一開始作家就先交待，造就出蒼白、孤獨、狐疑、不快樂的獵人阿都尼斯的時代因由是：「在臨近了神話時期的廢頹底末代，通希臘之境，是斷斷找不到一個浴滿了陽光的、鷹揚的人類的。」然而獵人似乎並不眞正狩獵什麼，如他所說：「我所追狩的是一盞被囚禁的篝火。」他終日將自己浸沉於想像出來的悲戚境地而無能於愛。這個悒悒的獵人形象，太近似於陳映眞早期小說中那些憂悶的青年，他們同樣生活在廢頹而沒有希望的時代，一面放大理想崩解後的悲傷，一面壓抑青春燃燒起的慾念。然而作家在這裡替阿都尼斯、也替其他同類型小說人物的行徑作了解釋：

> 其實他並不是沒有情慾的人。即便是那麼拙笨的抱擁和愛撫裡，他的男性也毫無錯誤地興奮著。他只不過是一個因著在資質上天生的倫理感而很吃力地抑壓著自己的那種意志薄弱的男子罷了。或者他是個理想主義者罷。而且在那麼一個廢頹和無希望的神話時代底末期，這種理想主義也許是可以寶貴的罷。然而，其實連這種薄弱的理想主義，也無非是廢頹底一種，無非是虛無底一種罷了。

靠著倫理的、信仰的力量，獵人阿都尼斯藉著壓抑情慾來抱守他殘破的理想，這就和〈故鄉〉裡渴望流浪的青年、〈兀自照耀著的太陽〉裡的家庭教師是一樣的。但是這種壓抑並不一定有效，初嚐情慾果實的阿都尼斯，雖然一夕之間成爲男人，但是喪失童貞那種浮浮茫茫的感受，反而讓他益發覺得自己不過是虫豸罷了，於是他對維納斯說：「我們都是很岌岌的危城。寂寞的，岌岌的危城，誰也

扶庇不了誰。」他說自己是一個耳已聾、聽不見號聲、鷹揚不起來的獵人，他以為死亡可以讓自己回到一個起點：「那裡有剛強的號聲，那裡的人類鷹揚。」所以最終便滑進湖心裡去了。我們在這裡又看到了康雄。

和獵人阿都尼斯有著同樣氣質的陳映真，一面藉著筆下人物為他發出病的呢喃，一面藉著小說創作尋找超越困境的可能，所以我們既看到一個個活在沒有陽光、沒有鷹揚人類悶局裡的虛無者，慢慢又會看到他正設法帶領他們找一條新路——只不過在這尋找桃花源的路途上，長期困擾著他的肉慾和愛情又不免要時而發作一下，這就形成他小說中特殊的張力來源。

二、大地之母？

至於投稿到《文學季刊》的〈第一件差事〉、〈六月裡的玫瑰花〉、〈永恒的大地〉，雖然一樣對乳房有偏重的筆觸，但是和〈文書〉、〈淒慘的無言的嘴〉、〈兀自照耀著的太陽〉比較起來，倒是合理而有用意。

〈第一件差事〉在寫到乳房的時候，並沒有流於前期小說慣有的耽溺和病態，顯示出陳映真前期那種「初生態的肉慾和愛情」，已經漸漸導向比較健康的面向。小說唯一寫到乳房的地方是這樣：「我抬頭遠望的時候，看見在機場後面的兩個乳房似的小山崗，在傍晚的煙靄中劃著十分溫柔的曲線。妻在仰臥的時候的乳房就是那樣：看來豐沃而且多產。有一顆樹俏皮地長在那個該是乳頭的地方，便使我一個人很是開心地笑了起來。那種開心，便彷彿聽了一支淫蕩的笑話似的。」當然，和〈文書〉、〈淒慘的無言的嘴〉、〈兀自照耀著的太陽〉一樣，這裡的聯想可能和作家個人揮不去的

情意結有關，但是就故事情節安排來看，相對沒有那麼突兀。因為敘述者是一個新婚的小警員，案件發生時他正和妻子躺在床上；於烈日的籃球場做完一個冗長的調查，此時正準備回到新婚妻子懷抱的他，自然不免對遠方的小山崗有著這樣邪淫的聯想。尤其是當他寫完結案報告，看見妻子躺在床上穿著褻衣的睡態那麼撩人，他竟正經八百的把閨房私愛往種族繁衍、孝慈倫理那個方向解釋去——這並不是失敗的說教，㉔反而是一種有意為之的諧擬（parody），是劉紹銘從〈將軍族〉、〈一綠色之侯鳥〉那裡看出來的「鬧劇」手法㉕——無怪乎他要覺得妻子的乳房是「豐沃而且多產」了。

〈六月裡的玫瑰花〉寫的是參與越戰的黑人大兵，和臺籍妓女之間的一段感情。在一夜激情過後，軍曹巴尼覺得自己像是「一個非洲的君王」，這時候，「伊立時在床上伏拜起來，伊的乳房垂在床單上，好像一對果實，在豐收的時節靜靜地懸垂著。伊不住地說：『王啊，哦，王啊。』」然而這個回應不只是職業性的，還是發自真心的呼喊。作家溫情主義的情緒，讓妓女用飽滿的心愛上眼前這個受傷的魂靈，因此她的乳房變成母親用來餵哺子女的果實；「彷彿豐碩了些的乳房微微地躍動著」，則充滿了健康的氣息。至於〈永恒的大地〉，可能是所有小說中寫女體寫最多的一篇，不過這個俗麗、肥胖、又有一種「猙獰的結實」的肉身，卻逐漸從慾望的變成母性的象徵。小說裡女子擁有壯碩的乳房、脂厚的背、和豐

㉔　亞菁，〈試評陳映真的「第一件差事」〉，陳映真，《陳映真作品集14：愛情的故事》，頁 151-157。

㉕　劉紹銘，〈愛情的故事——論陳映真的短篇小說〉，陳映真，《陳映真作品集 14：愛情的故事》，頁 14-31。

腴的臀，但是作家用肥沃的大地以爲譬喻，讓我們看到女子讓那個她無從選擇的、輕賤她的男人「一直貪婪地在伊的那麼質樸卻又肥沃的大地上，耕耘著他的病的慾情」。但是偷偷懷了別人孩子、即將成爲母親的她，一面「伸手抱住那樣致命地沸騰著的他」，一面又「深深的知道他終必被埋葬在這沃腴的大地。」她還知道她將以女性的本能護衛懷了數月的身孕，「雖是有風有雨，大地卻出奇的安謐。」

這接連幾篇小說裡的女體，確實都屬於健康的、「大地之母」的形象，李昂說陳映真用帶有母性的女性角色來慰藉悒鬱、苦悶、焦慮的男性心靈，其實是很深刻的觀察。不過問題在於，陳映真筆下的女性並不全部符合「大地之母」的性質，在最早的十幾篇小說中，作家對女體的描寫主要是爲了滿足「初生態的肉慾和愛情」，所以即使在客觀上女性或多或少都有慰藉男性的功能，但是那些病著的男性之所以耽溺於女體，主要是因爲病態的情慾而不是爲了母愛的溫暖，作家尙無意塑造「大地之母」出來。此外，李昂還犯了一個很大的謬誤，她以〈唐倩的喜劇〉裡羅仲其的敗北感爲證，把陳映真小說裡的男性之所以不快樂、勞頓、嗜死解釋成：「他必須在永久不斷的證實中，換來無窮的焦慮、敗北感和去勢的恐懼。」她並且得出結論說：「他們因而活得痛苦、悒鬱、苦悶，在不斷的掙扎中因而需要很具母性本能的女性來安慰他們。」前文已經分析過小說裡男性廢頹與憂悒形象的由來，此處毌須重覆敘述。李昂的失誤在於沒有真正掌握這些男性的本質，特別〈唐倩的喜劇〉所描述的知識份子並不很常出現於陳映真的其他小說，因此她的結論缺乏「同理可證」的條件。

不過我們也不能過度苛責李昂，因爲陳映眞筆下的女體，「乍看」之下好像都有豐腴的肉感，好像都符合「大地之母」的外部特徵。其實不然，包括〈將軍族〉、〈凄慘的無言的嘴〉、〈蘋果樹〉、甚至〈文書〉裡的女性都明顯不符合這個特徵，其他像〈我的弟弟康雄〉、〈故鄉〉、〈死者〉、〈一綠色之侯鳥〉、〈兀自照耀著的太陽〉、〈加略人猶大的故事〉、〈哦！蘇珊娜〉等篇，不是在這方面沒有清楚的交待，就是小說主題與此不符。所以，絕不能用「大地之母」來概括陳映眞小說中所有女性，否則，就容易得出「他一反以美神爲模式的女性外貌描寫而以生育能力的強盛作爲女性形體的標準」這樣偏頗的意見了。❷❻

前面提到，陳映眞在出獄之後新寫的〈賀大哥〉揮別了昔日的感傷，成爲一個更加理性、更有智性的作家。然而，接下來的「華盛頓大樓」系列小說，在女體描寫方面卻是有成功也有失敗，有些時候可以補充情節發展或配合性格塑造，有些時候卻不免要讓人懷疑他是不是又犯了舊病。尤其他對於豐碩乳房的耽溺，似乎也愈來愈明顯了。

先看〈夜行貨車〉，這是陳映眞一篇頗爲出名、但卻很有問題的小說。從這個系列的總體風格來推斷，這篇小說的重點應該是跨國公司內部的員工如何在洋主管面前維持自己的國族尊嚴，但是不曉得爲什麼，陳映眞竟然花了過多的篇幅在林榮平、詹奕宏、劉小玲的三角關係上面。尤其是過多的描寫劉小玲的女體：

---

❷❻ 周昆，〈維納斯的回聲——試析陳映眞小說中的無意識〉，《聯合文學》第 128 期，1995 年 6 月，頁 122-127。

一頭濃而且潤的長長的髮，使她裸露的雙臂顯得格外的蠱
惑。她的身段豐美，但是如果沒有那一雙修長而矯健的腿，
面貌怎也說不上姣好的她，就不會有那一股異樣的嫵媚。摩
根索先生就為了那一雙腿，稱她為「小母馬兒」。

⋯⋯⋯⋯⋯

她的眼睛，尤其在她稍嫌寬了一點的臉龐上，應該算是小的
吧。她的鼻子長而且瘦實。然而她的質厚而柔軟的嘴唇，使
她的面貌有一種無需爭辯的成熟的風情。

⋯⋯⋯⋯⋯

他為她點火。瓦斯打火機的火焰照著她那多肉的、柔嫩的
唇。

⋯⋯⋯⋯⋯

當他抬起雙肘來護衛手中的酒瓶的時候，他的左臂碰到了她
柔軟卻出奇豐盈的、沒有穿戴胸衣的乳房。即使因酒精而有
些遲鈍起來的他的官能，也在那一剎那間感到一種深在的震
顫。

⋯⋯⋯⋯⋯

她哭得渾身抖顫。他感到她的沒有穿胸衣的、顯著地愈加豐
盈了起來的、溫柔的乳房，在他的懷裡，急促地彈動。

⋯⋯⋯⋯⋯

她把他的右手拉到她的懷裡，卻怎麼也不讓他的手掌有意
地、惡作劇地碰到她的碩然的乳房。

濃而且潤的長髮、質厚而柔軟的嘴唇、柔軟卻豐盈的乳房、豐美的

身段、修長而矯健的腿——劉小玲幾乎可以確定是陳映眞小說裡最「完美」的女體，也堪稱是李昂所謂「大地之母」的最佳範本。然而劉小玲並不是、也沒有用她的母性去「馴服」詹奕宏，從一開始她就是用自己肉慾的身體去媚惑詹奕宏：「她自暴自棄地以少婦的蠱媚，輕易地誘惑了他。然則又初不料她竟然會絕望地愛上了這個不馴又復不快樂的年輕的男人。」所以她絕對不是什麼「大地之母」。反過來講，這裡甚至有意要讀者把目光投到劉小玲的乳房上。且不論小說第二段的標題就是「溫柔的乳房」，在劉小玲和詹奕宏的互動中，詹奕宏幾乎是一直受劉小玲的乳房所牽引，從他的手掌經常有意地、惡作劇地碰著那碩然的乳房來看，這根本就是一種肉慾的愛情。❷換個角度看，陳映眞前期小說中那種隱晦的、意淫的、恥於道出的「初生態的肉慾和愛情」，到這個時候已經變爲成熟的、直接的、可以攤開來談的慾情。這可能是這篇小說迷人之所在，雖然它侵蝕了作家的問題意識。

這一突然又冒出來的女體迷戀，在陳映眞的下一部小說〈上班族的一日〉作了反省。一直渴望升上副理的黃靜雄，曾經想拿十八厘米攝影機拍下情婦 Rose 舞動的裸體，結果「她嗔怒地隨手抓起一本厚厚的雜誌，向鏡頭用力擲來」。這不但重重地打在黃靜雄羞愧的心上，也無妨視爲陳映眞主動迎上前去的一計懲罰，因爲從此以後，他的小說再也沒有〈夜行貨車〉那種情形。

〈上班族的一日〉雖然提到了情婦 Rose，不過並沒有積極去寫她的肉體，這或許也跟男主角模糊的記憶有關。至於「華盛頓大

❷　這裡並不表示愛情不能是肉慾的，也不認爲肉慾不能成爲愛情的起點。

樓」第三部的〈雲〉，一共出現兩次關於女體的描寫，而且兩次寫的都是乳房。一次寫的是色瞇瞇的企業主：「艾森斯坦先生毫不掩飾地、安靜地注視著她輕微地隨著步伐跳動著的、她的渾圓的乳房。然後他無言地、惡戲地向張維潔眨眨眼。」一次是寫當兩個男工意圖破壞工會投票時，一名外號「魷魚」的女工突然扯開自己的衣服：「只一瞬間，她在七月的陽光中，裸露著上身。她的一對豐實的乳房，隨著她不易抑過的怒氣，悲憤地起伏著。『你們再碰我，再碰我吧！』魷魚含著淚說。」前後兩次都提到了渾圓、豐實的乳房，然而在前一次的描寫，被注視的乳房成為男性企業主管情慾消費的對象，包裹在衣服裡的乳房充滿情慾的象徵。至於後一次的描寫，同樣被注視的乳房成為女性對抗性別暴力的原始武器，裸露在陽光下的乳房化作母親的形象。這兩次的描寫各有用意，也都有藝術上的合理性，但是同時把乳房所具備的「情慾」和「母性」兩個特色表現出來，並且在對比中形成一種張力，這在陳映真的小說還不常見。

至於〈萬商帝君〉也一樣提到乳房，和其他小說不同的是，這裡全以夢境的形式出現。小說中的林德旺，是個有精神病史的普通職員，在不小心撞見主管在辦公室的穢行之後，「整夜都夢見 Lolitta 把胸衣扯在一邊，露出肥碩的乳房。」後來他以為自己被長官、被公司的同僚所孤立，青春期犯過的病症再度發作，這回他的夢就比較複雜了：

> 他記起方才睡時做夢，滿鼻子都是酸掉的香蕉味。固定的夢，他想。被扯到一邊去的胸衣，把一對碩壯的乳房辛苦地

擠在一邊。暗紅色的乳暈，看來像是一種皮膚的腫炎一樣，因著不知道是汗水或是老金的口涎，發著溼潤的亮光。然後這裸的、侷促的乳像一面高塔一樣，向他倒塌下來。他恐慌地掙扎，而那乳房卻一直緩慢地倒壓下來。他的心因爲恐懼而急速地悸動。他拼命地呼吸，卻被濃郁的香蕉的氣味所窒息……

對陳映眞而言，要用夢的形式把一個人對於性的苦悶、以及童年不快的經驗、還有對現實的諸種不滿所揉合成的壓抑表現出來，應當是一件既簡單、又理所當然的事，所以上面這一百字的描寫既不能說是多餘、也不能否定它的藝術感染力。然而從前面的討論來看，自〈文書〉寫到「一小手把的乳房」開始，到〈萬商帝君〉寫這樣一個關於乳房的夢魘，作家似乎很難克制不寫女性這個最主要的性象徵。當然，我們只能批評他在哪些地方處理不好，哪些地方猶可商榷，因爲作爲一個雄性、作爲一個男性作家，陳映眞在作品中流露出他對女性乳房的迷戀，從心理學來講似乎是一件還可以接受的事。

　　1983 年以後的其他小說，愈來愈少見作家對女體的描寫，〈玲瑯花〉、〈山路〉寫的是充滿理想的革命年代，不管作家是在召喚亡靈還是向志士致敬，好像都不適合寫到身體的慾上頭去。只有〈趙南棟〉還具體描寫到女體，一是在哺育趙南棟時，提到過「白晳的，淡淡地拉著青色的靜脈的，宋大姊的碩實的乳房」；這是女思想犯在獄中的哺乳，既是生命的延續也是理念的傳承，所以給人的感覺是「不知道怎麼去說的溫暖」。另一次是寫到廢頹的趙

南棟時，提到了他身旁的女子：「她坦露著整個細白的背，沒有穿戴胸衣的，豐碩的乳房，在她白色的絲綢中沉睡」。這是截至目前最近一篇寫到女性乳房的小說，餵哺嬰兒的乳房是「碩實」的，陪在青年身旁的乳房是「豐碩」的，作家迷戀的乳房形狀大概就是這麼個模樣。有人說男人看到餵哺嬰兒的乳房會心煩意亂、看到穿著低胸禮服的性感女人又流連著迷，❷❸不過這個問題在陳映眞那裡、特別是初老的陳映眞那裡好像並不成爲矛盾。

總的來講，青年陳映眞「初生態的肉慾和愛情」，使他前期小說的人物對性及肉體感到好奇，但是這種躍動又往往被他困在宗教的、道德的、人道主義的律裡面，所以從他前期小說、特別是最早十幾篇小說看到的是性的壓抑。待逐漸離開「初生態」的年紀（大概在 1966 年左右），小說便比較少寫到那種壓抑的情慾，作家對女體的描寫、特別是對乳房的描寫也就沒有忌諱了起來，雖然不免讓人察覺到他對女胸有特別的沉溺，但是此番描寫大致上也還配合情節鋪陳或個性發展的需要——尤其〈永恒的大地〉裡的女體逐漸從慾情的往母性的象徵發展，這不能不說是作家的成熟。1975 年重新復出的陳映眞，小說寫作刻意標榜出智性思維的一面，跨國公司系列小說之一的〈雲〉，在不同的狀況下將乳房分別寫成情慾和母性的象徵，彌補了前作〈夜行貨車〉的脫序演出，再一次顯現出他自覺的成熟。這個情況在隨後的〈趙南棟〉再出現過一次，但是乳

---

❷❸ 蘇珊·布朗米勒（Susan Brownmiller），〈女性的人體形象〉，王政、杜芳琴（編），《社會性別研究選譯》（北京：三聯書店，1998），頁101-130。

房描寫卻顯得比較不經心,似乎暗示在著意於歷史敘述的情形下,這一長期的特色將逐漸淡去。果然,1999 年以後寫〈歸鄉〉、〈夜霧〉和〈忠孝公園〉的陳映真,已經是超過六十歲的人了,小說人物也多半屬於上了年紀的老者,所以這幾部小說再也沒有寫到女體。從另外一個角度來講,陳映真晚期幾篇小說益發以臺灣社會性質分析為其寫作基礎,自然不便再和從前一樣,著意於小說人物(以及作家本人)壓抑的慾望。

肆、餘論:一點補充

一個合理的提問是:從原始信仰的女神崇拜來看,大地之母的隱喻運用十分廣泛,舉凡情慾的誘惑、母性的救贖、乃至於生殖的豐饒等等,在神話體系中都屬於大地之母的隱喻範圍,那麼本文的論述似乎宜再斟酌?此外,陳映真小說中的男性明顯有英雄主義的特質,而女性則是柔弱的、受苦的一方,她們既可憐又堅強,既被命運犧牲又展現強勁的生存韌性,並且往往成為讓男性愛憐、甚至激發男性改變現實的力量,這豈不是證明,在情慾和大地之母以外,作家另有屬於男性英雄主義的情意結?❷⁹

---

❷⁹ 陳芳明在他《臺灣新文學史》第十五章「六〇年代現代小說的藝術成就」提到:「他的小說對本省外省、中國臺灣、男性女性之間的辯證關係,都有深入的牽涉。雙軌思考的進行,構成他小說中的重要特色。然而,這種雙元式(binary)的對立,最後總有一方的份量變得較為重要。中國人、外省人、男性的形象,往往不經意之間在他小說裡突然膨脹起來。」(《聯合文學》208 期,2002 年 2 月,頁 155。)本文認為,陳芳明所謂中國人、外省人、男性的形象在陳映真小說裡被有意無意膨脹的說法並不全然有據,三者之中唯有男性中心這一點比較明顯,觀者自察。

關於小說的女體描寫，本文的論述主要是爲了強調：陳映眞前期小說所呈現出對女體的關注，主要是反映了作家本人「初生態的肉慾和愛情」，一旦其智性的思考超越了抒情的呢喃，過去那種因爲性的壓抑而來的對慾情的眷戀，到後期小說便要漸漸和緩起來（雖然並未完全消失），並且一部分地改以生殖的、豐饒的母性形象出現。李昂用「大地之母」概括陳映眞筆下的女心性，主要是指出她們普遍具備安慰男性、救贖男性的那種「具有非常母性的女性角色」，❸可見她意在突出「母性」特質。然而本文著意要說明的是：陳映眞前期小說的女性與其說具備母性，毋寧說更充滿了肉慾的吸引力，即便到了後期小說，他筆下的女性也是兼有兩種特質，所以本文以爲李昂的概括太過片面，因此文中質疑的乃是李昂「大地之母」、即「具有非常母性的女性角色」的說法。

至於陳映眞的男性英雄主義情結，當然是不言自明的，然而作家筆下的女性是否眞具備安慰男性、救贖男性的力量呢？恐怕並不盡然。從陳映眞的全部小說來看，女性角色或許爲男性提供了慰藉，但是這種「安慰」多半只是滿足了男性對慾情的嚮往，他筆下的男性大部分都陷入慾的糾纏無法自拔，並沒有從女性那裡獲得什麼救贖，更不必說昇華出一股改變現實的力量了──〈我的弟弟康雄〉如此，〈永恆的大地〉如此，最被女性學者視爲救贖典型的〈夜行貨車〉也是一樣。此外，小說中的男性也多半沒有眞正解救受著苦難的女性，他們或許同情對方，或許憐憫對方，但是這些男人從來沒有眞正帶領她們超脫困境，之間的溫存不是屬於同病相憐

---

❸　同註❷，頁 185。

的一種，便是彼此相濡以慾情。陳映眞的男性英雄主義情結，反而
更加使其筆下男性顯得蒼白無力起來，於是乎，把小說中的女體視
爲社會的化身，並且說陳映眞對女體的慾望即是對社會的大愛，這
樣的說法在立論上也就站不住腳了。❸

❸　本文初在研討會上發表的時候，分別得到來自郝譽翔教授、徐國能教授的
　　寶貴建議，論點發人深省，因而除在文末略作補充，並藉此一隅向兩位朋
　　友致謝。

從「傳統的現代化」到
「現代的民族化」
——論《華太平家傳》與
朱西甯小說創作美學的轉變

張瀛太*

摘　要

　　朱西甯的創作歷史長達五十年，一般而言，他最受肯定的作品，大抵是六〇到七〇年代間那些反映現代主義文學精神及藝術主張的小說。但自八〇年代以降，長達二十年的時間，朱西甯的創作起了很大的質變，文風從「奉藝術為神明」驟變為「淡乎寡味」，內容幾乎是「載道」為用的「傳教手冊」；可是同時期動筆的《華太平家傳》卻迥異彼時的寫法，成為他二十年來秘而不宣（遺作）的文學大全集。筆法上，既有向早期

*　　臺灣科技大學人文學科專任助理教授

文風看齊的雄心又有針對各階段創作筆法的回顧和修正，內容
上，既有融合文化民俗等龐大材料的企圖又有闡揚獨家宗教理
念的苦心。本文即以《華》書為例，列舉書中的三種創作風格
之落差，並參照胡蘭成對其創作及理念之影響，歸納出朱西甯
創作心路及美學取擇之原委，附帶提出東、西方小說美學在其
作品中所占之意義及藝術上的牽制性。

關鍵字：朱西甯、華太平家傳、胡蘭成、小說、美學

> 有幸生長在一個基督教的家庭，我成長的時期，正當中國文
> 化在下沈、在萎縮的時候，需要一個新的刺激，使文化創造
> 力能重新抬頭，也許我受惠於這個比較多。❶　　——朱西甯

　　朱西甯一九八〇年動筆的《華太平家傳》，至一九九八年過世
前已寫成五十五萬字。小說蘊釀期甚久，早在一九五〇年就曾提筆
撰寫，因不滿意而放棄，一九八〇年再度開筆以來總共毀稿九次，
一九九一年，朱西甯在一篇訪問稿中表示當時在撰寫第十次，已完
成的內容很合乎自己要求。❷試對照一九八七年，他生前最後出版
的《黃粱夢》那種無意於任何修辭布局的寫法，與《華》書文字的
淳熟圓暢果然有天壤之別，再從它的企圖和架構看來，作者似乎不

---

❶　見吳至青，〈不斷求變的朱西甯〉，《書評書目》六〇期，1978 年 4
　　月，頁 63。

❷　見張夢瑞，〈寫寫撕撕近十回，朱西甯心頭巨構漸成形〉，《民生報》
　　1991 年 10 月 13 日第 26 版。

是單純的以寫「小說」來對待，而是當作一種志業、生命壓軸之
作。

《華》書原預定的書寫範圍，是八國聯軍到國父革命這段期間
山東一帶老百姓受到的西方文化衝擊……作者甚至有意將《華》書
寫成三部曲，並將時序延伸到北伐抗戰。❸然全書從庚子年（一九
○○年）起筆，至五十五萬字止，時序大約只推展了兩年——朱的
宏願固然天年不假，但是「未完成」並不意味著作品的「不完
整」：試觀書中不斷以岔開、離題、蔓生的方式，來插入舊時生活
細節，作者彷彿沈浸其中，不願自拔，這寫法表面上是拖延卻也是
種「繁衍」，他將所有美好的片刻無盡延展，以包裹所有不完整的
缺口，當不完整被不斷的「繁衍」所填滿，遂造就了書中精神的一
貫性和完整。

小說描寫主述者華太平的父祖兩代因日軍侵華，逃難到尙佐縣
落戶後的生活。其間正值義和團、八國聯軍、辛丑條約、甲午戰
爭……等不太平的年代，主述者名爲「華太平」，似有寄寓家國太
平的願景。全書的敘述筆法亦極「太平」，占最多篇幅的是舊時庶
民生活（山東）紀聞，敘述口吻詳樂閑靜，即使背後埋伏時代變動
的不安，全書卻洋溢在「歲月靜好」的生活情調中，且這些大量書
寫的細節與故事間未必有關聯，整部小說幾乎是越過「家傳」的脈
絡，來描畫一幅四時農家樂；而安插其間的少數情節，主要是在祖
父的傳教辦學和父親的興家營生上，華祖爲當地的基督教牧師兼私
塾經師，華父受雇爲農工，後成爲洋人管家……小說藉祖、父兩代

---

❸　同前註。

所成就的「禮樂／基督」施行典範，彷彿提示了一條能使中華民族謀得「太平」之理想國路徑。

書名雖爲家傳，但嚴格說來，重點並非在於建構一部完整的家族史或自傳式的大河小說，即使書中偶爾穿插華家曾祖到華父三代的興衰和信教傳教的過程，內容又與朱西甯身世若合符節，可是作者在第一章〈許願〉已藉主述者表明心聲，他要的是——據實留下時代中一個小輪所馳軌跡。綜觀全書，的確處處是軌跡，有「時代、地域」的軌跡——文化記憶典藏和史料掇遺，也有「個人」的軌跡——華家祖父的福音中國化，華家父親的西體中用。茲分述於下：

一、小說三大內容

㈠文化典藏和史料掇遺

朱西甯早年曾有在小說裡「保存過去生活」的心願，❹但一直不見實現，在晚年的《華太平家傳》中，終於以最多數篇幅實踐了「把當代人生活細微的留下來」的心願。書中以風俗誌的方式記錄了過去的生活、民俗知識等等，而全書最吸引人的部分也在於此。

種大煙、打高粱、盪鞦韆、打大雁……連篇累牘的「往事」，如追憶似水年華，而它的好看與其說是「追憶」，不如說是在其

---

❹ 我有一點願望……如果我們把當代人生活細微的留下來，讓後代子孫知道祖先們曾在這片土地上怎樣的生活；也許就很夠意思了。我們再不寫，這些二三十年前的東西也就丟掉了。
見李昂，〈在小說中記史——朱西甯訪問記〉，《書評書目》一六期，1974 年 8 月，頁 113。

「逝去」本身。「逝去」本身已具備被捕捉的魅力,何況朱西甯選擇的又是美好的生活剪影;即使「追憶」的方式近乎「記錄」,近乎平和,波瀾不興,但內中卻流露一種眷眷愛戀——就「戀」的角度而言,同樣是寫鄉土,比起早期的「仇鄉」,❺晚年作品反而是真正的「懷鄉」了。它的情調是詩意化的、溫情化的,而非冰冷、純知識、資料化的「記錄」;❻因此,除了「保留」,還見得出情意。而這情意,用李奭學的話講,正是體現了朱西甯對中國的愛,召喚出他少時記憶中的故國情景。❼

當然,它的「好看」不只於題材本身的時空差距、筆調的詩意溫情,也在於作者敘述的「不厭精細,細而不膩」,風物細、掌故細、人情細,詳實的考據、生動的記述,如同書外書,令人展讀的同時隨之雲遊卷外而忘返;而看似無結構的離題蔓生,其實是配合四時節氣、晴暖寒雨而調候運息,單篇看是一幀幀風土小品,連著看是一脈脈長流遠山——我們看到春天如何收割大煙、喜鵲築巢,夏天如何翻地瓜秧、吃地瓜玩兒,立夏如何稱身重、騸牲口,夏至的躲伏,打高粱穗、下大糞肥,秋天的製衣添襖、打菇鈕結子,入冬如何打野射雁,過年的各種賭錢名堂、藝陣莊會,三月如何春耕、四月如何撒種……五十五萬字,只循環了兩個寒暑,但已經夠

---

❺ 《鐵漿》、《狼》、《破曉時分》等書,對鄉土的描寫,多著重於對中國民族性的批判,例如血氣衝動、迷信、自私、不守法……等等。

❻ 例如七〇年代初至七〇年代中的〈牛郎星宿〉、〈我的一塊地球〉、〈乳頭阿理公〉、〈山中才一日〉(以上皆收於《牛郎星宿》)等篇,報導性濃,作品以記載知識、呈現資料為主。

❼ 參見李奭學,〈千年一嘆〉,《聯合報》2002 年 4 月 21 日,第 23 版。

了，完整了，因爲它已形成一個宇宙、一種「逝去的美好」的全面保留，「保留」的不只是「生活」，也將生活成爲一種掌故、知識。甚且將耕作所需的雨勢風向的判斷（例如「西南雨、西北雨」）、日常器物的製作（例如「等磨盆」、「兩頭翹扁擔」、「打鍋拍子」），舊社會的鄉俚俗諺、讖語、村話、土話（例如「西南雨，上不來，上來沒鍋臺」、「熒惑入南斗，天子下殿走」、「鞭你、兀兒的」、「濟人兒」）等等藉機解說並存錄下來，如同一本傳統民俗百科全書。

至於這些精選的「民俗百科」除了是生活的、知識的、掌故的，它同時也是極民族性的、文化典藏意識的；而當朱西甯精選這些「生活」的同時、還精選幾位示範性人物，在書中生活出一幅幅淳美的人情風俗畫，例如勤奮正直的華父、睿智慈祥的華祖、助人爲善的李二老爹、德藝兼具的大美……等，可見他要借助於這些善民良俗的，恐怕不止於「存掌故」，那還是一種「中國文明之飛揚，民族文化之傳承」❽的更高使命，這也是朱西甯早年宏願的實踐。

此外，朱西甯寫作期間屢次到大陸搜集資料，一些史料在書中是以大塊登錄的方式呈現：例如上海「申報」、天津「直報」所報導的義和團信息、朝廷因應對策，甚至有完整的「詔書」全文照

---

❽ 朱西甯完成第一部小說《大火炬之愛》後，曾獲孫立人將軍召見勉勵，朱當場亦留下誓言奉慰將軍：史書是史家寫的，不是皇家寫的。「由是伊始，我的作品風向爲之丕變，一爲中國文明之飛揚，一爲民族文化之承傳，即反共亦衍變于無形，而更長更闊更高更深。」
見朱西甯，〈豈與夏蟲語冰？〉，《中國時報》1994 年 1 月 3 日第 39版。

登。而關於正式史料所未及的「傳說」部分，例如義和拳如何鋪壇練功，朱西甯便以小說之筆虛擬實境。值得注意的是，書中對於史料的處理，只是冷靜的呈現而不帶任何情緒反應，它們在小說的存在意義，無助於情節或人物性格的展現，卻像是爲了「保存」或成爲「知識」，換言之，《華》書另一方面也有歷史掇遺的意義。

(二)福音的中國化

《華》書占最大篇幅的人物，祖父，幾乎是朱西甯祖父的翻版——一位終生致力於用孔孟傳耶教的傳教士。[9]書中不惜用許多篇幅來介紹這位祖父，且異乎全書行文的蘊藉含蓄，有時更使用「行善不欲人知，功德勞累，沒有任何計較」之類的白描句、直述句來讚揚祖父的爲人、智慧、胸襟和救人義行，仰慕之情溢於言表。

祖父在書中的表現有三大功蹟：濟世救人、解經說道、基督教中國化。

---

[9]　朱西甯的祖父是前清讀書人，後來做了基督教的傳教士，全家都成爲虔誠的基督徒。在山東臨朐那個偏僻的小地方，他們家算是很「新式」的。朱西甯是他的大家族中第三代第十九位基督徒，夫人劉慕沙則已排名到第三十一位。那是個宗教家庭，同時又是個極強烈的愛國主義者家庭，他的兄嫂和姊姊、姊丈們不是參加北伐，便是抗日期間從事游擊隊的敵後活動——尤其後者，爲了運用民間武力，不得不參加幫會組織，以即使向國旗敬禮亦視爲「拜偶像」的當時迂闊的教會看來，那種擺香堂、拜祖師的種種儀禮，不啻是離經叛道的異端了，於是被排斥於教會之外。但這似乎不曾影響他們的宗教信仰，反而促成他們致力於宗教和民族文化兩者信仰的和諧，也就是基督教的中國化。
參見馮季眉，〈悲劇是尋求希望的啓始力量——專訪小說家朱西甯〉，《文訊》一一七期，1995年7月，頁77-78。《新墳》書末〈小傳〉，頁137、138。

1.祖父可說是全書的主要濟世人物（另一位次要善人是李府二老爹），他為地方立下的汗馬功勞，犖犖大者有下列數項：拯救洋教士免於義和拳殺戮；招安匪首花武標受洗，鐵鎖鎮從此平靜無事；給尤三爺義和拳收爛攤子，把無路可去的紅燈照、黑燈照姑娘安頓到湯七爺的機房和絲房；替郵傳局子何安東長老物色人才；幫上海陸記小老板招募土工……。而小說寫他的救人助人簡直是「談笑用兵、神機妙算」，往往不費吹灰便能化險為夷，這除了表現出角色的智慧和人和，恐怕也私藏了作者的厚愛以及在書中所賦予的重任。

有時書中甚至省略了救人過程的描述，直接以「神蹟」「主恩」之類的字眼來解釋，例如招安花武標是一件大事，但始終未見作者陳述其感化匪徒的經過。當書中藉祖父達成此「神蹟」，也意味著祖父這一角色的功能是源於「天授」，否則為何其他角色全無插手餘地，卻獨善於祖父。而「天授」者，在書中被賦予的重責，幾乎就落實在「天機」的講授上，例如小說讓祖父發現基督教與中國的古老淵源、用中國經典傳教以修正猶太耶教的霸氣……他的一切作為，都被寫成是為了符合上帝的心意。

2.而身為「天機」的授業使徒，這位祖父幾乎結合了政論家、經學家、宗教家於一身，不但愛議論天下事，在書中又時時跳出敘述脈絡來講經論道，有時連篇累牘欲罷不能。祖父論道的內容大抵把儒家的「以德通天」、老莊的玄妙之「氣」、尚書洪範七疇的「卜筮」稽疑……等雜揉為一套獨家的「氣－德－術」之說，並以此比較中、西文化的優劣，說明東方儒教的「興滅國，繼絕世」比起西方基督教的「滅興國，絕繼世」更能證果「上帝愛世人」的眞

意。

書中不時穿插對教會傳教方式的不滿，指陳教會人士如何抹滅中華文明、偏狹迂腐、無知反智；另一方面又對鄉愚百姓的民智未開、不知國難當前深感憂心，藉此推積出一股迫切感，呼籲國人急需一套救亡圖存之道，於是善體國粹、妙得神意的祖父自然成爲「牽引世人」的不二人選。

3.書中形容祖父傳道是「上天恩賜特異」，中、西傳教士都比不上他——「祖父自幸深獲天恩獨寵，屢見異象，上帝明示今欲動用其在東方華夏之土與世人合同經營所蓄貲產，期與聖經所傳者合而爲一，俾得截長補短，適足以既明明德而復親民，方可止於至善之境。」（見〈天啓〉、〈信以爲假〉）。而祖父的傳教異秉，大抵表現在兩方面：

(1)十八歲時即以「大秦景教流行中國碑」印證基督教傳入甚早，並可見上帝與中國早有密切因緣，中國是祂揀選的福音之地。

(2)發現基督教傳教危機、聖經記載的不足，進而取中國修齊治平之道，補充聖經所缺乏的親民、倫常、務實。至於爲何獨取中國經典傳教，祖父有如下說法：「摩西五經和福音四書，但得能讓中國四書五經合而爲一、互補長短，則上帝的旨意彰顯具足完全矣。」（見〈天啓〉），「上帝創造天地萬物之初，就藉著以色列人又蠢又笨又不通達天理人情的祖先所昭示給世人的眞道——上帝是愛。咱們有幸生爲中國人，承受天恩最深最高最厚最廣也最久，所以最像天父的形象和樣式，也最聰明靈利、不需上帝明言便參悟到上帝的心

事⋯⋯這從先聖先賢、列祖列宗，遺留下來這座福音堂也裝
不下的經史子集可以見證。」（見〈遠交近攻〉）

藉祖父之口，不但告訴我們中國人為何是上帝最眷顧的民族、
也將中國推崇為上帝獨選的宏教聖地。於是，庚子國難遂被視為一
個契機：迫使中國渴求福音來振興華夏、重修與上帝之好。另一方
面，也藉著福音的速傳中土，使之得與中國文明結合，拯救其福音
僵化的危機：例如書中常用《周易》、《中庸》、《老子》解釋亞
當夏娃為何被逐出伊甸園，亞伯該隱為何受上帝不同的對待⋯⋯。

但果若如此，中國已擁有優於聖經的「經史子」，為何急需
「福音」來救亡圖存？這點，小說彷彿視為理所當然或來不及言
明，只簡單說是「合則兩利」；雖然朱西甯曾將基督教形容為「中
國文化下沈時，所需要的新刺激」，❿但顯而易見的是，「基督
教」在書中被說成是最大受益者，祖父的福音中國化，除了使基督
教更貼近中國之外，更是拯救了基督教義在歐美的淪為不義——換
個角度看，這豈不是「中國文明之飛揚」的最露骨炫耀。而祖父這
個角色，與其說是個智慧的長者、天授的傳教者，不如說更是個
「中華文明飛揚、民族文化傳承」的代言人了。

㈢西體中用

除了書寫宗教思想的「不藉蘊釀」，朱西甯在小說的另一個主
張「西體中用」，寫法也是不假迂曲，直陳利弊，近乎宣教。

「西體中用」的主張大抵是透過華父這個角色來代言。華父讀
書不多、自學成功，藉著他帶領讀者見識中、西文明差異，不但符

---

❿　見註❶。

合一般「庶民」眼光，角度也貼近於「民間」。

　　書中的「西體」指的是現代知識、文明科技而非其哲學思想或價值觀。除了偶爾藉祖父之口稱讚西方人的守時觀念、信德修行之外；由華父所見所歷的多是著眼在「功利」層次，觀點是實用的、選擇的是日常民生較切身實際所可體驗的，例如華父心目中的「西體」的內容，是集中在吃穿用度、車馬宅屋的比較上：洋花生大過土花生、洋燈油亮過茱油、洋馬車勝過小鐵車；其他如居住、衛生、機器、用品、營養、學堂教育……等等也都是國人可取長之處。取材眼光「現實」，也富有基層教育的意義。

　　「西體中用」為《華》書最後一章的篇名，在這一章後半部，作者迅速讓華父成家、置田、培植子女上學，最後並「功成業就」的回到尚佐縣探望李二老爹，稟報自己從洋人那裡得到的「開通」念頭，儼然是「西體中用」的見證人兼受益人。從最後文字的急就章，可見得朱西甯臨終前的心願和急切，交代完這最後一項，他一生所信守的理念全都涵蓋了；如劉慕沙所言，「若再寫下去，只是文學部分的無限想像和延伸，這個，已然有女兒女婿們同樣勤勤懇懇的在堅持……」（見書前序〈看電聯車的日子〉）

二、藝術手法

　　從《華》書來檢視朱西甯的創作線索，我們可以看到的，不只是朱西甯晚年的思想理念和文學觀，作品本身其實就是朱西甯一生藝術歷程的縮影。書中有明顯的理念部分和文學部分。理念部分的內容是屬於宗教的、家國的；文學部分的內容是追憶的、存史的。前者筆法直接，後者細膩；前者語調是明白昭告，後者是含蓄沈

緬。雖然兩者同有「民族文化傳承」的企圖，但表現手法明顯不同。

㈠文學部分──早期、中期小說美感的再現

1.早期《鐵漿》美感的再現

《華》書的序曲部分〈許願〉可視為一精構的短篇小說。它不但文字濃密、意象鮮明，形象掌握和人物塑造更俱見功力，此外，還有若隱若現、令人產生預期的衝突感，這些，在在可見《鐵漿》時期藝術的再現。其中寫奶奶的部分最令人欣賞，奶奶的陰晴不定、可親又可厭，藉著一段「氣味說」已嗅得其中三味：

「屬于奶奶的氣味很多，一入夏就隨身裝一塊咱們小孩兒老認是冰糖的明礬，和一隻黃楊木鏇的帶蓋兒瓶子，裡面裝一根手指大小的薄荷錠。在得寵的日子裡，奶奶不光是時時刻刻不讓你離開一步，還照應你周身上下無微不至。別說身上沾了甚麼灰呀泥呀，連忙撲撲撢撢，抽抽打打……萬一發現你讓蚊子叮了，那可像人家把她小孫兒戳了一刀，大呼小叫，趕緊捽住你，照那蚊子叮出來的小疙瘩上呸口唾沫，掏出白礬塊兒，就著唾沫上來回猛出溜兒。白礬稜稜角角的刮得肉疼還不說；唾沫窩在嘴裡甚麼氣味也聞不出來，可就是出不得口，出了口兒那氣道就不怎麼正了，更經不得塗塗抹抹。祖母滿口鑲的假牙，又刷得很勤，卻與呸出口的唾沫無干。唾沫已夠難聞了，怎堪白礬再來湊熱鬧，更別說叫人聞了要有多惡心。只是一聲落到祖母手裡，任你嚇得怎麼樣拉長了脖子想掙，也別想逃過那一劫。後來哥哥姐姐長大了，碰到一起但凡談起祖母，少不得都要提到這種極深刻而沒齒難忘的祖蔭恩澤……原來哥哥姐姐也一個都沒躲掉那樣的淂災；唾沫和白礬雙料的惡臭。」作者寫

人，由氣味點燃記憶，再由氣味中浮現出人物造形、人物性格乃至代表獨特性格的獨特氣味以及給人的獨特感覺，透過這樣的聯想及意象，使得形象掌握甚爲生動鮮明。

2.中期小說實驗的修正

當《華》書進入主述部分，便開始離題蔓生，樂而忘返，如同展開一幅清明上河圖，布局和思考模式類似於中國山水手卷，把「定點透視」化爲「散點透視」，一路都是「可行、可望、可居、可遊」，例如：西南雨、清明早露、神拳、老棉襖、躲伏、鳥窩、乘涼烤火、地瓜翻秧、鋤禾日當午、風水、魚鷹、黃河見底、新春……等，單篇看如同精筆設色的工筆畫，全幅展卷下來又如閒筆隨趣的寫意畫，於是，可展盡全覽，也可或停或擱，讀多讀少都有賞玩之趣。

書中許多大段落的敘述沖淡了情節主軸，甚且取代了情節。但此時的「敘述」並不單純只是「小說實驗」期⓫的「存敘述」，而

⓫　從六〇年代中到七〇年代初，朱西甯展開了突破自我的文學實驗歷程，最明顯的現象是小說不再強調故事性和思想意識；而是「以語言爲形式」、「語言爲結構」、「語言爲內容」的書寫，此即「新小說」實驗期。作品收於《冶金者》、《現在幾點鐘》、《蛇》。這些「新小說」的事序結構，充分展現強烈的表演性和破格性，不但摒棄傳統小說的情節安排、人物造型、時間觀念，有時幾乎是沒有情節，只存敘述。

其中〈現在幾點鐘〉是朱西甯語言實驗最成功的一篇，通篇的趣味就在那些貫串全場的雜談叨絮裡。最極端的該是〈巷語〉的「無人物，存聲音」，在這篇小說裡語言已不作爲表達的工具，作者把語言的連貫性、指涉性剝離到只爲了「呈現」，換言之，它是讓小說變本加厲的成爲一種單純的語言「存在」。

是有所爲而爲的「在小說中記史」，於是「敘述」不再成爲文字遊戲，它被演變成一種專注的「精細」。而「精細」又有兩種，一種是「體物」的細，一種是「記物」的細——

　　例如寫換季之際老棉褲裡悶著的汗毛：「一冬過來皮肉不見天日——實算算可不足一冬，秋後不久那根根汗毛就起始冬藏了，顧自螺絲轉兒似的一圈圈盤緊，盤像鯉魚子那麼大小，上面自生一層蒙皮兒蓋上，封個死死的，這跟牲口入秋便逐日換上又密又細的絨毛好過冬該是一個道理。待到春暖，牲口脫毛，拿銹斷的鋸條截下扠把長，釘個柄兒當耙子，給牲口理毛撓癢兒，一耙就梳下整把滾成氈餅子的絨毛。這時節人也該蛻層皮兒了——一出汗，根根盤成螺絲轉兒的汗毛悶在蒙皮兒下頭可就不安分了；加上光了脊梁叫風日一颺一晒，渾身上下沒一處不是刺刺鬧鬧；抓抓撓撓間，眼睜睜的根根汗毛醒過來一般，打著彎兒支楞起來，像打地底下冒出芽兒，不一刻兒就挺直了。」（〈望門妨〉）這一大段把汗毛觀察得秋毫不漏，比喻和聯想間頗具文學趣味，可算是「體物」有方。再如寫地瓜種類的這一段：「這當地是地瓜叫紅芋，過了河東又叫白芋了。紅芋白芋都跟色氣無干。按色氣分，倒是可分四種，一是大紫紅芋，箇兒不大，可生得結實，煮熟了還是含點藍尾子的紫紅色，麵得很，像煮栗子，噎人，只爲箇兒不大又結得少，下母籽時只下少些，當細糧喫。一是肉色紅芋，一是白紅芋，都差不多質料兒，結得又大又多，不似大紫紅芋那個麵法兒，可甜得很，吹糖人兒的糖稀、做牛皮糖、豬腳糖，都是這兩種地瓜熬煉出來。還有一種洋紅芋，白皮兒、白瓤兒，水汲汲的不大甜，也不大麵，味道上沒點兒可取，就只圖它箇兒大，又能結得很，打算多餵幾頭豬的話，就多

種一些。」（〈糧草〉）這段「記物」的目的雖在於記實性、知識性，然語調圓熟活潑，老練而不澀，文字也緊緩合度，讀來頗覺生動可親。而《華》書其他寫舊生活、舊風俗的段落，也同樣有這種「不厭精細」但細而不膩的可喜之處。另一方面，朱西甯用俗語方言摻入舊文言所提煉成的「朱體」也在此達到成熟。

㈡理念部分──胡蘭成「大中國主義」的直接體現

就理念部分來談，《華》書是把朱西甯晚期其他小說⑫所語焉不詳的「基督教中國化」具體哲理化、論述化甚至論著化了。書中祖父長篇累牘的論道說經，彷彿有獨立成一部中國聖經的企圖，而值得注意的是，所謂「福音中國化」的「中國」內容，其實是繼承自胡蘭成那套大中國主義的文明理想與世界觀。

胡蘭成於一九七六年被朱西甯迎至家中講學半年，⑬因而有了《三三集刊》的成立，⑭並成為「三三」諸士的文學與精神導師。在每一冊三三集刊裡，皆可見如下宣言，它涵括的幾乎也是胡蘭成

---

⑫ 所謂晚期，大約是以「三三書坊」的成立為分限，此期出版的小說集有《將軍令》（1980）、《七對怨耦》（1983）、《熊》（1984）、《牛郎星宿》（1984），長篇有《獵狐記》（1979）、《茶鄉》（1984）、《黃梁夢》（1987）等。

⑬ 一九七四年，朱西甯為了寫張愛玲傳而結識胡蘭成，七六年春末，胡氏因昔年參與過汪精衛政權的漢奸問題被文化學院解聘，他將胡氏迎至家中講學半年，因而創辦了《三三集刊》，以宣揚「中國禮樂」的思想啟蒙為志。七九年成立「三三書坊」出版社。

⑭ 按，「三三集刊」是由朱天文、朱天心、謝材俊、馬叔禮、丁亞民和仙枝等人，在「皇冠」平鑫濤的支持下，共同創辦。前一個「三」意指三民主義，後一個「三」指聖父、聖子、聖靈三位一體的真神。他們則自稱三三群「士」。

的思想特色：

> 您若認爲「三三」縱排出乾卦，橫排出坤卦，也好
> 您若認爲「三三」嚮往中文學傳統的「興比賦」，也好
> 您若認爲「三三」想要三達德，也好
> 或者
> 您若認爲「三三」說的「一生二，二生三，三生萬物」的故
> 事，也好
> 您若認爲「三三」說的「三位一體」眞神的故事，也好
> 您若認爲「三三」說的「三民主義」眞理的故事，也好

　　胡蘭成的學說不但以《易經》總其綱，強調「易經是理論學問的統一場」，❶此外，更雜揉了《周禮》、《詩經》、黃老、儒家、禪學、以及湯川秀樹的粒子宇宙論，最終則以建立禮樂中國爲其理想。他認爲中國不講宗教，而是政祭一體，祭是「樂」、政是「禮」，而禮樂之學正是用以明華夷之辨的最高法則，他在《中國的禮樂風景》裡，曾大談華夷之所以須別，堅稱「大自然只有一個，大原則只有一個，所以文明亦只有一個。」

> 我們爲什麼明華夷之辨？因爲我們若用西洋人的宇宙觀、人
> 生觀、社會觀、藝術觀論與思考方法，我們就不能對於今在

---

❶　參見《閑愁萬種》（臺北：遠流出版事業有限公司，1991 年初版一刷），頁 133。按：書中收錄 1964-1981 年作品。

趨向破滅中的世界現狀有一個新的想法，也不能建國，也不能寫一篇好文章。我們若用西洋的哲學與其邏輯，就不能對應今時天文學上的與物理學上的諸現象，無法說明何以會有此等現象存在的理。我們若只知崇拜西洋，我們就缺少智慧來瞭解孫文先生。

我們明華夷之辨，也是為的可以更清潔的取用西洋的好東西。……數學與物理學在西洋今已到了盡頭，西洋的哲學跟也跟不上來，要用中國的哲學才能打開那盡頭處……所以我們先要重新建立中國文明為主體。我整理出來的中國文明的最高原理「大自然的五基本法則」，也可以說是神的法。⓰

所謂「神的法」，自是把「中國文明」標舉為超越所有宗教的唯一宗教。胡蘭成在《中國的禮樂風景》裡不但比較了其他宗教的優處劣處，還提出自己獨創的「大自然五基本法則」⓱以補正外來

⓰　《中國的禮樂風景》（臺北：遠流出版事業股份有限公司，1991 年初版一刷），頁 11。按：此書完成於 1978 年。

⓱　「大自然五基本法則」的內容如下：

大自然五基本法則的第一法：大自然是有意志的，此意志即是息，所謂「神無方而易無體」，神即是意志，易即是息。……這意志是未有名目的，這息是未有物質運動的……大自然的五基本法則都是無……所以神是無為而無不為。

大自然的五基本法則亦即是神的法，故可用來說明神，不可用來批評神。但可用來批評人對神的認識程度。知大自然的五基本法，即知在人不能者，在神皆能的所以然之故。此與解說奇蹟可以是同一回事。

大自然的第三基本法則：時空有限而無限。第四法則：凡不可逆者亦皆

宗教，並作爲其中國理論的信仰依據。而這些所謂的「神的法則」，大抵是《易經》、《老子》、儒道典籍等所混同的中國式世界觀，最後所歸結的最高境界，便是禮樂中國的烏托邦理想：

> 世界上唯中國文明有大自然五基本法則的自覺，有物形、物象、物意這樣簡明的言語。而此即是禮樂之事。……可是其他民族不能，而代之以宗教。（《中國的禮樂風景》，頁一五五）

　　藉著傳統文化的認同與信奉，不但構成了對民族母體的歸屬感，而且從這種只視中國文化爲唯一出路的大中華意識型態，也延伸出了強烈的排他性，證諸於「三三」日後的言論，這種排他性可表現在兩方面，一是排斥西化崇洋，呼籲民族自覺；一是對應於鄉土文學的本土化或偏窄化，以正統宏觀自居。❽而這樣的認同與認

　　　　可逆，與因果不連續的飛躍，此是奇蹟之所以可能的第一解說。
　　自然界之物皆有意志與息，孟子說志帥，氣帥體。物理的背後是大自然
　　　　的五基本法，……人若能以自己的意志與息打動了在物背後亦在物
　　　　裡面的大自然的意志與息，則可以帥物理，而不被物理所限，此是
　　　　奇蹟之所以可能的第一解說。
　　人的悟識是不受我的物質部分所限制，而以我的意志與息通於大自然的
　　　　意志與息，而且知其所以然之故，則人可以創造生命，如在書畫與
　　　　製器中賦以生命，有如天地，此是奇蹟的第三解說。
　　見胡蘭成，《中國的禮樂風景》，頁 38-9。
❽ 「三三」群士的言論後來結集成《中國站起》（臺北：三三出版，1980
　　年）一書，他們不但暢談民族文化自覺，批評崇洋崇日，反西化，也表現
　　出對鄉土文學風潮的不以爲然：
　　「鄉土文學的論調，至終不能成爲理論，其對社會寫實所反應之現象，又

同之內容，正是構成朱西甯調和中國文明與基督教的理論根基，並形成藉以對抗鄉土文學和工農兵文學的「唯一出路」。

試比較《華》書所揭櫫的宗教觀念和文化思索這兩部分來說，基督教似只能徒具其表，內容則無一不是胡蘭成學說的衍伸和推廣：

(A)就宗教態度而言，《華》書中對基督教義的詮釋或批評，往往是棄「原罪」而就「儒道」，捨「深掘、懺悔」而近「混沌、勸善」；

(B)就福音解說而言，朱西甯對於《周易》、《老、莊》、《中庸》……等等經典的偏好及理解方式幾乎是得自胡蘭成，而引用的方法也是襲自胡氏學說，例如愛用《易經》《老莊》解釋男女關係、性別際分及人類的生成道理，用黃老通於自然天道、用儒家明於人倫世事……。

如此完全以中國經典、中國價值來讀聖經，不但使聖經搖身一變成爲中華文化的一部分（亦方便教義在民間札根），解決了書中（與作者）的基督信仰和國族信仰間的矛盾、消彌了華夷之辨的問題，也印證了朱西甯晚年思想在他所信仰的「基督」與「中國」間最終

過分偏頗與歪曲……今後將以什麼來取代鄉土文學論調在大家心目中所造成的意識型態呢？」，頁209。

「瞭解鄉土文學論調與作品……乃是要從民族文化的觀點來鑑定，並非喊出鄉土的口號就是鄉土了。鄉土文學論調以階級的工農兵來製造對立有兩大趨向，一是強調經濟不平等，二是強調勞動的痛苦。……正是以西方歷史的勞動觀爲勞動觀……其偏頗歪曲幼稚的程度與他們的自信實在不配。」頁218-220。

的取捨和抉擇，更進一步說，這也是宣示了他文學觀念的棄張愛玲（複雜、揭惡）⑲而近胡蘭成（單純、中國禮樂）。就這些方面而言，《華》亦可算是「三三」時期的「集刊」了。

再者，就表現手法而言，書中談宗教時，雖曾雜以風趣閒談來軟化「教義」本身的嚴肅性，或把「講經傳道」予以情節化，生動活潑、機鋒可見；不過述教時往往樂此不疲而未加節制，有時更乾脆脫掉文學的外衣，將「道」的內容以正式授教的語氣寫出來，哲學思想卻又不見嚴謹條理，於是各篇講的道、氣、術難免糾纏不清。不過既然不是學術專書，「道」的內容是否嚴謹自不必斤斤計較，吾人不妨將這個道視為朱氏「理念」的大方向，而這個大方向，也宣誓了他對民族文化的忠心與信心。只是，因為信心與忠心的過度強烈，遂使得理念凌駕了文學，而形成一門「學說」了。

試比較《華》書在寫舊生活、舊風俗的部分是「不厭精細」，至於在寫家國、宗教、聖賢古藉的部分，雖也是「不厭詳細」，但卻不算「精細」。它可以說是朱西甯「寫給上帝看」的部分，理念陳述更重於文學經營，雖然曾以情節及趣聞沖淡理念的枯燥感，然根本上仍不脫同時期作品的本色，⑳同時，也因說教意味較強而使

---

⑲ 朱西甯逝世前三年，曾對他一向欣賞的張愛玲做出以下感想：「張愛玲的才華確實令人心折……不過那是階段性的，後來也都發覺張愛玲的不足之處。她早期的作品可說是虛無主義，特別是愛情虛無。她筆下的愛情多半是不可靠的、無意義的……這與人生是不貼切的，人生還是有真情愛的……肯定愛情之後，一切就開闊了。」

見馮季眉，〈悲劇是尋求希望的啟始力量——專訪小說家朱西甯〉，《文訊》一一七期，1995 年 7 月，頁 78。

⑳ 請參考註⑫。

得文字質感降低了。

(三)文學和理念的相融

文學部分和理念部分雖在《華》書時有相悖的現象，但並非完全背道而馳，它們有時也有相融的時候——

最顯而易見的是，作者往往以情節處理的沒「衝突性」，來推展主題思想的「恕道」「和諧」與「仁愛」。即使書中人物曾有過「糾紛」和小「衝突」，但到了「解決」階段，多半被處理得雲淡風輕，不見「高潮」。

例如華祖回憶家業沒落的部分，語調不但平和諒解，最後甚至歸功於上帝的磨鍊。再如鄉民與教會的衝突、華家母子的衝突、華父愛情受阻的衝突，全在高潮未起、危機未聚時就被解除了。尤其華父愛情的衝突是全書最具情節性的段落，他和大美的愛情由於華祖母惡言中傷而被拆散，但在女方諒解、男方含蓄的情況下，雙方竟只能按兵不動，相視如賓，這除了證明「主角的道德性果然強韌」之外，一場濃情蜜意只能落得「發乎情，只乎禮」了。

書中唯一的衝突性人物是「祖母」，她幾乎是華家的家庭煩惱的主要來源，性格塑造十分立體，刻薄、膚淺、成事不足、好大喜功，但也嫻熟於應酬世故，這樣「禍端型」的人物卻因為其他角色的包容忍讓，而使得「祖母」這個角色無多大用武之地。至於書中其他人物的性格不但較為扁平，呈現的也總是兄友弟恭、父慈子孝之類的和睦情誼。

簡言之，作者是以「低情節性」「低衝突性」來製造他文藝美學的「和諧性」。姑不論這「方法」與「目的」之間是否真有必然聯繫和效果，就《華》書的整體風格而言，與其說是要成就一種

「文學上」的「和諧」美感，不如說是要成就作者「思想上」的儒
道哲學之「和諧」——亦即中國式的「和平、仁愛」；於是書中的
情節處理、人物的處世態度，便也隨之波瀾不興、相安「無事」
了。

　　而從另一個角度看，也可說明朱西甯晚年在思想上的抉擇如何
影響了他的小說藝術。早年朱西甯的文藝觀念是趨向西方現代主義
美學，一方面在技巧上求變求新求精，一方面也在內容上進行個人
內在精神的挖掘；㉑晚期的朱西甯則明顯在技術上棄「變異」而就
「平素」，精神上棄「個人」而求「全體」，這彷彿是從西方「複
式」美學轉入東方「簡式」美學的一個大歷程。我們可從他晚期對
西方文學所表示的看法略見一斑：

> 西方文學的最高境界是藝術，把藝術奉爲神明，這是我當年
> 毫不懷疑的。但是現在覺得太狹隘、太專業化了，這種發展
> 使得小說家成了「藝人」……愈是在藝術上提鍊到精深的地
> 步，反而天地愈小，愈往死路上走。㉒

　　一般而言，西方文化結構是以自我爲中心，鼓勵的是動態目的

㉑　例如《鐵漿》、《破曉時分》、《狼》、《貓》《畫夢記》等。
㉒　吳至青，〈不斷求變的朱西甯〉，《書評書目》六〇期，1978 年 4 月，
　　頁 71。
　　此外，朱受訪時還例舉了日本的川端康成，說他晚年的作品愈來愈沒有亮
　　光：「看不到人性的亮光，也看不到天地間的大亮光，愈來愈黑暗。但他
　　在藝術的純度上卻愈來愈精到。」——吳至青，頁 71-2

意向自主；中國文化結構則以集體為訴求，鼓勵靜態目的意向融合，由於不突顯個別性，但求集體性的「天人合一」，於是做為一個「集體人」只能藉修養、調節，來完成與社會、自然的同化存在。這樣造就的「低衝突性」美學範疇自然與西方「高衝突性」美學有了區別，換句話講，朱西甯的「返樸歸簡」誠然是為了在文學裡求取我們民族文化的獨特性而思索出的寫作「路徑」。而這條「路徑」的風格和特色，在他某次受訪的言談中，表示的很清楚：

> 我認為，所謂中國現代小說，固然必須是中國的，現代的，還同時應該是感性的，仁愛的，和諧的，一種用生活來表現生命所要表達的。
>
> 中國民族風格，應當是一種仁愛的、渾厚的、和諧的。通常都說文藝作品需要衝突、撞擊。在中國小說不是如此；我們看整個的宇宙，它是一個大能力，但是並不顯示出什麼衝突、撞擊，而是平平靜靜，溫溫和和的充滿著生機。至於雷雨、暴風、地震、洪水……這些都是宇宙的一種非常態。我們中國文學的民族風格便是師法天地的常態。㉓

以上言論，正可以詮釋他晚年寫作態度手法的轉變，也可以對《華太平家傳》的創作觀念做個註解。由於思想信仰所造就的美感經驗、審美態度的轉移，朱西甯的寫作路徑也隨之而異。但從作品

㉓　袁瓊瓊，〈事小說若神明的人──小說家朱西甯訪問記〉，《中華文藝》十一卷四期，1976 年 6 月，頁 26、30。

本身來看，朱西甯果眞安於如此的和諧、同化？或者掙扎於如何將文學與理念和諧同化？吾人由書中的「文學」和「理念」部分所呈現的迥然不同的筆法，已見出其分裂性。

三、結語

　　七〇年代中後期，朱西甯迎胡蘭成至家中講學，成立了三三集刊，面對才剛落幕的鄉土文學論戰（一九七七～七八），和緊接而來八〇年代的各種複雜脫序的社會問題，朱西甯晚期的「寫作題旨」明顯是揚棄了任何「西方」色彩，向大中國民族信仰回歸，從而，在「藝術技巧」的認同上，也因爲創作理念的全然「中化」（此中化是以朱西甯所定義的內容而言）而跟著揚棄「西化」。可見的是，此時期的朱西甯作品乾脆是棄「複雜」而就「單純」，棄「迂曲」而就「直接」，他不再耐心用「藝術」方式去鋪敍，而是用「理念」方式直接交代他的現實關懷，作品處理焦點不再鍾情於人性的「內視」，而是著眼於人與外在環境如何因應的「實用性」觀念問題，不論是寫現代題材或舊社會題材，都可以感受到一股強烈的勸誡、教導意味，從這些勸導的內容看來，他幾乎是用「傳統中國倫常」來抵抗或挽救複雜的世變。而這份喻世苦心，在這部涵蓋他整個晚期歷程（一九八〇～九八）的遺作《華太平家傳》中，更可以見得其最終藝術追求和理念追求的合而爲一，那就是回歸中國傳統禮教的「仁愛、和諧」境地，但這種境界內涵，不是國民黨所提倡的民族主義政體文化，而是專屬於胡蘭成自創的那套「禮樂中國」世界觀

和文化信仰。若站在因應「文學世變」❷角度來看，這種回歸未嘗不可看作是「力圖溝通傳統與現代的『傳統現代化』和『現代民族化』」❷的一種趨向，它不該只被認作是對傳統的「回歸」，而應是一種對傳統的重新認可和反映，同時也是對「現代文化的再造」。❷

大抵而言，朱西甯的寫作歷程和心跡正展現了由「傳統的現代化」❷到「把現代民族化」的取決過程。而《華太平家傳》正表示了朱西甯對自己一生創作最終的看法和選擇。他用這部遺作肯定了他早期的「藝術神明」、修正了他實驗期的「敘述」內容而使之精細，最後，更擁抱了他在晚期的民族和宗教使命。

夏志清對朱西甯的作品曾有厄要的敘述：「中國現代作家之中，很少有像他這樣，把基督教義及中國傳統兩者都看得這般認真

---

❷ 朱西甯長達五十年的寫作歷史，縱貫了現代文學史上幾大文學里程，一方面，他繼承了五四時代啓蒙精神，對傳統的中國文化和社會作一種基本的檢討和反省，另一方面，他也呼應了「反共文學」、「現代文學」、「鄉土文學」……等文學「世變」，在題材、主題、形式的變化上俱見其與時代及文學發展的精采對話。

❷ 見劉登翰，《臺灣文學隔海觀——文學香火的傳承與變異》（臺北：風雲時代出版股份有限公司，1995年初版），頁63。

❷ 同前註。

❷ 例如《鐵漿》、《狼》、《旱魃》等早期作品，時有「傳統／現代」、「新／舊時代」的對立情景，針對中國人面臨的時代困境，朱西甯曾或隱或顯的在小說中指出現代文明爲解救方針。他不但在意識上主張用現代改造傳統，在寫作藝術上也對這些鄉土題材做了西式的美學處理，呈現出高潮起伏、極具衝突性、悲壯性、複雜性的小說面貌。

的。」❷夏志清所言甚是。但小說、宗教這兩者在《華》書當中時有依違:「相依」的部分可視爲他的「仁愛和諧」之小說東方美學,「相違」的部分卻只像是「仁愛和諧」的宗教福音。換言之,理念和信仰成就了他小說美學的獨特性,卻也成爲他藝術發展的牽制。

朱西甯生前曾說《華》書是「寫給上帝看的」,❷但筆者以爲,《華》書裡固然有個名義上的上帝(宗教上的神明),也另有一位無時不在的上帝(奉藝術爲神明),兩者在他作品時而同體時而掙扎。或許,我們能用朱天文的話做爲最後的理解:「似乎八〇年代以後,父親與其做爲小說創作者,他選擇了去做一名供養人。」❸的確,就朱西甯八〇年代以後的小說乃至於《華》書而言,與其說那是一種創作,毋寧說是一種供養;是書寫欲望的供養、故國情思的供養,更是宗教理想的供養。

---

❷ 夏志清,《夏志清文學評論集》(臺北:聯合文學雜誌社,1987 年初版),頁 238。

❷ 見《華太平家傳》(臺北:聯合文學出版社,2002 年初版)書前序,朱天心〈華太平家傳的作者與我〉,頁 13。

❸ 見《華太平家傳》書前序,朱天文〈揮別的手勢,記父親走後一年〉,頁 22。

試論臺灣都市詩的理論建構

陳大爲[*]

一、界定：都市與都市詩

在討論「都市詩理論」的建構問題之前，必須面對「都市詩」和「都市」的界定，否則再浩大的論述到頭來也只能界定一座蜃樓。最有資格界定「都市」的，當然不是詩人，詩人只是都市的使用者與冥想者；從客觀和專業角度來看，從事都市發展計畫的建築師，以及研究都市社會學的學者，應該是更理想的人選。

果然跟詩人的見解截然不同，曾獲美國普立茲克建築獎的義大利籍都市計畫建築師亞鐸・羅西（Aldo Rossi, 1931-1997）對都市的了解，完全是以詩人最痛恨的「建築」爲根據，當他「描述城市時，浮現在腦海裡的主要是城市的造型。此造型爲具體經驗中所反映出的實質形體。雅典、羅馬、巴黎的城市造型完全由其建築所歸納形成，因此我便由城市建築著手探討城市錯綜複雜的問題。……因爲造型似乎歸納了所有都市人爲事實的特徵及起源」（Aldo Rossi：29-31）。在大部分臺灣讀者印象中，都市詩人經常將現代都市的建築

---

* 臺北大學中文系專任助理教授

「獸化」，並賦予導致生活痛苦的各種罪名。其實在更早的年代，法國建築學暨都市學大師柯比意（Le Corbusier, 1912-1965）在一九二五年出版的名著《都市學》的前言裡，寫下他更具震撼力的都市觀：「它是人類對於自然的操控。它是人類對抗自然的行為，一種庇護與勞動的人類組織機構。它是一種創作」（柯比意：7），值得注意的是：當時他正針對一個三百萬人口的國際大都會——巴黎——提出一個都市發展計畫（即使從七十八年後的今天看來，當時巴黎的規模仍然是世界級的），所以那是一個宏觀的都會關懷下的感受。人與自然之間的關係，在柯比意的理解中竟成了「對抗」和「操控」！那可是都市詩人前仆後繼地打倒都市，極力跟大自然重修舊好的反調！

　　這種建築學的專業視野一般市民實在難以駁斥，好比軍人對戰爭的分析，生命只是沙盤推演時的統計數據。也許都市詩人會說：如果羅西和柯比意多幾分人文關懷，可能不會提出如此的看法。可是「人與自然」、「人與都市」之間的關係，果真像都市詩人在詩中描述的樣子嗎？消滅了都市，人會活得更快樂嗎？曾任職設計師於蘇黎世、慕尼黑、維也納、臺北、三藩市等地建築師事務所、現任中原大學室內設計系主任胡寶林副教授，則以另一種眼光界定都市：「城市是一個精神文化龐大的組織，也是一個物質文明生產和消費的大機器。城市消費農村的產品，也消費大地的自然：森林、水源、泥土和人力」（胡寶林：25）。這種「消費中心論」的看法比較能夠讓人接受，因為它跟我們的「成見」非常接近，但不夠「邪惡」。

　　最具代表性的都市詩人羅門，對都市下了一個簡單的界定：

「『都市』顯然是借助科技力量，不斷發展物質文明，呈現不同於『田園型』生活空間的另一個屬於『都市型』的特殊生活空間：也是工商業的集居之地；甚至幾乎是經濟、政治、文化活動的中心」（羅門，1995b：93）。其實羅門並沒有正面界定都市的內涵，主要還是採用「田園排除法」來確立它的特殊性。對羅門進行過崇拜式評述的林燿德，（暗地裡）對這種排除法不以為然，他在談論八〇年代臺灣都市文學時指出（並不針對羅門的看法）：「『都市』一詞在讀者的聯想中太容易被化約為與『鄉土』、『山林』對立的地域和某些特殊屬性人群的集聚市場，……在此筆者賦予『都市』一詞一個非常武斷的定義——流動不居的變遷社會」（林燿德，1991：208）。這個「狡猾」的定義比羅門的「田園排除法」更空洞，更像一句流動不居的廢話。

「都市」是一種空間形式，也是一種文化形態；而「界定」根本就是一件人見人智的主觀行為，界定者的生活經驗和學養視野，在很大程度上主導了他對都市的成見。「都市（詩）界定」往往是眾聲喧嘩，卻無法取得共識。都市詩人對「都市」的界定不是那麼在意，他們似乎有一個約定俗成的做法：一筆跳過「都市」，直接去界定、評析、創作所謂的「都市詩」。

張漢良特別強調「都市詩研究」的主從關係：「許多都市文學批評言談往往閱讀的是都市，不是詩，往往忽略了正文化過程。粗糙的摹擬論與衍生論假設素材和作品間的對應與因果關係。根據這種假設，以都市為素材或狀寫都市的詩皆可稱之為都市詩，都市詩是都市的主題化或實體化」（張漢良：158-159）。他所謂的「正文化過程」指的是詩人在書寫都市詩之際，其實也在被都市反過來書

寫，雙方互爲主體又互爲正文，許多隱而不見的影響會浸透到文本裡去。他認爲這個書寫過程在意義上，跟過去很不一樣，值得從這個角度重新界定都市詩。

張漢良的都市詩界定能否成立還是一個問題，如果用他相對狹窄的觀點來省視臺灣詩史，能稱爲都市詩的作品實在所剩無幾。倒是被他嫌棄的看法——「以都市爲素材或狀寫都市的詩皆可稱之爲都市詩，都市詩是都市的主題化或實體化」——比較能夠保留都市詩史的完整面貌。「主題化與實體化」並沒有什麼不對。越狹義的界定（可能看起來也越專業、越精確），越是掛一漏萬，從來沒有任何一個「都市詩」的定義可以滿足所有的學者和讀者，以後也不會沒有。都市本身是浮動的，有關它的界定也是，所以不妨先從較寬廣的主題學角度來「暫定」它的「基本範疇」——主要探討／反映都市現象與本質，或以都市爲主要舞臺／媒介的詩作。隨著本文即將展開的論述，將進行調整與辯證。

二、草創：羅門的「第三自然」

六〇年代的臺灣文壇，幾乎籠罩在沙特的「存在主義」和尼采的「悲劇精神」的陰影底下，剛崛起於詩壇的羅門當然也無法免疫，他先後寫下〈現代人的悲劇精神與現代詩人〉（1962）、〈談虛無〉（1964）、〈對「現代」兩個字的判視〉（1968）、〈悲劇性的牆〉（1972）、〈人類存在的四大困境〉（1973）等思路粗淺的文論。稍嫌薄弱的理論基礎，卻逐漸成爲羅門的核心思想，貫穿往後三十餘年的詩作和詩學理念。沙特和尼采的形上思考，在很大的程度上主導了羅門對都市（人）的觀察，並且跟他與生俱來的道德人

格相互合成，漸漸形成一種羅門式的存在主義哲學思考。羅門認爲存在永遠是一種悲劇，現代人除了感到生存的壓力之外，他們對一切已缺乏永恆的信心，此悲劇源自人類對生存的懷疑與默想，以及因死亡的威脅而產生的惶恐、絕望和空漠感，而人類先後藉助神祇與形上思維，企圖超越此一困境，但越是向內尋找，痛苦的程度越深（羅門，1995b：49）。這種對生命理解上的空洞，讓現代人墜入虛無之境，在悲劇的牆裡茫然地苟活著，無法像希臘人自苦難中超越。這個空洞，致使現代人崇拜物質、放縱於性慾，羅門強烈的道德批判意識，令他對現代人的沉淪不拔感到無比的悲痛，他將這種沉淪於物慾的生存趨勢，視爲現代人的「悲劇」。這套「存在主義式悲劇精神／美學理論」❶幾乎圍繞著他詩創作的四大主題：㈠人面對自我所引發的悲劇、㈡人面對都市文明與性所引發的悲劇性、㈢人面對戰爭所引發的悲劇性、㈣人面對死亡與永恆的存在所引發的悲劇精神（羅門，1995b：183-184）。羅門對都市詩的思考根據，即源自第一、第二個主題。

在臺灣現代詩史上，從來沒有出現過如此嚴謹、形上的詩學思考。這套以都市詩爲思辯例證，進而探索現代（都市）人的生存境況的美學理論，在很大程度上可以等同於「都市詩理論」。羅門所有的都市詩創作，皆可納入這個理論的思考網絡，並獲得充分的印證。

---

❶ 羅門的「存在主義式悲劇精神／美學理論」在拙作《存在的斷層掃瞄——羅門都市詩論》的「第二章・第一節：從本體到現象的存在思考」，有詳盡的論述與辯證，在此僅作扼要的敘述。（詳閱：陳大爲，1998：9-29）

　　站在一個充滿悲劇精神的現代虛無論的位置，羅門不僅僅對現代都市文明展開充滿憂患意識的道德批判，他在「存在主義式悲劇精神／美學理論」基礎上，進一步提出「第三自然」的超越境界。

　　羅門的「第三自然」美學理念／理論的形成，最早表現在〈詩人創造人類存在的第三自然〉（1974）一文。再經過十餘年的創作實驗與反覆思辨，他又發表了〈從我詩的「第三自然」螺旋型架構看後現代情況〉（1988）、〈「第三自然螺旋架構」的創作理念〉（1990-91）、〈從我「第三自然螺旋型架構」世界對後現代的省思〉（1992）、〈談都市與都市詩的精神意涵〉（1994）等文論。其中最完整、嚴謹的論述莫過於經過長時間沉澱和修訂的〈「第三自然螺旋架構」的創作理念〉。這些文章大多收錄在一九九五年版的《羅門創作大系·（卷八）羅門論文集》，堪稱臺灣都市詩理論發展史上的一座豐碑。

　　翻開《羅門創作大系》的總序〈我的詩觀與創作歷程〉，即可看到羅門經常不自覺表現出來的，宗教意味本爲濃厚的「詩人宣言」：詩人是人類荒蕪與陰暗的內在世界的一位重要的救世主，並成爲人類精神文明的一股永恆的昇力，將世人從「機械文明」與「極權專制」兩個鐵籠中解救出來，重新回歸大自然原本的生命結構，重溫風與鳥的自由（1995b：9-11）。他認爲「詩人」必須有正義感、是非感、良知良能與人道精神，不但關心人類的苦難，還要解決人類精神與內心的貧窮，進而豐富、美化人類的生命與萬物（同上：21）。這個極爲罕見的道德使命感，讓羅門站在一個鳥瞰都市各種生存環節的高度，嚴厲地指證都市帶來的亂象與道德沉淪，再透過詩的力量來力挽狂瀾。這個承載著現代人生存悲劇的空

間，即是他所謂的「第二自然」——是高科技的物質文明開拓出來的「都市型的生活環境」。

羅門對「第一自然」及「第二自然」的思考，皆以人類生存狀態爲本位，屬於形而下的現象論層次。他將「第一自然」定義爲「接近田園山水型的生存環境」，實際上它不等於純粹的大自然，而是一片經過人類耕作及建設的「田園」。至於他筆下的「大自然」，則有兩組重要的意象：㈠「山、水」——「視覺層次」的大自然象徵。當他在描敘都市建築對自然景觀的摧毀與吞噬，「山水」必然成爲被害者的「大自然代碼」；㈡「風、鳥」——「感覺層次」的大自然精神內涵。風的逍遙與鳥的翱翔都是現代人奢望的自由，它兼具行動意義的形下自由，以及心靈舒解的形上自由。羅門對「田園／第一自然」的設計與了解，偏向西方的田園詩，他以感性的「氣氛」爲觀測點，不只抽離了牧人和農人，甚至根本沒有任何人「生活」在田園之中。所謂的「生活」遂淪爲「視覺、聽覺與感覺」的綜合印象：「人類生活在田園寧靜的氣氛裡，視覺、聽覺與感覺所接觸到的一切，均是那麼的平靜、和諧、安定與完整；寧靜的自然界好像潛伏著一種永恆與久遠的力量，支持住我們的靈魂；而在都市化逐漸擴展的現代，我們活在緊張的生活氣氛中，視覺、聽覺與感覺所接觸到的一切，都是那麼的不安、失調、動盪與破碎；於動亂的都市裡，好像潛伏著一種變幻與短暫的力量，隨時都可能將我們的精神推入迷亂的困境」（1995b：81）。可見「寧靜」的田園（構想）是爲了烘托出「不安」的都市（現況）。羅門構想中的田園只是「理想中」的優質生存空間，完全漠視現代農民在農產品行銷過程中的被剝削處境，風災水禍的疾苦等因素，更別提

古代農業社會在政經體制下農奴般的劣境。

羅門的「田園型的大自然生活空間」，完全是從詩人的視覺與心靈角度來定位的；他深信那片一望無際的遼闊田園，能使（都市）人進入寧靜、和諧與含有形而上性的「天人合一」自然觀之心境；有利於建立「悠然見南山」、「山色有無中」的空靈詩境。這些詩境的產生，卻又說明了陶淵明、王維在這個存在層面裡得不到心靈的滿足，必須借助詩歌的藝術力量，方能進入無限開展的「第三自然」內心境界。

根據羅門的理論架構，由李白、杜甫、陶潛、王維、里爾克、米羅、畢卡索、貝多芬、莫札特等人的靈視建構出來的「第三自然」，等同於上帝所設造的「天國」，是一個「永恆的世界」，它是詩人與藝術家超越了「第一自然」及「第二自然」的有限境界與障礙，將一切轉化到更純然、更理想、更完美的「存在之境」（羅門，1995b：115）。換言之，都市人必須透過這些具有昇華能力的「特定文本」，晉昇到「第三自然」的存在境界。昇華都市人的心靈，遂成為現代詩人的重大使命。羅門為「第三自然」的審美與昇華過程設計了一套「第三自然螺旋型架構」，更表示它透過不斷超越與昇華的創作生命，確已發現與重認到另一種永恆存在的形態，它是一種在瞬息萬變的存在環境中，不斷展現的、永遠不死的超越的存在。

羅門的「第三自然螺旋型架構」的創作理念對物體的審美結果，與海德格有相當程度的神似，理念與方法的「傳承」十分明

顯，而且「第三自然」理念存在著不少問題，❷但它卻能說明羅門面對陷入非本真結構中的都市人，所觸發的強大道德動力與思考方向。他確實企圖透過詩的力量，將這些「常人」從生存的困境中救出來。「詩」就是羅門的宗教，「第三自然」就是他的文化／藝術天堂，那是一個他努力營造的境界，用來超越這個黏滯的現實。

　　不管羅門投入多大的心血，最殘忍的事實是：「第三自然」根本無法落實，那是一個幻境，所以羅門在創作時終究離不開「現代都市／第二自然」。羅門選擇與「第二自然」對話的其中一個重要因素，是他察覺到「都市詩」在傳達現代人生活實況時，具有明顯的透視力與剖解實力，尤其都市生活中不斷萌生的前衛資訊和流行思維。他企圖緊緊扣住「第二自然」這個對話者，以貫徹他的美學理念、道德批判、人道關懷、本體及現象論的存在思想。很弔詭的是：當他與「第二自然」對話之際，即主動又被動地加速了詩歌語言的節奏，被書寫對象的脈動牽著走，都市化的閱讀節奏加上都市題材本身的不安與沉淪，所達致的第一層閱讀感受，即是另一次感覺的沉淪，之後才轉變成反省。這種被都市生活節奏「都市化」的文本，絕對不可能產生「第三自然」心靈境界的昇華作用。倒頭來，讀者仍然受困於「第二自然」當中，閱讀著本身的現身情態。

　　都市在羅門詩裡，一直被當作罪惡的淵藪，一種原罪式的形象；而且羅門採取宏觀的大眾代言人視野，一副替天行道的姿態，

---

❷　有關「第三自然螺旋型架構」與海德格〈藝術作品的本源〉一文的審美方法之的比較，以及「第三自然」在理論架設上的缺憾，詳見《存在的斷層掃瞄》的「第二章·第二節：從『第一自然』到『第三自然』的存在境界」後半部（頁 34-40）。

來圍剿一無是處的現代都市文明。所以《羅門創作大系·（卷二）
都市詩》收錄的三十九首都市詩，全都屬於對「第二自然」的現象
批評。從道德規範淪喪、物慾橫流的〈都市之死〉（1961）、〈進
入週末的眼睛〉（1968）和〈咖啡廳〉（1976）、生活步調令人窒息
的〈都市的旋律〉（1976）、充滿孤寂與疏離的〈傘〉（1983）、刻
劃流行文化與消費心理的〈「麥當勞」午餐時間〉（1985）、強調
深層異化的〈玻璃大廈的異化〉（1986）、控訴生存空間被擠壓的
〈都市心電圖〉（1990），到敘說傳統文化流失的〈都市的變奏
曲〉（1992），羅門賣力地展示都市文明的陰暗面，三十年如一
日。以確保映入讀者眼簾的盡是：建築空間的壓迫、機械化的生活
步驟、物資文明對人性的扭曲、自由意識的消失、空洞虛無的存在
境況。羅門將都市人的心靈及道德的淪喪，縮寫／簡化成「物慾」
和「性慾」兩個母題，並嚴厲指責都市的物質文明大量製造物慾與
性慾，以致都市人被高度消費性的物質文明矇蔽了心靈，所有的思
想行為都環繞在慾望的滿足上。在他筆下，「第二自然」儼然是形
下悲劇與達達式虛無主義的最佳載體，實乃「惡」的化身。

三、辯證：張漢良與林燿德

臺灣都市詩的前行代詩人當中，只有羅門建構自己的一套都市
詩理論；新世代詩人林燿德在詩人羅門和詩評家張漢良的理論基礎
上，力求突圍。基於時序前後，以及三人之間的「承／啟」、「破
／立」關係，本節必須先討論張漢良的理論建構工作。

相對於羅門苦苦經營他的第三自然，為都市詩的理論基礎進行
滔滔雄辯，更多的臺灣詩人（尤其非都市地區）採取一種「城鄉對

立」的書寫策略，奮力抗拒、控訴都市文明對民風淳樸的田園農村所造成的破壞。都市文明在他們的理解和感受中，將臺灣社會一分爲二，區分成扮演著消費角色的「都市臺灣」，和扮演生產角色的「農村臺灣」。這種意識的形成，讓部分以鄉土素材爲創作主軸的詩人，退守一方，將最後的、美好的世界簡化成所謂的「田園」。

　　一九八八年十二月，張漢良發表了一篇極爲重要的〈都市詩言談——臺灣的例子〉，企圖爲臺灣都市詩重新定位。他這篇論文企圖透過各種有關都市詩這種對象語言的後設語言的發展史，來「重新界定」都市詩；其次，以田園詩的創作意識爲起點，討論臺灣都市詩的發展。他在論文的第一節，作了一個大膽的假設：「假設都市詩的興起『果然』是基於城／鄉的對立，基於一浪漫主義式『田園詩（牧歌）』的形而上與心理慾求，正如它在西方被視爲肇始於浪漫主義運動（Versluys, 10-17），❸那麼我們逆歷史之流漫步到臺灣的『田園模式』大敘述，亦即我當時惘然的情形。根據這種城／鄉對立的神話，都市與鄉村也分別被賦予對立的道德含義，其結果便是『被譴責的都市』（"The City reviled," Versluys, 15）」（張漢良：166）。他例舉了吳晟的〈路〉（1972）和余光中的〈控訴一枝煙囪〉（1986），來說明「這種化約式的城／鄉對立，使上述作品成爲都市詩的邊緣變奏」（張漢良：171）。

　　來自濁水溪的詩人吳晟站在田園的擁護者視角，埋怨都市文明

---

❸　Versluys, Kristiaan. *The Poet in the City: Chapters in the Development of Urban Poetry in Europe and the United State (1800-1930).* Studiea in English and Comparative Literature 4 Tubingen: Gunter Narr, 1987.

（電器文明）的入侵，電線桿作爲電器文明最根本的象徵，徹底改變了「吾鄉」原本自在、寧靜、閒散的生活。這種「未蒙其利，先受其害」的都市感受（或想像？），對生活步調被迫大幅調整的農村社會居民而言，自然特別強烈。家住高雄的余光中，則以工廠的煙囪爲主要控訴對象，從反空氣污染的角度，指出工業化／都市化摧毀了南臺灣原本潔淨的空氣品質。曾經久居香港十一年的余光中，好不容易住到空氣品質較佳的南臺灣，自然不希望惡夢重臨。從「心理慾求」的角度而言，這種說法確實可以成立；至於論文中的第三個例子——沙穗的〈失業〉（1974）——也頗能夠說明「城／鄉對立」如何在臺灣變成「北／南對立」。張漢良更進一步否定了這種化約的城·鄉對立模式：「類似的以廣泛的田園詩（牧歌pastoral）來化約詩史的流弊，威廉斯（Raymond Williams）在《鄉村與城市》（1973）中已有批駁。非但過去／現在、鄉／城的對立是假相，其中有太多中介現實，使它們的對立關係成爲辯證；在歷史洪流中，這種化約式的對立更無法落實」（張漢良：161）。

　　既然高屏詩人沙穗的詩作所代表的——「城／鄉對立」在臺灣變成「北／南對立」——命題可以成立，❹那臺灣社會便順理成章地分割成對立的南北，臺灣的都市詩更應該針對南北詩人的「內在的心理慾求」、「外在的都會生活感受」兩大要項，類分爲「南都市詩」和「北都市詩」。前者泛指「不住在大臺北或北臺灣都會地

---

❹　就個人的主觀印象與認知來看，要是張漢良爲「北／南對立」展開大規模的辯證，相信一定可以確立這項論點。但本文沒有足夠的篇幅去替他完成其餘的舉證工作，所以只能暫時採納他的說法。

區的南部詩人（隱含東臺灣等更偏遠地區）」，後者則是「住在北臺灣都會區的北部詩人」。張漢良以「南詩」為例，來推論都市詩的產生，必然產生巨大的論證偏差。他必須同時例舉並解釋「北詩」譴責都市文明的動機，因為「北詩」才是臺灣都市詩的大宗；還有為何「近十年來，文學獎的頒贈可以大略顯示都市詩已成主導文類」（張漢良：166）？是住在北部都市的評審群認同了這種「一昧譴責」的書寫策略，還是另有原因？

其次，張漢良針對「被譴責的都市」所展開的辯證，其理論根據完全來自詩歌理論和詩歌創作文本，完全沒有參考任何（臺灣）都市社會學的研究成果，這種封閉性的「假設性的推論」，十分危險。既然他強調都市詩乃詩人與都市「互為主體與互為正文」的書寫，就不能光是以詩論詩了。

張漢良花了很大的力氣，去論證臺灣詩人的「田園心理」對「被譴責的都市（正文）」的產生，有其決定性的影響；最終目的便是企圖從「寫作動機／因素」的層面，為臺灣都市「重新斷代」，進而完成「重新界定」的工作。

簡而言之，從前那些由外力——「田園心理」——激盪而生的「反都市詩」，不再視為都市詩；唯有不假（田園的）外力，僅由都市體制內部的因素與都市人的「自覺」，相互催發、自然生成的，才是真正的「都市詩」。在此，都市（詩）人與都市完全進入「天人合一」的境界，他們才是都市文明「內生」的新世代，「都市便是他們的自然，他們的軀體」（張漢良：176）；而他們對語言信念的改變，則是另一個關鍵。

所以，「斷代」是最迫切的。

　　「互爲主體與互爲正文」是〈都市詩言談〉提出的都市詩美學基礎，也是一個斷代憑藉。張漢良借用林彧的〈在鋼架的陰影下〉（1981）和羅門的〈玻璃大廈的異化〉（1987）來進行比較分析。他認爲：「臺灣都市詩的大宗師羅門，始終懷抱著象徵主義『迷思』，相信文字的魔術與規模功能，詩作爲第三自然，中介了，化解了，也超越了互相衝突的第一自然（原始的大自然）與第二自然（都市）；而新生代的都市詩人，如林彧、林燿德，卻往往對語言的功能質疑」（張漢良：165）；唯有林彧在此詩察覺到都市與自然其實早已分不開，他忍不住用「雨後的菇群」來譬喻冒起的大樓，都市人眼中無法泯除的鋼筋大廈已然書寫入都市人的軀體，自然（「菇群」）、都市（「大樓」）、發動符號表意工程的軀體（林彧），三者已經混爲一體無從區分。張漢良認爲它們的互爲主體與互爲正文書寫是他所謂的都市詩。對新生代都市詩人而言，都市便是他們的自然，他們的軀體（張漢良：176）。

　　其實，張漢良在〈都市詩言談〉裡引述〈在鋼架的陰影下〉一詩，作爲「互爲主體與互爲正文」的論證，是非常薄弱且危險的。羅門的第三自然「理論」固然可視爲「仲介了第一自然與第二自然的衝突」，但羅門的「詩作」卻是直指第二自然的現象和本質；就「詩」論詩，羅門對都市文明的批評心態和層次，跟林彧沒有差異，只是表現手法和策略不同。張漢良舉的詩例乍看之下，或許能夠突顯二者之不同；要是換上林彧的〈分貝〉、〈夢見一群人〉、〈單身日記〉、〈積木遊戲〉、〈名片〉等詩作，跟羅門眾多詩作

之間的差異，就小得可以不必討論。❺個案的比較，不足以支持一個理論。

況且，我們也可以從另一個相反的角度來詮釋〈在鋼架的陰影下〉，使它成爲張漢良的「反證」。〈在鋼架的陰影下〉主要刻劃都市人「在鋼架的陰影下」，逐漸養成一種機械化的生活習慣和秩序，許多都市化／現代化物件「取代」了大自然的「溪瀑」、「山光」、「花田」，都市文明「篡奪」了大自然的角色和位置，重新調整人類的生活習性與內容，正式進入另一個文明階段的統治和管理。此詩應當朝向「篡奪」的方向進行詮釋，絕非張漢良所謂的──「已經不可分」──的「相融」狀態。至於「菰群＝大樓」的思辯邏輯，實在太片面（即使擴大到全詩的意象使用也一樣），林彧清楚意識到大自然的徹退，更強烈地感受到都市文明的統治，大自然並沒有從地球上消失，只是徹出都市人的生活圈，都市建築只是另一個生活環境，並不等於「他們的自然」。「菰群＝大樓」不過是一個視覺性的比喻。都市與詩人可以歸納成一組，但還不是一體，因爲書寫者（詩人）與被書寫者（都市）之間，尚處於敵對狀態。

林彧在此詩中處理都市和自然的角色關係，屬於寫作技巧或策略層面的問題，類似的情況可以在二十年前找到例子，譬如方旗在〈初抵紐約〉（1963）一詩中，將雨夜裡的摩天大樓群所構成的天際線，比譬成「紐約突起黑鯨觸天的脊樑」（齊邦媛：240），吞沒

---

❺　林燿德認爲「林彧在《夢要去旅行》（1984）和《單身日記》（1986）中仍然有羅門『第二自然』中的人性／文明矛盾」（林燿德，1991：213）。羅門和林彧的都市詩，交集之處很多，甚至可以歸爲一類。

了驅車如行舟的遊子心靈。蓉子在〈我們的城不再飛花〉（1965）
更把建築物（跟余光中一樣）加以「獸化／昆蟲化」：「入夜，我們
的城像一枚有毒的大蜘蛛／張開它閃漾的誘惑的網子」（馬悅然：
202）。將都市比喻為「叢林」或「獸化」本來就是行之有年的老
技法，〈在鋼架的陰影下〉不具備任何「斷代」的意義，因為它依
舊籠罩在前驅詩人的鋼架陰影底下。

　　「互為主體與互為正文」理論，即使加上張漢良徵引的另一首
林彧的〈B大樓〉（1982）和林群盛的〈那棟大廈啊……〉
（1987），同樣無法完成斷代或界定的目的。儘管他強調：「詩人
對凝視現象的自覺是都市正文化的開始，他們看到的現象是軀體的
反射。林彧看到B大樓是自己的身體；更年輕的詩人林群盛看到大
廈的律動是一顆巨大的心臟」（張漢良：178）。「自覺／看到」是
張漢良在這一節論述的主要據點，但他倆果真是「自覺／看到」自
己「軀體的反射」嗎？林群盛的問題最容易解決，只要將此詩置入
他的詩集《超時空計時資料節錄集Ⅰ：聖紀暨琴座奧義傳說》，就
可以清楚而準確地看到林群盛受到日本卡漫的深遠影響。日本卡漫
的「超時空」、「異次元」科幻思維已滲透到林群盛創作的源點與
核心，〈那棟大廈啊……〉真正的靈感並非「自覺／看到」自己
「軀體的反射」，而是科幻化的思維習慣使然，它的出現正象徵著
詩壇的文化代溝，對前輩詩人的衝擊一定很巨大。這首詩當然算得
上是都市詩，可是當它還原到林群盛的創作系統裡去，便可判讀出
他的創作動機應該不會是「自覺／看到」自己「軀體的反射」。

　　這兩首詩應該視為一種創意（別出心裁的創作設計）的表現，兩
位詩人皆用最古老的擬人化手法融合寓言或科幻的視覺形象，將大

樓「軀體化」，成爲一則都市寓言。如果「互爲主體與互爲正文」理論可以在這類型的詩例上成立，那羅門的每一首都市詩，以及更早以前的黃用、鍾鼎文等已故老詩人的都市詩都可以成立。其實張漢良也在化約林彧和林群盛（他對此二人詩作的論述極爲簡略），進行一場非常主觀的詮釋。可惜的是：學者的都市理論與詩人的實踐／實驗之間，明顯存在著思考層次的落差，換言之，理論比詩作來得前衛，張漢良的理論依據必須再等十年，❻他的〈都市詩言談〉將找到更好的例證和思考方向。

第三個必須處理的問題是電腦對都市正文的書寫所產生的影響。張漢良正逢臺灣電腦化時代的開端，當他讀到青年詩人作品中出現了許多「積體電路」、「終端機」、「記憶體」的嶄新詞彙／意象，登時驚爲天人，讓他強烈感覺到：「語言／文字符碼有了新的規模方式，這種書寫方式的革命區分了林燿德和前行代的詩人」（張漢良：180）。他在論文的最後提及林燿德的〈五〇年代〉（1986），並指出以「電腦寫作」的林燿德創作的「這首八〇年代都市詩人書寫的正文中看不出任何摹擬性的都市，既無換喻，亦無暗喻。然而都市科技書寫了他，正如他書寫了一個詩中隱而未見的都市。因此我們對素材作爲都市詩的界說，應該重新考察」（張漢良：183）。

我們暫且不去爭論張漢良到底是否「過度詮釋」這首詩，但工

---

❻　即使到了九〇年代中期，臺灣都市詩的書寫者與被書寫者（都市）之間，物我的分際絕對清楚依舊保持高度的敵對姿態，詩人展現的是越來越激烈的批評策略。林燿德便是最好的範例。

具語言的變革所帶來的書寫／思考上的裂變，能否作爲都市詩重新界定的根據？這個問題不宜急著解答，因爲電腦時代才剛剛開始。再等十年過去，極大多數詩人都使用電腦之後，「積體電路」、「終端機」、「記憶體」等詞彙／意象登時變得老舊不堪，完全進入電腦世代的詩人反而不再去強調電腦的存在，它只是一種工具，如此而已。從後見之明的位置回顧林群盛的〈沈默〉（1987），當時眾多詩評家的高論立時顯得少見多怪。至於各種字型變化和排版技術的運用，背後傳達的意念也經常被過度詮釋，可以斥之爲文字遊戲（甚至當垃圾看待），也可以套進一堆自圓其說的前衛理論。

張漢良的「互爲主體與互爲正文」理論尚處於不穩定狀況，算是一個思考的雛型，不但例證不足，且過於主觀和偏狹。大業未竟的他，卻成功爲「後來者」提供了一個很具前瞻性的方向。林燿德便是這個「後來者」。

林燿德曾經發表幾篇歌頌羅門都市詩的評論，即使在〈在文明的塔尖造塔——羅門都市主題初探〉（1986）一文，也看不出林燿德自己的都市觀。同年年底，發表的〈組織人的病歷表——論林彧有關白領階級生存情境的探索〉（1986），也是延伸自評論羅門的批評視野，毫無新意。唯有他緊接在張漢良〈都市詩言談〉之後，先後發表的〈都市：文學變遷的新座標〉（1989）和〈八○年代臺灣都市文學〉（1990），才比較看得出他對都市詩的繼承和主張。

〈都市：文學變遷的新座標〉是一篇本末倒置的文論，此文不含注釋與標題共十一頁，區爲分兩節，竟然第一節花了整整九頁來分析六首前行代的「老式都市詩」，眞正核心部分卻只有兩頁，兼論小說，而且繼承了大量張漢良〈都市詩言談〉的見解。林燿德簡

略地回顧了五〇～七〇年代臺灣前行代詩人對都市主題的各種處理手法和觀念，從羅門的「第三自然」到鄉土時期的「城／鄉對立」，接著指出：「八〇年代後期，『都市文學』一辭開始以不確定的定義廣泛流行，顯然新一代作家對於視同正文的都市概念，以及正文中喜怒不定的都市表情產生了迥異於前輩的觀點。……他們對都市正文的詮釋進入了微觀的層次，從結構向解構、從貫時的時間思維挪移到並時的空間思維，甚至質疑了文學語言本身的可靠性與有效性」（林燿德，1991：198-199）。林燿德為了超越前驅學者的理論視野，特將討論範疇擴大到所有的文類，不過這些「現象」都沒有任何的舉證，除了針對張大春〈晨間新聞〉草草敘述了六行。

在文章的最後，他再次提出師承自張漢良的都市詩定義：「『都市文學』就是都市正文的文學實踐，同時，創作活動本身正形成都市的社會實踐，創作者同時兼具了都市正文的閱讀者，以及正文中都市的創造者的雙重身分」（200）。這篇論文十分單薄，卻正好暴露他的思想轉型。之所以花那麼大篇幅去陳述一些不必再討論的「舊事物」，是因為他尚未離開自己原來的評論方式，而且他未能準確掌握張漢良的觀念。比較有討論價值的論述，是翌年發表在「八〇年代臺灣文學研討會」的〈八〇年代臺灣都市文學〉。

林燿德在論文的前半部，花了極大的力氣，先後「陳述」了他的兩個思想根源：張漢良和羅門的都市詩理論。接著他總算明確地指出：「在臺灣新世代作家中，對二元對立模式觀點的質疑和顛覆有許多不餘力的例子，他們質疑國家神話、質疑媒體所仲介的資訊內容、質疑因襲苟且的文類模式，他們甚至意圖顛覆語言本身。這正是『八〇年代臺灣都市文學』的重要特徵，我們可以說：『都市

文學』是在舊價值體系崩潰下所形成的解構潮流。……但是我們不可忽略的是,瓦解與重建是並時發生的過程,換言之,嶄新的美學體驗和實踐正在當代急驟成形」(林燿德,1991:214-215)。破(羅)與立(張),正是林燿德正著手的大事。這篇論文比較難處理的原因,是林燿德在討論都市詩的時候,固然因襲了張漢良的許多核心觀點;當他一旦論及都市小說,都市文學的概念就擺向於傳柯的「差異地帶」(heterotopias)。其實,更多時候他是在討論「都市正文」,而不是「都市詩正文」。他對都市正文的分析跟羅門不同,比較屬於張漢良的理論層次:「都市本身可以視爲一種正文,只是它並非以文字的符徵書寫下來,而是以各種具體的物象做爲書寫的單元,這些具象的符徵指向各時代變異、遷徙中的權力結構和生產方式,同時也透過空間模式延展,規模出當代人類的知覺形態和心靈結構」(222)。從「空間」經驗來界說都市已經不是什麼新鮮事,在國內,有詹宏志從「空間感覺」——人對周遭環境的認識程度、掌握能力、使用習慣、以及情感對應等——來區分城/鄉世界(詹宏志:19)。至於國外學者撰述的都市空間理論,似乎不在林燿德的掌握當中,他在論文中對「時間」的思辨也未成形,我們看到的是他努力觀察出來的符號學式的見解,夾雜一些後現代的名詞。所以他「一再強調的是,『都市文學』是一種觀察的、經驗的角度,而非一種先驗的理論框架或者具體的文學運動」(林燿德,1991:232),最簡單的結論即是:「資訊的發展,進一步促成作家對時空觀念的不同理解方式」(236)。

從上述兩篇論文看來,林燿德的都市詩/文學思考還處於最初始的階段,所謂的「後現代都市美學」只研發到最雛型的階段。往

後五年間，他把注意轉移到其他方面，只有在一篇很短的專欄文章裡，提到城鄉對立的關係「在近十幾年來產生根本性的改變，都市和鄉村的關係不再是剝削者與被剝削者之間的對抗，都市的體質已經滲透進鄉村。……這種改變不僅反映在近十幾年的文學藝術主流上（所謂的「後現代」乎？）也形成嶄新的消費形態和生活模式」（楊宗翰：124-125）。儘管他對都市文明的追蹤與觀察持續不斷，但始終沒有完成他的都市詩理論。

四、定位或歸零？

〈都市詩言談〉有一項非常了不起的卓見，張漢良以一九七〇年到一九八八年的臺北市爲例，說明「這個都市所呈現的獨特的符號關係，我們無法以西方十九世紀以後都市的一些喻詞化約，譬如商品化或商品拜物（fetishism of commodities）以及逛街（flaneurism）。逛街固然是一普遍都市符號，然而光怪陸離的臺北街道，以及它作爲類比的（班雅明以爲是具體而微的）百貨公司走道，佔據兩者的遊蕩者及攤販……所呈現的混亂符號關係（galaxies of signifiers，而非 structure of signifiers）（Lehan 1986, 112），❼絕非班雅明所理解的波特萊爾筆下的巴黎」（張漢良：162）。

其實羅門也有類似的想法，他常強調作家要跳離自己真實存在的處境來創作，就像站在太陽底下想跳離自己的影子一樣困難（1995b：40），所以他必須選擇臺北人／都市人的現身情態爲創作

---

❼ Lehan, Richard. "Urban Signs and Urban Literature: Literary Form and Historical Process" *New Literary History 18.1* (Autumm 1986): 99-113.

對象。他更明確表示：「唯有主動將自己的生命推向整個人類已面臨的現代世界，透過真實存在的感受，他的詩才可能確實地進入這一代人真實生命活動的傾向之中，而創造出具有現代精神與現代感的作品來」（1995b：73）。換言之，真實且深切地體驗現代都市生活，對寫都市詩的詩人而言更是一種必要。儘管羅門在文本中建設的是一座「概念性」的文本都市，只有在少數幾首詩裡可以讀到臺北的地標建築，其實他的都市文本「暗設」的位址大多是臺北。長年久居臺灣的羅門，其思維一直盤踞在臺北盆地的生存境況，或揭示臺北都市生活的黏滯感、或批評臺北人在物慾及性慾的沉淪，甚至由此而延伸、擴大論述，解剖存在的虛無與悲劇。雖然本體論可以超出臺北盆地之外，但現象論必須有所喻依。然而，有關臺北的文化風情、族群的集體記憶等感性元素組構成的都市性格，卻不見蹤影。

到底我們需要哪一種都市詩？如果廿世紀的都市詩已經完成了都市的「詩歌美學價值」，那廿一世紀的都市詩是否應該朝向「特定都市」的「都市文化特質」？從原來的「都市詩的創作」，演化成「特定都市的詩創作」？網路世紀的來臨，都市的生活內涵、節奏跟過去很不一樣，網路科技創造了另一個都市空間、另一種都市經濟和生活方式、另一種思考和語言，以及另一種跟過去截然不同的書寫科技。想要用傳統的空間觀念，或書寫的形式，去重新界定都市（市）的範疇，確實有點吃力；尤其在許多「六年級」和「七年級」詩人手中，都市早已成為一種生活的自然背景，根本不必去刻意強調都市的存在，他所有思維活動和言行皆屬都市文明的部分內容。張漢良當年提倡的「互為主體與互為正文」理念，幾乎成為

一則落實的預言。任何一首百無聊賴喃喃自語，或微言大意深思熟慮的詩，皆是都市文化語境下的產物，因為那就是一種最真實的都市人生存情態。如此一來，「詩」與「都市詩」，還有加以分類或界定的必要嗎？至於都市詩理論的建立，旨在替都市詩重新精確定位，或分解掉所謂的都市詩，讓原有的次文類疆界，一律歸零？

【參引書／篇目】

Aldo Rossi 著，施植明譯（2000）《城市建築》，臺北：田園城市。

方　旗〈初抵紐約〉，收入齊邦媛編（2002 [1983]）《中國現代文學選集・詩》，臺北：爾雅。

朱雙一（2002）《戰後臺灣新世代文學論》，臺北：揚智文化。

林群盛（1988）《超時空計時資料節錄集Ⅰ：聖紀豎琴座奧義傳說》，臺北：自印。

林燿德（1986）《一九四九以後》，臺北：爾雅。

林燿德（1991）《重組的星空》，臺北：業強。

青年寫協編（1996）《林燿德與新世代作家文學論》，臺北：文建會。

柯比意著，葉朝憲譯（2002）《都市學》，臺北：田園城市。

胡寶林（1998）《都市生活的希望：人性都市與永續都市的未來》，臺北：臺灣書店。

張漢良〈都市詩言談──臺灣的例子〉，收入孟樊編（1993）《當代臺灣批評大系（卷四）・新詩批評》，臺北：正中，頁155-186。

陳大爲（1998）《存在的斷層掃瞄──羅門都市詩論》，臺北：文
　　史哲。

陳大爲（2001）《亞洲中文現代詩的都市書寫（1980-2000）》，
　　臺北：萬卷樓。

楊宗翰編（2001）《林燿德佚文選 III：黑鍵與白鍵》，臺北：天
　　行社。

詹宏志（1996[1989]）《城市人：城市空間的感覺、符號和解
　　釋》，臺北：麥田。

蓉　子〈我們的城不再開花〉，收入馬悅然等編（2001）《二十世
　　紀臺灣詩選》，臺北：麥田。

劉正忠（2001/02）〈軍旅詩人的疏離心態──以五、六十年代的
　　洛夫、商禽、瘂弦爲主〉《臺灣文學學報》第 2 期，頁 13-
　　156。

羅　門（1995a）《羅門創作大系·（卷二）都市詩》，臺北：文
　　史哲。

羅　門（1995b）《羅門創作大系·（卷八）羅門論文集》，臺
　　北：文史哲。

論姜貴五〇年代兩部長篇小說：《旋風》、《重陽》

徐國能[*]

摘　要

　　五〇年代長篇反共小說盛行，其中尤以姜貴的《旋風》與《重陽》為佼佼者，然其「反共」型態特殊，小說藝術手法生動，皆有可觀。本文略述五〇年代文學風貌，並對比兩篇作品在主題與人物設計手法上的異同，進而探其小說技巧，以顯姜貴的文學成就，並就「反共文學」略言其時代意義。

　　唐·吉訶德左思又想，他的僕役桑丘也左思右想。他們不但未曾看透世界，連自身都無法看清。　　——米蘭·昆德拉

---

*　　淡江大學中文系專任助理教授

一、緒論：五〇年代臺灣文壇與反共文學

五〇年代是臺灣文學發展上的訓政時期。

西元 1945 年日本投降，歸還臺澎，1949 年國府遷臺，四年間臺灣的文藝活動貧乏，主要的文藝性刊物只有龍瑛宗主編的「中華日報藝文版」（1946.2-1946.9）、何欣主編的「新生報藝文副刊」（1947.5-1947.7），以及接替何欣的歌雷（史習枚）所主編的「橋」副刊（1947.8-1949.4）等，另外還有新竹人黃金穗主辦的《新新》雜誌（1945.11-1946.11），刊登了龍瑛宗、吳濁流、呂赫若等人的少數作品。進入五〇年代以後，臺灣文壇總體而言有幾個大趨勢：一是省籍作家的凋零；二是大陸來臺第一代作家成爲文壇主力；三是「文協」及其相關的藝文活動。

省籍作家的凋零一是因爲政治因素，像日據時期活躍的三位作家：朱點人、呂赫若與楊逵，分別因其思想左傾而遭到槍決、流亡而死與入獄服刑等三種悲劇性的命運。另外由於停用日文改行漢文，像吳濁流、張文環與龍瑛宗等長於日文創作的作家，作品無處發表而漸漸停筆。此時較活躍的兩位省籍作家鍾理和與林海音都曾經定居中國大陸，所以能克服語言上的問題。另外 1955 年以後，鍾肇政發行的《文友通訊》，亦集合了一批臺省作家如李春榮、施翠峰等，不過他們在六〇年代後並未有顯著的文學事業。

大陸來臺第一代作家是五〇年代臺灣文壇主力，梁實秋、蘇雪林、紀弦、謝冰瑩等早有文名，他們相對於臺省作家更具有語言與政治優勢，以寫、教、編爲務，掌握了五〇年代臺灣文壇。1950年四月，曾留學法國的立法院長張道藩等人成立「中華文藝獎金委

員會」，以優渥的獎金鼓勵文學創作，並於同年五月四日，訂該日爲「五四文藝節」，並邀集一百多位作家成立「中國文藝協會」（文協），發行機關雜誌《文藝創作》。「中國文藝協會」主要的參與者以外省作家爲主，是黨政色彩濃厚的文學團體，以張道藩、陳紀瀅（立法委員）、王平陵、趙友培、王藍、李辰冬、梁又銘等人爲常務理事，該會挾上述諸人的文藝名望與豐厚的黨政資源，在1950 到 1960 年間主導臺灣文壇，❶透過各種文藝活動來宣傳當時定於一尊的「反共」思想，當時國民黨政府的政策，就是「文協」的創作理念，亦相當於是整個文壇的文藝路線。❷

　　「文協」主要透過各種演說、集會與傳播媒體宣揚其反共思想，「中華文藝獎金」以優渥的文學獎金鼓勵文藝創作，當時公務員月薪約百元左右，但小說獎短篇首獎三千元，長篇首獎一萬兩千元，這使許多作家趨之若鶩，以投合當時政府「反共復國」的思想爲寫作主題。這類主題的小說中，作者往往以動蕩的大時代爲背

---

❶　「中華文藝獎金」自 1950 年到 1956 年間頒發各類獎金共十七次，一百二十人獲獎，獲稿費補助者則有千人以上。又文協善於運用媒體資源，據陳紀瀅回憶，當時：中廣、中央、空軍、軍中、正聲、幼獅、教育、復興及其他公民營電臺，「每週無不有文協所安排的各種文藝節目」。可見「文協」資源之豐，影響層面之深廣。

❷　譬如 1953 年先總統蔣公完成〈民生主義育樂兩篇補述〉後，「文協」即就其中內容舉辦了廿四次座談會，鼓吹〈民生主義育樂兩篇補述〉的思想，又於 1954 年發起「文化清潔運動」，對當時文藝中「赤色的毒」、「黃色的害」與「黑色的罪」大加撻伐，並以鼓勵檢舉的方式，通過嚴格的檢察制度，將《中國新聞》等十餘份雜誌停刊，又查禁了數萬冊的武俠小說。

景，敘述此背景下小人物的悲歡，同時小說中的人物往往善惡分明，並以突顯共產黨的罪惡與共產主義的荒謬為宗旨，因此有些作品蕩氣迴腸，但主體思想上則未見明顯突破之處。如潘人木的長篇小說《蓮漪表妹》在 1952 年獲獎，即是以一少女自戰前到中共建國後的幾十年經歷，來表現共黨如何利用青年的熱情與無知，以及建國後的暴力鬥爭。❸

　　五○年代與「文協」有關或性質相近的文藝團體是「中國青年寫作協會」與「臺灣省婦女寫作協會」，前者隸屬「中國反共青年救國團」，影響在於各大專院校之學生，有機關刊物《幼獅文藝》；後者隸屬於「國民黨臺灣省黨部」，影響在於女性作家與讀者。「文協」、「青年寫協」及「婦女寫協」以傳統的儒家道德、三民主義與反共思想為核心原則指導文學創作，造成了五○年代單調的文學景觀。

---

❸　「中華文藝獎金」亦發掘了少數反共題材以外的好作品，如臺籍作家廖清秀的《恩仇血淚記》獲 1952 年「國父誕辰紀念獎金」長篇小說第三獎；鍾理和的《笠山農場》，則獲得 1956 年最後一屆長篇小說的第二獎（首獎從缺）。廖氏的小說以其日據時代的經驗為藍本，超越了傳統抗日小說暴露日人惡行，譴責日本政府的固定模式，反而處理了日本人與臺灣人間有仇有恩的矛盾關係，而鍾理和則以同姓婚姻為主題。廖清秀與鍾理和的獲獎，對臺籍作家創作信心有莫大的鼓舞，彭瑞金教授在〈土地的歌·生活的詩〉一文中即以為「這是戰後以中文寫作的臺灣作家建立的新的寫作里程碑」（收錄於鍾理和《笠山農場》，臺北：草根出版社，1996 年 9 月），頁 285。

此時最有名的反共小說約有陳紀瀅《荻村傳》❹、潘人木《蓮漪表妹》、王藍的《藍與黑》、端木方（李瑋）《疤勳章》、趙滋藩《半下流社會》及姜貴《旋風》。本文即以《旋風》及其姐妹作《重陽》爲主，探討姜貴反共小說的特色與意義。

二、姜貴與他的反共小說《旋風》

姜貴（1907-1980）早在 1929 年即出版了第一本小說《迷惘》，赴臺後由於經商失敗，轉以寫小說爲生，一生有二十多部小說出版。應鳳凰〈姜貴的一生〉中說：「（姜貴）自己只承認總共寫了『兩部半書』，即《旋風》、《重陽》，以及因分心而未及好好刪改的《碧海青天夜夜心》」❺，可見他最爲自豪的作品當推《旋風》與《重陽》，兩部都是帶有「反共」色彩的作品。

在黨政思想領導文藝的時代，「反共」文學走紅，然而姜貴卻似乎不是受惠者，如以「反共」爲主旨的小說《旋風》在 1952 年完稿，此書後來雖不乏胡適、吳魯芹、蔣夢麟與夏志清等人的賞識，❻但在完成之初的五年間卻屢遭退稿，直到 1957 年才自費出版五百冊，也沒有獲得「文協」等組織任何獎勵與補助。

---

❹ 《荻村傳》由臺大英語系主任英千里譯爲英文《Fool in the Reeds》，美國好萊塢劇作家艾德蒙（Edmund Hartman）一度想將之拍成電影，又有臺籍作家陳文忠與日人合作而譯爲日文，是五〇年代少數推向國際的華文小說。

❺ 引自應鳳凰編《姜貴的小說續編·附錄二》（臺北：九歌出版社，民76）頁 247。

❻ 民國八十八年由文建會與聯合報所舉辦的「臺灣文學經典」研討會，復將《旋風》選入「臺灣文學經典」中，此書受到再一次的重視。

　　姜貴早在民國二十年就開始「反共文學」的創作，❼他寫《旋風》亦是因為國破家亡、老妻病廢的無聊心境下，想留下他對共產黨的見證而作，因此可能沒有積極迎合「文協」的文藝精神，因此《旋風》雖也「反共」，但反而有一點「為匪宣傳」的味道，❽例如書中主要人物方祥千把共產主義視為「孔夫子所理想的大同世界」❾，不斷自我犧牲去逐步完成這個理想，這樣的寫法相對於《蓮漪表妹》中的共產黨職業學生老洪的卑鄙、陰暗，在本質上是完全不同的。細究《旋風》，它的「反共」情節著重在探討共產黨為何得勢，以及共黨成功的過程中，因領導人不斷妥協而暗地裡埋下的錯誤因子，以致於「革命」成功以後完全變質的惡果。

　　就共產黨的得勢而言，《旋風》一書中以為主要乃來自於文化的凋弊與人性本質的墮落，這一點夏志清在《中國現代小說史》中析論精闢，他說《旋風》是一部「以諷刺手法來描寫色慾、貪婪與欺詐的書」，又說：「《旋風》所描寫的道德混亂狀態，由頭到尾都非常緊湊」，❿「色慾」、「貪婪」是人性中本來存在的，而

---

❼　《旋風·自序》：「民國十六年，我在漢口親眼目睹了共產黨那一套以後，第二年回到南京，那記憶歷數年而猶新。二十年，我寫了我的第三個長篇《黑之面》。我以為共產黨是屬於『光明的反面』的東西……」。

❽　陳芳明〈五○年代的文學侷限與突破〉（發表於《聯合文學》200 期）一文說：「（旋風）迥異於其他反共文學的特殊之處，就在於男主角方祥千是一位具有理想色彩的共產黨員，這種書寫方式頗為大膽，在反共當道的年代，姜貴的創作方式是極為冒險的事，因為，筆法稍偏，就有可能淪為『為匪宣傳』之嫌」。

❾　《旋風》（臺北：九歌出版社，民 88）頁 129。

❿　分見《中國現代小說史》頁 559、561。

「欺詐」則是滿足這些負面人性的捷徑。在正常的社會中，以「道德」來約束「色慾」、「貪婪」的過度膨脹，以法律來杜絕「欺詐」的橫行。然而民國初年的中國社會，一方面繼續了法紀觀念薄弱的大傳統，⓫同時舊時代賴以維持社會秩序的道德、宗法或信仰，在此時也陵遲如夷。

　　《旋風》中點點滴滴描繪這種失序狀態下的黑暗，如方鎮大戶方冉武色慾無邊，其妻不但沒有勸阻，反而幫他迷姦佃農之女、籌錢買妓回家做妾；而方冉武的母親則是心理變態的虐待狂，極盡可能地在精神與肉體上施瘧於其亡夫之妾西門氏，另外像傳統文人方天芷出家後又還俗，並藉惡勢力強佔少女張繡裙，說要爲她寫五百首七律等，這些都表現出了舊文化的荒唐與腐敗。然而《旋風》中亦藉「性」的欲望，寫出了當時「新文化」的墮落，如從上海到濟南「指導」方祥千的共產黨員史愼之，自己卻沉迷於戲子金彩飛的美色，爲了籌錢竟走上勒索搶劫而被砍頭的絕路；又像已婚的現代詩人張嘉以其教師的身份，說要讓女學生趙蓮成爲「女詩人」而誘姦了她；國民黨縣長程時的鄭秘書則因爲妓女孟四姐的美色而幫她了結官司，並據爲己有。這一切所顯示的是中國當時社會的無藥可救，傳統道德與文化崩潰了，新時代裡無論是國民黨還是共產黨，都沒有建立正確的新價值，反而一樣延續傳統的惡習並加以擴大，

⓫　《旋風》中的世界完全沒有法理可言，如頁 124 說地方「保衛團的團總……兼理民刑訴訟，收稅派款，生殺予奪，爲所欲爲。地方行政機關……不但不能管他們，反而要仰承他們的鼻息」，鄉下如此，大城市亦然，如有人向省主席韓某告狀打官司，韓主席不分青紅皂白將原告被告全部槍斃，還自命「青天大老爺」。

只是換了一個名目招搖撞騙而已。

這種混亂中，共產黨趁勢而起，《旋風》中描寫曾以「生涯別有處，浩氣在心中」拒絕謀官的半舊文人方祥千，⑫相信共產主義就是「大同世界」，在濟南、青島、方鎮大加活動，聯絡土豪、妓女、流氓、軍人、土匪，而成爲一支浩浩蕩蕩的革命武力，然而他在攏絡各路人馬時，卻以上述滿足人性中的黑暗面爲誘餌，如方祥千對爲一群妻小所苦的方培蘭說：「俄國經過十月革命以後，社會革命成功了，大家做工，大家種田，大家喫飯，大家一律平等，大家都有自由。結婚自由，離婚自由。老婆不如心，馬上離掉，再換新的。國家設有育兒院，孩子養下來，往育兒院裡一送，你就不用管了，一點也不牽累你！病了，國家設有醫院，免費替你醫治。老了，國家有養老院，給你養老送終。總之，人家俄國是成功了。」（頁 128-129），這些話，恐怕連他自己都未必相信，但卻說服了不負責任的方培蘭，給了他一個滑稽的願景；又如方祥千想要拉攏當地軍人康子健，便利用姪子方天芷與女學生的曖昧關係，強迫方天芷將妹妹嫁給康子健。這些不光明的行徑，一方面加速了自我本身道德意識的瓦解，進而成爲只問目的不問手段的心理，到最後則成了只問手段而沒有目的了。另一方面，這樣的作法只能召來品行低劣的人物，如妓女龐月梅、龐錦蓮母女，保安隊長許大海、田元初，軍人康營長、土匪康小八及落魄遊子方天艾等人，都是因爲特

---

⑫ 方祥千懂一點兒德文、又信仰共產主義是其新的一面，但他連《資本論入門》都看不懂，還用老法子要姪子方天艾「念背」這本書，又吸鴉片作舊詩，實是一新舊過渡的代表人物。

殊的自我利益而加入共產革命的行列，他們無知、自私且缺乏道德
意識，彼此之間爲了小利互相陷害，並在得勢後胡做非爲，這一
切，只要從他們的「革命動機」來看，實也就不足爲奇了。

《旋風》的特殊之處就在於此，他雖然以共產黨的坐大爲藍本
寫作，但姜貴描寫的乃是所有權力鬥爭的眞相與本質，每個人以光
明的口號爲掩護而遂行自我私欲，一旦他們眞正得勢，結果如何自
然可想而知。這似乎也是我國晚清以來所有政治團體所不可避免的
沉淪，因此《旋風》雖說是「反共」文學，也在全書最後誇張地寫
下了種種共產制度下的倒行逆施，但《旋風》的眞旨，倒還不如說
是對近代中國社會道德之淪喪、人民之無知與人性之扭曲作出深長
的嘆息。因此《旋風》中所論共產主義的失敗，並不在於其理論偏
差等等形而上的問題，而是在於我國社會積弊太深、人心太壞，任
何理想或是行爲只要一沾上這個文化，註定被它所吞噬，而共產主
義，也只是被這個龐大的黑暗勢力所利用的空殼而已。

三、《重陽》對《旋風》政治意圖的開展

《旋風》有反共之名而乏反共之實，全書上上下下幾乎沒有一
個人眞正懂得「共產主義」是什麼，搞共產似乎是一齣鬧劇，所以
姜貴譴責的一方面是侈言共產救世的知識份子之無知與荒唐；另一
方面則是打著共產旗號行偷雞摸狗之實的流氓無賴。不過寫於民國
四十八年九月而完成於五十年初的《重陽》，在政治理論上就顯得
明確許多。

《重陽》也是一部自發性的反共小說，鼓勵反共文學的「中華
文藝獎金」在民國四十五年（1956）即中止補助創作，而後起的

「國軍文藝金像獎」則要到民國五十四年（1965）才開始，民國四十八年到五十年是反共文學較爲蕭條的幾年，而姜貴在此期間完成他第二部反共鉅作《重陽》。

　　《重陽》在筆法上與《旋風》有許多類似之處，不過他對共產黨的體驗與描繪則更加完整。全書以北伐期間寧漢分裂爲背景，描寫共產黨員柳少樵利用青年洪桐葉進行其分化的目的，柳少樵性格複雜，他一方面激進地想破舊立新，因此皈依了共產主義；另一方面又不免人性中的墮落，因此又利用共產完成其私慾。但他卻又不像《旋風》中的投機主義者那麼膚淺，他對共產黨有理想，也有較清楚認識，並將共產主義視爲救世神話，他說：「共產主義是造福人類的一種理想」❸，對於中國面對列強瓜分的問題，他也有一套理論：「籠統地喊叫打倒帝國主義，自己一定孤立，因爲世界列強都是帝國主義者。共產黨卻是國際性的組織，蘇聯永遠是一個可靠的朋友」（頁156），至於政治手段，柳少樵也明確地告訴洪桐葉：

> 目前黨的作法是，阻撓北伐軍的進展，惡化國民黨和群眾關係，必要時挑起他與帝國主義間的直接衝突。積極方面，黨朝著建立工農群眾的武裝那個方向努力，相信遲早有一天會走在國民黨前面。（頁157-158）

　　姜貴筆下的柳少樵代表共產黨成功的另一種模式，他的「革命」屬於蘇維埃世界革命的一環，有理想有計畫，並期待以暴力來

---

❸　《重陽》（臺北：皇冠出版社，民國63年）頁51。

完成，因此小說最後，儘管寧漢分裂又歸於一，❹但柳少樵並沒有像《旋風》中方祥千那樣犧牲，而是「消失在暮色蒼茫中」，意謂他的革命理想將在暗中繼續進行。

基於對共產黨的洞悉，姜貴在《重陽》中創造了錢本三與錢本四兩兄弟，分別代表了國民黨裡面對於「容共」的兩種立場。哥哥本三屬於鴿派，主張「容共」，旨在利用共產黨來達成個人的政治野心；弟弟本四則為鷹派，他說：「要保障國家民族的傳統，要維護個人的自由，就一定不能容許共產黨的存在。斬盡殺絕，客氣不得」（頁 169）。而他們的遭遇與下場，也正隱喻了這兩種立場的失敗，錢本三想利用共產黨卻反而被共產黨所挾制，進而失去了自我立場而成為共黨幫兇；錢本四則是在沒有援奧的孤立情況下，遭到共黨的殺害。

縱觀《重陽》的政治體驗，其寓意約有二端，一在共黨本身不合乎人性的措施與暴力恐怖；另一則在國民黨「容共」政策的失當。

以第一點而言，《旋風》中略有提及，如鬥爭大會上「有幾個共幹，用皮鞭木棍把兩個人沒頭沒臉亂打一陣」（頁 495），又如書

---

❹ 這乃是小說名為「重陽」的原因，重新看見陽光，意謂共黨在武漢的失敗。如頁 577：「這個消息（分共）的正式公佈，不是一個晴天霹靂，而是密雲久陰之後，終於落下雨來……每個軍民人等，都舒暢地透出一口氣，黑暗窒息中，他們望見了曙光」。而王德威〈小說・清黨・大革命〉（引自《小說中國》，臺北：麥田出版公司，民 82，頁 51）：「《重陽》的書名指的是陰曆九月初九盛暑已過，秋風將起的時節。回望二十七年夏天的一場荒謬風暴，姜貴但願秋天能帶來冷靜與警醒……我也懷疑書名影射了書中兩個男主角以至於兩個政黨的畸戀關係」。

中描寫：「東嶽廟早已改成『自省堂』，凡有不肯坦白的頑固份子，一律送去自省，名爲自省，其實是一個刑場……裡邊設有非形十八種，總名爲十八層地獄」（頁 508）。在《重陽》中，則是藉柳少樵說：「許多事情，需要用暴力」，洪桐葉反駁：「暴力常常是沒有基礎的，它只能收效於一時」，柳少樵回答：「那是暴力不彀，沒有取得壓倒的絕對優勢」（頁 193），書中柳少樵控制洪桐葉，殺害錢本四與朱廣濟，就是這類暴力思想的實踐，而《重陽》中「反共」的部份，大抵在此。

至於國民黨「容共」政策的失當實爲《重陽》的主旨，所以《重陽》一面批評共產黨的暴力本質，一面則批評國民黨對此認識不清的遺禍。「容共」與「分共」本爲我國近代史上影響至深的政治操作，在五○年代末期探討這個問題亦屬非常危險，因爲「容共」畢竟是國父孫中山先生所制定的方略，但「容共」這個政策卻是造成共黨的坐大，以致於國民黨後來在國共戰爭中失利的重要因素。爲了解決對國父的批評問題，姜貴在《重陽》中安排了「中山先生的忠實信徒」朱廣濟來說了這麼一段話：

> 中山先生可能深受俄國十月革命的刺激，定下聯俄容共的政策。他老人家精深博大，可以說是亙古一人。對於共產黨的一套理論與作法，一定有他的理由，不過那些共產黨徒，是不知道仁義道德的。他們今天的作爲，完全是以怨報德，對不起中山先生提拔他們的一番美意。（頁200）

這樣的話也只能說是愈描愈黑了。

　　《重陽》一書不同於《旋風》之處，就在於《旋風》以當時普遍的社會問題為出發，而《重陽》則是針對特定的政治議題而寫。王德威在〈小說·清黨·大革命〉一文中說：「在《重陽》的結局，姜貴對國民黨撥亂反正的能力，亦寄與無限信心」⑮，但我的看法正好相反，姜貴安排了禍首柳少樵、白茶花的全身而退，往江西另謀發展；國民黨投機份子錢本三重獲權力，忠貞之士錢本四、朱廣濟卻被害死於江中，再再顯示他對時局的悲觀，同時也說明了其歷史觀察：國共戰爭中國民黨的失敗來自於自我分化與意志不堅，而這或也可以解讀為他對當時政府的期許吧！

四、姜貴的長篇小說筆法

　　觀諸以上瑣論，姜貴的小說《旋風》偏向世情的描寫，實寓文化積習的批判；而《重陽》則以具體的歷史事件，嘆息黨國飄零的歷史因果。「反共」之時代主題在書中雖也聊備一格，但反而被更強烈人性或文化議題所沖淡。⑯

　　關於姜貴小說藝術的得失，夏志清、高陽等人都作了詳細的分析，本文以為姜貴這兩部小說之所以凌駕其他反共文學，除了著眼點與思路的不同，在小說筆法上亦有其特色，總言其要，則大略有

---

⑮　引自王德威《小說中國》頁39。

⑯　姜貴實則也意識到這個問題，他在《重陽》一書的序中說：「我們必須敢於分析它（共產黨）所由產生的那些因素，然後才能希望有辦法把它撲滅。詛咒與謾罵也許能淺憤稱快於一時，實則並無多大用處。……反共，需要冷靜，也需要智慧」，姜貴此言，明確標示出了他與那些「詛咒與謾罵」的反共小說的差異，冷靜的筆調使小說能更深刻，有智慧。

「虛實相襯」、「橫雲斷山」與「荒謬詼諧」等幾點較爲特殊之處，以下簡單論之。

㈠虛實相襯

　　小說與眞實之間本自存在著微妙的牽連，作者當然希望讀者能身歷其境地感受主角的知覺與心理，但同時也要讀者明白這總歸是一個杜撰出來的事件。《旋風》、《重陽》兩部作品帶有對實際對象的譴責與批判，要讓這樣的譴責與批判更具合理性，那麼勢必要放在一個極端貼近現實的時空下去發展，如此讀者才能有合理的對照想像，小說爲批評而寫的目的方才得以成立。這往往是政治小說所不可避免的模式，因爲沒有現實的政治，就沒有小說之批判。《旋風》與《重陽》出入於歷史與虛構之間，讀來十分「逼眞」，不過兩書的設計模式卻正好相反，《旋風》可能眞有其人其地，卻未必有事件的發生；《重陽》寧漢分裂是歷史事實，但柳、洪、錢等人卻屬虛構。

　　《旋風》中有頗強烈的自傳色彩，考察〈姜貴自傳〉❶，《旋風》中的許多人物皆是他家族中的長輩，小說中的許多故事也是家族中的眞人眞事，❸高陽在〈關於《旋風》的研究〉一文中說：

---

❶　見應鳳凰編《姜貴的小說續編》（臺北：九歌出版社，民76）附錄一。

❸　其小說人物與眞實人物概如下表：

旋風人物	眞實人物	旋風人物	眞實人物	旋風人物	眞實人物
帶星老人	曾祖父	方老八	五伯父	方祥千	翔千六伯
方天艾	二哥	方天艾（少年）	姜貴本人	秀才娘子	五伯母

《旋風》中前半段的諸多事件，如方祥千的「馬克斯學術研究會」、「方天芷出家」與天艾考試失利等，似皆眞有其事。

「我懷疑旋風的故事必有所本，説不定作者就是方氏家族的一員」
❶是不錯的。姜貴以家族爲藍本鋪陳故事，雖能曲盡人物情態，但
作爲政治批判小説，其現實感卻是不足的，因此姜貴安排了許多當
代的眞實人物穿插其間，如軍閥張中昌、省主席韓青天、學者王統
照、詩人臧克家、歌女藍平等，都是當代聞人，姜貴讓他們粉墨登
場，無疑增加了小説的眞實感，像蔣夢麟寫給姜貴的信上就説：
「青島濟南是我舊遊之地……我逃出北平，就是爲了躲避這位督辦
（張中昌）。其他亦多爲當時耳聞目擊之事，故讀來毫不陌生」❷。

　　至於《重陽》因爲建立在「寧漢分裂」與「清黨」這些史實
上，汪兆銘、包羅庭等人亦在小説中不時出現，不過倘若完全以這
些人的活動來書寫，則成爲歷史文件而非文學創作，因此姜貴創造
了柳少樵、洪桐葉這些角色，他自己也在序中説：「歷史小説並不
就是歷史，《重陽》的故事完全出於虛構。因此，如果以書中之人
之事，證諸當時之實人實事，以求其所以隱射，那就完全落空了」
❷，姜貴如斯宣言，無疑是要讀者放棄追索事件過程或探尋人物佚
聞趣事的閱讀心理，而是要讀者從小説中領悟一個政治教訓，就像
王德威所言：「政治小説的閱讀促使我們反省小説所揭露的政治訊
息與內在張力」❷。

(二)橫雲斷山

　　姜貴小説深受舊小説的影響至今已爲確論，如夏志清説：「我

---

❶　引自《懷袖書》（臺南：春雨樓，民49年）頁42。

❷　《旋風》頁580。

❷　《重陽》頁27。

❷　《小説中國・蓮漪表妹》頁91。

們看得出他是熟讀舊小說的人，晚清、民初的小說一定讀得不少」
❷，高陽也說：「很顯然地，姜貴先生受舊小說的影響是極深的」
❷，王德威則說：「他（姜貴）小說中身不修、家不齊而國不能
治、天下不能平的論式，暗合古典小說常見的教訓……就此我甚至
要說姜貴的寫法提醒我們重審《金瓶梅》、《野叟曝言》這類古典
誨淫小說的政治意涵」❷，細讀其書，姜貴文字的嫻雅精準，各種
場面的動人，以及人物塑造的靈活與組群模式❷，都可以看出一些
舊小說的影子，尤其在小說的結構方面，尤有我國舊小說的一些特
色。

　　金聖嘆《讀第五才子書法》中提出了「橫雲斷山法」：「兩打
祝家莊後，忽插出解珍解寶爭虎越獄事……只爲文字太長了，便恐
累贅，故從半腰間暫時閃出，以間隔之」，毛宗崗《讀三國志法》
中也說：「文有宜于連者，有宜于斷者……概文之短者，不連敘則
不貫串；文之長者連敘則懼其累贅，故必敘別事以間之，而後文勢
乃錯綜盡變」❷，姜貴在《旋風》與《重陽》兩書中十分成功地運

---

❷　《中國現代小説史》頁 554。

❷　《懷袖書》頁 80。

❷　《小説中國》頁 51。

❷　如高陽所論：「姜貴先生寫人物常是一對一對地互相比較，或互相補
　　充」，這一點在水滸傳中亦有此設計；另外高陽亦云：「有一點或許不容
　　易看出來，那就是紅樓夢特有的方法：『影子人物』，《旋風》中泥水匠
　　陶鳳魁是方培蘭的影子」。

❷　所謂「文勢」，據葉朗在《中國小説美學》（臺北：里仁書局，民 76）
　　云：「這是從藝術作品的內在結構同欣賞者的美感心理之間互相適應的關
　　係著眼，提出的一種美學要求。」

用了這個手法。像《旋風》中前七回寫方祥千努力培植勢力，卻在第八回插入方培蘭爲父報仇的過程，第十回寫送陶補雲往廣東讀軍校，忽寫入陶鳳魁得瘧疾一段；《重陽》中第二十一回在敘述錢本三、柳少樵等在準備分共的情勢下的活動，卻在二十二回插入魏蒙蒂的東北之旅。兩書中不少這種遙應虛連手法，將人物間錯縱複雜的關係，以及諸多事件的前因後果作了妥善的安排，同時也避免了大段冗長的敘述，使得小說一波未平一波又起，不斷製造出緊湊的高潮。

同時這種插入的片斷，大都帶著一些荒謬詼諧的色彩，其實都有隱喻在其中，如陶鳳魁得瘧疾一段，實寫出中國傳統社會的盲昧與荒唐，這也說明了陶氏兄弟後來加入共產黨的一些深沉背景因素；方培蘭爲父報仇一段，則見其人格的優缺點，這也是後來爲何共產黨起來了而方培蘭卻失敗了的主要因素。這些地方，具見作者之「史筆」，以小中見大的方式反映了歷史無法迴避的必然結局，而這也往往是我國舊小說的一門獨特的藝術。

(三)荒謬詼諧

夏志清說：「《旋風》實在是一部以諷刺手法來描寫色慾、貪婪與欺詐的書」，又說：「這本小說大部份是喜劇化的（有些惡作劇的場面，令人笑不可抑）。《旋風》創造出來的喜感，是一種荒謬的喜劇」❷❽，其實不只是《旋風》，在《重陽》中姜貴也善用這種喜感的手法來表現當時中國社會的混亂，以及人性中的無聊與糊塗。

---

❷❽　《旋風》頁 577。

　　正如林語堂在〈論幽默〉一文中所說的：「一國的文化，到了
相當程度，必有幽默的文學出現。人之智慧已啓，對付各種問題之
外，尚有餘力，從容出之，遂有幽默」❷，但五〇年代臺灣的外省
作家面臨的是國破家亡、浪跡異鄉的大變局，對於歷史與政治總懷
抱著沉痛的哀傷，一些控訴共產的作品不免較爲嚴肅，這樣的情形
下，一般的作者忙著譴責、控訴與發洩，並沒有餘力來「從容出
之」，因此像三〇年代《阿Q正傳》、《駱駝祥子》所建立起來
的詼諧諷刺的幽默文風，在當時較爲少見。例如陳紀瀅《荻村傳》
努力塑造「傻常順兒」這樣一個丑角，但卻意外地失敗，原因無
他，作者實際上並不能體會與確切表現人性與社會制度間差之毫釐
失之千里的荒謬感，也無法眞正站在一個「欣賞」的立場來看待這
些近似於虛無的掙扎，因此失去了冷靜的筆調，愈要刻意地表現荒
謬不合理的世態，愈是讓人感到索然而已。五〇年代政治小說在這
方面經營最爲成功的是姜貴與張愛玲，幾十年後的陳若曦也是這種
文風的佼佼者。

　　《旋風》、《重陽》中諸多場景是描寫假借名目來滿足私慾的
過程，令人笑不可抑，這就像是林語堂所說的幽默境界：「或者一
旦聰明起來，對人之智慧本身發生疑惑，處處發見人類的愚笨、矛
盾、偏執、自大，幽默也就跟著出現」❸，這裡最顯姜貴的「智
慧」之所在。像史愼之追金彩飛、張嘉誘騙趙蓮、柳少樵覬覦洪金
鈴等，他們內心是那樣齷齪，可是故意表現得很磊落，滿口理想，

---

❷　林語堂〈論幽默〉，見吳福助選輯《現代文粹》（國家，民72）頁241。
❸　同前註。

真是令人可笑可鄙，**❸**但書中的人物卻做得那樣坦然，而書中又有那麼一批虔誠的信眾，但這一切，被稍加投以「懷疑」的眼光，立刻就成了愚笨、矛盾與偏執的典型。又如方鎮被共黨佔領後，方冉武的母親與妻子被抓去剃了「半邊頭」，於是想自己找把剪刀將剩下半邊頭髮修一修，不想家中太窮，連剪刀都沒有，第二天卻看到自己修頭的秀才娘子被共幹打的半死，這才慶幸地說：「你看，窮也有窮的好處。這要是有把剪子，我們兩個也就完了。幸好窮得連把剪子都沒有了呀！」（頁499），以反常為幸，亦見其諷刺。

姜貴亦擅長在對話中表現這種種的可笑荒謬。像《旋風》中方天艾這個讀書人，出家了又還俗，後來利用小學校長的身份勾引了女學生張繡裙，又利用妹夫康營長的勢力將她強佔，成功以後，方天艾對張繡裙說：

> 「你看，我自從失掉你，灰心灰透了。我每天坐在始祖祠堂的大松樹底下，立志要作五百首七律，寫出我對你的一片相思來。我這手上腳上耳朵上的凍瘡，就是在那時候凍出來的。……」

---

❸ 如《旋風》第四回，史慎之為了追求戲子金彩飛，教唆董銀明偷了家裡的一個鑽戒，意外害死了老僕劉媽，董銀明良心不安，史慎之卻說他這種感情：「完全是小資產階級的劣根性在作祟。而這種劣根性，如果不加以徹底的克服，則這個人難望其成為一個真正的布爾塞維克」，《重陽》第八回中，柳少樵強暴洪金鈴未遂，卻說：「我是在向一個處女的貞操觀念挑戰，我要打破那種資產階級獨佔意識的處女貞操觀念，為黨，為無產階級，她應當獻出她的童貞」。

「這麼冷的天，爲什麼到祠堂裡去坐著？」

「那裡清靜。」

「熱熱鬧鬧的倒不好，要那清靜幹什麼？」

「要作詩就得清靜。」

「爲什麼？」

「不清靜作不出來。」

「做出來幹什麼？」

「爲的我想你。」

「做了詩就不想了？」

「做了更想。」

「那你做他幹什麼？」

這的確是讓人無言以對的問題。另外像《重陽》中，說武漢出版了四開的中央日報，出於一個排字工人的建議，原來「他多年在上海澡堂裡躺著捏腳看小報，覺得異常享受，對開大報的嚴肅氣氛，完全不是那回事……他以爲四開翻閱較便，特別是在電車和公共汽車上」但有人反駁：

「漢口又沒有電車和公共汽車。」

「將來這份報紙少不了要銷到上海去，上海是有電車和公共汽車的。」

「難道這份報紙是專爲上海人辦的？」

另一個工人提出另一個意見：

「四開太小,包東西不夠大」

這個意見有力,眼看四開之說要站不住了。原提議人靈機一動,板著臉說:

> 「蘇聯的報紙都是四開的,我們要效法蘇聯。」
> 「你幾時見過蘇聯的報紙來?」
> 「包顧問說的。」
> 「包顧問同誰說的,你怎麼知道?」
> ……

這些討論讓人啼笑皆非,當然也隱喻著將政權交在這樣一群人的手中,國家前途與人民命運的堪憂。

姜貴以詼諧的筆調呈現人性與政治的荒謬、無聊與假正經,深得諷刺文學之精髓。他超脫了個人膚淺的愛憎,因此能自然地呈現其妙:看似嚴肅宏偉的政治、革命與理想,都在他這樣戲謔的嘲諷下,呈現了自私、淺薄、荒唐與不必要的真面目。林語堂以為:「有相當的人生觀,參透道理,說話近情的人,才會寫出幽默作品」,因此這種風趣文風與睿智心靈,實是姜貴「反共」文學中最成功的藝術表現。

夏志清評論姜貴的小說《旋風》:「中國諷刺小說傳統(從古典小說到近代作家如老舍、張天翼和錢鍾書)中最近一次的開花結

果」❷，他的小說深諳人性心理，善於刻劃人物，同時鋪展收束不急不徐，寫作技巧實兼融中西，在五○年代允爲大家，對反共文學素來敵視的葉石濤也說：「在所有反共文學中，別具風格，最眞實而有力的，當推姜貴的《旋風》」❸。

五、結語

政治小說在華文新文學界始終爲一大主流，從三○年代到當代，隨著政治情勢的演變，政治小說也不斷反映著每一個時代的政治風貌。只是充滿理想性的小說家有時身處其中而無法洞見政治全貌，或因特殊的意識型態而走向偏頗的批判，隨著時間的流逝與政權的更替，他們的作品很快便失去了合理性與正當性，都不能算是眞正永恆的作品。因此成功的政治小說，並非爲單一的事件或特定對象宣洩情緒，而是能透過政治的運作，去洞察人性與權力運作的眞諦，留下可供省思的智慧。

綜觀五○年代，臺灣文壇在「文協」的主導下高喊反攻復國，利用文學來譴責中共罪行；而大陸文壇則有周揚以毛澤東「在延安文藝座談會上的講話」（1942 年 5 月）爲綱領，倡導建國的文學，歌頌共產黨的功勳、推動共產黨的理想與政策。在臺灣有《荻村傳》、《蓮漪表妹》、《藍與黑》等這些作品；大陸則有艾蕪《百煉成鋼》（1958）、梁斌《紅旗譜》及歐陽山《三家巷》（1959）等

---

❷　《旋風》頁 574。在論《重陽》中夏教授亦云：「姜貴是晚清民國小說傳統的發揚光大者」。

❸　《臺灣文學史綱》頁 92。

作。以今日的眼光來看，這些小說宣傳的意味實大於文學藝術的價值，也使得五〇年代的兩岸文學，長久以來都被輕視。

　　而姜貴的《旋風》、《重陽》也完成在那個時代，可是他卻擺脫了教條口號式的寫作，以傑出的小說筆法還原人性本質與政治權力的真面目，這是屬於他個人的洞見，也將粗淺的反共文學提升到了另一層次的高度。我們知道，在 1976 年文革結束後，中國大陸亦興起一股「傷痕文學」、「反思文學」的風潮，其主要內涵亦在探究政治對人民情感的挫傷與人性的泯滅。這些作品都是大動盪後初步沉澱下來的思緒，就像德國戰後的「廢墟文學」，雖然在我們今日看來是荒蕪而陌生的，但這畢竟是一種時代的直接見證與當下反省，無論是在文藝社會學的角度上，或是政治小說美學如何漸構的問題上，這些「反共」、「建國」、「傷痕」、「反思」、「廢墟」等主題文學，實有著不可忽視的文學史意義。

現代主義與臺灣六十年代女性散文——以趙雲、張菱舲、李藍爲主

張瑞芬*

摘　要

現代主義（Modernism）作為一種西方反工業文明的文學運動與美學標準，五〇年代開始「橫的移植」到臺灣，成熟於六〇年代，七〇年代與鄉土／寫實分裂成鮮明對比的兩方，對臺灣半世紀以來的文學書寫造成了巨大的影響。

現代主義是一種超越論的創作觀，它挖掘內心幽黯、情慾深淵，在語言的實驗上，超現實、意識流等種種技巧，大量運用於小說、新詩及散文的創作之上，促使臺灣當代文學開始偏離中國五四文學以降的抒情傳統。一般傳統的觀念認為，當代散文除英美散文淵源之外，另有中國晚明小品、白話章回小說

＊　逢甲大學中文系專任副教授

的精神承繼,與新詩、小說相較,受西洋當代思潮影響較小,女性散文,尤其少被研究者重視。其實,在臺灣全面受現代主義影響的六〇、七〇年代,女性散文的表現恰恰呈現了一個重要的轉折位置。

在趙雲(1933-)、張菱舲(1936-)、李藍(1940-)甚至羅英(1940-)、曹又方(1942-)、蔣芸(1944-)這些六、七〇年代的女性作家文本中,相對於當時保守的政治社會風氣,在男性(余光中,1965)已然發出語言焦慮:「我們有沒有現代散文?」,並提出「散文革命」的同時,她們用語言的實驗勇敢的改寫了散文的書寫身分與版圖,跨越書寫文類(詩/散文或小說/散文),現代主義的精神與技巧在在呈現於其筆下。

是心靈解放,也是對權威的抗拒、傳統的背叛,既冷靜自鑒,又自度度人,臺灣當代女性散文在六、七〇年代開始展現了女性文學的主體性與自覺,承接著五四跨海而來的中國性與寫實傳統,也預示了八、九〇年代眾聲喧譁的散文後現代世代的到來。

本文首章,先釐清現代主義在臺灣文學傳統中被汙名化與受誤解的事實,繼而分章闡述三位女性散文作者的文本與現代主義精神與技巧的關聯性,並旁及張愛玲三〇年代上海現代主義對臺灣的隔空影響及散文系譜。從現代到後現代,臺灣當代女性散文從未在創作場域或心靈探索中缺席(相對於男性文本與歷史線性的大敘述),只是從未被理所當然的重視並研究而已。

關鍵詞:張菱舲、趙雲、李藍、現代主義、女性散文

前 言

　　2003 年 9 月，周芬伶出版了《浪子駭女》、《影子情人》兩部新作。延續著她 2002 年的《汝色》、《世界是薔薇的》，作性別越界、文類越界的「叛逆書寫」。❶這種認同割離，多元分化，以及違逆主流（古典抒情美學）的女性書寫新情境，並非周芬伶所獨創。敏感如簡媜，早在《紅嬰仔》（1999）與更早的《女兒紅》（1996）裏，就游走於不同文類，依違在母性與女性之間，作出了角色的懷疑與思辨。

　　相對於詩與小說，散文向來被視為保守而且邊緣的一種文類。更不要說周芬伶與簡媜竟符合了余光中三項「足以阻礙現代化」之二：中文系的教育、女作家的傳統。❷在五四以來「言志」的傳統下，作家（尤其女性）被賦予「文如其人」（賢淑端良）的期待，心靈幽暗面與情慾的探索，向來有如禁地（我們只要想到琦君、林文月與艾雯散文即可明白）。然而，在保守的主流之下，並不是沒有反向的

---

❶　周芬伶《汝色》一書序言〈與文字〉，對她迥異於早期散文的「叛逆書寫」有詳明解釋。《汝色》、《世界是薔薇的》都游走於散文和小說間，《浪子駭女》和《影子情人》（二魚出版）則發揮陰性、多元、散發及「去中心」的特質，作「塑造女性王國」的努力。

❷　余光中曾在 1968 年〈我們需要幾本書〉（《焚鶴人》）中指出，「中文系的教育、女作家的傳統、五四新文學的餘風，這三個背景，任具一項，都足以阻礙現代化的傾向。」此一論點，又見余光中〈亦秀亦豪的健筆——我看張曉風的散文〉（《分水嶺上》，純文學，1981 年），此文又收入《當代臺灣文學評論文集——散文批評》（正中書局，1993 年）。六〇年代余光中對中文系重古典而輕現代文學教育亦頗有針砭，見《望鄉的牧神》（純文學，1968 年），頁 133。

思索。與周芬伶、簡媜具備類似背景，卻勇於挑戰的，又如印象中極古典（傳統）的陳幸蕙。

這位七十年代即開始創作散文的「中文系女作家」，一九九二年的《與你深情相遇》（爾雅出版），尤其是〈茉莉記憶的持續〉一文，是陳幸蕙散文頗為重要的突破。由一幅遠方捎來的畫作，作者作了情景交融的省思，是應該走進深冷的情慾湖水，抑是返回倫理涯岸？那是畫中少女的徬徨，同時也映現了作者的 moral restraints（道德侷限）與內心衝擊。這篇〈茉莉記憶的持續〉，一般極少被評論者注意，然而取之與一九九六年陳幸蕙重新出發的純散文集《愛自己的方法》《爾雅出版》合讀，頓時可以理解，在初夏的陽光與木棉樹下，並肩與齊邦媛老師走著，茉莉記憶依然持續，中年陳幸蕙，已然不是那銀匙勺海的單純女子，而是勇於向自己挑戰，寫出〈金合歡〉、〈日出草原在遠方〉這種種文類交融與跳躍想像散文的作手了。

這一切（新如周芬伶、簡媜，舊如陳幸蕙），或許都足以證明鄭明娳八十年代所憂心的「作者缺乏對文類進化的期盼」、「新世代中缺乏專業散文作者」、「作者缺乏對現實的辯證能力」，其實並沒有發生（尤其在女性的表現上）。❸證諸近年來各式散文選集的熱絡，反而是林燿德在 1995 年的〈傳統之軸與前衛之輪〉一文中預言成真：「追求『現代性』，一直是臺灣現代散文發展過程中的一個巨大軸線」，「臺灣的散文格局以源遠流長的根莖為軸，又在前

---

❸ 見鄭明娳〈臺灣現代散文現象觀測〉，收入《現代散文現象論》（臺北：大安出版社，1992 年）。

衛創新的「進化」驅力之下形成轉動不已的輪輻，在臺灣新文學體系中的重要地位根本不讓於現代小說與現代詩」。❹

　　陳幸蕙、周芬伶和簡媜，在臺灣當代散文的書寫美學之中，她們的出身與背景如果可以作爲保守（或傳統）勢力的代表，自古典出發，跨越現代到後現代，「斷裂」（rupture）之後重新銜接，尋求自我的發言位置，不正和現代主義時期「西化」與「古典」融於一爐的余光中相似？❺這種具前衛精神，既接受現代性，又批判現代性的特質，也隱合余光中（六〇年代）與張秀亞（八〇年代）提出的散文革新主張。❻只是，在現代主義對中國文學和臺灣文學的影響正在被文學史家重新評估的此時，「臺灣」「當代」「女性」「散文」，卻因四重邊緣的處境，相關議題並沒有得到應有的重視。❼而史料與文本，卻無情的逐漸流失，逐漸隱沒在歷史的迷霧

---

❹　林燿德〈傳統之軸與前衛之輪──半世紀的臺灣散文面目〉一文，原發表於《聯合文學》132 期（1995 年 10 月），收入《新世代星空》（華文網，2001 年，楊宗瀚編）。林燿德在八〇年代至九〇年代所有論述，其實都儼然有銜接現代主義到後現代主義，以及重寫臺灣史的雄心。見王浩威〈偉大的歌──林燿德文學理論的建構〉，《聯合文學》12 卷 5 期（1996 年）「林燿德紀念專集」。

❺　參見陳芳明〈余光中的現代主義精神──從《在冷戰的時代》到《與永恒拔河》〉，收入《後殖民臺灣──文學史論及其周邊》（麥田，2003 年）。

❻　余光中〈剪掉散文的辮子〉，收入《逍遙遊》（大林，1969 年）。亦見當代臺灣文學評論大系《散文批評》（正史，1993 年）。張秀亞的〈創造散文的新風格〉，收入《人生小景》（水芙蓉，1981 年）。

❼　參見張瑞芬〈被邊緣化的臺灣當代女性散文研究〉，《文訊》205 期，2002 年 11 月。張誦聖、邱貴芬與范銘如等學者，對六〇年代女性文學多有詮釋，然多著力於小說。以 2001 年 6 月政大中文系「現代主義與臺灣文學學術研討會」爲例，所有論文皆集中於詩與小說兩項文類。

之中。

六〇年代現代主義，誠如張誦聖所說，已往下紮根，成為通行文化符碼的一部份，❽它的技巧與精神當然也很難以十年分期來斬截區分。所謂「六〇年代女性散文」一詞，不過只是約略的指稱，方便與詩、小說等其他文類對應。西方現代主義小說，原本即著重於對內心活動的關注、人生表象與內在的混亂分歧、敘述模式的探索。簡而言之，既是心靈解放，也是對語言和權威的抗拒，對傳統的背叛。這種相對於傳統的叛逆與出走，全面表現在各種藝術層面：音樂、繪畫、舞蹈、詩與小說等之上，「全盤西化」成為概括的定義，余光中一句「下五四的半旗」則充分體現了其精神與意涵。❾

作為激流年代中獨特的美學範式，臺灣在六十年代所建立文學成就，何以獨缺散文？六十年代，如果有，除了較具代表性（不致被文學史遺漏）的余光中，還有哪些散文體現了現代主義的精神與技巧？如 1995 年林燿德〈傳統之軸與前衛之輪——半世紀的臺灣散文面目〉所說，散文並不能脫離文壇互動成長的激流急浪，那麼，陳幸蕙、周芬伶與簡媜的先行者是誰？六十年代有沒有符合現代主義精神的女性書寫？她們做了哪些散文書寫的實驗？留下什麼作品？一方面受西化洗禮的當代思潮，一方面承接著五四跨海而來的

---

❽ 張誦聖〈現代主義與臺灣現代派小說〉，原載《文藝研究》（1988 年 7 月），收入張誦聖《文化場域的變遷》（聯合文學出版，2001 年）。

❾ 見余光中《逍遙遊》（時報，1984 年）。同書中收錄之〈剪掉散文的辮子〉等多篇文章，與《焚鶴人》中〈我們需要幾本書〉諸篇，皆為六十年代發表於《文星》之倡議新思潮評論。

中國性和寫實傳統，同時，也預示了八九十年代眾聲喧嘩的散文後現代世代的到來。研究六十年代受現代主義精神影響的臺灣女性散文，無疑有助於釐清文學史上的盲點，且已具有研究的迫切性。

一、邊緣的文類，失去的現代性：
六十年代女性散文在臺灣文學史中的呈現

現代主義（Modernism）作爲一種西方反工業文明的文學運動與美學標準，五〇年代開始「橫的移植」到臺灣，成熟於六〇年代、七〇年代。逐漸與鄉土／寫實分裂成鮮明對比的兩方，對臺灣半世紀以來的文學書寫造成了巨大的影響。

現代主義是一種超越論的創作觀，它挖掘內心幽黯、情慾深淵，在語言的實驗上，超現實、意識流等種種技巧，大量運用於小說、新詩及散文的創作之上，促使臺灣當代文學開始偏離中國五四文學以降的抒情傳統。在臺灣半世紀以來當代文學思潮的演進上，是一股反向的激流，無論在技巧或主題上都有著極大的突破。白先勇、王文興與瘂弦、洛夫之「經典」，於今觀之，早已無庸置疑，而同時期相應的散文成就，除余光中常被注意之外，幾稱寥寥。

誠如 John Guillory 所言，文學作品是否被讀者閱讀或喜愛，對它的長久流傳並非關鍵，真正重要的是，它是否已納入某一種文學典律（文學史、選集）或傳統脈絡（教材）裡。❿當我們用這個概念檢視六十年代文學時，一個「在當時知名，而後被歷史遺忘」的典

---

❿　Guillory, John 1993. Cultural Capital: The Problem of Literary Canon. U of Chicago P. Lovell, Terry 1987. Consuming Fiction. London; New York: Verso.

型,已然出現。那就是趙雲(1933-)、張菱舲(1936-)、李藍(1940-)蔣芸(1944-),或許還應該加上曹又方(1942-)。

在這些六〇年代的女性作家文本中,相對於當時保守的政治社會風氣,在男性(余光中)已然發出語言焦慮:「我們有沒有現代散文?」,❶並提出「散文革命」的同時,她們用語言的實驗勇敢的改寫了散文的書寫身分與版圖,跨越書寫文類(詩/散文或小說/散文),現代主義的精神與技巧在在呈現於筆下。事實上,在臺灣全面受現代主義影響的六〇、七〇年代,女性散文的表現恰恰呈現了一個不可忽視的重要轉折。然而,檢閱當今有關六十年代文學的評論及文學史時,竟發覺六十年代「現代主義對詩和小說影響最大,對散文的影響次之」,❷幾乎已成為一種論述(discourse)。而在這種論述之中,女性散文的作者/文本,被提及或陳述時尤其是相當粗疏的。

試舉三位對臺灣當代散文有過全面俯瞰的評論者(鄭明娳、張健、李豐楙)所論為例。鄭明娳於《現代散文縱橫論》首章〈中國現代散文芻論〉中,曾提及蔣芸❸,《現代散文現象論》(1992,大安)中,或因重點不在例舉條列,則沒有提到上述四位女性散文

---

❶ 見余光中《左手的謬思》(1963年)後記。

❷ 引自張健〈六十年代的散文——民國五十年到五十九年〉,收入《文訊》第13期,1984年8月。與此說相近者,又如張堂錡〈跨越邊界——現代散文的裂變與演化〉,《文訊》1999年9月,收入張堂錡《跨越邊界——現代中文文學研究論叢》(2002年,文史哲)。或說為「(現代主義)對散文藝術技巧的啟發大於思想,因此所造成的影響較不明顯」,見李豐楙《中國現代散文選析》(1985年,長安)緒論。

❸ 鄭明娳《現代散文縱橫論》(1986年,長安)P.13。

家的姓名。張健在〈六十年代的散文〉中,將「女作家」列於文末,除張愛玲、張秀亞、艾雯、羅蘭、胡品清外,「趙雲」僅僅列名,未作說明。「張菱舲」有一行簡介(甚且資料錯誤):

> 「江蘇人(筆者按:應作「雲南昆明」人),女記者,現居美,著有「紫浪」。文字鮮活,感受敏銳,句法顯然受現代詩影響。」❶❹

李豐楙在〈《中國現代散文選析》緒論〉中,遍數各年代重要作家,於六十年代,趙雲、張菱舲、李藍、蔣芸諸人之中,仍只列了張菱舲。其描述文字如下:

> 張菱舲之寫〈紫浪〉,其文字意象深受現代詩的啓發,極有現代感。❶❺

如果概略式的綜論,不足以顯現六十年代女性散文確切位置。那麼,從重視典律(canon)的文學史,來檢測六十年代女性散文時,呈現的是什麼情況?在大陸學者劉登翰 1993 年主編的《臺灣文學史》第十一章中,舉余光中、琦君、張秀亞、胡品清、羅蘭,

---

❶❹　同註❶❷。

❶❺　李豐楙〈《中國現代散文選析》緒論〉,收入《中國現代散文選析》
　　(1985 年,長安)2,P.492

以概括六十年代臺灣散文表現。⑯上述趙雲、張菱舲、李藍、蔣芸
四人，隻字名姓未見。而同爲大陸學者的朱壽桐，1998 年主編的
《中國現代主義文學史》中，把臺灣部分列於第五編中。第五編中
整整五章，全以現代主義詩、小說和戲劇爲論述主體，未及余光中
或「現代主義散文」一詞，更弗及女性散文表現。⑰

　　而臺灣本地（持本土觀點）的文學史，是不是對本地文學多些關
切與了解呢？成書於一九八七年的葉石濤《臺灣文學史綱》，關於
六〇年代散文部份，約以半頁的篇幅列出余光中、梁實秋、陳之藩
及女作家張秀亞、葉曼、羅蘭、鍾梅音、張菱舲、胡品清及本土的
洪炎秋、葉榮鐘。僅僅條列姓名，未及作品介紹。在葉石濤的文學
史中，能和六〇年代現代主義對應的說明只有一行不到：「受到西
方文學重象徵、意象、感性、顛倒時空感覺的散文也出現」。⑱一
九九七年，彭瑞金《臺灣新文學運動四十年》一書，以「變調的散
文」爲題，對六十年代散文加上負面的品評，認爲那只是「五〇年

---

⑯　劉登翰主編《臺灣文學史》（1993 年，福州，海峽文藝）中，散文部份
　　由徐學負責編寫（徐學著有《臺灣當代散文綜論》（1994 年，海峽文
　　藝））。游喚（游志誠）曾對徐學「扭轉現實傾向」的審美眼光大加讚
　　賞，認爲臺灣的六十年代「現代散文」終獲肯定，「是大陸觀點的大膽突
　　破」。見游喚〈大陸學者對臺灣散文的研究〉，1997「臺灣現代散文研討
　　會」論文，收入游喚《老子與東方不敗》（1998 年，九歌）。袁勇麟
　　《當代漢語散文流變論》（2002 年，上海三聯），第二章論臺灣，「散
　　文革命」部分只列舉余光中。

⑰　見朱壽桐《中國現代主義文學史》（1998 年，江蘇教育出版社）上卷，
　　頁 693-816。

⑱　見葉石濤《臺灣文學史綱》（文學界雜誌出版，1985 年），頁 124。

代散文情緒的延續」：

> 「張秀亞、羅蘭、琦君、薇薇夫人、胡品清、王鼎鈞、子
> 敏、鍾梅音等以中學生程度的青春期男女爲閱讀對象寫作
> 的散文，儘管發揮了上天入地漫無限制選取題材的寬鬆特
> 質，也能以柔性抒情的文藝腔調陶醉這些特定的對象，但也
> 正如船過水無痕，這些沒有時間、空間刻痕、未能善盡作家
> 天職的作品，也只能隨風流逝。」⑲

　　綜觀以上舉例，六○年代女性散文，僅張菱舲一人偶被提及，
通常亦僅列目說明，不暇其餘。趙雲、李藍、蔣芸則是隻字片言俱
無，如同消失在時光的長河之中一般。作爲一種邊緣的文類與性
別，女性散文似乎先天已經失去她「現代性」的可能，在男性史家
的知識論述與歷史建構中消失了。知名本土女性學者邱貴芬論女性
小說在臺灣文學史的處境，她質疑，那些曾經在文壇產生衝擊，也
曾積極介入文學塑造的作品，「爲什麼現在已鮮有人記得？」因爲
不入史，即使享有盛名和市場，「或許百年之後談臺灣小說，大多
數的人甚至不知道有朱天心」。⑳這項憂慮恐怕不是空穴來風，因
爲距今不過三十年，張菱舲等人，竟幾乎已成了傳說中的人物。不

---

⑲　見彭瑞金《臺灣新文學運動四十年》（春暉出版，1997 年），頁 154。類
　　似的論點，在論七○年代時，「七○年代的散文仍是最弱的一環」之外，
　　竟無一語及於女性作家及作品，見頁 203。

⑳　邱貴芬〈臺灣（女性）小說史學方法初探〉，收入《後殖民及其外》
　　（2003 年，麥田）。

但文學史上極少著錄，即便幾本較具聲名或典範意義的文學選集，也幾乎從未收錄她們的單篇作品。（這種情形，小說何獨不然，例如六〇年代寫《海那邊》、《孤雲》的吉錚）。

　　誤解加上遺忘，這之間牽涉頗廣，至少有兩個問題是值得討論的。一是七〇年代鄉土寫實與本土論述崛起之後，對現代主義精神多所貶抑歪曲。在以「反殖民」、「反封建」與「寫實主義」為原則的臺灣文學史論述中，不只六〇年代現代主義文學成為「異質書寫」，甚且包括三、四十年代日據時期現代主義詩學，以及九〇年代的後現代現象，也都被視為規則之外，擾亂秩序或不道德的「負面書寫」。正如克莉絲特娃（Julia Kristeva）所說，一種朝向共同象徵系統與文化體系的排他性，「伊底帕斯組織化與正常化」的文化症狀。㉑張愛玲之所以成為臺灣文學史的巨大「問題」，亦因此而來。

　　第二個問題，則是質與量的辯證。一個作家是否入史，或形成重要美學典律，和持續書寫或產量豐盛有否絕對關係？㉒或謂張菱舲諸人究屬「曇花一現」，作品不多，創作時間亦不長，文學史上少見著錄，情況和不被收入《日據以來臺灣女作家小說選讀》的蔣曉雲相似。然而，瘂弦及其《深淵》作為詩壇的經典，又當如何解

㉑　參見劉紀蕙《孤兒、女神、負面書寫——文化符號的徵狀式閱讀》（立緒，2000 年），頁 17。關於寫實主義對現代主義之排斥，又見林燿德《觀念對話》中，與張錯的對話〈權力架構與現代詩的發展〉（1988年），以及〈小說迷宮中的政治迴路〉（1993 年）。

㉒　邱貴芬《日據以來臺灣女作家小說選讀》（2001 年，女書文化）導論，P.11。此篇導論亦收入邱貴芬《後殖民及其外》（2003 年，麥田）。

釋？林燿德在〈傳統之軸與前衛之輪——半世紀的臺灣散文面目〉中，之所以讚譽鄭明娳《現代散文現象論》一書的成就，即著眼於她「對散文現象與文本的藝術成就兩者之間進行清晰的區隔」。換言之，即使作品數量不多，在文學發展或藝術成就上仍可能有不可缺席的地位。

六〇年代女性散文如張菱舲諸人，在文學史上定位的困難，除了違逆本土男性的主流價值（線性史觀）、未能造成持續影響之外（寫作時間過短），可能還要面對一個複雜而細微的問題——散文這種文類，書寫特質上仍與小說有明顯差異。目前女性學者努力建構中的女性文學史觀（如邱貴芬、范銘如等），雖可彌補以男性本土論述爲主的單音現象，並且也注意到從西化到本土意識的轉化，但由於論述所據，多以小說爲主軸，似乎並不能一併妥善處理散文或詩這些不同文類。㉓例如邱貴芬主編的《日據以來臺灣女作家小說選讀》打破傳統線性的十年分期，將女性小說分爲「日據」、「戰後初期」、「現代主義鄉土時期」（1960 到 1970 中葉）、「閨秀文學」（1976-1978）、「解嚴後女作家創作」（1987 以後）。這項分期頗有見地，大致可以將重要的小說文本或作者完全涵蓋，然而取與女性散文並列，則見出另一種捉襟見肘的困境與無所適從。散文這種文類，它比新詩更不彰顯社會歷史的脈絡，反而著重個人的境遇

㉓　邱貴芬引 Edward W. Soja 多元主體的第三空間，與 Anthony Giddens 所述，強調歷史的龐雜多元性，指出「現有的臺灣文學史述，以殖民抗爭爲主軸的敘述並無法眞正妥善處理女性文學」。見邱貴芬《後殖民及其外》（2003 年，麥田），頁 71。邱貴芬對臺灣女性小說的分期和張誦聖的「十年分期」基本上不同，詳見下文。

與性情，也就是中國古來的「言志」傳統，加上從西洋散文 Essay 而來的個人主觀調性（Personal note）。而寫作涵蓋時間普遍較詩、小說作家更長，也是分期的困難之一。

分別在六〇年代中期、七〇年代初與七〇年代末開始寫散文的胡品清、林文月、陳幸蕙，持續創作二三十年，既不現代也不鄉土，沒有顯著的女性自覺，解嚴之後仍然不寫性也不寫政治。當該何屬？艾雯自《青春篇》（1951，水芙蓉）至今，寫作逾半世紀，高齡八十，穿越五個時代分期，如今筆力仍健。（最近的一篇散文是〈花韻〉，聯合報副刊 2003.10.8）。自六〇年代中期至今，寫作逾三十年的張曉風，作品風格變化不知凡幾，與艾雯一樣，都很難定位爲某一特定時期作家。同屬戰後來臺外省籍第一代女作家，羅蘭（靳佩芬，1919-）六〇年代中期才開始創作散文，九〇年代中期返鄉，於1995 出版懷鄉憶舊的《歲月沈沙》三部曲；小民（劉長民，1929-）遲至七〇年代中才出第一本散文集《紫色的毛線衣》，八〇年代中期寫一系列回憶故鄉北平的散文（《故都鄉情》等）；愛亞（李丌，1946-）來臺時僅四歲，遲至 1984 才出第一本散文《喜歡》。這些身世與作品年代分家，且殊少與時代意識（或主流）接軌的典型，又應如何？

散文及散文作家的離鄉寫作，也是散文史上的一大問題。國族、性別諸多應用在小說上的議題，尤其有時而窮。例如七〇年代介於小說與散文寫作之間的三毛，她的撒哈拉沙漠傳奇，和鄉土文學論戰可能發生什麼聯繫嗎？九〇年代一系列蒙古草原尋根之旅的席慕容，和後現代可扯得上關係？崛起於六〇年代中期的陳少聰、簡宛、喻麗清、呂大明，七〇年代中即旅居海外，稍晚又有戴文

采、張讓等，乃至於最近的黃寶蓮、鍾文音或蔡珠兒。從臺灣出發，遊蕩到天涯海角的她們，適合稱「解嚴後女作家創作」嗎？還是乾脆通通把她們開革於「臺灣女作家」之外。分期的困難，似乎是研究任何時期臺灣散文，都會遇上的難題（男性作家與作品亦然，試想王鼎鈞）。

　　散文這種文類的特殊，一般的解釋是，除英美散文淵源之外，另有中國晚明小品、白話章回小說的精神承繼，與新詩、小說相較，受西洋當代思潮影響較小。就黃錦樹的分法，六〇年代現代主義，其實有兩個基本型，一稱「中國性——現代主義」，另一型即爲「西化（翻譯）——現代主義」。❷對比於後者（以小說新詩爲主）破碎支離的敘述邏輯，「西而不化」、「破中文」、「小兒麻痺」體（王文興）加「搖頭丸」體（舞鶴）；六〇年代的散文表現，以余光中爲首，加上張菱舲等女作家，「善性西化」的文字，加上中國的優位性，意識上向古典主義回航，無疑是趨近前者（「中國性——現代主義」）的。臺灣當代散文的「中國性」與「言志」（抒情）傳統，相對於小說的「他者性」（otherness）與「載道」（主題），前者有較多個人性情，後者則重社會歷史脈絡，是兩者不易放在同一張分期表上的根本原因。

　　邱貴芬對女性文學史觀的自覺，表現在「擺脫性別論述易犯的男女二元對立辯證模式」一語之上。正如同「歷史想像空間化」不必然是女性（相對於男性）的思維，女性與男性史觀也不必然是對立

---

❷　見黃錦樹〈中文現代主義——一個未了的計畫〉，2001 年 6 月政大中文系「現代主義與臺灣文學學術研討會」論文。

面。詩、散文、小說等不同文類之間，也存在著這種關係。例如許多女性散文作者同時以詩或小說聞名，甚且一題分寫；余光中的散文革命，主張散文應兼具質料、密度與彈性，張菱舲在六〇年代，就出入於音樂、舞蹈等不同藝術間，以優美的散文作了承接。

結構學大師傅柯（Michel Foucault）所提出的「知識考掘學」（archaeology），在此或許可以給我們一點借鏡。棄絕正統的宗譜（geneaology）、線性的歷史觀，重視歷史演變中存在的無數縫隙（rupture; abyss），才是我們重構（或再現）歷史真相時，不可或缺的態度。㉕傅柯並且認為，除了一個時代的代表人物外，我們也須進一步研究那些名不見經傳的人或事，「因為他們在構成一時代的話語（一作「論述」discourse）中，亦佔有舉足輕重的地位」。文學史上隱沒的「小」女聲（范銘如語）㉖，可不是只有小說而已。而歷史的分期，恐怕引用雷蒙威廉斯（Raymond Williams）「主導」、「另類」、「反對」並存觀念的張誦聖的分法──「反共懷鄉」、「現代主義」、「鄉土文學」……，在文類俱各不同而不能一體適用的情況下，仍有不得不存在的理由。

近來，體現了這種兼容並蓄史觀的陳芳明《臺灣新文學史》，大概是目前唯一標舉出現代主義時期女性散文有其重要性的著作。在第十七章〈女性詩人與散文家的現代轉折〉中，除了重新省視張愛玲對臺灣文學的影響之外，陳芳明並且以一整篇專章的篇幅，詳

㉕　引自傅柯（Michel Foucault）《知識的考掘》，王德威譯，1993 年，麥田。
㉖　引自范銘如《眾裡尋她──臺灣女性小說縱論》（2002 年，麥田），
　　〈我行我素──六〇年代臺灣文學的「小」女聲〉一文。

細論列諸多受現代主義影響的女性作者，將之提昇到與小說、新詩並列的地位，對於完整呈現六〇年代文學全貌，不啻爲一個極大的突破與貢獻。❷本文即在此基礎之上，對六〇年代女性散文作家趙雲（1933-）、張菱舲（1936-）、李藍（1940-），再作一深入的挖掘。除六〇年代所寫作之外，並且盡可能兼及其後作品，冀能還原時代的原貌，並對文學史的完整再作添補。

二、趙雲（1933-）：
實驗電影與小說的越位

所謂「六十年代」，所指約當 1961 年到 1970 年間（即民國五十年到六十年左右）。隨著《文學雜誌》的停刊，1960 年，《現代文學》隨即接續了譯介西洋文學理論及文本的使命，和 1959 年創辦的《文星》、《筆匯》、1966 年的《文學季刊》、1967 年的《純文學月刊》，共同推動了六〇年代現代主義文學風潮。當時佛洛依德的分析學說、法國象徵主義、超現實主義和存在主義哲學思潮，影響所及，遍及一切繪畫、音樂、舞蹈、電影及文學等各種藝術表現。內在精神上表達孤絕、荒謬、扭曲，外在語言美學趨向解散、挑戰。在這樣的風潮之下，能將實驗電影和小說的技巧轉化（越位）到散文寫作的趙雲，就是在當時一個特殊的例子。

---

❷ 見陳芳明《臺灣新文學史》第十七章〈女性詩人與散文家的現代轉折〉，《聯合文學》220 期，2003 年 2 月。陳芳明另有〈在母性與女性之間——五〇年代以降臺灣女性散文的流變〉一篇論文，收入《霜後的燦爛——林海音及其同輩女作家學術研討論文集》（2003 年，國立資產保存中心出版）。

　　趙雲，廣東省南海縣人。一九三三年五月二十一日生於越南。一九五七年在越南獨立後，因極端的排華政策，「在越南出生的華裔青年，被強迫著歸化越籍。為了貫徹要做中國人的心願，也為了要追尋生命中的光」❷，她來臺求學。先入師範大學社會教育系新聞組，後任教於臺南師範學院（原臺南師專），現已退休。趙雲寫作文類包括小說（《把生命放在手中》）、兒童文學（《美的小精靈》），與論述（《兒童繪畫與心智發展》）等。❷

　　就女性散文家年代上來說，趙雲適與林文月同齡。歷經戰亂與貧窮，是一個從僑居地來投奔祖國文化的僑生。臺灣在她的心中的「重生」的意義，可能和從日本文化回歸母土的林文月不大相同。湄公河畔，卡波拉「現代啓示錄」一般的童年，如同「在無月無光的漫漫長夜裡」。二次大戰期間，她的家鄉被日軍侵佔，而後接連而至的是越戰、越南獨立內戰。幼時曾跟一位老塾師讀滕王閣序、杜詩，而後逃難到鄉間，煤油燈下讀《駱駝祥子》、魯迅、冰心、曹禺。父親早年擔任越南報館裡的總編輯和總主筆，對趙雲的文學生涯多少起了啓蒙作用。民國四十幾年，越南局勢混亂，身為華文報社新聞記者的她，卻眼見紙醉金迷的西貢和堤岸仍然城開不夜。這段經歷，在她的散文〈昨日之歌〉、〈湄公河的輓歌〉、〈尚未

---

❷　引自趙雲〈昨日之歌〉，《寄情》（1988 年，大地）。關於趙雲自述之前半生，故鄉及童年回憶，詳見〈尚未遺忘的片斷〉、〈母親的啓示〉，收入《男孩、女孩和花》（1979 年，九歌，與王家誠合著），〈湄公河的輓歌〉，放入《寄情》（1988 年，大地）等。

❷　趙雲生平資料，國家圖書館當代文學史料全文檢索系統，及 1999 年《中華民國作家作品目錄》（文建會）亦可參考。

遺忘的片斷〉諸篇中，特別有著淡淡的哀愁底色。

趙雲的散文，約與她的小說同步寫作，最早是以一個師大公費生的身分，從發表於《自由青年》開始的。由於當年的主編呂天行頗爲賞識她，自從第一篇散文〈嘆息湖〉始，她得到發表與鼓勵，並與文壇當時盛行的存在主義接上了軌。《現代文學》、《筆匯》這些雜誌都在理論上對她產生了啓蒙。**㉚**在寫過一些如實驗電影的現代小說，並結集成《沈下去的月亮》、《把生命放在手中》後，她的寫作逐漸出現分水嶺。她自己形容如同「被困在高原上」。年輕時喜歡短篇小說挑戰創新的樂趣，在中年之後，卻逐漸轉向爲用平實的散文寫往事回憶或生活感懷。

小說與散文，在趙雲的心裡有著不太等同的份量。短篇小說是她的文學啓蒙。她曾說：

> 「我喜歡寫短篇小說，短篇小說的性質等於實驗電影，可以
> 容許各種創新的表達方式，創作時，有一種自我挑戰的意
> 味。」**㉛**

㉚ 趙雲〈隨緣——我的筆墨生涯〉，《文訊》第 39 期，1988 年 12 月。趙雲指稱：「當時文壇出現了一個花季；存在主義，超現實主義等哲學思潮，有如一陣陣醉人的薰風。沙特、卡繆和卡夫卡，把他們的哲學思想融會到文學作品裡，使我獲得很深的啓發。《筆匯》與《現代文學》，有系統地介紹世界文壇上的趨向，並經常刊登一些令人心儀的作品。我像一個在沙漠中長途跋涉的旅人，眼前乍然流動著汨汨甘泉，展開一片繁花似錦，我禁不住目眩神迷，迫不及待地吸取心靈的營養。」

㉛ 同註**㉚**。

　　而散文，卻可「直接展示出作者的心路歷程」，後來，竟成了她數量上超越小說的文類。到目前為止，如果《沉下去的月亮》（1966，文星出版，散文小說合集）不計入的話，她的散文作品總共有五本：

　　1.《零時》（1975，大地）

　　　※此書集《自由青年》專欄文章而成，全部都寫作於 1967至 1969 之間

　　2.《男孩女孩和花》（1979，九歌）

　　　※與王家誠合著

　　3.《心靈之旅》（1988，文經）

　　　※高雄《新聞晚報》專欄

　　4.《寄情》（1988，大地）

　　　※《寄情》一書，內容大半與《零時》（1975）重疊，僅前半〈寄情〉、〈紅塵〉、〈杜唐卡門下的沉思〉、〈最後的梆聲〉、〈昨日之歌〉、〈失樂園〉、〈大樹和盆景〉、〈湄公河的輓歌〉、〈黃河之水天上來〉等九篇為新作。

　　5.《歲月流程》（1996，臺南市立文化中心）

　　這五本散文，寫作在六十年代前後的，只有《零時》。然而，符合她的小說技巧的意識流手法與時空交織如實驗電影情境的，卻在她往後的所有散文集中。只要看過她六十年代寫的前衛的短篇小說，大概就可以理解那些令人目眩神奇的文字從何而來。趙雲在六十年代的臺北，接收到的現代主義風潮是全面性的。這一方面與丈

夫王家誠的藝術背景有關。❸❷從繪畫到電影,都使她的文字全面跳脫傳統,走上現代的實驗精神。

　趙雲的小說和散文,均重視心靈內在的探索,生存與死亡的本質。表現在技巧上,接近「超現實主義」所謂「自動語言」的寫作。重視意象的重疊,超出於日常慣用的語法,而創造出一種足以捕捉那些瞬現即滅的人類意識活動的語言,基本上她呈現的是抽象的世界,而非具象世界。一個馬戲團裡走鋼索的搏命者(〈把生命放在手中〉)、獨自帶著滿船幽靈在暴風雨夜航行的荷蘭船長(〈鬼船〉)、荒山上掃墓的人與一則梨園傳奇(〈無聲之城〉)、或守候未歸丈夫一生的棄婦(〈飛魚的夢〉)。趙雲在小說裡,她可以用這樣的開頭描寫一個老婦魔魘般的夢境:

> 「那條魚冉冉地飛著,斜張著胭脂那樣紅艷的雙翅。滿身鱗片流著細碎的淡綠色的燐光。魚瞪著一雙楞然的巨眼,嘴微微地噏張著,她聽不到它的聲音,然而他可以感到他在說些甚麼。它就那樣地飛著,斜斜地、慢慢地,從她的頭上掠過來又掠過去,巨大的影子頭在暗青色的天幕上,她展開臂膀,但她無法捕捉得到。……那條魚飛著,忽而遠忽而近,忽而大忽而小,以一種優美的姿態盤旋,淡綠的燐光,燃燒起心坎裏的一些渴望。她急遽地滑行,伸出捉不到,永遠捉

---

❸❷　見趙雲《歲月流程》(1996年,臺南市立文化中心),頁241-244。王家誠(1932-),遼寧人,師大藝術系畢業,為著名畫家,現已於臺南師院退休。

不到。」（〈飛魚的夢〉）❸❸

除了夢與眞實之間超現實主義之間的神秘色彩，受實驗電影不同時空中交織的運鏡手法影響的，又如短篇小說〈無聲之城〉。在〈無聲之城〉之中，鏡頭的運用如雙鏡頭，俯瞰、仰視、快速拉遠或推近……以及光、影、色彩、樂器幽細的聲音等等，都在嘗試著想給予讀者視覺、聽覺、感覺和觸覺多方面的效果。〈無聲之城〉一開始，鏡頭從山腰那座墳墓俯視著山腳往上蜿蜒的渺小行列，然後逐漸推近，終而看清了行列中的個人。第二段「遺落的籃子」，是從「山腳下望上去」，鏡頭隨著人群移向山腰。第三段「輓歌」，鏡頭是從遠距離的全景，慢慢地搖著：山頂的霧，天空的食屍鳥，喪幡……然後快速地落在膜拜的行列中。❸❹

這種飄忽傾軋的精神異狀，多線交織的敘寫手法，和無終無始的情節，對照著人的存在與價值，同時也出現在六十年代水晶〈悲憫的笑紋〉，王文興的〈日曆〉、七等生的〈放生鼠〉、〈精神病患〉和江玲的〈坑裏的太陽〉裏。只是趙雲的短篇小說寫得仍然太少，《把生命放在手上》（1975，大江）這本短篇小說集，總結了她六十年代在《皇冠》、《青溪》、《幼獅文藝》、《文藝月刊》上的所有努力。跨入七十年代，她以散文承接了一切。

---

❸❸ 〈飛魚的夢〉收入趙雲短篇小說集《把生命放在手中》（1975 年，大江出版社），此文以小說體裁，寫她的庶祖母的一生。在散文集《寄情》中，〈寄情〉一文對此曾有解說。

❸❹ 王家誠在趙雲《把生命放在手上》一書序文中，對趙雲早期小說的現代主義技巧剖析甚詳。

綜觀趙雲所有散文，早期在意念上受沙特存在主義影響較大，後期則把現代主義小說技巧融入散文中，表現更爲圓熟靈動，理趣兼備。她的散文，就主題而言，不外三者：⑴童年流離往事的追憶，⑵婚姻生活與藝術美學，⑶教育理論與哲學思考。〈大樹與盆景〉、〈挨罵的雞〉、〈讓路給小鴨子〉、〈半身的天使——肯尼〉❸這些篇章，當然都是第三類——教育理論之屬。雖然也頗有專業的洞見，但要見識她散文中的眞性情與藝術美，仍非待前二者不可。這恐怕也是趙雲散文最不可取代的價值所在。

趙雲與六十年代現代主義時期相應的散文，以《零時》爲例，從復興中華文化到兒童教育，無不措意，整體看來，論理過多，情味稍欠。〈零時〉指死亡與新生的午夜，直如存在主義哲學大全，尼采、佛洛依德加沙特；〈英雄〉是老人與海、凱撒大帝和亞歷山大；〈幸福〉則是舉格林童話，以知足爲幸福青鳥的網。直到與丈夫王家誠合著的《男孩女孩和花》（1979），趙雲忽然如同改變書寫策略般的，換了一副平實自道的面目。這部書，是極少數成功的夫妻合著的情味散文。兩人文章不但等量齊觀，且桴鼓相應，既有各自抒發性靈之處，又有整體的和諧性。趙雲的〈白頭偕老〉固然妙趣橫生，二個齜著白森森牙齒的假骷髏並陳在桌上，揭開了夫妻結縭多年的首章，王家誠的〈時光隧道與吊橋〉亦不遑多讓，把二人性格的南轅北轍、反常合道，發揮得淋漓盡致。接下來的〈鄉居〉、〈屬於我的晨光〉，同是美好的〈田園詩篇〉。〈男孩、女孩和一朵花〉寫戰亂人生的體悟，「在荒涼如沙漠的心中，不會有

---

❸　引自趙雲《心靈之旅》（1988年，文經）。

花和孩子」，展現了趙雲典型教育家與母親的溫柔與剛強。

　　她的散文自敘傳風格和現代主義手法，其實從《男孩女孩和花》的後半〈尚未遺忘的片斷〉即已悄然成形（以夫妻接力寫的方式，構築出亂離時代中二人的流落與遇合）。《寄情》（1988）中的〈寄情〉、〈紅塵〉、〈故鄉〉、〈昨日之歌〉、〈湄公河的輓歌〉諸篇又做了深化的應用。到了後期散文《歲月流程》的第一部分「蝶夢」更擴大發揮，加上親人憶往，技巧筆力，均更勝於前作。

　　《寄情》一書，書中的〈紅塵〉，基本上和〈寄情〉一樣，都是分韻分題的寫法。〈寄情〉以「玉環」、「紅寶石」、「瓶」寫庶祖母、母親、丈夫，物件牽動著人事情緣，表白甚露。〈紅塵〉的稍勝一籌在於「冬夜」、「江湖」、「鐘聲」中，雨絲和燈光交織成一面密密的網，實景與回憶如同電影蒙太奇一般疊合起來。她可以把自己、廣場上唱歌仔戲的女人、丈夫回憶中北京天橋賣藝的女子、灰色天空中孤獨掙扎的美人風箏，用浪跡天涯統合起來；一座小小的山中教堂鐘樓，穿越時空，譜出戰爭、死亡與救贖的悲涼。沈悒的底蘊和曼妙的情采，構成絕佳的藝術質感。現代主義的時空位移、多線交叉、超現實、意識流技巧，甚至電影運鏡手法，早已穿透小說，偷渡進了趙雲的散文之中。而她所用的語言，基本上已不是傳統小說的語言，而是接近現代詩的小說語言。例如：

　　　　「醉在香霧裡，彷彿墜進煙雨迷濛的山裡，金露花在岩壁上
　　　　綴起了串串淡紫；無聲的溪流；潔白的野薑花如展翅欲飛的
　　　　蝶，抖散開縷縷幽香。」
　　　　「整個軀體，似乎已變成透明而流動的霧，溶進了花香和夜

色中。」

「深深地吸一口氣,今夜的路燈也有點醉眼朦朧。一隻流浪狗拖著牠的影子,茫無所之地走進了陰影裏。」(〈紅塵〉)

「花車輾碎了笑聲」、「無助的瞪著滿屋子凝固了的燈光」(〈擺不脫的長巷〉,《歲月流程》)、「死的氣氛、宛似章魚可佈的觸手,從每一個角落中延伸開來」(〈湄公河的輓歌〉,《寄情》)。以及「冬夜是一塊凝固的冰,月亮漠然的凍結在玄色夜空」(〈浪漫之必需〉,《心靈之旅》)。種種,莫不皆然。

在《歲月流程》中,〈擺不脫的長巷〉如一首回憶組曲,是趙雲散文中極重要的篇章。在這篇寫她童時回憶與庶祖母的散文中,表面上說的是二個祖母的悲劇命運,事實上對照著長巷中妓女的處境。同一天空下生活著兩種女人,一種必須守候著一個男人即使他已經死去,一種則是在許多不同男人中生存下去,她們吟唱的是同一種悲歌。

「一格格灰色的抽屜」,成為一組銜接的意象語,是祖母的妝檯,是人生,也是居所。「我們那灰色的房子,是長巷中的一格抽屜,整條長巷被遺忘在一個稱作蕉風椰雨的異鄉裡」。

「連祖父的臉都還未見清就守寡了」的庶祖母。還不到二十歲的如花少女,背負著沉重的歲月枷鎖終老。趙雲〈飛魚的夢〉以小說筆法這樣形容:「棕色的蛾癡情的撲擊燈焰,支離破碎的翅膀,閃開一點點銀色的光澤」。等同於另一個母親的庶祖母,幽居終老的庶祖母,是一個黑洞洞永遠無法忘記的夢魘,正如周芬伶的〈素琴幽怨〉,一個飄忽蒼白的鬼影,在魂夢間遊蕩著。

戲臺上的歌妓，唱著冷冷的哭調，「像一把很鈍的鋸，鋸著那些笑語」，趙雲〈擺不脫的長巷〉收束時的手法，離奇一如電影慢鏡頭的變化。

> 「我驚奇的感到那歌妓的神情如此的熟悉，冷冷的，在一格格灰色抽屜裏，祖母以這樣的神情凝視著那男人的遺容……鈍鋸慢慢鋸著，黑衣的女人，出沒在夜中的，魅影裏那些慘白桔紅的臉，陰影逐漸逐漸膨脹，把那些褪了色的及如同面具般的慘白臉孔包容進去，一點點地溶化，隱沒。」

作為六十年代現代小說的先鋒，趙雲以後來散文的寫作承接了現代主義時期的精神與技巧。正如七十年代以後寫《夜歌》、《攝氏 20-25 度》等散文集的季季（李瑞月，1944-），她也是在六十年代抓住了現代主義時期的尾聲進入文壇的。季季筆下，似乎總有一個「月亮背面」的女性背影，正在做一步一步艱難的跨越。長夜漫漫，趙雲的長巷中有低沉的梆聲，微雨的路旁，街燈昏黃，那沉下去的月亮，如同她深沉的眼眸，幽幽的凝視著永恆的歲月。

三、張菱舲（1936-2003）：
余光中散文理念的實踐

六十年代，相應於現代主義的散文革命，發端於余光中寫於 1963 的一篇文章〈《左手的繆思》後記〉。也就是在這篇小文中，余光中提出了「我們有沒有現代散文？」「我們的散文有沒有足夠的彈性和密度？我們的散文家們有沒有提煉出至精至純的句法

和與眾迥異的字彙？」這些質疑。他並且說：

> 「……我所期待的散文，應該有聲，有色，有光；應該有木
> 簫的甜味，釜形大銅鼓的騷響，有旋轉自如像虹一樣的光
> 譜，而明滅閃爍於字裡行間的，應該有一種奇幻的光。一位
> 出色的散文家，當他的思想與文字相遇，每如撒鹽於燭，會
> 噴出七色的火花。」。（《左手的繆思》後記）

寫於 1965 年的《逍遙遊》一書後記，則是余光中對散文革命
的第二波說明：

> 「在「逍遙遊」，「鬼雨」一類的作品裏，我倒當眞想在中
> 國文字的風火爐中，煉出一顆丹來。在這一類作品裏，我嘗
> 試把中國的文字壓縮，搥扁，拉長，磨利，把它拆開又拼
> 攏，折來且疊去，爲了試驗它的速度、密度、和彈性。我的
> 理想是要讓中國的文字，在變化各殊的句法中，交響成一個
> 大樂隊，而作家的筆應該一揮百應，如交響樂的指揮杖。只
> 要看看，像林語堂和其他作家的散文，如何仍在單調而僵硬
> 的句法中，跳怪淒涼的八佾舞，中國的現代散文家，就應猛
> 悟散文早該革命了。」（《逍遙遊》後記）

由此可見，彈性、密度之說，和同時發表於《文星》的〈剪掉
散文的辮子〉一文桴鼓相應，都是 1963 年（余光中歷經兩次新詩論戰

之後）的事❸。《逍遙遊》（1965）作為余光中繼《左手的繆思》之後的第二本散文集，等於是用創作詮釋了自己的主張，同時也承接了他對現代詩傳統與現代兼具的理想。從他很偏愛的〈鬼雨〉、〈莎誕夜〉、〈塔〉諸作，可以看出他在聲音、氣味、顏色、節奏、質感（或許再加上典故）的講究，的確踐履了自己的理念。1969年白萩的「捶打、拉長、壓擠、碾碎」❸說，即發揮此說而來。

　　整個六十年代，現代散文的革新，因應時代全面性的去舊佈新而被提出。而相應的作品，除余光中本人之外，仍甚寂寥。張菱舲的散文，可說是少數支撐余光中的散文主張，而極具代表性的作品。

　　張菱舲，雲南省昆明市人。生於一九三六年。以年代論，恰與徐薏藍、程明琤同年。生於南京，歷經鄉下躲警報與戰亂的童年，與家人一路逃難，歷經桂林、柳州、貴陽、廣州，而後至香港、臺灣。「到達臺灣那一年，我已經十二歲」❸。交錯的記憶裏，時時有揮之不去的夢魘與恐懼。疾病與死亡，猶如生命中最大的陰影，

---

❸　余光中參與的兩次新詩論戰，一是 1959 年面對言曦（邱楠）的質疑，一是 1961 年面對洛夫的「天狼星論戰」，這些有關現代詩論戰的文字，都收入《掌上雨》（1964 年，文星）之中。當時余光中批判守舊，辭氣頗爲激昂，致對守舊派有「踏著平平仄仄的步法，手持哭喪棒……」、「懸掛斑駁甲骨文招牌的古董店」之語。《逍遙遊》（1965 年）中的「下五四的半旗」亦同。

❸　白萩〈自語〉（《天空象徵》後記），《現代詩散論》（1972 年，三民）。

❸　引自張菱舲《紫浪》（1963 年，文星）自序。

一直籠罩著她。〈紫浪〉這一篇中篇小說裡，**㊴**稻草墩，皂角樹林，和四月間蠶豆花掀起的紫色波浪，與墳坑裏露出雙腳的死人，共同構築了她童年的惡夢。

在困惑的十七歲裏，她曾一度醉心的浪漫主義，找尋一種「典型」。後來使她躍出泥沼的，是「現代詩，後來是現代畫，現代音樂，和所有的現代藝術」（《紫浪》自序）。她的創作，約始於 1959 年前後。余光中曾指出，她對傳統的句法，最具抵抗力，也頗受現代詩和現代畫的影響：

> 「這種新散文體，生動而且灑脫，無論在句法、節奏、意象，或詞彙各方面，都予人一種創新的感覺。而最大的特點是，對於文字的彈性，發揮到甚高的程度，便於作各種新的試驗。也就是說，抽象和具體的界限被打破了，而文字的功能，遂呈多樣化。這種的新文體，用以表現年青一代的新感受，很受青年讀者的歡迎。」**㊵**

打破抽象和具象的界限，「彈性」發揮甚高，這種散文的現代風格，在同輩女作家之中（除前述程明琤、徐薏藍外，雪韻（1930-）、林文月（1933-）、朵思（1939-）等），在當時幾乎是絕無僅有。她的

㊴ 〈紫浪〉，是張菱舲少見的中篇小說，充滿自敘傳的風格。此篇小說寫成於 1963 年，發表於《文星》，後收入《紫浪》（1963 年，文星）。此書列於文星叢刊之十八，頗受好評，除少數幾篇小說，餘均爲散文。1968 年，她因此書獲救國團優秀社會青年的「青年作家獎」。

㊵ 引自張菱舲《聽，聽，那寂靜》（1970 年，阿波羅），書前作者簡介。

散文完全棄絕五四以來的寫實傳統，早期小說甚且帶有一些過於歐化的句型。例如〈黃昏的狩獵〉（收入《紫浪》）寫一個鄉野傳說的捉姦情事，文字西化得頗「惡性」：

> 「老頭溜進秦家後門的那天黃昏，炎熱已經退去，天空是深藍的，有橘色的雲，那個漂亮的，強壯的，愉快而輕浮的年青人的妒嫉的妻子，帶著老跛子來到河谷，……」

然而，這樣西化而夾纏不清的文字，在她稍後的散文中便極為少見。1959 年從淡水英專休學後，張菱舲即擔任《中華日報》藝術文教記者，直到她 1970 年去美，共長達十一年之久。出入於畫廊、演奏會與文學會場之中，訓練出她即席寫作的快手與捷才，即使在車站中，將稿紙貼在窗玻璃上寫，一樣可以完成。六○年代初，由於結識當時主編《文星》的余光中，她的作品也開始在《文星》發表。1970 年出國後，旋即擔任駐紐約特約記者。在出國前，所有作品原預計三冊結集，而後《行吟的時光》因故未能付梓。這三本書，亦是張菱舲總其一生，為六十年代散文留下的所有成果。其資料如下：

1. 《紫浪》（1963，文星）　散文／小說合集
   ※此書僅〈流浪者〉、〈黃昏的狩獵〉、〈紫浪諸篇〉為小說，其餘十八篇，均為散文。

2. 《聽，聽，那寂靜》（1970，阿波羅）　散文
   ※此書副題為「菱舲散文集之一」，書前為余光中序文，後記為林懷民所寫。作者自序云：「西行前夕，為三本書序」

3. 《琴夜》（1971，阿波羅）　　<u>散文</u>
　　※此書副題為「菱舲散文集之二」，書前作者作序，時已在<u>紐約。</u>

　　其中此較特別的是《聽，聽，那寂靜》這本散文集的作者自序，副題作「西行前夕，為三本書序」，除以上二書，《行吟的時光》標明為「菱舲散文集之三」。（「菱舲散文集之三《行吟的時光》後並未出版，據作者言，這是一本詩情談畫散文。詳見文末附錄張菱舲去歲親筆來函）。這篇序言，其實也是一篇很美的散文（典型的「張菱舲體」），除了對以往十一年來報社記者生涯的難捨，對昔日好友的懸念（如朱立立（荊棘）、江玲❹、余光中），還有去國的決絕心情。正如張菱舲散文一貫的朦朧恍惚，迷離於夢境與真實之間的情境。出國前夕的心情，她寫道：「春日已過，夏日，蜜蜂將雲遊去了。我必須壓滅輕浮的嚮往，去登臨我的月亮。無風無雨，穩住億萬兆噸的靜寂，無生無死，一片淨土，有若磐石。」夏日、月光與沈重的寂靜，她的文字中永遠充滿著隱喻與象徵。

　　張菱舲的散文，從《紫浪》起，就有循環往復，如迴旋曲一樣的特殊結構。〈止於春天〉❷一文即為典型。在注滿春日的城市漫步，「一個老太婆在叫賣春天，叫賣著一盆盆孤寂的春天」；坐在

---

❹　荊棘，原讀臺大園藝系，曾於六十年代寫作「南瓜」，本名朱立立；江玲原就讀師大英語系，亦為文星同人，作小說《坑裏的太陽》，後赴美伊利諾大學唸碩士學位。

❷　〈止於春天〉一篇寫於 1963 年，先收入《紫浪》，後時隔七年，又收錄於《聽，聽，那寂靜》中，足見此文對張菱舲而言，是頗有特殊意義的得意之作。

博物館臺階上看蓮池，「滿池塘的睡蓮葉片在下面，滿裙兜的風掀著頭髮，我坐在此，像一尊被塑成的快樂王子，無望的望著那個亮柔光的窗子，等待著燕子……」。植物，蓮花，春天，王子／燕子（希望／絕望，無望的望著）等意象不斷重覆，直到曲終。層層疊疊，如蓮的千指，握不住一個夏天。無怪乎林懷民對她的評語是「不常寫快樂的作家」，從來「不告訴讀者完整的故事」，她只盛一盤朦朦朧朧的夢給你。很柔、很淡、很美的「秋水中倒映的一抹昏黃的光」。❹

　　收錄於張菱舲第二本散文集《聽，聽，那寂靜》中的〈聽啊寂靜〉，❹也是這種迴旋曲式的代表作。結合了詩的抽象、畫的顏彩、以及層層疊疊的精密結構，構成了如長篇組詩的高密度，以及高度象徵的意涵。秋葉，月光，蔚藍海水，詞語間互相衝突的張力，共同構築了這篇「超現實意味很濃」（林懷民語）的意識流散文：

　　　　「畫廊欲凝的冷，透過層層燃起的黑火。冷冷的紅糾纏著冷冷的橙黃冷然喧笑，乘女巫的掃帚呼嘯而過，掃小丑一白鼻尖的陰鬱。許多撕裂的蕭索釘於牆上，秋在廊外窺伺著，落葉墜下來，墜於沉重的無聲，墜在我泊於此的鞋上。……」

　　　　「傾聽這如死的靜，聽到太平洋正漲潮，藍藍的海水在蒸發

---

❹　引自林懷民〈再讀張菱舲後記〉，收入張菱舲《聽，聽，那寂靜》書末。

❹　張菱舲〈聽啊寂靜〉一文，寫作時間適巧為 1964 年 11 月，是年荊棘、江玲諸好友去美，11 月，余光中亦應美國國務院之邀出國講學。這篇文章與同書中的〈風鈴吟〉頗可互為呼應，洋溢著濃濃的傷情與愁緒。

成藍藍的月光瀉下來，要淹沒這世界。地面流滿了月光，變得很滑，從大使館出來時，差點跌了一跤。幾片貧血的楓葉，很奢侈的點綴著秋。油彩分屍了那幅畫，陰冷的在藝術館牆上抽象著，風駕女巫的掃帚掃過去，將黑燃起，紅澆冷，橙黃微微哭泣著，哭得非常抽象。⋯⋯」

「踩過月光流溼的地面，立於霓紅廣告燈座之下，仰面向數噸虹光，傾聽著數噸寂靜，等待它隕落，等待它墜下來。⋯⋯」」（〈聽啊寂靜〉）

　　月光，不知為何在張菱舲的散文中，如同一個鬼魅的陰影，總是尾隨不去。讓人想起張愛玲那「藍陰陰的月亮」，「有著靜靜的殺機」。張菱舲甚至用「流著砒霜的冰涼」❹❺形容月光。在余光中大約同時期的詩集《蓮的聯想》（1964）中，夏夜、月光和蓮池，作為重要意象，均曾多次出現。「涉過杜布西淺而冷的月光」（p.19）、「長長的街道斟滿了月光」（p.40）、「任月光漂去街的下游」（p.43）、「用這樣乾淨的麥管吸月光／涼涼的月光／有點薄荷味的月光」（p.49）、「你泳過多少哩的月光」（p.96），以及「去夏已死，去夏的月光／是已經潑翻的牛奶」（p.121）。對比於新古典時期講求東方精神的余光中，張菱舲當時的文字，正如同羅英的詩，充滿了冒險的勇氣，與無窮的可能。

　　以藝術成就來說，除余光中外，張菱舲在六〇年代同輩作家中幾稱絕無僅有，而在她所有結集的三本散文之中，又以《聽，聽，

---

❹❺　引自〈風鈴吟〉，收入張菱舲《聽，聽，那寂靜》，頁73-74。

那寂靜》最為貼近她的內在心靈，且最能總結她的超現實散文實驗。最早的《紫浪》，小說之外的十八篇散文，如〈下午的書房〉、〈十六歲趣事〉等，仍多有自傳的意味。最晚的《琴夜》，是 1969 年間採訪各音樂、舞蹈表演的報導，除了少數篇章如〈牧歌〉訪馬思聰，〈把明天送到彼岸〉訪黃友棣為長文之外，都是篇幅短小的方塊文章，每篇約僅千把字左右。

在《琴夜》中，張菱舲文字之簡潔、標題之精美，幾乎已到了無可增刪一字的程度。如〈雨中有株紅菱〉、〈有朵鬱金香黑而冷〉、〈月光流過典雅〉、〈琴音鏗然〉、〈有神話升起〉、〈越過冬天〉……等。在《神話夜》一文中，她這樣作芭蕾舞天鵝湖表演的開場：

> 「芭蕾的魔趾，點開五個美得令人欲泣的夜晚，神話的夜，昨晚第一夜」。**❹**

這簡直是文字的仙女棒，令人目瞪口呆的文字魔術。這，或許就是余光中所說「一種奇幻的光」，明滅閃爍於字裡行間，「撒鹽於燭，會噴出七色的火花」吧！

一個可以寫出「風從栗樹滴落風聲，刺栗子落下來，擊碎夢」、「聆滿夜星語，淋滿夜星雨」、「過往如複眼分裂我」**❹**這

---

❹ 張菱舲〈神話夜〉，收入《琴夜》，頁17。

❹ 引自張菱舲〈碎夜〉、〈蟬蛻〉二文，收入《聽，聽，那寂靜》，頁90、100。

樣的句子的散文寫作者。類似羅英（1940-）的超現實新詩實驗，卻加上了散文的質感、結構、聲音和顏色光影，對余光中「有聲、有色、有光」、「交響樂的指揮杖」作了完美實踐。她的散文，都寫成於六十年代，成了六十年代現代散文一則最美的傳奇。也是女性散文家在現代主義時期最亮眼的表現。只可惜這樣的一枝彩筆，赴美之後已然沈寂多年，且於今年（2003）初成爲絕響。那個筆落風神的蓮池仙子，已然隱沒在歲月無邊且巨大的沈寂之下。而與眾多讀者仍無緣的，是她那永遠遺落於歲月長河中的「談畫的散文」，與行吟的時光。

四、李藍（1940-）：
張愛玲的隔空影響

在六十年代，除了學院派以《文學雜誌》、〈現代文學〉爲據地推動的文學革新之外，有一項重視心理幽黯及潛意識的書畫寫美學，隨著張愛玲的文本來到臺灣，那就是三十年代以來受城市現代主義影響的海派小說，以及和張愛玲文學同時的劉吶鷗、施蟄存、穆時英……等（日本文壇上稱「新感覺派」）。

由於夏志清《中國小說史》的推崇，六〇年代以後張愛玲被傳介到臺灣而聲名大噪，影響所及，致有「張派」一系。❹四〇年代

---

❹ 詳見王德威，〈從「海派」到「張派」——張愛玲小說的淵源與傳承〉，收入《如何現代，怎樣文學？》（麥田，1998 年）。〈張愛玲成了祖師奶奶〉，《小說中國——晚清到當代的中文小說》（麥田，1993 年）；〈女作家的現代鬼話——從張愛玲到蘇偉貞〉，《眾聲喧嘩之後：三〇與八〇年代的中國小說》（遠流，1988 年）；〈落地的麥子不死——張愛

活躍於上海的張愛玲，她一方面受狎邪體舊式通俗小說如《海上花》、《啼笑因緣》的影響，一方面又從西方哲學和文學上得到啓發。在聖瑪麗亞女中和港大唸書時，James Hilton 的《失去的地平線》（*The Lost Horizon*），以及 S. Maugham（毛姆），A, Huxley（赫胥黎）等人的小說，對她都有過某種程度的啓蒙。從這個角度來看張愛玲的現代性，事實上她所表現的文本性格（textuality）不但是都會的，菁英式的，而且是非常中國的。在散文表現上來看，張愛玲接受西方現代主義的精神，卻以純正優異的中文作表達。她不特別凸顯性別／政治議題❹，反而著重知性與感性的融合，建立了一套自己的直觀美學。這種傾向，在張誦聖來看，其實較接近一種右翼的思想模式，具有懷舊傾向，並且重新定義了女性特質。這也因此可以解釋，爲什麼八〇年代張派的「閨秀作家」如蔣曉雲、袁瓊瓊、朱天文等人多是眷村第二代的原因。❺

　　從中國性以及懷舊情結來定位張愛玲在臺灣的位置時，六〇年代的女性小說家（兼散文家）李藍的座標因此驟然浮現。在受張愛玲散文影響的系譜中（例如洪素麗、李黎、袁瓊瓊、周芬伶、張讓、戴文

玲的文學影響力與張派作家的超越之路〉，《華麗與蒼涼──張愛玲紀念文集》（皇冠，1995 年）。

❹　以性別／政治／權力觀點來解讀張愛玲者，似乎仍只是以「小說」爲論述主要對象，如林幸謙《張愛玲論述──女性主體與去勢模擬書寫》（2000年，洪葉）。

❺　參見張誦聖〈袁瓊瓊與八〇年代臺灣女性作家的「張愛玲熱」〉、〈臺灣女作家與當代主導文化〉，二文俱收入《文學場域的變遷》（2001 年，聯合文學）。

采）❺，1940 年出生的李藍，論年齡堪稱最長。與她同年（1940-）的女性散文作者，是劉靜娟、羅英、丘秀芷，乃至稍晚（1941-）的張曉風、陳少聰，她們的散文都沒有襲自張愛玲影響的語言特質。而所謂八〇年代閨秀文學，包括洪素麗、李黎、袁瓊瓊、周芬伶、張讓、戴文采，離李藍「仿張」體散文，大約還有十來年的差距。

李藍，本名楊楚萍，安徽省合肥縣人。一九四〇年生於湖北的她，記憶中的童年，是硝煙炮火的嘉陵江畔，躲警報，在苦栗子林裡揀拾雨後灰色的小菌。南京下關碼頭冬日的風裏，看大人們搶上搶下的把行李運送上船❺。她形容在串聯著眼淚、野蠻、侮辱的歲月中，「我們恰恰是擠在這道上的過客」。失鄉流浪的歲月中，他們如同「沒有棲止的，流浪在風雨中飢餓的蛾」。

李藍年幼即隨父母來臺，童年在南部鄉下度過，對故鄉（〈南歸〉一文中的「T 鎮」），「並無一點留戀與牽掛」。她的寫作開始得很早，十八歲便發表第一部小說《哀樂人間》（1963，亞洲文學）。在許多長篇小說中，她以寫實手法反芻著她的中國山村經驗。在《綠鄉》（1966）、《哭泣的沙漠》（1968）、《沒有故鄉的人》（1968）、《黑鄉》（1970）裏，總是落後傳統的山鄉，掙扎的人性。胡琴啞啞的盪在冬風裏，屏脊上一片白霜，黑巷子口，不時

---

❺ 相較於小說，張愛玲的散文成就和影響其實一點也不遜色。她的散文在四〇年代的上海和蘇青被並置合觀，具有都會女性的獨立觀點。六〇年代以後，隨著《流言》、《張看》的再版，流風所及，有許多女作家散文頗受影響。筆者另有一文〈寫在水上的字——張愛玲的散文系譜〉，現正撰述中。

❺ 見李藍〈故鄉之外——代序〉，收入《沒有故鄉的人》（1967 年，水牛）。

有一兩隻野狗冷不妨的竄出來,「尖刺刺的嚎叫著,把夜給戳出了一個洞,叫人聽了全身發毛❸」。師範學校畢業後,放棄了當老師的職業,與父親決裂,到臺北專業寫作的李藍,一九六五年與作家桑品載❹認識未幾即結婚。她的許多小說都是在敝陋的小屋,拮据的經濟情況下勉力完成的。

相較於小說,李藍的散文成書稍晚,且產量不多,連小說／散文合集亦計入,亦僅二本:

1. 《在中國的夜》(1972,晨鐘)。

2. 《青春就是這樣》(1974,華欣文化中心)　※散文／小說合集。

《在中國的夜》一書,大約結集了李藍 1968 至 1971 年之間的散文創作,作者在書前自序中說:「開始的時候,是由於某些情緒的發抒,情感的執著與人間世相裏一些偶然的發現」,「完全是即興的,想不到竟也得到一些彩聲」。❺李藍的小說,如文前所述,主要集中於六十年代,她的寫作風格,除了後來改變風格的《紅唇》(1976)❻外,與其說受

---

❸　李藍《沒有故鄉的人》(1968 年,水牛),頁9。

❹　桑品載(1939-),浙江人,著名小說家與編輯。十一歲即隨軍來臺,關於早年經歷,見桑品載《岸與岸》(2001 年,爾雅)一書。桑品載有一文寫李藍,〈李藍,我的家主婆〉,《純文學月刊》8 卷 6 號,1970 年。關於李藍的童年往事,可見〈那一點點蝕去的歲月〉(收入李藍《在中國的夜》)。

❺　李藍《在中國的夜》書前自序,寫於 1972 年 3 月。

❻　李藍《紅唇》(1974 年)一書,寫作稍晚於《凌晨兩點鐘》,為一長篇小說。據筆者手上版本,封底內頁作「沈臨彬封面設計,永裕印刷廠」,並註明郵政劃撥楊楚萍帳戶,似為自印本。書中主角程炳照,懷疑妻子紅

有現代主義思潮影響，不如說略略近似司馬中原、大荒（伍鳴皋）一路的鄉野傳奇寫實派。到了七〇年代，她的小說寫作漸漸減少，反而寫起散文來，而且是一種帶有荒涼頹廢現代美學的散文。「夏天的夜晚，清空是冰藍色的，上面浮著小而白的月亮，像冰塊……」❺❼，這樣惘惘的威脅，和荒涼的心情，竟和這本散文集的書名《在中國的夜》一起，讓人想到活躍於四十年代上海的張愛玲。

張愛玲這篇名為〈中國的日夜〉的小文，原附在小說集《傳奇》（1944，《雜誌》出版）書末，〈落葉的愛〉一詩，已成了許多人慣引的典故。那「金焦的手掌／小心覆著個小黑影……秋陽裡的／水門汀地上，靜靜睡在一起，它和它的愛」，把情愛糾結的紅塵作了令人驚悚的詮釋。走在亮晃晃的冬陽裏，上小菜場提回「沈重累贅的一日三餐」，「無線電的聲音，街上的顏色，彷彿我也都有份；即使憂愁沈澱下去也是中國的泥沙」：❺❽

「我的路，走在我自己的國土。亂紛紛都是自己人；補了又補，連了又連的，補釘的彩雲的人民。我的人民，我的青春，我真高興晒著太陽去買回來沈重累贅的一日三餐。譙樓

杏出牆，與多年好友唯農之間有許多微妙的心理角力與嫉妒情結，全書窺探人性幽微，頗有現代主義之餘風。蕭毅虹〈看山不是山，看水不是水——初評李藍「紅唇」的主題〉一文可參考，《哲學與文化》3 卷 3 期，1976 年。

❺❼　同前註。

❺❽　引自皇冠版，1968 年《張愛玲小說集》，頁 506。

　　　初鼓定天下，安民心，嘈嘈的煩冤的人聲下沈。沉到
　　　底。……中國，到底。」（張愛玲〈中國的日夜〉）

　　如果我們引用前文黃錦樹論文（詳見注❷）中所指出：「中國
性——現代主義」此一觀念，不難明白在現代主義美學中，某些作
家是襲取它的內在精神（荒蕪、扭曲、孤絕），而非語言實驗（意識
流、文類交融）的。李藍很可能就是一例。而且，遍閱張愛玲小說及
散文譜中受影響的作者（尤以女性最爲典型），很少在敘述方法上歐
化（西化），反而是更向中國性——一種傳統、精純、張力飽滿的
文字靠攏。在情感氛圍上，則偏向表達對舊傳統與傳統中國的眷戀
與悵惘。李藍的〈在中國的夜〉，在內涵和文字上，都是張愛玲四
〇年代上海時期〈中國的日夜〉的承接。她寫靜夜中野臺戲、平
劇、小販的聲音，荒涼戰亂的年代裏，有一種「狡黠的魅力」，一
股「悽美而古老的蒼涼感」、「模糊又明亮」。文武場穿著灰藍罩
衫，有種「忍氣吞聲和無可如何」；賣粽子的老人軟綿綿拉長的唱
腔：「湖州——粽子」，兩個字拉得老長，「似乎懷著冤屈，從亙
古到如今」。在用字的創新，和意象的張力上，李藍比起張愛玲，
簡直不遑多讓。例如：

　　　「小時候第一樁詩厭的事，就是不得不跟在大人後頭，走到
　　　鑼鼓喧騰的場子裏去看戲，那樣子拼命似地敲敲打打，彷彿
　　　把整個空氣裏的分子，都要鼓動起來，它能把人帶到一種無
　　　可抵抗的激流裏去。」
　　　「場子裏的空氣就猝然潮濕起來，潮濕得像一陣劈頭蓋臉而

來躲都躲不及的雷雨，鑼鼓和胡琴喧嘩著，聲勢奪人地要刻
意把人們一勁兒地往一個地方趕，轟隆隆從四方八面擁來，
叫你逃避得了。」

「悽清荒涼，直逼到人的心底去，千迴百轉的唱腔和立辨忠
肝的臉譜，前者是民族的聲音，後者是歷史的歸納。平劇裏
頭有許多象徵的東西，不像西洋歌劇直接得像是臉對臉。尤
其是那種奇怪的唱腔，幽幽的像夜路上一盞燈火，美得悽
惻。平劇裏的青衣和旦角，又是那樣美艷得惱人，那樣地悽
絕。」（李藍〈在中國的夜〉）**㊿**

這樣的相似程度，例如同書《在中國的夜》中另一篇散文〈另
一個天空，另一種雲〉，李藍寫道：

「在這靜寂的夜裏，窗外是一簇簇閃開的電燈的亮光，遙遠
的火車嘶鳴，計程車穿刺過去的碎裂聲，對過洋樓裏交疊的
人影和笑語，洗牌的聲音炒豆子似地鏈過去鏈過去。都市的
夜，有點像下遲班回家的小舞女，倦怠、慵懶，脂粉剝落」

〈油紙燈籠及其他〉中：

「那圓大的落日，趕著往樹梢下頭沉下去，更沉下去……它

㊿ 引自李藍〈在中國的夜〉，《在中國的夜》（1972 年，晨鐘），頁 5-
12。

看起來是安穩、平和、遲緩而友愛的，像古老的中國，像沒
有戰爭的年月，幾十年和一天沒有兩樣。緩慢而溫靜，如老
屋裏照進來一方斜斜的太陽；太陽光裏那些浮動而微細溫暖
的灰塵。」

又例如〈廢城記〉形容臺南：「像是洗褪了色的陰丹士林大掛
子，灰撲撲的，洗得發了毛，又老像是瞌睡不醒」。都是極為酷肖
張愛玲的。

李藍散文之神似張愛玲，原因可能是相似的家庭背景和生活環
境，她自己倒是不曾在文章中透露任何張愛玲之於她的關係。寫小
說的人，有時事隔多年，才把真實的一面在散文中示人。例如「晶
傳慶」之於張子靜（張愛玲的弟弟），「川嫦」之於張愛玲的堂姊，
在張愛玲的散文集《流言》（尤其是視為自傳的〈私語〉一文）中，處
處可以見到真實生活中小說的模特兒。李藍〈沒有故鄉的人〉中的
混血兒蓓姬·蘇和流落巴黎街頭的杜丹薇，難道不是〈那一點點蝕
去的歲月〉（《在中國的夜》）中的蘇珊嗎？那時候，年輕的李藍寄
居在臺大附近窄小的公寓學生宿舍中，認識了父母不詳的混血女孩
蘇珊，「她有一頭栗色的髮，那髮從中挑開來，披垂到臉頰上，用
那一雙澄藍而悲哀的眸子瞪人，像法國某一個時期畫家筆下畫的小
妓女的神色──絕望、哀愁，但卻美麗。」⑥

真實生活中的李藍，想必有過絕望、哀愁而美麗的年輕歲月。

---

⑥　李藍〈那一點點蝕去的歲月〉，見《在中國的夜》，見前註，頁94。

祖父是前清秀才，母親飽經戰亂的憂患❻，父親「沈浸在線裝書」中，「有種凝冷的肅殺氣，但也是蒼涼寂寞的」。在大年夜後，與父親決裂，一個人回到臺北住處，夜晚九點，李藍的形容，讓人想起，離開父親後在母親住處感到絕望的張愛玲：

> 「街上的公車和計程車和神色倉惶的人來來往往地織著，幾乎沒有聲息，是被一個轟轟的大聲息包裹住了。這個大而厚實的城市在我眼前，但卻距離我老遠，彷彿我是站在一幅圖畫前面。整個天地是一個球形的藍瓷瓦缽，上面灰藍的一色天體是個蓋，把這黑實的深藍色缽子給密密地合上了，那蠕動的人群，車輛，那一串串明滅的燈光，是缽裏跳動的精靈，牠們在缽裏自成一體，也是一個悠久亙古的世界。」❷
>
> （李藍〈那一點點蝕去的歲月〉）

李藍之神似張愛玲，修辭上明顯有承繼的痕跡，尤其是聲音、氣味的直觀與描摩。以當下的感官去接近理性世界，標榜「是眞女

---

❻ 關於母親勞瘁的一生與早天的戀情，李藍在〈那條遙遠的河〉中，有動人的描述。此文亦收入《在中國的夜》中。

❷ 李藍〈那一點點蝕去的歲月〉，見《在中國的夜》，頁 97。張愛玲在〈私語〉中，她這樣形容對母親信任的失去：「一個人在公寓的屋頂陽臺上轉來轉去，西班牙式的白牆在藍天上割出斷然的條與塊。仰臉向著當頭的烈日，我覺得我是赤裸裸的站在天底下了」。（《流言》，頁 68，皇冠版）相同的例子，又如李藍〈某種感覺〉（收入《青春就是這樣》），剖腹生產時，「手術室是大而陰涼的，有古墓的清幽與靜謐」，亦是張愛玲形容老宅子「陰暗的地方有古墓的清涼」（〈私語〉）的翻版。

子，非好女子」，展現一種強調差異的獨特女性人格美。❻後來學張愛玲散文的女作家，如袁瓊瓊、蘇偉貞、戴文采，無不將此「女性的」（Female）❻直觀美學發揮得淋漓盡致。李藍最典型的「仿張」體代表作，應算是〈色之鄉〉❻和〈我們看花去〉❻兩篇文章。她形容新芽嫩枝的綠，「碰一碰就會哭起來似的」，枝子上乍乍伸出來的淡綠，「擠眉弄眼的」，松樹有種「世故氣」，「卻有一種奇異的尊嚴感」。

> 「有一種桃紅，卻是紅得悽美，紅得冷艷。古時候深宅大院高樓秀閣裏女人頭上的飾花，小姐頰上兩片長胭脂，怕都是這種悽艷的寂寞紅罷？她們本身也就是那飾花和胭脂，終年寂寂地被收在四方匣子裏，前面是院子，後面是廚房，嚴嚴地把她給封牢了。感覺上，永遠在枕上聽見那惱人的夜漏，永遠是悽苦的冷雨秋風。她甚至出了嫁，做了母親，那紅依然是寂寂的，悽艷的……隨著年月，它一點一點褪了色，仍然是收在匣子裏，沒人知道她——一個美麗的死蝴蝶的標

---

❻ 周芬伶《艷異——張愛玲與中國文學》（1999 年，元尊）第四卷中，對張愛玲散文風格有詳細剖析。

❻ Elaine Showalter, A Literature of their Own (Princeton: Princeton University Press, 1977 年)，頁 12-16。伊蓮修華特認為，女性發展第一階段是模仿男性，第二階段是反抗男性標準，第三階才是「Female」，自我發現，尋找新身分。

❻ 〈色之鄉〉一文，收入《在中國的夜》（頁 145-155），也收入《青春就是這樣》之中，足見李藍對此文的偏愛。

❻ 〈我們看花去〉，收入《青春就是這樣》（華欣，1974 年），頁 3-8。

本。」（李藍〈色之鄉〉）

「開得不好的菊花，尤其邋遢喪氣，髒兮兮的，像沒有洗乾淨的絨線衫」，「水仙花養在水盂缽子裏，清水底下墊著黑的白的石子兒。汪在石上的一層水，浮著奇異的光，像愛人目光交接時的那雙眸子。水仙這種花，彷彿只是一種象徵，那花是鬼魂……」（李藍〈我們看花去〉）**❻❼**。李藍除了外在色相的描摩襲自張愛玲之外，有一處提及自己熟讀張愛玲小說。在〈某種感覺〉（《青春就是這樣》）中，走在書攤旁，又買下一本張愛玲小說坐下翻看，刹時覺得，張愛玲筆下的人物，竟然活生生如在眼前。

> 「那麼熟悉的一些人，米堯晶、敦鳳、白流蘇、葛薇龍、聶傳慶，一個個都走到跟前來，打我身旁擦過。也許那十路公共汽車上走下來穿西裝的兩兄弟，就是振保和篤保，還有變了鬼又脫胎到這世上來的曹七巧，依然是「瘦骨臉兒，朱口細牙，小山眉毛」，她坐在大而黑的轎車裏，仍然枷著她那把金鎖。」（李藍〈某種感覺〉）

李藍對張愛玲的承襲，在臺灣文學史至少代表兩種意義，一是現代主義（中國性─現代主義）美學的隔空影響，二是女性獨特的

---

❻❼ 史書美〈一九三九年的上海女性──從後殖民論述的角度看中國現代性之「現代性」〉，《聯合文學》10 卷 7 期，1994 年 5 月。史書美指出，中國現代女性的「現代性」，與西方殖民主義關係密切。

「空間」意涵的發揮。從後殖民論述的角度看三〇年代上海的女
性，事實上「新女性」的符號系統中，力現身體的美麗與性感背
後，是爲了取悅男人。也正因這一點，蘇青和張愛玲的「眞女人」
作風，與「飲食男，女人之大欲存焉」（蘇青語）的「叛逆書
寫」，成爲殊異於傳統的現象。其次，空間的概念，取代直線的時
間，「在文學上的重要性其實是現代主義的具體化」。⑱張愛玲筆
下的靜態空間（門、窗、房間……），例如〈桂花蒸阿小悲秋〉，從
高樓後陽臺望出去，連天也背過臉去了，「城市成了曠野」；〈留
情〉中焦急的電話鈴聲，迴盪在清冷的房間中。張愛玲事實上把空
間加以延伸，並轉換詮釋，成爲心理和時間的借喻（trope）。類似
這種手法，如李藍以「整個天地是一個球形的藍瓷瓦缽」以喻絕
望，頗得其眞傳。⑲

結　語

　　從簡媜、周芬伶等中生代女性散文作家筆下，我們所能窺探的
這個世界，縱使不是扭曲變形，也已是支離破碎。在所有的文類都
在講究邊緣性（marginality）和顚覆性（subversion）的時候，女性作家
其實從未缺席。從六十年代趙雲、張菱舲、李藍到頗有女性自覺意
識的蔣芸《遲鴿小築》、曹又方《隨緣小記》、《出岫》、《笑

⑱　蔣翔華〈張愛玲小說中的現代手法──試析空間〉，《聯合文學》10卷7
期，1994年5月。
⑲　李藍〈那一點點蝕去的歲月〉，《在中國的夜》，詳見註⑳及前文所引。
空間的隱喻，女作家中，另有馮青〈房間〉一文，收入馮青散文集《秘
密》（1985年，林白），頗能與此互爲發明。

拈》。七〇年代張曉風的變奏,到八〇年代「撒豆成兵,點鐵成金」的文字精靈簡媜,都在「她們的文學」中,揉合了現代主義以降最富挑戰性的語言實驗與前衛精神。

記憶的碎片在歲月的浮光中閃現,在分裂與離散之間,統合一個完整的自我。近年來鍾文音《昨日重現》中所呈現的家族史,以放射狀取代直線座標的歷史學,並以記實性高的散文取代虛構的小說,也是女性寫作異於男性的地方。這種異於傳統的「歷史書寫學」(historiography)。它所呈現的空間細緻、抽象,且情感流動❼,在瑣細事物中,建構起屬於女性記憶與想像的歷史版圖。

簡媜在《天涯海角》中,曾說:「一部歷史,往往就是一部流浪史。我們是否真可以找到一種高度,足以放眼八荒九垓又能審視自己這卑微的存在?」❼

是心靈解放,也是對權威的抗拒、傳統的背叛,既冷靜自鑒,又自度度人。即使是卑微的存在,臺灣當代女性散文在六、七〇年代開始展現了女性文學的主體性與自覺,承接著五四跨海而來的中國性與寫實傳統,也預示了八、九〇年代眾聲喧譁的散文後現代世代的到來。臺灣當代女性散文,從未在創作場域或心靈探索中缺席(相對於男性文本與歷史線性的大敘述),只是從未被理所當然的重視並研究而已。

---

❼ 林育丞〈昨日帝國的記憶與重現──鍾文音的物件、想像、家族史〉,收入《臺灣文學史的省思》(富春,2002 年)。
❼ 簡媜〈後記〉,《天涯海角》(聯合文學,2002 年 3 月),頁 285。

民間的集體記憶——論
當代大陸散文的飢餓主題

鍾怡雯[*]

　　中國以農立國，作爲廣大勞動階級的農民必需仰賴相對少數的
地主，在政治和經濟雙重剝削下，他們的一生可以簡化／等同於爲
食物而奮鬥的血淚史。中國的農耕史因此也可視爲飢餓史。食物的
匱乏是中國現代化進程中的嚴重病癥，從封建時代到新中國成立，
中國人長期籠罩在巨大的飢餓陰影下。現代文學史從魯迅以降，也
有一脈理路鮮明的飢餓主題，反覆被不同世代的創作者書寫著。這
條以小說爲主的書寫隊伍從二十世初走到二十一世紀，從五四到當
代，文學的思潮幾經更迭，飢餓這古老的主題一路從現實主義、社
會主義寫實主義沿續到魔幻寫實乃至後現代，從魯迅的〈祝福〉、
路翎《飢餓的郭素娥》，以迄當代小說家莫言的《酒國》、虹影
《飢餓的女兒》、余華《活著》和《許三觀賣血記》，以及蘇童
《米》等等，飢餓主題成爲創作者對匱乏的中國社會最直接而有力
的反省。晚近隨著大陸散文的勃興，飢餓亦成爲散文作者關注的題
材，魯迅「吃人的禮教」這形而上的批判，被「滿足肉體欲望」的

---

*　　元智大學中語系專任助理教授

形而下呼喊所取代，自然主義式的書寫在當代作者筆下，藉著飢餓再次復活。

以散文這相對眞實的文類書寫飢餓，充滿著赤裸而直接的生物本能。《酒國》的紅燒小孩是眞是假，魔幻寫實盡可當作蒙太奇，讀者可以「小說是虛構的」緩衝「人吃人」的撞擊。《許三觀賣血記》中許三觀以賣血換取食糧，亦同樣可以「故事」淡化血淋淋的控訴。當作者們以自身的經歷敘事，以個人取代小說的虛構人物，透過散文的「眞實」控訴社會不公，以更接近「社會主義現實主義」的創作方法逼視現實和歷史，散文等於迂迴的回應了毛澤東的政策：打倒地主並不等同於「人人有飯吃」。歷史告訴我們，糧食分配不均和糧食的缺乏確實是中國數千年的病，然而創作者們卻要說：天災和人禍交相煎逼，才是飢餓的罪源，實非共產主義所能解決。

飢餓書寫是一種集體記憶，亦是民間歷史。當創作者在書寫飢餓經歷，他們其實在重新探索歷史重新被講述的可能，何況晚近的歷史學早已指出客觀歷史不存在，歷史和文學之間界線並非如此涇渭分明。後現代主義者海登·懷特（Hayden White）就認爲歷史是敘述體，而敘述體的形式會讓史家們在著述時，不斷整理、剪裁已經挑選過的史實，加以編排處理。他提出「情節編織」（emplotment）❶這觀念，認爲史家們剪裁史料的目的，就是在有意無意地製造情節，使得故事生動誘人，亦有論者以爲「史學家的工作與文學創作

---

❶ 劉世安譯、海登·懷特著《史元：十九世紀歐洲的歷史意象》（臺北：麥田出版公司，1999），頁 7-13。

沒有根本的不同」❷，我們可以說，當代的飢餓書寫讓讀者得以發現歷史陰暗角落裡的民間記憶。

當代大陸散文的飢餓主題大體上可以歸納出以下幾個母題（motif）：怪誕現實主義式的飢餓記憶、餓飯伴隨著疾病的共生關係、解決了肚子才有面子問題、吃飯只爲幹活非關享樂，當然也有作者表現了徘徊在生存本能與道德之間的掙扎。以下所論述的散文或多或少都演繹了這五個母題。在政治力減弱，「大敘事」（grand narrative）被個人歷史所取代的年代，創作者以散文書寫了他們的飢餓記憶，飢餓因此亦是苦難的國族歷史。

當代創作者中，以莫言散文的飢餓書寫最令人側目，尤其演繹怪誕現實主義式的飢餓，可謂無出其右。莫言小說深受魔幻寫實大師馬奎斯的影響，以魔幻而寫現實，莫言想要表達的是：中國的當代史是一則魔幻寓言，充斥著餓得變形的現實。短篇小說〈糧食〉爲填飽孩子的偉大母親，囫圇吞食工廠裡的生碗豆，回家後完整的吐出成爲哺育孩子和瞎眼婆婆的糧食。孩子因此得以健康長大，婆婆得以長壽。敘述者藉工廠女工馬二嬸點出：「人早就不是人了，沒有面子，也沒有羞恥，能明搶的明搶，不能明搶的暗偷，守著糧食，不能活活餓死」❸。勞其筋骨餓其體膚的結果適得其反，非但無助於養志，反使人類回返動物的原始本能。值得注意的是結尾：「這是六〇年代初期發生在高密東北鄉的一個眞實故事，這故事對

---

❷ 王晴佳、古偉瀛《後現代與歷史學》（臺北：巨流圖書公司，2000），頁21。

❸ 莫言《傳奇莫言》（臺北：聯合文學，1998），頁152。

我的啓示是：母親是偉大的，糧食是珍貴的。」❹這畫蛇添足的一筆，似乎也可說明何以莫言後來的兩本散文《會唱歌的牆》和《北京秋天下午的我》一而再、再而三演繹切身的飢餓經歷，小說之不足，散文書之，這巨大的創作動力，是「餓到靈魂裡去」的匱乏，也才因此餓出扭曲的現實記憶。

其次，莫言散文一再自曝強大的食慾，並屢屢提及餓得百病叢生的母親，正印證了〈糧食〉這「眞實故事」對莫言散文的啓示：糧食的珍貴和母親的偉大。糧食和母親的象徵意義本可相通，分別是「活命的根本」和「愛的泉源」，因此莫言的飢餓同時述說了這樣殘酷的事實：母愛無法填補生理上的飢餓，飢餓需要的是食物而非母愛。飽暖思淫慾，這句中國的老話到了莫言手裡翻轉成：飽暖方有成爲「人」的權利——中國哲學對「人」的道德要求，乃是飽暖後的事，莫言展示了他對生命最具體的詮釋：吃飽才有面子問題。馬克思主義的「唯物」因此意外的被賦予了不同的意義。

〈草木蟲魚〉有一段寫冬天吃樹皮的經驗，十分「唯物」。四季之中以冬季食糧最少，沒有野果野菜，他們吃青苔和樹皮：

> 上過水的窪地面上，有一層乾結的青苔，像揭餅樣一張張揭下來，放到水裡泡一泡，再放到鍋裡烘乾，酥如鍋巴，味若魚片。吃光了青苔，便剝樹皮。剝來樹皮，刀砍斧剁，再放到石頭上砸，然後放到缸裡泡，泡爛了就用棍子攪，一直攪成漿糊狀，撈出來，一勺一勺，攤在整子上，像攤煎餅一

---

❹　同註❸，頁 157。

樣。從吃的角度來看，榆樹皮是上品，柳樹皮次之，槐樹皮
更次之。我們吃樹皮的過程跟畢昇造紙的過程很相似，但我
們不是畢昇，我們造出來的也不是紙。❺

從上面這段引文我們可以讀到望梅止渴的替代心理，想像取代了現
實：青苔可以當成鍋巴享用，兼有魚片之味。樹皮則想像成煎餅，
猶能苦中作樂排行樹皮滋味，這是餓漢的食物想像。然而莫言的食
物類比也只僅止於物質，不能再作抽象的延伸，例如畢昇的造紙發
明，儘管在莫言看來，他們的行為和畢昇是如此相似，結果卻完全
是相反的，填飽肚子和人類文明根本是兩條背反的路。「我們造出
來的也不是紙」這句話點到即止。造出來的是甚麼，不言而喻。這
個答案可以在莫言另一篇散文〈吃事三篇〉找到解答。大飢荒肚子
空極了時，童年的莫言和夥伴們曾經吃煤炭，煤炭不消化，於是又
原樣的排泄出來。為了證明實有其事，莫言還求證另一位鄉親王大
爺，王大爺的回話倒使這事更魔幻：「你們的屎填到爐子裡還呼呼
地著呢！」❻

　　唯物之事尚不止這一樁。〈我和羊〉寫放羊姐經驗，羊很肥而
人很瘦，於是他學羊吃草。如果莫言小說裡卑賤的肉體形象是對獨
白時代頌歌式寫作的反思，散文則是以反諷的「唯物」回應馬克思
主義的唯物思辯，「唯物」者，唯食物也。學羊吃草之外，這篇散
文最令人側目的是羊兒最後難逃一宰，莫言儘管傷心，卻無法抵抗

---

❺　莫言《北京秋天下午的我》（臺北：一方出版社，2003 年），頁 101。
❻　莫言《會唱歌的牆》（臺北：麥田出版公司，2000 年），頁 74。

食物巨大的誘惑而大嚼。「我們家族裡的十幾個孩子，圍在鍋邊，等著吃牠的肉。我的眼裡流出了淚。母親將一碗羊雜遞給我時，我心裡雖不是滋味，但還是狼吞虎嚥了下去」❼。飢餓抵消了情誼，食物取代道德思考，是莫言散文的主旋律。

沒有溫飽即沒有道德思考，在這個命題之下，莫言把自己降到與動物同等的位置：「所謂的自尊、面子都是吃飽了之後的事情」、「如我這種豬狗一樣的動物，是萬萬不可用自尊啦、名譽啦這些狗屁玩意兒來爲難自己的」❽。莫言來自高密東北鄉，農村經驗豐富，不論批判農村的閉塞和封建，或者歌頌農民旺盛的生命力，皆原始而粗獷，草莽性十足，也充滿賁發的活力。陳思和甚至以爲這種特質太過時，往往有粗鄙之嫌，「表現了莫言創作心理上不健康的粗鄙習性」❾。粗鄙是否不健康那是道德問題，然而恰是「粗鄙」使得莫言的散文煥發著蓬勃的生命力，農民的生活不可能「雅」，「粗」或「俗」反倒逼近現實。何況，表露自己的「粗」或「俗」不比表現「雅」容易，自曝其短或醜化自己需要何等勇氣。其次，莫言的散文跟小說一樣，長於說書，誇張、渲染、挑逗，具有酒神的狂歡精神，粗鄙實是有意爲之。俄國批評家巴赫汀（Mikhail Bakhtin）就以卑賤化的肉體形象重新思考生命和文化，狂歡節的說笑藝術和公眾廣場的俗語和不入流的粗鄙語言，被巴赫汀視爲生命脈膊的跳動，市井語言的卑賤化與高雅語言並陳才是眾聲

---

❼　同註❺，頁 95-95。

❽　同註❻，頁 72。

❾　見〈歷史與現實的二元對話〉，收入陳思和《還原民間——文學的省思》（臺北：三民書局，1997 年），頁 237。

喧嘩（heteroglossia）。

　　〈吃事三篇〉便體現了這種眾聲喧嘩的特色，粗鄙不文的語言和生理慾望的渴求取代形而上的高尚情操，莫言赤裸的揭示人類的動物性本能。這篇散文翻轉了「貧賤不能移」的古訓，貧賤恰是使人下降到與動物同等的要因。從小吃相兇惡的莫言招來族裡人的鄙視；母親也因這位飯量特大特別貪食的兒子蒙辱；長大後，吃則招來朋友的奚落。散文以好心餵狗反招狗主人羞辱開始，莫言以肉餵食北京飯館的一隻狗，被老闆娘以三字經怒罵。莫言以「這位狗」顯示狗是高貴品種，其身分等同於人，甚至高於莫言這種鄉下莽夫。被老闆娘怒罵的莫言十分難過，「於是便有狗尿一樣的淚水從眼裡流出來」❿，以狗尿修飾自身的眼淚，乃是把自己等同於動物；同時也對比出城鄉的差異：北京的動物比起鄉下的老百姓吃得絲毫不差。這事之後莫言接連寫了四件因貪吃而被朋友取笑的故事，吃得奮不顧身與吃得溫良恭儉讓同樣蒙羞，心灰意冷之餘，向他娘說了這番話：「娘啊，咱們一大家人，就單單我因為吃忍辱負重，半輩子人了，這種狀況還沒改變」⓫。母親的一席勸說之後，他終於解開了心結，得出以下的體悟：「所謂的自尊、面子都是吃飽了之後的事情……如我這種豬狗一樣的動物，是萬萬不可用自尊啦、名譽啦這些狗屁玩意兒來為難自己的」⓬。這句話消解了因餵狗吃肉而生的曲辱，同時也暗藏「吃飽是最幸福最重要的大事」這

❿　同註❻，頁 68。
⓫　同註❽，頁 72。
⓬　同註⓫。

素樸簡單的農民心理。莫言這番體悟恐怕也是所有老百姓的期望，歡樂也食物，痛苦也食物。

飢餓對於饞嘴的人而言，那是更大的折磨。莫言敘述被餓逼出的動物性行爲，洋洋灑灑，包括吃完自己的分，便巴望著別人的嚎啕大哭；走過街上賣熟豬肉的伸手便抓；永遠覺得別人分到的餅比自己手裡的大等等。吃飽了他想痛改前非，一見好吃的立刻恢復原樣。莫言寫飢餓，最發人深省的是扭曲的現實裡扭曲的人性。

〈賣白菜〉不著一「餓」字，全文卻一再提醒讀者：我們都餓慌了，餓得把人性的負面給逼了出來。買白菜的老太太一再挑剔，賣白菜的母親一再懇求，雙方都想多賺一點。老太太的行爲愈令人厭惡，母親的低姿態也愈引人同情。低姿態完全沒有自尊可言，目的只想賣菜換溫飽。與此相較是莫言的態度，他對老太太的嫌惡乃出於溫飽的渴望，對那三棵白菜的溫情描寫，實際上來自白菜的市場價值——白菜不自家留著包餃子，也可以賣錢。因此我們完全可以理解莫言多算老太太一角錢的報復心理，他把老太太扯掉的外層葉子算了進去。

關於一九六○年大饑荒，莫言有這麼一段記憶：

> 村子裡幾乎天天死人。都是餓死的。起初死了人親人還嗚嗚哇哇地哭著到村頭土地廟裡去註銷戶口，後來就哭不動了。抬到野外去，挖個坑埋掉了事。很多紅眼睛的狗在旁邊等待著，人一走，就扒開坑吃屍。據說馬四從他死去的老婆腿上寧肉燒著吃，沒有確證，因爲很快馬四也死了。糧食，糧食

都哪裡去了呢？糧食都被誰吃了呢？**⓭**

死亡在那年頭成了輕於鴻毛的事，太少的食物太多的死亡麻痺了人性，也泯滅了人心裡僅存的善。莫言直指人性黑暗面的書寫，既殘酷又怪誕。狗食屍體是其一，妻死夫食妻肉是其二。最末二句提出了那時代共有的疑惑：糧食，都到哪裡去了？從大躍進到大飢荒，成長於那個年代的創作者大概都有餓飯的經驗，然而莫言筆下所記層出不窮的怪現狀，究竟是以真實寫魔幻，還是以魔幻寫真實，竟然一時令人難以分別。譬如連樹葉樹皮也吃光時，有人吃白土，也有人吃癩蛤蟆；狗吃死人吃瘋了時，見了活人也撲；一個男孩端著的稀粥打翻了，顧不得母親的責打扒下便把地上的粥舐光；餓昏的男人領了全家的豆餅，竟然在半路就都吃完，只能任憑老婆孩子踢打，當天夜裡喝了水給脹死了。餓昏的男人飽死，無疑是最大的諷刺。

　　最令人不忍的莫過於飢貧交迫下的母親。如果說飢餓的人們是政治的犧牲品，那女人便是被雙重犧牲的祭品。〈從照相說起〉寫母親一生的病痛和飢餓，卻也寫出女性的強韌。「母親的癆病其實是餓出來的，餓，還得給生產隊裡推磨，推磨的驢都餓死了，只好把女人當驢」**⓮**。每日為食物發愁的母親，還突發奇想用棉絮填飽胃：棉衣棉絮吃進去再拉出來，洗一洗再吃。這事與吃煤炭同樣似真似幻，變形怪誕的求生本能令豐足的現代人瞠目，是絕佳的文學

⓭　同註**❻**，頁 73-74。

⓮　同註**❺**，頁 22。

素材，亦是冷酷的歷史。

相較於莫言處理飢餓題材的幽默嘻笑，周同賓則嚴肅沉重許多。周以處理農村題材著稱，《古典的原野》自序有言：「二十多年前，我就做了市民，但直到今天，仍融不進城市的時髦生活。寫城市，就別扭，寫農村，就順溜。我是個擠進城市的鄉下人，內心深處，一直死死地縮著一個故土情結」❶。周同賓的農村不同於莫言的鄉野，農村的沉重和鄉野的活潑，使得莫言與周同賓的散文形成截然不同的風梧。儘管如此，對比二人的飢餓書寫，我們仍然讀到他們共有的集體記憶。周的散文顯得老實，由此更可以比對出莫言的飢餓書寫非小說家誇大之言。

〈飢餓中的事情〉記述了鄉親爲了喝扒墳前的澱粉熬湯，都搶著扒墳。沒糧沒柴的年代，連帶也沒有「慎終追遠」的觀念，全村人把祖墳都扒了：

> 扒多了，扒墓成了平常事，好似墓中只有木柴，沒有遺體骨骸。往日，動了墳上土，是要打破頭的，如今，扒誰家的墳，誰家不僅不攔擋，還積極參與，因爲扒前可以喝兩碗「澱粉」湯。❶

這段文字演練了以下這番道理：餓死事大，生理需求比文化教養實在。當慾望超越理智，兩碗稀稀的澱粉湯，輕易的戰勝慎終追遠。

---

❶　周同賓《古典的原野》（北京：人民出版社，2003 年），頁 1。
❶　同前註，頁 176。

正如作者的歸納，長時間的飢餓，餓掉了人性和教化，吃是一切，活著是唯一目的。那年頭，甚至連「色慾」都衰竭了，夫妻不共枕，沒人懷孕，沒人嫁女娶媳。扒掉的棺木用來取火燒湯，連燒出的湯裡都有屍臭。

周同賓的敘述風格冷靜內斂，感性少，相對的感染力減弱，反而更能突顯現實的殘忍。這令我們想到以「殘忍」著稱的余華，其小說鉅細靡遺的兇殺、刑罰、復仇之類的故事與場景，血腥的細節和冷靜的敘事形成反差，令人不寒而慄。這種冷酷的敘事，反而突顯出現實的無情，作者要表達的意念以迂迴的方式達成，倒形成更大的閱讀撞擊。周同賓的散文看來老實，一板一眼的冷靜敘事反更突顯飢餓給人的壓迫，因此施予讀者「焦慮」感。讀者焦慮，是因為在閱讀過程中，不知題目底下的長篇散文到底還有甚麼更殘忍的、超越讀者認知之外的知識或事情。飢餓對營養過剩的現代人而言，畢竟是陌生的體驗，也因此使得飢餓足以標誌一個時代。相較於莫言狂歡化的敘述，以渲染誇張的方式放大飢餓，周周賓的飢餓書寫則是把飢餓感降溫，壓抑激情。

周的散文類似小說有大量事情與情節，正符合海登・懷特所謂的「情節編織」。〈飢餓中的事情〉便有各種各樣被餓死的樣本。所謂樣本，乃是指所述並非一個人的故事，而是一個時代共有的模式。例如最先餓死的高個兒「大洋馬」，竟是因為平時食量太大，一天三瓢稀湯救不了他的命。有人吃蚯蚓、青蛙、癩蛤蟆，身上的跳蚤，最後吃老鼠；死後，老鼠一夜間吃光了他的肉。小說家盡可以此大作文章，敷衍成一篇精采的傳奇，然而在相對真實的散文裡，這樣的敘事卻可視為史料。

　　莫言講了一個把妻兒的豆餅全吞下肚反脹死的故事，周同賓的筆下也有類似的記憶。因爲沒食糧，女兒棄父於不顧；有人吃了黑色發霉的紅薯乾肚子疼，死了；也有人偷溜進食堂吃幹部的紅薯麵窩頭撐死；莫言的母親則質疑棉絮能否填飽肚子，周同賓則敘述一個餓極的人撕棉被裡的舊套子吃，咽不下，嗌死了。這些日復一日發生的慘狀，作者全以輕描淡寫的語氣完成，有那麼一點敘事麻痺的意味。或許周周賓無意寫歷史，這些「個人記憶」卻足以成爲歷史的碎片，散落在大敘事的夾縫或裂縫。

　　值得深思的是周同賓對飢餓的反省，提供了一套不同於官方的說法。等到飢荒過後，鄉親提起餓死的親人，總是流淚，自然沒甚麼憶苦思「甜」可言。大飢荒後六年文革開始，老農民常被上級要求回憶舊社會的「苦」，熱愛新社會的「甜」。農民們表示無甜可憶，只有大把的被餓出來的辛酸淚。「上級解釋說，鬧飢荒是因爲三年自然災害。可鄉親們說，那幾年風調雨順，沒旱也沒澇，不能怪老天爺」❼。三年困難期是從一九五九到一九六一，從這裡可以看出小歷史對大歷史的質疑，民間觀點與官方的對立，共產主義標榜的「大家有飯吃」證諸歷史與現實，畢竟是烏托邦。諷刺的是，周同賓逼視歷史的書寫更接近社會主義現實主義，是中共亟欲提倡的寫作模式，而周的成果卻是以其人之道給政治狠狠一擊。

　　另一位創作者彭志明是農人，他以農夫背景寫的〈背〉要說的除了缺糧之外，尚包括整個生產機制的不健全，辛勤勞作卻無法換取溫飽。散文一開始是全文的總綱：「我的駝背主要是勞動作成」

---

❼　同前註，頁184。

❸，「勞動過度」、「營養不良」、「糧食缺乏」、「農人耕地卻沒飯吃」等是〈背〉的提問，也是農民對國家的提問。或曰駝背純是個人命運，如何與國家歷史扯上關係？十歲守牛、挑牛欄草、十一歲打柴燒炭、編草鞋織斗篷走三十多里路去賣，十三歲參加隊裡勞動掙工分。如此輝煌的勞作歷史，在在指向彭志明的駝背，這些超過小孩能力的勞作，卻沒有同等的熱量可供給，「那時農村窮，我們肚裡的米飯少蔬菜多，蔬菜不經餓，便半路上多喝水，這稱為軟飽。水下肚馬上變為汗從全身溢出，肚子又空了。肚子一空，擔子在肩上又一壓，一根脊椎還稚嫩，支不起重量，腰便自然彎曲起來。」❹

同樣寫農村的貧乏，彭志明的態度卻樂天許多。他擅長自我調侃，駝背了猶能提出許多好處，在一片喊餓喊出血淚的書寫中，彭志明的書寫策略因此特別突出。另一位現居烏魯木齊的作家劉亮程在〈永遠欠一頓飯〉則寫出食物與人性的微妙關係。對門的兩位小姐每日開伙，但從來未請過劉亮程一頓飯。「她們多懂得愛護自己啊，生怕我吃掉一口她們就會少吃一口，少吸收一點營養，少增加一點熱量。第二天她們在生活和事業上與人競爭時就會少一點體力，缺一點智力。」❹莫言和周同賓想傳達的是「自尊和面子是吃飽之後的事」，劉亮程說的卻是「食物等於競爭力」。費孝通在

---

❸　彭志明，收入韓少功、蔣子丹編《剩下的事情》（昆明：雲南人民出版社，2003 年），頁 129。

❹　同註❸。

❹　劉亮程，收入韓少功、蔣子丹編《剩下的事情》（昆明：雲南人民出版社，2003 年），頁 20。

〈欲望與需要〉一文提出他的觀察：

> 愛情，好吃，是欲望，那是自覺的。直接決定我們行為的確
> 是這些欲望。這些欲望所導引出來的行為是不是總和人類生
> 存的條件相合的呢？……欲望是甚麼呢？食色性也，那是深
> 入生物基礎的特性。……為了營養，人會有五味之好。因
> 之，在十九世紀發生了一種理論說，每個人只要能「自
> 私」，那就是充分的滿足我們本性裡帶來的欲望，社會就會
> 形成一個最好、最融洽的秩序。㉑

費孝通這段話乃針對鄉土社會而論。鄉土社會的穩定有賴於欲望的
滿足，因為在鄉土社會中，人的欲望並非生物事實，而是文化事
實，也即是「人造下來教人這樣想的」，「所謂自私，為自己打
算，怎樣打算法卻還是社會上學來的。問題不是在要的本身，而是
在要甚麼的內容。這內容是文化所決定的」㉒，順著費孝通的理
路，我們可以推論，富足的現代社會所要求的飽足，和農村的飽足
要求是不同的，因此莫言、周同賓乃至稍後即將論述的曹冠龍，都
覺得有紅薯填飽肚子便是幸福。然而飢餓之所以能成為論述主題，
正說明了這「深入生物基礎」的要求並未滿足。因此我們讀到扒
墳、吃屍的殘忍場景，原因正是費孝通所說的：人們無法「自
私」。

㉑　費孝通《鄉土中國》（香港：三聯書店，1991年），頁91。
㉒　同註㉑，頁92。

　　劉心武〈菜瓜代·小球藻〉說的正是百姓如何想方設法「自私」——沒有足夠的糧，那就吃個「水飽」，用菜和玉米麵揉在一起蒸窩頭，或是熬成糊，就叫瓜菜代。再下去，沒有瓜和菜，便用柳樹皮和野菜。劉心武如此嘲弄歷史：「吃著這樣富創造性的傑作，當然絕不能有鄙夷之態，而要引以為自豪，也就是說，瓜菜代並不是權宜之計，恰說明大躍進等三面紅旗大大激發了我們人民的才智，而且也說明我們的飲食結構比資本主義國那種胡吃海塞更先進、更優越」㉓，順著激發才智的理路寫下去，蛋白質缺乏那就吃小球藻，即藍藻，如今是十分流行的健康食品，科技證明它是高營養水生植物，這似乎說明了人的生物本能之靈敏，中國百姓就有如狗那麼靈的鼻子，可以嗅出「自私」之物。劉心武回憶那個匱乏年代，只以兩句話作結：「它（小藻球）只與遠去的烏托邦勾連著，活像一具綠色的骷髏。」㉔小藻球被譽為人造肉，正可以看出肉的缺乏，以及對肉的渴望。肉象徵富足，沒有肉的年代，只好憑想像彌補缺憾。儘管如此，那年代仍然餓死者眾，因而有「綠色的骷髏」這美麗而淒涼的比喻。

　　按照費孝通的說法，人的基本欲望滿足了才有社會秩序。歷史也告訴我們，政治的錯誤選擇才是中國的「餓」源，余秋雨新近的散文〈蒼老的河灣〉在諸多詰難之後第一次觸及紅衛兵的歷史，其中有一段述及他及家人的餓，皆來自政治的磨難，餓又比政治批判更令他無法忍受，再一次印證飢餓書寫的母題：「人的自尊和面子

㉓　劉心武《藤蘿花餅》（臺北：二魚文化，2002），頁82。
㉔　同前註，頁84。

都是吃飽以後的事」。他寧願在學院接受造反派的批判，也不願回家，「極度飢餓的親人們是不願聚在一起的，只怕面對一點食物你推我讓無法入口」㉕，在親情與食物的拉扯下，人性被放在十分艱難的位置。

飢餓確實是一次對人性的試煉。在莫言、周同賓筆下，人性是完全臣服於生理需求的，然而在余秋雨和邵燕祥筆下，二者則呈現拉鋸。邵燕祥的《龍馬》寫破落的農村裡缺糧，於是把老馬宰了製成肉丸子，作者想起老馬黯然的眼神，耐著餓急忙逃，「那已經遲鈍了的兩只眼睛，老馬的眼睛，一動不動的，在甚麼角落裡時隱時現，凝望著我，窺探著我，審視著我。陌生的，又是熟悉的。」㉖這類溫情的描寫令人想起汪曾祺的〈黃油烙餅〉。蕭勝的奶奶留著珍貴的兩瓶黃油給孫子增加營養，她自己卻因營養不良而漸漸餓死。黃油象徵奶奶對他的愛，飢餓時代猶見最可貴的美好的人性。汪曾祺一貫節制的敘事平淡中見真情，這篇小說完成時正是傷痕和反思的年代，在控訴聲中，汪曾祺沒有激情也沒有吶喊，含蓄而溫文的表現崇高的人性，不見絲毫火氣。

如果莫言、周同賓、彭志明、劉心武和邵燕祥等的飢餓書寫屬於鄉野，那麼曹冠龍的《閣樓上下》則是城市的匱乏經歷。二者合起來，正可以讀到一段城鄉都在叫餓的呼喊。相對於莫言粗鄙奔放的語言，曹冠龍顯得溫文；莫言的飢餓書寫著重肉體和感官，家在

㉕　余秋雨，收入王劍冰編《中國散文年度排行榜（2002）》（武漢：長江文藝出版社，2003年），頁178。

㉖　邵燕祥，收入曹文軒編《20世紀末中國文學作品選》（北京：北京大學出版社，2001年），頁303。

上海的曹冠龍雖然也時而出現粗野的應對，城市人的機智卻是其散文的重要特質。

〈油的追求〉寫對油的飢渴。油這意象是象徵性的，它也可以是食物的代稱。吃食堂時眾口皆覬覦湯面那幾點油花，曹冠龍費盡心機，只為攫取稀薄的滋潤。對比那幾滴少得可憐的油，曹冠龍的竭盡心力未免顯得太過，卻也因此更顯出對食物的飢渴。油入碗後，尚得提防同學要求分一杯羹，為此他又想出兩全其美的方式，既不傷同學情誼又可保留油膜。嘆為觀止之餘，我們不免要說，飢餓激發了人的潛能，與劉心武所說「大大激發了我們人民的才智」有戚戚焉。

〈馬齒莧〉記錄如何以少量的食物滿足食慾，則可視為百姓如何千方百計少吃一點而飽久一些的應對：

> 燒得一鍋開水，將大袋的麻袋馬齒莧倒入鍋中，在沸水中搗動一番，待那莖葉燙得半熟，撈起，扔在屋頂上滴水曬乾，幾麻袋馬齒莧攤開來，屋頂上紫黑的一片。如果太陽好，早上曬出去，傍晚便成了黑乎乎的菜乾，收攏來塞在麵粉袋裡。吃時放回水裡去煮，煮軟後打入些麵粉，便成了菜糊，微甜微酸，很好喝，也很脹肚。❷⑦

如此費勁的流程處理野菜只求「脹肚」，曹冠龍筆下上海市民那種善於計算的特質和莫言筆下老實憨厚的農民截然不同。例如他父親

---

❷⑦　曹冠龍《閣樓上下》（臺北：遠流出版社，1994 年）。

一再告誡他不准偷東西，然而他卻覺得「那些西紅柿紅得實在過火，不去碰一下，對人不住」❷；偷西紅柿事跡敗露，父親遠遠的喊他把物證，即沾了西紅柿汁的手巾拿去，曹冠龍卻在往父親跑時，猛然在玉米地蹲下「火速地拉下褲子，往手巾上撒了泡尿」❷。第二件可資佐證的是吃豆渣糊，每人每次只限一碗，若有幸買到第二碗，曹冠龍便留給大哥，「因為我在學校的伙食要比大哥的好得多，父親不出工，用不著白白地消耗糧食。」❸

善於計算意味著人仍為活著而努力，並不悲涼。悲涼的是如〈路條和炒米粉〉裡無望的努力：父親到晚年只重複做兩件事：找回家的路條和儲存食物，準備上路回老家。家裡只要有麵粉，他都炒了壓進鐵聽，放到發霉變潮，化為無數粉蟲。「然而父親並不慌張，只是將那些生蟲的麥粉一一重新炒過，然後將那植物蛋白和動物蛋白的混合物重新壓回鐵聽。」❸父親鍥而不捨炒麥粉的行為，接近神聖的儀式，如此固執而慎重。他固然歸情殷切，卻清楚的知道回家先得準備好足夠的食物。準備食物使他相信自己終有一天可以回家，食物從填飽肚子的物質轉成精神象徵。然而，他儘管有不少鐵聽的麥粉，卻到死也沒吃上。父親的行為出自對食物的不安全感，也是對整個時代的不信任。

已經餓了數千年的農民對飢餓的體驗，可能較諸本文所論述的當代中國散文更豐富。創作者選擇以散文而非其他文類書寫飢餓，

---

❷　同註❸，頁 130。

❷　同註❷。

❸　曹冠龍，引文出自〈豆渣糊〉，頁 134。

❸　曹冠龍，頁 157。

可從散文相對紀實的特質解讀：散文是現實的折射。當飢餓以相對
眞實的方式被呈現，我們讀到了當代歷史的切片，飢餓作爲集體記
憶被書寫。天災和人禍究竟哪一個責任較大，作家們給出了他們的
民間觀點。創作者們以史家之筆記錄了老百姓的飢餓記憶，重新講
述一遍屬於他們自己的歷史。

上海童年：
王安憶小說的空間隱喻

范宜如[*]

前 言

> 在我們當中有誰不曾在一個躊躇滿志的時刻夢想一種詩的散
> 文的奇蹟，夢想那沒有節奏和韻律的音樂，明快流暢而又時
> 斷時續，足以適於靈魂抒情激蕩、夢的起伏和意識的突然跳
> 躍？這種縈繞不去的理想最重要的是大城市經驗的孩子，是
> 無數的關係相互交錯的孩子。　　——波特萊爾（Bouldlaire）

　　王德威以爲《紀實與虛構》是王安憶寫上海，或上海「寫」王
安憶的重要里程，以文字演義一座城市的身世。〈憂傷的年代〉則
以（偽）自傳的語氣，逼近自己成長最難以啓齒的傷痛與委屈，在
寫作的層次上，不妨看作是人民共和國版《（女）青年藝術家的畫

---

* 　臺灣師範大學中文系專任副教授

像》外一章。❶論者以為《紀實與虛構》是一個城市人自我「交代」與追溯,小說分成兩個部分:成長與尋根。❷若從敘事語調觀察,《紀實與虛構》與〈憂傷的年代〉同樣採取了「我」作為敘事的主體。這裡的「我」,既是敘事者、事件發生者,也是詮釋者與觀察者,因此,「講述」❸成了書寫者的姿態,也使得瑣碎支離的個人告白,❹細節、瑣碎觀察、凡庸事件和抒情性在文中不時閃現。❺

　　我們所關注的並非(偽)自傳寫作的書寫策略,因為「我」、「王琦瑤」或「富萍」、「秧寶寶」無非在創塑「心靈世界」。❻我們所關注的是,上海城市的場景成了這兩篇小說的主體空間,再者,也因「我」的敘事腔調,童年(少年)往事——從城市的空間再現,這些,都成了「上海童年」的文化記憶。王安憶說:

---

❶　王德威〈憂傷紀事——王安憶《憂傷的年代》〉,收錄於《憂傷的年代》(臺北:麥田出版社,1998 年)。

❷　張新穎〈堅硬的河岸流動的水——《紀實與虛構》與王安憶寫作的理想〉,見《紀實與虛構》(臺北:麥田出版社,1996 年)頁 332。

❸　王安憶自言:「講述」其實是營造一個語言的建築物。「講述」卻要把語言轉化成一種材料,便成語言的語言。同註❷,頁 326-327。

❹　王德威〈海派作家,又見傳人〉,見《紀實與虛構》(臺北:麥田出版社,1996 年)序論,頁 17。

❺　王安憶、吳亮〈關於《紀實與虛構》的對話〉,《紀實與虛構》(臺北:麥田出版社,1996 年)頁 325。

❻　王安憶自言:「我對小說的命名是什麼呢?我命名它為『心靈世界』……這個寫實的世界,藉我們生活在其中的世界實際上是為我們這個心靈世界提供材料的。」王安憶在復旦大學講課的講稿,結集成《心靈世界》(復旦大學,1998 年 9 月)一書,繁體字版書名為《小說家的十三堂課》,臺北:印刻出版社,2002 年。

童年往事是我們一大個題目。童年時期總是帶有自然的面
貌，它與房子、街道、天井、天空都可構成關係，進行對
話，並且結下友誼。這是因爲兒童的人格還未成熟，他們將
一切靜物都看做是自己的同類。這還因爲敘事者我們給予房
子、街道、天井、天空以人格的意義。這是一種擬人化的關
係，它只可應用於兒童身上。（《紀實與虛構》，265）

回想童年往事本身就含有一種既定的兩人關係。這關係建立
在過去的我和現在的我之間，這是一種自我關係。童年的我
是我的故事對手，與我達成時間性的社會關係。……童年往
事因現在的我參與，才有了意義。（《紀實與虛構》，267）

她一方面說明童年時期對於生活空間的觀察，又後設地思辨童年往
事與現在的我之間的關係。對一個不斷遷徙、變易、遺忘歷史的城
市，❼以孩子的眼光觀看，不只是對成長中失落事物的凝視，更有
尋找失落的時間，爲記憶塑像的可能。

「上海童年」這個標題，一則以王安憶作爲當代上海書寫的代
表作家，❽她在《紀實與虛構》的跋自述：「我最早想叫它『上海

---

❼ 同註❹，頁 13。

❽ 王德威：〈海派文學，又見傳人〉指出王安憶創作的三個特徵之一爲：對
「海派」市民風格的重新塑造。陳思和也指出王安憶作爲「標誌性的上海
作家」，「表現出一個作家對上海當代文化的可貴理解和精神性的探
索。」，見〈王安憶筆下的上海都市場景——細讀王安憶的兩篇長篇小說
《長恨歌》與《富萍》〉（新世紀華文學發展國際學術研討會會議論文，
元智大學中語系，2001.0518-19）。

故事』」，這是個具有通俗意味的名稱。取『上海』這兩個字，是
因爲它是個眞實的城市，是我拿來作背景的地名，但我其實賦與它
抽象的廣闊含義。」命名即是創造「空間性歷史」，❾作爲一個近
代城市的地標，❿城市書寫不就在那些由它造就的人群中的人身上
得到介於「眞實與抽象含義」的表現？⓫班雅明（1892-1940）在他
的《柏林童年‧前言》指出，他有意從心中喚起那些在流亡歲月中
最激起思鄉之痛的──童年的──畫面：「我努力把握住那些市民
階級子弟在大都市中所獲得的經驗畫面。……雖然這些畫面尚未像
數百年來對鄉村童年的回憶那樣，獲得了對田園風情的特有表達形

---

❾ 卡爾特爾認爲：「命名的行爲並不產生於一個地名被發現之後，實際上空
　　間是經由命名才被描述，才具有某種特質，某種能被指涉的（意涵）。語
　　言行爲中很重要的一部份就是空間的創造，由此我們才得以前進到某個彼
　　處。」(Carter, P., & Malouf, D. (1989)) Spatial history. Textual Practice, 3:
　　173-183. 轉引自：蘇榕〈重繪城市：論《猴行者：其僞書》的族裔空
　　間〉，《歐美研究》第三十三期第二卷（民國 92 年 6 月），頁 347。

❿ 參見于醒民、唐繼無：《上海：近代化的早產兒》（臺北：久大文化，
　　1990 年），是書剖析了歷史上世界與上海不可分割的關係，以及上海社
　　會／歷史結構的特殊性，完整的展現上海在中國近代化過程中舉足輕重的
　　地位。吳亮：〈俯瞰上海〉也提出「自從出現了外灘租界的外貿和十六鋪
　　的內貿相輔相成的格局，上海進入了工業文明和世界經濟的體系中。華洋
　　雜居使上海的社會生活空前活躍，種種行業，勃然而興。優良的投資環
　　境，使上海一躍爲全國乃至遠東最重要的城市。」見《老上海──已逝的
　　時光》頁 23，江蘇美術出版社，1998 年 10 月。

⓫ 張旭東：〈班雅明的意義〉：「『張望』決定了他們的整個思維方式和意
　　識型態。（文人正是）在漫步中『展開了他與城市和他人的全部的關
　　係。』」「大城市並不是在那些由它造就的人群中得到表現，相反的，卻
　　是在那些穿過城市、迷失在自己思緒中的人那裏被揭示出來。」見《發達
　　資本主義時代的抒情詩人──論波特萊爾》，頁 34-35，臺北：臉譜出版
　　社，2002 年 6 月。

式，但這些都市童年的畫面或許能夠預先塑造蘊含其中的未來之歷史經驗。」班雅明有意地以「都市童年」與「鄉村童年」為對照，⑫在他那個時代，鄉村童年的田園風情已經有一種特有的表達形式，而都市童年似乎還沒有一個屬於自己的載體。作為「外來者」⑬的王安憶，在小說中所創造的，不也是「都市童年」的經驗畫面？

　　法國科學哲學界中的奇人巴舍拉（Gaston Bachelard, 1884-1962），認為：與人們如何想像、對待世界萬象相較，外在空間的客觀真實樣貌，其實是非常微不足道的；換言之，人們總是透過一種詩化、隱喻化的過程，賦予生存空間各式或親密、或疏離的意義，如是，人類方能安穩自如地生活於自我預設出的世界圖像中。⑭誠然，所

---

⑫　《柏林童年》是瓦爾特·班雅明（Walter Benjamin）在 1932 年開始寫作，1940 年藏於巴黎國家圖書館，直至 1981 年才為人所發現的童年記憶。全文由三十篇加有標題的「經驗和思想片斷」組成，並以第一人稱寫作。詳見瓦爾特·班雅明（Walter Benjamin）著；李士勛，徐小青譯《班雅明作品選——單行道·柏林童年》（臺北：允晨文化），2003 年，頁134。

⑬　小說中不時提及自己是個外來者，見第一章「我們在上海這城市裏，**就像是個外來戶。**」（頁 39）、第三章「張先生的孫女兒與我同歲，是我最初的玩伴。她的衣著和飲食，是上海這城市殷實與優雅的典型。和她在一起，**我就顯得像個外來戶，**穿的是大紅大綠，吃的是大魚大肉，說的上海話又不地道。」（頁 105）、第五章「我高興我們家是這城市的**外來戶**」（頁 166）（黑體字為筆者所加）

⑭　感謝臺灣大學中文系助理教授陳志信在大一國文教材改善計劃中〈建築與城鄉空間〉（http://www.ccunix.ccu.edu.tw/~chltnh）一文以及實際對話的啟發。參見加斯東·巴舍拉著，龔卓軍、王靜慧譯《空間詩學》（臺北：張老師文化，2003 年 8 月）

有的空間意象都有類似模式、但個別面貌殊異的心靈反應，這些反應總結在「住居空間作用之實感」，透過「場所分析」進而顯現其心靈反應的脈絡。❺而人對自身生命意義探究，不就是從一系列環繞身旁的空間展開的嗎？這些，都成了往後接觸其他空間的想像與類通的基礎。

本文的「空間」觀念承自巴舍拉的看法，透過空間的隱喻（metephor），❻審視這兩部「成長小說」的童年目光如何讓上海城市在文字中顯影，同時構成了「上海書寫」；另一方面，也關注小說中的「自我」在空間移易中的成長圖像。都市中的人群在此縮小為一個「我」，在日常、瑣細的書寫中確定了自己的身分。

一、以童年經驗凝視空間：從家屋到街道

> 事實上，我們彼此隔絕。城市的街道和樓牆，將我們分離在
> 孤立的空間。　　　　　　　　──王安憶《紀實與虛構》

---

❺　龔卓軍：〈空間原型的閱讀現象學〉，收於加斯東·巴舍拉著，龔卓軍、
　　王靜慧譯《空間詩學》（臺北：張老師文化，2003 年 8 月）頁 28。

❻　此處的隱喻（metephor）並非僅指修辭學上的象徵，而是意義勾連意義的
　　過程。（固然，修辭學上的隱喻，有助於我們凝結意象，勾連意義。）隱
　　喻是某種特殊的語言形式。隱喻思維使得人類把存在的東西看做喻體去意
　　指那不存在的或無形的喻意。（耿占春《隱喻》頁 5，北京：東方出版
　　社，1993 年 8 月。）如李怡嚴所述：「心智用隱喻作為工具，來擴展認
　　知觀念的範圍。」運用隱喻的手法可以貫串不同領域的的認知和感覺。
　　（見李怡嚴：〈隱喻──心智的得力工具〉，收錄於《當代》第一七八
　　期，2002 年 6 月）

　　上海的樓房，在王安憶筆下有不同的風貌，或是城裏的少年宮：「樓房的尖頂，紅瓦頂上正飄揚著一面少先隊的隊旗，背景是藍天白雲，似乎還飄蕩著悠揚的鴿哨」（《紀實與虛構》，42）或是石庫門房屋：「天井的牆很高，天井又很窄，使人感覺壓抑。」在「城市裏蟻巢一樣密密麻麻的房屋裏」（《紀實與虛構》，200），從「我」以「漫遊者」❼在城市行走的姿態，隱然可以看見上海童年生活的地形圖。石庫門、大世界、昔日的震旦女子大學、老城隍廟、弄堂、墳地……還有自己的房子，一如記憶的幽道，是童年的小宇宙。

　　小說裏對於實際指涉的場所的寫作筆法有幾種型態，其一是整體的描述，如「市少年宮是一個德籍猶太人的產業，這故事也紀錄在帝國主義侵華史中。那是一座大理石砌成，帶有維多利亞時代富麗而典雅的風格」（《紀實與虛構》，53），其二則是抓取局部的氛圍，如大世界「那條馬路嘈雜而擁擠……哈哈鏡的映像帶著一股猥

---

❼　有關城市漫遊者的觀點，主要來自班雅明（Walter Benjamin）對於波特萊爾（Charles Baudelaire）筆下的巴黎之研究。漫遊者混雜於人群中，漫無目的地閒蕩，觀看周圍的景觀與群眾。參見《發達資本主義時代的抒情詩人》（張旭東、魏文生譯）（臺北：臉譜出版社，2002 年 6 月）、《說故事的人》（林志明譯），臺灣攝影工作室，1998 年 12 月。蔡秀枝在〈波特萊爾與現代城市〉一文提到「一般漫遊者可以尋獲都市的生活經驗，但是只有詩人才能將這種都市中，都市的現代性對居民的生活及心靈所造成的種種影響，深刻並細緻地轉化爲敘述的文本經驗。」（收錄於馮品佳編：《重劃疆界：外國文學研究在臺灣》，臺北：書林，頁 183）處於人群中而能享有孤獨及轉化他者感受、經驗的能力，將空間文本轉化成文學文本，即是此處稱王安憶爲「漫遊者」之意。

褻的味道，地上紙屑果殼四散。」（《紀實與虛構》，109）每一處空間幾乎都銘記著童年記憶：遊玩大世界的惡夢，上英語課的創痛、在窄巷長弄裏穿行、弄堂裏驚叫的幼小身影……❸空間成了回憶的藏身之所，❹因而，場所的名稱不再那麼重要，如：「外婆的墳地被推土機平掉就在這段日子裏。報紙上一連三天刊登了這則啓事，說『連義山莊』因市政建設需要將要平地，日內請墳主前去拾骨遷葬。」（《紀實與虛構》，54）、「墳地在城市的郊外，那裡粉蝶飛舞。外婆的墳很小，石碑上的字跡已經模糊不清，四周長了野草。」（《紀實與虛構》，45）前者明確指出：「連義山莊」，後者則輕輕帶過，恰與「七歲那年上墳的印象」相縫合。對於記憶本身來說，「連義山莊」與「城市的郊外」並無二致，它們都是一個符號，讓記憶與想像互相聯繫，看見童年的自己：血緣、家族的一個部分成了城市的一角。

　　另一方面，我們也在空間的區隔中看見城市居民的身分差異，

---

❸　關於童年記憶，王安憶以物件爲隱喻的書寫手法更顯深刻。如：「在一個溫暖的雨夜，師母忽然上門，她撐著一把布傘，手裏提著一塊黑板，她說這是老師送我的禮物，還有一盒彩色的粉筆和一個粉筆擦。她走後，我一個人在黑板前默默的寫了很久，我寫我的名字、爸爸媽媽的名字，還有各個同學的名字。我用各種顏色的粉筆寫著，粉筆灰飄灑下來，好像五色的雪花。外面雨沙沙地響，屋裏的燈光很柔和。我心裏很平靜，還有點酸楚。」（《紀實與虛構》頁 116-117）粉筆與黑板的摩擦，粉筆灰飄灑的意象都指涉了童年不知名的憂傷情結。再如〈憂傷的年代〉亦有相似的寫作手法，詳見范宜如【青春 啓蒙 成長：王安憶〈憂傷的年代〉】(http://www.ccunix.ccu.edu.tw/~chltnh)

❹　巴舍拉指出：透過空間，回憶無所邊動，他們空間化得越好，就越穩固。文同註❺，頁71。

小說中提到最初的玩伴，張先生的孫女兒：「星期一我們各訴所見所聞，我的經驗相形見絀。國際俱樂部這地方就像是女孩另一個家，她提起它來又隨便又親切。」上海當年的摩登青年相對於作為「同志」的父母親，「社會主義教育活動」相對於晚上九點打乒乓、喝汽水自是不同的生活型態。於是我們可以理解「我」對於國際俱樂部複雜的心緒了：「俱樂部是西方殖民者留給上海這城市的遺產，它可給人接近文明和高尚。它所以存在完全是出於新生宮農政權的寬容與懷柔，它有些挪亞方舟的味道，還有點苟且偷歡的味道。我嚮往它嚮往得發瘋，出於自尊又不得不做出無所謂的樣子。我總是說：哦，原來是國際俱樂部啊！好像我也是那裏的常客，其實我都不知道它在什麼地方。」（《紀實與虛構》，106）不知道的空間竟也成為自己生活的一部份。也才發現自己與城市的某個部分是「格格不入」[20]的。

黃浦江邊的遠東飯店、哈同公園舊址上一幢新起的大廈尖頂上的紅星、樓頂上的一座石龕，聖母與耶穌隱約的身影（《紀實與虛構》，104），透過這些地名（非地名）的指稱，我們開始想像，並且重構一座城市。

---

[20] 薩伊德（Edward W. Said, 1935-2003）的自傳（回憶錄）《鄉關何處》（*out of place*）中文書名原譯為「格格不入」，強調在語言、文化、社會、空間、個性上「流離失所」、「人地不宜」的錯置與扞格。（參見單德興〈流亡‧回憶‧再現〉收入《鄉關何處》（臺北：立緒文化，2001年2月初版二刷）此處並非將薩伊德與王安憶作並置的對照，卻有意強調王安憶的孤獨本質亦是錯置、矛盾與失落。

㈠家屋的隱喻

1. 他者的空間

居室，是一個人生活的延伸。找尋英語老師行經的兩處住所，一是「住一間臨街的房子，用木板隔開朝南半間做教室」一是：「白俄住的弄堂十八彎，他的房間正在一個拐角，形狀像一柄漏斗，裏寬外窄。……他的房間邐邐迤迤，牆壁剝落，地板翹起，角落裏有一個火油爐，鍋碗瓢勺油膩膩。雖是深秋的天，他的床上還掛著蚊帳，灰濛濛的，帳頂上停了幾具蚊子的殘骸。」（《紀實與虛構》，112）

空間裏的生活細節與物件書寫，彷彿透露著上海城市繁華背後的黯淡，所有城市都有它歷史的暗角，生活者的面貌就停格在灰濛濛的蚊帳頂。尤其英語老師之於講究實用的上海社會，其顯示的意義正是：「標誌著某一個社會階層」，恰好與看見白俄這個曾經是「一色人等」的「社會階層」呼應。在不夜的上海裏，有這麼一群人，以教授自己的母語——上海的文化語言——謀生，然而他的屋內頹喪慘淡的意象，卻足以讓孩子怵目驚心。

透過童年王安憶的目光，我們進入了「上海社會」形形色色的生活空間。一如保母帶領她走進「寬闊的客廳」、「黑暗的灶披間」，每種與自己相異的生活情境正是一個城市的本質。王安憶的書寫策略時而以童年的目光單純地寫出所經歷的人事景物，時而在事物的背後加上個人的詮釋，使得每個無意識的空間都加上了時間的向度，透顯自己雖在人群中卻依然孤獨的遠因。

走進他人的家，彷彿走進另一個私領域。家，是個人生活的記憶，在人群之中，可以辨識自我形象的一處隱喻。但家屋若成為被

觀看的對象，不再只是居住者私密性情感的容身之所，而是觀看者
的記憶了。小說中出現的女孩，「住在這條街上著名的公寓大樓
裡。我到她家去過，發現他們所住的公寓，一半是她家房間，另一
半是一個照相館的暗房。這間照相館以拍攝青春頭像著稱，櫥窗裡
陳列著最新影星的大幅人頭像，吸引著路人的目光。她家的走廊
裡，有一股酸溜溜的顯影藥水的氣味，還流洩出神秘的紅光。」書
寫的焦點便定影於照相館。一方面，這女孩的父親就是照相館的老
闆；另一方面，是照相本身的時間意義：**㉑**

> 我想，照相館這一行業極富近代城市的特色，照相技術是世
> 紀初才興起的鬼花樣。照相館的櫥窗是奇妙的景象，它提取
> 人生最美麗的瞬間，使之長存，引動了人們希望勃動的心。
> 而在照相館的暗房內卻是另一番景象。我很難忘記那暗房門
> 縫裡流洩道走廊上的液體般的紅光，臉色蒼白的沖洗師端了
> 一盤浸泡著的相片走進走出。（《紀實與虛構》，114）

對照相館空間的理解是由「櫥窗」與「暗房」相互對照形成的認
識。王安憶給了一個很巧妙的說法：「使我感覺到和人之間的隔
障，具有一扇門的形狀。」兩端都是有光的所在，黑暗的過道裡，

㉑ 蘇珊·宋妲（Susan Sontag），或譯蘇珊·桑塔格〈攝影的福音書〉：
「照相既是一種將『對象世界』（objective world）據為己有的無盡技
術，又是一種『個我』（the singularself）的不可免的「唯我」表達。」
見蘇珊·宋妲著，黃翰荻譯《論攝影》，頁 160，臺北：唐山出版社，
1997 年 10 月。

一縷一縷流洩出來的暗房的光，是否比春天午后明媚如畫的陽光更真實？只是一扇門，就有了阻隔，有了參差的對照。

　　另一個向王安憶揭開「城市的黯淡的帷幕」，使她看見「那鱗次櫛比的屋頂下微賤的生涯」的女孩住所是上海弄堂的深處：

> 她家住一間向北的大屋，北窗前正是一堵高牆，將房間遮得
> 很暗。房間很乾淨，兩張床和兩個老式的櫃櫥，寬條地板被
> 鹼水拖得發白。我不知道她們一家怎麼在這間房裏住著，也
> 想不出她母親如何在這房裡活動。這房間有一股黯淡的神
> 情，使人意氣消沉。我明白女孩臉上的晦暗之氣，其實是來
> 自這房間。這房間還有一股猥瑣的氣息，床單下露出文明戲
> 女演員的一雙繡花拖鞋。（《紀實與虛構》，155）

家屋作為一個空間的隱喻，其實有它的句法結構。房間的家具，色調黯淡的地板（拖得發白其實也是空白或蒼白的象徵），最斑斕的不是空間的器物或擺飾，卻是室內有著與自己年齡與身分極大距離的一雙拖鞋。小說的前頭，透過保母的帶領，「我」真正進入了「上海」：保母描述自己的生活：「保母她醉心於某家某戶的奢華生活，她每日裏不須幹別的，只須坐在小凳上，用小刷子刷洗洪木家具的雕花，她還描述那些精緻菜點的製作過程，以及女主人的絲質內衣的洗滌方法。」（《紀實與虛構》，41）我所看見的卻是：「小孩子在後弄裏衝來殺去。她不時出去拖進一個，喝斥著擤掉他的鼻涕，拉直他的衣領，再放他回去。」、「我則流連於一排玻璃櫥前，櫥內滿是指甲大小的玉做的飛禽走獸，一層又一層，這給我的

童年印象抹下了深刻的一筆。」

室內的物件無不擁有豐富的隱喻：「拖鞋」是文明戲帶有晦暗氣息的象徵，「客廳裏古老堂皇的紅木桌椅和明清瓷瓶。院子裏堆滿了衣料、毛線、銀餐具，還有錫紙做的元寶。」（《紀實與虛構》，157）則是城市重要的「民族資本家之一」的具體指涉。生活的點點滴滴，從居家場所到室內物件無不觸及「身分」，這個城市人的本質。

從他者的居住空間，城市的各個面向一一開展，演繹了上海的城市圖像。

不只是「家族神話」與「現代童話」的差異，也非語言使用的不同，而是對於城市當代史以及自我身分的認知。

2.自我的空間

家，作為一個巢穴，暗藏著內在生命的基調。王安憶如是描繪：「這城市裏蟻巢一樣密密麻麻的房屋裏」（《紀實與虛構》，200）、「窗戶的欄杆使他們家像一個牢獄」（《紀實與虛構》，201）：

> 窗戶似乎是潛伏在我心中的一個情結。……它首先暗示我是處在一個封閉的空間，猶如房間那樣的，這是一個孤獨的處境，一個人面對四壁。其次它暗示這空間與外界有一個聯繫，這聯繫是局部的，帶有觀望性質，而不是那種自由的，可以走進走出的聯繫。……關於窗戶的故事都是發生在我的成長過程中，不只是童年往事，也包括少年往事。（《紀實與虛構》，267）

小說中的敘述顯示了空間之於自我、成長的關聯，同時也暗喻自己孤獨處境的空間原型。在《紀實與虛構》一書中有一處不曾居住過的空間，卻串聯了自己與城市之間的命運，那是：母親她姨母的大房子。

　　孩子對上海的街道的理解，並非如旅遊指南或地圖式的開展，一一指出自己所居所處。小說中「母親她姨母的大房子」往往是「我」心情轉折的預示點。

> 在寂寞的日子裡，我又去母親她姨母的大房子。這時，少年宮早已停止開放，大門關得緊緊，房子裏寂無人聲。我本想來聊解孤獨之感，不料卻更感孤獨。（《紀實與虛構》，156）
> 有一次，我無意中走到母親她姨母的大房子，我心裏忽然掠過了一線什麼。我在那房子面前站住了腳，我看見她的模樣已經破敗，一個問題突蒽地湧上心頭，那就是：我是誰家的孩子啊！我不由地一陣鼻酸，我覺得自己很可憐，孤零零一人在世上，甚至還受了欺凌。這種自憫自憐的情緒在我心中膨脹起來，使我淚眼汪汪。眼淚洗滌了我多日鬱結於心中的不快，使我輕鬆起來，我居然有些享受我的孤獨。我用手撫摸著牆上自己的影子，走回家去。（《紀實與虛構》，173）

對「我」來說，母親她姨母的大房子是童年的精神座標。這房子和「我」的關係，是在偶然間由母親以淡然的口吻說出：「有一次，我和母親路過一幢樓房，我告訴母親這是我們區的少年宮。母親先不作聲。只是駐步仰望了一下那樓房的尖頂，紅瓦頂上正飄揚著一

面少先隊的隊旗，背景是藍天白雲，似乎還飄蕩著悠揚的鴿哨。我注意到母親的眼睛有一種微妙的表情，她望了一下樓頂後說：這是我的姨母家。」透過它，「我」真正確定了自己在上海這城市裏的身分。從原本的外來者，進而是這城市的原居者，透過親緣的家族淵源，我終於也可算是城市居民的一分子了。

這房子和它產生關聯的方式至此開始：「後來我每當我心感寂寞的時候，我就會走到這座樓房前，樓房前總是喧聲震天，孩子們的腳步幾乎把樓板踏穿。目睹他們的熱鬧，我心裏想著：雖然你們中間我一個人都不認識，可是這座房子是我母親的姨母的。想罷我便驕傲的轉過身子，向回走去。有了這幢房子作背景，我在這城市就不再是孤獨的了。」

這房子之於「我」，既是確定自己與上海具體的關聯，卻又因為它僅是個「房子」，並非私領域的「家」，而是作為公眾空間的「少年宮」。這房子既是私人記憶的憑藉物，卻又是屬於公眾的活動場域，因此，在面對既是我的又不屬於我的空間，只能發出：「我是誰家的孩子啊」的喟嘆。

主角「我」的房子有許多童年的記憶，踢毽子、種植極富時代氣息的向日葵、用鹽醃軟體爬行動物肥滑的軀體……，自己的家屋總有著最動人的故事。王安憶寫著：「上海這城市的場景真是多姿多色，車前草在我家院子裏抽穗，夾竹桃在人家院子裏開花。夾竹桃是上海這類弄堂裏的特有景色，花影綽綽。後來我們搬家離開了這院子，夾竹桃的花香還留在我心裏。」車前草與夾竹桃成了家屋的記憶，那是視覺與嗅覺的重組與再現，一如班雅明（Walter Benjamin）如是開展他詩意性的回憶：「當沾著灰塵的樹枝每天千

百次拂掠著外牆時，枝葉的唏噓聲好像向我傳授著一個當時我還未能領會的寓意。」（《柏林童年》〈內陽臺〉，136）

在〈憂傷的年代〉一文，房舍的視覺焦點凝聚於院子的植物，尤其是車前子（草），形成了童年孤獨的隱喻。

對童年的她而言「我們家的院子就只巴掌大，卻是我的廣袤的田野。」、「我們家的小院子，成了我的大自然。」（〈憂傷的年代〉，64）小與大，蕭條與繁盛，肥沃與貧瘠的對比處處可見。先談院子裡的兩棵樹，一株是自己買的石榴，「總也長不高，而且瘦弱，花朵稀稀拉拉，然而卻很醒目，是發亮的金紅色。」雖則「我」耐心地處理蟲病，一一剝離樹身上的褐色、長條形，表面有著細細的節的蟲子，也截去根部的樹皮「來年春天，石榴長了滿滿一樹花，好像掛了一樹的金紅小燈籠。可它還是長不高，也長不大，並且不結果。」（〈憂傷的年代〉，65）

另一棵由園林局統一栽種的梧桐樹，「我從來沒有照管過它」、「我從來和這樹不親近，視它於無睹」，卻以「侵入者」的姿態「飛快的長著。幾乎沒有人注意地，它長到了院子的上空。我甚至不記得它的樹冠是什麼樣子的了。」一如院子裡的作物，辛勤耕耘的玉米、向日葵、蓖麻和蔥，幾乎顆粒無收；「沒有養育過的車前籽，卻長得非常茂盛。」「一切都違反一分耕耘一分收穫的原則」是「我」的定論，在這個成長的時代，一切並非依照自己所設定的過程以及預設的結果出現，相反的，「這是一段亂七八糟的時間，千頭萬緒的，什麼都說不清。就是說不清。……生命的欲求此時特別蓬勃，理性卻未覺醒，於是，便在黑暗中摸索生長的方向。情形是雜蕪的。」（〈憂傷的年代〉，53）悉心照料的植物長不高、

無收穫，不曾養育的壯碩而豐美，正如這個成長時代的孤獨：「獨立是極其孤獨的」，波特萊爾說：「人群，孤獨：活躍而多產的詩人能使這兩個字份量相等，並且使它們能夠互換」這個年齡沒有這種互換的能力，她只能擇取一處大人們無法干預的空間（院子），任它長出茂密的車前子，作為「我的庇身所」。

《紀實與虛構》裏的我，「時常在院子裏收割車前子」、「我的麥地就是這樣，生生滅滅，永無窮盡。車前草是我最早的好夥伴。」（《紀實與虛構》，101）車前草聯繫了「我」與母親的關係：

> 母親在她選定的房間走來走去，當她走到院子裏，望了滿院的車前草，一定想了想：這是什麼莊稼？母親是個城市孤兒，她也不識莊稼。遍地的車前草，不知有沒有使她動一動心？（《紀實與虛構》，104）

母親所看到的「莊稼」成了我的「麥地」，也成了生活的「儀式」：「夜晚結束，太陽升起，大人們去上班，我又孤零零一個人，去院子裏收割車前子」，亦是生活的象徵：

> 我們三個人在一起的情景簡直稀奇古怪：一會兒吵，一會兒好，一會兒這兩個結成幫，一會兒那兩個結成對，消耗了許多好心情。車前草一日三季在我家院裡生長，忘記了收割。
> （《紀實與虛構》，111）

在荒蕪、發芽抽穗、收割之間，車前草與「我」的成長相互縐合：

又小又荒蕪的院子裏，長滿了車前草。……我時常在院子裏收割車前子。在孩子我的眼裡，這一片莊稼相當遼闊，豐收的喜悅充滿在我心裏。這喜悅裏其實有一股寂寞之感，茂盛又荒涼的車前草使我顯得又小又孤獨。（《紀實與虛構》，101）

車前草在我不去上學的這一日開始生長，他們不再是一片片的，而是這裏一叢，那裡一叢。那種繁茂的豐收的景象，一去不返。收割車前子這種小孩子的把戲，現在要我做也提不起精神。孤獨又一次湧上我的心。（《紀實與虛構》，118）

此時，「房子像是我的宿命」，而院子就成了一個「孤島」。與〈憂傷的年代〉呼應之處則是「我」和鄰家的男孩一起種植：「我們一起拔盡車前草……我們翻了地，挖了坑，播下花種……」院子的景象成了「紅雲一片」。耕耘、種植、拔草、收成，院子彷彿是我的另一個身體，銘刻童年時代的憂傷美學。種植本身寓涵著孕育、等待多重意象，而它在成人看來卻又只是單純的耕作與收割，在小說的描述中，一方面顯現了在城市僅有的一畦土壤中進行「勞動」的孩童形貌；另一方面，卻又是一個孤獨的身影，在自家的小院子週而復始地拔、翻、挖、播，專注於動作的本身，如同城市裏的薛西佛斯（Sisyphus），而一無所成。土地（自然）成了都市孩童巨大的孤獨來源。

王安憶自言：「我們的房子地板鬆動，走起路來吱吱響。牆根下的縫隙，供蟲鼠們進出與築巢。」、「這房子似乎與生俱來，和我的生命有關，它的每一角落我都喜歡，感到至愛至親。」家屋的

意象形成了一種「回音」，如巴舍拉所言：「對於那些懂得去聆聽的人來說，老家屋不正是一種迴聲的幾何學？在大房間和小臥室裡面，往日時光所共鳴出來的聲音是不一樣的。而樓梯上的叫喚又是另外一種迴盪。」❷❷巢與老屋連綿成一張私密感之網，往日之屋已成了一個巨大的意象，成為失落的親暱感的巨大意象。❷❸離開，則意味著和童年告別，與私密的記憶道別。❷❹

> 很多年後，我們搬家了，離開這房子時，我感覺生命被割裂了。（《紀實與虛構》，123）
>
> 那年我們搬家，我心痛欲裂，我向往事作著告別。（《紀實與虛構》，124）
>
> 搬家割裂了我的空間，將我生命的空間分成一塊一塊的。（《紀實與虛構》，124）
>
> 搬家中止了我經驗的延續性，我辛辛苦苦單槍匹馬建設起的

---

❷❷ 見《空間詩學》，頁 131。龔卓軍〈空間原型的閱讀現象學〉一文爲《空間詩學》的導讀，他指出「當我們在閱讀中遭遇到一個清新的意象，受其感染，禁不住興發起白日想像，依恃它另眼看待現實生活，這種沒來由的激動與另一類眼光的萌生，這種不能以因果關係解釋的閱讀心理現象，便是《空間詩學》的閱讀現象學起點，巴舍拉稱之爲「迴盪」。」（頁 23）

❷❸ 同註❷❷，頁 180。同時，「家屋不再只是日復一日的被經驗，它也在敍說的線索中、在我們說自己的故事的時被經驗到。」（頁 67）

❷❹ 巴舍拉舉里爾克所提及的「與失去的家屋共處的交融感：『此後，我再也沒有看過這個奇異的居所。事實上，當我現在看到它，它出現在我童稚之眼的方式，根本就不是一棟建築，而是融化分解在我裡面……』」可以與王安憶對家屋舊日時光的失落呼應。出處同註❷❷，頁 127。

社會關係到此結束，又將重新開始。……我們的人際關係史
不斷地因爲遷址而中止再從頭開始，遷址將我們的歷史分爲
一截一截的，成了片斷。（《紀實與虛構》，123）

這些瑣碎的、片斷的書寫，正顯示了一種對於私密意義極端敏感的
一種標誌，而這些私密的意義在作者和讀者之間建立了心靈上的共
同體，㉕同時也形成王安憶獨特的文體特色。

(二)街道的隱喻

城市的街道是流動的符碼，作爲城市的公共空間，街道之於成
年的我是「城市上的街道，除了買東西，還能做什麼？」（《紀實
與虛構》，220）街道之於童年的我，則是孤獨的象徵，牽動著時代
肅殺的氛圍。

學校停課最最苦了我們這年級的學生，小學不開展文化革
命，沒有紅衛兵組織，不能參加革命大串聯。我們只能回到
家裏，變成了學齡前兒童，變成了散兵游勇。有時我們幾個
要好的昔日同學在馬路上從這頭逛到那頭，從那頭逛到這
頭，默默無語，櫥窗裏也沒有什麼看頭。我們走了一陣就索
然無味，然後分頭回家。（《紀實與虛構》，118）

㉕　巴舍拉在〈家屋和天地〉以里爾克在《寫給一位女音樂家的信》一書中描
述自己擦拭家具的「勞動的鄉愁」爲例，認爲作家在冒犯禁止透露「瑣碎
心事」的檢查制度，進而詮釋瑣碎事物的重要性，見《空間詩學》，頁
144。

王安憶既以索然無味的語調寫著文化大革命之於學童最明顯的不同就是停課、遊行；卻又興味盎然地書寫遊行之於孩子的意義：

> 那年頭無窮無盡的遊行活動，可說在某種程度上救了我們。遊行是我們在學校唯一的集合形式。我們從來不去過問遊行的目的和意義，我們只需要大家走在一起，齊步向前。在隊列中，我們感到愉快，並且激情洋溢。路上的行人駐步旁觀，使我們生出莫名的驕傲之心。遊行對於我們，其實是一種集體散步。（《紀實與虛構》，120）

遊行，是街道上的公眾活動，也是民眾的集體嘉年華。孩子們的上學、放學，就某一方面來說，也可算是「小型」的遊行。❷此處以孩童的觀點，寫出遊行之際莫名的高亢情緒，以及觀看（被觀看）的內在心理。街道，成了情緒抒發的集散中心，每個人的形貌都在公共空間底下被統一了。這毋寧是上海童年的集體記憶❷之一。

---

❷ 《紀實與虛構》：「我們這些孩子解散回家，好像大水漫過了田野，漫無目標。我們出自本能地隨大溜兒走，走出校門這才真正地解散，各歸各的家。走向校門的這一段路是我們心裏最安寧的道路。我們雖然互不說話，可是心心相印。那就是我們都愛遊行的道理。」（《紀實與虛構》，頁120）

❷ 哈伯瓦克（Maurice Hallbwachs）指出將個人記憶放在社會環境中來探討，便是所謂集體記憶。記憶是一種集體社會行為，現實的社會組織或群體，都有其對應的集體記憶。參見王明珂〈集體社會記憶與群族認同〉，《當代》第九十一期，1993年11月。

遊行成了一個小社會，人事關係複雜。遊行中遺留下的芥蒂有無數，有的還能影響深遠。但是遊行畢竟只是一個臨時的集合，隨聚隨散，具有一種形式上的集合含義，卻沒有實際的內容。它可暫時地使人感受到集體性、社會性的氣氛，卻聯合不起人的命運關係。……那時，我們小小年紀，我們對遊行寄予莫大希望，我們盡情的享受遊行的歡樂，認為遊行是個不散的筵席。我們走到隊伍裏感情激盪，隊伍散後情緒就低落。可是不管怎麼說，它在感情上滿足了我們人類群體性的本能需要，暫時將我們從各自的孤島上挽救出來，集合一會兒，再放逐我們回家。（《紀實與虛構》，120-121）

我們可以注意一些關鍵語詞：歡樂、低落、放逐、希望；當文化大革命將每個人帶入集體性的氛圍中，它反而創造情緒的反差，以及更深的孤獨。最真實的感受來自於「隊伍」之中，卻無可避免地面對人的個別差異與孤立的事實。街道不再只是路人行走的公眾領域，它還意味著某段個人（國家？）的昏矓時光，集體散步的激昂，以及「放逐」的不得不然。

透過孩童之眼，文化大革命的開始始於隔壁人家的抄家活動：

在我們這幢房子隔壁，是獨門獨戶深居簡出的一家他們的屋頂上，豎立著我們弄堂裏唯一的一桿電視機天線。他們的窗戶總是拉著厚厚的窗幔，透不出一線光。……他家的院子挨著我家的院子，他家的夾竹桃蓋滿我家的牆頭，他家還有一棵枇杷樹，結著青青的果實，有時也會落到我家院子的車前

草上，「咚」的一下。文化大革命開始，紅衛兵開進他們
家，搬動家具和敲砸東西的聲音響了一夜。（《紀實與虛
構》，157）

枇杷掉落的聲音成爲抄家之前最清脆的一響，一切都是「自然」而
然，就如同紅衛兵任意成爲各人家中的座上客一般，孩子我在這場
「活動」中，有了「命運」的經驗，與一些人有了牢固聯結的聯
結，隨即又理解，自己仍舊只是一個人的眞實。藉此，我們看見了
文化大革命對身心的具體影響，以及個人對群體觀念的反思。

　　一條街道，可以隱喻城市裏人我的關係：「我站在大房子對面
的馬路上，看著那紅瓦屋頂，汽車在我和大房子之間川流不息。我
想這城市充滿一股隔絕的空氣，人們摩肩擦踵，卻都素不相識，旁
若無人。我想成語『形同路人』這『路人』兩字一定是從城市街道
的情景而來。它其中特定的互不相識之意定是從這城市街道產
生。」（《紀實與虛構》，156）㉘它也可以縮小成自己在城市空間中

㉘　對於「路人」的概念，王安憶如是說：「成爲路人，好像是我們與人交往
　　的唯一場場。我們這城市的街道上摩肩接踵卻素不相識的行人，是我們永
　　恆性的關係。」（《紀實與虛構》，163）同時小說裏也也觀察到上海誕
　　生了「馬路求愛者」：「他們在夜晚僻靜的馬路上，在路燈下走來走去，
　　觀察身邊走過的行人。他們一旦發現合他們心意的，便走上前去，叫一聲
　　『朋友』。朋友這稱呼後來逐漸在上海這城市蔓延開來，代替『同志』這
　　稱呼。『同志』似乎只適合一起去革命，朋友的範圍則很廣闊。『同志』
　　這稱呼莊嚴神聖，『朋友』這稱呼卻帶有『天涯同命鳥』似的感傷氣息。
　　叫一聲『朋友』，接下來就什麼都好說了。在我們這城市的街道上，馬路
　　求愛者叫過一聲『朋友』後，你千萬不要以爲他將帶你去闖天涯，他們一

的記憶：「我常常沿著我們弄堂前的那條街散步。我沿了這街拐到一條狹窄的小路，再由小路走上我們家後面的林蔭道。我期待能有人看見我，這街道是那時候的我唯一可抵達的世界。」（《紀實與虛構》，192）

街道在王安憶的筆下成了多重的世界，無論是人我關係或自我對話，上海城市成了自我觀看他人我自己身分的位置。若以傅柯的〈論其他空間〉（Of Other Spaces）進行解讀，傅柯提出「異托邦」（heterotopia）相對於「烏托邦」（utopia）的認知概念。傅柯以為，每一個文明都存在著真實的地方。相對於烏托邦，異托邦便如同由虛構的的鏡子所投射出的幻像。這面鏡子一方面可視為烏托邦——因為它使我看見我處在我不在的地方，透過此幻影提供一種可見性，使我知道我在那裡，我卻也不在那裡；另一方面，鏡子也提供異托邦的功能——當我凝視時，由鏡中的位置觀看我所處的位置，進而重新建構我所在的位置。因此，我當下所處的位置和我周圍相互關聯的空間，一方面絕對真實，另一方面又絕對不真實，因為我必須透過某個虛擬的點觀看，才能確知它在那裡。㉙此種以鏡像為隱喻的詮釋可與本文以空間為隱喻的闡釋相互對照。透過每個居室

般只是邀請你去看場電影。馬路上的奇遇僅此而已。」（《紀實與虛構》，195）成年的「馬路求愛者」在群體中的孤寂與文化大革命、童年的「孤島」（121）時期遙相呼應，王安憶如是洞悉了作為人的孤獨本質。關於此論題，石曉楓〈論王安憶《紀實與虛構》的個人與城市〉（《國文學報》第三十期，2001 年 6 月，頁 273-290）有深刻的論述。

㉙ 傅柯（Foucault, M.）〈Of other spaces〉（Diacritics, Spring: 22-27, 1986）中文翻譯參見蘇榕：〈重繪城市：《論猴行者：其偽書》的族裔空間〉（同註❾）。

空間與公共空間，「我」確定了自己是「在」城市的居民，卻也因
爲憑藉空間作爲觀看自我的位置，我也是「不在」城市的居民。空
間的移易變動讓自我的記憶形成一個巨大的虛構，只能以文字對抗
歷史的遺忘。

二、都市童年的成長圖像

> 有時候我想描繪小說這東西的形狀。它的時間狀態是無疑
> 的，就是講述的過程，那麼空間的狀態呢？它好像很難物化
> 似的，而我知道，空間其實是無時不在的，它是時間的容
> 器，我們存在的本身就證實並使用了它。
>
> ——王安憶《上海繁華夢》[30]

徐小青指出《柏林童年》的寫作特點之一在於「追尋孩子特有
的經驗和聯想」：

> 兒童經驗的普遍性在我們心中喚起「同感」。那些孩子所特
> 有的、原始的、在感官和下意識層面上的細緻而敏感的經
> 驗，孩子對色彩、氣味、聲音和光線的感知：肥皂泡的色
> 彩，煤氣燈的嘶嘶聲，農貿市場的腥臭味，聖誕夜窮人家的
> 燈光，還有孩子口中喃喃念著的兒歌，孩子對媽媽和祖母的

---

[30] 本段文字出自《上海繁華夢》簡體字版〈序言〉，北京：作家出版社，
1996 年 2 月。臺灣印刻出版社 2003 年繁體字版爲王安憶全集系列之一，
與是書有所差異。

依戀，等待禮物時的焦灼，雨天的想像，對天使的企望與對災難的預感，獲得戰利品時的驕傲，捕捉蝴蝶和捉迷藏時的險象環生，在看小人書的時候讓遠方的國度進入自己的心中，最初性的萌動以及唯恐天下不亂的心情等等，我們都似曾相識。❸❶

「童年」是一個變動的、相對的詞彙，它的意義主要是透過它與另一個變動中的詞彙——「成年」——所構成的對比而得到界定的。❸❷ 當創作者以孩子對世界的感知來描述自己的童年經驗，同時也展示那時代的氛圍與經驗範例。這些童年經驗包涵對父母親的複雜感情：

有時我們站在弄口，大街上車水馬龍，熙來攘往，華燈初上，霓虹燈亮了。這是爸爸媽媽將要回家的時候，我們被寂寞和茫然煎熬著，憂心忡忡的等待爸爸媽媽回家。焦灼使我們不由自主地啃著手指甲，啃指甲是上海這城市孩子的通病。他們全神貫注，百折不撓地啃著指甲，使指甲深深陷進肉裏，留下了終身的紀念。爸爸媽媽即將回家的時候，是啃指甲達到高潮的時候。……待到爸爸媽媽的身影出現，是我

---

❸❶　徐小青〈包裹著紛飛雪景的玻璃球〉，瓦爾特·班雅明（Walter Benjamin）著；李士勛，徐小青譯《班雅明作品選》（臺北：允晨文化），2003年，頁195。

❸❷　David Buckingham 著，楊雅婷譯《童年之死》（臺北：巨流，2003 年 5 月），頁9。

們最爲感動的一霎，一塊石頭落了地，我們喋喋不休，說的
盡是廢話，要緊的話一句也說不上來。（《紀實與虛構》，
102）

將城市兒童的焦灼情緒以人稱互換的形式展現，那既是「他們」的
焦慮，也是「我們」的寂寞與茫然；塑造了「上海這城市孩子」的
普遍經驗。然則，對父母親的複雜情感，尤其是母親，「孩子我」
在小說中的喟喟獨語：「母親在我某一個成長時期，成爲我假想的
仇敵，……是她生我到這一個熙熙攘攘的世界上來，也是她，把我
隔絕在四堵牆壁之中，上下左右都沒了來往。」（《紀實與虛構》，
47）再加上「在這個時期裏，年齡的分界是極其細微的，大一歲小
一歲都隔著鴻溝，有著本質的不同。」（〈憂傷的年代〉，43）對於
母親以「成年人的狡黠」來處理自己長久的抑鬱，孩子我也只能：
「我沒有能力決定某些事情，權力在大人手裏，他們僅只是隨心所
欲，便決定了我的快樂與不快樂。」（〈憂傷的年代〉，37）這些與
大人之間的情結不過是童年經驗的一部份，對同是都市的孩子的戀
慕之情，也融合了童年書寫的空間經驗與記憶。

我們只能趴在窗口，滿心羨慕地望了男孩在弄堂活動。他一
邊玩耍一邊自言自語，和他想像中的夥伴作著交談，男孩的
夥伴全是香菸牌上的的人物，他的玻璃彈子滿弄堂滾。……
他總是站在樓梯口，耐心地勸說我。他雙手抱著扶手上的鐵
球，後仰身子，蕩過來蕩過去。我則矜持地背靠欄杆，就像
一個淑女。我們一動一靜，可站很久，說著沒有意思的話。

> 這樓梯口的約會對我寂寞的生活是一種安慰，到時候，我就
> 跑到樓梯口，等待著拒絕他邀請我去弄堂。（《紀實與虛
> 構》，109）
>
> 有時候，她站在陽臺吹肥皂泡，五顏六色的泡泡飛到我的身
> 上、頭上、車前草上，我就是不抬頭看她。她還站在我們家
> 門口的樓梯上，一站就是半天，這半天裏我就坐在屋裏不出
> 門。……她就像個情人一樣追求我，而我不知爲什麼這樣頑
> 強的拒絕她。（《紀實與虛構》，105）

不論是被母親禁足的弄堂或是家中的樓梯間，無論是《紀實與虛
構》所描寫的張先生的孫女兒、小五或是〈憂傷的年代〉裏的處世
老練如鄰家的男孩、體操隊的女孩、住在同一家醫院會拉手風琴的
女孩，這些小說人物都是童年書寫中的另一個「我」，收藏孩童內
心的真實圖景。

　　童年之眼所凝視的空間，它或許是〈憂傷的年代〉一開場的電
影帷幕，或許是上海的巷弄，是「我」藉由醫院，發現的性別的獨
特與年齡的尷尬，它更是憂傷的載體，演繹「我」的成長之旅：

> 每天放了學後，我總是一個人來到這裡，坐在鐵欄杆上，看
> 著街景。直到暮色降臨，華燈初上。在暮色裡，我感到很安
> 全，它掩蔽了我，並且隔離了我與周圍行人。路燈亮起的那
> 一刹那也很溫暖，天光未滅，他們就顯得有些微弱，黃黃
> 的，一點不刺激人。街上行人都模糊了身影，我也模糊了身
> 影。此時，我好像獲得了自由，身心都很解放，我放鬆了身

體，任它在鐵欄杆上扭曲成古怪的姿勢。這姿勢令我舒適。
我的情緒也緩和下來。由於沒了壓迫，它反而變得很柔軟，
有一點點傷感，但溫溫和和的，一點不傷心。這一刻真的很
享受，所有的焦慮都平息了。（〈憂傷的年代〉，55）

記憶是一座座隱匿的城市，在時間之流裏，城市裏的空間顯示了
「我」無所不在的憂傷。對於一個敏感的孩子來說，一個開放的公
共場域，僅是一處鐵欄杆，就可以安頓自我無以名狀的焦慮。小說
中的「我」，每個活動的公領域，幾乎都轉化成隱匿自我感受的私
領域：「夜幕中那一排排黑洞洞的窗戶裡，按時亮起的一扇，向我
們傳送著一些晦暗不明的氣息。樓房的暗影，還有樓房與樓房間的
空地，都懷著沉鬱的晦澀的表情。……這時，我們懷著尋秘探幽的
心情。我們放學不從大馬路上回家，而是在窄巷長弄裡穿行。似
乎，所有的弄堂都有著蹊徑別路，它們四通八達，將弄堂和弄堂結
成一張網。真是有想不到的發現，忽然就走到一條背靜的夾弄，有
時則是相反，一條背弄神秘地消失了，怎麼也找不到了。」（〈憂
傷的年代〉，58）

　　上海的巷弄在作者筆下，不僅是孩童尋訪探尋的秘密基地，也
顯示了成長中的「我」對生命本質的質疑與敏感。

在這陰鬱的背景下，凸現而起的是我們居住其中的後弄。那
後弄的拐彎一角，是我們的驚悚之地。那空地，空地上方的
木窗，木窗裏的樓梯聲響，按我們心頭布滿無盡的荒涼。
（〈憂傷的年代〉，60）

> 我腳步越來越快，有一項決定也迅速地成熟，那就是走前弄
> 回家。我轉進了前弄。一進前弄，我便控制不住了，完全奔
> 跑起來。此時，後弄的陰森黑暗如同洪水般從身後沟湧而
> 來，前面則是，前弄裏的空曠的黑暗。我驚恐的失聲大叫，
> 叫媽媽開門。我淒厲的叫聲震驚了整條弄堂，所有的窗戶，
> 都在這一瞬間亮了。（〈憂傷的年代〉，63）

同樣是對後弄的描述，前者顯示了「我」早熟的心理，每一處生活
的空間，都成了無所不在的魅影，是否也暗喻著當時閉鎖的社會氛
圍？後者，則是童年生活中的恐懼和壓抑，亦是孩童懼黑的共同記
憶。尋常巷弄裏，隱藏著「我」孤獨的本質，一如小說中所言：
「其實這就是獨立的最初狀態，我們赤裸裸的，沒有一點披掛和掩
飾，任何時刻都會遭到襲擊。」

「我」對空間的敏感度，是無所不在的。或許只是電影院的內
廳：「我站在檢票口，紫紅色的絲絨緞穿過金屬立架頂上黃燦燦的
銅球，連起來，在每兩個立架之間，它優雅地垂成一個弧度，看上
去華麗極了，也冷漠極了。」或者僅是光亮與陰暗的對比，都成了
小說中自我處境的隱喻：「就是在這光線幽暗的內廳，從裡朝外看
去，陽光燦燦下的馬路，就像是另一個世界。」明暗的對比，時不
時在小說中出現。在《紀實與虛構》也提到：「越過空曠的座席，
放映孔中射出的光柱在黑暗中明暗變幻。」（64）電影是黑暗中的
一束光影投射在影幕上，展示不同人生的真實內涵，也創造了一種
獨特的地點感。〈憂傷的年代〉的結尾如是寫著：

出院那一天，我和媽媽下了公共汽車，走進弄堂裏的街心花園。我發現，我的肩膀已經和媽媽的，一般高了，而我卻還是繫著那樣可笑的牛犄角似的小辮，在地面上投下奇怪的影子。

陽光明媚，過去的那一段時間，忽然沉陷進了陰晦的暗影裏。（76）

在投影與滅影之間，小說的「我」悄悄的以電影拉開記憶的帷幕，又以街道上的陽光與記憶中的暗影作為成長階段的結束。彷彿過去種種都是一束投射在記憶廊道的光，自己上演，自我獨白的一部電影落幕了，然而，未完待續，作為一個說故事的人，小說家仍要以文字盡可能的描述那無可比擬的事物。

結　語

朱天文在《花憶前身·阿難之書》寫道：

葛林的《喜劇演員》裏寫，作家的前二十年涵蓋了他全部經驗，其餘的歲月則是在觀察。Joyce 也說過類似的話，唯年數加了五年，二十五年前。葛林自己又說，「作家在童年和青少年時觀察世界，一輩子只有一次。而他整個寫作生涯，就是努力用大家同有的龐大公共世界，來解說他的私人世界。」是的，或許我將用後來的一生不斷咀嚼，吞吐二十五

　　年前的啓蒙和成人禮。❸

　　如果這是作家的創作自剖，我們能不能這樣說，許多作家在童年所觀察的世界，一輩子只有一次。而他整個寫作生涯，也就在吞吐這僅有一次的啓蒙與觀察。因此，對照於〈憂傷的年代〉與《紀實與虛構》，我們也不難發現其間的相似點。譬如對於自我與外界之間深切的孤獨感：「我只是感到十分孤獨，經過的一切就好像砌起了一座高牆，將我和人群隔離開來。街上摩頂擦踵的人群，與我相隔在兩個不同的世界，太陽也是兩個太陽，我們互相從彼此的影子上踩過，僅此而已。」（〈憂傷的年代〉，42）、「我恨完了所有的人，然後平靜下來，孤獨的感覺湧上了心。……我好像是這世界的外人，這世界生氣勃勃，我卻參加不進去。」（《紀實與虛構》，154）此外，童年情緒的渲染也可互爲對照：

　　　　無法挽回是我幼年時的最傷心的情感，它常常使我陷入絕望的泥潭。我想：這事過去了，永不會再來。永不會再來的念頭使我哭了又哭。」（《紀實與虛構》，116）
　　　　事情的不可挽回使我痛心疾首。這是個悲慘的痛處，事情就是這樣，及至這樣無可挽回地失去。失去了就再不會有了，沒有補救的辦法。（〈憂傷的年代〉，41）

---

❸　朱天文：《花憶前身》自序〈花憶前身——記胡蘭成八書〉，頁 87，臺北：麥田出版社，1996 年 10 月。

再如小說中屢提及的震旦女子大學：「我們這排房子的後門對著一座高牆，高牆和房子之間的那條窄道，就是後弄。牆後邊是一個遼闊的大院子，是黨校地校園。那裡原來是著名的震旦女子大學，一九四九年以後，震旦大學沒有了，就由一所重點中學和這所黨校分割了校舍和園地。後弄的高牆那邊，正是鼠餘黨校那部分地面。即使一分爲二了，那園子依然很大。震旦女子大學是一所天主教會學校，所以，從樓上的後窗，可看見那建築頂上，有一個小小的方形的拱廊，拱廊裏有一座石雕的立像，一母攜著一子，就是聖母瑪利亞和聖子耶穌。也許是因爲雕刻粗糙，它在我們遠遠的視線裏，顯得模模糊糊。但是，在那種空氣澄澈的夜晚，他們的立在空廓夜幕前的靜靜身影，則變得邊緣清晰。他們有一種寂寞的安詳，令人感動。」（〈憂傷的年代〉，56）在《紀實與虛構》則是「他還望著稍近處樓頂上的一座石龕，聖母與耶穌隱約的身影，這是昔日的震旦女子大學，如今的一所中學。」（104）在王安憶的散文〈軼事〉則是「與我們家的後弄相隔一堵牆，是昔日的震旦女子大學，樓頂上有一立柱拱頂小亭，立有瑪利亞和聖子耶穌的石像。映在天際上，輪廓粗略，不知怎麼有點中國漢代石刻的渾圓素樸風格，母子二人都顯得敦厚，很是親切。這大學自一九四九年後便降爲高級中學，學校一分爲二，一爲中學，一爲某機關，我們愛稱它『黨校』，也許眞是黨校，也許只是舊市民對新政權所有機構的尊稱。中間的禮堂爲兩家合用。」❸❹如果對比王安憶書寫策略的同異，當

---

❸❹ 〈印刻文學生活誌〉創刊前號，頁181，2003年8月。

會發現城市建築與城市居民之間隱涵的權力關係。㉟但我們更要指
出，童年，乃至於青少年的空間記憶如是深刻，那將是作家筆下源
源不絕的創作能量。㊱

　　本文以空間隱喻爲切入點，以「我」爲視角的兩部具文本互涉
性（intercourse of text）的小說爲探討對象：《紀實與虛構》（單數
章）、〈憂傷的年代〉；提出以下的觀察：作者以空間自覺形塑城
市童年，並且將童年經驗與時代特徵相呼應，突顯了「童年我」憂
傷、孤獨的生命原型，使得「上海童年」成爲「想像的共同體」，
重現了「小說我」／「作者我」的成長圖像。

　　再者，王安憶展示了書寫的意義，它使得「我」（創作者／敘述
者／生活者／），在疏離的都市中找到「詩意的安居之處」。王安憶
自言：「小說的空間狀態是什麼？難道就像紙那麼扁平的一張？馬
拉美所說『世上的一切東西都爲了成爲書而存在著』，就爲了成爲
那樣扁平形狀的東西嗎？這似乎令人傷懷。」㊲縱是傷懷，仍要以

㉟　感謝施淑女教授對本文的講評，並提供許多寶貴的意見。諸如此處，施教
　　授以爲上海建築與都市歷史的同步性所形成的政治氛圍，必須進行更細緻
　　的論述。因篇幅限制，筆者將另文探討此議題。

㊱　再如《紀實與虛構》的雙數章追蹤母系家族的歷史，從氣魄浩瀚的虛擬空
　　間到江南的茹家漊，城鄉空間的記憶於焉開展，就有了《上種紅菱下種
　　藕》。而《紀實與虛構》提及的文明戲女演員的女兒，也成了她最新一部
　　小說《桃之夭夭》的題材（書中主角爲滑稽戲女戲子的女兒，參見九十二
　　年九月二十八日中時開卷週報，張晨報導）。童年的經驗成爲創作者綿延
　　不絕的材料。作者透過童年經驗，如何演繹、推衍以形成創作，的確是研
　　究創作者寫作原型的論題。

㊲　同註㉘。

書寫抵擋這巨大的憂傷。王安憶自己也給了一個回應：「小說是一件神奇的事情。本來，我是要講述所有一切的消亡過程……當我們認識到一切都在無可制止地消亡，包括自己的生命，我們便疼痛難當。給一切賦予一種形式，我們以爲是制止消亡的好辦法，那就是在紙上寫字。」❸我書寫（我思索），故我存在，這是一種「抽象力量」，❸同時也是創作者與閱讀者永恆追尋與實踐的命題。

---

❸　王安憶、吳亮〈關於《紀實與虛構》的對話〉，《紀實與虛構》（臺北：麥田出版社，1996 年）頁 327。

❸　同上，頁 326。

附錄：議程表

第一天

二〇〇三年十月十七日（星期五）

時　間		主持人	主講人	特約討論人	備　註
9:00~9:20	(20)	報到、領取會議資料			
9:20~9:40	(20)	開幕式			
9:40~9:50	(10)	中場休息			
9:50~12:10	第一場 (140)	曾昭旭 (淡江)	楊昌年 (師大)	張　健 (文化)	現當代華文創作之承傳與轉化
			趙衛民 (淡江)	鹿憶鹿 (東吳)	趙滋蕃的美學思想
			簡政珍 (中興)	王潤華 (元智)	結構與空隙：臺灣現代詩美學初探
			崔亨旭 (漢陽)	曾守正 (政大)	梁啓超的啓蒙主義詩論探討
12:10~13:30	(80)	午餐			
13:30~15:15	第二場 (105)	洪瑀欽 (嶺南大學)	王潤華 (元智)	洪銘水 (東海)	文化邊陲與區域經濟：大陸臺灣等地共同文學現象
			焦　桐 (中央)	朱嘉雯 (佛光)	汪曾祺的飲食美學
			李桂芳 (淡江)	宋如珊 (文化)	私語的歸宿：閱讀王安憶、陳染、嚴歌苓三部「女性自傳體」的長篇小說
15:15~15:30	(15)	中場休息、茶敘			

時間		主持人	主講人	特約討論人	備　註
15:30~17:45	第三場(135)	沈謙(玄奘)	潘麗珠(師大)	張雙英(政大)	現代詩歌聲情藝術及其美學義涵
			陳大道(淡江)	呂正惠(清華)	大阪、北平、臺北：林海音純文學聲音初探
			謝靜國(淡江)	朱孟庭(東吳)	消費社會中的文學敘事
			蕭振邦(中央)	李元貞(淡江)	論自然書寫與環境美學：以陳列《永遠的山》爲例
18:00		觀海堂晚宴			

第二天

二〇〇三年十月十八日（星期六）

時　間		主持人	主講人	特約討論人	備　　註
10:00~10:20		報到、領取會議資料			
10:20~12:10	第四場(110)	崔成宗(淡江)	張光達(馬來西亞)	陳葆文(淡江)	書寫空間、消費美學與主體意識：成英姝的《好女孩不做》
			林積萍(黎明)	卓福安(文藻外語)	現實與虛構的向量探索：臺灣爾雅版「年度小說選」編選標準探析
			胡衍南(淡江)	郝譽翔(東華)	論陳映眞的小說及其女體描寫
12:10~13:30(80)		午餐			
13:30~15:15	第五場(105)	施淑女(淡江)	張瀛太(臺科大)	劉渼(師大)	論《華太平家傳》與朱西甯小說創作美學的轉變
			陳大爲(臺北大學)	唐捐(東吳)	理論與實踐：論當代臺灣與大陸敘事詩及詩論
			徐國能(淡江)	許應華(空大)	論姜貴五〇年代兩部長篇小說：《旋風》、《重陽》
15:15~15:30(15)		中場休息、茶敘			

15:30 ~17:15	第 六 場 (105)	高柏園 (淡江)	張瑞芬 (逢甲)	羅智成 (作家)	現代主義與臺灣六十年代散文：以趙 雲、張菱舲、李藍、蔣芸為主
			鍾怡雯 (元智)	何寄澎 (臺大)	大陸當代散文的饑餓主題
			范宜如 (師大)	施淑女 (淡江)	上海童年：王安憶小說的空間隱喻
17:15~17:40	閉幕式				
18:00	觀海堂晚宴				

國家圖書館出版品預行編目資料

海峽兩岸現當代文學論集

徐國能主編.－ 初版.－ 臺北市：臺灣學生，
2004[民 93]
面；公分

ISBN 957-15-1209-5 (精裝)
ISBN 957-15-1210-9 (平裝)

1. 中國文學－現代（1900-　　）－論文，講詞等
2. 臺灣文學－現代（1900-　　）－論文，講詞等

820.908   93001078

海峽兩岸現當代文學論集（全一冊）

主　編　者：徐　　　國　　　能
出　版　者：臺 灣 學 生 書 局 有 限 公 司
發　行　人：盧　　　保　　　宏
發　行　所：臺 灣 學 生 書 局 有 限 公 司
　　　　　　臺 北 市 和 平 東 路 一 段 一 九 八 號
　　　　　　郵 政 劃 撥 帳 號：0 0 0 2 4 6 6 8
　　　　　　電　話：（0 2）2 3 6 3 4 1 5 6
　　　　　　傳　眞：（0 2）2 3 6 3 6 3 3 4
　　　　　　E-mail：student.book@msa.hinet.net
　　　　　　http：//www.studentbooks.com.tw

本書局登
記證字號　：行政院新聞局局版北市業字第玖捌壹號

印　刷　所：宏 輝 彩 色 印 刷 公 司
　　　　　　中 和 市 永 和 路 三 六 三 巷 四 二 號
　　　　　　電　話：（0 2）2 2 2 6 8 8 5 3

　　　　　　　精裝新臺幣六六○元
定價：平裝新臺幣五八○元

西 元 二 ○ ○ 四 年 二 月 初 版

臺灣 學生書局 出版

中國文學研究叢刊

臺灣 學生書局 出版

中國文學研究叢刊